— Tu reviendras b
chérie. Quoi qu'il arr
— *Me lo prometti,*
La principessa di
pable de dire un m
et recula de quelqu
Séréna. Il fallait pa
plusieurs kilomètres à parcourir à pied jusqu'au couvent. De là, le lendemain, avec d'autres enfants, elle
gagnerait en autocar la maison mère, située à plus de
cent kilomètres. Alors commencerait le grand voyage,
un voyage long, difficile. L'objectif était d'atteindre
Londres, puis les États-Unis.

Pour Séréna, cela avait été interminable et terrifiant. Après cinq jours et cinq nuits sous les bombar-
dements, à Londres, son groupe avait enfin embarqué
sur un cargo, à Douvres. Elle n'avait pas dit une
parole durant des jours. Elle ne connaissait pas l'anglais. Elle aurait pu bavarder en français avec certaines sœurs, mais elle n'en avait pas envie. Elle ne
voulait parler à personne. Elle restait des heures sur
le pont, silhouette solitaire, vêtue de brun et de gris,
tandis que le vent fouettait ses longs cheveux. Au
début, les sœurs craignaient que la jeune fille ne fasse
une tentative désespérée, puis elles avaient compris
qu'il n'en serait rien. Malgré sa tristesse, on sentait en
elle de la force et de l'orgueil. De nombreux enfants
du groupe avaient comme elle connu le deuil, la perte
d'un frère, d'un père, d'une mère, de la famille entière
pour certains, mais Séréna avait perdu plus encore :
depuis la trahison de son oncle, elle avait perdu toute
confiance dans les êtres humains. La seule personne
en qui elle avait encore foi était sa grand-mère. Et, à
présent, elle s'en trouvait séparée. Dans ses grands
yeux verts, on lisait un terrible chagrin, une souffrance déchirante, cette expression désespérée que
l'on voit aux enfants meurtris par les guerres.

Au bout de quelque temps, sa tristesse devint moins
apparente. À l'internat, il lui arrivait même de rire. Le
plus souvent cependant, elle restait grave, sérieuse,

peu communicative. Et dans ses moindres moments de liberté, elle écrivait à sa grand-mère.

Au printemps 1943, la principessa ne répondit plus. L'angoisse s'empara de Séréna. Elle ne dormait plus. Elle s'interrogeait, faisait des suppositions, redoutait, haïssait… C'était encore la faute de Sergio… il s'était rendu à Venise pour tuer sa mère.

— Séréna?

Une lumière tamisée éclairait le couloir. La mère supérieure venait d'ouvrir sa porte.

— Quelque chose ne va pas? Vous avez reçu de mauvaises nouvelles?

— Non, ma mère.

Assise dans son lit, Séréna niait de la tête, mais ses yeux étaient voilés de larmes.

— Vous êtes certaine?

— Oui, ma mère. Je vous remercie de vous en inquiéter.

Elle ne se confiait à personne. Sauf à sa grand-mère, dans ses lettres quotidiennes qui ne recevaient plus de réponse depuis près de deux mois. Posant les pieds sur le sol froid, elle se mit debout, dans sa chemise de nuit de coton, ses longs cheveux blonds sur les épaules.

— Puis-je m'asseoir?

La mère supérieure la regardait avec douceur.

— Bien sûr, ma mère.

Mère Constance prit place sur l'unique chaise en bois de la pièce. Séréna hésita un instant, puis se rassit sur son lit. Elle était mal à l'aise et préoccupée.

— N'y a-t-il rien que je puisse faire pour vous, mon enfant?

Les autres internes — anglaises, italiennes, hollandaises ou françaises — avaient fait de cette maison leur foyer. La plupart retourneraient en Europe un jour, si leur famille survivait à la guerre. Séréna était la plus âgée. À son arrivée, la plus grande avait douze ans; les autres, beaucoup plus jeunes, avaient entre cinq et neuf ans. Elles paraissaient détendues, comme si elles avaient tout ignoré de la guerre. Elles savaient pourtant ce qu'était la peur et leurs nuits étaient parfois troublées de cauchemars, mais dans l'ensemble, elles étaient plutôt insouciantes. La guerre n'avait pas laissé sur elles de traces visibles. Dès le début, Séréna s'était révélée différente. Seules la mère supérieure et deux sœurs connaissaient son histoire, grâce à une lettre de sa grand-mère. La principessa avait estimé qu'elles devaient tout savoir. Séréna, elle, ne leur avait jamais rien dit. Durant toutes ces années, elle ne s'était confiée à personne.

— Qu'est-ce qui vous tourmente, mon enfant? Vous ne vous sentez pas bien?

— Je vais bien...

Elle avait hésité une fraction de seconde. Mère Constance se dit qu'il fallait insister. Même s'il était pénible pour Séréna de dévoiler ses sentiments. Il était manifeste que la jeune fille était plus angoissée que jamais.

— Je... c'est-à-dire que...

Mère Constance ne vint pas à son secours. Elle se contenta de regarder Séréna avec compassion, attendant qu'elle accepte de se confier. Elle vit les larmes lui monter aux yeux, puis inonder ses joues.

— Je n'ai pas reçu de lettre de ma grand-mère depuis près de deux mois.

— Je vois, dit mère Constance. Vous ne pensez pas qu'elle pourrait être en voyage?

Séréna secoua la tête et essuya ses larmes d'une main.

— Où aurait-elle été?

— À Rome, peut-être. Pour des affaires de famille?

Le regard de Séréna se durcit aussitôt.

— Elle n'a plus rien à faire là-bas.

— Je comprends. L'acheminement du courrier est peut-être devenu plus difficile. Même pour les lettres expédiées de Londres, c'est très long.

Depuis que Séréna vivait ici, les lettres de sa grand-mère lui étaient toujours parvenues. Par des voies détournées, mais elles étaient toujours arrivées. Toujours.

Séréna jeta un regard scrutateur à la mère supérieure.

— Je ne crois pas que ce soit la raison.

— Y a-t-il quelqu'un d'autre à qui vous pourriez écrire ?

— Une seule personne.

Il ne restait plus là-bas qu'une vieille servante, maintenant. Tous les autres domestiques avaient été contraints de partir. Mussolini n'autorisait pas les anciens possédants à garder autant de gens de maison qu'ils en avaient autrefois. La principessa n'avait droit qu'à une seule personne pour l'aider. L'évêque étant mort l'hiver précédent, Séréna ne voyait pas à qui elle aurait pu écrire, en dehors de cette femme.

— J'écrirai à Marcella demain. J'aurais dû y penser plus tôt, ajouta-t-elle en souriant pour la première fois depuis que la religieuse était entrée dans la pièce.

— Je suis sûre que votre grand-mère va bien, Séréna.

La jeune fille hocha lentement la tête. Sa grand-mère venait d'avoir quatre-vingts ans, aussi n'était-il pas certain qu'elle fût en bonne santé. Pourtant, dans ses lettres, elle ne faisait pas la moindre allusion à une maladie ou à un affaiblissement. Il n'y avait aucune raison précise de penser que les choses avaient mal tourné. Excepté ce silence injustifié.

La lettre destinée à Marcella revint quatre semaines plus tard, avec une note du facteur : Marcella Fabiani ne vivait plus à l'adresse indiquée. Les deux femmes étaient-elles parties vivre à la ferme ? La situation avait dû empirer à Venise. Séréna se mura un peu plus dans le silence. Elle écrivit à sa grand-mère, à l'adresse de la ferme d'Ombrie ; cette lettre lui fut également retournée. Elle écrivit au métayer ; la lettre revint, portant la mention « Décédé ». Durant les premières semaines, puis les premiers mois de silence, l'anxiété l'avait emporté sur le désespoir, mais plus le temps passait et plus l'angoisse cédait le pas à une douleur sourde. Elle était sûre qu'il était arrivé quelque chose, mais il lui était impossible d'obtenir des renseignements. Tout le monde avait disparu. Séréna n'avait plus qu'à attendre le moment où il lui serait permis de regagner l'Italie.

Il lui restait encore assez d'argent pour faire ce voyage. Lors de leur séparation, sa grand-mère lui avait glissé un épais rouleau de billets de banque américains : un millier de dollars. Séréna ignorait comment la vieille dame s'était procuré cet argent. Les sœurs de leur côté avaient reçu dix mille dollars pour sa pension et pour couvrir tous ses besoins. Une bonne partie de cette somme était encore inemployée. Tous les soirs, dans son lit, Séréna réfléchissait à la manière dont elle l'utiliserait pour retourner dans son pays. Elle irait tout droit à Venise et, s'il était arrivé quelque chose à sa grand-mère par la faute de Sergio, elle se rendrait à Rome et le tuerait. C'était une pensée à laquelle elle se raccrochait depuis presque deux ans.

En mai 1945, les hostilités cessèrent en Europe. Aussitôt, la jeune fille entama les démarches pour revenir en Italie. Il lui fallut attendre de longues semaines avant d'obtenir une place sur un bateau. Une éternité, lui sembla-t-il. Mais elle y parvint, et elle voyageait depuis neuf jours maintenant.

Par la fenêtre du train, Séréna pouvait voir le ciel rose et gris de l'aurore. Les champs n'avaient pas été moissonnés durant des années et l'on y distinguait encore nettement des traces de bombardement. Son cœur s'émut pour son pays, pour ses compatriotes, ceux qui avaient souffert alors qu'elle était en sécurité, là-bas. Beaucoup étaient morts. Quand le soleil monta dans le ciel du petit matin, elle sentit son cœur battre plus fort. Le jour s'était enfin levé. Elle était dans son pays.

Une demi-heure plus tard, le train entrait en gare de Santa Lucia. À pas lents, retenant son souffle, elle descendit sur le quai et s'arrêta un instant pour contempler ce lieu, aux portes de Venise, où, enfant, elle venait deux fois par an. Ses parents avaient disparu et ce n'étaient plus les vacances. Elle pénétrait dans un univers désormais inconnu. Lentement toujours, elle sortit de la gare. Le soleil baignait les monuments anciens, et jouait avec l'eau du Grand Canal. Quelques gondoles dansaient près de l'embarcadère et une flottille de bateaux à moteur tourbillonnait devant le quai. La guerre était passée, et pourtant la ville demeurait telle qu'elle était depuis des siècles, dans sa splendeur dorée. Venise! En se hâtant à la suite des autres voyageurs, Séréna eut un petit rire. Maintenant, elle se sentait chez elle.

— *Signorina! Signorina!*

Un gondolier l'appelait, détaillant avec admiration ses jambes...

— *Si... gondola, per piacere.*

C'étaient des mots qu'elle avait prononcés des milliers de fois, jadis; ses parents la laissaient toujours appeler la gondole de son choix.

— *Ecco.*

Il s'inclina devant elle, l'aida à s'installer et rangea sa valise. Se carrant sur son siège, Séréna lui donna l'adresse de sa grand-mère. L'homme se mêla avec brio à la circulation intense qui régnait sur le Grand Canal.

2

Du fond de sa gondole, Séréna admirait le paysage qui défilait sous ses yeux, le long du Grand Canal. Des souvenirs heureux auxquels elle n'avait accordé que des pensées fugitives, depuis quatre ans, lui revenaient soudain. Les rayons du soleil faisaient scintiller le corps doré de *l'Esprit saint*, à la pointe de la Dogana. La gondole glissait selon un rythme presque oublié, qui avait enchanté son enfance. Intouchés, semblait-il, par les siècles d'histoire, les monuments célèbres de Venise se succédaient. Une fois encore, Séréna avait le souffle coupé par leur beauté. La splendeur de la *Ca' d'Oro*, la *Ca' Pesaro*, les placettes, les petits ponts... Bientôt ils s'engagèrent sous le pont du Rialto. Sur l'autre rive du canal, la jeune fille put contempler ces joyaux de l'architecture vénitienne que sont les palais Grimani, Papadopoli, Pisani, Mocenigo, Contarini, Grassi, Rezzonico. Ils passèrent sous le pont de l'Accademia, longèrent les jardins du palais Franchetti avant d'arriver à la hauteur du

Palazzo Doria et de laisser sur la droite la gracieuse église de Santa Maria della Salute. Ils parvinrent devant le palais des Doges et le campanile, puis presque aussitôt découvrirent la place Saint-Marc. Le gondolier fit une halte. Éblouie, Séréna s'emplit les yeux de ce spectacle, saisie d'une émotion intense, celle qu'avaient dû connaître les grands voyageurs vénitiens du passé quand, revenant des ports du bout du monde, ils redécouvraient, émerveillés et enchantés, leur cité.

— C'est beau, n'est-ce pas, *signorina* ?

Le gondolier jeta un coup d'œil plein de fierté sur Saint-Marc avant de se tourner vers la jeune fille. Elle se contenta de lui répondre d'un signe de tête. Il lui paraissait extraordinaire de se retrouver là, après tant d'années, et de découvrir que rien n'avait changé. Le reste du monde avait été bouleversé, des bombes étaient tombées à deux pas mais, par miracle, Venise avait été épargnée. Le gondolier se dirigea sans hâte vers le *Ponte di Paglia*, puis pressa l'allure sous le *Ponte dei Sospiri*, le célèbre pont des Soupirs, avant de s'engager dans un dédale de petits canaux, sur lesquels donnaient des palais moins célèbres. Les balcons succédaient aux minuscules *piazzas*. Partout, cette splendeur ornementale qui avait fait la gloire de Venise depuis un millier d'années.

Déjà, pourtant, l'architecture avait cessé de passionner Séréna. Depuis qu'ils avaient pénétré dans le labyrinthe des petits canaux, son visage s'était tendu, son front s'était plissé. Ils passaient devant des lieux familiers, ils approchaient, et les réponses aux questions qui la tourmentaient depuis deux ans étaient à portée de la main.

Le gondolier se tourna vers elle pour se faire confirmer l'adresse, mais, devant son expression grave, il ne fit aucun commentaire. Il avait compris. D'autres étaient revenus dans leurs foyers avant elle. Des soldats, surtout, d'anciens prisonniers de guerre qui retrouvaient leur mère, leur femme, leur fiancée. Il se demandait chez qui se rendait cette belle jeune fille et d'où elle venait. Ils étaient à une cinquantaine de mètres de la maison, maintenant. Séréna l'apercevait.

Des volets étaient sortis de leurs gonds, des planches avaient été clouées sur quelques fenêtres et l'eau du canal léchait les marches de pierre, au ras de la grille en fer du débarcadère. Lorsque la gondole s'approcha du bâtiment, Séréna se leva.

— Voulez-vous que je sonne pour vous ?

Il désignait une grosse cloche ancienne et un marteau. Séréna secoua la tête. Tandis qu'elle montait sur le quai, le gondolier lui tint le bras pour assurer son équilibre. Les fenêtres étaient closes. La jeune fille savait très bien, au fond d'elle-même, ce que cela signifiait. Elle hésita longuement, puis tira la chaîne de la cloche. Les yeux fermés, elle attendit. Combien de fois avait-elle sonné cette cloche autrefois… ? Comptant les minutes, guettant le moment où elle verrait apparaître l'un des visages familiers qui précéderait de peu sa grand-mère, impatiente de l'embrasser, de grimper d'un pas vif au grand salon… les tapisseries, les riches brocarts… les statues… les somptueuses reproductions en cuivre doré des chevaux de la basilique Saint-Marc. Seuls lui répondirent les bruits montant du canal. Séréna dut se rendre à l'évidence : personne ne viendrait.

— *Non c'è nessuno, signorina ?* demanda le gondolier.

Question bien inutile. Non, bien sûr, il n'y avait personne dans cette maison, et depuis plusieurs années déjà.

— Hé !… Hé !

Derrière elle, quelqu'un appelait. Elle se retourna et vit un marchand de légumes passer dans sa gondole. L'homme l'observait avec méfiance.

— Vous ne voyez donc pas qu'il n'y a personne ? lança-t-il.

— Savez-vous où elles sont allées ? répondit Séréna, en prenant plaisir à parler sa langue maternelle (c'était comme si les quatre années aux États-Unis étaient effacées).

Le marchand de légumes haussa les épaules.

— Qui sait ? Avec la guerre… Beaucoup de gens ont déménagé.

— Savez-vous ce qui est arrivé à la dame qui vivait ici ?

Séréna criait presque, à présent. Le gondolier la dévisagea, tandis qu'un postier s'approchait.

— Cette maison a été vendue, *signorina*, lui apprit ce dernier.

— À qui ? Quand ?

La jeune fille était stupéfaite. Vendue ! La maison ! Pourquoi sa grand-mère l'aurait-elle vendue ? Avait-elle manqué d'argent ? Cette éventualité ne l'avait jamais effleurée.

— Elle a été vendue l'année dernière à des gens de Milan. Ils ont annoncé qu'une fois la guerre finie ils prendraient leur retraite et viendraient s'installer à Venise... pour arranger la maison...

Approchant sa gondole du débarcadère, il demanda :

— Elle était de vos amis, la vieille dame ?

Séréna hocha la tête, n'osant risquer une parole.

— *Ecco. Capisco allora*, dit-il. Elle est morte, comprenez-vous. Il y a deux ans. Au printemps.

Séréna sentit son corps faiblir. Elle crut un instant qu'elle allait s'évanouir. C'étaient bien là les mots qu'elle avait redouté d'entendre.

— De quoi ?

— Elle était très vieille, voyez-vous, *signorina*. Elle avait presque quatre-vingt-dix ans.

À voix basse, presque sans y penser, Séréna le reprit :

— Non. Elle avait eu quatre-vingts ans, ce printemps-là.

— Ah !

Il lui parlait avec douceur, comme pour la réconforter.

— Son fils est venu de Rome, mais il n'est resté que deux jours. À ce qu'on dit, il a fait expédier tous les objets personnels de la vieille dame à Rome et il a mis la maison en vente immédiatement. Il a fallu une année entière pour trouver un acquéreur.

Ainsi, c'était Sergio, de nouveau. Sergio...

— Et les lettres ? (Elle était en colère à présent. Elle poursuivit :) Où est donc allé son courrier ? On l'a envoyé à son fils ?

Le postier approuva d'un signe de tête.

— À l'exception des lettres destinées aux domestiques, qu'il m'a demandé de leur faire suivre.

Ainsi Sergio avait reçu ses lettres! Pourquoi ne l'avait-il pas avertie? Pourquoi personne n'avait pris la peine de la prévenir?

— *Signorina? Va bene?*

Le postier et le gondolier attendaient. Elle fit signe que oui.

— *Si... Si... grazie...* j'allais juste...

Elle aurait voulu leur fournir une explication, mais ne put retenir ses larmes. Elle se détourna et les deux hommes échangèrent un regard. Le postier prit congé:

— Excusez-moi, *signorina.*

Un instant plus tard, après avoir jeté un ultime coup d'œil aux gonds rouillés du portail, elle effleura une dernière fois la chaîne de la cloche, puis lentement regagna la gondole. Une partie d'elle-même venait de mourir. Ainsi Sergio avait fini par obtenir ce qu'il désirait: le titre. Elle le détestait. Elle souhaitait que ce titre l'étouffât, qu'il eût un empoisonnement du sang, qu'il mourût de façon plus horrible que son propre père, que...

— *Signorina*? Où voulez-vous aller, maintenant?

Séréna remontait dans la barque, le visage empreint de colère et d'angoisse. Elle hésita un moment. Allait-elle retourner à la gare? Elle ne se sentait pas prête. Elle avait encore à faire à Venise. Le nom d'une petite église lui était revenu en mémoire. Une ravissante église. Peut-être un prêtre en saurait-il davantage?

— S'il vous plaît, emmenez-moi au Campo Santa Maria Nuova.

— Maria dei Miracoli?

Elle acquiesça. Tandis que la gondole s'écartait du débarcadère, Séréna détailla avec avidité la façade, pour la fixer à jamais dans son souvenir. Elle voyait Venise pour la dernière fois, elle en était certaine.

L'église était telle que Séréna se la rappelait: très simple à l'extérieur, presque masquée par de grands murs. Ses merveilles, Maria dei Miracoli les cachait: des mosaïques de marbre et des sculptures de toute beauté. La jeune fille demeura immobile un instant, sentant la présence de sa grand-mère auprès d'elle, comme au temps où toutes deux venaient entendre la messe, le dimanche, puis, à pas lents, elle se dirigea vers l'autel, s'agenouilla. Elle s'efforçait de ne pas penser à... à ce qu'il fallait faire à présent... à l'endroit où elle devait aller...

Se lamenter sur la mort de son aïeule ne lui serait d'aucun secours. Mais ce deuil lui était insupportable. Deux grosses larmes glissèrent sur ses joues. Elle se releva et se dirigea vers la sacristie, dans l'espoir de trouver un prêtre. Un vieil homme en soutane, assis derrière un simple bureau, lisait un missel à la reliure fatiguée.

— Pourriez-vous m'aider, mon père ?

Le prêtre abandonna sa lecture comme à regret. Il doit être affecté depuis peu à cette paroisse, pensa Séréna. Elle ne se souvenait pas de lui.

— Je cherche des renseignements sur ma grand-mère.

Le vieil homme se leva sans hâte, soupirant. Les demandes d'informations avaient été si nombreuses depuis la fin de la guerre. Certains étaient morts, d'autres avaient déménagé ou disparu. Il était peu vraisemblable qu'il pût répondre.

— Si je ne sais rien, je consulterai les registres. Quel était son nom ?

— La principessa Alicia di San Tibaldo.

Elle avait prononcé le nom d'une voix égale, mais l'attitude du prêtre se modifia. Il devint plus alerte, plus intéressé, manifestement désireux de l'aider. Séréna en était contrariée. Un titre faisait donc une telle différence ? Les titres, les noms, le rang, l'argent... tout cela lui paraissait si peu important. Pour elle, une seule chose comptait : sa grand-mère était morte.

Le prêtre marmotta en fouillant des tiroirs, puis il parcourut les pages d'un gros registre. Relevant enfin les yeux, il déclara :

— Oui. C'est bien ça. Le 9 avril 1943. Elle est morte de mort naturelle. Un prêtre de cette église lui a administré les derniers sacrements. Elle est enterrée derrière, dans notre jardin. Voulez-vous venir ?

Séréna le suivit. Ils quittèrent la sacristie, traversèrent l'église et, par une étroite porte latérale, pénétrèrent dans un jardin inondé de soleil, parsemé de fleurs et de pierres tombales anciennes, qu'ombrageaient des arbustes. Le prêtre se dirigeait à petits pas vers un endroit reculé, où les tombes, plus rares, semblaient récentes. Il s'arrêta enfin devant une pierre tombale en marbre blanc, observa la jeune fille un instant, puis fit demi-tour, la laissant comme frappée de stupeur. La quête de Séréna était achevée. Sa grand-mère était là, sous ces arbres, cachée par les murs de Santa Maria dei Miracoli. Elle s'y trouvait déjà au temps où sa petite-fille lui adressait lettre sur lettre. Séréna aurait voulu pouvoir se mettre en colère, haïr quelqu'un, lutter. Il n'y avait plus personne à haïr, plus de résistance à opposer. Tout s'achevait dans ce paisible jardin, et elle ne ressentait plus que de la tristesse.

— *Ciao*, *Nonna*, murmura-t-elle, avant de se détourner, aveuglée par les larmes.

Elle ne souhaitait pas prendre congé du prêtre, qui se tenait dans l'encadrement de la porte. Mais il vint à elle, l'air empressé, et lui serra la main.

— Au revoir, principessa… au revoir…

Principessa ? Elle se figea, stupéfaite, puis se retourna pour le fixer. Il avait bien dit « princesse »… Princesse ? Depuis la disparition de sa grand-mère, c'était elle la principessa. Elle descendit en courant les marches qui menaient au débarcadère, où l'attendait le gondolier.

De multiples pensées assaillirent Séréna. Sergio. Qu'avait-il fait des trésors de ses parents, des beaux objets de sa grand-mère, de l'argent de la vente de la maison ? Il lui fallait une explication. Elle voulait que l'homme méprisable qui avait détruit sa famille lui rende ce qu'il lui avait pris. Et pourtant, elle le savait bien, rien de ce qu'il ferait ne compenserait les pertes qu'elle avait subies. Alors que la gondole glissait doucement vers le Grand Canal et la place Saint-Marc, Séréna savait enfin où elle allait se rendre. Venise avait été la ville de son aïeule, pas la sienne. Il lui fallait retrouver la ville de ses origines. Rentrer chez elle.

— Voulez-vous aller à la place Saint-Marc, *signorina*?

— Non, *grazie*. Pas à la *Piazza*. Reconduisez-moi à Santa Lucia.

Ils passèrent sous le pont des Soupirs et la jeune fille ferma les yeux. Le gondolier entonna une mélodie triste et plaintive, qu'il interprétait bien. Ils retrouvèrent bientôt le soleil, le Grand Canal, la place Saint-Marc, le campanile, le palais des Doges... Venise et ses merveilles étaient maintenant derrière eux. Séréna ne pleurait plus.

Devant la gare, elle paya le gondolier et lui remit un bon pourboire. Il la remercia avec chaleur, puis son regard chercha celui de la jeune fille.

— Où allez-vous à présent, *signorina*?

— À Rome.

— Vous n'y êtes pas retournée depuis la guerre? Vous trouverez la ville bien changée.

Ce ne pouvait être très différent de ce qu'elle avait trouvé ici. Pour elle, au fond, tout avait changé. Partout.

— Vous avez des parents à Rome?

— Non... je... Il ne me restait plus que ma grand-mère. Ici.

— C'était sa maison, tout à l'heure?

Séréna fit signe que oui.

— Je suis triste pour vous.

Elle lui sourit et lui tendit la main, une délicate main blanche qu'il saisit dans sa grosse patte brune. Tapotant l'épaule de la jeune fille, il l'aida à monter sur le quai puis lui tendit son bagage.

— Revenez à Venise, *signorina*.

L'air de nouveau grave, Séréna s'empara de sa petite valise et se dirigea vers la gare.

3

Quand le train entra dans la Stazione Termini, vers huit heures du soir, peu après le coucher du soleil, Séréna ne souriait pas. À la voir assise, le corps tendu, le visage blême, on aurait dit qu'elle s'attendait au pire. Les grands monuments qu'elle n'avait pas revus depuis sept ans défilaient devant ses yeux. Perdue dans un autre univers, elle se sentait envahie de nostalgie. Nostalgie tout à la fois des lieux aimés, de sa maison, des jours heureux avec ses parents. C'est à peine si elle attendit l'arrêt du train pour descendre. En dépit des cahots des derniers mètres, elle se leva, descendit sa valise du porte-bagages et se faufila jusqu'au bout du wagon. À la seconde même où les portes s'ouvrirent, elle sauta sur le quai et se mit à courir. Une course folle sur l'asphalte du quai. Réaction irréfléchie, instinctive. Elle aurait aimé crier : «Regardez, vous tous, me voilà! Je reviens chez moi!» Son excitation se teintait d'une certaine inquiétude à la pensée de ce qu'elle allait trouver à Rome... Des émotions contradictoires l'agitaient : le fait de venir était-il une trahison? Avait-elle des raisons d'avoir peur? Seigneur, qu'elle était heureuse de se retrouver dans sa ville! Il fallait qu'elle la voie, ne serait-ce qu'une dernière fois. Mais n'était-elle pas plutôt venue trouver son oncle? Exiger des explications? Des excuses? Une réparation? D'un geste, elle appela un taxi et jeta sa valise sur la banquette arrière. Le chauffeur tourna la tête pour l'observer mais ne fit pas un geste pour l'aider. Il la détaillait, la jaugeait. Et la jeune fille baissa les yeux, embarrassée.

— *Dove?*

Bien que de pure routine pour le chauffeur, la question la frappa par son côté décisif. Il lui demandait «Où?», et voilà qu'elle ne savait pas où elle voulait aller. À l'ancien domicile de ses parents, devenu celui de son oncle? Était-elle prête à affronter Sergio?

Souhaitait-elle revoir la maison ? Toute son assurance fondit.

— Aux jardins Borghèse.

Elle seule perçut un frémissement dans sa voix. Le chauffeur haussa les épaules et engagea la voiture dans le flot de la circulation. Sur la banquette arrière, Séréna ouvrait tout grands les yeux. Elle se sentait redevenir enfant. Ils approchaient, elle le savait, de la porta Pinciana. Elle voyait s'étirer devant elle la via Vittorio Veneto puis, au-delà, se dessiner soudain la masse sombre des jardins, ponctuée de lumière le long des allées. Les parterres de fleurs étaient encore visibles dans l'obscurité naissante. Elle se rendit compte aussitôt à quel point le chauffeur avait dû la trouver bizarre. Les jardins Borghèse, à neuf heures du soir ? Et de là, où irait-elle ?

Elle paya la course, rejeta ses cheveux en arrière, s'empara de sa valise et descendit. Un long moment, elle demeura sur place, comme si elle attendait quelqu'un. Puis, prenant une profonde inspiration, elle se décida enfin à marcher lentement, sans but, comme pour s'imprégner de la ville.

Elle suivit l'un des sentiers gazonnés, en bordure du parc. Des cyclistes se hâtaient, des femmes promenaient leur chien, des enfants jouaient ici ou là. La soirée était chaude, la guerre finie, et le lendemain serait jour férié. Les gens souriaient, les jeunes filles riaient et, ainsi qu'ils le faisaient partout en Europe, les GI's déambulaient par groupes, ou en compagnie de leurs petites amies, bavardant, riant, s'efforçant de nouer des liens avec les jeunes filles, agitant des barres de chocolat, des bas en nylon ou des cigarettes, se moquant un peu d'eux-mêmes. Presque toujours, ils recevaient une réponse malicieuse. Quand ils essuyaient un refus, c'était sur un ton aimable. Sauf de la part de Séréna. Deux GI's l'approchèrent, son visage devint de bois et ses yeux se durcirent. Elle leur intima, en italien, de passer leur chemin.

— Laisse-la, Mike. Tu as entendu la dame.

— Oui, mais tu l'as vue ?

Le plus petit des deux siffla, au moment où Séréna

reprenait d'un pas décidé la direction de la via Veneto et se perdait dans la foule.

— Cigarettes, *signorina*?

D'autres soldats agitèrent une cartouche de cigarettes sous son nez. Ils étaient partout. Cette fois, elle se contenta de secouer la tête. Il lui déplaisait qu'ils envahissent la ville. Elle aurait aimé n'y voir aucun uniforme, elle aurait voulu la retrouver telle qu'elle l'avait connue. Mais la cité avait changé. Elle gardait des cicatrices. Des modifications. Les Américains avaient recouvert les indications allemandes en anglais! Rome était à nouveau occupée.

Séréna se souvenait du temps où sa mère l'emmenait jouer aux jardins Borghèse. Ces sorties étaient pour elle des moments de grande joie. Le plus souvent, elles se déplaçaient en voiture. Parfois, pourtant, elle faisait de merveilleuses escapades, seule avec sa mère, sa beauté, son rire perlé, ses grands chapeaux, ses yeux immenses. Dans l'obscurité, la jeune fille se cacha soudain le visage entre les mains, partagée entre le désir d'oublier et celui de retrouver les fantômes qui la hantaient depuis sept ans.

Sans y penser, elle dirigea ses pas vers la fontaine de Trevi. Elle éprouva à la contempler la même fascination que lorsqu'elle était petite fille. Adossée à un mur, elle savoura quelques instants la fraîcheur de la brise, puis, à pas lents, s'approcha de l'eau pour y jeter une pièce de monnaie. Le sourire aux lèvres, elle reprit sa marche vers le palais du Quirinal, puis s'engagea dans la via del Tritone, jusqu'à la fontaine du Triton et la place Barberini. Où aller maintenant? Il était près de onze heures, elle était épuisée et ne savait toujours pas où passer la nuit. Il lui fallait trouver un hôtel, une pension, un couvent, mais déjà ses pas la portaient dans une autre direction. Elle avait enfin une idée précise du but qu'elle s'était fixé, celui pour lequel elle avait quitté le paisible couvent des bords de l'Hudson, traversé l'Atlantique et la France.

Une petite voix en elle lui conseilla d'attendre le lendemain, de se reposer pour avoir les idées claires. Mais Séréna se refusait à errer davantage. Elle devait y aller, quel que fût son état de fatigue. Via Giulia...

Quand elle tourna le dernier coin de rue, son cœur battait plus vite. Elle accéléra le pas. Elle sentit la maison proche. Et soudain… sous les lampadaires, derrière les arbres, la longue façade luisante de marbre blanc lui apparut, les grandes fenêtres à la française, les balcons, les étages inférieurs masqués de haies vives, et l'escalier monumental en marbre.

— Mon Dieu! soupira-t-elle.

Dans l'obscurité, il était facile de s'abuser au point de croire que rien n'était changé. Qu'à tout moment un visage familier allait paraître à l'une des fenêtres ou que son père allait sortir fumer un cigare. La mère de Séréna en détestait l'odeur, aussi son père fumait-il parfois en faisant le tour du jardin. Et la petite fille l'apercevait lorsqu'elle s'éveillait au milieu de la nuit. Sans réfléchir, elle le chercha des yeux. Il n'y avait personne. Comme à Venise, les volets étaient clos. Pour la première fois, Séréna pensa que son oncle y dormait peut-être. Et son désir de le rencontrer, de lutter contre lui l'avait abandonnée. Qu'est-ce que cela changerait?

Figée devant sa maison, elle ne pouvait en détacher les yeux mais n'osait s'en approcher. Son rêve l'avait conduite jusque-là. Elle n'irait pas plus loin. Elle n'en voyait plus la nécessité. Son rêve prenait fin.

Au moment où elle se détournait, les larmes aux yeux mais la tête haute, elle aperçut une vieille femme, un châle sur les épaules, les cheveux tirés en chignon, qui l'observait. Tandis que Séréna partait d'un pas décidé, la vieille femme s'élança vers elle en poussant un cri qui s'acheva dans un gémissement. Elle ouvrit les bras, le châle tomba de ses épaules et elle se retrouva devant la jeune fille, tremblante, en larmes elle aussi. Séréna eut un mouvement de recul, tant elle était surprise, puis, scrutant le visage ridé, elle tressaillit. À son tour, elle tendit les bras et serra contre elle la vieille femme. C'était Marcella, la dernière domestique de sa grand-mère, à Venise… Et voilà qu'elle la retrouvait… dans leur ancienne maison de Rome. Les deux femmes demeurèrent longtemps enlacées, se cramponnant l'une à l'autre, comme au passé qu'elles partageaient.

35

— *Bambina... Ah Dio... bambina mia... ma che fai?* Que fais-tu ici?

— Comment est-elle morte?

C'était la première pensée qui lui était venue à l'esprit.

— Dans son sommeil. Elle avait beaucoup vieilli.

Marcella recula pour mieux dévisager Séréna. La ressemblance entre la jeune fille et sa mère était frappante. Quand elle était descendue dans la rue pour mieux l'observer, elle avait cru voir un fantôme.

— Pourquoi n'ai-je pas été prévenue?

Marcella haussa les épaules, embarrassée, puis détourna les yeux.

— J'avais cru... que ton oncle... mais il n'a pas eu le temps, avant...

Elle comprit alors que Séréna ignorait tout ce qui était arrivé depuis la mort de sa grand-mère.

— Personne ne t'a donc écrit, *cara*?

— *Nessuno.* Personne. Pourquoi ne l'as-tu pas fait, toi?

La vieille femme la regarda droit dans les yeux:

— Je ne pouvais pas.

— Mais pourquoi? insista Séréna, décontenancée.

Marcella eut un sourire timide:

— Je ne sais pas, Séréna... Ta grand-mère disait toujours que je devais apprendre, *ma*...

Elle fit un geste de résignation, d'impuissance. Séréna lui sourit en retour.

— *Va bene.* Ça ne fait rien.

Elle venait pourtant de vivre deux années d'angoisse. Que d'anxiété lui aurait été épargnée si la vieille femme avait écrit une simple lettre pour l'informer du décès de sa grand-mère!

— Et... Sergio?

Elle avait eu du mal à prononcer ce nom. Marcella garda un instant le silence.

— Il est parti, Séréna.

— Où cela? Où est-il?

— Il est mort.

— Sergio? Pourquoi?

Cette fois, Séréna eut l'air choquée. Un éclair de

satisfaction passa dans ses yeux. Peut-être l'avaient-ils exécuté, lui aussi, à la fin?

— Je ne sais pas tout. Il était couvert de dettes. Il a dû vendre la maison de Venise. (D'un geste de la main, elle indiqua le palais de marbre blanc, derrière elles:) Il a aussi vendu celle-ci... deux mois après la mort de ta grand-mère, puis il m'a ramenée à Rome.

Ses yeux cherchèrent ceux de Séréna, redoutant d'y lire la réprobation. Elle avait suivi Sergio, l'homme qui avait trahi les parents de la jeune fille, ce fils que la principessa haïssait. Mais si elle était venue à Rome, c'est qu'elle n'avait nulle part où aller. Séréna le comprit. En dehors des liens qui la rattachaient à la vieille princesse, Marcella était seule au monde. Elle poursuivit:

— Je n'ai pas compris ce qui s'est passé. Ils se sont fâchés contre lui. Il buvait. Il était ivre tout le temps.

Elle échangea un regard d'intelligence avec Séréna. Il avait bien des raisons de boire. Il lui fallait vivre avec tant de remords... la mort de son frère... celle de sa belle-sœur... Marcella continua son récit:

— Il avait emprunté de l'argent à des gens dangereux, je crois. Ils sont venus ici, au palais, une nuit. Ils lui ont crié des injures. Il a répondu. Et alors... des fascistes du Duce sont venus à leur tour... peut-être envoyés par les autres hommes. Je ne sais pas. Un soir, j'ai entendu qu'ils menaçaient de le tuer.

— Et ils l'ont fait.

Une lueur s'était allumée dans les yeux de Séréna. Avait-il connu le sort qu'il méritait, après tout?

— Non, il s'est suicidé, Séréna. (Il n'y avait pas la moindre pitié dans la voix de Marcella.) Il s'est tué d'un coup de feu, dans le jardin, deux mois après la mort de la principessa. Il ne lui restait plus d'argent, plus rien. Il n'avait que des dettes. Les hommes de loi m'ont dit qu'il avait fallu tout prendre, l'argent des deux maisons et de tout le reste, pour régler ce qu'il devait.

Séréna n'avait donc plus rien. Mais cela la laissait indifférente. Elle n'était pas revenue pour ça.

— Et cette maison? À qui appartient-elle, maintenant? demanda-t-elle, déconcertée.

— Je ne sais pas. À des gens que je n'ai jamais vus. Ils la louent aux Américains depuis la fin de la guerre. Avant, elle était vide. Je vivais ici toute seule. Tous les mois, un homme de loi m'apportait mon salaire. Ils m'ont demandé de rester ici pour veiller sur tout. Une fois, les Allemands ont parlé de la réquisitionner, mais ils ne l'ont pas fait.

Elle haussa les épaules, embarrassée. Séréna avait tout perdu et elle, Marcella, continuait quand même à habiter là. La vie vous réserve de drôles de surprises.

— Les Américains vivent dans la maison?

— Pas encore. Jusqu'à maintenant, ils y travaillaient. Ils n'avaient installé que des bureaux. Mais on est venu m'avertir hier que la semaine prochaine... ils vont emménager. Ils logeront ici à partir de mardi. Pour moi, cela ne fait aucune différence. Qu'ils s'arrangent entre eux. Ils vont engager deux filles pour m'aider. Alors, pour moi, rien n'est changé. Séréna? dit-elle, en détaillant la jeune fille avec plus d'attention. *E tu? Vai bene?* Qu'es-tu devenue durant toutes ces années? Tu es restée chez les sœurs?

— Oui. Mais j'attendais de revenir.

— Et à présent? Où habites-tu?

Elle baissa les yeux sur la valise que Séréna avait laissée tomber à ses pieds. La jeune fille eut un haussement d'épaules.

— Cela n'a aucune importance.

Elle éprouvait une étrange impression de liberté, d'un seul coup. Elle ne se sentait plus attachée à aucun lieu, à aucun être humain, à aucune époque. Au cours des douze dernières heures, tous ses liens avaient été tranchés. Elle était seule, mais elle savait qu'elle survivrait.

— J'allais chercher un hôtel, mais je voulais d'abord passer ici. Simplement pour voir la maison.

Marcella la regarda et pencha la tête. Les larmes lui montaient de nouveau aux yeux.

— Principessa...

Le mot avait été prononcé si bas que Séréna l'entendit à peine. Quand elle l'eut compris, un léger tremblement lui parcourut le dos. Le titre éveillait en elle l'image de sa grand-mère... Principessa... Une sensation de solitude s'abattit sur elle. Marcella sécha ses larmes et prit l'une des mains de Séréna. La jeune fille pressa avec douceur son autre main sur celle de la vieille femme.

— Toutes les années que j'ai passées ici... chez ta grand-mère et puis de nouveau dans cette maison... Je vis ici... dans ce palais. Et toi... (d'un geste dédaigneux, elle faisait mine de repousser la misérable petite valise), toi, te voilà comme une petite mendiante, à la recherche d'un hôtel. Non, conclut-elle d'une voix frémissante, non! Tu n'iras pas à l'hôtel!

— Qu'as-tu d'autre à me proposer, Marcella? dit Séréna, un sourire aux lèvres, car la voix et l'attitude de la vieille femme la ramenaient douze ans en arrière. Voudrais-tu que je m'installe avec les Américains?

— *Pazza, va!* Petite folle! dit-elle, en répondant à son sourire. Pas avec les Américains. Chez moi. *Ecco.*

Sur ces paroles, elle s'empara de la valise, serra plus fort la main de la jeune fille et se tourna vers le palais. Mais Séréna restait sur place, secouant la tête.

— Je ne peux pas!

Elles demeurèrent un moment face à face, puis Marcella chercha le regard de la jeune fille. Elle suivait sa pensée. Les cauchemars avaient hanté ses propres nuits, quand elle était arrivée à Rome. Au début, le souvenir d'Umberto et de Graziella la poursuivait... Séréna, enfant... les autres domestiques avec qui elle avait travaillé, le maître d'hôtel... Sergio, quand il était jeune et pas encore corrompu... la principessa dans la force de l'âge.

— Reste avec moi, Séréna. Il le faut. Tu ne peux pas vivre seule à Rome. (Et, d'une voix douce, elle ajouta :) Tu es ici chez toi. C'est la maison de ton père.

— Ce n'est plus la maison de mon père.

Avec plus de douceur encore, la vieille femme expliqua :

— C'est là que j'habite. Ne veux-tu pas m'accompagner chez moi?

Elle lut dans les grands yeux verts la souffrance qui s'y était inscrite au matin de l'exécution d'Umberto di San Tibaldo. Elle comprit qu'elle s'adressait à une enfant.

— Tout ira bien, Séréna. Viens, ma chérie... Marcella va s'occuper de toi... Tout ira très bien...

Elle prit la jeune fille dans ses bras et les deux femmes s'étreignirent encore une fois.

— *Andiamo, cara.*

Sans comprendre pourquoi elle se laissait faire, Séréna la suivit. Elle était venue voir la maison et non s'y installer. Elle voulait la contempler, pour en graver l'image dans sa mémoire, et non rentrer dans ses souvenirs. La vieille femme la conduisit à la porte de service. Séréna se sentait à bout de forces... elle avait l'impression que tous les événements de la journée se télescopaient. Elle n'avait plus qu'un souhait : s'allonger quelque part et cesser de penser. Et elle suivit Marcella jusqu'à la porte de service.

La vieille femme introduisit une lourde clef dans la serrure et la tourna. La porte craqua. Exactement comme lorsque j'étais enfant, pensait Séréna. Quand la lumière de l'office fut allumée, Séréna remarqua que la peinture avait jauni et que les rideaux n'avaient pas été changés : de bleu clair, ils étaient devenus gris. Le plancher était un peu plus terne, parce qu'il y avait moins de servantes pour le cirer et que Marcella avait vieilli. Mais rien n'avait vraiment bougé. Même la pendule était toujours accrochée au mur. De surprise, les yeux de Séréna s'agrandirent. Pour la première fois depuis des années, on n'y lisait plus ni indignation ni souffrance. Elle était enfin revenue chez elle.

Elle avait bouclé la boucle et il ne restait plus que Marcella pour partager sa satisfaction. Celle-ci lui fit traverser l'entrée avant de lui ouvrir la porte d'une chambre jadis attribuée à une jeune et jolie femme de chambre du nom de Térésa. Marcella sortit des vieux draps et une couverture élimée. Tout était défraîchi et de pauvre apparence, mais la propreté régnait. Séréna se laissa tomber sur une chaise et regarda Marcella lui préparer son lit.

— *Vai bene*, Séréna ?

La vieille femme la surveillait du coin de l'œil, craignant qu'elle n'ait reçu un choc trop violent, avec tout ce qu'elle avait vu et appris ce jour-là. Marcella ne savait ni lire ni écrire, mais elle connaissait les êtres humains. Elle lisait dans les yeux de Séréna que la jeune fille avait subi trop d'épreuves.

— Déshabille-toi, *bambina mia*. Je laverai tes vêtements demain matin. Avant de t'endormir, tu vas boire un petit lait chaud.

Il était difficile de se procurer du lait frais, mais elle en avait un peu et elle aurait donné tout ce qu'elle possédait pour l'enfant qu'elle aimait tant.

— Je reviens dans deux minutes avec le lait chaud. C'est promis! dit-elle, avec un sourire gentil à l'adresse de Séréna, bien bordée dans son lit.

La pièce était toute simple, avec des murs blancs, nus, des boiseries peintes en gris, un rideau fané et une vieille descente de lit qui remontait à l'époque de Térésa. Séréna ne la regarda même pas. Elle se renversa sur l'oreiller et ferma les yeux. Et quand Marcella revint avec le précieux lait chaud sucré, la jeune fille dormait déjà à poings fermés. La vieille femme appuya sur l'interrupteur pour éteindre l'unique ampoule de la chambre puis, quelques instants, elle resta dans l'ombre, pour contempler Séréna endormie sous la lumière de la lune. Elle se souvenait d'elle enfant... plus petite... plus calme. Elle lui avait paru bien troublée, ce soir, exaspérée, parfois... blessée, effrayée. Marcella souffrait en pensant à tout ce qu'avait enduré la jeune fille. Elle songea qu'elle avait sous les yeux la dernière princesse de la famille des Tibaldo. Séréna di San Tibaldo. Principessa Séréna... endormie dans une chambre de domestique de la maison de son père.

4

Lorsque les rayons du soleil s'infiltrèrent par l'étroite fenêtre, le lendemain matin, Séréna était étendue en travers du lit, ses cheveux étalés en un drap d'or. De la porte, Marcella l'admirait.

— *Ciao*, Cella! lui dit Séréna en ouvrant un œil, souriante. Est-ce qu'il est tard?

— Pour aller où? Tu as un rendez-vous? C'est ta première journée à Rome et tu es déjà pressée?

Marcella s'affaira et Séréna s'assit dans son lit. Son sourire s'épanouit. Elle semblait avoir rajeuni de plusieurs années durant son sommeil. Elle était moins inquiète à présent. Au moins, elle savait, elle avait appris tout ce qu'elle redoutait d'entendre. Le pire était passé. Il lui restait à envisager ce qu'elle allait faire de sa vie.

— Qu'aimeriez-vous avoir pour votre petit déjeuner, *signorina*? demanda Marcella. (Elle se corrigea aussitôt:) *Scusi, principessa*.

— Comment? Tu ne vas pas m'appeler comme ça! C'était *Nonna*, la princesse!

Séréna était à la fois amusée et indignée. Une telle attitude relevait d'une autre époque. Hérissée, tel un fauve, Marcella se dressa de toute la hauteur de son mètre cinquante-deux.

— Maintenant, c'est toi. Et tu lui dois, ainsi qu'à ceux qui l'ont précédée, de respecter ce que tu es.

— Eh bien, je suis moi. Séréna di San Tibaldo. *Punto! Finito! Basta!*

— Sottises! se récria Marcella qui arrangeait les couvertures. (Et, jetant à la jeune fille un regard sévère, elle ajouta:) N'oublie jamais qui tu es, Séréna. Elle ne l'a jamais oublié.

— Elle n'a jamais eu à le faire. Elle vivait dans un autre univers que le nôtre. Cette époque est révolue, Marcella. Tout à fait. Elle a disparu avec...

Elle avait été sur le point de dire «mes parents», mais ne parvenait pas encore à prononcer ces deux mots. Elle se reprit:

— Elle s'est évanouie avec toute la génération que notre cher Duce s'est efforcé d'anéantir. Avec succès souvent. Et que reste-t-il? Des gens comme moi, qui n'ont plus rien au soleil. Être une princesse, est-ce que c'est ça, Cella?

Échauffée par le tour que prenait la discussion, Marcella pointa l'index vers son abondante poitrine où battait un cœur généreux, puis vers sa tête et dit:

— C'est là-dedans et là-dedans. Cela n'a rien à voir avec ce que tu fais ou ne fais pas, ni avec l'argent que tu possèdes. Pour être un prince ou une princesse, ce n'est pas l'argent qui compte. À la fin, ta grand-mère n'en avait plus tellement, d'ailleurs. Mais elle, elle était toujours la principessa. Et un jour, tu seras comme elle, toi aussi.

Séréna secoua la tête :

— Le monde a changé, Marcella. Crois-moi. Je le sais.

— Et qu'as-tu vu depuis que tu es revenue ? La gare ?

— Les gens. Dans le train, dans la rue. Les soldats, les jeunes gens, les vieillards. Ils ont changé, Cella. Ils se moquent pas mal des princesses et ne s'en sont probablement jamais souciés. Nous étions les seuls à prendre ces choses-là au sérieux, et si nous avons deux sous de bon sens, nous les oublierons, maintenant. (Reprenant un ton cynique, elle regarda la vieille femme et lui demanda :) Crois-tu vraiment que les Américains font attention à tout cela ? Si tu leur disais que tu caches une princesse à l'office, penses-tu que cela leur ferait quelque chose ?

— Je ne te cache pas, Séréna, corrigea Marcella, l'air attristé.

Elle ne voulait pas entendre parler d'un monde nouveau. L'ancienne société avait compté pour elle. Elle avait cru en cet ordre des choses et à la manière dont il fonctionnait. Elle conclut :

— Tu vis avec moi.

Séréna eut un éclair de cruauté dans le regard et la pressa :

— Pourquoi cela ? Parce que je suis une principessa ?

— Parce que je t'aime. Je t'ai toujours aimée et je t'aimerai toujours.

La vieille femme regarda la jeune fille avec fierté. Aussitôt, des larmes emplirent les yeux de Séréna qui lui tendit les bras :

— Je te demande pardon. Je n'aurais pas dû dire cela.

Marcella vint s'asseoir sur le lit. Séréna s'expliqua :

— La moindre allusion au passé me fait mal. Tout ce que j'aimais a disparu. Ce qui comptait, pour moi, c'étaient les miens. Je ne tiens pas à ce satané titre. Je préférerais voir *Nonna* encore parmi nous et n'être que moi.

— Oui, mais elle n'est plus là et c'est tout ce qu'elle t'a légué. C'est tout ce qu'elle a pu te laisser, et je sais qu'elle aimerait que tu en sois fière, toi aussi. Ne veux-tu pas être une principessa, Séréna?

Marcella fixait la jeune fille avec étonnement.

— Non! répondit celle-ci d'une voix grave. Ce que je voudrais, c'est prendre un petit déjeuner.

Elle n'avait mangé qu'un sandwich au fromage, à la gare, la veille, et elle avait oublié de dîner. Marcella s'essuya les yeux et la gronda :

— Tu n'as pas mûri pour un sou! Tu es toujours aussi impossible! Effrontée... Insolente...

Enchantée, Séréna s'étira et se leva sans hâte.

— Je te l'avais dit. Les princesses ne valent pas cher, Cella. C'est leur sang qui n'est pas bon.

— Cesse de plaisanter!

— Seulement si tu arrêtes de prendre tout cela trop au sérieux. (Séréna regardait Marcella avec tendresse, mais une grande détermination apparut dans son regard, quand elle affirma :) Il me faut penser à des choses plus importantes, à présent.

Sans autre commentaire, la vieille femme s'en fut à l'office préparer un grand pot de café, autre denrée précieuse qu'elle avait toutes les peines du monde à se procurer. Mais pour Séréna, cette jeune princesse aux idées modernes, elle n'allait pas lésiner. « Elle est folle avec cette idée de ne pas vouloir porter son titre, de ne... elle est ridicule », marmonnait-elle, tout en préparant le petit déjeuner. Séréna était née pour être une principessa. Elle était restée trop longtemps en Amérique, voilà tout. Il était grand temps pour elle de rentrer et de réapprendre les manières d'autrefois.

Dix minutes plus tard, la jeune fille apparut, vêtue du peignoir de coton bleu qu'on lui avait donné au couvent. Ses cheveux bien coiffés brillaient comme de l'or.

— Qu'est-ce que tu nous offres, Cella?

— Des toasts, du jambon, de la confiture, des pêches et du café.

Une profusion de trésors dont certains, comme la confiture et le sucre, étaient conservés depuis des mois. Séréna le comprit et embrassa la joue ridée avant de se mettre à table.

— Tout cela pour moi toute seule, Marcella?

Elle se sentait un peu gênée de manger les provisions de la vieille femme, mais elle savait qu'elle la vexerait si elle n'y faisait pas honneur. Elle goûta donc de tout avec un plaisir évident et elles partagèrent le café jusqu'à la dernière goutte.

— Comme cuisinière, tu es une reine! la complimenta Séréna.

Elle ferma les yeux et sourit. Marcella lui effleura la joue, avant de sourire à son tour.

— Sois la bienvenue chez toi, Séréna.

Un silence heureux régna un moment dans la pièce, puis Séréna étendit ses jambes et son visage s'épanouit.

— Tu me donnes envie de m'installer ici pour toujours.

Elle se disait pourtant que c'était impossible et souhaitait repartir avant que la tentation de s'aventurer dans le reste de la maison ne devînt trop forte.

Marcella réfléchissait, tout en la regardant quitter la table.

— Pourquoi ne resterais-tu pas ici, Séréna? Tu n'as pas besoin de retourner aux États-Unis?

— Non, mais je n'ai pas de raisons de rester ici.

Si ce n'est qu'elle adorait cette maison et que c'était son foyer.

— Tu n'as pas envie de rester?

Marcella avait l'air froissé. Séréna la rassura.

— J'aimerais bien. Mais je ne peux pas habiter dans cette maison. Il faut que je trouve un endroit où vivre, un emploi. Je ne pense pas pouvoir trouver du travail à Rome.

— Pourquoi faut-il que tu travailles?

Cette fois, la vieille femme avait pris un air contrarié. Elle s'accroche au passé, pensa Séréna dans un sourire.

— Pour manger. Si je ne travaille pas, je ne mangerai pas.

— Tu pourrais vivre ici ?

— Et c'est toi qui me nourrirais ? Que te resterait-il ?

— Les Américains jettent plus de choses que n'en mangent tous les Romains réunis. Nous aurons tout ce qu'il nous faudra, une fois qu'ils auront emménagé là-haut.

— Mais comment expliqueras-tu ma présence, Marcella ? Principessa en résidence ? Porte-bonheur ? Une grande amie ? On leur annonce qu'ils ont de la chance de m'avoir et je séjourne ici ?

— Ils n'ont pas besoin de savoir qui tu es, se défendit Marcella.

— Ils ne seront peut-être pas d'accord avec toi, Cella.

— Eh bien, tu pourrais travailler pour eux ! Comme secrétaire. Tu parles l'anglais, n'est-ce pas ?

Séréna prit une expression moqueuse :

— Oui, bien sûr, mais ils ne me prendront pas comme secrétaire. Ils ont leur personnel. Pourquoi m'engageraient-ils ?

Une lueur s'alluma dans ses yeux. Une idée venait de lui traverser l'esprit. Marcella connaissait bien cette expression. Elle l'avait toujours un peu redoutée. Souvent, pourtant, les idées audacieuses de Séréna s'étaient révélées bonnes.

— Peut-être... À qui s'adresse-t-on, ici, pour demander du travail ?

Marcella demeura un instant pensive :

— Je ne sais pas... Mais ils m'ont laissé une adresse dans le cas où je trouverais des jeunes filles pour m'aider à tenir la maison.

Puis, soupçonneuse, la vieille femme demanda :

— Pourquoi ?

— Je voudrais m'inscrire.

— Pour quoi faire ?

— Je vais aller voir ce qu'ils ont à proposer.

C'était une chose que d'arriver jusqu'ici, d'oublier tout, par épuisement, et de dormir une nuit dans une chambre de domestiques. C'en était une autre que de passer toute une vie au bas d'une maison qui avait été la vôtre. Elle sentait qu'elle n'était pas prête à visiter les étages. Mais si on lui donnait un emploi sur place, elle serait contrainte d'y monter. Elle n'aurait qu'à se dire que ce bâtiment était le leur, qu'il n'avait rien à voir avec elle, avec les personnes qu'elle avait connues, qu'elle ne l'avait jamais vu. Mais elle n'était pas sûre d'elle, et elle tremblait un peu en arrivant à l'adresse indiquée : Piazza della Reppublica. Et s'ils ne lui donnaient pas d'emploi ? Que ferait-elle ? Réunir tous ses derniers sous et repartir aux États-Unis ? Rester à Rome ? Mais pour quelle raison ? Pour suivre les élans de mon cœur, se dit-elle, tout en poussant la lourde porte du centre administratif américain. Il fallait qu'elle vive à Rome. Elle sourit à cette pensée, et le sourire errait encore sur ses lèvres quand, dans l'immeuble, elle se heurta à un militaire de haute taille. Il avait une expression très jeune et une masse de cheveux blonds s'échappait de sa casquette inclinée avec désinvolture sur l'oreille. Une lueur d'amusement dansait dans ses yeux gris, lorsqu'il plongea son regard dans les yeux de Séréna. Un instant, elle fut tentée de répondre à son sourire, mais ses traits se figèrent et, comme toujours en présence d'un uniforme, elle détourna les yeux. Quelles que fussent la séduction d'un homme ou la sympathie qu'il pouvait lui inspirer, elle ne supportait pas cette tenue qui évoquait pour elle tant de cauchemars.

— Excusez-moi.

Il lui effleura le coude pour mieux lui témoigner ses regrets, au cas où elle n'aurait pas parlé sa langue.

— Vous comprenez l'anglais ?

Son raidissement ne lui avait pas échappé, pas plus que le coup d'œil glacial qu'elle lui lança avant de retrouver son équilibre, reprendre son souffle et faire un pas de côté. Elle ne paraissait pas avoir saisi le sens de sa phrase. Il sourit de nouveau et lui dit quelques mots en italien :

— *Scusi, signorina. Mi dispiace molto…*

Il s'interrompit, le sourire de plus en plus charmeur. Séréna, pourtant, n'y parut pas sensible. Elle inclina la tête pour indiquer qu'elle avait compris et murmura :

— *Grazie.*

L'attitude de la jeune fille l'aurait contrarié s'il n'avait entrevu de la souffrance dans ses yeux. Il avait rencontré bien d'autres gens comme elle. Tout le monde avait souffert durant cette guerre. Et s'il avait été frappé par sa beauté, ses yeux verts, ses cheveux blonds, son teint satiné, il n'entrait pas dans les vues du major B.J. Fullerton de faire la cour aux jeunes Italiennes. Il ne s'y était pas risqué depuis son arrivée. Il est vrai qu'il avait de bonnes raisons : il était fiancé à une jolie fille de la société new-yorkaise, Pattie Atherton, la plus ravissante débutante de 1940, âgée aujourd'hui de vingt-trois ans. B.J. sourit de nouveau et se prit à siffloter en descendant l'escalier. Sa rencontre avec Séréna lui sortit vite de l'esprit.

À l'intérieur du centre, Séréna demeura un instant immobile et silencieuse. Elle se demandait à quel bureau elle allait bien pouvoir s'adresser, lorsqu'elle aperçut un panneau « Service d'embauche », portant le sous-titre italien de « Lavoro ». C'est là qu'elle se rendit. Dans un anglais hésitant, elle expliqua à l'employée ce qu'elle souhaitait faire. Elle ne voulait pas montrer à quel point elle possédait bien la langue anglaise. Elle n'entendait pas être engagée comme traductrice ou comme secrétaire, elle préférait gratter les parquets de sa propre maison, au côté de Marcella.

— Vous dites, mademoiselle, que vous connaissez la gardienne ?

Séréna hocha la tête et la femme reprit :

— C'est elle qui vous a envoyée ici ?

Séréna fit un nouveau signe de tête.

— Comment parlez-vous l'anglais : un peu ? mieux que cela ? Me comprenez-vous ?

— *Si. Un po'*… un petit peu. Assez.

Assez pour entretenir des sols et faire briller l'argenterie, se dit-elle. La femme en uniforme, assise derrière le bureau, dut se faire la même réflexion.

— Très bien. Le commandant s'installera mardi dans la maison. Son officier d'ordonnance y vivra aussi, ainsi que le sergent. Il y aura, en outre, trois simples soldats. Je crois qu'ils occuperont tout en haut les chambres de domestiques.

Séréna sut aussitôt de quoi elle parlait. Les chambres situées sous le toit étaient chaudes, quoique bien aérées. Les meilleures chambres étaient en bas. Elle était heureuse d'apprendre que Marcella et elle allaient les conserver.

— Nous n'avons pas encore trouvé d'autre jeune fille. Croyez-vous que cette Marcella et vous-même pourriez vous débrouiller, en attendant ?

— Oui, répondit très vite Séréna.

Elle ne souhaitait pas qu'une étrangère vienne vivre avec elles.

— L'autre femme avait l'air très âgée, quand je l'ai vue. Qui fera les gros travaux ?

— Moi. J'ai dix-neuf ans, dit Séréna en se redressant.

— Bien. Nous n'aurons peut-être pas besoin d'engager une autre jeune fille, murmura l'Américaine.

Séréna pensa alors que, si elle effectuait seule les gros travaux et les dissuadait d'engager une autre femme de service, il lui faudrait passer le plus clair de son temps dans les étages, avec «eux», ce qu'elle aurait voulu éviter. Mais on ne pouvait tout avoir. Elle devait s'armer de courage. Cela en valait la peine. La présence d'une étrangère lui aurait été trop pénible.

— Nous enverrons quelqu'un inspecter les lieux, lundi, et vous fournir tous les détails. Faites en sorte que les chambres soient propres, surtout la chambre à coucher principale. Le commandant a l'habitude de quartiers très soignés.

L'Américaine tendit à Séréna quelques formulaires à signer et lui expliqua qu'elle serait payée en lires, le premier et le quinze du mois. Cinquante dollars par mois, logée, nourrie. Cela parut raisonnable à Séréna. Très convenable, même. Elle quitta le centre de la Piazza della Reppublica avec un sourire heureux aux lèvres. Quand elle retrouva le petit appartement qu'elle allait partager avec Marcella, elle fredonnait de vieux airs d'antan.

— Eh bien ! eh bien ! nous voilà bien joyeuse ! Ils ont dû t'engager pour travailler avec le général.

— Non, dit Séréna. Ou plutôt si. Ils m'ont engagée pour travailler sous les ordres de mon général préféré : toi !

49

Il y eut un moment de silence. Marcella paraissait ne pas comprendre.

— Comment?

— Tu m'as entendue. Je vais travailler pour toi. À partir de lundi. Ou avant, si tu préfères.

— Ici? Dans le palazzo?

Marcella était abasourdie.

— C'est cela.

Outrée, la vieille femme la houspilla:

— Non! Tu t'es moquée de moi! Je t'ai donné cette adresse pour que tu trouves un emploi! Pas un travail comme celui-là.

— C'est un bon travail, assura Séréna, ajoutant avec douceur: C'est un travail qui te convient, Cella. Et moi, je souhaite demeurer ici, près de toi. Je ne veux pas aller travailler dans un bureau. Je veux rester ici. À la maison.

— Mais pas dans ces conditions! Santa Maria... quelle sottise! Tu es folle. Tu ne peux pas faire une chose pareille!

— Et pourquoi?

Marcella lui jeta:

— Tu oublies de nouveau qui tu es, principessa.

L'air furieux, Séréna regardait la petite femme qui avait travaillé durant quarante-sept ans pour sa famille.

— Et tu feras bien de l'oublier toi aussi, Marcella. Ce temps-là est révolu. Quel que soit mon titre, je n'ai pas un sou. Rien du tout. Si tu ne m'avais recueillie, je dormirais dans une misérable pension, et, s'ils ne m'avaient pas engagée pour frotter les parquets, je serais très vite morte de faim. Je ne suis pas différente de toi, aujourd'hui, Marcella. C'est tout simple. Si je me satisfais de cela, il faudra bien que tu t'en contentes aussi.

La vieille femme ne trouva pas de riposte immédiate. Tard ce soir-là, Séréna s'aventura enfin dans les étages supérieurs, sur la pointe des pieds. La visite fut moins pénible qu'elle ne l'avait imaginé. Presque tout le mobilier avait disparu. Il ne restait que quelques canapés, un énorme piano à queue et, dans la chambre de sa mère, un extraordinaire lit à baldaquin. C'est le seul objet dont la présence raviva sa douleur. Séréna y revoyait sa mère, radieuse, le matin, lorsqu'elle entrait quelques instants dans la pièce, avant de partir pour l'école. Elle ne s'arrêta qu'un moment, ici et là, revivant des scènes du passé, les soirées, les après-midi, les repas, les veillées de Noël avec tous les amis de ses parents, les thés avec sa grand-mère, quand celle-ci venait passer quelques jours... les visites de Sergio... d'autres gens... C'était un véritable pèlerinage. Et lorsqu'elle descendit retrouver Marcella, ses traits étaient apaisés, comme si tous les fantômes qui l'avaient hantée étaient enfin en repos. Elle ne redoutait plus rien. La maison n'était plus qu'un bâtiment comme les autres. Elle allait pouvoir y travailler. Et rester à Rome.

5

Le lendemain Séréna fut debout à la pointe de l'aube. Elle lava ses cheveux dorés, les noua en chignon sur la nuque et les dissimula sous un fichu de coton bleu marine, dont elle enroula les extrémités autour de sa tête, avant de passer une robe de coton bleu qu'elle avait portée au couvent. La robe était rapiécée et, à sa couleur fanée, on devinait qu'elle avait déjà beaucoup servi. La jeune fille mit des bas épais et sombres, de solides chaussures et un tablier bien blanc, puis alla se regarder dans la glace. Cela n'avait rien d'une tenue de principessa. Mais le foulard bleu marine contrastait de façon assez heureuse avec son teint clair et le vert vif de ses yeux. Tout en versant du café, au moment où la première lueur du jour frangeait les collines, Marcella l'examina. Elle ne put s'empêcher d'exprimer sa désapprobation :

— Tu as l'air ridicule dans cette tenue. Pourquoi ne mets-tu pas quelque chose d'un peu plus élégant, pour l'amour du ciel ?

Séréna ne répondit pas. Elle se contenta de sourire, fermant les yeux sous la fumée chaude qui montait de sa tasse. Marcella insista :

— Que crois-tu que les Américains vont penser de toi, dans cette vieille robe, Séréna ?

— Ils se diront que je suis travailleuse, Marcella.

La vieille femme avait l'air encore plus contrariée que la veille. Elle trouvait toute cette histoire absurde. Pis encore, elle se sentait coupable d'avoir suggéré à Séréna de se procurer un emploi. Elle espérait que la jeune fille allait parler un très bon anglais et que, dès le lendemain, elle serait engagée pour servir de secrétaire au plus gradé des officiers.

Une demi-heure plus tard pourtant, l'une et l'autre montaient et descendaient les escaliers, aidant les soldats à transporter les caisses et à les répartir dans les pièces. Séréna, surtout, leur était d'un grand secours. Marcella était trop âgée pour courir. La jeune fille se déplaçait aussi vite que les hommes et semblait être partout à la fois ; avare de mots, elle supervisait tout.

À la fin de l'après-midi, alors qu'elle leur apportait six tasses de café, l'homme qui dirigeait l'opération lui dit en souriant :

— Je vous remercie. Nous ne nous en serions pas tirés, sans vous.

Il n'était pas certain qu'elle ait bien saisi la phrase, mais il savait qu'elle connaissait un peu d'anglais et pensait qu'elle le comprendrait à son ton et à son sourire. C'était un homme de forte carrure, la quarantaine passée, un peu chauve, avec des yeux bruns très chaleureux.

— Comment vous appelez-vous, mademoiselle ?

Séréna hésita un instant, puis sachant qu'il lui faudrait le leur apprendre un jour, elle dit d'une voix douce :

— Séréna.

— Sériina, répéta-t-il aussitôt, avec l'accent américain.

Elle ne le corrigea pas. Après l'avoir vu travailler aussi dur que les hommes qu'il dirigeait, elle n'éprouvait plus de méfiance à son égard. C'était un brave homme, consciencieux, qui l'avait bien aidée et lui avait arraché des mains les caisses lourdes, en dépit de ses protestations. C'était le premier homme en uniforme à qui elle accordait un sourire. Il lui tendit la main et se présenta :

— Je m'appelle Charlie, Séréna. Charlie Crockman.

Elle prit sa main, leurs regards se croisèrent et il sourit de nouveau.

— Vous avez sacrément travaillé, aujourd'hui.

— Vous aussi, dit-elle avec un sourire timide.

Charlie se mit à rire :

— Ce n'est rien à côté de ce qui nous attend demain.

— Encore ? s'étonna Séréna.

Toutes les pièces étaient déjà pleines de caisses, de classeurs, de meubles à tiroirs, de bagages, de bureaux, de lampes, de sièges et de mille autres objets. Que pouvait-on ajouter à cela ? Charlie Crockman secoua la tête :

— Non, ce n'est pas ça. Nous allons nous mettre au travail pour de bon, ici. Le commandant Fullerton sera là demain matin.

Il roula des yeux, fit un grand sourire et poursuivit :

— Il vaudrait mieux pour nous que tout soit déballé et installé à midi.

Les hommes gémirent, et l'un d'eux intervint d'une voix forte :

— Je croyais qu'il devait partir à Spolète pour le week-end ?

Charlie Crockman hocha la tête :

— Pas lui. Si je ne me trompe pas sur son compte, il viendra ici ce soir, jusqu'à minuit, pour ranger ses fiches et son bureau.

B.J. Fullerton s'était comporté en héros pendant la guerre, et maintenant il jouait un rôle important dans l'administration. D'où son installation au palazzo. Ses hommes et lui se voyaient chargés de toute une série de tâches nouvelles. Charlie Crockman se lançait dans un grand discours sur les mérites du commandant lorsque Séréna s'éclipsa.

Marcella était assise dans la cuisine, les yeux fermés, tournant le dos à la porte. Elle prenait un bain de pieds. Sans faire de bruit, Séréna s'approcha, lui posa les mains sur les épaules et commença de la masser avec beaucoup de douceur.

— *Sei tu?*

— Qui crois-tu que cela puisse être?

— Mon petit ange!

Elles sourirent toutes deux. La journée avait été longue.

— Veux-tu me laisser préparer le dîner, ce soir, Cella?

Mais Marcella avait déjà mis un petit poulet au four et des pâtes bouillonnaient doucement dans une casserole. Au menu, il y avait encore de la laitue du jardin, quelques carottes et un peu de basilic et des petites tomates que Marcella venait juste de cueillir. Séréna se régala. À la fin du repas, c'est à peine si elle pouvait tenir les yeux ouverts. Elle aida tout de même la vieille femme à débarrasser la table et insista pour qu'elle aille se coucher.

— C'est moi qui t'apporterai du lait chaud sucré, ce soir. Et tu le boiras. C'est un ordre!

Marcella inclina la tête.

— Ah! principessa... tu es trop bonne...

Séréna réagit vivement.

— Arrête, Marcella!

— Excuse-moi.

La vieille femme n'avait plus la force de discuter. Elle souffrait de partout. Cela faisait des années qu'elle n'avait pas autant travaillé. Les Américains et Séréna s'étaient chargés du plus gros de l'emménagement, mais le simple fait d'y avoir participé l'avait épuisée. Au début, elle avait essayé d'écarter la jeune fille en lui soufflant des «Principessa!». Mais un coup d'œil furibond l'avait réduite au silence.

— Allez, va te coucher, Cella. Je t'apporterai le lait dans une minute.

La vieille femme obéit en bâillant. Elle partit en traînant les pieds. Soudain, sur le pas de la porte, elle s'arrêta avec un froncement de sourcils.

— Il faut que je remonte.

— Pourquoi?

— Pour fermer à clef. Je voudrais vérifier la porte

d'entrée avant d'aller me coucher. J'ai promis de m'en charger. Ils m'ont recommandé de veiller à ce que toutes les lumières soient bien éteintes.

— Je vais y aller.

Marcella hésita puis approuva d'un signe de tête. Elle était trop lasse pour discuter et Séréna était capable de tout vérifier.

— Très bien. Mais pour ce soir seulement.

— Oui, madame.

Peu après, lorsque Séréna se présenta à la porte de la petite chambre de Marcella, une tasse à la main, des ronflements sourds lui apprirent qu'elle arrivait trop tard. Elle regagna la cuisine, un sourire attendri aux lèvres. Après avoir bu le précieux liquide, elle gravit l'escalier de service pour accomplir sa dernière tâche de la journée : vérifier que tout était en ordre.

Le hall d'entrée avait son aspect habituel. Le grand piano était à la place qu'il occupait depuis plusieurs décennies. Le lustre scintillait avec le même éclat qu'au temps de ses parents. Elle le regarda, le visage radieux : il avait charmé son enfance. Les soirs où ses parents recevaient, elle s'asseyait dans l'escalier de marbre, en chemise de nuit, pour admirer les hommes en smoking ou en habit et les femmes dans leurs robes du soir aux couleurs éclatantes. Tous passaient sous le lustre de cristal à facettes, pour se promener dans le hall ou gagner le jardin, où ils buvaient du champagne près de la fontaine. Elle les entendait échanger des propos joyeux et tentait de comprendre ce qu'ils disaient. C'était étrange d'être là dans la nuit, alors que tous les autres avaient disparu. Ces réminiscences tout à la fois l'enchantaient et lui faisaient froid au cœur. En traversant le palier du second étage, elle fut prise de nostalgie et éprouva le désir de retrouver son ancienne chambre, de s'asseoir sur son lit, de regarder le jardin depuis sa fenêtre. Sans même s'en rendre compte, elle porta une main sur le foulard bleu marine, à présent poussiéreux, et le retira d'un geste lent, libérant ses cheveux blonds. Ce geste ressemblait à celui qu'elle faisait jadis, au retour de l'école, lorsqu'elle ôtait son chapeau d'uniforme avant de monter l'escalier en courant. Elle fit halte à la porte : la pièce était presque vide. Un bureau, une bibliothèque, plusieurs classeurs, quelques chaises... Les meubles, les objets qui lui avaient appartenu, tout cela avait disparu.

D'un pas décidé, elle gagna la fenêtre : la fontaine... le jardin... l'énorme saule... Elle les retrouvait tels qu'elle les avait connus. Si elle fermait très fort les yeux, elle entendrait au-dehors le rire de sa mère et de ses amis, elle les verrait se promener, papoter... Elle reverrait sa mère dans un tailleur de lin bleu... ou une robe de soie... un grand chapeau... des roses fraîchement coupées à la main, levant les yeux vers les fenêtres de Séréna. Peut-être lui ferait-elle un signe et...

— Qui êtes-vous ?

La voix claqua derrière elle comme une menace. Poussant un petit cri, Séréna écarta les bras, sursauta, et fit demi-tour. Elle ne voyait que la silhouette d'un homme. La pièce était toujours obscure et la lumière provenant du hall faible et lointaine. Elle ignorait qui il était, ce qu'il faisait là et s'il avait l'intention de lui faire du mal, mais, lorsqu'il fit un pas en avant, elle distingua des galons sur ses revers. Il était en uniforme. Elle se souvint alors de ce qu'avait dit l'officier de service à propos du commandant : il viendrait installer son bureau et resterait sans doute jusqu'à minuit.

— Êtes-vous le commandant ? demanda-t-elle d'une voix à peine audible, tant elle tremblait.

— Je vous ai demandé qui vous étiez.

Son ton était si ferme qu'il en était terrifiant. Ils ne bougèrent ni l'un ni l'autre, cependant. Il n'alluma pas derrière lui. La lune éclairait un peu la pièce. Il se contenta d'examiner la jeune fille, tout en se demandant pourquoi elle lui paraissait familière. Il l'avait observée depuis qu'elle était entrée dans la pièce qui devait lui servir, à lui, de bureau. Il avait éteint quand il avait entendu ses pas dans l'escalier. Au début, sa main s'était portée vers le revolver posé sur sa table de travail mais il avait jugé qu'il n'en aurait pas besoin. Il était simplement curieux de savoir qui elle était, d'où elle venait et ce qu'elle faisait au palazzo Tibaldo, dans cette chambre, à dix heures du soir.

— Je... je m'excuse... Je suis montée pour éteindre les lumières... je m'excuse...

— Vraiment? Cela ne répond toujours pas à ma question. Je vous ai demandé qui vous étiez.

— Je m'appelle Séréna. Je travaille ici.

Son anglais était meilleur qu'elle n'aurait souhaité le laisser paraître, mais elle avait décidé de ne pas jouer au plus fin avec lui. Sa prestance lui en imposait. Et puis, il y avait ces galons... Il valait mieux qu'il la comprenne, sinon, ce qu'à Dieu ne plaise, il était capable de la faire arrêter ou renvoyer. Elle ajouta:

— Je suis femme de service, ici.

— Que faites-vous dans les étages, Séréna?

— J'avais cru entendre du bruit... (Dans la pénombre, elle détourna son regard. Peut-être aurait-elle dû ruser, malgré tout? Elle acheva:)... et je suis venue voir ce qui se passait.

— Je comprends.

Il l'examinait avec plus d'attention et comprit qu'elle mentait. Il n'avait pas fait de bruit depuis plusieurs heures, pas même quand il avait éteint. Il la complimenta d'un ton dont elle perçut l'ironie:

— Vous êtes très courageuse, Séréna. Qu'auriez-vous fait si j'avais été un cambrioleur?

Il suivit des yeux la ligne de ses frêles épaules, ses longs bras gracieux, ses mains délicates. Elle sentit ce regard.

— Je ne sais pas. J'aurais appelé... à l'aide, j'imagine.

Tout en continuant à la surveiller, il se dirigea à pas lents vers l'interrupteur. Il alluma et la dévisagea. C'était une jeune fille d'une beauté saisissante. Élancée, gracieuse, un feu vert brillait dans ses yeux et ses cheveux lui rappelaient les ors du Bernin.

— Vous savez, je suppose que personne ne serait venu à la rescousse. Il n'y a personne, ici.

Cette fois, Séréna se rebiffa. Était-ce une menace? Oserait-il s'attaquer à elle? Croyait-il qu'ils étaient seuls? Elle le regardait. Ce jeune Américain, mince, grand, n'était pas simplement un homme en uniforme. C'était un homme habitué à être obéi, à voir ses désirs pris pour des ordres. Et si maintenant c'était elle qu'il voulait ? Elle s'adressa à lui avec fermeté ; ses yeux verts trahissaient la colère qui l'envahissait.

— Vous vous trompez. Nous ne sommes pas seuls, ici.

— Non ?

Il parut surpris. Avait-elle amené quelqu'un ? Si elle l'avait fait, c'était bien audacieux de sa part. Peut-être était-elle venue passer la nuit dans ce beau palazzo avec son petit ami. Il leva un sourcil et Séréna fit un pas en arrière.

— Nous ne sommes pas seuls.

— Vous êtes venue avec un ami ?

— Je vis ici avec ma... *zia*... ma tante, dit-elle d'une voix hésitante.

— Ici ? Au palais ?

— Elle m'attend au bas de l'escalier.

C'était un mensonge éhonté, mais il la crut.

— Elle travaille ici ?

— Oui. Elle s'appelle Marcella Fabiani.

Elle espérait que le commandant n'avait jamais rencontré Marcella. Elle souhaitait qu'il se la représente comme un dragon. Elle s'imagina alors la vieille femme, un peu pataude, ronflant tant et plus... Si cet homme avait l'intention de lui faire du mal, de la violer, personne ne se porterait à son secours !

— Vous êtes donc Séréna Fabiani ?

Elle acquiesça d'un signe de tête.

— Je suis le commandant Fullerton, comme vous l'avez compris. Je ne suis pas un intrus. Cette pièce est mon bureau et je ne veux pas vous y revoir. Sauf dans la journée, si vous y travaillez ou si je vous demande d'y monter. C'est clair ?

Elle fit signe que oui, mais, en dépit de la sévérité du ton, elle eut l'impression qu'il se moquait d'elle. Des petites rides creusées au coin de ses yeux gris laissaient à penser qu'il n'était pas aussi sévère qu'il voulait le faire croire.

— Y a-t-il une porte entre votre appartement et le palais ?

Il la regardait avec intérêt, mais, cette fois, elle le scruta à son tour. Il avait des cheveux blonds bouclés, des épaules larges et des bras musclés, de belles mains avec des doigts longs et élégants, et aussi de longues jambes… C'était un homme très séduisant, mais très suffisant. Elle se demanda de quelle famille il était issu. Il lui rappelait les beaux garçons coureurs de filles de la haute société romaine d'avant-guerre. C'était peut-être pour cette raison qu'il avait voulu savoir s'il existait une porte entre leur appartement et le palais… Elle ne chercha plus à masquer son indignation.

— Oui, commandant, il y en a une. Elle donne dans la chambre à coucher de ma tante.

Comprenant ce qui lui était venu à l'esprit, B.J. Fullerton faillit éclater de rire. C'était une jeune fille exaltée et, d'une certaine manière, elle l'amusait, mais il n'avait pas l'intention de le lui montrer.

— Je vois. Nous ferons en sorte de ne pas déranger votre tante, à l'avenir. Je préférerais que la porte soit condamnée, afin que… euh… vous ne soyez pas tentée d'aller vous promener. À partir du moment où je serai ici, demain, il y aura une sentinelle en faction devant le palais. Si vous entendez quelque chose, la nuit, vous n'aurez plus à vous précipiter à mon secours.

— Je ne suis pas venue à votre secours, commandant. Je suis venue voir s'il n'y avait pas de cambrioleur. Il entre dans mes responsabilités de protéger cette maison.

— Je vous suis très reconnaissant de vos efforts, Séréna. Désormais, cela n'entrera plus dans vos attributions.

— *Bene. Capisco.*

— C'est parfait. (Il hésita, puis ajouta :) Bonne nuit.

Elle ne fit pas mine de se retirer.

— Et pour la porte ?

— La porte ?

— La porte de notre appartement. La ferez-vous fermer demain ?

Cela les obligerait à sortir et à emprunter l'escalier d'honneur chaque fois qu'on les sonnerait ou qu'elles auraient à faire dans le palais. Pour Marcella, ce serait pénible, et pour Séréna gênant. Le commandant se prit à sourire. Elle était drôle, tenace, courageuse. Il se demandait où elle avait si bien appris l'anglais.

— Je crois que nous pourrons laisser la porte ouverte pour le moment. Si vous résistez à l'envie de venir ici la nuit. Après tout, ajouta-t-il d'un ton narquois, il pourrait vous arriver de pénétrer dans ma chambre et ce serait embarrassant, ne croyez-vous pas? Je n'ai pas l'impression que vous ayez frappé, ce soir?

Il la vit devenir rouge pivoine et, pour la première fois, elle baissa les yeux. Il regretta presque de l'avoir taquinée. Elle était sans doute plus jeune qu'elle n'en avait l'air, ce n'était peut-être qu'une gamine de quatorze ans, poussée en hauteur. On ne savait jamais avec les Italiennes. Il se rendit compte qu'il manquait de générosité à son égard. Elle fixait toujours ses chaussures de couvent et ses bas noirs. Il s'éclaircit la gorge et, ouvrant la porte, lui souhaita «Bonne nuit» d'un ton sans réplique. Elle sortit sans un regard, la tête haute, en répondant:

— *Buona notte.*

Il l'entendit descendre l'escalier et, quelques secondes plus tard, traverser l'immense hall de marbre. Toutes les lumières s'éteignirent et, en prêtant l'oreille, il perçut le bruit d'une porte dans le lointain. La porte de la tante? se dit-il en souriant.

C'était une fille curieuse... très belle par-dessus le marché. Mais elle pouvait être source de complications dont il n'avait pas besoin. Pattie Atherton l'attendait à New York et il lui suffisait d'évoquer son nom pour la revoir en robe du soir d'organdi blanc à ceinture de velours bleu, une cape de velours assorti bordée d'hermine blanche jetée sur les épaules. Sa chevelure de jais, sa peau veloutée, ses yeux de porcelaine... Il sourit, fit quelques pas vers la fenêtre et contempla le jardin. L'image de Séréna, ses immenses yeux verts et son regard décidé occupèrent à nouveau son esprit. À quoi pouvait-elle penser, là, devant le jardin? Que voyait-elle? Qui? Mais en quoi cela pouvait-il l'intéresser, lui, le major Fullerton? Elle était très belle, pleine de charme, mais ce n'était qu'une femme de service!

Pourtant, lorsqu'il parcourut une dernière fois son

bureau des yeux, avant de gagner sa chambre, la pensée de cette jeune fille continuait à le hanter.

6

— Séréna! Arrête-toi! C'était une injonction. Marcella ne supportait pas de la voir frotter le sol de la salle de bains de Charlie Crockman à genoux.

— Marcella, *va bene*...

D'un geste de la main, Séréna la repoussa gentiment, mais la vieille femme se baissa et tenta de lui prendre la serpillière.

— Vas-tu t'arrêter!

— Non!

Cette fois, les yeux de Marcella se chargèrent d'hostilité. Elle s'assit sur le bord de la baignoire et souffla à la jeune fille :

— Si tu ne m'écoutes pas, je leur dirai tout.

Repoussant une longue mèche blonde qui lui tombait sur les yeux, Séréna sourit :

— Que leur diras-tu? Que je ne sais pas faire mon métier? Ils s'en sont sans doute aperçus tout seuls.

Elle s'assit sur ses talons. Elle travaillait depuis près d'un mois pour les Américains et elle était contente de son sort. Elle avait de quoi manger, un lit pour dormir, elle vivait près de Marcella, sa seule famille, et habitait dans ce qui avait été jadis sa maison. Que pouvait-elle souhaiter de mieux? Beaucoup, pensait-elle parfois. Elle était pourtant satisfaite d'être parvenue à ce résultat. Elle avait écrit à mère Constance pour lui annoncer que tout allait bien. Elle avait évoqué la mort de sa grand-mère et lui avait appris aussi qu'elle vivait dans la maison de ses parents, à Rome, en se gardant bien de dire dans quelles conditions.

— Eh bien, Séréna?

— De quoi me menaces-tu, à présent, espèce de vieille sorcière?

Les deux femmes échangeaient leurs propos à voix basse, en italien. Elles s'offraient ainsi une petite pause. Séréna n'avait pas cessé de travailler depuis six heures du matin et il était presque midi.

— Si tu ne te tiens pas bien, Séréna, je dévoilerai tout.

— Quoi ? Tu m'enlèverais mes vêtements ?

— Tu n'as pas honte ! Non, je dirai au commandant qui tu es !

— Oh ! voilà que tu recommences avec ça ! Marcella, ma chérie, pour tout te dire, je crois qu'il s'en moquerait. Les salles de bains ont besoin d'être nettoyées, que ce soit par une principessa ou par n'importe qui d'autre. À voir l'ardeur avec laquelle il travaille tous les soirs, je ne crois même pas qu'il en serait choqué.

— C'est ce que tu penses !

Marcella, l'air entendu, la défiait.

— Que veux-tu dire par là ?

Le commandant s'était attaché à Marcella et ils bavardaient souvent ensemble. Un soir, Séréna avait vu la vieille femme lui repriser des chaussettes. Pour sa part, elle s'était tenue à distance. Elle n'était pas sûre de ses intentions, il lui paraissait un peu trop lucide, trop perspicace. La première semaine, il s'était montré curieux à son égard et, à plusieurs reprises, elle avait senti peser sur elle son regard dubitatif. Dieu merci ! ses papiers d'identité étaient en règle. Elle pressa Marcella :

— Tu es encore allée tourner autour du commandant !

— C'est un homme très gentil !

— Et alors ? Il n'est pas notre ami, Marcella. C'est un militaire. Il travaille ici, comme nous. Et ce que j'ai été ne le regarde en rien.

— Il trouve que tu parles très bien l'anglais, dit Marcella.

— Et puis ?

— Eh bien, il pourrait te trouver un meilleur travail.

— Je ne veux pas d'un meilleur travail. J'aime celui-là.

— Ah… *davvero* ? C'est vrai ? Je croyais t'avoir

entendue gémir sur les crevasses de tes mains, la semaine dernière. Et c'est bien toi qui ne parvenais pas à dormir parce que tu avais trop mal au dos?

— Oui… Oui… Arrête!

Séréna poussa un soupir et rejeta sa brosse de chiendent dans un seau d'eau savonneuse, avant d'expliquer:

— J'y suis habituée à présent, et j'aime être ici.

Elle baissa encore la voix et ajouta, les yeux suppliants:

— Tu ne comprends pas ça, Cella? C'est ma maison… *notre* maison.

Elle s'était corrigée très vite. Les yeux de la vieille femme s'emplirent de larmes et elle tapota la joue de Séréna.

— Tu mérites mieux que ça, ma petite fille.

Son cœur se fendait devant l'injustice du sort que la vie avait réservé à la jeune fille. Au moment où elle essuyait ses larmes d'un revers de la main, Charlie Crockman entra dans la pièce. Il fut embarrassé de les surprendre ainsi.

— Excusez-moi, marmotta-t-il en se retirant.

— *Fa niente*, lui lança Séréna.

Elle le trouvait sympathique, mais lui adressait rarement la parole en anglais. Elle n'avait d'ailleurs rien à lui dire. Pas plus qu'aux autres. Une seule chose comptait pour elle: continuer à vivre ici. C'était l'unique pensée qui l'habitait, tandis qu'elle allait de pièce en pièce, nettoyant, cirant, époussetant. Chaque matin, elle faisait l'énorme lit du commandant, en se disant que c'était toujours celui de sa mère. L'odeur qui régnait dans la pièce avait changé, pourtant: une odeur épicée, mêlée de citron vert et de tabac.

Quand elle eut terminé la salle de bains de Charlie Crockman, Séréna alla chercher un quignon de pain, un morceau de fromage, une orange et un couteau, puis s'en fut à pas lents dans le jardin, où elle s'assit, le dos appuyé contre son arbre favori, les yeux fixés sur les collines.

C'est là que le commandant la découvrit une demi-heure plus tard. Il la regarda peler son orange avec soin, puis se coucher dans l'herbe et s'absorber dans la contemplation du feuillage. Il ne savait pas s'il devait ou non l'approcher, mais il était intrigué par cette jeune fille courageuse, un peu mystérieuse. Il avait encore des doutes sur sa parenté avec Marcella, mais ses papiers étaient en règle et elle travaillait dur. Cela ferait-il une différence de savoir qui elle était vraiment? Il lui semblait que oui. Il lui arrivait de repenser à son attitude du premier soir, quand il l'avait surprise à la fenêtre, fixant ce saule pleureur.

Il s'approcha à pas lents de l'endroit où elle était allongée, s'assit près d'elle et la dévisagea. Elle sursauta en le reconnaissant, puis se redressa d'un mouvement vif, lissa son tablier sur sa jupe, cacha ses jambes couvertes de bas épais et le regarda dans les yeux.

— Il semble que vous me prenez toujours par surprise, commandant.

Cette fois encore, il nota que son anglais était bien supérieur à ce qu'elle laissait croire. Il eut envie de lui avouer que c'était elle qui le surprenait mais se contenta de lui sourire.

— Vous êtes très attirée par cet arbre, n'est-ce pas, Séréna?

Elle acquiesça d'un signe de tête avec un sourire d'enfant et lui offrit une partie de son orange. Pour elle, c'était un pas immense. Après tout, cet homme était un soldat, un de ces hommes en uniforme qu'elle haïssait depuis fort longtemps. Mais quelque chose en lui lui inspirait confiance. Peut-être parce qu'il était devenu l'ami de Marcella. Ses yeux lui semblèrent pleins de chaleur lorsqu'il accepta la moitié de son orange. Elle lui avoua:

— Quand j'étais petite, je vivais dans une maison... où je voyais un arbre... tout à fait comme celui-là... de ma fenêtre. Il m'arrivait parfois de lui parler, la nuit.

Elle rougit, se sentant sotte, mais il paraissait amusé.

— Vous arrive-t-il de parler à celui-ci?

— Quelquefois.

— Était-ce ce que vous faisiez, le premier soir, quand je vous ai surprise dans mon bureau?

Elle hocha la tête, et son visage se teinta de tristesse.

— Non, je voulais juste le voir. Ma fenêtre... la fenêtre de ma chambre avait la même orientation que celle-ci.

Il la regarda avec douceur :

— Et cette chambre, où est-elle ?

— Ici, à Rome.

— Vous y retournez ?

Il avait envie d'en savoir davantage sur elle. Elle haussa les épaules.

— D'autres gens vivent dans cette maison, à présent.

— Et vos parents, Séréna, où sont-ils ?

C'était une question dangereuse à poser après une guerre, il le savait. Elle tourna vers lui un regard étrange.

— Tous les membres de ma famille sont morts, commandant. Tous... (Elle se souvint alors, et ajouta :) excepté Marcella.

— J'en suis navré.

Il baissa la tête et fit courir ses doigts dans les herbes. Il n'avait perdu personne au cours de cette guerre et ses parents se réjouissaient que lui-même eût survécu. La guerre avait à peine touché l'univers dans lequel il évoluait. Et il savait qu'un jour, pas trop lointain, il retournerait chez lui. Pas tout de suite, cependant. Il aimait ce qu'il faisait à Rome.

Un soldat interrompit leur tête-à-tête. Le général Farnham l'appelait au téléphone. Le commandant jeta par-dessus son épaule un bref regard à Séréna, puis entra dans le palais. Elle ne le revit pas.

Quand Séréna se glissa entre ses draps frais, ce soir-là, elle repensa à l'intermède de l'après-midi, aux longues et fines mains du commandant jouant avec l'herbe, à ses épaules carrées et à ses yeux gris. La séduction naturelle de cet homme était surprenante.

De son côté, Bradford Fullerton, seul dans son bureau, toutes lumières éteintes, sa vareuse jetée sur une chaise et sa cravate traînant sur le bureau, contemplait le saule. Il ne pouvait détourner ses pensées de la jeune fille. Il revoyait le reflet du soleil dans

willow

ses yeux lorsqu'elle lui avait tendu sa moitié d'orange. Soudain, il ressentit un besoin physique, une véritable faim d'elle. Il n'avait convoité personne de cette manière depuis très longtemps. Il avait eu une permission d'une semaine, à la fin de la guerre, et il avait aimé Pattie de façon passionnée ; il lui était resté fidèle depuis son retour en Europe et n'avait guère éprouvé jusqu'à ce jour l'envie de la tromper. Maintenant, toutes ses pensées allaient à Séréna, à la courbe de son cou, à la grâce de ses bras, à la finesse de sa taille enserrée par les cordons du tablier blanc amidonné. Il était fiancé à l'une des plus jolies femmes de New York et voilà qu'il était tout excité par une femme de chambre italienne. Mais sa condition entrait-elle en ligne de compte ? Il voulait la connaître, et pas seulement sur le plan physique : il attendait davantage de Séréna. Il souhaitait découvrir ce que cachaient les ombres de ses grands yeux verts.

Il fixa ainsi l'arbre durant des heures, lui semblat-il. Soudain, il la vit, telle une apparition, un merveilleux fantôme, qui passait devant l'arbre et allait s'asseoir dans l'obscurité. Ses longs cheveux flottant au vent se teintaient d'argent sous la lune. La tête rejetée en arrière, comme pour mieux aspirer l'air de la nuit, les yeux clos, le corps drapé dans une couverture, elle allongea les jambes dans l'herbe. Il vit que ses jambes et ses pieds étaient nus. Tout en l'observant, il sentit son corps se tendre, comme attiré par cette mystérieuse jeune fille. Il pivota sur lui-même et quitta la pièce en fermant la porte sans bruit, puis dégringola l'escalier, traversa le hall pour atteindre la porte latérale qui donnait sur le jardin. La pelouse étouffait ses pas. Bientôt, il se retrouva devant elle frissonnant sous la brise, tremblant de désir. Elle perçut sans doute sa présence et, se retournant, leva vers lui des yeux stupéfaits mais n'émit pas un son. Un long moment, elle demeura ainsi, le regard rivé au sien. Sans dire mot, il s'assit près d'elle, dans l'herbe.

— Vous parliez à votre arbre ?

Il avait rompu le silence d'une voix douce. Il sentait la chaleur du corps de la jeune fille près du sien, se demandait comment entamer la conversation et

venait de prononcer une phrase qui lui paraissait
sans intérêt. Il s'aperçut alors qu'elle pleurait.

— Séréna? Que se passe-t-il?

Pendant un long moment, elle ne put lui répondre,
puis elle haussa les épaules, tourna les paumes vers le
ciel et grimaça un sourire. Il eut envie de la prendre
dans ses bras mais n'osa pas. Il n'était pas certain de
la manière dont elle réagirait. Il insista:

— De quoi s'agit-il?

Elle laissa échapper un sourire et, presque sans y
penser, posa sa tête sur son épaule, avant de fermer
les yeux.

— Quelquefois... dit-elle à voix basse, quelquefois,
on est très seul... après une guerre. On n'a personne.
Plus personne.

— Ce doit être très pénible.

Ne résistant plus à la question qui lui brûlait les
lèvres, il enchaîna:

— Quel âge avez-vous, Séréna?

— Dix-neuf ans. (Le visage de la jeune fille s'éclaira
et elle s'enquit:) Et vous?

— Trente-quatre ans, dit-il en souriant.

Il sentait qu'elle l'acceptait en tant qu'ami, à présent. Il avait l'impression que le moment partagé
dans l'après-midi avait marqué un commencement
entre eux. Elle retira la tête de son épaule et il
regretta cette douce pression. Il avait plus que jamais
envie d'elle.

— Séréna...

Il n'était pas sûr de la façon dont il fallait lui parler, ni de ce qu'il désirait lui communiquer, mais il
sentait qu'il devait lui dire ce qu'il éprouvait.

— Oui, commandant?

Il se mit à rire.

— Pour l'amour du ciel, ne m'appelez pas ainsi!

Elle se souvint de toutes les fois où elle avait grondé
Marcella pour lui avoir donné du «principessa», et rit
avec lui.

— Très bien. Comment dois-je vous dire, alors:
«monsieur»?

Il la contempla longtemps de ses yeux d'un gris
profond qui évoquait la mer, puis il murmura:

— Oui... peut-être bien... monsieur.

Avant qu'elle n'ait pu répondre, il l'avait prise dans ses bras et l'embrassait avec une fougue, une passion qu'il ne soupçonnait pas. Son corps se pressa contre elle, ses bras la serrèrent contre lui et il souhaita ne plus jamais quitter sa bouche, tandis que les lèvres de la jeune fille s'ouvraient sous les siennes et que leurs langues se cherchaient. Lorsqu'il se détacha enfin d'elle, elle s'alanguit dans ses bras avec un léger soupir.

— Nous ne devrions pas, commandant... nous ne pouvons pas.

— Pourquoi ne pouvons-nous pas ? Séréna...

Peut-être n'avait-elle pas tort, mais il sentait qu'il n'avait pas l'intention de s'en tenir là. Il aurait voulu lui dire qu'il l'aimait, mais il lui sembla que ce serait de la folie. L'aimait-il, d'ailleurs ? Il la connaissait à peine. Il comprenait cependant qu'un lien s'était noué entre cette jeune fille et lui.

— Non, ne dites rien... murmura-t-elle en levant la main comme pour retenir ses paroles.

Doucement, il prit cette main et déposa un baiser sur ses doigts.

— Ce n'est pas bien, poursuivit-elle avec un sourire triste. Vous avez une autre existence à mener. C'est Rome, la magie de Rome, qui vous tourne la tête.

Elle avait vu les photographies de Pattie Atherton dans sa chambre et sur son bureau. Mais pour le moment, lui ne pensait qu'à Séréna. Il effleura ses lèvres avant de reculer pour mieux la contempler encore. Elle ignorait pourquoi elle le laissait faire, mais elle avait la sensation d'y être contrainte, d'avoir senti dès le début comment les choses finiraient. C'était pourtant tout à fait déraisonnable... un Américain... un militaire... Où cela pouvait-il la mener ?

— Pourquoi pleuriez-vous, ce soir, Séréna ?

— Je vous l'ai dit. J'étais seule, triste... je pensais... à des choses qui ne sont plus.

— Quelles choses ? Dites-les-moi.

Il aurait voulu ne plus rien ignorer d'elle. Savoir pourquoi elle riait, pourquoi elle pleurait, qui elle aimait, qui elle détestait, et pourquoi. Elle soupira :

— Ah… Comment vous raconter… C'est un monde évanoui… Une autre époque.

Elle se tut un instant. Les visages de ses parents, de leurs amis la hantaient toujours davantage, ces derniers temps. Le commandant vit briller ses yeux sous les larmes.

— Ne pleure pas, Séréna.

Il l'attira dans ses bras et la tint contre lui, tandis que les larmes roulaient sur son visage.

— Je regrette.

— Moi aussi, je regrette que cela te soit arrivé.

Il ne put s'empêcher de sourire en songeant à sa prétendue parenté avec Marcella. Il fixa longuement le visage au dessin délicat, se demandant qui la jeune fille pouvait bien être. Et il se rendit compte que, pour lui, cela n'avait pas d'importance et cela n'en aurait sans doute jamais. C'était une jeune fille d'une beauté exceptionnelle, et il la désirait plus qu'il n'avait jamais désiré une femme, même celle à laquelle il était fiancé. Il était incapable de comprendre pourquoi. C'était ainsi. Encore une fois, il aurait voulu lui dire qu'il était amoureux d'elle. Mais pouvait-il réellement aimer une jeune fille qu'il connaissait à peine ? Maintenant, serré contre elle, sous les rayons de la lune, il savait qu'il l'aimait et Séréna le savait aussi. Il lui donna un long baiser, plein de passion. Puis, sans ajouter la moindre parole, il se leva, l'attira contre lui, l'embrassa encore et la raccompagna à pas lents à la porte de son appartement. Il l'y laissa sur un dernier baiser, toujours sans rien dire. Il n'osait risquer un mot. Séréna le regarda s'éloigner, puis elle entra chez elle et referma la porte avec douceur.

7

Durant les jours qui suivirent, le commandant B.J. Fullerton parut tourmenté. Il accomplissait ses tâches en véritable automate, incapable de réfléchir ou de voir quoi que ce soit, l'esprit ailleurs. Séréna, elle, se déplaçait comme en rêve. Elle ne comprenait pas ce qui lui était arrivé et n'était pas sûre de souhaiter revivre la même scène. Depuis des années, elle détestait tout ce qui se rattachait à la guerre, aux soldats, aux uniformes, aux armées, et voilà qu'elle s'était retrouvée dans les bras d'un commandant. Mais qu'attendait-il d'elle ? Elle connaissait, ou croyait connaître, la réponse à cette question et tremblait de colère chaque fois que lui revenait à l'esprit la photographie de la débutante new-yorkaise, près de son lit. Il voulait coucher avec sa petite bonne italienne ! Une histoire de guerre toute simple. Alors même qu'elle s'emportait, elle se souvenait de ses caresses et de ses baisers, sous le saule, et comprenait qu'elle espérait davantage de lui. Il aurait été difficile de dire lequel des deux avait l'air le plus malheureux. Tout le monde les observait, intrigué par leur comportement, mais seuls Charlie Crockman et Marcella avaient compris ce qui les liait. Ils avaient échangé un regard entendu. Le commandant avait tempêté contre la terre entière. Il ne menait rien à bien. Il avait même un moment égaré deux dossiers assez importants. Séréna mit près de quatre heures à cirer le même coin de parquet et, quand elle quitta la pièce, elle oublia chiffons et brosses dans un passage, regarda Marcella sans la voir et se coucha sans souper. Ils ne s'étaient pas adressé la parole depuis la soirée sous le saule. Dès le lendemain, Séréna avait considéré la situation comme sans espoir ; pour sa part, le commandant était dévoré par un sentiment de culpabilité. Il était persuadé que Séréna était d'une grande innocence et sûrement vierge et qu'elle avait assez souffert pour ne pas endurer, maintenant, les conséquences d'une liaison de guerre. En outre, il lui fallait songer à sa fiancée. L'ennui, c'était que Pattie ne hantait pas ses pensées du matin au soir. Chaque instant lui apportait des visions de Séréna. Le dimanche matin enfin, il l'aperçut dans un coin du jardin ; elle travaillait au potager de Marcella. Il ne pouvait plus supporter cette situation. Il fallait qu'il lui parle, qu'il essaie au moins de lui donner quelques explications, sinon il en perdrait la raison.

Il descendit quatre à quatre l'escalier, en pantalon kaki et en sweater bleu ciel, les mains dans les poches. Elle se releva, surprise, et écarta les cheveux qui lui tombaient dans les yeux.

— Oui, commandant?

Il crut un instant déceler une accusation dans le ton, mais elle sourit aussitôt. Il rayonnait. Il était si heureux de la voir qu'il n'aurait pas protesté si elle lui avait jeté tous ses outils de jardinage à la tête. Il avait souffert le martyre en l'évitant depuis quatre jours.

— J'aurais aimé avoir une conversation avec vous, Séréna. (Il ajouta, un peu intimidé:) Avez-vous beaucoup à faire?

— Un peu...

Elle lui parut très adulte soudain, tandis qu'elle rangeait ses outils, puis plongeait ses yeux verts dans ses yeux gris, avant de reconnaître:

— ... mais pas trop. Voulez-vous vous asseoir ici?

Elle indiquait un petit banc en fer forgé, dont la peinture s'écaillait. Elle était soulagée de pouvoir parler avec lui. Il n'y avait personne pour les observer. Tous les soldats étaient en permission et Marcella était partie à la messe, avant d'aller rendre visite à une amie. Séréna était restée au palais pour jardiner. Elle avait assisté à la première messe et Marcella ne l'avait même pas invitée à venir chez son amie. Dans la rue deux sentinelles demeuraient en faction, mais dans le palais ils étaient seuls.

Le commandant la suivit en silence jusqu'au banc. Il alluma une cigarette, les yeux fixés sur les collines.

— Je regrette de m'être mal conduit envers vous cette semaine, Séréna. Je crois que j'ai été un peu pris de folie.

Leurs regards se croisèrent. Elle fit un signe d'assentiment.

— Moi aussi. Je ne sais pas ce qui s'est passé.

— Étiez-vous fâchée?

C'est ce qu'il se demandait depuis quatre jours. À moins qu'elle n'ait été effrayée? Lui l'était, mais il n'aurait su préciser pour quelle raison. Elle sourit puis soupira :

— À certains moments j'étais en colère... mais à d'autres non. J'ai eu peur... et puis j'ai été troublée... et...

Elle n'acheva point. Il se sentit de nouveau submergé par le désir de la tenir dans ses bras, de la caresser. Il avait une brûlante envie de la faire sienne, là, sous les arbres, sur l'herbe baignée par le soleil de l'automne. Il ferma les yeux comme sous l'effet d'une souffrance. Séréna tendit alors une main pour toucher la sienne.

— Qu'avez-vous, commandant ?

Il ouvrit les yeux avec lenteur :

— Je ne sais pas ce que je ressens... ce qui m'arrive... Je vous aime. Oh ! mon Dieu... dit-il, en l'attirant à lui. Je vous aime.

Ses lèvres trouvèrent celles de la jeune fille qui sentit à son tour naître en elle le désir, puis quelque chose de plus fort encore. Une aspiration profonde à être sienne pour toujours, à faire partie de lui, à n'être qu'un avec lui. Elle avait le sentiment d'avoir trouvé son bonheur dans la maison de ses parents, dans leur jardin.

— Je vous aime, moi aussi.

Elle avait prononcé ces mots dans un souffle et, en dépit de son sourire, des larmes lui montaient aux yeux.

— Voulez-vous rentrer avec moi ?

Elle comprit ce qu'il suggérait. Il brûlait de la prendre dans ses bras, de la soulever de terre et de l'emporter, mais il n'en fit rien. Il voulait qu'elle sache ce qu'elle allait faire, qu'elle le veuille.

Elle inclina la tête en signe d'acceptation et se leva, le visage tourné vers lui. Elle avait les plus grands yeux qu'il ait jamais vus. L'air grave, il prit sa main dans la sienne et ils traversèrent ensemble le jardin. Séréna avait l'impression que l'on venait de les marier... « Voulez-vous prendre pour époux... ? » « Oui »... répondait-elle au fond d'elle-même, alors qu'ils montaient l'escalier extérieur. Il lui passa le bras autour de la taille et c'est enlacés qu'ils se dirigèrent vers la chambre qui avait été celle de sa mère. Sur le seuil, elle s'arrêta et se mit à trembler, les yeux rivés sur l'énorme lit à baldaquin.

— Je... je ne peux pas...

Elle avait à peine la force de murmurer. D'un signe de tête, il la rassura. Il ne précipiterait rien. Il se contenterait de l'étreindre, de la caresser, de la sentir, de la toucher, de poser ses lèvres sur sa peau délicate.

— Tu n'es pas obligée de faire quoi que ce soit qui te déplaise, ma chérie... je ne te contraindrai pas... jamais... je t'aime...

Sa bouche errait sur ses cheveux, son cou, ses seins ; et il écarta l'échancrure de la robe de coton, caressa sa peau, la dégustant comme un nectar, tandis que sa langue l'explorait. Et elle gémissait doucement.

— Je t'aime, Séréna... je t'aime...

Il disait vrai. Elle lui inspirait un amour et un désir qu'aucune femme n'avait su faire naître en lui auparavant. Oubliant ce qu'elle avait dit en entrant, il la prit dans ses bras, la porta sur le lit et la déshabilla lentement. Elle ne lui résistait pas. Ses mains cherchaient son corps, le serraient contre elle, le caressaient. Il sentit la poussée violente de son propre désir et eut peine à se contenir davantage.

— Séréna, je te veux... ma chérie... je te désire...

Il y avait une interrogation dans sa voix, il trouva la réponse dans ses yeux. Alors, il fit glisser ses derniers vêtements et elle apparut nue devant lui. Il acheva de se déshabiller et presque aussitôt fut près d'elle, la tenant serrée contre lui, sa chair contre la sienne. Avec une infinie douceur d'abord, puis avec une passion qui ne cessait d'augmenter, il se pressa contre elle, s'engageant toujours plus profond ; quand elle cria, il la pénétra, estimant qu'il ne fallait pas hésiter. Bientôt la souffrance se dissipa et elle s'accrocha à lui. Il se mit alors à bouger et lui enseigna les merveilles de l'amour. Avec beaucoup de tendresse, jusqu'au moment où elle se cambra, et poussa un cri qui n'avait plus rien à voir avec la douleur. Il se laissa alors aller sans frein jusqu'à ce qu'il sente une coulée d'or chaud le parcourir, jusqu'à ce qu'il se sente flotter en plein ciel. Pendant un temps qui leur parut infini, ils dérivèrent, enlacés, puis il la retrouva couchée près de lui, et elle lui parut aussi belle qu'un papillon venu se poser entre ses bras.

— Je t'aime, Séréna.

Plus les heures passaient et plus ces mots se chargeaient de sens. Cette fois, ce fut avec le sourire d'une femme qu'elle se tourna vers lui pour l'embrasser et laisser courir ses mains sur lui. S'appuyant sur un coude, il sourit à son irrésistible femme-enfant dorée.

— Bonjour, dit-il, comme s'il venait de faire sa connaissance.

Elle leva les yeux vers lui et se mit à rire. Elle riait de son expression, de la formule employée, des fantômes résolument rejetés aux oubliettes. Elle riait, couchée sur le lit de sa mère, les yeux levés vers les panneaux de satin bleu évocateurs, pour elle, d'un ciel d'été.

— C'est joli, n'est-ce pas ?

Il regarda les panneaux de satin et lui sourit à nouveau. Il y avait quelque chose d'espiègle dans le regard de Séréna.

— C'est vrai, dit-elle en lui déposant un baiser sur le bout du nez. Cela a toujours été joli.

— Quoi donc ? demanda-t-il, troublé.

— Ce lit, cette chambre.

En toute innocence, il demanda :

— Venais-tu souvent ici, avec Marcella ?

Séréna ne put retenir un éclat de rire. Elle se devait de lui apprendre, à présent. Ils venaient d'être mariés en secret, au jardin, par des esprits familiers, et ils avaient consommé leur union dans le lit de sa mère. Il était temps de lui révéler la vérité.

— Je ne suis pas venue ici avec Marcella.

Elle baissa la tête un instant, caressa sa main, se demandant quels mots employer. Elle releva enfin les yeux et annonça :

— J'habitais ici autrefois, commandant.

— Tu ne crois pas que tu pourrais m'appeler Brad ?

Il se pencha pour l'embrasser. Elle l'accueillit un sourire aux lèvres, puis s'écarta un peu de lui.

— Bien, ce sera Brad.

— Que veux-tu dire par «j'habitais ici»? Avec Marcella et tes parents? Toute la famille travaillait ici?

Elle secoua la tête, l'air grave, puis s'assit sur le lit, enroula le drap autour d'elle et serra bien fort la main de son amant.

— Ici, c'était la chambre de ma mère, Brad. Et ton bureau était ma chambre. C'est... c'est pour cette raison que j'étais venue, ce soir-là. La première fois que je t'ai vu... ce soir-là, dans le noir...

Sa voix était à peine audible, mais elle le regardait bien en face. Lui la dévisageait, stupéfait.

— Oh! mon Dieu! Mais alors, qui es-tu? (Comme seul un long silence lui répondait, il affirma:) Tu n'es pas la nièce de Marcella.

Séréna prit une profonde inspiration, sauta au bas du lit et, dans une révérence, annonça:

— J'ai l'honneur d'être la principessa Séréna Alessandra Graziella di San Tibaldo.

Elle était maintenant debout devant lui, nue. Qu'elle était belle! Brad Fullerton la fixait, médusé.

— Comment?

Il avait très bien compris, pourtant. Et quand elle entreprit de répéter, il l'arrêta d'un geste, éclatant de rire. Ainsi, c'était elle, la petite «bonne» italienne qu'il avait craint de «séduire». La «nièce» de Marcella. La nouvelle lui parut merveilleuse et invraisemblable à la fois. Il ne pouvait s'arrêter de rire en regardant Séréna. Et elle aussi se mit à rire. Quand elle se glissa de nouveau dans ses bras, il retrouva enfin son sérieux.

— Quelle étrange existence tu mènes, ma chérie, à travailler ici pour notre armée!

Il songea aux tâches qu'elle avait accomplies au cours du mois précédent et la situation ne lui parut plus drôle. Elle avait même quelque chose de très cruel.

— Comment diable est-ce arrivé?

Elle lui raconta tout. Le dissentiment entre son père et Sergio, la mort de ses parents, la vie à Venise, la fuite aux États-Unis et son retour. Puis elle lui expliqua qu'elle n'avait plus rien, qu'elle n'était qu'une femme de service dans son palais. Elle n'avait ni argent ni biens. Rien, si ce n'est son passé, des ancêtres et un nom.

— Tu es beaucoup plus riche que cela, mon amour... (Il la détaillait avec douceur, tandis qu'ils demeuraient allongés côte à côte.) Tu possèdes un don magique, une grâce particulière, dont héritent peu de gens. Où que tu ailles, Séréna, cette grâce te servira. On te distinguera toujours parmi les autres. Marcella a raison : tu es à part. Tu es une principessa... une princesse... Je comprends tout, maintenant.

Pour lui, cela expliquait la sorte d'aura dont elle semblait nimbée. Elle était une princesse... sa princesse... sa reine. Il la regardait avec une telle tendresse qu'elle en fut émue aux larmes.

— Pourquoi m'aimes-tu, commandant ?

En prononçant ces mots, elle paraissait étrangement adulte, pleine de sagesse et de tristesse à la fois.

— C'est à tes sous que j'en veux, prétendit-il en riant, ce qui accentuait sa séduction et le rajeunissait.

— J'en suis persuadée. Crois-tu que j'en ai assez ? demanda-t-elle, les yeux brillants de malice.

— Combien as-tu ?

— Vingt-deux dollars environ après ma dernière paie.

— C'est parfait. Je te prends. C'est tout à fait ce qu'il me faut.

Déjà, il l'embrassait, et tous deux voulaient autre chose. Après l'avoir de nouveau aimée, il la tint contre lui en silence. Il réfléchissait aux épreuves qu'elle avait traversées, au chemin parcouru pour revenir chez elle, dans ce palais où, Dieu merci, il l'avait découverte. Il ne la laisserait plus repartir. C'est alors que son regard se porta vers la table de marbre où était posée la photographie, encadrée d'argent, d'une souriante jeune femme aux cheveux noirs. Séréna le sentit et se retourna pour contempler à son tour la photo de Pattie. Ses yeux cherchèrent ceux de Brad. Il soupira en secouant la tête :

— Je ne sais pas, Séréna. Je n'ai pas encore de réponse à cette question-là.

Elle fit signe qu'elle le comprenait mais fut prise d'angoisse. Que se passerait-il si elle le perdait ? Elle sentait bien que c'était dans les choses possibles. L'autre femme faisait partie de son univers. Un univers auquel Séréna n'appartiendrait peut-être jamais.

— Est-ce que tu l'aimes ? murmura-t-elle, attristée.

— Je le croyais. Beaucoup.

Séréna baissa la tête. Tendrement il lui prit le menton et l'obligea à relever la tête.

— Je te dirai toujours la vérité, Séréna. Je ne te cacherai rien. Cette femme et moi sommes fiancés, et c'est bien le diable si je sais ce que je vais faire à son propos. Mais c'est toi que j'aime. Je t'aime vraiment, du fond du cœur. Je t'ai aimée dès l'instant où je t'ai vue traverser mon bureau sur la pointe des pieds, dans le noir. Il faut que je réfléchisse. Je ne l'aime pas de la façon dont je t'aime. Je l'aimais parce qu'elle appartient à un monde familier, confortable.

— Mais moi, Brad, je n'en fais pas partie.

— Cela n'a pas d'importance, pour moi. Toi, tu es toi.

— Et ta famille. Cela lui suffira ?

Ses yeux disaient qu'elle en doutait.

— Ils sont très attachés à Pattie, mais cela n'a aucune importance.

— Vraiment ?

Séréna avait pris l'air désinvolte et se glissait déjà hors du lit, mais il la rattrapa.

— Aucune. J'ai trente-quatre ans. Il faut que je vive ma vie, Séréna, pas celle qu'ils souhaitent. Si j'avais voulu mener la même existence qu'eux, je serais déjà démobilisé et je travaillerais pour un ami de mon père, à New York.

— Et tu ferais quoi ?

Elle était soudain prise de curiosité à son sujet.

— Je travaillerais dans une banque, sans doute. Ou bien je serais candidat à quelque chose. Ma famille est très liée aux milieux politiques, aux États-Unis.

Elle poussa un soupir las. Une pointe de cynisme apparut dans ses yeux.

— Ma famille aussi était très liée au milieu politique. Ici.

Elle le regardait avec tristesse maintenant. Puis, plus philosophe, elle laissa échapper un petit rire. Il fut content de la voir sensible à l'ironie de la situation.

— C'est un peu différent de l'autre côté de l'Atlantique.

— Je l'espère. Est-ce la carrière que tu souhaites entreprendre?

— Peut-être. Pour tout t'avouer, je préférerais rester dans l'armée.

— Et qu'en pensent tes parents? Cette idée leur plaît-elle?

Elle s'était bien rendu compte du pouvoir qu'ils avaient sur lui, ou plutôt qu'ils s'efforçaient d'avoir.

— Non. Mais c'est la vie. C'est ma vie. Et je t'aime. Ne l'oublie jamais. Je prendrai seul mes décisions (Il jeta un nouveau coup d'œil à la photographie.) dans ce domaine-là aussi. *Capisci?*

Son accent américain lui arracha une petite grimace.

— *Capito.*

— Bien.

Il l'embrassa et, un instant plus tard, il l'aimait de nouveau.

8

— Qu'as-tu fait?

Marcella était frappée de stupeur. Séréna craignit un instant de la voir se trouver mal.

— Détends-toi, bonté divine! Je lui ai tout dit. Voilà tout.

— Tu l'as appris au commandant? reprit Marcella, choquée. Mais que lui as-tu raconté?

— Tout. À propos de mes parents. De cette maison.

Séréna avait voulu paraître insouciante, mais elle n'y parvenait pas tout à fait. Elle eut un petit rire nerveux.

— Qu'est-ce qui t'a poussée à faire une chose pareille?

La vieille femme l'observait avec attention. Elle avait donc raison : Séréna était tombée amoureuse de ce jeune et charmant Américain. Il ne restait plus qu'à espérer qu'il l'épouserait. Toutes les prières qu'elle avait faites pour le bonheur de sa principessa seraient alors exaucées. À ses yeux, le commandant représentait le seul espoir de Séréna. Elle l'avait observé attentivement. À bien des détails, elle avait compris qu'il avait reçu une bonne éducation, sans doute dans une famille fortunée. Elle en avait conclu que c'était un garçon très bien.

— Je l'ai fait, un point c'est tout. Nous avions une conversation et j'ai jugé malhonnête de ne pas lui dire la vérité.

Marcella était trop âgée et trop avertie pour la croire, mais elle eut l'intelligence d'acquiescer comme si elle acceptait sa version des faits.

— Qu'a-t-il dit ?

Séréna sourit en elle-même : « Qu'il m'aimait. »

— Rien. Je ne crois pas que mon titre lui ait fait la moindre impression. Pour lui, je ne suis jamais qu'une femme de service.

— C'est vrai ? demanda Marcella en guettant ses réactions. Est-ce bien tout ce que tu es pour lui, Séréna ?

— Oui, bien sûr. Enfin... je suppose que nous sommes amis, à présent.

Elle se tut. Marcella réfléchit un moment puis se décida à poser la question qui la tourmentait :

— Est-ce que tu l'aimes, Séréna ?

— Est-ce que je... Eh bien...

Elle eut envie d'esquiver la difficulté, bafouilla, rougit, puis reconnut :

— Oui, je l'aime.

La vieille femme se rapprocha d'elle et la prit dans ses bras.

— Et lui, est-ce qu'il t'aime ?

En soupirant, Séréna s'écarta de Marcella et fit quelques pas dans la pièce.

— Je le crois. Pourtant... cela ne veut pas dire grand-chose, Cella. Il faut regarder les choses en face. Il est ici. Il subit le charme de Rome. C'est la fin de la guerre. Un jour… il repartira vers le monde qu'il connaît.

— Et il t'emmènera, conclut la vieille femme avec fierté.

— Je ne le crois pas. S'il le faisait, ce serait par pitié, parce qu'il aurait des remords.

— C'est juste. Alors, tu partiras avec lui.

Pour Marcella, tout était réglé. Séréna voyait beaucoup plus loin.

— Ce n'est pas si simple.

— Ce le sera, si tu le veux. Le veux-tu ? L'aimes-tu assez pour l'accompagner ?

— Bien sûr. Mais la question ne se pose pas de cette façon. Il a une vie, là-bas, Cella. Ce n'est pas le genre d'homme à ramener une épouse de guerre.

— Épouse de guerre ? Épouse de guerre ? Tu es folle ? *Sei pazza ?* Tu es princesse, tu ne t'en souviens plus ? Est-ce que tu n'as pas oublié de lui parler de ça ?

Elle avait l'air si anxieux que Séréna éclata de rire.

— Non ! Je le lui ai dit, mais ce n'est pas suffisant. Je n'ai rien, Cella. Plus rien, maintenant. Plus d'argent, plus rien. Que penserait sa famille, s'il m'emmenait chez lui ?

Du jour au lendemain, elle avait acquis de l'expérience. Marcella, toutefois, ne voulait rien entendre.

— Ces gens-là penseront qu'il a de la chance, voilà tout.

— Peut-être bien.

Séréna n'en était pas convaincue. Elle se souvenait du visage de la jeune fille, sur la photo. « Ils sont très attachés à Pattie », entendait-elle encore Brad déclarer. S'attacheraient-ils à elle ? Rien n'était moins sûr. Elle sortit dans le jardin. Marcella la suivit des yeux.

Octobre fut un mois de rêve pour Séréna. Brad et elle vécurent pleinement leur liaison. Chaque soir, après le dîner, il regagnait sa chambre. Séréna attendait dans la sienne que les soldats se soient retirés et que Marcella soit couchée. Alors, à pas de loup, elle grimpait l'escalier de marbre et se glissait jusque dans la chambre de son amant. Il l'attendait pour lui parler de sa vie, lui raconter des histoires amusantes, lui lire parfois une lettre de son frère cadet, lui offrir du vin blanc, du champagne, des petits gâteaux, ou bien lui montrer les photographies qu'il avait prises d'elle au cours du week-end précédent. Ils avaient toujours quelque chose à partager, une occasion de se réjouir, de s'apprécier, de discuter. Puis, c'était l'émerveillement de l'amour, la découverte de caresses nouvelles, le plaisir infini qu'elle éprouvait dans ses bras. La photographie de Pattie avait été reléguée dans le bureau. Ils passaient des nuits bien au chaud dans son lit et se levaient un peu avant six heures, pour assister au lever du soleil sur le jardin. Après un dernier baiser, une ultime caresse, une étreinte, elle regagnait sa chambre. Et chacun de son côté, ils entamaient la journée.

Un jour de la fin octobre, Séréna le trouva soucieux, absent, un peu irrité même. Lorsqu'elle lui adressa la parole, il parut ne pas l'entendre. Assis devant la cheminée, il fixait le feu.

— Excuse-moi, Séréna. Que disais-tu ?

— J'ai dit que tu m'avais l'air inquiet, mon chéri.

Son souffle lui caressait le cou. Il posa sa tête contre la sienne.

— Non. Distrait, c'est tout.

Tout près de lui, elle ne put s'empêcher d'admirer une fois de plus son visage fier, ses yeux gris. Et elle savait maintenant qu'en plus il était intelligent et bon. Trop, peut-être. Il s'efforçait toujours de comprendre et d'aider ses hommes. Il arrivait même qu'il ne montrât pas assez de fermeté pour un chef. Il n'était jamais insensible et prenait tout à cœur.

— Qu'est-ce qui te rend si distrait, B.J. ?

Il sourit en l'entendant l'appeler par ses initiales, comme le faisaient ses collaborateurs. Habituellement, elle disait « Brad » ou, lorsqu'elle voulait le taquiner, elle lui donnait du « commandant ».

Il la regarda, songeur, puis prit la décision de tout lui dire, maintenant. Il avait pensé un moment attendre le lendemain matin, mais quel intérêt aurait-il eu à tarder davantage ?

— Séréna... J'ai reçu un télégramme, ce matin.

Le cœur de la jeune fille cessa de battre. Il allait

quitter Rome. Elle ferma les yeux, luttant contre les larmes. Elle avait toujours su qu'il lui faudrait être courageuse, le jour où il le lui annoncerait, mais elle était bouleversée. Elle entrouvrit les yeux : il l'était autant qu'elle.

— Voyons, ma chérie, ce n'est pas si grave.

Il la prit dans ses bras et laissa errer ses lèvres dans sa chevelure dorée.

— Tu t'en vas ? murmura-t-elle d'une voix enrouée.

Il secoua très vite la tête en signe de dénégation.

— Bien sûr que non. C'est ce que tu as cru ? demanda-t-il en s'écartant, le regard chargé d'amour et de tristesse. Non, ma chérie, je ne pars pas. Ce n'est pas un télégramme officiel. Il s'agit de Pattie. Elle vient ici. D'après elle ce voyage serait un cadeau d'anniversaire de son père. En toute franchise, je crois qu'elle est inquiète. Je ne lui écris plus beaucoup. Elle a appelé l'autre matin, tout de suite après que... Je n'ai pas pu lui parler, lui dire ce qu'elle souhaitait entendre.

Il se leva, arpenta la pièce à pas lents, l'air troublé, puis il fit face à Séréna.

— Je n'ai pas pu jouer la comédie avec elle, Séréna. Je ne sais plus. J'aurais sans doute dû lui écrire, il y a plusieurs semaines, rompre nos fiançailles, mais... (Il avait l'air très malheureux.) Je ne suis pas sûr de moi.

— Tu l'aimes encore, n'est-ce pas ?

C'était plus une affirmation qu'une question. B.J. la regarda avec angoisse.

— Je n'en sais rien. Je ne l'ai pas vue depuis des mois et tout était si irréel, alors. C'était la première fois que je rentrais chez moi depuis trois ans. Tout était si enivrant, si romantique. Nos familles nous encourageaient. On se serait cru dans un film. Je ne sais pas si cela avait le moindre rapport avec la vie réelle.

— Tu étais tout de même prêt à l'épouser.

— C'était ce que tout le monde souhaitait. (Il se rendit compte qu'il n'était pas très honnête, et corrigea :) C'était ce que je désirais aussi. Cela me paraissait si bien à l'époque. Tandis qu'à présent...

Séréna s'allongea devant le feu. Elle aurait voulu écarter les souffrances qu'elle allait endurer. Elle jeta sur Brad un regard triste. Elle ne saurait pas lutter contre cette jolie femme brune qui avait gagné son cœur. Elle-même ne serait jamais qu'une petite bonne.

— Je sais ce que tu penses.

L'air abattu, il se laissa tomber sur une chaise, près de la fenêtre, passa une main dans ses cheveux bouclés, tout ébouriffés. Avant l'arrivée de Séréna, ce soir-là, il avait réfléchi des heures, pesant le pour et le contre, se posant des questions auxquelles il ne trouvait pas de réponses.

— Séréna, je t'aime.

— Moi aussi, je t'aime. Et je sais que notre histoire est passionnée, merveilleuse, mais qu'elle n'a rien à voir avec la réalité, Brad. Cette jeune femme et sa famille te connaissent. Tu les connais. C'est ta vie. Que peut-il y avoir entre nous ? Un souvenir exceptionnel ? Un moment de tendresse extraordinaire ? Tu ne peux m'emmener chez toi. Nous ne pouvons nous marier. C'est elle que tu dois épouser, et tu le sais.

Les larmes lui montèrent aux yeux et elle se détournait au moment où il la rejoignait à grands pas et l'attirait contre lui.

— Et si je ne le veux pas ?

— Il le faut bien. Tu es fiancé.

— Je peux rompre nos fiançailles.

L'ennui, c'était qu'il n'était pas certain de le vouloir. Il aimait Séréna, mais il avait aimé Pattie aussi. Il avait été si heureux, fou de joie même. C'était une excitation folle, une sorte de délire. Séréna lui apportait au contraire l'apaisement. Il éprouvait un sentiment protecteur et tendre à son égard, presque paternel. Il aimait être près d'elle, la retrouver à la fin de chaque journée. Il s'était habitué à compter sur sa présence calme, ses paroles réfléchies, ses silences. Elle lui insufflait une force que Pattie était incapable de lui donner. Les épreuves, les deuils lui avaient fait acquérir cette force et elle la partageait avec lui. À ses côtés, il se sentait capable de déplacer des montagnes. Et, dans ses bras, il avait trouvé une passion encore insoupçonnée. Cela durerait-il toute la vie? Pouvait-il la ramener chez lui? Pattie Atherton appartenait au monde dont il était issu, à sa culture. Il était juste qu'ils soient associés. L'était-ce vraiment? En plongeant son regard dans les yeux verts de Séréna, il perdait toute certitude. La passion, la chaleur, le désir, l'énergie qu'ils partageaient, il ne se résignait pas à y renoncer. Et s'il y était contraint? Il la serra contre lui et la sentit trembler:

— Seigneur! Séréna... je ne suis sûr de rien. J'ai l'impression d'être un idiot. Je comprends que je devrais me décider. Le pire, c'est que tu sais et que Pattie, elle, ne sait pas. Il faut au moins que je lui dise la vérité.

— Non, Brad. Il ne vaut mieux pas. Si tu l'épouses, elle n'a pas besoin de savoir.

Cela n'aura été qu'une liaison de guerre, un soldat et une Italienne, comme tant d'autres, se dit Séréna avec amertume. Elle voulait chasser toute colère de son esprit. Elle lui avait donné son cœur et toute sa personne, en sachant qu'il existait une autre femme dans sa vie et que leur liaison pouvait très bien ne déboucher sur rien. C'était une sorte de pari, et elle avait sans doute perdu. Mais elle ne le regrettait pas. Elle l'aimait et savait qu'il l'aimait aussi.

— Quand arrive-t-elle?

— Demain.

— Oh! mon Dieu! Pourquoi ne m'as-tu pas prévenue?

— Je l'ignorais jusqu'à ce soir. Je viens de recevoir le télégramme.

Il l'attira contre lui et la prit dans ses bras.

— Veux-tu que je m'en aille? demanda-t-elle d'une petite voix, par bravade.

Il secoua la tête très vite, et la serra plus fort.

— Non... oh! Seigneur... ne fais pas cela... J'ai besoin de toi.

Réalisant à quel point il était égoïste, il s'écarta d'elle:

— Veux-tu t'en aller?

À son tour, Séréna secoua la tête, en le regardant droit dans les yeux.

— Oh! ma chérie (Il enfouit son visage dans son cou.), je t'aime... Je me sens si faible... de caractère.

— Tu es humain, voilà tout. Tous les jours les gens se trouvent dans des situations comme celle-là, soupira-t-elle.

Mais lui n'avait jamais été placé devant un choix aussi difficile. Il en était bouleversé. Il y avait deux femmes dans sa vie. Avec laquelle allait-il bâtir son avenir?

— Viens.

Séréna s'était levée et avait pris sa main. Il eut un grand élan vers elle, elle lui parut plus femme que jamais. Elle n'avait pas dix-neuf ans et déjà elle respirait la sagesse.

— Tu as l'air las, mon chéri.

Elle souffrait au plus profond d'elle-même, mais ne voulait pas le lui laisser voir. Tout ce qu'elle allait lui montrer, au contraire, c'était son amour pour lui, et sa force. Cette force qui lui avait permis de survivre à la mort de ses parents, à son exil aux États-Unis, à la mort de sa grand-mère. Cette force qui l'avait incitée à revenir vivre au palazzo, à frotter les sols, à oublier qu'elle avait été une principessa. Sans mot dire, elle le conduisit dans la chambre et commença, comme chaque soir, à se déshabiller près du lit. C'était devenu un rituel; parfois il l'aidait, parfois il se contentait de la regarder, d'admirer la grâce de son corps juvénile. Cette nuit-là, pourtant, il ne pouvait détacher ses mains d'elle, tandis que les rayons de lune dansaient dans ses cheveux blonds. Il la souleva pour la déposer sur le lit et la couvrit de baisers gourmands.

— Oh! Séréna, ma chérie... Je t'aime tant...

Elle murmura son nom et durant les longues heures qui les séparaient du lever du soleil ils oublièrent l'existence de l'autre femme, cependant que Séréna devenait encore et encore sienne.

9

Droit comme un *i*, le commandant B.J. Fullerton attendait à l'aéroport militaire, dans la banlieue de Rome. Son regard était toutefois un peu troublé. Des cernes sous ses yeux trahissaient le manque de sommeil. Il alluma une cigarette et s'aperçut que ses mains tremblaient. Il lui parut absurde que la pensée de retrouver Pattie l'ait mis dans un tel état. Le père de la jeune fille, M. Atherton, représentant de Rhode Island au Congrès, lui avait trouvé une place à bord d'un avion militaire. Elle devait arriver dans dix minutes. B.J. regretta un instant de ne pas avoir avalé un peu d'alcool avant de partir. Soudain, il aperçut l'avion au loin. Et, quelques minutes plus tard, Pattie Atherton apparaissait en haut de la passerelle. Elle le chercha du regard. Quand enfin elle le vit, elle agita la main, un grand sourire aux lèvres. Ses cheveux de jais étaient soigneusement maintenus par un chapeau rouge vif. Elle portait un manteau de fourrure et des bas foncés. Elle posa une main gantée de chevreau sur la rampe. Même à cette distance, il fut frappé par sa joliesse. Jolie était bien le qualificatif qui lui convenait le mieux. Elle était bien faite, avec un sourire éblouissant, de grands yeux bleus de poupée et un petit nez retroussé. L'été, à Newport, elle avait la figure tavelée de taches de rousseur. Jolie petite Pattie Atherton! Des frissons le parcoururent. Il aurait voulu courir vers elle comme elle courait vers lui, mais quelque chose le retenait. Il s'avança à grands pas, un sourire contraint aux lèvres.

— Bonjour, jolie fille. Puis-je vous faire visiter Rome ou êtes-vous attendue?

Il lui posa un baiser sur le front. Elle eut un rire léger et lui adressa son plus beau sourire.

— Ma foi, soldat, j'adorerais visiter Rome avec vous.

Glissant un bras sous le sien, elle se serra contre

lui. B.J. dut lutter pour ne pas fermer les yeux, tant il avait peur de révéler ses sentiments. Il ne souhaitait pas poursuivre sur ce ton badin. Il voulait lui dire la vérité pendant qu'ils étaient encore à l'aéroport, debout l'un devant l'autre. Pattie, je suis tombé amoureux d'une autre femme... Il faut rompre nos fiançailles... Je veux l'épouser... Je ne t'aime plus... Mais était-ce bien vrai ? N'aimait-il plus Pattie Atherton ? Lorsque, la valise de la jeune femme à la main, il suivit son manteau de fourrure hors de l'aéroport, il en était presque persuadé.

Il était venu avec une voiture et un chauffeur. Un instant plus tard, ils étaient assis côte à côte sur la banquette arrière... Aussitôt, elle lui jeta les bras autour du cou et l'embrassa sur les lèvres, y laissant une empreinte écarlate.

— Eh ! *baby*, doucement...

Il sortit son mouchoir, tandis que le chauffeur rangeait la valise dans la malle arrière.

— Et pourquoi donc ? J'ai fait plus de six mille kilomètres pour venir te voir. Je n'ai pas droit à un baiser, après tout ça ?

Ses yeux brillaient d'un éclat un peu trop vif.

— Si, bien sûr, mais pas ici.

Il lui tapota la main. Elle enleva ses gants et il vit scintiller la bague de fiançailles qu'il lui avait offerte au cours de l'été.

— Très bien, dit-elle, l'air déterminé. Alors allons au palais. D'ailleurs, je tiens à le voir. Daddy m'a affirmé qu'il était merveilleux.

— Il l'est, admit-il, parcouru par un frisson. Ne souhaites-tu pas plutôt que je t'emmène d'abord là où tu veux descendre ? Où es-tu attendue ?

— Chez le général Bryce et sa femme, annonça-t-elle fièrement.

Un instant, l'arrogance du ton l'agaça. Comme elle était différente de Séréna, comme elle était dure ! Était-ce là la jeune femme avec qui il avait passé tout son temps, à Newport ? En compagnie de qui il était sorti avec tant d'enthousiasme, durant sa permission ? Elle ne lui paraissait plus aussi attirante. Il demanda au chauffeur de les conduire chez lui, puis ferma la vitre qui les séparait des places avant. Bien calé sur la banquette, il regarda Pattie droit dans les yeux.

— Pattie, dis-moi maintenant ce qui t'a poussée à venir ici? Je t'avais dit que j'essaierais de passer Noël chez moi.

Elle s'efforça de paraître à la fois gaie et séduisante.

— Je sais... mais tu me manquais beaucoup. (L'air espiègle, elle l'embrassa dans le cou, laissant à nouveau sa marque sur lui.) Et puis, tu es si mauvais correspondant... Pourquoi? poursuivit-elle, avec un regard inquisiteur. Cela t'ennuie que je sois venue, Brad?

— Pas du tout, mais j'ai beaucoup à faire, en ce moment. Et... (Il regarda défiler le paysage en songeant à Séréna. Puis, se tournant de nouveau vers Pattie, il ajouta non sans un reproche dans la voix et dans les yeux:) Tu aurais dû me demander mon avis.

— Vraiment? Tu es fâché?

— Non, bien sûr que non! (Il lui effleura la main des lèvres.) Pourtant, Pattie, il y a six mois, c'était encore une zone de combat ici. J'ai un travail à accomplir. Il ne me sera pas facile de sortir avec toi.

C'était en partie vrai, mais ce n'était pas la raison profonde de sa réserve. Et le regard de Pattie lui fit comprendre qu'elle le savait.

— Eh bien, daddy m'a demandé ce que je voulais pour mon anniversaire et je lui ai répondu: ce voyage. Bien entendu, si tu es trop occupé, je suis sûre que le général et son épouse seront heureux de me montrer la ville. D'ailleurs, je peux toujours aller à Paris. Daddy y a aussi des amis.

Ce discours lui parut si désordonné, si superficiel qu'il en fut contrarié. Il ne pouvait s'empêcher de relever le contraste entre ces menaces voilées de faire appel à «daddy» et les graves explications de Séréna à propos de «mon père», quand elle avait évoqué le conflit entre les deux frères, ses implications et les passions politiques qui avaient entraîné la mort de l'aîné. Qu'est-ce que Pattie connaissait de ces choses-là? Rien. Sa vie n'était faite que de shopping, parties de tennis, soirées de débutantes, rêves de bagues de diamant, rendez-vous dans les clubs chics, réceptions…

— Brad ? Tu n'es pas heureux de me revoir ?

Elle fit une moue boudeuse et ses grands yeux bleus brillaient. Il se demanda si quelque chose comptait pour elle au monde. Une seule, sans doute : parvenir à ses fins, grâce à daddy ou à un autre.

L'été précédent, il l'avait trouvée charmante, gracieuse, bien plus amusante que toutes les débutantes qu'il avait rencontrées avant guerre. Et elle l'était. Et plus fine aussi, plus habile. Il se demandait maintenant si elle avait manœuvré pour lui arracher une promesse de mariage. Elle l'avait beaucoup excité, sous la véranda, à Newport. Une bague de fiançailles avait paru un faible prix à payer, au regard de ce qu'elle promettait.

— Eh bien, B.J. ?

— Bien sûr, Pattie, je suis content de te revoir. Je crois que je suis un peu surpris.

C'était dit du ton respectueux d'un homme marié depuis longtemps, pas très heureux en ménage.

— C'est agréable les surprises, B.J., dit-elle, en fronçant le nez. Moi, je les adore.

— Je le sais.

Il lui sourit avec plus de chaleur, au souvenir de la joie qu'elle avait éprouvée à chacun de ses présents : des fleurs, des petits cadeaux et, un soir, une promenade en calèche sous la lune. Il le lui rappela et vit son visage s'épanouir.

— Quand rentres-tu, B.J. ? demanda-t-elle avec une nuance d'impatience dans la voix. Je veux dire pour toujours, cette fois.

— Je l'ignore.

— Daddy a dit qu'il arrangerait ça très vite, si tu le voulais. (Elle lui fit un clin d'œil et ajouta :) Et peut-être même si tu ne le veux pas. Ce pourrait bien être mon cadeau de Noël pour toi.

Il fut pris de panique. La pensée d'être arraché à Séréna avant d'être prêt à la quitter l'emplit d'angoisse. Il serra trop fort la main de Pattie qui lut de la terreur dans ses yeux.

— Pattie, ne fais jamais une chose pareille. Je m'occuperai tout seul de ma situation militaire. Tu comprends cela ? Tu le comprends ?

Sa voix trahissait son angoisse. Le regard de Pattie l'obligea à se dominer.

— Mais oui, répondit-elle. Peut-être plus que tu ne le crois.

Ce qu'elle savait, ou suspectait, il ne tenait pas à l'entendre. Tôt ou tard, il faudrait qu'il lui parle. Il devrait prendre une décision et peut-être même lui dire ce qui s'était passé depuis quelques mois. Mais pas encore. Il reconnaissait qu'elle avait fait preuve d'intelligence en venant. S'il y avait un moyen de le reprendre en main, c'était bien celui-là. Et s'ils devaient se marier, il était bon qu'elle se rappelle à son souvenir, avant qu'il ne soit trop tard. Au moment où les pensées de Brad allaient de nouveau à Séréna, le chauffeur franchit la grille d'entrée du palazzo.

— Bonté divine, B.J. ! C'est ça ?

Il hocha la tête, un peu par fierté, un peu aussi par amusement.

— Mais tu n'es encore que commandant !

La phrase lui avait échappé. En riant, elle mit une main sur sa bouche, comme un enfant pris en défaut.

— Je suis content de voir que tu es impressionnée.

Il était préoccupé et, en l'aidant à sortir de la voiture, il se sentit de nouveau gagné par la nervosité. Il aurait préféré l'accompagner chez le général et ne pas l'amener ici dans la journée. Ils allaient rencontrer Séréna et il n'était pas sûr de savoir faire face à une telle situation.

— Je vais te faire visiter les lieux en vitesse, Pattie, puis nous irons t'installer chez les Bryce.

— Je ne suis pas pressée. J'ai dormi dans l'avion.

Elle lui sourit, et monta l'escalier d'honneur. Un soldat ouvrit toute grande l'énorme porte de bronze du hall d'entrée. Là, sous le lustre, éblouie, Pattie se retourna vers B.J. qui, malgré lui, s'amusait de sa réaction.

— La guerre, c'est l'enfer, n'est-ce pas, commandant ?

— Tout à fait.

Majestueuse, elle s'engagea derrière lui dans l'escalier intérieur. Tous les regards se tournèrent vers elle. Cela faisait longtemps qu'ils n'avaient pas vu une femme aussi élégante. Elle paraissait sortie tout droit des pages de *Vogue*. Les soldats échangèrent des clins d'œil. Pas de doute, c'était une belle fille. L'un d'eux souffla à son voisin :

— Bon Dieu, vieux ! Vise un peu ses jambes !

B.J. la promena de pièce en pièce, la présentant aux occupants des bureaux et aux secrétaires. Il l'invita ensuite à s'asseoir dans le petit salon donnant sur le jardin, où il recevait parfois des visiteurs. Elle leva les yeux vers lui, la tête penchée sur le côté, et posa la question qu'il redoutait :

— Ne vas-tu pas me montrer ta chambre ?

S'il lui avait fait traverser son bureau, il s'était bien gardé de la faire entrer dans l'immense chambre, où trônait l'énorme lit à baldaquin.

— Si ça t'intéresse.

— Bien sûr. Je suppose qu'elle est aussi somptueuse que le reste. Pauvre B.J., poursuivit-elle, avec un air faussement apitoyé. Quelle dure existence tu mènes ! Quand je pense à tous les gens qui s'attendrissent sur ton sort, parce que tu es encore en Europe…

Il y avait de l'ironie dans sa voix, mais aussi du ressentiment, de l'indignation, et même une nuance de soupçon, d'accusation. Il le sentit. Ils arrivaient maintenant à la chambre. Il ouvrit les deux battants sculptés.

— Seigneur, B.J. ! Tout ça pour toi ?

Elle se tourna vers lui si vite qu'elle le vit rougir jusqu'à la racine des cheveux. Il se dirigea à grands pas vers une porte-fenêtre, l'ouvrit, passa sur le balcon, et lui commenta la vue. Mais ce n'était pas le paysage qui l'intéressait. Il cherchait Séréna. Après tout, c'était sa maison, à elle aussi.

— Je ne me doutais pas que tu vivais de façon si confortable, B.J.

Pattie l'avait rejoint sur le balcon.

— Ça t'ennuie ?

Il la regardait dans les yeux et s'efforçait de la comprendre, de savoir ce qu'elle ressentait. L'aimait-elle ou souhaitait-elle se l'approprier? C'était une question qu'il se posait depuis quelque temps déjà.

— Ça ne m'ennuie pas... pas du tout, bien sûr... mais je me demande si tu auras jamais envie de rentrer chez toi.

— Bien sûr que je le ferai. Un jour.

— Mais pas avant longtemps?

Elle cherchait d'autres réponses dans ses yeux gris ardoise, mais il détourna le regard. Ce faisant, il aperçut Séréna, assise, silencieuse, sous son arbre. Il la voyait de profil, et, durant un bon moment, il ne put s'en détacher, comme hypnotisé. Pattie aussi avait vu la jeune femme.

— B.J.?

Il ne lui répondit pas. Il ne l'entendait plus. Il n'y avait plus que Séréna.

— Je te demande pardon, dit-il enfin, en faisant face à Pattie. Je n'ai pas entendu ce que tu me disais.

Il découvrit alors une expression étrange dans ses yeux et elle lui trouva quelque chose de changé.

— Qui est-ce?

La colère couvait en elle. Elle avait pincé ses lèvres charnues.

— Pardon?

— Ne joue pas à ce jeu avec moi, B.J. Tu m'as comprise. Qui est-ce? Ta putain italienne?

Ivre de jalousie, elle tremblait de rage. B.J. fut pris à son tour de fureur. Il lui saisit le bras et serra très fort, jusqu'à ce qu'elle sente la pression de ses doigts au travers de la fourrure.

— Ne répète jamais une chose pareille. C'est l'une des femmes de service. Comme la plupart des gens de ce pays, elle en a vu de toutes les couleurs. C'est une chose que tu ne peux pas comprendre, toi, qui n'as connu de la guerre que les danses accordées aux soldats ou les soirées à El Morocco, avec tes amis.

— Vous croyez ça, commandant? jeta-t-elle. Et pourquoi cette fille a-t-elle tant d'importance pour toi? Ne serait-elle pas ta petite putain?

Elle avait craché le dernier mot. Sans réfléchir, il lui attrapa l'autre bras et se mit à la secouer violemment. Puis il lui dit d'une voix dure, criant presque:

— Cesse de l'appeler comme ça! Fiche-lui la paix!

— Pourquoi donc? Serais-tu amoureux d'elle, B.J.? interrogea-t-elle, avant d'enchaîner avec méchanceté: Tes parents sont-ils au courant? Savent-ils ce que tu fais ici? Coucher avec une petite bonniche italienne?

Il leva un bras pour la gifler et se retint juste à temps. Livide, il chercha Séréna des yeux. Elle était là, en dessous du balcon, l'air horrifié.

— Séréna!

Il cria son nom, mais elle avait déjà disparu. Qu'avait-elle entendu? Les terribles accusations de Pattie? Sa sortie furieuse à propos de ses parents? La «petite bonniche italienne»? Il se rendit compte qu'il ne tenait plus du tout à Pattie Atherton. Il laissa retomber ses bras et recula de quelques pas, le visage grave.

— Pattie, je ne le savais pas lorsque tu m'as envoyé un télégramme pour m'annoncer ta venue, sinon je t'aurais demandé d'ajourner ton voyage, mais je vais épouser la jeune fille que tu viens de voir. Elle n'est pas ce que tu crois, mais cela n'a guère d'importance. Je l'aime. Je regrette de ne pas te l'avoir dit plus tôt.

Pattie Atherton le dévisageait, scandalisée.

— Non, tu ne peux pas me faire ça, espèce de salaud! Je ne te laisserai pas faire. Tu es fou! Épouser une bonniche! Que vas-tu devenir? Tu veux vivre ici? Tu ne pourras pas la ramener à New York, tes parents te désavoueront et tu plongeras tout le monde dans l'embarras…

Elle en postillonnait de rage.

— La question n'est pas là, Pattie. Il s'agit de ma vie, pas de celle de mes parents. Tu ne sais pas de quoi tu parles.

Sa voix était soudain calme et ferme.

— J'ai compris qu'elle était l'une des bonnes, ici.

Il confirma d'un signe de tête, en la regardant droit dans les yeux.

— Je n'ai pas l'intention de discuter de cela avec toi, Pattie. Ce qui est en jeu, c'est nous, et je regrette d'avoir commis une erreur, l'été dernier. Je ne pense pas que nous aurions été l'un ou l'autre très heureux, si nous nous étions mariés.

— Alors, tu vas te débarrasser de moi, c'est bien

ça ? s'écria-t-elle, riant à travers ses larmes. Tu penses que c'est aussi simple que ça ? Et puis après... tu ramèneras ta petite putain à la maison ? Mais tu as perdu la tête, B.J., poursuivit-elle les paupières mi-closes. Quand je pense que j'ai cru toutes les idioties que tu m'as racontées, toutes ces salades sur la façon dont tu m'aimais !

— C'était vrai... alors...

— Parce qu'à présent ça ne l'est plus ?

Elle le regarda comme si elle avait eu envie de le frapper, mais elle n'osa pas passer aux actes. B.J. tint bon. Il était sûr de lui.

— Je ne t'aime pas assez pour t'épouser, Pattie, annonça-t-il d'une voix radoucie. Ce serait une tragique erreur.

— Ah ! vraiment ! (Indignée, elle arracha la bague de son doigt et la lui fourra dans la main.) Je crois que c'est toi qui viens de commettre une grossière erreur, mon vieux. D'ailleurs, tu t'en apercevras bien tout seul.

Il ne répondit pas mais la suivit dans la chambre. Elle y aperçut sa photo, remise en place dans un moment d'hésitation. Elle traversa la pièce, s'empara du cadre d'argent et le jeta contre le mur. Le bruit de verre brisé rompit le silence. Pattie se mit à pleurer. Il s'approcha d'elle et posa les mains sur ses épaules.

— Je regrette, Pattie.

— Va au diable !

Elle avait pivoté sur ses talons. Avec une méchanceté qui le cingla, elle ajouta :

— J'espère bien que tu dégringoleras la pente, B.J. Fullerton. Si je peux faire quoi que ce soit pour gâcher ta vie comme tu viens de saboter la mienne, je ne raterai pas l'occasion. Compte sur moi.

— Ne dis pas des choses pareilles, Pattie.

Il éprouvait de la compassion pour elle et voulait croire qu'elle ne pensait pas ce qu'elle disait.

— Ne te fais pas d'illusions, B.J. Je n'ai rien d'une fille de joie italienne, moi. Ne crois pas que j'irai me jeter à tes pieds pour te supplier... ni que je te pardonnerai. Je ne le ferai pas.

Sur ce, elle sortit de la pièce. Il la suivit en silence

dans l'escalier puis à travers le hall, avant de proposer de l'accompagner chez les Bryce. Elle lui lança
un regard noir :

— Demande au chauffeur de m'y conduire, B.J. Je
ne veux plus le revoir.

Par discrétion, les soldats s'éclipsèrent.

— Resteras-tu quelques jours à Rome ? Nous pourrions avoir une conversation plus calme, demain peut-
être. Il n'y a pas de raisons que nous ne redevenions
pas amis, dans quelque temps. Je me rends compte
que c'est pénible, Pattie, mais c'est mieux ainsi.

— Je n'ai plus rien à te dire, B.J., répondit-elle, les
larmes aux yeux. Tu es un mufle, un goujat. Je te
déteste. Si tu crois que je vais me taire au sujet de
cette histoire, tu es bien bête. Tout le monde, à New
York, saura ce que tu fabriques ici, B.J., je m'en char-
gerai. Et si tu ramènes cette fille, je te souhaite bien
du plaisir, car on rira de vous au point de vous faire
fuir de la ville.

— Ne fais rien que tu puisses regretter un jour.

— On aurait dû te prévenir avant que tu ne décides
de me laisser tomber.

Elle passa devant lui et fit claquer la porte. B.J.
demeura là un long moment, se demandant s'il devait
la suivre. Il se rendit compte qu'il ne le pouvait plus et
remonta chez lui. Il éprouvait le besoin de s'isoler un
peu, de réfléchir à ce qui venait de se passer, mais il
ne regrettait rien. Il n'aimait plus Pattie. Il aimait
Séréna et il fallait maintenant qu'il répare ses torts
envers elle. Dieu seul savait ce qu'elle avait pu
entendre ! Ces mots horribles... Il devait faire vite.
Alors qu'il s'apprêtait à aller la retrouver, son secrétaire l'arrêta. Un appel téléphonique urgent du quartier général de Milan. Et ce n'est que deux heures plus
tard qu'il put enfin quitter son bureau.

Il se rendit à l'appartement des domestiques et
frappa à la porte. Marcella lui ouvrit aussitôt.

— Séréna ?

La vieille femme avait des larmes sur les joues et
tenait un mouchoir à la main.

— Elle n'est pas là ?

Il avait l'air surpris. Marcella se mit à pleurer de

plus belle, et déversa un torrent de paroles en italien. Gentiment, il la prit par les épaules et lui demanda :

— Marcella, où est-elle ?

— *Non so*... Je l'ignore.

Soudain, il comprit. La vieille femme pleurait de plus en plus fort. De la tête, elle montra derrière elle la pièce vide :

— Elle a pris sa valise, commandant. Elle est partie.

10

Le commandant resta près d'une heure chez Marcella, à tenter de reconstituer ce qui s'était passé et de savoir où elle était partie. Elle ne s'était sûrement pas réfugiée à Venise, dans l'ancienne maison de sa grand-mère, puisque celle-ci était occupée par des étrangers. Et s'il en croyait Marcella, elle n'avait nulle part où aller : elle n'avait ni parents ni amis. La seule chose qu'elle puisse faire était de retourner aux États-Unis, mais cela demanderait un certain temps. Il lui fallait faire des démarches, obtenir un visa. Peut-être était-elle encore à Rome et allait-elle demander un visa le lendemain. Il ne lui restait plus qu'à attendre le matin pour appeler l'ambassade américaine et se renseigner à ce sujet. Il se sentait impuissant, épuisé et effrayé. Brad avait interrogé Marcella jusqu'à ce qu'elle lui ait bien dit tout ce qu'elle savait. Séréna était arrivée du jardin en courant ; elle s'était précipitée dans sa chambre et s'était enfermée. Marcella l'avait entendue pleurer, elle avait voulu la consoler, mais Séréna ne lui avait pas ouvert.

Une demi-heure plus tard, la jeune fille était sortie, les yeux rouges, le teint pâle, une valise à la main. Elle avait simplement dit qu'elle partait, qu'elle n'avait pas le choix. La vieille femme avait d'abord cru que Séréna était renvoyée, puis elle avait pensé que le commandant était à l'origine de cette décision. Séréna lui avait soutenu qu'il n'en était rien, mais qu'elle devait quitter Rome sans plus attendre. Alors Marcella s'était demandé si elle était en danger. Elle avait l'air si affolé! Elles s'étaient embrassées en pleurant, puis la jeune fille s'était enfuie. Marcella sanglotait depuis près de deux heures lorsque le commandant avait frappé à la porte. Elle avait espéré que c'était Séréna, que sa principessa avait changé d'avis.

— Voilà, commandant, je ne peux pas vous en dire plus... Pourquoi est-elle partie? *Perchè? Non capisco... non capisco...*

Il ne pouvait que la consoler. Comment aurait-il pu lui expliquer? Il en était incapable.

— Marcella... Écoutez-moi... supplia-t-il, alors que les sanglots de la vieille femme redoublaient... Chut!... écoutez-moi... je vous promets que je la trouverai. *Domani vado a trovarla.*

— *Ma dove?*

Où donc? C'était une plainte désespérée. Marcella avait passé tant d'années loin de Séréna, et voilà qu'après l'avoir retrouvée elle la perdait à nouveau!

— *Non so dove*, Marcella. Je ne sais pas où, mais je la trouverai.

Il regagna son appartement. Et là, dans l'obscurité, pendant des heures, il réfléchit, tournant et retournant dans sa tête les éléments dont il disposait, se remémorant des bribes de conversation. Aussi loin qu'il remontât, il ne trouvait rien qui puisse l'aider. Elle ne connaissait personne, en dehors de Marcella. Fallait-il qu'elle ait été bouleversée pour quitter la vieille femme et le seul foyer qu'elle ait! Il se sentait coupable. Qu'est-ce que Séréna avait bien pu penser en les voyant, Pattie et lui, l'un près de l'autre? Puis en entendant les reproches, les accusations, les injures que la jeune Américaine avait proférés. Et toujours la même question revenait, angoissante. Sans réponse. Où était-elle? Il dut renoncer. Il n'y avait plus qu'à attendre.

Ce soir, il n'avait pourtant guère envie de dormir sous le satin bleu du baldaquin. Le lit était vide, sans la femme qu'il aimait. Et que ferait-il s'il ne retrouvait pas sa trace? Il continuerait à la chercher. Il passerait au peigne fin l'Italie, la Suisse et la France. Il retournerait aux États-Unis. Et un jour, il la reverrait, il lui dirait qu'il l'aimait et lui demanderait de devenir sa femme. Il était tout à fait certain de ses sentiments, à présent. Il avait chassé Pattie de ses pensées.

Il s'assit d'un coup dans son lit, abasourdi. Le coq venait de chanter. Il était cinq heures et demie.

— Oh! mon Dieu!

Comment avait-il pu oublier? Il aurait dû y penser tout de suite! Il rejeta les couvertures, courut à la salle de bains, prit une douche, se rasa et à six heures moins dix il était habillé. Il laissa une note à son secrétaire: il y expliquait qu'il était appelé au-dehors pour une question urgente. Il lui griffonna aussi un message personnel pour lui demander d'avoir la bonté de le «couvrir». Il laissa bien en vue les dossiers en cours pour que ses assistants les trouvent s'ils en avaient besoin, puis il enfila une veste épaisse et se précipita en bas. Il voulait encore parler à Marcella. Il fut heureux de voir une lumière filtrer sous sa porte. Il frappa deux coups légers et, un instant plus tard, la vieille femme lui ouvrit. Elle fut d'abord surprise de le voir là, puis troublée de le découvrir en civil.

— Oui?

Elle se recula pour le laisser entrer, mais il secoua la tête avec un sourire plein de chaleur.

— Marcella, je crois savoir où elle est allée. J'ai besoin de votre aide. Pouvez-vous me dire comment me rendre à la ferme d'Ombrie?

Marcella, un moment suffoquée, acquiesça enfin d'un signe de tête. Elle fronça les sourcils et ferma les yeux pour mieux se souvenir. Puis elle lui tendit un crayon et une feuille de papier et l'invita à s'asseoir.

— Je vais tout vous dire et vous, vous allez écrire.

Il était trop heureux de lui obéir. Quelques minutes plus tard, il ressortait, le papier à la main. Il la salua une dernière fois d'un geste et courut vers le petit hangar où était rangée la jeep qu'il utilisait quand il n'avait pas de chauffeur. Marcella le suivit des yeux. Elle avait repris espoir.

Le voyage fut difficile. Les routes d'Italie centrale

étaient mauvaises, ravinées, encombrées de convois militaires, de piétons, de charrettes pleines de poules, de foin ou de fruits. Il y avait encore trace des combats qui avaient fait rage, peu de temps auparavant, dans ce secteur. À certains moments, B.J. crut que ni lui ni sa jeep n'allaient en sortir entiers. Il avait apporté ses papiers militaires ; si la jeep avait rendu l'âme, il aurait réquisitionné n'importe quoi pour atteindre la ferme.

La nuit était déjà tombée lorsqu'il s'engagea sur une petite route déserte. La ferme ne devait plus être loin. Mais rien ne ressemblait à ce que Marcella lui avait décrit. S'était-il trompé de route ? Avait-il manqué le chemin ? Que faire ? Il arrêta la voiture. La lune était masquée par des nuages. Pourtant, il s'efforça de fouiller l'horizon. Et soudain, il aperçut au loin un groupe de bâtiments tassés les uns contre les autres. Il laissa échapper un soupir de soulagement : c'était la ferme.

Il fit demi-tour et roula jusqu'à l'entrée d'un chemin étroit, sillonné de profondes ornières et envahi de boissons. Il s'y engagea et mit le cap sur les bâtiments. Quelques minutes plus tard, pataugeant dans des flaques d'eau, il pénétra dans ce qui avait dû être la cour principale. En face de lui, le corps d'habitation, imposant ; sur sa droite, granges et étables ; de l'autre côté et derrière lui, un verger. Il se rendit compte que cela avait dû être une grosse exploitation. Aujourd'hui, elle était à l'abandon. La maison s'était dégradée, les portes des dépendances étaient sorties de leurs gonds, l'herbe poussait jusqu'à hauteur de la taille entre les pavés de la cour et le matériel agricole rouillait, brisé, dans le verger que nul n'entretenait, semblait-il, depuis des années.

Il demeura longtemps immobile, se demandant où il devait chercher, à présent. Retourner à Rome ? Aller dans un village ? Dans une ferme voisine ? Il n'en voyait pas. Il n'y avait rien là, ni personne, et sûrement pas Séréna. Alors qu'il examinait la maison d'habitation, il crut voir bouger quelque chose, dans un angle. Un animal ? Un chat, peut-être ? Ou simplement un effet de son imagination ? Quelqu'un apeuré par son intrusion? Il eut conscience d'avoir été stupide en se lançant seul dans une telle aventure. Tout en gardant les yeux fixés dans la même direction, il recula à pas lents jusqu'à la jeep, se pencha à l'intérieur, prit son revolver qu'il arma et repartit de l'avant, une torche éteinte dans l'autre main. Il distinguait maintenant une forme blottie derrière un buisson. Un instant, il se dit qu'il était fou de vouloir poursuivre, qu'il risquait d'être tué sans raison, en recherchant une femme dans une ferme abandonnée de la campagne italienne, six mois après la fin de la guerre. L'ironie du sort voudrait-elle qu'il mourût ici?

À trois mètres de l'endroit où il avait vu quelque chose bouger, il s'abrita dans un recoin. Il se mit en position de tir, brandit la torche, alluma et dirigea le faisceau lumineux droit devant lui. Il cligna un instant les yeux et découvrit, non sans frémir, que ce n'était pas un chat qu'il poursuivait. Il y avait là un être humain accroupi, le visage à moitié caché par un bonnet, les mains en l'air.

— Sortez de là! J'appartiens à l'armée américaine!

Une mince silhouette vêtue de laine bleu marine fit un pas en avant et s'immobilisa. Il poussa un cri de joie. C'était Séréna! Elle avait les yeux démesurés et sur son visage livide il lut la peur, puis la stupéfaction.

— Viens ici, que diable! Je t'ai dit de sortir de là!

B.J. n'attendit plus: il courut vers elle et, avant qu'elle ait pu dire un mot, il l'avait prise dans ses bras.

— Espèce de petite folle, j'aurais pu te tuer.

Elle le fixait, abasourdie.

— Comment m'as-tu retrouvée?

Il baissa la tête pour l'embrasser sur les paupières et sur les lèvres.

— L'idée m'en est venue ce matin. C'est Marcella qui m'a expliqué comment venir ici (il fronça les sourcils), mais tu n'aurais pas dû faire ça, Séréna. Tu nous as rendus malades d'inquiétude.

Elle s'écarta de lui.

— Il le fallait. Je ne pouvais plus rester là-bas.

— Tu aurais pu attendre que nous en ayons discuté.

100

Il lui tenait la main. Elle poussa une petite pierre du pied.

— Il n'y a rien à discuter, n'est-ce pas ? demanda-t-elle. Je l'ai entendue, à propos de moi et de ta famille. Elle a raison. Je ne suis que ta putain italienne… une bonniche…

Il lui serra la main.

— C'est une garce, Séréna. Je le sais, à présent. Je n'y voyais pas assez clair avant. Elle est jalouse, c'est tout.

— Tu lui as parlé de nous ?

— Je n'ai pas eu besoin de le faire.

Il lui sourit tendrement. Ils demeurèrent longtemps debout, dans le silence et la nuit. Leur tête-à-tête dans cette ferme déserte avait quelque chose d'irréel.

— Cet endroit devait être extraordinaire, jadis.

— C'est vrai, assura-t-elle en lui souriant. J'adorais y venir. C'était merveilleux pour un enfant. Il y avait des vaches, des cochons, des chevaux et plein de fruits dans le verger. Les ouvriers agricoles étaient tous très gentils avec nous. Nous allions nager pas loin d'ici. Mes meilleurs souvenirs sont attachés à ce lieu.

— Je le sais. Je m'en souviens.

Ils échangèrent un regard complice, et Séréna soupira. Elle ne parvenait pas à croire qu'il l'avait retrouvée.

— Ne va-t-elle pas être très fâchée que tu aies quitté Rome ?

— Pas plus fâchée que lorsque j'ai rompu nos fiançailles.

Séréna, choquée, faillit se mettre en colère.

— Pourquoi avoir fait une chose pareille, Brad ? Pour moi ?

— Pour moi. Quand je l'ai vue, j'ai compris ce que je ressentais envers elle… Rien… ou presque rien. J'ai eu peur. C'est une jeune femme très inquiétante. Elle ne cesse de manœuvrer et d'intriguer. Elle me voulait pour une seule chose, je l'ai compris en l'écoutant, en l'observant : elle entendait que je lui serve de pantin ; j'aurais fait de la politique, comme son père et le mien, afin de lui donner une position sociale, de lui permettre de jouer un rôle. Elle est d'une grande vanité, Séréna. En sa présence, j'ai trouvé toutes les réponses aux questions que je me posais depuis des mois. Quand elle m'a vu te regarder, elle a compris, elle aussi. Et tu as entendu ce qu'elle a dit.

Séréna ne l'avait pas quitté des yeux. Elle hocha la tête : elle acceptait son interprétation.

— Elle était très en colère, Brad. J'ai craint pour toi... j'ai eu peur. Il fallait que je parte... je me suis dit que, si je disparaissais, la situation se clarifierait, pour toi...

Elle n'acheva pas. Il lui tendait les bras.

— T'ai-je dit, ces temps-ci, que je t'aimais ?

Elle sourit et fit signe que oui.

— J'ai pensé que c'était ce que tu voulais dire, quand je t'ai vu arriver.

L'air pensif, elle inclina la tête sur son épaule.

— C'est fini avec elle, alors ?

Il secoua la tête de haut en bas.

— À présent, les choses sérieuses vont commencer pour nous.

— Elles ont déjà commencé.

Séréna le serra contre elle, il lui caressa les cheveux d'une main douce.

— Je veux t'épouser, Séréna. Tu le sais, n'est-ce pas ?

— Non.

— Tu veux dire que tu ne le sais pas ?

— Non, répéta-t-elle, en levant de nouveau son visage vers lui. Je t'aime de tout mon cœur et pourtant je ne t'épouserai pas. Jamais.

Elle semblait résolue. Il la regarda, consterné.

— Pourquoi diable ?

— Parce que ce ne serait pas bien. Je n'ai rien à te donner, si ce n'est mon cœur. Or, tu as besoin d'une femme qui appartienne à ton monde, à ton pays. Quelqu'un qui connaisse tes habitudes, qui puisse t'aider, si tu décides un jour de faire de la politique. Je ne serais qu'une gêne, pour toi. L'épouse de guerre italienne (les mots de Pattie lui sonnaient encore aux oreilles), la petite bonniche... la putain italienne... D'autres me donneront aussi ces noms-là.

— Sûrement pas, Séréna. Oublies-tu qui tu es ?

— Pas du tout. Tu sais qui j'ai été. Je ne le suis plus. Tu as entendu Pattie.

— Arrête! ordonna-t-il en la prenant par les épaules. Tu es ma principessa.

— Non, je suis ta femme de service, corrigea-t-elle, sans que ses yeux se troublent.

Il la serra contre lui en se demandant quels mots il fallait employer pour la convaincre.

— Je t'aime, Séréna. Je respecte tout ce qui te concerne. Je suis fier de toi, nom d'une pipe! Ne veux-tu pas me laisser prendre mes décisions et juger de ce qui est bien pour moi?

— Non!

Elle leva vers lui un visage souriant, mais dans ses yeux la tristesse le disputait à l'amour.

— Ne crois-tu pas que nous pourrions revenir là-dessus un peu plus tard?

Il avait conduit durant des heures et maintenant il se sentait épuisé.

— Y a-t-il un endroit où nous puissions nous installer? Ou bien as-tu décidé de ne plus jamais dormir avec moi?

— La réponse est non aux deux questions, dit-elle d'un petit air penaud. Il n'y a rien à des kilomètres à la ronde. J'allais dormir dans la grange.

— As-tu mangé quelque chose, aujourd'hui?

Il la regardait avec inquiétude.

— Pas vraiment. J'avais acheté un peu de fromage et de salami, mais j'ai tout fini, ce matin. Je voulais aller au marché de la ville voisine, demain.

— Viens.

Lui passant un bras autour des épaules, il l'entraîna vers la voiture. Il ouvrit la porte, l'aida à monter et sortit la sacoche dans laquelle il avait glissé, à la dernière minute, une demi-douzaine de sandwiches, des pommes, un morceau de gâteau et une barre de chocolat.

— Comment? Pas de bas de soie?

Elle lui sourit par-dessus le sandwich qu'elle dévorait.

— Tu n'en auras que si tu m'épouses.

— Ah bon! fit-elle en haussant les épaules, alors, je

crois que je n'aurai pas de bas. Seulement du chocolat.

— Seigneur, que tu es entêtée !

— Oui. Et j'en suis fière.

Ils dormirent dans la jeep, enlacés, les jambes à l'étroit, mais le cœur léger. Il avait découvert sa retraite, tout allait bien. Quand le soleil se leva, ils mangèrent chacun une pomme et se lavèrent au puits. Elle lui fit faire ensuite le tour de la ferme qu'elle avait aimée, au temps où la vie était bien différente.

11

Quand Séréna arriva à Rome, le lendemain, Marcella était déjà couchée. Elle laissa sa valise dans leur petite entrée pour lui faire comprendre qu'elle était de retour, puis elle monta rejoindre B.J. Ils s'aimèrent comme ils n'avaient pas pu le faire durant leur expédition. Séréna était au comble du bonheur de se retrouver dans ses bras. Les photos de Pattie avaient disparu, elle se sentait débarrassée de tout souci, heureuse de vivre. Le lendemain matin, Marcella la houspilla pour s'être sauvée, elle s'époumona près de deux heures, menaça de la gifler, l'insulta, fondit en larmes et s'accrocha à elle en la suppliant de ne jamais recommencer.

— Je ne le ferai plus. C'est promis, Cella. Je resterai toujours ici.

— Pas toujours, rectifia la vieille femme, en jetant à Séréna un regard énigmatique. Mais aussi longtemps qu'il le faudra.

— J'y passerai le reste de mes jours, lui assura Séréna avec calme. À Rome, en tout cas. C'est mon pays.

Elle avait depuis longtemps renoncé à retourner aux États-Unis.

— Tu n'y resteras peut-être pas toute ta vie, objecta Marcella.

Séréna se détourna pour aller faire du café. Elle avait très bien compris ce que voulait dire la vieille femme.

— Il t'aime, Séréna.

— Je l'aime aussi. Assez pour ne pas détruire sa vie. Il a rompu ses fiançailles avec l'Américaine. Il a l'air de croire qu'il avait de bonnes raisons pour le faire, et peut-être est-il dans le vrai. Pourtant, je ne l'épouserai jamais, Cella, jamais. Cela briserait sa carrière. Sa famille a beaucoup d'importance pour lui, et ces gens-là me détesteraient. Ils ne me comprendraient pas.

— Tu rêves, Séréna. Ses parents auraient bien de la chance de t'avoir pour belle-fille.

— Je sens qu'ils ne seraient pas de cet avis.

Elle entendait encore les paroles de Pattie. Elle tendit un café à Marcella et regagna sa petite chambre pour défaire sa valise.

Après cet épisode, la vie redevint tranquille. Elle le fut tout au long du mois de novembre. Brad et Séréna étaient plus heureux que jamais, Marcella s'était calmée et le monde devait toujours connaître la paix, semblait-il. Le dernier jeudi du mois, ils fêtèrent en tête à tête Thanksgiving. Brad dut expliquer à Marcella que c'était la commémoration de l'arrivée en Amérique du Nord du premier bateau de colons anglais, le *Mayflower*. Il apprit à Séréna à préparer la dinde farcie au pain de maïs, lui apporta des châtaignes pour l'accompagner et se procura, non sans mal, un peu de gelée d'airelles pour la sauce. Marcella leur cuisina des patates douces, des petits pois et des oignons à la crème. Ils terminèrent par la traditionnelle tarte à la citrouille.

— Au premier d'une longue série, déclara Brad en levant son verre de vin blanc.

En elle-même, Séréna pensait que ce serait sans doute le dernier. Brad serait probablement rapatrié avant la fin de l'année suivante. Il lui arrivait de penser à son avenir et de souhaiter un enfant, mais Brad veillait à ce qu'elle ne fût pas enceinte, dans toute la mesure du possible. Tout s'achèverait donc avec son départ. Elle n'aurait plus Brad, pas de bébé, seulement quelques souvenirs pour tout réconfort.

— À quoi songeais-tu, à l'instant? lui demanda-t-il.

Ils s'étaient allongés devant le feu et il contemplait ses yeux.

— À toi.

— Et que pensais-tu de moi?

— Que je t'aimais… « Et que ton départ me sera insupportable…» ajouta-t-elle en elle-même.

Pour la taquiner, il lui dit d'une voix câline:

— Si tu m'aimais, tu m'épouserais.

Il lui arracha ainsi un grand sourire. C'était un jeu auquel ils se livraient souvent. Il savait qu'il avait des mois pour la convaincre, du moins le pensait-il. Il continuerait à le croire jusqu'au lendemain.

Il était immobile derrière son bureau, les yeux rivés sur son ordre de mission. Les amours de Rome étaient terminées. Il était muté. Il partait dans une semaine.

— Si vite? Je croyais qu'on vous prévenait toujours un mois à l'avance!

Séréna avait pâli.

— Pas toujours. Pas cette fois-ci. Je pars pour Paris dans une semaine.

Au moins, ce n'était que Paris. Il pourrait revenir la voir. Elle lui rendrait peut-être visite. Ils ne mèneraient plus la vie à laquelle ils s'étaient habitués, pourtant : les nuits dans le grand lit à baldaquin, les aubes partagées, les regards et les clins d'œil durant la journée, les moments volés, lorsqu'il entrait chez elle, après le déjeuner, pour lui donner un baiser, échanger quelques mots, un bonjour, une plaisanterie, la voir, la sentir, l'entendre… Il se demanda comment il pourrait vivre sans cela. Il la regarda bien en face et lui posa pour la dix millième fois la question :

— Veux-tu m'épouser et m'accompagner?

— Je ne veux pas t'épouser et tu sais pourquoi.

— Même maintenant?

— Même maintenant, répéta-t-elle en s'efforçant

de lui sourire. Ne pourrais-tu m'emmener comme ta femme de chambre personnelle?

Une lueur de colère passa dans son regard et il fit non de la tête.

— Tu n'es même pas drôle. Je suis sérieux, Séréna. Pour l'amour du ciel, rends-toi compte. C'est fini pour nous. Je m'en vais. Je pars pour Paris et Dieu seul sait où, après cela. Sans doute aux États-Unis. Tu ne pourras m'y accompagner que si nous sommes mariés. Veux-tu bien sortir de ton rêve et m'épouser pour que nous ne perdions pas la seule chose à laquelle nous tenons tous les deux?

— Je ne le peux pas.

Elle avait une grosse boule dans la gorge, en prononçant ces mots, et cette nuit-là, quand il fut endormi, elle pleura des heures sur le bord du lit. Pour son bien, il fallait qu'elle le laisse partir. Elle s'armait de courage, à cette pensée, mais quand vint la dernière nuit elle fut prise d'une panique telle qu'elle se demanda si elle supporterait de le perdre. Depuis des jours, Marcella s'acharnait contre elle, la priant, la suppliant, la harcelant. Et de son côté, B.J. faisait de même. Séréna était si certaine de ruiner son existence si elle l'épousait, qu'elle refusait de leur prêter attention. Elle savait où était son devoir, selon elle, et même si elle devait en mourir, elle le ferait. Sa vie n'aurait d'ailleurs plus de sens. Elle n'aimerait plus jamais un homme comme elle avait aimé B.J. La douceur de leur dernière nuit fut teintée, pour elle, d'une profonde mélancolie, tandis qu'elle l'étreignait, le caressait, lissait ses cheveux, cherchant à graver son souvenir dans sa mémoire.

— Séréna?

Elle l'avait cru endormi; sa voix n'était plus qu'un murmure.

— Oui, mon amour?

— Je t'aime tant... je t'aimerai toujours... je ne pourrais jamais aimer quelqu'un d'autre comme je t'aime.

— Moi non plus, Brad.

— Tu m'écriras?

Ses yeux étaient mouillés. Il avait enfin accepté l'idée de quitter Rome, seul.

— Bien sûr. Toujours.

Toujours. À jamais. Des promesses pour toute une vie. Séréna ne doutait cependant pas que tout s'effacerait avec le temps.

— Et toi, tu m'écriras?

— Bien sûr. Mais j'aurais préféré t'emmener.

— Dans ta poche, peut-être, ou bien dans ta valise... Paris est si joli. Tu l'aimeras.

— Tu viendras me voir dans quinze jours, n'est-ce pas? Je devrais pouvoir t'obtenir des papiers dès mon arrivée.

Elle irait passer un week-end chez lui, si c'était possible. Il lui avait fait promettre de venir souvent, aussi souvent qu'elle le pourrait. Pour Brad, la semaine précédente s'était passée dans le brouillard. Et le matin de son départ, il se sentit épuisé. Il s'assit dans son lit, à l'aube, et regarda Séréna dormir, ses cheveux blonds soyeux formant une auréole autour du visage. Il effleura ses cheveux, son visage, ses bras, ses seins, l'éveilla en douceur et ils s'aimèrent. Pour la dernière fois à Rome, pensait-il. Dans deux heures, il serait parti. Il ne leur resterait plus que quelques week-ends à Paris, avant qu'il n'embarque pour les États-Unis. Tandis qu'il la tenait contre lui, elle sentit qu'il la désirait de nouveau et le caressa avec douceur, d'abord avec les doigts, puis d'une langue habile. Elle avait beaucoup appris avec Brad, dans le lit de leur amour. Elle obéissait à son cœur et à son instinct, lorsqu'elle cherchait à lui donner du plaisir et à s'offrir de toutes les manières possibles. Il gémit doucement, éprouvant une volupté presque douloureuse sous sa caresse, ses baisers, l'envie qui les liait l'un à l'autre. Et il s'arracha à sa bouche, pour la pénétrer une fois encore. Elle souhaita alors que son dernier cadeau pour elle fût un fils.

Une heure plus tard, ils étaient tous deux dans son bureau, enlacés, devant le jardin dénudé. Il tourna vers elle un visage plein de tendresse et lui donna un petit baiser.

— Tu viendras dans quinze jours?

— Je viendrai.

Tous deux n'ignoraient pas que ce voyage était incertain.

— Sinon, je prendrai l'avion pour Rome.

Et ensuite? Un abîme de solitude pour tous les deux, durant des années. Sa certitude de ne pas être digne de l'épouser les condamnait à une séparation difficile. Il ne put s'empêcher de faire une ultime tentative.

— Séréna… s'il te plaît… reconsidère la question… s'il te plaît… marions-nous.

Elle se contenta de secouer la tête, incapable de parler, tant sa souffrance de le voir partir était grande. Son visage était baigné de larmes.

— Oh! mon Dieu, que je t'aime! soupira-t-il.

— Moi aussi, je t'aime.

Les soldats vinrent le chercher. Lorsqu'il eut quitté la pièce, elle poussa un gémissement presque animal et prit appui contre le mur, les yeux fixés sur le jardin. Dans quelques minutes, il aurait disparu… elle l'aurait perdu pour toujours… Cette pensée était presque insoutenable. Elle descendit en courant dans le jardin, près de l'appartement qu'elle partageait avec Marcella. Elle savait que, là, il la verrait en partant. Et quand il passa, elle entrevit son visage pâle au regard sombre, derrière la vitre de la voiture. Le chauffeur accéléra. Elle l'aperçut encore par la lunette arrière, puis la voiture disparut.

À pas lents, les traits contractés par la douleur, elle rentra. Elle alla droit à sa chambre et ferma la porte derrière elle. Marcella ne dit rien : il était trop tard pour lui adresser des reproches. Elle avait pris une décision et s'y tiendrait. Dût-elle en mourir. Au bout de deux jours, Marcella commença de craindre pour sa principessa. Le troisième, elle était affolée. Séréna refusait de se lever, ne mangeait rien, paraissait ne pas dormir. Elle restait couchée, pleurait en silence ou fixait le plafond. Elle ne se leva même pas lorsqu'il téléphona. Le jour suivant, gagnée par la panique, Marcella s'en fut trouver l'officier d'ordonnance.

Debout dans le bureau du secrétaire, vêtue d'une

blouse propre et coiffée d'un foulard frais repassé, elle annonça d'un ton ferme :

— Il faut que j'appelle le commandant.

— Le commandant Appleby? dit le secrétaire, surpris.

Le nouveau commandant n'était attendu que le lendemain. Peut-être la vieille femme voulait-elle s'en aller? Tout le monde se demandait déjà si sa nièce n'allait pas partir. On ne l'avait pas vue depuis le départ du commandant Fullerton.

— Non, je veux parler au commandant Fullerton, à Paris. Je paierai la communication. Mais il faut que vous l'appeliez. Je voudrais lui parler en particulier.

— Je vais voir ce que je peux faire. Je viendrai vous chercher si je l'ai au bout du fil.

Par chance, il parvint à joindre B.J. moins d'une heure après. Celui-ci se morfondait dans son nouveau bureau. Il n'avait pas de bonnes nouvelles. On lui avait refusé un titre de transport pour Séréna. Il avait été fait allusion à la désapprobation marquée en haut lieu à l'égard de tout rapprochement avec la population des pays occupés. Il était considéré comme « préférable de laisser derrière soi ses indiscrétions ». B.J. avait rougi de colère. Il lui restait à mettre Séréna au courant. Il lui proposerait de venir la voir à Rome dans quelques semaines, dès qu'il pourrait s'absenter, mais ne saurait lui fixer de date. Il regardait la pluie tomber sur la place du Palais-Bourbon, lorsque son ex-secrétaire l'appela de Rome. Il sursauta, puis sourit en reconnaissant la voix familière.

— Je vous appelle à la demande de Marcella, mon commandant. Elle dit que c'est important et personnel. J'ai envoyé quelqu'un la chercher. Il va falloir que vous patientiez une minute, si ça ne vous ennuie pas.

— C'est très bien.

Il avait peur, soudain. S'était-il passé quelque chose? Séréna avait-elle eu un accident? Ou bien était-elle retournée se réfugier dans sa ferme, au diable vauvert? Cette fois, il serait incapable d'aller la chercher. Si elle tombait dans un puits... si elle se cassait la jambe... si...

— Tout va bien, chez vous, Palmers?

— Tout va bien, commandant, répondit son subordonné en souriant.

— Tout le monde est encore à bord ?

— Dans l'ensemble, oui. On n'a pas beaucoup vu la nièce de Marcella. En fait, on ne l'a pas vue depuis votre départ, commandant. Marcella dit qu'elle est malade mais qu'elle ira mieux dans quelques jours.

Seigneur ! Cela pouvait signifier n'importe quoi. Le secrétaire reprit la parole :

— Voilà Marcella, commandant. Pensez-vous y arriver avec son anglais, ou voulez-vous un interprète pour vous aider ?

— Non, nous nous débrouillerons seuls, merci.

B.J. se demandait combien d'entre eux étaient au courant. Séréna et lui s'étaient montrés très discrets, mais tout finissait toujours par se savoir. La nouvelle était bien parvenue à Paris.

— Merci, Palmers, j'ai été content de vous entendre.

— Moi aussi, commandant. La voilà.

— *Maggiore ?*

La voix de la vieille femme fut une bouffée d'air frais.

— Oui, Marcella. Tout va bien ? Séréna ?

Elle l'accabla d'une avalanche de phrases en italien, dans lesquelles il ne put comprendre que les verbes manger et dormir. Il ne réussissait pas à savoir qui mangeait ni qui dormait, ni pourquoi Marcella était si inquiète.

— Attendez une minute ! Calmez-vous ! *Piano ! Piano !* Doucement ! *Non capisco !* Vous parlez de Séréna ?

— *Si.*

— Elle est malade ?

De nouveau, un flot de paroles incompréhensibles. Il supplia Marcella de bien articuler. Elle lui obéit enfin.

— Elle n'a rien mangé, rien bu. Elle n'a pas dormi et elle ne s'est pas levée. Elle a pleuré, pleuré, pleuré et c'est tout… (Marcella se mit à pleurer à son tour.) Elle va mourir, *Maggiore.* Je le vois bien. J'ai vu ma mère mourir comme ça.

— Elle a dix-neuf ans, Marcella. Elle ne va pas mourir. Avez-vous essayé de la faire lever ?

— *Si. Ogni ora.* Toutes les heures. Mais elle ne se lève pas. Elle ne m'écoute pas. Elle ne fait rien. Elle est malade.

— Avez-vous appelé un docteur ?

— Elle n'est pas malade comme ça. Elle est malade de vous, *Maggiore.*

Et lui était malade d'elle. Et cette petite folle refusait de l'épouser sous prétexte de le protéger ! Quelle aberration ! Les paupières mi-closes, il fixait la pluie.

— Faites-la venir à l'appareil. Je veux lui parler.

— Elle ne veut pas venir. Hier, quand vous avez appelé, elle n'a pas voulu.

— Je vais rappeler ce soir et vous l'amènerez au téléphone, Marcella, même s'il faut la traîner. Je dois lui parler.

Il maudit mentalement l'absence d'installation téléphonique dans les chambres des domestiques.

— *Ecco. Va bene.*

— Vous y arriverez ?

— J'y arriverai. Vous êtes allé la chercher en Ombrie. Moi, je vais l'amener au téléphone. *Facciamo miracoli insieme.*

Elle était bien persuadée qu'ensemble, ces miracles, ils les feraient. Il en faudrait déjà un pour sortir Séréna de son lit.

— Essayez de la faire lever quelques minutes avant, sinon, elle sera trop faible. Attendez ! J'ai une idée. Il n'y a personne dans la chambre réservée aux invités, n'est-ce pas ?

— *Nessuno, Maggiore.* Personne.

— Bon. Alors, je vais m'occuper de tout.

— Vous allez l'installer dans la chambre des invités ?

Marcella était suffoquée. En dépit de ses ancêtres et de son titre, Séréna n'était qu'une employée, et l'une des plus humbles, du palais. Marcella craignait les ennuis.

— Je vais l'y faire transporter, Marcella, que cela lui plaise ou non. Vous allez me repasser Palmers, je vais lui demander de la conduire là-haut dès que vous l'aurez préparée. D'ici une heure, je rappellerai.

— Qu'est-ce que je dis au sergent Palmers ?

— C'est moi qui vais lui expliquer les choses. Nous dirons qu'elle est très malade et que nous avons peur qu'il n'attrape une pneumonie, parce qu'il fait trop humide dans sa chambre. Et je vous donne à tous l'ordre de la monter.

— Que ferons-nous, quand le nouveau *Maggiore* arrivera ?

— Marcella... Ne vous inquiétez pas. Passez-moi Palmers, je vais lui parler maintenant. Retournez auprès de Séréna et prévenez-la.

— Oui, *Maggiore*... je vous aime, *Maggiore*. Si elle ne vous épouse pas, moi, je le ferai.

Il eut un petit rire étouffé.

— J'accepte, Marcella.

Tout comme il avait su, en revoyant Pattie, ce qu'il voulait faire de sa vie, il savait maintenant que Séréna se trompait, qu'elle se trompait pour lui et aussi pour elle. Il n'allait pas la laisser les rendre malheureux tous les deux. En donnant ses ordres à Palmers, il était conscient que sa résolution était inébranlable. S'il ne parvenait pas à la raisonner au téléphone, il irait à Rome. Il s'y rendrait sans permission s'il le fallait, quitte à s'expliquer au retour. Mais avant d'en venir à des solutions aussi extrêmes, il appela l'opératrice militaire et lui demanda la liaison avec Rome. Il avait prié Palmers de placer le combiné dans la chambre des invités. Quand le téléphone sonna, Palmers prit l'appareil et le passa à Marcella. B.J. entendit des bruits de mouvements, des voix étouffées, des pas, une porte qui se fermait, une voix ténue s'éleva :

— Brad ? Qu'y a-t-il ? Qu'est-il arrivé ? Ils m'ont fait sortir de ma chambre.

— Parfait. C'est moi qui le leur ai demandé. À présent, fais bien attention, Séréna. Je ne veux plus t'écouter. Je t'aime. Je veux t'épouser. Tu n'as réussi qu'à nous punir tous les deux. Tu es en train de te laisser mourir et j'ai l'impression d'être mort depuis que j'ai quitté Rome. C'est idiot... idiot, tu m'entends ? Je t'aime. Maintenant, pour l'amour du ciel, Séréna, vas-tu venir à Paris pour m'épouser, ou dois-je retourner chez toi pour t'emmener de force ?

Elle rit doucement, puis de nouveau ce fut le silence. Il pouvait presque suivre le cours de ses pensées. Ce qu'il ne voyait pas, durant ce silence, c'est que Séréna s'était adossée à ses coussins, aveuglée par les larmes, les mains tremblantes. Elle luttait contre elle-même. Soudain, elle fit un violent effort et souffla :

— Oui !

Il n'était pas sûr d'avoir bien compris.

— Qu'as-tu dit ? demanda-t-il en retenant sa respiration.

— J'ai dit que j'allais t'épouser, commandant.

— Tu as drôlement raison !

Il s'efforçait de faire le fanfaron, mais ses mains à lui tremblaient aussi.

— Je vais essayer d'obtenir les autorisations nécessaires tout de suite, ma chérie, et nous te ferons venir ici le plus tôt possible.

«Mon Dieu, mon Dieu ! pensait-il, elle a dit oui ! Elle l'a dit !» Il aurait aimé lui demander si elle le pensait du fond du cœur mais n'osa pas. Il n'allait pas lui donner l'occasion de reprendre sa parole. Pas maintenant.

— Je t'aime tant, ma chérie.

12

À l'aube du jour où elle devait quitter Rome, Séréna s'assit un long moment sous son arbre, bien emmitouflée dans sa veste. Le soleil se levait et il faisait encore froid. Elle contempla les collines, au loin, puis la façade de marbre blanc qu'elle abandonnait pour la seconde fois. Elle se souvenait du jour où elle était partie pour Venise, avec sa grand-mère. Les préparatifs avaient été sommaires, car l'atmosphère était pesante, menaçante même. Elle venait de perdre ses parents, et en descendant l'escalier de marbre elle s'était demandé si elle reverrait jamais cette maison. Si elle se posait de nouveau la question, le climat dans lequel s'effectuait son départ était tout différent. Elle allait se marier. Elle se sentait prête à partir. Après tout, le palazzo n'était plus, ne serait plus jamais à elle. Inutile de prétendre que c'était son foyer. Ce qui en avait tenu lieu, c'était le petit appartement partagé avec Marcella. Encore ne leur était-il prêté qu'en échange d'heures de ménage. Elle leva les yeux sur son ancienne chambre, le bureau de B.J., puis son regard se porta vers le balcon de la chambre de sa mère, celle qu'ils avaient partagée.

— *Addio*...

C'était un murmure dans le vent. Ni *arrivederci*, ni *arrivederla*, au revoir, mais *addio*, adieu.

Les derniers instants se passèrent dans une atmosphère fébrile et déchirante. Marcella l'étreignit une ultime fois en pleurant, puis toutes deux rirent à travers leurs larmes. La vieille femme avait refusé de l'accompagner à Paris. Rome était sa patrie et elle était rassurée : sa principessa serait bien traitée. Séréna promit de lui écrire souvent ; elle savait qu'on lui lirait ses lettres. Et elle lui téléphonerait aussi. Une voiture l'emporta bientôt vers la Stazione Termini.

Séréna rayonnait. Les larmes versées dans les bras de Marcella avaient séché depuis longtemps. Elle ne pensait plus qu'à B.J.

«Au revoir», murmura-t-elle, quand le train prit de la vitesse et que la ville disparut à l'horizon. Séréna ne songeait plus désormais qu'à Paris et à la vie qui l'y attendait.

Ils arrivèrent à Paris peu après midi. Lorsque le train entra en gare de Lyon, Séréna se leva et colla son visage contre la fenêtre dans l'espoir d'apercevoir Brad. Sur le quai, des gens, par petits groupes, attendaient. Mais elle ne voyait pas son amant. Et si elle ne le trouvait pas ? La gare était immense et elle se sentit très seule. Dès que le train se fut immobilisé, elle prit sa valise, le petit panier à provisions offert par Marcella, puis sortit lentement du wagon derrière les autres voyageurs. Elle regardait tout autour d'elle, passant en revue les visages inconnus. Son cœur battait la chamade. Elle était sûre qu'il ne l'avait pas oubliée et savait où aller l'attendre, si pour une raison ou pour une autre ils se manquaient ici. Elle était tout de même très émue. Elle était à Paris, elle allait retrouver B.J., l'épouser. Une existence nouvelle s'ouvrait à elle.

— Vous croyez qu'on vous a oubliée ?

Un jeune GI qui lui avait adressé la parole, dans le train, la regardait gentiment. Au moment où elle faisait signe que non de la tête, elle le vit se mettre au garde-à-vous et saluer quelqu'un derrière elle. Les yeux pétillants, le visage radieux, un rire dans la gorge, elle se retourna pour faire face à B.J.

Avant qu'elle ait pu prononcer un mot, le commandant Bradford Jarvis Fullerton l'avait prise dans ses bras et soulevée de terre. Avec un haussement d'épaules et un sourire aux lèvres, le jeune Américain prit congé.

13

Paris avait revêtu ses plus belles couleurs pour accueillir Séréna : un ciel bleu vif ; çà et là, au passage des bouquets de conifères, des taches vertes ; et, tranchant sur le gris séculaire des monuments, des façades de marbre blanc, d'or et de cuivre. Les passants, emmitouflés dans des bonnets de laine et de grosses écharpes, les joues rosies par l'air frais, le regard vif, paraissaient heureux de vivre et pleins d'ardeur. On approchait de Noël et, en dépit des désordres laissés par la guerre, les Parisiens s'apprêtaient à célébrer dans la joie ce premier Noël de paix. Main dans la main, à l'arrière de la voiture de fonction de B.J., ils suivirent de larges boulevards et des rues étroites, longèrent Notre-Dame, firent le tour de la place Vendôme, remontèrent les Champs-Élysées et contournèrent l'Arc de Triomphe, en se mêlant au flot de circulation de la place de l'Étoile, où chaque conducteur semblait vouloir se ruer avant ses voisins dans l'une des douze avenues. Séréna ouvrait de grands yeux. Elle ne voulait rien perdre du spectacle. Ils s'engagèrent à une allure plus raisonnable dans l'avenue Hoche, où B.J. habitait un élégant hôtel particulier dont le propriétaire avait possédé, avant-guerre, l'un des vignobles les plus célèbres de France. Cet homme s'était réfugié chez sa sœur, à Genève, pendant la guerre, et la maison était demeurée à la garde des domestiques. Les Allemands l'avaient réquisitionnée, mais ne l'avaient pas endommagée. Le propriétaire, malade, n'était toujours pas revenu. Les Américains lui louaient l'immeuble à l'année et B.J. avait été heureux de pouvoir s'y installer. Les deux domestiques l'avaient immédiatement adopté.

Bientôt, Séréna put apercevoir, derrière une haute grille en fer forgé, un beau jardin bordé d'une haie bien taillée. Le chauffeur arrêta la voiture devant la maison, courut ouvrir le portail et reprit le volant jusqu'au pied du perron. B.J. se tourna vers Séréna.

— Eh bien, ma chérie, nous y voilà.

— C'est fantastique !

Son visage rayonnait. Elle se souciait de la maison comme d'une guigne. C'était Brad qui l'intéressait. Et ses yeux brillèrent lorsqu'il l'embrassa amoureusement, juste avant de descendre. Ils montèrent d'un pas vif l'escalier qui menait à une lourde porte en métal travaillé devant laquelle se tenait un petit homme chauve et rond, au sourire malicieux, et une femme, petite elle aussi, à l'aspect jovial.

— Monsieur et madame Lavisse, voici ma fiancée, la principessa di San Tibaldo.

Séréna se sentit embarrassée par l'emploi de son titre, mais elle leur tendit la main et tous deux la saluèrent, un peu impressionnés.

— Nous sommes heureux de faire votre connaissance.

— Je suis très contente de faire la vôtre.

Elle jeta un coup d'œil par-dessus leurs épaules :

— Ça m'a l'air splendide.

Le compliment leur fit presque autant plaisir que

si la maison leur avait appartenu. Ils lui proposèrent aussitôt de la visiter.

— Elle n'est plus ce qu'elle était, nous regrettons de le dire, s'excusa Pierre, en désignant le jardin de derrière, mais nous nous sommes efforcés de la maintenir en état pour monsieur le baron.

Il était possible que leur employeur ne revît jamais sa maison ; il était toujours malade et il avait soixante-quinze ans. Il leur adressait un chèque mensuel pour couvrir les dépenses. En retour, ils soignaient avec amour sa belle demeure. Pendant la guerre, ils avaient caché les objets de valeur et les tableaux dans une partie secrète de la cave, dont les Allemands n'avaient jamais soupçonné l'existence.

Le hall était dallé de marbre rose pêche, très doux. Les banquettes Louis XV, placées à intervalles réguliers, étaient soulignées d'or et recouvertes d'un velours pêche un peu plus clair que le pavement. Deux très beaux tableaux de Turner, des couchers de soleil vénitiens, se faisaient pendant sur les murs. Il y avait encore une commode en marqueterie Louis XV à plateau de marbre rose et quelques ravissantes petites pièces de valeur. Les hautes fenêtres à la française donnaient sur les petites allées pavées du jardin — qui seraient bordées de fleurs, au printemps, avait précisé Pierre. L'extérieur n'offrant guère d'intérêt pour le moment, ils se tournèrent vers le grand salon. La pièce était impressionnante avec ses tentures de damas rouge foncé et de velours blanc, ses meubles Empire, ses lits de repos recouverts de tissu à grosses rayures framboise et crème, ses deux énormes urnes chinoises flanquant un bureau d'une valeur inestimable, d'immenses portraits de famille et sa cheminée si vaste que le commandant pouvait s'y tenir debout. Pierre avait allumé un feu pour leur arrivée. Séréna, ravie, remarqua au passage des objets d'art chinois, des tapis persans, et plus particulièrement quelques petits tableaux, peints par Zorn, représentant le baron et ses sœurs, enfants. Puis B.J. l'entraîna dans une pièce lambrissée, aux dimensions plus réduites. Là aussi, un feu les attendait, mais la cheminée était plus modeste et trois des murs de la pièce étaient couverts de beaux livres reliés.

Au même étage se trouvait une jolie petite pièce ovale, donnant sur le jardin, réservée au service du petit déjeuner, et une vaste salle à manger dont les murs étaient tapissés d'un papier peint exquis, représentant un village chinois. Ce papier avait été dessiné au XVIIe siècle, en Angleterre, pour le duc de Yorkshire, mais l'un des ancêtres du baron l'avait acheté à l'artiste. Le mobilier se composait d'un ensemble de salle à manger de style Chippendale, avec des pieds griffus et de gracieuses volutes, et d'un splendide buffet anglais ciré. Admirative, Séréna se remémorait le palais vénitien de sa grand-mère, moins somptueux, mais plus vaste et plus spectaculaire. Cette maison contenait de si beaux objets qu'elle excitait davantage l'imagination ; c'était un véritable musée. La jeune femme était émerveillée — et elle en fit la remarque à voix basse à B.J. — que tout ait été si bien conservé, en dépit de la guerre. Et touchée de voir que le vieux maître d'hôtel avait assez confiance en B.J. pour ressortir des pièces de prix.

Marie-Rose regagna la cuisine, et ils suivirent Pierre à l'étage. B.J. glissa à l'oreille de Séréna :

— Le bonhomme est un personnage ! S'il faut l'en croire, il avait caché la plupart de ces objets au sous-sol. J'ai d'ailleurs l'impression que certaines des plus belles pièces s'y trouvent encore.

L'étage comptait quatre belles chambres. La plus grande, tendue d'un satin bleu soutenu rehaussé de fines boiseries, comportait un grand lit double, une belle banquette, un petit bureau et une cheminée. C'était la chambre de Brad. On y avait vue sur le jardin et sur une partie de Paris. La pièce attenante, un petit cabinet de travail, servait parfois de bureau à B.J. et abritait sa garde-robe. B.J. se proposait de la laisser à Séréna. Venait ensuite une belle chambre rose, qui avait été celle de la baronne, leur dit Pierre, puis deux chambres d'amis. Le vert anglais donnait le ton à la première. Une scène de chasse ornait le dessus de la cheminée et les murs étaient garnis de gravures anglaises sur le même thème. Dans la seconde, le gris dominait. Sur les murs recouverts de toile de Jouy, pastorales et bergers se détachaient en gris sur fond sable. Deux belles torchères de cuivre, un superbe bureau et plusieurs pièces anciennes remarquables lui conféraient une grande élégance.

— À l'étage au-dessus, il y a le grenier.

Pierre était en joie. Il aimait faire visiter la maison.

— C'est une maison pleine de caractère, Pierre, le félicita Séréna. Je ne saurais dire pourquoi, mais tout me paraît plus beau que ce que j'ai vu en Italie ou aux États-Unis. Qu'en penses-tu, Brad ?

Elle jeta à B.J. un regard radieux. Cela réchauffe le cœur de les voir aussi heureux, pensait Pierre.

— Je vous avais bien dit que cette maison lui plairait, n'est-ce pas ? s'écria B.J. à l'adresse du domestique.

— Oui, monsieur. À présent, si mademoiselle et vous-même voulez bien descendre à la bibliothèque, je pense que Marie-Rose aura préparé quelque chose pour mademoiselle.

Quelques instants plus tard, ils étaient assis à la bibliothèque, devant une assiette de sandwiches, une autre de petits fours frais et secs et un grand pot de chocolat chaud. B.J. était à présent impatient de voir Pierre se retirer, ce que celui-ci fit presque aussitôt. À peine Séréna s'était-elle assise à ses côtés, sur le canapé, que Brad l'enlaça fougueusement et la couvrit de baisers.

— Seigneur ! J'ai cru que je n'arriverais jamais à être seul avec toi. Oh ! ma chérie, comme tu m'as manqué !

— Et toi !

L'espace d'un éclair, la douleur que lui avaient causée les premiers jours de leur séparation passa dans ses yeux et elle se serra contre lui.

— J'ai eu si peur, B.J... de ne plus jamais te revoir, que... (Elle garda un instant les paupières closes puis l'embrassa dans le cou, avant de poursuivre :) Je n'arrive pas à réaliser que je suis ici, près de toi, dans cette belle maison... On croirait un rêve et j'ai peur de me réveiller.

Comme pour se convaincre elle-même de la réalité, elle regarda tout autour d'elle, heureuse. Et lui, de nouveau, l'embrassa.

— Si tu te réveilles, je serai à tes côtés. D'ailleurs, la prochaine fois que tu t'éveilleras, tu seras ma femme.

— Comment ? Si vite ! s'exclama-t-elle, étonnée.

— Pourquoi ? Tu tiens à reconsidérer les choses ?

Le lieutenant-colonel de fraîche date n'était pas très inquiet à ce sujet. Il prit un sandwich, puis s'appuya de nouveau au dossier du canapé. Il avait bénéficié d'une promotion à son départ de Rome.

— Ne dis pas de bêtises. Je pensais que les démarches demanderaient plus de temps. (Elle leva les yeux vers lui avec un sourire malicieux, et insista :) Tu veux dire que nous allons nous marier aujourd'hui ?

— En partie. Nous serons mariés à demi, pour être exact.

Tout en sirotant son chocolat chaud, elle s'amusait beaucoup :

— Mariés à demi ? Je vais me marier et toi pas ?

— Non, nous le serons tous les deux. Ici, on se marie deux fois. Une fois à la mairie, devant l'autorité civile, et ensuite, le lendemain par exemple, on célèbre le mariage religieux dans l'église de son choix... J'aurais pu demander à un aumônier militaire, mais il existe une jolie petite église, près d'ici, et j'ai estimé que peut-être... si tu voulais...

Il rougissait comme un petit garçon. Séréna lui prit le visage entre les mains et l'embrassa.

— Savez-vous à quel point je vous aime, monsieur ?

— Non, dis-le-moi.

— De tout mon cœur et de toute mon âme.

— C'est tout ? Et que fais-tu du reste ?

— Tu as l'esprit bien mal tourné. Le reste ne t'appartiendra qu'après le mariage.

— Comment ça ? Qu'est-ce que tu veux dire ? se récria-t-il.

— Ce que tu penses. J'irai vierge à l'autel... ou presque.

Séréna souriait de façon mutine, et il poussa un cri indigné.

— Eh bien, je veux être... De quel mariage parles-tu? De celui d'aujourd'hui ou de celui de demain matin?

— De celui de demain matin, bien sûr. Les choses se passent ainsi en Italie.

— Du diable si tu n'es pas la persécutrice la plus cruelle que je connaisse.

Il lui prit la tasse des mains d'un air résolu, la posa et se mit à l'embrasser, pendant qu'une de ses mains remontait lentement le long d'une de ses jambes et que l'autre la pressait contre lui.

— B.J., arrête tout de suite!

Au même instant, Pierre entra, toussa discrètement, puis un peu plus fort, et ferma les portes vitrées derrière lui. Séréna lissa sa jupe et jeta un regard furibond à B.J. qui s'amusait beaucoup.

— Oui, Pierre?

— La voiture de monsieur est avancée.

B.J. regarda Séréna avec tendresse. Il avait à peine eu le temps de la préparer.

— Ma chérie, nous y voilà. C'est le premier round. Veux-tu monter quelques minutes te refaire une beauté, avant que nous ne partions?

Elle fut prise de panique:

— Maintenant? Tout de suite? Mais je viens à peine de descendre du train. Je suis affreuse.

— Pas pour moi.

À son sourire, elle comprit qu'il disait vrai. Elle se leva en hâte, courut presque jusqu'à la porte, et se retournant sur le seuil, lui lança, un peu affolée:

— Je reviens dans une minute. Ne pars pas sans moi.

Son absence lui parut interminable, elle ne dura pourtant que dix minutes. Le résultat était charmant. Séréna ressemblait presque à une mariée traditionnelle. La semaine précédente, à Rome, Marcella lui avait fait une robe de laine blanche, bien épaulée, avec un col arrondi tout simple, des manches courtes et la taille bien prise au-dessus d'une jupe large. C'était son cadeau de mariage, elle lui avait demandé de la porter pour la cérémonie. Et là, dans l'escalier, ses cheveux blonds tirés en chignon bas, les yeux pétillants, sa belle robe dansant autour de ses longues jambes, Séréna avait tout à fait l'allure d'une principessa. Quand elle s'approcha de lui, Brad constata qu'elle portait un simple rang de perles autour du cou et des boucles d'oreilles assorties. Il déposa un baiser sur ses lèvres.

— Tu es très belle, Séréna.

Elle lui sourit. Un instant, elle regretta de n'avoir pas droit à un mariage comme ceux auxquels elle avait assisté avec ses parents, bien des années auparavant. Mais c'était un autre temps. Il lui paraissait extraordinaire de s'être réveillée le matin même en ignorant que ce jour serait celui de son mariage. Elle savait qu'il aurait lieu rapidement, mais pas quatre heures après son arrivée! Elle regarda B.J., heureuse. Il tendit la main vers le manteau brun qu'elle portait sur le bras, mais Pierre fit un pas en avant en hochant la tête.

— Non! colonel, non...

— Non? Pourquoi pas? Quelque chose ne va pas?

— Oui! (Le vieux maître d'hôtel leva un doigt:) Je vous prie de m'attendre. Je n'en ai que pour un instant.

Il disparut vers la cuisine et un claquement de talons lointain leur fit comprendre qu'il était descendu à la cave. B.J. haussa les épaules, ignorant ce qui se tramait, mais le cœur de Séréna se mit à battre. D'ici une demi-heure, elle serait madame Bradford Jarvis Fullerton III.

— Je n'arrive pas à y croire, dit-elle, soudain prise d'un fou rire de petite fille.

— À quoi donc, mon amour?

Il jeta un coup d'œil à sa montre. Il espérait que Pierre n'allait pas les faire attendre trop longtemps. Séréna ne paraissait pas s'en soucier.

— Je ne parviens pas à me faire à l'idée que nous allons nous marier. Qui croirait... As-tu mis tes parents au courant?

— Bien sûr.

Il avait répondu un peu trop vite. Séréna l'examina avec une soudaine inquiétude.

— Brad?

— Oui?

— Tu le leur as bien annoncé?

— Mais oui.

Elle s'assit sur l'une des banquettes de velours pêche et demanda d'une petite voix :

— Et que t'ont-ils dit?

— Félicitations.

Il lui lança un regard oblique qui lui fit faire la grimace.

— Tu es impossible. Je suis sérieuse. Étaient-ils en colère?

— Mais non. Ils sont contents. D'ailleurs, ce qui importe avant tout, Séréna, c'est que moi je sois content. Cela ne te suffit donc pas?

Il parlait sur un ton très sérieux. Elle se leva pour l'embrasser.

— Bien entendu.

À ce moment, Pierre reparut, tout excité, suivi de Marie-Rose qui portait une housse de satin noir. Pierre la lui prit des mains, ouvrit la fermeture Éclair et sortit une somptueuse fourrure brun foncé : un manteau de zibeline. Séréna les fixait en silence, se demandant pourquoi ils le leur montraient.

— Mademoiselle... Principessa... commença Pierre, solennel. Ce manteau de zibeline a appartenu à madame la baronne et nous l'avons conservé en bas, avec les objets de valeur de monsieur. Nous pensons qu'il serait approprié... nous aimerions que vous le portiez aujourd'hui, pour vous marier à la mairie avec le colonel, et demain à l'église.

Il sourit avec gentillesse et lui tendit le manteau. Séréna en était toute tremblante.

Derrière Pierre, Marie-Rose ajouta à voix basse :

— Il fera très bien sur votre robe blanche.

— Mais il vaut une telle fortune... de la zibeline... mon Dieu... je ne pourrai pas... (Elle appela son fiancé à son secours :) Brad... je...

B.J. venait d'échanger un long regard avec Pierre. Le manteau de tweed brun râpé de Séréna gisait en tas sur la banquette. Elle était princesse, après tout, et elle allait devenir sa femme. Quel mal y aurait-il à ce qu'elle portât le manteau de fourrure deux fois ? Il lui sourit avec tendresse :

— Allons, ma chérie. Pourquoi ne pas accepter ? Pierre a raison, c'est un manteau magnifique.

— Mais, Brad...

Elle était devenue cramoisie : si elle était embarrassée, elle était également tentée. Pour la décider, B.J. prit le manteau des mains du maître d'hôtel et l'aida à l'enfiler. La carrure lui allait bien, les manches étaient à la bonne longueur et il avait été coupé de façon à donner beaucoup d'ampleur dans le bas, ce qui convenait à la robe de Séréna. Il avait un grand capuchon dont B.J. coiffa sa future femme. C'était comme une princesse de rêve, sortie d'un conte de fées. Il lui déposa un baiser sur le front, sous les yeux charmés de Pierre et de Marie-Rose.

— Bonne chance, mademoiselle.

Pierre avait fait un pas en avant pour lui serrer la main. Sans réfléchir, elle se pencha en avant pour l'embrasser sur la joue.

— Merci.

Elle avait peine à parler, tant elle était émue. Ils lui avaient fait une telle confiance, si vite... En un sens, c'était leur cadeau de mariage et elle en était plus touchée qu'elle n'osait le leur dire. Marie-Rose s'approcha à son tour et les deux femmes s'étreignirent.

Ils montèrent les escaliers de la mairie main dans la main. Brad ouvrit la porte et Séréna passa sous son bras, dans un tourbillon de zibeline. Elle sentit quelques têtes se tourner lorsqu'ils traversèrent solennellement le grand vestibule couvert de miroirs et d'or. Brad sortit de la poche de son pardessus une liasse de papiers, qu'il tendit à une employée de la mairie en la priant d'excuser leur retard. Un instant plus tard, la jeune femme leur indiquait la porte de la salle des mariages. Séréna et son futur époux l'y suivirent. Encore quelques formalités, puis l'adjoint au maire leur lut des passages du Code en français, leur demanda leur consentement et leur fit signer, ainsi qu'à deux témoins, un énorme registre. Séréna était pâle et son cœur battait très vite. L'adjoint leur remit les papiers et leur dit enfin :

— Permettez-moi de vous féliciter.

Brad et Séréna échangèrent un regard, puis le premier demanda :

— C'est fini ?

— Oui ! Vous voilà mariés.

Ils repartirent comme dans un rêve, en se tenant par la main. De retour chez eux, ils burent le champagne que Pierre et Marie-Rose avaient fait rafraîchir en l'honneur de l'événement. Brad porta un toast à sa femme avec un tendre sourire.

— Eh bien, madame Fullerton, qu'en pensez-vous ? N'est-il pas temps pour vous d'aller vous coucher ?

Ses yeux étaient malicieux. Séréna le regardait, à la fois amusée et déçue.

— Déjà ? Le soir de notre mariage ? Ne devrions-nous pas veiller pendant des heures ou aller danser ?

— Tu en as envie ?

Leurs yeux se sourirent et elle lui fit signe que non.

— Je ne souhaite qu'une chose, être près de toi... le restant de mes jours.

— Tu le seras, ma chérie, toujours.

C'était une promesse de sécurité et de protection. Et elle savait qu'il la tiendrait. Il la prit dans ses bras et la porta jusque dans sa chambre, où il la déposa avec douceur sur le lit.

— Brad... murmura-t-elle.

Ses mains étaient aussi pressées que celles de son mari.

— Oh ! ma chérie, j'ai tellement envie de toi !

Un instant après, elle était aussi nue que lui sur le grand lit, dans une douce lumière. Le feu brûlait encore. Dehors, la nuit était tombée. Son corps se tendit, impatient, vers le sien. Il la prit avec douceur, tout au bonheur de savoir qu'elle était enfin sa femme.

14

La cérémonie religieuse eut lieu le lendemain matin dans une petite église anglaise de l'avenue Hoche. Elle fut brève, mais émouvante. Séréna portait sa robe blanche et Marie-Rose lui avait offert un petit bouquet de roses blanches qu'elle tenait à la main. Quand elle se tourna vers Brad pour l'échange des consentements, devant l'autel où scintillait un rayon de soleil, elle était incroyablement belle. Le prêtre, un homme âgé, sourit au jeune couple. Il leur donna la bénédiction et les déclara mari et femme. Marie-Rose et Pierre étaient leurs témoins. B.J. n'était pas à Paris depuis assez longtemps pour s'être fait des amis et il souhaitait conserver un caractère privé à son mariage. Il présenterait sa femme à ses collègues dans quelques jours, lors des réceptions de fin d'année.

— Eh bien, madame Fullerton, te sens-tu mariée, maintenant ?

Il lui souriait en lui tenant la main. Pierre et Marie-Rose avaient pris place à l'avant de la voiture, près du chauffeur.

— Deux fois plus qu'hier, oui.

Elle eut une pensée pour Marcella, regrettant de ne pouvoir le lui annoncer sur-le-champ, et se promit de lui écrire.

— Es-tu heureuse, ma chérie ?

— Très. Et toi, colonel ?

— Je ne l'ai jamais été autant. Je te promets que nous partirons en lune de miel, un de ces jours.

Il lui était impossible de demander un congé si peu de temps après sa nomination à Paris. Séréna n'en éprouvait guère de regrets. Le fait de vivre auprès de lui était sa lune de miel.

— Nous pourrions peut-être aller passer le jour de Noël à la campagne ? proposa-t-il en la regardant d'un air rêveur.

Il ne souhaitait pas faire de la route. Il voulait passer toute une semaine dans un lit, près d'elle, pour l'aimer. Séréna, qui l'observait, eut un petit rire, comme si elle avait lu dans ses pensées.

— Qu'est-ce qui t'amuse ?

— Toi.

Elle approcha sa bouche de son oreille et murmura :

— Je ne pense pas que tu aies la moindre intention de m'emmener à la campagne. Tu veux tout simplement m'enfermer dans ta chambre.

— Comment le sais-tu ? Qui te l'a dit ? chuchota-t-il à son tour.

— Il faudra tout de même que j'aille faire quelques achats de Noël, tu sais, Brad.

— Le jour de notre mariage ? protesta-t-il.

— Aujourd'hui ou demain. C'est tout ce qui me reste.

— Et moi, que deviendrai-je ?

— Tu pourrais m'accompagner et choisir une partie des cadeaux avec moi. Je veux leur offrir quelque chose, ajouta-t-elle à voix basse.

Du menton, elle lui indiquait Marie-Rose et Pierre, lancés dans une conversation animée avec le chauffeur. B.J. l'approuva.

— C'est une bonne idée. (Il jeta un coup d'œil à sa montre en fronçant les sourcils.) Je vais appeler mes parents.

Séréna ne lui répondit que par un hochement de tête. Cette perspective la rendait nerveuse mais elle savait que, tôt ou tard, elle devrait rencontrer les membres de sa famille, et cela serait sans doute plus facile si, auparavant, elle s'était entretenue avec eux une ou deux fois au téléphone. Chaque fois qu'elle songeait à eux, le souvenir de Pattie Atherton et de son éclat, sur le balcon, lui revenait... La jeune femme faillit faire la grimace. Brad lui prit la main.

— Ne t'inquiète pas à leur sujet, Séréna. Ils t'aimeront. Ce qui compte, surtout, c'est que moi je t'aime. Et puis, poursuivit-il en souriant à cette pensée, il y a mes deux frères. Tu vas beaucoup les aimer aussi. Surtout Teddy.

— C'est bien le plus jeune ? demanda-t-elle à son mari, un peu plus détendue.

Peut-être ses beaux-frères allaient-ils l'accepter, après tout.

— C'est cela. Teddy est le benjamin. Greg est le cadet… (Son visage s'assombrit un instant.) Greg est… disons qu'il est différent. Il est moins remuant que nous deux. Il est… Je ne sais comment dire… Il ressemble peut-être plus à mon père. Il est plus influençable que Teddy et moi. Nous, nous sommes plus tenaces. Et pourtant, quand il prend quelque chose à cœur, Greg a l'entêtement d'un mulet. Quant à Teddy… c'est le génie, le lutin, l'espiègle de la famille. Il est plus généreux que nous tous réunis, et plus créatif, aussi. Teddy a du cœur… de l'esprit… de la sagesse… et de l'allure.

— On dirait que je me suis trompée de frère.

B.J. la regarda avec le plus grand sérieux.

— Peut-être bien. Il est plus proche de toi par l'âge, Séréna. (Il enchaîna sur un ton plus léger :) C'est de moi que tu as hérité, ma petite. Il faut en prendre ton parti.

Il était évident qu'une affection profonde le liait à son jeune frère.

— Tu sais, reprit-il, il m'a annoncé qu'une fois sorti de Princeton, en juin prochain, il s'inscrirait dans une faculté de médecine. Je peux parier qu'il fera un fameux docteur !

Tout son visage s'éclaira. Elle se rapprocha et l'embrassa.

Dès leur retour, il l'entraîna dans la bibliothèque. Quelques instants plus tard, il demandait à l'opératrice, dans un français plus qu'hésitant, le numéro de ses parents à New York.

— Tu ne veux pas que je le fasse ? Je crois que je parle mieux que toi, lui murmura-t-elle.

Il répondit à voix basse :

— Non. Laisse. Je me sens quelqu'un quand je parviens à me faire comprendre en français !

Ils attendirent devant le feu que l'opératrice les rappelle. Séréna paraissait inquiète et, pour la détendre, Brad lui caressait doucement les cheveux.

— Crois-tu qu'ils seront fâchés, Brad?

— Non. Surpris, peut-être.

Il fixait les flammes, tout en songeant à sa mère.

— Mais tu m'as dit que tu leur avais annoncé notre mariage?

— Oui, je te l'ai dit.

Il se tourna vers elle. Il avait l'air très calme, comme s'il était tout à fait sûr de lui. Cette maîtrise et cette confiance en soi lui avaient toujours beaucoup servi. Déjà, à l'université de Princeton, elles lui avaient valu de devenir capitaine de football. Et ce n'était pas une mince affaire! Un capitaine écouté de tous. Personne ne discutait ses directives! Et, en dépit de ses incertitudes, Séréna se sentait apaisée maintenant. Le ton même de la voix de son époux était rassurant.

— Je sais que je t'ai dit que je les avais prévenus, Séréna, mais en réalité je ne l'ai pas fait. Je n'avais aucune raison de le faire. C'était une décision qui m'appartenait, que nous avions prise ensemble. Je voulais attendre que nous soyons mariés pour les avertir.

— Et pourquoi donc?

Elle était choquée d'apprendre qu'il lui avait menti, la veille. Il soupira, s'absorba dans la contemplation des flammes, puis se retourna vers elle.

— Ma mère est une femme très dominatrice, Séréna. Elle aime que les choses se déroulent selon ses principes, et elle croit qu'elle sait mieux que nous ce qui nous convient. Si on la laissait faire, elle choisirait toujours à notre place. Moi, je ne le lui ai jamais permis. Mon père, si. Et elle a parfois fait des choses qui se sont révélées bénéfiques pour lui. Mais moi je ne veux pas, Séréna, pas pour moi.

On aurait dit, en l'écoutant, qu'il revoyait toute sa vie en pensée. Il poursuivit:

— Je me suis dit que si je l'appelais avant, elle était capable de sauter dans un avion pour venir voir qui tu étais. Et elle m'aurait sans doute reproché de t'avoir prise au berceau. Je ne veux pas qu'elle te complique la vie. Je ne veux pas qu'elle te bouleverse. Tu as subi assez d'épreuves comme ça. Il ne faut pas qu'elle

décide de notre vie à notre place. La laisser venir jusqu'ici pour t'examiner sur toutes les coutures, te
mettre je ne sais quoi dans la tête? Pourquoi? J'ai
pensé qu'il valait mieux mettre d'abord de l'ordre
dans notre vie. Je préfère la placer devant le fait
accompli.

Il attendit un peu, puis demanda:

— Tu me pardonnes?

— Je pense que oui, dit-elle, en jugeant que son
raisonnement se tenait. Et si jamais ta mère était
fâchée au point de refuser de m'accepter?

— Elle ne le fera pas, ma chérie. Comment pourrait-elle ne pas t'accepter? Il faudrait qu'elle soit
folle. Or, ma mère ne l'est pas.

Sur ces entrefaites, le téléphone sonna: l'opératrice
annonçait qu'elle avait la liaison avec New York.
Brad entendit sonner trois fois, puis son jeune frère
décrocha. Apprenant qu'il s'agissait d'un appel de
Paris, Teddy rugit dans le téléphone:

— Brad! Comment vas-tu, mon vieux? Comment
va Paris? Je t'assure que je voudrais bien y être!

— N'y pense pas pour le moment. Comment va
l'école?

— Comme toujours. Mortel. Mais j'en suis presque
sorti, Dieu merci, et j'ai été admis à la faculté de
médecine de Stanford, pour septembre.

Son ton excité d'écolier fit sourire B.J.

— C'est formidable, petit. Dis-moi, mère est dans
les parages?

B.J. demandait rarement à parler à son père tant
celui-ci restait effacé. Il avait pourtant été élu pour six
ans au Sénat, grâce, il est vrai, au prestige de sa
famille, à ses relations, et à une caisse électorale bien
fournie plus qu'à ses qualités personnelles. C'était
Margaret Fullerton qui aurait dû faire de la politique.
B.J. lui disait volontiers, en plaisantant, qu'elle aurait
pu être la première femme présidente des États-Unis.
Elle s'était contentée de faire campagne pour son
mari.

— Oui, elle est là. Tu vas bien, Brad?

— Oui, très bien. Et vous tous? Greg? Père?

— Greg a été démobilisé il y a quelques semaines.

131

Tout le monde savait que cela ne changeait pas grand-chose. Greg avait fait toute la guerre derrière un bureau, à Fort Dix, dans le New Jersey, et passé ses week-ends d'été chez lui ou à Southampton. Il avait honte d'être ainsi planqué, il l'avait dit à Teddy. Mais B.J. s'étant fait envoyer très vite outre-Atlantique, au cœur des combats, M. et Mme Fullerton avaient usé de leurs relations pour que leur cadet ne soit pas, lui aussi, exposé. Quant à Teddy, il était bien résolu à s'engager, s'il en était encore temps, après avoir passé ses examens.

— Que devient-il?

— Pourquoi ne pas le lui demander? commença Teddy, avec une légère hésitation dans la voix. Père va en faire un conseiller juridique. Et toi, Brad? Tu ne rentres pas?

— Dans quelque temps. Personne ne m'en a parlé, ici.

— Te sens-tu prêt à revenir?

Il y avait de la curiosité dans l'intonation de Teddy. Brad se demanda ce que savait son frère.

— Peut-être pas. Je suis très bien, ici, Ted. Écoute, si je suis encore là au printemps prochain, lorsque tu auras ton diplôme, pourquoi ne viendrais-tu pas nous... me voir? corrigea-t-il en lançant un clin d'œil à Séréna.

— Tu crois que tu seras encore là-bas? fit Ted, déçu. Tu ne veux pas demander à être démobilisé, B.J.?

Le silence s'établit.

— Je ne crois pas, Ted. J'aime bien l'armée. Je ne m'en serais pas douté, mais je crois que c'est tout à fait ce qui me convient. Et puis...

Il regarda Séréna avec tendresse. Il aurait aimé parler d'elle à Teddy, mais il estimait que sa mère devait être mise au courant la première. Il reprit donc, après réflexion:

— Écoute, je te parlerai à nouveau plus tard. Va chercher mère, Ted... et ne lui dis rien. Elle aura une attaque quand elle saura que je reste dans l'armée.

— Brad... je crois qu'elle le sait, avoua Ted en

changeant de ton, comme s'il avait cherché à avertir son frère.

— Il y a quelque chose qui cloche? demanda Brad, soudain tendu.

— Ce n'est pas ça... Je vais chercher mère.

Margaret Fullerton se trouvait dans la salle à manger, en compagnie de Greg et de Pattie Atherton, venue partager avec eux un petit déjeuner spécial d'avant Noël. Quand elle vit son fils l'appeler d'un signe impatient dans l'encadrement de la porte, elle le rejoignit sans attendre, avec un froncement de sourcils inquiet.

— Tu as des ennuis, Ted?

— Non, mère. Brad est au bout du fil. Il veut nous souhaiter un joyeux Noël.

Elle prit le combiné et lissa d'une main ses cheveux blancs, puis s'assit. Elle était vêtue d'un élégant tailleur noir de chez Dior, qui mettait en valeur sa silhouette encore impeccable. Elle avait cinquante-huit ans mais aurait pu en avouer dix ou douze de moins. Elle avait des yeux gris ardoise, ces yeux dont avait hérité B.J., mais alors que lui avait un regard aimable et chaleureux, elle avait toujours l'air tendu. C'était une femme à qui l'on ne s'adressait qu'avec précaution et que l'on traitait avec ménagements, afin de ne pas la «lancer», selon l'expression familiale. «Ne lancez pas votre mère, les enfants», implorait son mari, qui, de crainte de le faire lui-même, n'ouvrait jamais la bouche et se contentait d'acquiescer en toute circonstance. Lorsqu'ils étaient plus jeunes, ses fils l'imitaient souvent, et B.J. reproduisait à la perfection son «Ummm» presque mécanique.

— Bonjour, mère. Comment vont les choses, à New York?

— Intéressantes. Très intéressantes. Éléonore est venue déjeuner hier (il savait qu'elle faisait allusion à madame Roosevelt). La situation politique est très changeante, ces temps-ci. C'est une période difficile pour elle, pour nous tous aussi, d'ailleurs. La fin de la guerre a entraîné de nombreuses modifications. Mais laissons cela, Brad, mon chéri. Parlons plutôt de toi.

En bonne santé ? Heureux ? Tu vas bien, mon petit ?
Prêt à rentrer à la maison ?

— Oui aux trois premières questions, non à la quatrième, je le crains. On dirait qu'ils n'ont pas l'intention de me rapatrier. Mais je vais bien, tout va très
bien.

Les yeux de Séréna lui signifiaient qu'elle attendait.
Pour la première fois depuis longtemps, il se rendit
compte qu'il avait peur de sa mère. Cette fois, il fallait
lui tenir tête, pour Séréna autant que pour lui. Cette
pensée lui donna le courage de sauter le pas.

— J'ai de bonnes nouvelles pour toi.

— Une promotion, Brad ?

Elle détestait le savoir dans l'armée. Mais ses pro-
motions fréquentes la mettaient dans des dispositions
plus favorables à son égard, lui faisaient même plaisir, car elle y gagnait un surcroît de prestige.

— Pas exactement, maman. Mieux que cela.

Il avala sa salive avec effort. Séréna avait raison. Il
aurait dû l'appeler avant. Quelle idée de le lui annoncer une fois la cérémonie passée ! Il sentit la sueur lui
perler au front et pria pour que Séréna ne s'en aper-
çût pas.

— Je viens de me marier.

Il aurait aimé fermer les yeux et respirer à fond,
mais sous le regard confiant de sa femme il n'osa
pas. Il lui sourit et lui fit signe que tout allait bien.

— Tu *quoi* ? Tu plaisantes, bien entendu.

La conversation fut coupée par un silence. La
phrase avait été prononcée d'un ton acerbe. Brad
imaginait le visage tendu de sa mère, sa petite main
osseuse, chargée de lourdes bagues en diamant, serrée sur le combiné.

— De quoi parles-tu ?

— J'ai rencontré une merveilleuse jeune fille, à
Rome. Nous nous sommes mariés ce matin, mère,
dans une église anglaise de Paris.

Le silence qui suivit lui parut s'éterniser.

— Avais-tu une raison particulière de garder le
secret, Brad ?

— Aucune. Je voulais vous en faire la surprise.

La voix de sa mère se fit glaciale :

— Je suppose qu'elle est enceinte?

Brad sentit le rouge lui monter au visage. En dépit de leur âge, elle les traitait toujours comme des pantins, privés de bon sens. C'était cette attitude qui l'avait poussé à partir. Il se rendit compte que rien n'avait changé.

— Non, tu te trompes. Elle s'appelle Séréna. Elle est blonde et très belle.

Ces explications lui paraissaient un peu saugrenues. Il n'avait plus qu'une envie : raccrocher. Il conclut :

— Nous sommes très heureux.

— Quelle bonne nouvelle! T'attends-tu à ce que j'applaudisse? S'agit-il de la fille dont Pattie m'a parlé, en novembre? Une bonne à tout faire de ton palais? À moins que ce ne soit quelqu'un d'autre?

« De quel droit poses-tu de telles questions? » fut-il tenté de lui crier, mais il se domina.

— Je ne pense pas avoir envie de discuter de cela avec toi, à l'heure qu'il est. Je crois que, lorsque Pattie est venue à Rome, elle a vu tout en noir...

— Pourquoi? l'interrompit sa mère. Parce qu'elle a rompu ses fiançailles?

— Elle a dit ça?

— N'est-ce pas ce qui s'est passé?

— Pas tout à fait. Je lui ai annoncé que la situation avait changé et que je souhaitais revenir sur ma parole.

— Ce n'est pas la version qu'elle m'a donnée, soutint Margaret. Pattie m'a dit que tu avais une liaison avec ta femme de chambre et que, quand elle l'avait compris, elle t'avait rendu ta bague et était rentrée.

— C'est une façon de raconter les choses, mère. Le seul ennui, c'est qu'elle est inexacte. Il n'y a qu'une chose de vraie : Séréna travaillait au palazzo. Il appartenait à ses parents, avant la guerre, mais son père faisait partie de l'aristocratie hostile à Mussolini. Son père et sa mère ont été exécutés au début de la guerre. C'est une longue histoire dont je t'épargnerai les détails pour le moment. Séréna est princesse. Elle a passé la guerre dans un couvent, aux États-Unis, et quand elle est rentrée en Italie, cet été, elle a découvert que le reste de sa famille avait disparu aussi. Elle n'avait plus personne. Elle est retournée au palazzo, pour le voir, et l'une de ses anciennes domestiques l'y a recueillie. Elle a connu des moments très durs, mère. Mais tout cela est du passé, acheva-t-il, en souriant à Séréna.

— Charmant. La petite fille aux allumettes. Une épouse de guerre! (Le ton était haineux.) Mon cher enfant, as-tu idée du nombre d'individus qui se promènent en Europe en prétendant qu'ils sont princes, comtes ou ducs? Mon Dieu, ils le font jusqu'ici! L'un des garçons du club de ton père soutient qu'il est prince russe. Peut-être aimeras-tu lui présenter ta femme? Je suis sûre qu'il lui conviendrait mieux que toi!

— Je trouve ce que tu dis là révoltant. Je t'ai appelée pour t'annoncer la nouvelle. C'est tout. J'estime que nous nous en sommes assez dit pour le moment.

Il voyait les yeux de Séréna se remplir de larmes. Elle avait suivi la conversation et en était toute retournée. Il voulait la consoler et se moquait bien des opinions de sa mère.

— Avant que tu ne raccroches, tu aimeras sans doute apprendre que ton frère Gregory vient de se fiancer.

— C'est vrai? À qui?

La nouvelle ne l'intéressait pas vraiment. Il était trop bouleversé par l'attitude de sa mère, par sa réaction à l'annonce de son mariage. Il lui parut tout de même curieux que Ted ne lui ait pas annoncé la nouvelle.

— Il s'est fiancé avec Pattie, dit-elle avec un accent de triomphe.

— Atherton? demanda B.J., abasourdi.

— Oui, Pattie Atherton. Je ne te l'ai pas écrit, car je ne souhaitais pas te causer de peine inutile. Elle a commencé à sortir avec lui presque aussitôt après son retour de Rome.

— C'est formidable!

Il s'émerveillait des ressources déployées par cette intrigante de Pattie pour parvenir à ses fins. Cette fois, au moins, elle avait choisi le bon Fullerton. Greg ferait ce qu'elle voudrait. Et B.J. craignait qu'elle ne le détruise. Il mourait d'envie de demander à Ted ce qu'il pensait de tout cela mais se rendait compte qu'il ne pourrait plus lui parler, à présent.

— Quand vont-ils se marier ?

— Au mois de juin. Juste avant qu'il n'ait trente ans.

Touchant. Pattie en aurait vingt-quatre et elle ferait une mariée merveilleuse.

— Je sais que ce sera pénible pour toi, Brad, mais je pense que tu devrais y assister.

— Bien entendu. Je ne manquerais pas ça pour tout l'or du monde.

Il se sentait sur un terrain plus sûr, même s'il demeurait impressionné par l'habileté de sa mère.

— Tu pourras laisser ta petite épouse de guerre à la maison.

— Je ne l'envisagerai même pas. Nous nous réjouissons d'avance à la pensée de vous voir tous à cette occasion, mais pour le moment je te souhaite de nouveau un joyeux Noël. Je ne veux pas déranger Greg. Donne-lui mon meilleur souvenir.

Il n'avait aucune envie de parler à Greg. Ils n'avaient jamais été proches l'un de l'autre. Et puis il voulait raccrocher au plus vite. Il en avait assez d'entendre sa mère. Il aurait aimé pouvoir lui dire tout ce qu'il avait sur le cœur, mais Séréna était dans la pièce. Il le ferait par lettre, sans délai.

— Je crois qu'il est encore dans la salle à manger avec Pattie. Ils terminaient leur petit déjeuner quand tu as appelé. Pattie est venue de bonne heure, ce matin, parce qu'ils vont choisir une bague chez Tiffany.

— Merveilleux.

— Tu pourrais être à sa place, Brad.

— Je suis bien content de ne pas y être.

— Je crains que tu ne le regrettes.

— Tu n'auras plus cette impression quand tu auras rencontré Séréna.

Il y eut de nouveau un silence, puis elle déclara :

— Je n'ai pas pour habitude de fréquenter des bonnes.

Brad aurait voulu laisser éclater sa colère, mais il ne fallait pas, pour épargner Séréna. Sa mère profita du silence pour pousser son avantage :

— Tu es idiot, Brad. Tu devrais avoir honte. Un homme qui a de telles relations, de telles possibilités... Regarde un peu ce que tu viens de faire de ta vie. La pensée de tout ce que tu rejettes me donne envie de pleurer. Crois-tu que tu pourras jamais arriver à quelque chose en politique avec une femme comme celle-là ? Ce n'est qu'une vulgaire prostituée qui s'attribue le titre de princesse. Pattie m'a dit qu'elle avait l'air d'une traînée.

— Je te laisserai juge. Elle est dix fois plus distinguée que Pattie, cette petite coureuse qui distribue ses faveurs pour rien depuis des années.

Il commençait à perdre son sang-froid.

— Comment oses-tu parler de la fiancée de ton frère en des termes aussi révoltants ?

— N'emploie plus jamais... plus jamais de tels mots à propos de ma femme, siffla-t-il. Est-ce bien clair ? Quelle que soit ton opinion, tu ferais mieux de la garder pour toi. Elle est ma femme. Un point c'est tout. Je veux que tu le saches. Et j'attends de tous les membres de ma famille, y compris de cette petite garce de Pattie, qu'ils la traitent avec respect. Vous feriez mieux de l'aimer, tous autant que vous êtes, car elle vaut mille fois mieux que n'importe lequel d'entre vous. Mais que vous l'aimiez ou non, montrez-vous polis envers elle et envers moi lorsque vous me parlez d'elle, sinon vous ne me reverrez plus.

— Je ne tolère pas les menaces, Bradford, dit-elle avec dureté.

— Je n'en supporterai pas de ta part non plus. Bon Noël, mère.

Sur ces mots, il raccrocha calmement et se retourna vers Séréna, le regard triste. La jeune femme était assise près du feu, elle s'était caché la figure dans les mains, ses épaules étaient secouées de sanglots. Il lui prit doucement le menton et la força à relever la tête.

— Oh ! ma chérie, je suis désolé que tu aies entendu !

— Elle me déteste... elle me déteste... nous lui avons brisé le cœur.

Il la serra contre lui.

— Séréna, ma chérie, elle n'a pas de cœur. Elle n'en a plus depuis des années. Tout le monde le sait dans la famille, j'aurais dû t'avertir. Ma mère a un esprit acerbe et un cœur de pierre. Elle est plus forte que la plupart des hommes et ne souhaite qu'une chose : que tout le monde fasse ce qu'elle veut, elle. Elle mène mon père à la baguette depuis trente-six ans et elle voudrait agir de même avec moi. Elle a eu plus de chance avec mon frère Greg, et je ne suis pas sûr que Teddy sache lui résister. Ce qu'elle n'apprécie pas, à ton propos, c'est qu'elle ne t'a pas découverte et ne m'a pas poussé à t'épouser. Ce qui la met hors d'elle, c'est de ne pas contrôler la situation. J'ai fait mon choix seul, comme lorsque j'ai rejoint l'armée. Cela, elle ne peut pas l'accepter. Tu n'es nullement en cause. Il s'agit d'une bataille qui se poursuit depuis des années entre elle et moi.

— Mais Pattie... elle lui a dit que j'étais bonne au palazzo... Que doit penser ta mère ! sanglota Séréna.

— Séréna, mon amour, n'oublie jamais qui tu es. Et de toute façon, crois-tu que le fait que tu aies été femme de chambre ait de l'importance pour moi ? La seule chose qui me préoccupe, c'est que tu aies dû subir cette épreuve, ce choc, supporter ces souffrances et accomplir ces durs travaux. Je puis t'assurer qu'à partir de maintenant je vais te rendre la vie facile et m'efforcer de t'apporter des compensations.

Il déposa un baiser sur ses paupières humides et lui caressa les cheveux.

— Crois-tu qu'elle nous pardonnera un jour ?

— Bien sûr qu'elle le fera. Elle a été surprise, voilà tout. Et puis elle est vexée de n'avoir pas été mise au courant plus tôt.

C'était une version bien édulcorée, mais il espérait que Séréna accepterait.

— Elle me détestera toujours. Elle verra toujours en moi une bonne italienne.

B.J. se mit à rire.

— Mais non, petite sotte. J'y veillerai.

— Comment peux-tu en être certain ?

— Je connais ma mère, et c'est réciproque. Elle

139

sait qu'elle ne gouverne pas ma vie. C'est un fait.
Elle finira donc par accepter, et quand elle te ren-
contrera elle sera éblouie, tout comme je l'ai été. Elle
te verra telle que tu es : belle, douce, charmante,
intelligente, bref, la femme que j'aime. Ils t'aimeront
tous, Séréna, même ma terrible mère. Je t'assure…
tu verras…

— Mais tout ce que Pattie a dit…

— Des persiflages, ma chérie… Ma mère s'en ren-
dra d'ailleurs compte, quand elle vous verra toutes
deux, côte à côte.

— Toutes les deux, reprit Séréna, décontenancée,
tandis que B.J. reprenait un air pensif.

— Pattie va épouser mon frère Greg au mois de
juin. C'est une intéressante évolution de la situation,
n'est-ce pas ?

Séréna le fixa, tout en séchant ses larmes.

— Elle épouse ton frère ?

Il fit signe que oui.

— Ça t'ennuie ? reprit-elle.

— Pas comme tu pourrais le croire. Ce qui m'inquiète, c'est qu'à mon avis mon frère risque d'être
malheureux avec cette fille-là. Il est possible que je
me trompe, après tout, peut-être a-t-il besoin de quelqu'un pour diriger sa vie. Ma mère ne sera pas toujours là pour le régenter.

— Il est si faible que cela ?

— Ça m'est pénible de l'admettre, mais il l'est, le
pauvre diable. Tout comme mon père.

— Ton père est faible, lui aussi ?

Elle avait l'air scandalisé de l'entendre ainsi criti-
quer sa famille.

— Oui, mon père est un faible, mais ma mère a plus
d'énergie que toute une équipe de football réunie ! Je
ne crois pas que cela l'ait rendue heureuse et, en certaines circonstances, nous avons tous failli en devenir
fous, mais c'est ainsi. Une seule chose compte, ma
chérie : je t'aime. À présent, j'ai rempli mes devoirs.
J'ai annoncé notre mariage à ma famille. Je regrette
qu'ils n'aient pas sauté de joie, mais, quand ils te ver-
ront, ils le feront. Ne nous tourmentons pas davantage
et allons plutôt faire des achats de Noël. Tu veux bien ?

— Je t'aime.

Séréna s'efforçait de sourire, mais elle restait tourmentée.

— Je regrette tant.

— Tu regrettes quoi? D'avoir pleuré le jour de notre mariage?

— Non! Je regrette d'avoir rendu ta famille malheureuse.

— Mais tu ne les as pas rendus malheureux, je t'assure. Tu as seulement donné à ma mère une occasion de réfléchir, ça ne lui fera pas de mal. Les autres vont certainement estimer que c'est une bonne nouvelle.

— Veux-tu que nous sortions, maintenant?

— Et toi?

L'heure précédente avait été éprouvante pour eux deux, et Séréna se sentait fatiguée, mais elle avait envie de lui acheter un cadeau.

Il la regarda amoureusement et lui prit la main:

— Moi, je veux t'emmener acheter tout ce qui nous tombera sous les yeux, Séréna Fullerton. Allez, viens.

Le visage de Séréna s'éclaira quand elle l'entendit employer son nouveau nom et l'impatience qu'elle lut dans son regard la fit sourire.

— Tout à fait. Va chercher ton vilain manteau. Je vais t'en acheter un neuf.

— Pas en zibeline, j'espère.

— Cela va sans dire.

Il lui offrit tout de même un luxueux manteau de lynx blond. Et lorsqu'ils rentrèrent chez eux, à six heures, ils croulaient littéralement sous les paquets. Il lui avait acheté au moins une douzaine de robes neuves, deux tailleurs, cinq ou six chapeaux, des boucles d'oreilles en or, un manteau de lainage noir, des chaussures, des sacs à main, des foulards, des dessous et des chemises de nuit. Elle était confuse devant cette avalanche de vêtements coûteux, et le cadeau qu'elle lui destinait lui paraissait bien petit, en comparaison: un porte-cigarettes et un briquet en or qui lui avaient coûté presque toutes ses économies; plus tard, elle y ferait graver son nom et la date.

Le chauffeur les aida à déposer leur butin dans

l'entrée, puis à pas lents, bras dessus, bras dessous,
Séréna et Brad montèrent l'escalier. En haut des
marches, il s'arrêta pour la prendre dans ses bras en
ramenant sur elle un pan du manteau de lynx.

— Que fais-tu? demanda-t-elle d'un ton ensom-
meillé, contre son épaule.

La journée avait été longue, chargée d'émotions et
de joies. Leur mariage, la communication avec sa
mère, le pantagruélique repas de mariage, tous ces
achats... rien d'étonnant à ce qu'elle fût épuisée.

— Je te fais franchir le seuil, comme le veut la cou-
tume. Je connais aussi d'autres manières de célébrer
le même événement.

Elle eut un petit rire et il la déposa sur le lit. Il l'embrassa et, quelques instants plus tard, la dépouilla de
son manteau et du reste de ses vêtements. Ils s'aimèrent jusqu'à l'épuisement puis s'endormirent paisiblement dans les bras l'un de l'autre. Marie-Rose leur
envoya un en-cas sur un plateau, par l'intermédiaire
du monte-plats, comme le lui avait suggéré Brad,
mais ni l'un ni l'autre ne s'éveilla. Ils dormirent jusqu'au matin, enlacés, comme deux enfants.

15

Deux jours plus tard, Séréna se réveilla un peu
avant son mari et sauta du lit pour aller chercher les
deux paquets qu'elle avait cachés dans sa penderie.
Lorsqu'il ouvrit des yeux encore ensommeillés, il la
vit approcher, et lui tendit les bras.

— Viens près de moi.

Tout heureuse, elle se glissa de nouveau dans le lit,
se serrant contre lui, sans lâcher ses cadeaux.

— Joyeux Noël, mon chéri.

— C'est aujourd'hui, Noël? Ce n'est pas demain?

— Tais-toi, voyons, tu sais bien que non!

Elle ne put s'empêcher de rire au souvenir de tous

les merveilleux cadeaux qu'il lui avait offerts, puis elle annonça :

— Tiens, voilà pour toi.

La surprise de Brad ne fut pas feinte.

— Quand as-tu acheté ça, Séréna ? Tu es une cachottière !

Il avait été si préoccupé par les achats destinés à sa femme qu'il ne s'était même pas rendu compte qu'elle aussi avait acquis quelque chose chez Cartier, au moment où il payait les boucles d'oreilles.

— C'est pour la bonne cause. Allons, ouvre-le.

Il l'embrassa tout d'abord, puis déballa le premier cadeau avec une lenteur déconcertante. Il voulait la faire enrager. Et elle riait de la manière dont il s'y prenait. Quand enfin le premier papier tomba, le bel étui à cigarettes en or lui resta dans les mains.

— Séréna ! Ma chérie, comment as-tu fait ?

Il se rendait compte qu'elle avait dû y laisser toutes ses économies. Et quelles privations elle avait dû s'imposer pour mettre de côté tant d'argent ! Plus ému qu'il ne voulait le paraître, B.J. se pencha pour embrasser sa jeune épouse.

— Ma chérie, tu es folle !

— De toi, reconnut-elle en riant, tout en lui tendant le second paquet qu'il ouvrit avec autant de joie.

— Mon Dieu ! Séréna, tu me gâtes trop !

Un bref instant, une ombre de tristesse passa dans les grands yeux verts de la jeune femme.

— J'aurais bien voulu te gâter davantage, si...

Il la prit dans ses bras pour l'empêcher de poursuivre.

— Je ne serai jamais plus heureux que je le suis à présent. Je te l'assure. Tu es le plus beau des cadeaux.

Tout en parlant, il s'échappa de ses bras et sauta à son tour au bas du lit pour se diriger vers la commode qui lui était réservée. Séréna l'observait avec intérêt.

— Que fais-tu ?

— Oh ! je ne sais pas ! Je pensais que le père Noël t'avait peut-être apporté quelque chose.

Il tourna vers elle un visage tout joyeux.

— Tu rêves ? Après tout ce que tu m'as déjà offert ?

Il revenait d'un pas résolu, un tout petit paquet enveloppé de papier d'argent à la main.

— Pour toi, ma chérie.

Elle secoua la tête d'un air désapprobateur :

— Je ne mérite pas tant de cadeaux.

— Mais si, tu mérites ce qu'il y a de mieux. Tu es ce qu'il y a de mieux au monde. Tu m'as compris ?

— Oui, monsieur.

Elle fit un petit salut, puis ses yeux s'agrandirent tandis qu'elle ouvrait son paquet. Un écrin de suède noir ! Et ce qu'elle découvrit à l'intérieur lui coupa le souffle. Sa main tremblait, elle paraissait presque effrayée.

— Oh ! Brad !

— Ça te plaît ?

Prenant dans la sienne la main encore tremblante de la jeune femme, il sortit de l'écrin un diamant rose, de forme ovale, entouré de brillants, monté sur un anneau d'or étroit, et le lui passa au doigt. La bague allait parfaitement, ses proportions, sa couleur, son éclat...

— Oh ! mon Dieu ! Oh ! Brad !

Elle ne trouvait plus ses mots et ne parvenait pas à détacher ses yeux du bijou. Elle était émue jusqu'aux larmes mais Brad souriait, ravi de son bonheur.

— Tu en mérites des douzaines comme celle-là, Séréna. Quand nous retournerons aux États-Unis, nous achèterons de jolies choses pour toi : de beaux vêtements, des fourrures, beaucoup de bijoux, des chapeaux, tout ce qui te fera plaisir. Tu seras une princesse, ma princesse, pour toujours.

Durant les mois qui suivirent, Séréna passa ses journées en promenades au Bois, en visites de musées encore à moitié vides, en lèche-vitrines et en attente fiévreuse du retour de B.J. Rien pour elle n'avait de sens en dehors de son mari. Ils passaient des heures couchés l'un près de l'autre dans la bibliothèque, fixant le feu, à se parler, s'embrasser, s'étreindre, s'enlacer, puis ils couraient l'un derrière l'autre, comme deux enfants, pour gagner leur chambre. Et alors, ils n'étaient plus des enfants. Ils se témoignaient leur amour avec passion, inlassablement, cependant que petit à petit l'hiver cédait la place au printemps.

Brad se consacrait aux tâches dont on l'avait chargé, mais il était beaucoup moins pris à présent que les problèmes les plus pressants de l'après-guerre trouvaient peu à peu une solution. Quant aux autres problèmes, il faudrait plusieurs années pour en venir à bout. C'était donc pour lui une période d'accalmie, sans gros soucis, qui lui permettait même de rêver parfois, quand il était assis à son bureau, de déjeuner avec sa femme, de faire de longues promenades dans les jardins ou un détour par chez lui pour une heure passionnée, avant de retourner à ses occupations.

— Je ne vais pas pouvoir continuer à avoir de tels rendez-vous avec toi, lui dit-il en souriant, l'air un peu endormi, au début d'un après-midi du mois de mai où il la tenait dans ses bras, apaisée et heureuse.

— Pourquoi ? Tu as peur que ta femme ne proteste ?

— Ma femme ? dit B.J., en regardant ses cheveux ébouriffés. Sûrement pas. C'est une obsédée sexuelle.

Séréna éclata de rire pendant qu'il poursuivait :

— Est-ce que tu te rends compte qu'à quarante ans j'aurai l'air d'en avoir soixante, si nous continuons à ce rythme-là ?

— Te plaindrais-tu donc ?

Séréna avait une étrange lueur dans le regard, ce jour-là, comme si elle cachait quelque chose. Il en avait eu l'impression au moment où il l'avait retrouvée pour le déjeuner, mais la conversation le lui avait fait oublier. Il avait l'intention d'y revenir, mais avant tout il souhaitait lui annoncer une nouvelle.

— Tu te plains, colonel ? insista-t-elle.

— Pas vraiment. J'estime pourtant devoir te dire que je n'aurai plus droit à autant de parties de plaisir de ce genre, une fois rentré aux États-Unis.

Séréna pencha la tête sur son épaule.

— C'est vrai ?

Il fit signe que oui, l'air un peu indécis.

— Les Américains ne se comportent pas comme cela, après tout.

— Ils ne font pas l'amour ?

145

Séréna fit semblant d'être horrifiée, mais un éclair de malice demeurait dans son regard.

— Jamais.

— Tu mens.

— Je ne mens pas (il arborait un grand sourire)... nous ne pourrons pas continuer à nous aimer comme cela. Je ne disposerai pas d'autant de temps pour déjeuner.

— Brad, dit-elle en l'observant avec plus d'attention. Serais-tu en train de m'annoncer quelque chose ?

— Oui, reconnut-il, le sourire aux lèvres.

— Quoi donc ?

Elle avait déjà compris.

— Nous retournons au pays, princesse.

— Aux États-Unis ? À New York ?

Elle était stupéfaite. Elle avait su que ce jour viendrait, mais n'avait pas cru que ce serait si vite.

— Pour trois semaines de permission seulement. Après cela, mon amour, nous irons au Presidio, à San Francisco, et je deviendrai colonel à part entière. Que pensez-vous de cela, madame Fullerton ?

À trente-quatre ans, c'était une promotion importante, et Séréna le savait. Toute joyeuse, elle s'écria :

— Brad ! C'est merveilleux ! Et San Francisco ?

— Tu aimeras cette ville. De plus, Teddy sera près de nous, à l'université de Stanford, dès la rentrée prochaine. Et nous serons même chez moi pour le mariage de Greg. Tout est donc bien qui finit bien, n'est-ce pas, mon amour ?

— Plus ou moins.

Quand elle s'adossa à nouveau aux coussins, elle avait encore ce mystérieux sourire aux lèvres.

— Plus ou moins ? J'obtiens une promotion, nous sommes envoyés aux États-Unis, nous héritons de l'une des meilleures affectations du pays et tu me donnes du «plus ou moins» ? Séréna, tu mériterais que je te flanque une fessée.

Il l'attira vers lui en riant, avec l'intention de la coucher en travers de ses genoux, mais elle leva une main pour l'arrêter.

— Si j'étais toi, je n'en ferais rien.

Elle avait pris un ton d'une grande douceur, ses

yeux brillaient et l'expression de son visage l'incita à renoncer.

— Et pourquoi donc ?

— Parce que je vais avoir un bébé, Brad, dit-elle très bas.

Les larmes aux yeux, il se rapprocha d'elle pour l'enlacer.

— Oh ! ma chérie !

— J'espère que ce sera un garçon.

Elle se pressa contre lui, toute joyeuse, mais il secoua la tête.

— Une fille, qui sera tout ton portrait.

— Tu ne veux pas de fils ?

Elle avait l'air offusqué, et lui la contemplait comme si elle avait réalisé un miracle, sans prêter l'oreille à ses paroles, tant il se sentait comblé.

16

La voiture qui devait les conduire jusqu'au Havre arriva à huit heures du matin. Leurs bagages, déjà bouclés, étaient alignés dans le hall. Marie-Rose et Pierre, pâles et solennels, se tenaient très droits non loin de là. Depuis qu'elle était levée, Marie-Rose se tamponnait les yeux avec un mouchoir. Et, au moment où il serra la main de B.J., Pierre eut le regard mélancolique d'un père se séparant de son fils unique. C'était la première fois, depuis la guerre, qu'ils s'attachaient autant aux gens pour qui ils travaillaient. Séréna et B.J., de leur côté, éprouvaient une grande tristesse à se séparer d'eux. Pour Brad, ce jour marquait la fin d'une période, le début d'une autre vie, il le sentait. Durant la guerre, il avait changé, il était devenu quelqu'un d'autre, sous l'anonymat de l'uniforme, avec un nom ordinaire. Fullerton ? Et alors ? Dans l'armée, son nom ne disait rien à personne. Aux États-Unis, il allait redevenir Bradford Jarvis Fullerton III, avec tout ce que cela imposait. Il allait retrouver sa mère, son père, ses frères, leurs amis, assister au mariage de Greg, s'efforcer d'expliquer à chacun pourquoi il restait dans l'armée. Il lui faudrait justifier son renoncement à une carrière politique, au cabinet de conseil juridique familial, motiver sa décision. Il était persuadé aussi qu'il lui faudrait répondre à la question que personne ne lui poserait mais qui serait sur toutes les lèvres : pourquoi avait-il épousé Séréna ? Et il se sentait devenir plus protecteur encore à l'égard de sa jeune femme. Surtout depuis qu'elle portait son enfant. Ne l'eût-elle pas attendu qu'il aurait souhaité lui faciliter la transition. Il savait bien que les premiers jours seraient tendus. Mais il pensait que sa redoutable mère succomberait rapidement au charme de Séréna. Et si elle ne se laissait pas séduire, il ne s'en formaliserait pas : son cœur était à Séréna maintenant. Et après toutes ces années consacrées à l'armée, sa famille avait moins d'importance.

Brad posa la main sur la petite bosse que laissait deviner le tailleur de soie lilas de Séréna. Ce geste, il le faisait plusieurs fois par jour, pour voir si sa fille grandissait, disait-il. Séréna le taquinait sur la fascination qu'exerçait sur lui son fils. « Ma fille », corrigeait-il toujours, avec une énergie qui réjouissait la jeune femme. Elle, elle souhaitait mettre au monde un garçon, afin d'assurer la transmission du nom, mais il s'acharnait à dire qu'il voulait une petite fille ressemblant comme deux gouttes d'eau à Séréna.

M. et Mme Fullerton firent des gestes d'adieu au vieux couple et la voiture démarra. Tandis qu'ils remontaient l'avenue Hoche vers l'Étoile, Séréna appuya sa tête contre l'épaule de Brad. Elle se demandait quand elle reverrait à nouveau ces paysages familiers, comme lorsqu'elle avait quitté Rome.

— Tu vas bien ? s'enquit Brad que l'air grave de sa femme rendait soucieux.

Elle répondit d'un signe de tête et d'un sourire.

— Très bien, affirma-t-elle en jetant de nouveau un coup d'œil par la fenêtre. Je disais au revoir... encore une fois.

Il lui effleura la main puis la prit avec douceur dans la sienne.

— Tu l'as fait bien souvent, ma chérie, mais j'espère que nous allons pouvoir nous fixer et avoir une maison à nous, maintenant. Pour un bon moment, au moins.

Il savait qu'il pourrait sans doute rester cinq ans au Presidio, peut-être même plus.

— Nous installerons une belle maison, pour le bébé et nous, et nous nous y fixerons, je te le promets, ajouta-t-il. Est-ce que cela te manquera beaucoup, mon amour ?

— Paris ? dit-elle, en réfléchissant.

— Non, je veux dire tout ceci... pas seulement Paris, mais l'Europe ?

— Sans doute. Brad, j'ai eu le mal du pays, autrefois, quand j'étais aux États-Unis. Mais j'avais surtout peur, peur de la guerre, peur de perdre ma grand-mère, peur de ne plus jamais revoir Venise ou Rome. J'avais l'impression d'être prisonnière. Cette fois, ce sera bien différent.

En dehors de Marcella, Séréna n'avait qu'une personne au monde, son mari, et elle savait que sa place était auprès de lui. La veille, elle avait annoncé à la vieille femme qu'elle attendait un bébé. Marcella en avait été si heureuse qu'elle s'était mise à rire et à pleurer tout à la fois. Mais elle avait tout de même refusé l'invitation de Séréna de les rejoindre aux États-Unis.

— Partir ne me fait pas le même effet, cette fois-ci, convint Séréna en haussant les épaules. Je regrette de m'en aller, parce que je connais la ville, qu'elle m'est familière et que je parle la langue de ce pays.

— Ne dis pas de sottises. Tu t'exprimes presque aussi bien que moi, en anglais. Mieux que moi, corrigea-t-il en souriant.

— Je ne l'entends pas dans ce sens-là. Les gens d'ici comprennent ma vie, mes pensées, ce que j'ai dans le cœur. Les choses sont différentes aux États-Unis. Les gens ne raisonnent pas comme nous le faisons.

Il réfléchit un instant.

— C'est vrai.

Il savait aussi que la plupart des Américains ne comprendraient pas son univers à elle. Le milieu où elle avait grandi leur était étranger. Les sculptures, les tapisseries, les tableaux de maîtres, les palais de Venise et de Rome, les gens qu'elle avait fréquentés, la manière dont elle avait été élevée, tout cela, ils ne pouvaient l'imaginer. Une grande part de cet univers était demeurée en elle. Elle y puisait sa finesse et sa culture, son calme et sa sagesse. Brad se demandait depuis longtemps comment ce fonds culturel pourrait s'harmoniser avec la civilisation à laquelle il appartenait. C'était l'une des raisons qui l'avaient poussé à ne pas presser son retour aux États-Unis. Mais l'heure avait sonné. Et pour faciliter la transition, il avait décidé qu'ils passeraient une partie de sa permission en voyage, sur un bateau. Il avait retenu une cabine de première classe à bord du *Liberté*, un bateau allemand devenu français après la guerre.

Séréna, impressionnée, admira le bateau, un transatlantique luxueux. En regardant les fastueux salons drapés de velours rouge et les passagers qui embarquaient, elle pensa que cette traversée serait mémorable. Quand elle se retourna vers son mari, ses yeux pétillaient de bonheur.

Brad lui adressa un regard interrogateur, mais il ne parvint pas à masquer sa propre excitation. Il s'était donné beaucoup de mal pour obtenir une cabine à bord du *Liberté* en si peu de temps. Il voulait que l'entrée de sa femme dans son univers à lui débute de façon heureuse, par un voyage incomparable, car il se doutait bien que le mariage de son frère serait un moment difficile pour elle.

— Cela te plaît ?

— Brad... murmura-t-elle alors qu'ils suivaient le steward jusqu'à la cabine où les attendaient leurs malles, expédiées plusieurs jours auparavant. C'est merveilleux ! On dirait... on dirait un palazzo !

— Ce soir, je t'emmènerai danser...

Ils pénétrèrent dans leur cabine. Le décor les laissa sans voix : des murs lambrissés d'un bel acajou et des meubles du même acajou chaud, des velours et des satins bleus, et puis partout des beaux objets, des petites lanternes en cuivre, des miroirs anglais à l'ancienne... Jusqu'aux hublots qui étaient cerclés de cuivre poli! C'était l'endroit de rêve pour la lune de miel à laquelle ils n'avaient jamais eu droit. Leurs malles étaient déjà bien rangées. À côté, le steward déposa les valises.

— Une femme de chambre viendra un peu plus tard aider madame à défaire ses valises.

Du geste, l'homme montra un imposant compotier chargé de fruits frais, une assiette de petits gâteaux et une carafe de xérès posés sur une desserte, puis il expliqua:

— Le déjeuner sera servi peu après l'appareillage, vers une heure. En attendant, le colonel et madame apprécieront peut-être une collation.

— Oh! mon chéri, c'est merveilleux! s'écria Séréna en se jetant dans ses bras, après le départ du steward.

Brad avait l'air ravi.

— C'est encore mieux que ce que je pensais. Seigneur! Tu ne trouves pas que c'est la meilleure façon de voyager?

Il leur servit à tous les deux un petit verre de xérès, lui tendit le sien et porta un toast:

— À la plus belle femme que je connaisse, la femme que j'aime (ses yeux se plissèrent en un sourire chaleureux), à la mère de ma fille.

— Fils, le reprit-elle en souriant à son tour.

— Que la vie que tu vas mener aux États-Unis t'apporte le bonheur, ma chérie. Jusqu'à la fin de tes jours.

— Merci, dit-elle en baissant un instant les yeux sur le contenu de son verre. (Puis, le regardant bien en face, elle ajouta:) Je sais qu'elle me l'apportera.

Elle but une gorgée, puis à son tour leva son verre pour porter un toast en l'honneur de son mari:

— À l'homme qui m'a tout donné et que j'aime de tout mon cœur... Que tu n'aies jamais à regretter d'avoir ramené ton épouse de guerre chez toi.

Un voile de tristesse passa sur son visage, au moment où elle achevait sa phrase. Il s'empressa de la prendre dans ses bras.

— Ne dis pas cela.

— Et pourquoi pas ?

— Parce que je t'aime et que tu oublies qui tu es. Il ne faut jamais l'oublier, Séréna. Principessa Séréna.

Il la regardait avec amour, mais elle secouait la tête pour marquer son désaccord.

— Je suis madame Fullerton, je ne suis plus «principessa», et je préfère cela. (Après un moment de silence, elle demanda :) Et toi, Brad, n'essaies-tu donc pas d'oublier qui tu es ? Ne te comportes-tu pas comme moi ?

Elle avait cette impression à cause de son goût pour l'anonymat qui le poussait à demeurer dans l'armée, et à l'étranger. Planté devant le hublot, les yeux perdus dans le lointain, il reconnut :

— Peut-être bien. Pour tout t'avouer, Séréna, j'ai toujours considéré comme un fardeau d'être né là où je suis né, dans le milieu d'où je sors. (Cela, il ne l'avait jamais dit à personne ; maintenant qu'il rentrait au pays, il devait le lui dire, à elle.) J'ai toujours été un peu en marge, pas taillé sur le même modèle que les autres. Je ne crois pas que mes frères soient pareils. Teddy s'adapte partout et Greg s'y efforce. Moi, je n'y parviens pas. D'ailleurs, je ne crois pas à tout ce cirque. Je n'y ai jamais cru. Les valeurs que respectent Pattie Atherton, ma mère ou mon père ne sont pas les miennes. Pour eux, ce qui prime tout, ce sont les apparences. Ils n'entreprennent pas une chose parce qu'ils y croient, qu'ils désirent la mener à bien, qu'elle a un sens, mais pour ce qu'en penseront les autres. Je ne peux plus vivre ainsi.

— C'est la raison pour laquelle tu restes dans l'armée ?

— C'est cela. Je suis, au moins en grande partie, honnête dans mon travail, j'ai la possibilité de vivre dans des endroits très agréables, à bonne distance de New York, et je n'ai plus besoin de faire le jeu de la famille. Séréna, je ne veux pas être B.J. Fullerton, troisième du nom. Je veux être moi, le premier, Brad, B.J., une personne que nous puissions respecter tous les deux. Je n'ai pas à fréquenter les clubs dont mon père est membre ni à épouser la fille d'une des amies de ma mère pour me sentir bien dans ma peau. Rien de tout cela ne m'a jamais satisfait et, à présent, je sais pourquoi. Je n'avais pas les qualités requises pour vivre dans cette société-là. Mais toi (il lui adressa un regard tendre), tu es née pour être princesse. Tu ne peux refuser l'évidence. Cela fait tout autant partie de toi que tes beaux yeux verts.

— Comment sais-tu que cela ne m'est pas aussi désagréable que, pour toi, l'univers auquel tu étais destiné ?

— Voyons, je te connais. La seule chose que tu n'aimes pas dans ce titre, c'est qu'il te singularise, qu'il peut paraître prétentieux. Tu ne veux pas avoir l'air d'être snob. Rien ne te coupe pourtant de tes racines, Séréna. Tu appartiens à cet univers, et s'il n'avait cessé d'exister je n'aurais pu t'en arracher. Aujourd'hui, en Amérique du Nord, les gens ne comprennent pas le monde dont tu es issue. Mais c'est tout de même le meilleur endroit où nous puissions vivre, ma chérie. Et il ne nous reste plus qu'à expliquer aux Américains d'où tu viens. S'ils sont un peu malins, nous n'aurons rien à leur dire. Car ce que tu es, ta beauté, ta grâce, ta générosité, ton élégance innée, il suffit de te regarder pour les apprécier.

— Sottises que tout cela, dit-elle en souriant et en rougissant un peu. Si je ne te l'avais pas dit, tu ne t'en serais jamais douté.

— Bien sûr que si.

— Bien sûr que non.

Elle s'amusait à le contredire, maintenant. Il posa son verre, l'enlaça, puis l'embrassa avidement sur la bouche, avant de la soulever de terre avec autorité et de la déposer sur le grand lit.

— Ne bouge pas. J'arrange quelque chose.

Elle sourit en le voyant se précipiter sur la porte de la cabine et l'ouvrir pour glisser sur la poignée, de l'autre côté, la pancarte « Ne pas déranger ».

— Ça devrait nous débarrasser de la femme de chambre, dit-il en se tournant vers elle avec un grand sourire.

Puis il tira les rideaux et dénoua sa cravate.

— Mais quelles sont donc vos intentions, colonel ? demanda-t-elle en pouffant de rire.

— Qu'en pensez-vous, madame Fullerton?

— En plein jour? Ici? À cette heure-ci?

— Pourquoi pas?

Il s'assit au bord du lit et recommença de l'embrasser.

— Mon Dieu, mais je risque d'être enceinte!

— Formidable. Nous aurons des jumelles.

— Oh! ne parle pas de...

Il ne la laissa pas achever. Sa bouche pressa la sienne encore plus fort et, un instant après, ils repoussaient le beau dessus-de-lit de satin bleu. Les draps de lin blanc parurent doux et frais à la peau de Séréna, et les mains de Brad étaient chaudes sur ses seins et ses cuisses. Elle était toujours plus impatiente de le sentir en elle. Elle gémit son nom à voix basse, il effleura des lèvres sa bouche, ses paupières, ses cheveux, tandis que ses mains lui prodiguaient de merveilleuses caresses, puis soudain, il entra en elle presque par surprise.

— Oh! gémit-elle.

À ce simple son prolongé, fait d'étonnement puis de plaisir, succéda une symphonie de murmures tendres et plaintifs, cependant que le paquebot levait l'ancre et que commençait pour eux la grande traversée du retour.

17

Les jours passèrent trop vite, à bord du *Liberté*. Le temps était exceptionnel, sur l'Atlantique, et ils se reposaient de longues heures, côte à côte, sur des chaises longues, sans avoir à subir les habituelles brises du mois de juin. Ils déjeunaient le plus souvent en tête à tête, faisaient une sieste dans leur cabine, remontaient sur le pont avant d'aller se changer pour le thé, au cours duquel ils retrouvaient les gens avec qui ils avaient lié connaissance les jours précédents, faisaient de nouvelles rencontres, écoutaient de la musique de chambre... L'ambiance rappelait à Séréna celle dans laquelle avaient vécu sa grand-mère et leurs amis, la musique qu'ils avaient appréciée, la grande cuisine, les repas somptueux, les soirées habillées, les robes de dentelle, les rangs de perles et les souliers de satin. Il lui semblait vivre de nouveau comme jadis. Ce milieu n'était pas étranger non plus à B.J., et de temps à autre ils rencontraient des gens qui avaient connu ses parents, ses oncles ou des amis communs.

Sous tous les aspects, c'était une agréable traversée, sans soucis ni contraintes, et ils regrettaient tous les deux de la voir toucher à sa fin.

— On devrait peut-être se cacher dans la cale et retourner à Paris ? proposa Brad.

— Non, dit-elle d'un ton résolu, je veux aller à New York et rencontrer ta famille, je veux voir San Francisco, les cow-boys et les Indiens. Je crois que je vais aimer l'Ouest sauvage.

B.J. éclata de rire à la pensée des visions qu'elle évoquait.

— L'Ouest sauvage n'existe plus que dans ton imagination.

— Plus de cow-boys, ni d'Indiens ? Pas même un ou deux ?

— Pas à San Francisco en tout cas. Il faudra aller dans les montagnes Rocheuses pour voir des cow-boys.

— Parfait, dit-elle, ravie. Nous irons donc y faire un tour. Tu veux bien ?

— Quand pensez-vous donc faire tout cela, madame ? À la veille du jour où vous allez avoir un bébé !

— Qu'attends-tu de moi ? demanda-t-elle, l'air amusé. Que je reste à la maison et que je tricote des chaussons ?

— Ça me semble une bonne idée.

— Eh bien, pas à moi ! Je veux faire quelque chose, Brad.

— Seigneur ! Protégez-moi ! gémit-il, en se laissant retomber sur les coussins. J'ai hérité d'une femme moderne. Mais que veux-tu faire? Aller travailler à l'extérieur?

— Pourquoi pas? Nous serons en Amérique. En démocratie. Je pourrais faire de la politique, suggéra-t-elle, tandis qu'une lueur dansait dans ses yeux.

— Ça, non. Une femme de la famille s'en mêle déjà, c'est bien suffisant, merci beaucoup. Il faudra inventer autre chose. Et puis, nom d'une pipe — il paraissait un peu fâché, avec ses sourcils froncés —, tu vas avoir un bébé dans six mois. Ne peux-tu te détendre un peu?

— Si, peut-être. Mais je pourrais être utile. Tout au moins pendant que je l'attends.

— Nous te trouverons un travail bénévole, pas fatigant.

Elle acquiesça d'un signe de tête. Ces derniers temps, elle pensait souvent à San Francisco. Ni l'un ni l'autre n'y connaissaient âme qui vive. Brad allait avoir beaucoup de travail à la base, aussi souhaitait-elle avoir une occupation. Elle ne voulait pas rester assise, à attendre que son ventre grossisse. Elle le lui dit.

— Et pourquoi pas? répliqua-t-il. Les femmes ne font donc pas ça?

— Pas toutes. Bien des femmes enceintes travaillent. En Italie, les femmes pauvres vont aux champs, elles mènent de front les courses, la cuisine, la lessive, enfin bref tout ce qu'elles font habituellement. Et un beau jour, boum! Le bébé sort. Et elles repartent avec leur bébé sous le bras.

— Tu as le don des formules, ma chérie. C'est ainsi que tu veux vivre? Boum! Le bébé sort. Et toi tu travailles aux champs?

Elle le regardait de façon bizarre.

— J'étais heureuse, quand je travaillais avec Marcella.

— Mon Dieu, Séréna! C'était horrible. Travailler comme femme de chambre dans la maison de tes parents...

— Cette idée peut te paraître horrible, mais le travail ne l'était pas. J'étais contente. Heureuse d'accomplir chaque jour une tâche. J'avais beaucoup de responsabilités, tu sais, insista-t-elle avec l'air d'une petite fille fière d'elle-même.

— Je le sais, ma chérie. Et tu travaillais dur. Trop dur. Je ne veux plus jamais que tu fasses ce genre de choses. Et tu ne le feras plus. Tu es devenue ma femme. Or, le seul côté positif du nom des Fullerton, c'est qu'il s'accompagne d'une assurance de confort suffisante, non seulement pour nous, mais pour nos enfants qui seront toujours préservés de ce genre d'épreuves.

— C'est bien agréable, reconnut Séréna. Mais je t'aurais aimé même si tu avais été pauvre.

— Je m'en doute, ma chérie. C'est tout de même appréciable de ne pas avoir à se tourmenter à ce sujet, n'est-ce pas ?

Elle hocha doucement la tête et se blottit dans ses bras, et ils s'abandonnèrent tous deux au sommeil. Juste avant de s'endormir, elle songea une dernière fois à ce que serait la vie à San Francisco et se dit qu'elle ne se contenterait pas d'attendre le bébé. Avoir un enfant était un événement merveilleux, passionnant, mais elle souhaitait que son existence ait un autre but.

À six heures du matin, le lendemain, le steward frappa à la porte pour leur annoncer qu'ils arrivaient à New York. Ils n'accosteraient pas avant dix heures du matin, mais ils s'habillèrent en toute hâte pour ne pas manquer le spectacle de l'arrivée dans le port, sous la lumière douce du jour naissant. La statue de la Liberté éclairée par les premiers rayons du soleil leur ouvrait, de son bras levé, de sa torche, la voie d'une nouvelle vie. Séréna était très émue et Brad demeurait plongé dans un silence inhabituel. La dernière fois qu'il était revenu dans son pays, c'était à bord d'un avion militaire, pour une brève permission. Cette fois, il avait l'impression de rentrer enfin chez lui, sa femme à ses côtés, après avoir longtemps guerroyé. Un sentiment de bien-être et de gratitude monta en lui comme une bouffée de soleil. Il y donna libre cours en prenant Séréna dans ses bras, en la serrant très fort contre lui.

— Bienvenue chez nous, Séréna.

— *Grazie*, murmura-t-elle, tandis qu'ils s'embrassaient dans la lumière dorée de ce matin de juin.

— Nous allons avoir la belle vie, ici, ma chérie.

— Je le sais. Et notre bébé aussi.

Ils demeurèrent ainsi près d'une heure à contempler New York, au loin, tandis que le paquebot se balançait dans le port, attendant l'arrivée des fonctionnaires de l'immigration et des remorqueurs, les opérations de dédouanement... toute la routine administrative et le brouhaha qui accompagnent les arrivées.

À ce moment précis, dans son appartement de la 5e Avenue, la mère de Brad, assise dans son lit, buvait une tasse de café, les sourcils froncés, le regard assombri, songeant à son fils aîné et à la femme qu'il ramenait chez lui. Si cela avait été en son pouvoir, elle aurait aimé contraindre Brad à se débarrasser de Séréna aussi vite que possible, mais elle n'avait pas encore trouvé comment faire. Elle n'avait plus droit de regard sur l'argent de son fils, il ne dépendait plus de sa famille pour son travail, il s'était envolé du nid et faisait désormais ce qu'il voulait, de la manière dont il l'entendait, en compagnie de cette satanée petite traînée d'Italienne. Elle reposa la tasse dans la soucoupe, repoussa les couvertures et sortit de son lit en arborant un air résolu.

18

Lorsque Séréna descendit la passerelle devant Brad, son cœur battait à tout rompre. À quoi ressembleraient-ils ? Que lui diraient-ils ? Au fond d'elle-même, elle avait l'espoir que Mme Fullerton — l'autre Mme Fullerton, se disait-elle en souriant — se laisserait attendrir. Vêtue d'un tailleur de lin crème et d'une blouse de soie ivoire, ses cheveux rassemblés en un chignon bas, elle était ravissante et paraissait très jeune, avec quelque chose de vulnérable, comme une rose blanche dans un vase en cristal. Ses gants de chevreau blanc effleuraient à peine la rambarde. Elle leva la tête vers Brad et celui-ci lut ses pensées dans son regard. Il se pencha en avant pour lui glisser quelques mots d'encouragement.

— Ne t'inquiète pas. Ils ne t'attaqueront pas. Je te le promets.

Il pensait «Ils n'oseront pas», mais savait que certains s'y risqueraient sans doute : sa mère... Pattie... Greg, s'il était sous l'influence de l'une ou l'autre des deux femmes... son père, peut-être? Il n'était sûr que de Teddy.

Au moment où ils quittaient le bateau, le steward avait offert deux très beaux gardénias à Séréna qui les avait fixés sur son revers. Leur parfum entêtant montait jusqu'à B.J.

— Courage, petite.

Elle tourna de nouveau la tête et cette fois il vit qu'elle était pâle de frayeur. Elle n'avait pas mérité de connaître une telle angoisse, se disait-il, et durant un instant il en voulut à sa mère. Pourquoi n'était-elle pas une vieille dame rondelette et gentille, au lieu d'être une reine de la jungle mince et féline... une panthère guettant sa proie. B.J. l'imaginait arpentant avec impatience le débarcadère, l'air doucereux mais prête à attaquer. Quand ils atteignirent la section F du quai, où ils devaient récupérer leurs malles et passer la douane, il se rendit compte que personne ne les attendait. Aucun de ses parents, pas le moindre visage familier en vue! En songeant à la bruyante réception qui lui avait été ménagée à l'aéroport, l'année précédente, il se sentit tout à la fois désappointé et soulagé. Il prit la main de Séréna.

— Tu peux te détendre. Ils ne sont pas là.

Elle fronça les sourcils :

— Tu crois qu'ils ne vont pas venir?

Refuseraient-ils de le voir à cause d'elle? Elle n'avait cessé de le redouter.

— Pour l'amour du ciel, Séréna, on dirait qu'on vient de t'apprendre la mort de quelqu'un. Cesse de te tourmenter. Ils sont sans doute trop occupés par ce sacré mariage. Nous prendrons un taxi.

C'est alors qu'il aperçut son jeune frère qui les observait, un grand sourire aux lèvres, à une cinquantaine de mètres de là. Brad pouvait imaginer la lueur qui dansait dans ses pupilles bleues, les petites rides autour des yeux... Ted avait une façon de sourire qui illuminait tout son visage et y creusait deux profondes fossettes, ce qui faisait son désespoir lorsqu'il était enfant. Il portait un pantalon de flanelle blanche, un blazer bleu et un canotier. En le voyant approcher à grandes enjambées, Brad eut soudain envie de l'embrasser très fort. C'est vers Séréna, cependant, que Teddy se précipitait, un énorme bouquet de roses rouges au creux des bras : il n'avait d'yeux que pour elle. Il s'arrêta pile devant sa belle-sœur, époustouflé par son élégance et sa beauté, puis il l'enlaça et la serra contre lui au point de lui couper la respiration.

— Bonjour, Séréna. Bienvenue chez nous !

Il prononça ces mots avec une emphase qui leur fit venir un sourire aux lèvres et les larmes aux yeux. Séréna lui rendit son étreinte.

— Je suis bien content de vous voir tous les deux ici, dit-il en regardant son frère préféré, derrière Séréna.

Brad n'y tint plus, il les prit chacun par l'épaule et ils demeurèrent ainsi longtemps enlacés, émus mais joyeux.

Séréna eut l'impression que Teddy ne la libérerait jamais. Elle put enfin reculer pour examiner le jeune frère dont elle avait tant entendu parler. Il était plus grand que Brad, et plus beau peut-être, par certains côtés. Non, en définitive, il n'est pas plus beau, pensa-t-elle fièrement en les observant, alors qu'ils papotaient de tout et de rien. Les traits de Brad étaient plus réguliers, ses épaules plus larges et il paraissait mieux connaître le monde. Teddy avait pourtant un charme singulier, auquel on ne pouvait s'empêcher d'être sensible : une sorte d'éclat, d'enthousiasme irradiait de tout son être. Il respirait la joie, la chaleur, l'amour. Séréna se sentait attirée par lui, mais, en même temps, elle décelait une telle admiration pour elle qu'elle ne savait pas très bien comment réagir. Tout en parlant avec Brad, Teddy la dévorait des yeux. Au bout d'un moment, il s'adressa de nouveau à elle :

— Séréna, vous êtes belle !

Il paraissait si bouleversé que Séréna ne put que rire.

— Et c'est une princesse. Une vraie, renchérit son mari. Que penses-tu de cela ?

— Elle en a bien l'air !

Il y avait tant de conviction dans sa voix que Brad regarda son frère avec une tendresse mêlée d'amusement.

— Mon petit vieux, n'en tombe pas amoureux ! C'est moi qui l'ai vue le premier.

— Mon Dieu, que vous êtes ravissante ! reprit Teddy.

Séréna décida de rompre l'enchantement. Elle lui murmura quelques paroles de remerciement à propos de la brassée de roses, puis lui confia :

— En réalité, je ne suis pas Séréna. Brad a fait ma connaissance sur le bateau et il m'a demandé de prendre sa place.

— Elle est maligne, non ? dit Brad en posant un bras sur l'épaule de Séréna, comme pour marquer qu'elle était sa femme, à lui. Dis-moi, comment va donc notre future et charmante belle-sœur ?

Teddy se rembrunit.

— Bien, j'imagine. (Il avait répondu d'un air si vague et à voix si basse que Brad et Séréna lui prêtèrent plus d'attention quand il enchaîna :) Greg est ivre tous les soirs depuis quinze jours. Je ne sais pas comment interpréter ça : il s'amuse ou il est terrifié ?

— Un peu des deux, peut-être, suggéra Brad.

Mais Teddy avait toujours été franc avec son frère aîné et il entendait le rester.

— Je ne crois pas que Greg sache ce qu'il fait, Brad. Ou peut-être ne veut-il pas le savoir, ce qui serait pire.

— Es-tu en train de suggérer que quelqu'un devrait empêcher cette affaire-là ? Tout de suite ? le pressa Brad.

— Je ne sais pas. Mère n'en fera rien, nous pouvons en être certains. Greg est en passe de devenir son grand espoir. Ça a commencé lorsque tu as décidé de devenir militaire de carrière (il jeta un coup d'œil un peu dédaigneux vers Brad que cela fit sourire). Elle s'est rapidement rendu compte que je ne jouerais pas le jeu de la famille. Il semble bien que le tour de Greg soit venu.

— Pauvre vieux !

Durant un moment, Brad conserva le silence, puis les douaniers arrivèrent pour inspecter leurs bagages et vérifier leurs passeports. L'un d'eux demanda celui de Teddy, mais ce dernier lui présenta un laissez-passer qu'un ami politique de son père lui avait obtenu auprès du maire de New York. L'homme en fut choqué.

— Privilégié, hein ? lança-t-il.

Teddy parut un peu embarrassé.

— Juste pour cette fois. Mon frère n'est pas rentré depuis la fin de la guerre.

Du geste, il indiquait Brad. Le visage du douanier s'adoucit.

— Vous rentrez à bord du *Liberté*, fiston ? C'est pas la plus mauvaise façon de faire la traversée.

— Au contraire. C'était notre lune de miel !

— Votre femme est allée vous retrouver ?

Il n'avait pas encore vu le passeport de Séréna. Brad regarda sa femme avec fierté, avant de préciser :

— Non. J'ai rencontré ma femme là-bas. À Rome.

— Italienne ?

Les prunelles du douanier s'étaient rétrécies. Il examinait la jeune femme de la tête aux pieds.

— Oui, ma femme est romaine, dit Brad, toujours souriant.

L'homme sentit la moutarde lui monter au nez.

— Y a plein de filles à marier dans ce pays, p'tit gars. Vous l'avez oublié ? Bon Dieu, on dirait qu'une fois de l'autre côté de l'eau, vous, les jeunes, vous oubliez tout ce qu'il y a chez nous.

Il leur jeta un dernier regard furieux, à tous les trois, et s'en fut inspecter d'autres passagers. Brad avait une lueur de colère dans le regard et Teddy semblait hors de lui, mais Séréna posa une main sur le bras de chacun d'eux et secoua la tête.

— Ne faites pas attention! Il est un peu aigri. Peut-être sa fille a-t-elle été abandonnée?

— Peut-être faudrait-il lui casser la figure! suggéra Teddy, prêt à passer aux actes.

— Oubliez tout ça. Allons chez vous!

Les deux hommes échangèrent un regard. Brad poussa un soupir, puis acquiesça d'un signe de tête.

— O.K., princesse, tu as gagné. (Il la regardait avec un peu de tristesse.) Pour cette fois. Mais je ne veux plus jamais entendre des choses aussi désagréables à ton sujet, conclut-il en se penchant pour l'embrasser.

— Cela arrivera pourtant encore, dit-elle, dans un murmure. Il faudra du temps...

— Des clous! lança Ted.

Et tous éclatèrent de rire.

Ils appelèrent alors un porteur pour entamer l'ultime étape du retour.

19

Le chauffeur de la famille les attendait au volant d'une somptueuse Cadillac bleu nuit. En chemin, Teddy avait expliqué à son frère pourquoi il était venu seul. Leur mère avait une réunion du comité de la Croix-Rouge américaine, puis devait régler quelques détails pour le dîner suivant la répétition du mariage, le lendemain, avant de déjeuner avec les responsables d'une des nombreuses associations dont elle faisait partie. Quant à Greg, il participait avec son père à une réunion d'affaires importante.

— Oh! elle est neuve?

Brad n'avait pu retenir un sifflement en apercevant la voiture.

— Hé oui! Un cadeau de Noël de père.

— Pour toi? s'étonna Brad.

— Bien sûr que non, répondit Teddy avec un sourire. Pour mère. Mais elle ne la prend pas souvent. Elle préfère la Lincoln Zéphyr, parce qu'elle est décapotable. Et peut-être aussi parce qu'elle est d'un beau vert bouteille... Et tu sais que mère n'aime pas être conduite, ajouta-t-il avec un clin d'œil. Quand elle sort seule, elle ne veut pas du chauffeur.

— C'est vrai! Et tu te sers beaucoup de la Cadillac ou seulement dans les grandes occasions?

— Quand Greg n'est pas dans les parages.

— Ça s'explique aussi.

Le vieux chauffeur était descendu de la voiture et se hâtait à leur rencontre. Il enleva sa casquette avec un large sourire. Il travaillait pour les Fullerton depuis que Brad était enfant.

— Salut, Jimmie! s'écria B.J. en lui donnant une claque sur l'épaule, cependant que le vieil homme gloussait de joie et le serrait contre sa poitrine.

— Vous avez bonne mine, mon garçon. Content de vous voir.

— Content d'être de retour.

Les deux hommes éprouvaient un plaisir évident à se retrouver.

— Jimmie, j'aimerais te présenter ma femme.

Il se tourna vers Séréna avec une certaine fierté.

— Je suis heureux de faire votre connaissance, madame Fullerton.

Le vieil homme avait cherché ses mots, tant il était intimidé devant une si belle femme. Séréna lui serra chaleureusement la main, avec un gentil sourire.

— Brad m'a souvent parlé de vous, dit-elle.

— Vraiment? s'étonna Jimmie, ravi. Soyez la bienvenue en Amérique. Vous parlez un bon anglais. Êtes-vous déjà venue dans ce pays?

— J'ai passé la guerre ici. Au nord de l'État.

— Ah! c'est bien! conclut Jimmie avec un large sourire.

Séréna lui rendit son sourire. Puis, les invitant d'un geste à monter dans la voiture, le chauffeur leur lança:

— Je m'occupe de tout. Ne vous en faites pas, les enfants.

164

Séréna et Teddy s'installèrent à l'arrière de la Cadillac. Brad, lui, préférait aider son vieux Jimmie à ranger les malles et les valises.

Dans la voiture, Teddy ne quittait pas Séréna des yeux. Il ne savait que lui dire, pour commencer, ni quelle contenance se donner en tête à tête avec elle. Il aurait aimé tendre la main et la toucher. Il avait envie d'effleurer sa peau crémeuse, son extraordinaire chevelure dorée. Il eut soudain une folle envie de l'embrasser. Au moment où cette pensée lui traversait l'esprit, des gouttes de sueur perlèrent à son front.

— Comment vous sentez-vous ? Vous n'êtes pas malade ? lui demanda Séréna en lui jetant un regard inquiet.

— Non... Je... Je regrette... Je ne sais pas... C'est juste... Je pense que c'est simplement l'émotion, la joie de revoir Brad, de faire votre connaissance, la pensée de savoir Greg bientôt marié, et ma sortie du lycée, la semaine dernière...

Il s'essuya le front avec un mouchoir de linon blanc puis se carra dans le fond de la banquette et reprit :

— Eh bien, où en étions-nous ?

Il ne songeait pourtant qu'à ce visage, à ces yeux. Il n'avait jamais vu femme aussi charmante. Séréna le regardait avec douceur, l'air soucieux, comme si elle l'avait compris.

— Je vous en prie... dit-elle, troublée. Vous êtes bouleversé à cause de moi, n'est-ce pas ? Je vous ai donc causé un si grand choc. Suis-je vraiment si différente de ce que vous attendiez ?

Teddy secouait lentement la tête.

— Oui, mais pas de la manière dont vous le croyez, Séréna, soupira-t-il en lui prenant la main. Vous êtes la plus belle femme que j'aie jamais rencontrée et, si vous n'étiez pas à mon frère, je vous demanderais à l'instant même de m'épouser.

Durant un moment, elle crut qu'il plaisantait, puis elle lut une sorte d'accablement dans ses yeux et les siens s'agrandirent sous l'effet de la surprise.

— Dis-moi, frérot, tu ne t'ennuies pas avec ma femme ?

B.J. ouvrait la porte de l'élégante conduite intérieure. Son air détaché masquait la légère inquiétude qui s'était emparée de lui, dehors, un peu plus tôt. Teddy avait toujours été le plus attirant des trois frères, sur le plan physique, et, par l'âge, il était plus proche de Séréna que lui-même : il n'avait que vingt-deux ans. C'est une pensée folle, se disait-il toutefois. Séréna était sa femme, elle l'aimait et elle attendait leur enfant.

Teddy eut un petit rire, secoua la tête et passa une main dans ses cheveux.

— Tu arrives bien. J'ai failli me rendre ridicule, Brad.

— Veux-tu que je ressorte ?

— Non ! s'écrièrent en chœur Teddy et Séréna.

Là-dessus, ils se regardèrent et éclatèrent tous deux de rire, comme deux enfants. Le malaise était dissipé. Ils rirent pendant tout le trajet, se moquant l'un de l'autre ou de Brad. Leur amitié débuta ce matin-là.

Teddy leur fit un bref exposé sur ce qu'allait être le mariage, ce que l'on attendait d'eux, qui assisterait au dîner de la réception... Brad savait déjà qu'il serait le témoin principal de son frère et Teddy, l'un des onze garçons d'honneur. Il y aurait également douze demoiselles d'honneur, un petit garçon pour porter les alliances et une petite fille chargée de semer des pétales de fleurs devant la mariée. La cérémonie se déroulerait à l'église St. James, sur Madison Avenue, et la gigantesque réception offerte ensuite par la famille Atherton aurait lieu à l'hôtel Plaza.

Le dîner suivant la réception était en revanche organisé au Knickerbocker, le club de leur père. N'y assisteraient que quarante-cinq personnes.

— Oh ! Seigneur ! gémit Brad. Et c'est prévu pour quand ?

— Pour demain.

— Et ce soir ? Aurons-nous un peu de temps en famille, ou faut-il participer à quelque autre danse tribale avec toute la troupe ?

— Mère a prévu un petit dîner. Père et elle, vous, Greg et moi, sans compter Pattie, répondit Teddy, cependant qu'un éclair d'inquiétude passait dans ses yeux.

— Ce devrait être sympathique.

Un instant plus tard, ils s'arrêtaient devant l'auvent du domicile des Fullerton. Un portier se précipita, cependant que Jimmie s'occupait des bagages.

— Maman est là-haut ? demanda Brad à Teddy, car il souhaitait en finir au plus tôt avec les présentations.

— Pas encore. Elle ne rentrera qu'à trois heures. Nous sommes seuls, Séréna va pouvoir visiter les lieux.

C'était presque une bénédiction. La jeune femme se contenta de suivre son mari et son beau-frère dans un vestibule lambrissé, réchauffé de tapisseries, avec un plafond très haut, un sol de marbre, d'immenses plantes et un lustre digne de Versailles.

Brad et Teddy la poussèrent dans l'ascenseur. Au dernier étage, le couloir menait à un grand duplex dominant Central Park, où les trois garçons avaient grandi. Brad sentit un petit frisson lui parcourir la colonne vertébrale, au moment où Teddy ouvrit la porte et s'effaça pour les laisser passer. Deux femmes de chambre en uniforme noir, tablier et coiffe de dentelle blanche, époussetaient l'entrée. À elle seule, cette pièce évoquait à Séréna une salle de bal : de magnifiques paravents japonais au mur, un damier de marbre noir et blanc au sol et un lustre encore plus beau que celui du vestibule, un chef-d'œuvre — fabriqué à Waterford, en Angleterre, il y a plus de deux cents ans, lui expliqua Brad. À cette œuvre d'art faisaient écho des appliques finement travaillées. Après avoir souhaité la bienvenue à Brad et à son épouse, les femmes de chambre s'éclipsèrent pour avertir la cuisinière de leur arrivée. B.J. dut promettre d'aller les voir à l'office un peu plus tard. Il voulait tout d'abord montrer à sa femme l'appartement où il avait été élevé.

Au cours de la visite, Séréna songea plus d'une fois à son palazzo. Les pièces, bien sûr, étaient moins vastes, ce n'était qu'un appartement, mais elles avaient quelque chose de grandiose. Et les éléments décoratifs n'étaient pas sans lui rappeler ceux qui avaient

entouré son enfance : des tapisseries d'Aubusson aux
nuances délicates, des tentures damassées, des brocarts, un piano à queue et des livres rares dans la
bibliothèque, et une impressionnante collection de
portraits de famille dans la salle à manger. Le salon,
raffiné, très français, était une réussite. Deux Renoir
et un Monet y voisinaient, du Louis XV, des flots de
soie damassée blanc et gris, rehaussée çà et là de
taches de vieux rose, des dorures et des marbres. On
y retrouvait la marque des riches demeures de Paris,
Londres, New York, Munich, Barcelone, Lisbonne,
Madrid, ou Rome, regorgeant d'objets d'une valeur
inestimable. Séréna y retrouvait ses palazzi. Les
formes, les couleurs, les odeurs même lui étaient
familières. Elle aurait pu dire, rassurée : « Je suis déjà
venue ici. » Remarquant son soulagement, Teddy lui
lança aussitôt une pointe :

— Vous vous attendiez à quoi ? Des lions et des
tigres, une femme armée d'un fouet et un tabouret ?

Séréna rit. Il y avait de la malice dans son regard :

— Pas vraiment, mais...

— Presque ça, hein ? Eh bien, vous avez de la
chance. Nous ne livrons les chrétiens aux lions que le
mardi. Vous avez deux jours de retard.

— C'est très beau, ici.

Brad regardait autour de lui, comme s'il découvrait sa maison. Il leur sourit à tous les deux.

— Vous savez, j'avais oublié à quel point c'était
agréable.

Lors de sa dernière permission, dix mois auparavant, il avait vécu sur un rythme si trépidant qu'il
n'avait pas vraiment remarqué le cadre dans lequel il
évoluait.

— Bienvenue chez toi, mon cher grand frère.

— Merci, petit.

Brad étreignit l'épaule de son benjamin, puis il
enlaça sa femme avec douceur.

— Tu vas bien, ma chérie ? Tu ne te sens pas trop
fatiguée ?

Sa sollicitude intrigua Teddy :

— Elle est malade ? demanda-t-il, soucieux.

Brad fit signe que non de la tête, en souriant. Il

avait dans les yeux une lueur tout à la fois de tendresse, de fierté, d'exaltation que Ted ne lui avait encore jamais vue. Aussi insista-t-il :

— Qu'est-ce qui se passe ? Je suis peut-être trop curieux ?

— Je ne crois pas. Je voulais l'annoncer à tout le monde, ce soir, j'aimerais pourtant que tu le saches le premier.

B.J. chercha la main de Séréna :

— Nous allons avoir un bébé.

— Déjà ? C'est pour quand ?

— Pas avant six mois, six mois et demi même, répondit Brad. C'est acceptable, non ? Nous sommes mariés depuis six mois.

— Je ne voulais pas dire ça, protesta Teddy, embarrassé, avant de jeter un coup d'œil vers Séréna. Mais ça me semble bien tôt.

— C'est tôt, mais j'en suis content. Je suis moins jeune que toi. Je ne veux pas perdre de temps et Séréna en est heureuse, elle aussi.

Il tourna vers elle un visage radieux. Teddy les observa et sourit.

— Je crois que je suis fou de jalousie. Et en même temps, il y a quelque chose de bizarre dans cette affaire : je n'ai pas l'impression que cela me contrarie.

B.J. s'amusait de la candeur de son jeune frère et les deux autres se laissèrent gagner par sa gaieté. Il s'était produit un événement rare entre eux. Un lien nouveau s'était établi entre les deux frères. L'amour qu'ils se portaient l'un à l'autre depuis l'enfance, ils le reportaient sur une tierce personne. Et c'était comme si tous trois étaient pris dans un cercle magique. Et ils le savaient.

— Eh bien, je vais être oncle !

Il se mit à pousser des cris d'Indien, Séréna riait, B.J. s'efforçait, en vain, de le faire taire.

— Ne le dis pas encore à toute la maison, nom d'une pipe. Je tiens à l'annoncer à maman. Tu crois qu'elle est prête à devenir grand-mère ?

Le silence s'établit. Le regard des deux frères se croisa.

— Je n'en suis pas persuadé...

Teddy, soudain, partageait l'inquiétude de B.J.

Séréna n'avait pas dit un mot depuis qu'ils avaient commencé à parler du bébé.

— Vous allez bien, Séréna ?

— Bien sûr, je vais bien. Très bien.

Et elle éclata d'un rire moqueur devant leur sollicitude, à tous deux.

— Bon, se réjouit Ted. (Avec un sourire qui creusa des fossettes dans ses joues, il ajouta :) Dommage que vous ne puissiez attendre deux années pour l'avoir, j'aurais aimé le mettre au monde, ce bébé.

— Ça, c'est une émotion que je préfère nous épargner, dit Brad. De toute façon, tu seras sur la côte Ouest pour partager ce grand moment avec nous.

Brad était heureux à la pensée que son petit frère allait vivre à San Francisco, ou à proximité, durant les quatre années à venir. Il espérait qu'ils se verraient souvent et le lui dit. Teddy acquiesça avec enthousiasme :

— Surtout après ce que vous venez de m'apprendre. Je veux voir mon neveu.

— Non, dit Brad d'un ton ferme.

— Non ? Je ne le verrai pas ?

— Tu la verras. Ce sera une nièce.

— Une nièce ? Tu veux une fille ? s'étonna-t-il. Tu es complètement dénaturé ! Tous les hommes de cette famille ne sont-ils pas obsédés par la pensée de prolonger le nom ?

— C'est vrai, mais moi j'aurai une fille. Et elle épousera un gars qui portera un nom du genre Obadiah Farthingblitz et je serai heureux comme un roi, le jour de son mariage.

— Tu es cinglé. En réalité, je me demande si vous n'êtes pas tous les deux un peu fous. C'est d'ailleurs peut-être ce qui vous sauve. Vous savez, je crois que nous allons bien nous amuser, en Californie, les enfants.

— Vous viendrez nous voir souvent, Teddy ? s'enquit gentiment Séréna.

— Aussi souvent que vous me le permettrez. Je rentre à l'école de médecine en septembre. En attendant, je vais passer l'été à Newport où je ferai des ravages. Je viendrai vous retrouver la dernière semaine du mois d'août et je resterai quelques jours chez vous, acheva-t-il avec l'assurance que lui donnait son appartenance à la famille. Si vous le voulez bien, madame...

Tous trois se rendirent alors à l'office pour dire bonjour à la cuisinière, lui voler des petits gâteaux, goûter quelques asperges, humer un consommé dont Brad jura qu'il sentait la dinde, puis ils allèrent se réfugier dans l'ancien bureau de Brad, devenu celui de Teddy. Ils passèrent en revue leurs souvenirs, en dégustant des canapés au cresson et en buvant de la citronnade. C'était une manière agréable de passer l'après-midi. Peu après le déjeuner, Séréna s'endormit sur un divan. Les deux hommes étaient heureux de la voir se reposer, tant ils sentaient que les prochaines heures seraient tendues. Brad savait que rien ne serait facile. Jusque-là il avait hésité. Quant au comportement de sa mère, il avait espéré qu'elle se laisserait fléchir, une fois passée la colère. Maintenant qu'il était de nouveau dans cette maison où tout portait le sceau de Margaret Fullerton, de sa volonté, de sa force, il était sûr qu'elle ne plierait pas. Une princesse romaine ne représentait rien à ses yeux. Sa mère lui voulait pour épouse une jeune fille fréquentant les mêmes cercles qu'elle et son mari, ayant les mêmes relations, les mêmes goûts, les mêmes occupations qu'eux. Et Séréna était complètement différente. C'était pour cela qu'il en était tombé amoureux. C'est ce qui avait charmé Teddy. Elle était d'une beauté spectaculaire, d'une intelligence vive, mais ne se plierait jamais aux coutumes de la société new-yorkaise fréquentant le Stork Club, le 21 ou le Colony Club. C'est à tout cela et aux tempêtes qu'ils allaient devoir affronter, que Brad songeait en regardant dormir paisiblement la jeune aristocrate italienne qu'il aimait.

20

Margaret Fullerton arriva chez elle à trois heures un quart, sans que rien n'ait changé dans son apparence depuis le matin. Son irréprochable tenue était d'une grande élégance : un tailleur Chanel en soie gris perle doublé de vieux rose, une blouse en soie de même ton que la doublure, des bas fumés, de fins escarpins en chevreau gris et un petit sac en lézard assorti. Ses cheveux blancs étaient aussi soigneusement coiffés qu'à huit heures du matin. Selon une routine bien établie, elle salua les domestiques, posa son sac et ses gants sur un grand plateau d'argent, jeta un coup d'œil sur le courrier, puis pénétra dans la bibliothèque. D'habitude, elle sonnait pour le thé ou répondait aux messages téléphoniques que le maître d'hôtel avait laissés. Mais cet après-midi, elle attendait l'arrivée de Brad. Elle n'était pas certaine de l'heure à laquelle il serait là et regrettait de n'avoir pu se rendre au port pour l'accueillir. Elle regarda sa montre et sonna. Le maître d'hôtel — un homme d'un certain âge, au service de la famille depuis près de trente ans — apparut une minute plus tard, l'air empressé.

— Madame ?

— Mon fils est-il arrivé, Mike ?

— Oui, madame. Ils sont là tous les deux, monsieur Théodore et aussi monsieur Bradford.

— Où sont-ils ?

— À l'étage, madame. Dans le cabinet de travail de monsieur Théodore. Dois-je les prier de descendre ?

— Non, dit-elle, en se levant lentement. Je vais aller les retrouver. Sont-ils seuls ? demanda-t-elle, comme si Séréna avait pu disparaître.

— Non, madame. Madame Fullerton... madame Bradford Fullerton est avec eux.

Les yeux de Margaret Fullerton s'assombrirent, mais elle se contenta d'un signe de tête.

— Je vois. Merci, Mike. Je monte dans un instant.

Il lui fallait réfléchir à ce qu'elle allait dire et à la manière dont elle allait le dire. Il fallait qu'elle s'y prenne bien, si elle ne voulait pas perdre Brad pour toujours.

À vingt-deux ans, Margaret Hasting Fullerton avait perdu ses parents dans une collision ferroviaire. Ils lui laissaient une énorme fortune. Elle avait été bien conseillée par les membres du cabinet juridique de son père, et un an plus tard elle épousait le riche Charles Fullerton. Si la famille de Margaret s'était enrichie dans les aciéries, puis avait investi dans les propriétés foncières, et dans la banque, la fortune des Fullerton avait pour origine le commerce du thé, à la fin du XVIIIe siècle. D'énormes profits avaient ensuite été réalisés grâce au café, puis à l'acquisition de terres et d'entreprises au Brésil, en Argentine, en Angleterre, en France, à Ceylan et en Extrême-Orient. Peu de choses étonnaient Margaret Hasting Fullerton, mais l'étendue de cette fortune l'avait confondue. Elle avait toujours montré une compréhension remarquable du monde financier, et la politique, tant intérieure qu'étrangère, la fascinait. Si ses parents avaient vécu, son père aurait sans doute fait en sorte qu'elle épouse un diplomate ou un homme d'État, voire un président des États-Unis, mais elle avait rencontré Charles Fullerton, fils unique de Bradford Jarvis Fullerton II. Charles avait trois sœurs dont les maris avaient travaillé avec son père ; ils avaient beaucoup voyagé à travers le monde, bien dirigé les sociétés et pleinement satisfait le vieil homme sur tous les points, sauf sur un : ils n'étaient pas ses fils. Charles, cependant, ne manifestait pas le moindre intérêt pour le trône qu'occupait son père à la tête de cet empire. Il souhaitait mener une vie tranquille, faire une carrière juridique, voyager aussi peu que possible et récolter ce que son père et son grand-père avaient semé. Fascinée par les affaires des Fullerton, Margaret aurait aimé voir son époux se joindre à ses beaux-frères et même prendre un jour le contrôle de la firme. Mais quelques mois après son mariage, elle perdait ses illusions : Charles ne se souciait pas le moins du monde de la gestion de sa fortune ; il avait un cabinet juridique avec quelques amis de la faculté de droit. Il n'avait ni l'envergure, ni l'ambition de ses ancêtres, pas plus que le désir ardent de réussite qui animait sa femme. Elle seule s'était lamentée lorsque l'empire avait été disloqué. Les immenses propriétés des pays lointains leur avaient échappé, puis s'était évanoui le rêve de voir un jour Charles changer d'avis et, pour elle, de devenir son éminence grise.

Ayant renoncé à remporter des succès dans les affaires, elle plaça ses espoirs dans la politique. Elle avait persuadé Charles qu'il aspirait à se faire élire au Sénat. Cela donnerait plus d'éclat à sa carrière, contribuerait au renom de son cabinet, enchanterait sa femme et ses amis, le comblerait lui-même, assurait-elle. Il fut élu. Mais il trouvait cette fonction monotone et ennuyeuse, il n'aimait pas se rendre à Washington, et refusait de se représenter aux élections. C'est avec soulagement qu'il retrouva son cabinet de New York. Il ne restait plus à Margaret Fullerton qu'à reporter ses vœux de réussite sur ses fils.

Bradford était sans doute le plus entreprenant des trois, mais, à l'image de son père, il était obstiné et faisait ce qu'il voulait. Aucun des emplois qu'il avait occupés n'avait d'importance aux yeux de Margaret ; il avait refusé de faire jouer leurs relations et, bien qu'il ait montré un peu d'intérêt pour la politique, elle se demandait s'il aurait assez d'ambition pour accepter de modifier le cours de sa vie. Il aspirait — comme son père, pensait Margaret — à mener une existence « agréable », qui ait un sens pour lui. Il ne s'intéressait ni au pouvoir — à la manière dont elle l'entendait, c'est-à-dire à l'industrie ou au commerce sur une grande échelle — ni à la reconstitution d'un empire.

Greg était beaucoup plus malléable. S'il n'était pas aussi intelligent que son aîné, elle attendait davantage de lui. Après avoir épousé la fille d'un membre du Congrès, il appartiendrait à un cercle utile. Et s'il se lançait dans la politique, ainsi qu'il y était incité, Margaret savait qu'elle pourrait compter sur Pattie pour le maintenir dans la bonne voie.

Teddy était tout à fait différent. Margaret le savait

depuis le jour de sa naissance. Théodore Harper Fullerton avançait à son rythme, à l'heure et dans la direction où il l'entendait. Il avait hérité du désir de réussite de sa mère mais leurs buts n'étaient pas les mêmes. Il allait poursuivre une carrière dans la médecine, avec toute l'énergie et la détermination dont elle aurait fait preuve si elle avait exercé un métier. Teddy forçait le respect, mais Margaret l'évitait. Ils étaient en désaccord sur tout, qu'il s'agisse de choses sérieuses ou futiles, et actuellement, à propos de cette fille de peu que Bradford ramenait de Rome.

Margaret avait dit à toute la famille ce qu'elle pensait de cette chose insensée, et expliqué à son mari ce qu'elle entendait faire. Elle regrettait de n'avoir rien pu entreprendre avant que Brad ne la ramène à New York, mais la proximité du mariage de Greg l'avait empêchée d'aller à Paris. Elle était certaine que cette affaire ne poserait pas de problème. Cette fille en voulait à leur argent, si l'on en croyait Pattie, il n'était donc pas trop tard pour l'acheter. Ils lui paieraient la traversée de retour, lui feraient don d'une somme confortable et la procédure d'annulation serait entamée. Si la fille était maligne et acceptait de coopérer, Brad ne saurait rien de leur accord. Elle n'aurait qu'à lui dire qu'elle avait changé d'avis et qu'elle rentrait chez elle. Tout en montant à l'étage, Margaret songeait aux papiers préparés dans son bureau. Tout serait très simple. Elle y avait souvent pensé au cours de la matinée et le fait de savoir l'affaire pratiquement réglée lui enlevait un poids. Le désir intense de se débarrasser de Séréna avait presque éclipsé chez elle toute autre préoccupation, ces derniers temps. Elle s'était à peine souciée du mariage et cela lui avait en partie gâché la joie de voir Brad rentrer. C'est essentiellement pour cette raison qu'elle n'était pas allée l'accueillir. Elle projetait déjà un voyage à San Francisco à l'automne. Elle rendrait visite à Teddy, à Stanford, puis verrait Brad, qui occuperait son nouveau poste au Presidio. Cette perspective la réjouissait, tandis qu'elle demeurait immobile un moment. Et c'est avec un sourire déterminé qu'elle frappa à la porte du bureau de son fils.

— Oui ? dit Teddy, sur un fond de rires.

Elle pouvait entendre une voix de femme, et la voix grave de Brad à laquelle répondit un rire doux.

— C'est moi, mon chéri. Je peux entrer ?

— Bien entendu.

En prononçant ces mots, Teddy ouvrit toute grande la porte et baissa la tête vers sa mère. Le sourire qui éclairait encore ses yeux s'évanouit en la voyant. Il sentit une tension s'établir entre eux et éprouva le désir de protéger Séréna.

— Entre, mère. Brad et Séréna sont là, ajouta-t-il. Nous t'attendions.

Margaret Fullerton pénétra d'un pas vif dans la pièce. Un instant plus tard, elle était devant son fils aîné. Elle ne fit pas un mouvement vers lui, mais on pouvait lire de l'émotion dans ses yeux.

— Bonjour, Brad.

Il s'avança vers elle et la serra avec affection dans ses bras.

— Bonjour, mère.

Elle s'accrocha à lui un moment, d'un air possessif, puis recula d'un pas, les yeux voilés de larmes.

— Mon Dieu ! Qu'il est bon de te revoir sain et sauf !

— C'est vrai. Je suis entier. Me voilà revenu de la guerre.

Il lui sourit avec gaieté, puis d'un geste tendre fit signe d'approcher à la grande jeune femme blonde et gracieuse qui se tenait derrière lui.

— Je suis heureux de te présenter ma femme, mère, poursuivit Brad. Séréna, voici ma mère.

Il fit un petit salut raide et, durant un instant, nul ne bougea. Un silence absolu s'abattit, comme si chacun avait retenu son souffle. Ce fut Séréna qui brisa la glace. Elle s'avança très vite, la main tendue, un sourire un peu crispé mais gentil aux lèvres.

— Comment allez-vous, madame Fullerton ? Je suis enchantée de vous connaître.

Elle était vraiment charmante, et les yeux de l'élégante quinquagénaire se rétrécirent, tandis qu'elle la jaugeait de la tête aux pieds avant de tendre à son tour la main, demandant d'un ton glacial :

— Comment allez-vous ? J'espère que la traversée a été agréable ?

Elle s'adressait à une étrangère et entendait que cette relation ne se modifiât pas. Elle se tourna vers son fils aîné avec un sourire :

— Je regrette de ne pas être allée t'attendre. Je me suis enlisée dans toutes sortes de problèmes. J'ai donc laissé cet honneur à Teddy. Mais nous dînerons ensemble, ce soir. Et demain aussi (elle affectait d'ignorer Séréna dans ses projets). Et bien entendu, samedi, nous célébrerons le mariage. C'est demain la répétition et tu auras une foule de choses à régler. Tu passeras chez le tailleur de ton père, le matin, pour la jaquette et le pantalon rayé. Il a pris tes anciennes mesures, mais il est préférable que tu fasses un essayage rapide.

— Très bien.

De fines rides s'étaient creusées autour des yeux de Brad. Il se moquait bien de la jaquette, il attendait que sa mère montre qu'elle avait accepté Séréna.

— Et si demain nous déjeunions tous les trois dans un endroit tranquille ? proposa-t-il.

— Chéri, je ne peux pas. Tu ne t'imagines pas à quel point tout est en l'air, avant un mariage, dit-elle sans changer d'expression.

— Je croyais que ce devait être le souci des Atherton. J'avais pensé que la mère de la mariée se chargeait de tout, rétorqua Brad avec raideur.

— Il faut que j'organise le dîner de la répétition, demain soir.

— Eh bien, après cela, nous passerons un peu de temps ensemble.

Il ne la suppliait pas, il le lui demandait. En entendant le ton de son frère, Teddy se sentit mal à l'aise. Il voyait très bien où sa mère voulait en venir. Tout comme elle s'était débrouillée pour ne pas aller attendre le bateau, elle s'arrangerait pour les éviter : « Mais qu'est-ce qu'il lui prend ? songeait-il. Essaie-t-elle de croire que Séréna n'existe pas ou a-t-elle une autre raison de se comporter ainsi ? »

— Je ferai de mon mieux, mon chéri, dit Margaret sans s'engager. As-tu vu ton père ?

— Pas encore.

Brad constatait que personne, en dehors de Teddy, n'avait fait d'effort pour l'accueillir et faire la connaissance de sa femme. Il en arrivait à regretter d'avoir pris la peine de venir chez lui, avant de se rendre à San Francisco. Ils auraient pu aller à Rome faire leurs adieux aux gens qu'ils y connaissaient, puis visiter l'Europe durant deux semaines, et voyager en avion, en se contentant de transiter par New York.

Peut-être faut-il leur donner un peu plus de temps, se reprenait-il. C'était une période d'activité fiévreuse pour la famille et il ne pouvait s'attendre à ce qu'ils abandonnent tout pour le recevoir. Il se faisait cependant du souci pour Séréna. Il voyait dans ses yeux qu'elle était déjà sur ses gardes.

— Tu vas partager notre dîner, Brad, ce soir? insistait sa mère.

— Oui, maman, répondit-il en lui jetant un regard sans équivoque. Nous le partagerons tous les deux. Et dans quelle chambre nous installons-nous, s'il te plaît?

Durant un instant, sa mère parut ennuyée. Il la contraignait à faire face au problème que lui posait Séréna. Elle vit qu'il n'y avait pas moyen de l'éviter, pour l'instant du moins.

— Je crois que la chambre bleue ira très bien. Combien de temps restes-tu ici, mon chéri?

— Deux semaines, jusqu'à ce que nous partions pour San Francisco.

— C'est merveilleux.

Elle se tourna alors de façon inattendue vers Séréna et lui parla en détachant les syllabes:

— Je crois que ce serait une bonne idée si vous et moi passions un moment ensemble. Si vous voulez bien venir dans mon boudoir, une demi-heure avant le dîner, nous pourrons parler.

Séréna acquiesça aussitôt. Brad parut surpris. Peut-être sa chère mère allait-elle tout de même faire un effort. Peut-être l'avait-il mal jugée.

— Je lui montrerai où il est, mère.

Si Brad était content, Teddy se sentait glacé. Leur mère les quitta très vite, et Teddy demeurait préoccupé. Son frère le taquina, mais Séréna, elle, s'assit avec un long soupir qui trahissait sa nervosité.

— Pourquoi crois-tu qu'elle veuille me voir seule ? demanda-t-elle, soucieuse.

— Pour mieux te connaître. Ne la laisse pas t'intimider, mon amour. Nous n'avons rien à cacher.

— Dois-je lui dire, pour le bébé ?

— Pourquoi pas ? dit Brad, tout fier.

Ils échangèrent un sourire quand Teddy intervint :

— Non, n'en faites rien.

Ils sursautèrent et se tournèrent vers lui, mais il se contenta de sourire.

— Seigneur ! Et pourquoi pas ? protesta B.J., contrarié.

Il n'était de retour que depuis quelques heures et sa famille lui portait déjà sur les nerfs. Quel drôle de groupe ils forment, songeait-il, alors que les intrigues, les manœuvres, les brouilles et les insultes lui revenaient en mémoire. Sa mère les maintenait dans un état de perpétuelle fébrilité et il était fâché de se voir repris par cette agitation.

— Pourquoi Séréna ne devrait-elle pas le lui dire ?

— Pourquoi ne le lui apprendriez-vous pas ensemble ?

— Quelle différence y vois-tu ?

— Elle pourrait faire une réflexion qui bouleverserait Séréna...

— Tu as raison. En tout cas, dit-il à sa femme, ne te laisse pas bousculer par la vieille dame, mon amour. Reste toi-même, et elle ne pourra te résister.

Il se pencha pour la serrer dans ses bras et eut l'impression de la sentir trembler. Il lui demanda :

— Tu n'as pas peur d'elle, au moins ?

— Si. C'est une femme très forte, qui en impose.

Si elle avait beaucoup plus d'allure que Séréna ne s'y était attendue, Margaret était aussi bien plus dure. Séréna n'avait jamais rencontré de femme de ce type. Sa grand-mère avait été une forte femme, mais avec des intentions plus pures. Margaret Fullerton, on le sentait aussitôt, utilisait sa force pour obtenir ce qu'elle voulait, même si elle devait y parvenir par des voies détournées. Elle était froide comme la glace et dure comme la pierre.

— Tu n'as rien à redouter, Séréna, lui assura son mari avec douceur, tout en l'aidant à se lever pour gagner la chambre bleue.

21

À l'heure fixée pour l'entretien entre Séréna et sa mère, Brad était encore dans son bain. Le maître d'hôtel précéda la jeune femme à l'étage inférieur, le long d'un couloir dont les murs de velours brun s'ornaient de petits tableaux encadrés avec goût : trois Corot, un Cézanne, un Pissarro, deux dessins de Renoir, un Mary Cassatt, aussi bien éclairés que dans une galerie d'art. Habituée aux revêtements de marbre de Rome, Venise et Paris, Séréna éprouvait quelque peine à marcher sur l'épaisse moquette café. Le mobilier était élégant mais sans ostentation : du Reine Anne surtout, quelques pièces Chippendale et Hepplewhite, et un peu de Louis XV très simple. Partout des bois précieux et des teintes douces, des beiges clairs, des bruns chauds, des ivoire et, ici ou là, une touche de vert sombre ou de bleu calme. Rien ne rappelait ici les splendeurs Renaissance des palazzi que Séréna fréquentait jadis et qu'elle préférait encore. L'appartement des Fullerton était d'une distinction feutrée, d'une élégance retenue qui reflétaient sans doute la personnalité de Margaret Fullerton. À la porte du boudoir, le maître d'hôtel fit un pas de côté pour laisser Séréna frapper, puis il s'inclina et disparut au moment où la jeune femme pénétrait dans la pièce. Elle trouva sa belle-mère, un verre à la main, assise sur un canapé ivoire, devant une jolie petite table ovale, une desserte George III ; sur un plateau d'argent, une lourde carafe en cristal taillé et un verre attendaient Séréna. Au-dessus du canapé trônait un grand portrait, celui d'un homme portant une énorme moustache et un pince-nez et vêtu d'un costume sombre du début du XIXᵉ siècle.

— C'est le grand-père de mon mari, expliqua Margaret en suivant le regard de Séréna. C'est à lui que votre mari est redevable de presque tout ce qu'il possède.

Ces propos parurent étranges à la jeune Italienne demeurée debout devant elle.

— Je vous en prie, asseyez-vous.

Séréna obéit et s'assit au bord d'une petite chaise Reine Anne, bien droite dans sa robe de velours noir, un fourreau à larges bretelles, très décolleté, qu'elle portait avec un spencer de satin blanc. Brad lui avait offert cet ensemble juste avant leur départ de Paris et Séréna savait qu'elle ne le mettrait pas très longtemps, cette saison : la robe était coupée trop près du corps. Pour cette soirée, cependant, il lui avait semblé parfait, surtout avec ses boucles d'oreilles et son collier de perles. Elle avait l'air très adulte sous le regard scrutateur de Margaret Fullerton qui ne pouvait s'empêcher de noter combien elle était agréable à voir.

— Vous prenez quelque chose ?

Séréna refusa poliment. Depuis quelques semaines, elle ne supportait même plus l'odeur du vin. Tandis que Margaret se servait, Séréna l'examina. Cette femme était d'une distinction étonnante. Elle était vêtue, ce soir-là, d'une robe de soie saphir, rehaussée par un splendide collier de saphirs et de diamants, que son mari lui avait acheté chez Cartier, après la Grande Guerre. Séréna contempla longuement ce collier, puis son attention fut attirée par les imposantes boucles d'oreilles en saphir et le bracelet assorti. Croyant comprendre ce regard, Margaret Fullerton décida qu'il était temps de révéler ses intentions.

— Séréna, je serai franche avec vous. Je ne crois pas qu'il soit nécessaire de tergiverser. Des... amies m'ont dit que vous aviez rencontré Brad alors que vous travailliez pour lui, à Rome. Est-ce que je me trompe ?

— C'est exact. J'ai... j'ai trouvé ce travail lorsque je suis retournée à Rome.

— Vous avez eu de la chance.

— À l'époque, c'en était une. Je n'avais plus personne, à Rome, si ce n'est… une vieille amie.

— Je vois. Et cet emploi au palais était un bienfait du ciel.

Margaret souriait, mais ses yeux étaient glacials.

— Il l'a été. Tout comme votre fils.

Margaret Fullerton se sentit frémir. La jeune femme était toujours très droite sur sa chaise, son joli visage au teint d'ivoire souligné par le satin blanc, les yeux vifs, la chevelure dorée. Il était difficile de trouver des défauts à Séréna, mais Margaret ne s'arrêtait pas aux apparences. Son opinion était faite.

— C'est bien l'impression que j'en ai retirée, Séréna. Vous avez eu besoin de Brad, il est venu à votre aide et vous a fait sortir d'Italie. Voilà qui est admirable de sa part, et sans doute très romantique. J'estime toutefois qu'en arriver au mariage était pousser les choses un peu loin, non ?

Durant un instant, Séréna ne sut que répondre. Margaret ne lui laissa pas le loisir d'exprimer ce qui lui venait à l'esprit.

— Nous savons que les hommes se mettent parfois dans d'étranges situations, en temps de guerre. Toutefois (la colère transparaissait dans ses yeux alors qu'elle reposait son verre), en vous ramenant ici, il a commis une folie.

— Je vois (Séréna se recroquevilla sur sa chaise). Je pensais que si… quand nous nous rencontrerions…

— Que pensiez-vous ? Que j'allais me laisser berner ? Sûrement pas. Vous êtes jolie, Séréna. J'en suis aussi consciente que vous. Cette histoire à propos d'un titre de princesse n'a cependant aucun sens. Vous étiez femme de ménage et vous travailliez pour l'armée américaine. Vous avez sauté sur la bonne occasion. Le malheur, c'est que vous n'avez pas été assez maligne pour savoir à quel moment il fallait vous arrêter.

Durant un instant, Séréna eut le sentiment d'avoir été giflée. Elle blêmit et elle s'appuya au dos de sa chaise. Margaret Fullerton se leva et prit dans son bureau un dossier peu épais, puis, s'asseyant de nouveau sur le canapé, elle regarda Séréna bien en face.

— Je vais vous parler net. Si vous souhaitiez sortir d'Italie, vous y êtes parvenue. Si vous désirez demeurer aux États-Unis, je veillerai à ce que vous y soyez autorisée. Vous pourrez vous installer n'importe où dans ce pays, excepté, bien entendu, dans les villes où Brad vivra, c'est-à-dire San Francisco et ici. Si vous voulez repartir pour l'Europe, je vous ferai obtenir un billet sur-le-champ. Dans l'un ou l'autre cas, une fois que vous aurez signé ces papiers, la procédure d'annulation sera aussitôt entamée par le cabinet juridique de mon époux et vous serez récompensée pour vos peines.

Séréna se redressa, sidérée.

— Je serai récompensée ?

— Oui, dit Margaret, persuadée de s'être engagée sur la bonne voie. Généreusement. Le père de Brad et moi-même avons examiné la question, hier soir. Bien entendu, après avoir signé, vous n'aurez plus le droit de nous poursuivre pour obtenir davantage.

— Bien entendu, dit Séréna, l'air furieux mais la voix calme. Et à quel prix rachetez-vous votre fils ?

Margaret Fullerton parut ennuyée.

— Je n'estime pas que le choix des mots soit heureux.

— N'est-ce pas là pourtant votre intention, madame Fullerton ? Le racheter à une putain italienne ? N'est-ce pas ainsi que vous envisagez les choses ?

— La manière dont j'envisage les choses ne vous regarde pas. Ce que vous avez fait en vous précipitant sur mon fils quand il était outre-mer risque d'affecter tout son avenir. Ce qu'il lui faut, c'est une épouse américaine qui puisse l'aider.

— Car, moi, j'en serais incapable ?

Margaret Fullerton eut un petit rire méprisant.

— Regardez autour de vous, répondit-elle en montrant du geste le boudoir. Est-ce là votre univers ? Celui d'où vous sortez ? Ou est-ce ce que vous rêvez d'obtenir ? Qu'aviez-vous à lui offrir, en dehors d'un joli visage et de votre corps ? Lui apportez-vous un rang, des biens, des relations, des amis ? Ne comprenez-vous pas qu'il pourrait faire de la politique ? Mais pas s'il est marié à une femme de ménage italienne, ma chère. Comment pouvez-vous continuer à vivre après avoir mis en péril sa carrière… sa vie ?

— Il est vrai que je n'ai rien à lui donner, madame Fullerton. Excepté mon cœur, dit Séréna, les larmes aux yeux.

— Précisément. Vous n'avez rien. Et d'ailleurs, vous n'êtes rien. Je soupçonne pourtant que vous voulez quelque chose… et ce que vous cherchez, moi, je l'ai.

« Vous croyez, vieille harpie, se disait Séréna, en colère. Avez-vous l'amour, la patience, la compréhension, la générosité, toute une vie à lui donner ? Moi, c'est ce que j'ai l'intention de lui donner. »

Margaret Fullerton ouvrit alors le dossier et tendit à Séréna un chèque.

— Regardez donc cela.

Par curiosité, Séréna prit le chèque et considéra, incrédule, la somme qui lui était proposée : vingt-cinq mille dollars !

— Vous me donneriez cela pour le quitter ?

— Oui. En fait, nous pouvons régler cette affaire en quelques minutes. Il vous suffit de signer ici.

Elle poussa devant la jeune femme un feuillet tapé à la machine. Séréna en lut le texte avec stupéfaction : elle acceptait de divorcer de Bradford Jarvis Fullerton III ou d'obtenir l'annulation de leur mariage, dès que possible ; elle quitterait le pays ou irait résider dans une autre ville et ne mentionnerait en aucun cas les termes de cet accord à la presse ; elle disparaîtrait aussitôt de la vie de Brad, mais se verrait régler, en échange, la somme de vingt-cinq mille dollars. En outre, elle certifiait ne pas être enceinte au moment de la signature de l'acte et n'engager aucune poursuite en reconnaissance de paternité contre Brad, à propos de tout enfant mis au monde plus tard. Quand elle lut ce paragraphe, elle ne put réprimer un sourire et bientôt elle se mit à rire franchement. Ils croyaient avoir pensé à tout, ces vautours !

— Il y a quelque chose de drôle ?

— Oui, madame Fullerton.

— Puis-je vous demander ce qui vous fait rire ? Ce texte a été rédigé avec soin.

184

— Margaret Fullerton, reprit Séréna en se levant, Brad et moi attendons un bébé.

— Vous *quoi* ?

— Je suis enceinte.

— Et depuis quand ?

— Deux mois et demi, annonça-t-elle toute fière. Le bébé naîtra en décembre.

— Eh bien, voilà qui ajoute une nouvelle dimension à vos ambitions, n'est-il pas vrai ?

— Vous savez, dit Séréna, une main posée sur la porte, vous aurez sans doute de la peine à le croire, mais je n'ai aucune ambition à propos de Brad, et je n'en ai jamais eu. Vous me prenez pour une pauvresse, or, vous n'avez raison qu'en partie. Je n'ai pas d'argent, c'est vrai. Ma famille était cependant au moins aussi illustre que la vôtre (elle chercha des yeux le portrait accroché au mur), et mon grand-père n'était pas différent de cet homme-là. Notre maison (elle sourit à Margaret) était bien plus somptueuse que celle-ci. En réalité, nos trois demeures l'étaient vraiment. Ce qui compte, madame Fullerton, c'est que je n'attends rien de votre fils. Si ce n'est son amour et notre bébé. Le reste, je n'en veux pas. Je ne veux ni de son argent, ni de votre argent, ni de celui de son père, et sûrement pas de ce chèque de vingt-cinq mille dollars. Je ne prendrai rien, sauf l'amour de mon mari, conclut-elle d'une voix douce, en sortant de la pièce.

Margaret Fullerton fixa un moment la porte et, de rage, jeta son verre de xérès contre la cheminée. Elle se reprit cependant. Il y avait un imprévu, mais la bataille n'était pas perdue. Avant le départ de Brad pour San Francisco, elle se débrouillerait pour que Séréna disparaisse, bébé ou non. Il lui restait deux semaines pour y parvenir.

22

Le dîner ce soir-là, permit une intéressante confrontation des différentes personnalités de la famille. Margaret, excellente hôtesse, très distinguée dans sa robe de soie saphir, siégeait au bout de la table. Rien dans son humeur ne trahissait ce qui s'était passé une demi-heure plus tôt, même si elle évitait d'adresser la parole à Séréna. Charles Fullerton, à l'autre bout, était heureux de voir ses trois fils réunis pour la première fois depuis la guerre. Il leur porta un toast, ainsi qu'aux deux jeunes femmes. Greg se montra plus expansif qu'à l'ordinaire. Brad s'aperçut, après le premier service, que son cadet était gris et il interrogea Teddy du regard. Était-ce l'excitation à l'approche du mariage ? L'énervement ? Ou la gêne due à la présence de Brad, l'ex-fiancé ? Quant à Pattie, elle était particulièrement volubile ; elle jouait les «jeunes filles adorables», et faisait de son mieux pour mobiliser l'attention de tous les hommes. Elle se montrait d'une déférence obséquieuse envers la mère de son fiancé et s'arrangeait pour ignorer tout à fait Séréna. Celle-ci était assise entre Teddy et Charles, mais son beau-père lui adressa peu la parole au cours du repas. Brad était trop éloigné d'elle pour lui être du moindre secours. Et c'est à Teddy qu'il revint de lui rendre la soirée agréable, ce dont il s'acquitta avec grand plaisir. Il se penchait vers elle et lui parlait à voix basse, la faisant rire même une ou deux fois. Mais il la trouva beaucoup plus réservée que dans l'après-midi, et, s'il n'avait craint d'être entendu par les autres convives, il aurait aimé lui demander comment s'était déroulée l'entrevue avec sa mère.

— Je crois que quelque chose ne tourne pas rond, Brad, signala Teddy, après le dîner, alors que son frère aîné et lui suivaient le reste de la famille à la bibliothèque.

— C'est mon impression aussi. Greg est ivre au

point de ne plus savoir ce qu'il dit, Pattie se prend
pour Scarlett O'Hara, tu sembles revenir d'un enterrement et mère est si occupée à diriger le spectacle
que père peut à peine placer un mot, commenta Brad,
découragé par sa première soirée chez lui.

— Tu veux dire que, dans ton souvenir, tout était
différent ? demanda Teddy, amusé. N'espérais-tu pas
plutôt que cela avait changé en ton absence ?

— Peut-être un peu des deux.

— Eh bien, ne te fais pas d'illusions. Ça ne pourra
qu'empirer avec les années, assura-t-il, tout en jetant
un coup d'œil dans la direction de Greg et de Pattie.
T'a-t-elle dit quelque chose ?

— «Merci», quand je les ai félicités, Greg et elle.
Elle n'a pas eu une parole pour Séréna durant le
dîner ; pas plus que mère, d'ailleurs. Je n'en attendais pas moins de Pattie, mais de mère...

Teddy prit son frère par le bras.

— Brad, Séréna ne paraissait pas dans un état
normal, au dîner. J'ignore si c'est à cause du bébé ou
d'autre chose, mais elle était très tendue.

— Tu penses que c'était à cause de sa rencontre
avec mère ?

— Tu ferais mieux de le lui demander. Lui as-tu
parlé après ?

— Non. Je ne l'ai revue qu'à table.

— Tout cela ne me plaît guère.

— Allons, mon vieux, tu t'inquiètes plus que nous
tous réunis. Pourquoi ne pas prendre un verre et te
détendre un peu, pour changer ?

— Comme Greg ?

— Ça dure depuis combien de temps, ce numéro ?

— Deux ou trois ans.

— Tu plaisantes ?

— Du tout. Il s'est mis à boire quand il est entré
dans l'armée. Père dit que c'est par ennui, mère prétend qu'il a besoin de jouer un rôle plus intéressant.
En politique, par exemple. Quant à Pattie, elle le
pousse à aller travailler pour son père à elle.

Brad n'écoutait plus ce que son jeune frère lui
disait. Il venait d'apercevoir Séréna, dans un fauteuil,
seule. Il s'excusa :

— Ted, je tiens à m'assurer que Séréna va bien.

L'instant d'après, il se penchait sur sa femme et lui murmurait à l'oreille :

— Tu te sens bien, ma chérie ?

— Très bien.

Malgré son sourire, elle avait l'air préoccupée. Brad comprit que son frère avait raison.

— Je suis fatiguée, c'est tout, ajouta-t-elle.

Qu'aurait-elle pu lui dire ? La vérité ? Elle s'était promis, en sortant de chez sa belle-mère, de n'en rien faire. Elle voulait oublier ce que cette femme lui avait dit ou lui avait proposé, le chèque, le papier, les mots désagréables, les accusations, tout.

— Veux-tu monter ? lui souffla-t-il, les sourcils froncés.

— Quand tu voudras.

La soirée était déprimante. M. Fullerton se révélait tel que Brad l'avait décrit, faible, insipide. Séréna s'était sentie incapable de regarder Mme Fullerton. Et Pattie la terrorisait. Allait-elle lui faire une scène, la traiter comme elle l'avait fait à Rome ? Quant à Greg, il était pitoyable ! Seul, Teddy l'avait aidée. Elle se sentit épuisée, assise là, dans la bibliothèque, à regarder le parc par les fenêtres, et prête à fondre en larmes. Elle avait subi trop d'émotions au cours des dernières heures.

— Nous montons, dit Brad qui s'en était rendu compte.

Il lui offrit son bras, en annonçant leur désir de se retirer. Un instant plus tard, ils étaient dans leur chambre. À peine avait-il refermé la porte derrière eux que Séréna se jetait sur le lit, et éclatait en sanglots.

— Mon ange... Séréna... mon trésor... que s'est-il passé ?

Il était tout retourné. Il fut aussitôt près d'elle, la prit avec douceur contre lui et lui caressa les cheveux.

— Séréna... ma chérie... raconte-moi. De quoi s'agit-il ? Quelqu'un t'a-t-il dit quelque chose de désagréable ?

Bien décidée à ne pas lui dire la vérité, elle secoua vivement la tête et prétendit être victime de la fatigue.

— Eh bien, dans ce cas, conclut-il tandis qu'elle séchait enfin ses pleurs, demain, tu resteras couchée toute la journée.

— Non, voyons. Après une nuit de sommeil, tout ira bien.

— Pas question. S'il le faut, j'appellerai un médecin.

— Mais pourquoi? Je vais bien.

La perspective d'être clouée au lit dans la maison de sa belle-mère la déprimait plus encore. Et si Margaret montait et venait la tourmenter à nouveau? Qu'allait faire cette femme, à présent qu'elle connaissait l'existence du bébé?

— Je ne veux pas rester au lit, Brad.

— Nous en reparlerons demain.

Cette nuit-là, il la tint serrée dans ses bras et l'entendit parler plusieurs fois dans son sommeil. Le lendemain matin, il était vraiment anxieux.

— Pas de discussion. Tu restes couchée, aujourd'hui. Nous devons assister à la répétition, ce soir, puis au dîner. En attendant, tu vas te reposer et récupérer.

Sur le plan émotionnel, elle en avait besoin, il avait raison. Demeurer allongée lui était pénible cependant.

— Je reviendrai à la maison tout de suite après avoir vu le tailleur pour te tenir compagnie.

— C'est promis?

— Juré.

Après son départ, elle resta couchée, les yeux fermés, laissant ses pensées errer sur les moments passés dans le jardin de Rome, leurs promenades à Paris, le jour de leur mariage. Elle était si absorbée par ces souvenirs heureux qu'elle n'entendit pas tout de suite frapper à sa porte.

— Oui?

Supposant qu'il s'agissait de Teddy, elle s'apprêtait à l'accueillir avec un sourire affectueux. Dès qu'elle reconnut Margaret, son sourire s'évanouit. Elle savait que sa belle-mère n'était pas venue prendre de ses nouvelles.

— Vous permettez ?

— Bien sûr.

Séréna se leva d'un bond, enfila un déshabillé de satin rose, puis indiqua deux fauteuils confortables, à l'autre extrémité de la pièce.

— Voulez-vous vous asseoir ?

Margaret accepta. Et lorsque toutes deux furent installées, elle demanda à la jeune femme :

— Avez-vous raconté à Brad notre petite conversation ?

Séréna fit signe que non.

— Bien, approuva Margaret.

Elle était satisfaite : ce silence signifiait sans aucun doute que la jeune femme souhaitait parvenir à un accord. Si elle avait été honnête, se disait Margaret, elle aurait été choquée et aurait tout révélé à Brad.

— Je viens de passer deux heures avec mon avocat, poursuivit Mme Fullerton.

— Ah !

Incapable de se contrôler, Séréna sentit les larmes lui monter aux yeux. Cela lui arrivait souvent, depuis peu. Le docteur lui avait assuré que beaucoup de femmes avaient la larme facile durant les premiers mois d'une grossesse, qu'il ne fallait pas s'inquiéter. Mais cette fois, ses larmes étaient différentes. Séréna venait de se rendre compte que la femme assise en face d'elle avait résolu de la détruire.

— J'aimerais que vous lisiez ces papiers, Séréna. Nous pourrons peut-être parvenir à nous entendre, après tout, en dépit de l'enfant.

Elle considérait l'enfant comme un handicap ! Séréna commençait à la détester. D'un geste de la main, elle repoussa les papiers que Margaret venait de sortir de son sac :

— Je ne veux pas les voir.

— Je pense que si.

— Non.

— Je comprends que ceci soit difficile pour vous, Séréna (c'étaient les premières paroles humaines qu'elle prononçait), et je veux bien croire que vous éprouviez quelque affection pour mon fils. Si vous l'aimez, vous devez cependant penser à ce qui est préférable pour lui. Faites-moi confiance. Je sais ce qu'il lui faut.

Elle parlait d'une voix à la fois grave et puissante, comme pour s'imposer à la jeune femme. Sous l'effet de la stupéfaction, celle-ci lut ce que Margaret lui tendait. Elle était effarée de l'acharnement mis à lui arracher son mari. Séréna s'était attendue à des larmes, à une crise d'hystérie, des insultes, des accusations, mais pas à cette froide résolution, à ces contrats, à ces marchandages. Cette fois, Margaret offrait une alternative. Pour cent mille dollars, Séréna et le bébé à naître renonçaient à toute prétention sur Brad et acceptaient de ne plus jamais le revoir. En outre, la jeune femme recevrait une pension d'un montant de deux cents dollars par mois jusqu'à ce que l'enfant atteigne l'âge de vingt et un ans, ce qui équivaudrait, précisait le document, à la somme de cinquante mille quatre cents dollars. Si elle préférait une interruption de grossesse, ils en assumeraient les frais et lui verseraient immédiatement cent cinquante mille dollars en liquide. Bien entendu, elle renoncerait, là encore, à Brad. Margaret estimait que cette dernière solution était la meilleure et elle en informa sa belle-fille. Séréna la regarda, incrédule, et lui tendit les papiers en déclarant :

— J'ai vécu un tel choc, hier soir, que je n'ai pas dit grand-chose, mais j'avais cru que vous comprendriez que je n'accepterais jamais. Je n'abandonnerai pas Brad pour de l'argent. Si je le faisais, ce serait pour son bien, non pour toucher une récompense. Et... je ne pourrais jamais, jamais... supprimer notre bébé.

Les larmes inondaient ses joues. Elle leva vers Margaret Fullerton ses yeux candides, où se lisait un véritable désespoir, et durant un instant sa belle-mère eut honte.

— Dites-moi, pourquoi me détestez-vous tant ? Croyez-vous donc que je veuille lui faire du mal ?

— C'est déjà fait. Grâce à vous, il va rester dans l'armée. Il sait qu'il ne peut plus embrasser d'autre carrière, à présent. Il ne lui reste que l'armée, avec ces hommes grossiers, leurs épouses de guerre et leurs bâtards. Est-ce là l'existence que vous lui souhaitez, vous qui dites l'aimer ? Si vous n'aviez pas été là, il aurait eu une vie intéressante, de grandes perspectives et il aurait épousé Pattie.

— Il ne l'aimait pas, dit Séréna d'une voix entrecoupée de sanglots. Moi, je saurai le rendre heureux.

— Sur le plan physique peut-être, concéda sa belle-mère. Il y en a d'autres, plus importants.

— Oui, l'amour, des enfants, un foyer agréable et...

Margaret Fullerton l'interrompit d'un geste impatient. Elle voulait que tout soit réglé avant le retour de Brad.

— Vous êtes une enfant, Séréna. Vous ne comprenez pas. À présent, nous allons faire affaire, n'est-ce pas ? dit-elle d'un ton énergique.

Séréna se leva. Elle tremblait de tout son corps.

— Non. Vous ne me l'arracherez pas. Je l'aime. Et il m'aime aussi.

— Vous croyez ? Ne lui avez-vous pas simplement tourné la tête, Séréna ? Et que deviendrez-vous, dans un an ou deux, quand il se sera lassé de vous ? Vous divorcerez ou vous le laisserez demander le divorce ? Que ferez-vous, alors ? Vous essaierez d'obtenir l'argent que vous me refusez aujourd'hui.

— Je ne demanderai jamais d'argent.

Elle tremblait tellement maintenant qu'elle pouvait à peine parler, mais sa belle-mère avait envisagé une dernière possibilité.

— Prouvez-le, dit-elle. Si vous ne voulez jamais toucher à son argent, Séréna, apportez-en la preuve.

— Comment ? En m'enfuyant ? En tuant mon bébé ?

— Non. En signant ceci.

Elle sortit un autre contrat de son sac à main et le lui tendit. Les doigts de Séréna se crispèrent sur le papier mais elle ne le lut pas. Elle ne parvenait pas à détacher les yeux de cette femme qu'elle en était venue à exécrer en moins de deux jours.

— Si Brad vous quitte ou décède intestat, vous renoncerez à tout argent de sa part ou à son héritage, pour vous ou les enfants que vous pourriez avoir. En deux mots, cela signifie que si vous ne pouvez pas avoir Brad, vous ne voulez pas de son argent. Acceptez-vous de signer cela ?

Séréna lui jeta un regard plein d'aversion. Cette femme avait pensé à tout.

— Oui, je vais le signer, car s'il me quitte je ne voudrai pas non plus de son argent. Je ne veux que lui.

— Alors, signez!

Ce n'était pas ce que Margaret Fullerton avait souhaité. Elle avait espéré se débarrasser de la jeune femme pour de bon et n'y était pas parvenue. Mais elle était persuadée qu'elle avait au moins réussi à protéger Brad. Le moment venu, elle saurait l'influencer. Il ne demeurerait pas toujours marié à cette fille, même si elle était jolie. Elle était encore jeune mais dans quelques années il s'en lasserait. Peut-être alors serait-il également las de l'armée. Il n'avait que trente-quatre ans, après tout. Entre-temps, elle s'occuperait de Greg. Elle pouvait se permettre d'attendre. Séréna signa le papier et le tendit à sa belle-mère. Un instant plus tard, Margaret Fullerton se retirait. Avant de quitter la pièce, elle ajouta d'un ton ferme :

— Ce papier est légal, Séréna. Vous ne pourrez rien y changer. À partir du moment où vous ne serez plus mariée à Brad, que vous soyez veuve ou divorcée, vous ne tirerez pas un sou de lui ou de nous. Même s'il veut vous faire une donation, j'aurai ceci pour l'en empêcher.

— Je n'ai jamais rien demandé.

— Je n'en crois pas un mot, dit Margaret en faisant demi-tour.

Puis elle ferma la porte derrière elle.

Séréna se laissa tomber sur le lit et pleura jusqu'à épuisement. À son retour, Brad fut atterré de voir à quel point elle était pâle et semblait fatiguée. Elle avait les yeux gonflés et il était évident qu'elle n'allait pas bien du tout.

— Que s'est-il passé, mon amour ?

Comme la veille, elle avait décidé de ne rien lui dire. Raconter à Brad les engagements que sa mère venait de lui arracher lui aurait paru une trahison. C'était un secret qui devait demeurer entre Margaret Fullerton et elle-même.

— Je ne sais pas. C'est peut-être d'avoir changé d'eau, ou de climat. Je ne me sens pas bien.

— Tu as pleuré ? demanda-t-il, bouleversé.

— Oui, j'étais mal à l'aise.

— J'ai bien envie d'appeler un médecin.

— N'en fais rien, Brad.

Il céda, mais une demi-heure plus tard, quand il descendit lui chercher du thé, il était encore inquiet. Il trouva Teddy dans la cuisine, qui se préparait un sandwich.

— En veux-tu un aussi ?

Brad fit non de la tête et mit une bouilloire d'eau à chauffer.

— Qu'as-tu ? le pressa Teddy.

— Séréna me préoccupe.

Teddy s'inquiéta à son tour :

— Il s'est passé quelque chose, aujourd'hui ?

— Pas que je sache. Je viens de rentrer et elle me paraît mal en point. On dirait qu'elle n'a pas cessé de pleurer depuis mon départ. Elle est pâle et tremblante. (Il sourit d'un air embarrassé, avant de poursuivre :) Tu n'en sais pas encore assez long pour me dire ce qu'elle a, rien qu'en la voyant, n'est-ce pas ? Je voulais appeler le médecin de mère, mais elle ne veut pas. J'ai peur qu'elle ne fasse une fausse couche.

— Elle a des contractions ?

— Je ne sais pas. Tu crois que c'est pour cela qu'elle pleure ? Elle n'ose peut-être pas me le dire. Je vais appeler ce docteur, conclut-il soudain, affolé, au moment où l'eau du thé commençait à bouillir.

— Allons, calme-toi, conseilla Teddy en lui prenant la bouilloire des mains et en la reposant sur le feu. Pourquoi ne lui demandes-tu pas d'abord si elle a eu des contractions ou si elle a saigné ?

— Oh ! Seigneur ! gémit Brad, blême. Si jamais il leur arrive quelque chose, à elle ou au bébé...

Il n'acheva pas sa pensée, car Teddy lui posa une main sur le bras.

— Il n'arrivera rien, sans doute. Cesse de te tourmenter. Pourquoi ne montes-tu pas ? Je lui apporterai du thé dans une minute. D'accord ?

Brad lui jeta un regard reconnaissant.

— Tu sais, tu m'es encore bien plus sympathique

que quand tu étais petit. Tu vas faire un sacré docteur, Teddy.

— Tais-toi donc! Tu me gênes. Va t'occuper de ta femme. Je vous rejoins.

Quelques minutes plus tard, Teddy croisait sa mère dans le couloir.

— Où vas-tu? Tu bois du thé, maintenant? Voilà qui est nouveau! s'exclama-t-elle, amusée.

— C'est pour Séréna. Brad dit qu'elle n'est pas bien.

Il s'apprêtait à en dire plus, mais en voyant sa mère changer de visage, il décida de ne pas insister :

— Si elle a besoin d'un médecin, je viendrai t'avertir.

— C'est cela, approuva-t-elle sans s'intéresser au sort de Séréna.

Teddy était choqué par l'attitude de sa mère, et inquiet. Et avant de frapper à la porte du jeune couple, il dut attendre quelques instants pour se reprendre.

— Comment va-t-elle? demanda-t-il d'un ton volontairement enjoué.

— Mieux, on dirait. Sans doute avait-elle raison, c'est la fatigue, voilà tout.

La jeune femme se donnait un coup de peigne dans la salle de bains, aussi Brad baissa-t-il la voix pour ajouter :

— Elle dit qu'elle n'a ni contractions ni saignements. Ce n'est peut-être rien. J'aurais pourtant juré, Ted, qu'elle avait pleuré toute la matinée.

La conversation s'interrompit avec la réapparition de Séréna. Elle était méconnaissable : repeignée, le visage baigné, elle avait l'œil vif et souriait à Teddy, drapée dans sa robe d'intérieur de satin rose et chaussée de mules assorties, dont les pompons apparaissaient au ras de l'ourlet.

— Mon Dieu, Séréna, vous êtes superbe!

Il l'embrassa sur les deux joues, lui prit les mains et s'assit près d'elle, au pied du lit.

— Brad m'a dit que vous n'étiez pas dans votre assiette. Vous m'avez l'air en pleine forme, pourtant. Vous allez bien, Séréna? Nous étions inquiets, tous les deux.

— Ça va, affirma-t-elle.

Mais ses yeux s'emplirent de nouveau de larmes.

Elle se réfugia dans les bras de son mari et sanglota un long moment contre lui. Elle était mortifiée de se donner ainsi en spectacle, mais ne parvenait pas à se dominer. Brad regardait son frère l'air désespéré. Lorsque enfin les sanglots s'espacèrent, puis cessèrent, Teddy tapota la main de Séréna en souriant.

— Je vous demande pardon. Je me fais l'effet d'être stupide.

— Vous ne devriez pas. Cela peut arriver à tout le monde, vous savez, Séréna, répondit Teddy en lui tendant une tasse de thé. Le changement, les émotions, toutes ces têtes nouvelles... Il y a de quoi être bouleversé.

Puis, levant les yeux vers son frère aîné, la tête penchée sur l'épaule, il demanda, avec un sourire enfantin :

— Crois-tu que tu pourrais nous laisser seuls une minute, grand frère ?

Il était si désarmant que Brad ne put le lui refuser. Il sortit de la pièce en promettant de rapporter un peu plus de thé. Teddy attendit que son frère ait atteint l'escalier, puis il se retourna vers Séréna, lui prit la main et plongea son regard dans le sien.

— Je vais vous demander quelque chose, Séréna, et j'aimerais que vous me disiez la vérité. Je vous jure que je ne répéterai rien à Brad. Acceptez-vous de me parler avec franchise ?

Elle hocha lentement la tête. Elle n'éprouvait pas, devant Teddy, le besoin de se tenir sur ses gardes.

— Ma mère a-t-elle quelque chose à voir dans votre bouleversement ?

La jeune femme hésita, bredouilla, rougit. Puis elle retira sa main, se leva et se mit à arpenter la pièce. Pour Teddy, tous ces gestes étaient révélateurs.

— Est-elle venue vous voir aujourd'hui, Séréna ?

— Oui. Elle est venue me demander de mes nouvelles avant d'aller déjeuner dehors.

— Mère n'a pas déjeuné dehors, Séréna. Pourquoi ne me dites-vous pas la vérité ?

Il la regardait en face, il voulait l'obliger à jouer cartes sur table. Mais elle pleura de nouveau.

— Je ne peux rien vous dire.

— Je vous ai déjà assuré que je ne préviendrais pas Brad.

— Je ne peux pas... ce serait...

Elle s'assit sur le lit. Cette fois, c'est Teddy qui la prit dans ses bras. Elle lui parut si douce, si chaude, si délicate contre lui... Durant un instant, il eut envie de lui dire qu'il l'aimait.

— Séréna... dites-moi... Je vous jure que je vous aiderai. Il faut que je sache.

— Vous ne pourrez rien faire. C'est simplement que... qu'elle me déteste.

— C'est ridicule, affirma-t-il en souriant contre ses cheveux. Qu'est-ce qui vous permet de le croire ?

Soudain, parce qu'elle avait confiance en lui, elle se résolut à lui parler de la confrontation de la veille, du terrible contrat et enfin du papier.

— Vous l'avez signé ?

— Oui. Quelle différence cela fait-il ? S'il me quitte, je ne veux pas de son argent. J'élèverai le bébé seule.

— Oh ! Séréna, fit-il en l'étreignant, c'est de la folie ! Vous auriez droit à une aide financière pour vous et pour l'enfant. Et s'il meurt... il ne vous laissera jamais sans ressources, vous et le bébé. Quelle démarche lamentable ! Bienvenue dans la famille, chérie ! Ils sont gentils, pas vrai !

Il pencha la tête vers elle en arborant un curieux sourire, puis déclara d'un ton grave :

— S'il arrivait jamais quelque chose à Brad, Séréna, je m'occuperai de vous et de vos enfants, je vous le promets.

— Ne dites pas de bêtises... commença-t-elle. Ne parlons pas de cela. Je vous remercie tout de même.

— Je persiste à croire que vous devriez vous confier à Brad.

— Impossible.

— Et pourquoi ?

— Il serait furieux contre votre mère.

— Ce serait justifié.

— Je ne peux leur faire cela ni à l'un ni à l'autre.

— Vous avez bien tort, Séréna. Elle le mérite. Son geste est révoltant, ignoble...

Il ne put poursuivre. Brad ouvrait la porte, un plateau chargé de trois tasses de thé fumant à la main.

— Comment va ma femme ? Un peu mieux ?

— Beaucoup mieux, répondit-elle sans attendre l'intervention de Teddy. Ton frère est un excellent médecin. En me prenant le pouls, il a su tout de suite que j'étais enceinte.

— Quel est son pronostic ?

— Au moins des jumeaux. Des triplés, peut-être.

Mais Brad voyait bien que son frère demeurait soucieux et que, en dépit de sa crânerie et de sa gaieté, Séréna était encore troublée. Un peu plus tard, quand elle se rendit à la salle de bains, il demanda à Teddy :

— Eh bien, crois-tu que j'appelle un médecin ?

— Tu veux un conseil ? Je pense que dès que Greg sera marié à cette petite garce, demain, vous devriez quitter New York et aller dans un endroit sain, devant un beau paysage, pour vous reposer. Séréna a déjà supporté pas mal d'épreuves, si j'en crois ce que vous me dites. Éloigne-la de cette ville, de la famille, et prends quelques jours de détente avec elle avant de t'installer à San Francisco.

— C'est peut-être un bon conseil. Je vais y penser, Teddy.

— Ne te contente pas d'y penser. Agis. Et un autre conseil : ne la laisse pas seule ici une minute.

— Tu veux dire à New York ? s'étonna Brad.

— J'entends dans cet appartement. Elle a besoin de toi à chaque instant. Elle est dans un pays étranger, avec des gens inconnus, et elle est plus effrayée qu'elle ne l'avoue. En outre, elle est enceinte et le début de la grossesse est une période difficile, sur le plan émotionnel, pour certaines femmes. Reste près d'elle, Brad. Tout le temps. Je crois qu'aujourd'hui elle était inquiète, et tu n'étais pas là pour la rassurer.

Brad accepta cette version des faits.

— Que complotez-vous, tous les deux ?

Séréna venait de rentrer dans la pièce. Elle eut un regard inquiet en direction de Teddy. Mais à son expression et au calme de Brad, elle comprit que son beau-frère ne l'avait pas trahie.

— Je disais à votre mari de vous offrir un voyage

de lune de miel, sans plus tarder, dès demain, par exemple.

— J'ai l'impression que je n'y ai plus tellement droit...

— Vous aurez le droit de passer une lune de miel en ma compagnie durant les quatre-vingt-dix prochaines années, madame. Est-ce que cela vous plairait? Je crois que Teddy a une bonne idée.

— Si je peux me permettre, intervint Teddy, il me semble que cela ne vous vaut rien d'être ici, Séréna. Vous avez besoin d'air frais et de repos. Vous ne trouverez pas cela à New York. Qu'en dites-vous? Vous allez partir?

Il les regarda l'un après l'autre. Brad éclata de rire.

— Seigneur! On jurerait que tu nous mets à la porte.

— C'est ça. J'attends des copains, la semaine prochaine, et j'aimerais disposer de la chambre d'amis, expliqua Teddy avec un sourire espiègle.

— Où irons-nous, Séréna? Au Canada? ou à Denver, voir le Grand Canyon?

— Que penseriez-vous d'Aspen, dans le Colorado? J'y ai passé plusieurs semaines, l'été dernier, chez un ami. J'ai trouvé ça fantastique. Vous pourriez louer une voiture à Denver et vous y rendre?

— Je vais voir si c'est possible, dit Brad avant de se tourner vers sa femme. À présent, réglons un autre point: je veux que tu restes dans ton lit, ce soir, et que tu n'assistes pas au dîner de la répétition.

— Non, répondit-elle avec fermeté. J'irai avec toi.

— N'est-il pas préférable qu'elle reste couchée, docteur?

— Je ne suis pas docteur, B.J., mais je ne crois pas que ce soit nécessaire. Néanmoins, ce serait peut-être plus intelligent, conclut Teddy, sachant que la jeune femme comprendrait le sens de ses paroles.

Mais Séréna venait de décider qu'elle ne perdrait plus de bataille devant sa belle-mère. Margaret Fullerton avait obtenu que l'un de ses papiers soit signé, elle s'était assurée que Séréna ne quitterait pas Brad en s'emparant d'une partie de la fortune familiale. Pour le reste, la jeune femme ne s'avouerait pas vaincue. S'ils la haïssaient, elle apprendrait à vivre avec leur haine, mais ne permettrait pas qu'on l'évite ou qu'on l'oblige à rester dans sa chambre. Ils la prenaient pour une va-nu-pieds, une prostituée, une bonne, Dieu sait quoi, et si elle ne se montrait pas, ils penseraient que Brad avait honte d'elle. Elle irait donc tenir sa place au côté de son mari et ferait en sorte que les autres le regardent avec envie. À cette pensée, une lueur malicieuse s'alluma dans son regard :

— Messieurs, je vous accompagne !

23

Quand, au bras de son époux, Séréna descendit l'escalier, drapée dans une longue robe de soie moirée blanche rehaussée de fil d'or, chaussée de sandales dorées, une fleur blanche dans les cheveux et son joli visage maquillé à la perfection, qui aurait pu croire qu'elle ne fût pas princesse ? Même sa belle-mère en fut impressionnée. Teddy siffla d'admiration et Greg parut plus que surpris. Quelques instants plus tard, les trois frères, leurs parents et Séréna quittaient la maison. Pattie et ses parents devaient les retrouver au club, où une pièce leur avait été réservée. La mère du futur marié portait une longue robe en satin rouge de chez Dior et une petite cape de même étoffe, qui contrastaient de façon vive avec ses cheveux blancs. Elle prit place dans la voiture entre Greg et Teddy. Son mari occupa l'un des strapontins, tandis que Brad et Séréna montaient devant. Cette répartition avait l'avantage de maintenir la jeune femme à distance de Margaret. Teddy, qui en était l'auteur, en fut tout heureux. Il s'était promis de tout mettre en œuvre pour rendre la soirée supportable à Séréna. Et celle-ci se sentit de nouveau très reconnaissante envers lui. Il lui paraissait extraordinaire, alors qu'elle l'avait rencontré la veille, de pouvoir le considérer déjà comme un ami sûr. Elle jeta un coup d'œil vers le siège arrière, cherchant son regard. Il lui sourit.

— Tu flirtes avec mon frère, lui murmura Brad à l'oreille.

— Non. J'ai l'impression d'avoir trouvé un frère.

— C'est un gentil garçon.

— Comme toi, dit-elle, radieuse.

Il lui déposa un petit baiser sur le bout du nez et elle se demanda si la mère de Brad les observait. Cela lui déplaisait de se sentir toujours surveillée, et détestée. Cette femme était allée jusqu'à tenter de lui faire signer un papier l'engageant à renoncer à son mari et à son enfant! À cette pensée, le visage de Séréna se crispa.

— Tu ne te sens pas bien? demanda très vite Brad.

— Si. Ne t'inquiète pas. J'irai bien, ce soir.

— Comment le sais-tu?

— Parce que tu es là.

— Alors, je m'arrangerai pour être toujours là.

Au cours de la soirée, ce fut toutefois plus difficile à réaliser. Sa mère l'avait placé à la table des futurs mariés, à la gauche de Pattie. Teddy s'y trouvait également. Séréna était installée à une autre table, avec des couples plus âgés et quelques jeunes femmes qui se connaissaient depuis des années et lui adressèrent peu la parole. De l'endroit où elle était, elle ne voyait ni Brad ni Teddy. Elle se sentait abandonnée et son mari n'était guère plus heureux. Le fait de l'avoir mis à côté de Pattie lui paraissait une faute de goût, mais en tant que témoin principal du marié, il devait à la tradition d'être assis à la gauche de la fiancée. La première demoiselle d'honneur avait pris place à la droite de Greg, tandis que les autres demoiselles et garçons d'honneur occupaient les côtés de la table.

Dans l'ensemble, la soirée fut très gaie. Brad s'arrangea pour beaucoup parler à sa voisine de gauche, une grande fille rousse qui avait fait ses études avec Pattie à Vassar, l'un des meilleurs lycées de jeunes filles des États-Unis, et qui revenait d'un long séjour à Paris. Ils se découvrirent des souvenirs et des centres d'intérêt communs. Elle avait en outre passé plusieurs années à San Francisco et fournit à Brad de précieux renseignements sur cette ville. Ce n'était pas une conversation très profonde, mais elle le dispensait d'avoir à s'entretenir avec Pattie. Au bout d'un moment pourtant, il se trouva seul avec cette dernière : le bal venait de commencer, la jeune fille rousse avait été invitée par un garçon d'honneur et Greg dansait avec une jeune femme qui devait également lui servir de témoin. Presque tous les invités étaient sur la piste. Brad se sentit mal à l'aise.

Il jeta un coup d'œil sur sa droite et s'aperçut que Pattie l'observait. L'air un peu confus, il lui sourit, en s'efforçant de ne pas se souvenir de ce qui s'était produit à Rome.

— On dirait qu'on nous a abandonnés.

C'était une remarque stupide, mais il ne lui en était pas venu d'autre à l'esprit. Elle leva vers lui son petit visage en forme de cœur, lui décochant sa plus belle moue.

— Ça t'ennuie, Brad ?

— Pas du tout.

C'était un mensonge évident. Brad se sentait gêné. Elle restait là comme si elle avait attendu un geste de lui un baiser ou un bras passé autour des épaules. Toutes les personnes présentes savaient qu'ils avaient été fiancés l'année précédente et devaient se demander ce qu'ils se disaient.

— Tu ne veux pas danser, Brad ?

Elle le regardait d'un air impertinent, à présent. Il rougit et acquiesça.

— Volontiers, Pattie, pourquoi pas ?

Au moins, elle ne lui faisait pas de scène et ne lui rappelait pas ce qu'il y avait eu entre eux. Il se leva, lui prit la main et ils gagnèrent la piste pour un merengué. Elle était excellente danseuse et il se souvint soudain de leurs soirées passées au Stork Club, à la fin de la guerre, lorsqu'il était encore grisé d'avoir fait sa connaissance. C'était une très jolie fille, d'un tout autre genre que Séréna. Cette dernière avait de l'élégance et de la grâce, un visage qui incitait les gens à se retourner, une sorte de beauté parfaite qui vous coupait le souffle. Pattie avait une nature ardente, du sex-appeal. Il fallait bien la connaître pour comprendre que derrière cet aspect attirant, elle avait un cœur de glace. Mais elle dansait bien, c'était indéniable, et elle était sur le point de devenir sa belle-sœur. Aussi Brad en prit-il son parti. Au merengué succéda une samba, puis un fox-trot et une valse. Nul ne semblait changer de partenaire et, à la grande joie de Pattie, Brad ne le fit pas non plus. La valse se mua en tango, et ils continuaient toujours. Jusqu'à ce que Pattie, avec son sourire de poupée, lui demandât en s'éventant d'une main :

— Tu ne meurs pas de chaleur ?

— Si, presque.

— On va prendre l'air ?

Il hésita une fraction de seconde puis eut l'impression de manquer d'amabilité. Qu'y avait-il de mal à aller respirer un peu d'air frais ?

— Oui.

Il jeta un coup d'œil sur la piste, cherchant Séréna des yeux, mais ne la vit pas. Il suivit donc Pattie dans l'escalier qui menait à la rue. Dehors, en ce mois de juin, l'atmosphère était presque aussi chaude et aussi lourde que dans la salle.

— J'avais oublié à quel point tu dansais bien, dit-il en sortant une cigarette de son étui en or.

Pattie jeta un coup d'œil sur l'objet, puis sur lui.

— Tu as oublié bien des choses à mon sujet, Brad.

Il ne répondit pas. Elle prit la cigarette qu'il venait d'allumer, en tira une longue bouffée et la lui glissa de nouveau entre les lèvres, maculée de son rouge cerise.

— Je ne comprends toujours pas ce que tu as fait. Je veux dire, pour quelles raisons tu l'as fait.

Elle le toisait et il regretta d'être sorti.

— As-tu fait ça pour me vexer ? Enfin, pourquoi cette fille ? Elle est peut-être jolie, mais elle n'est rien du tout. Combien de temps crois-tu que tu vas t'en accommoder, Brad ? Un an ? Deux ? Et puis quoi, tu auras brisé ta vie pour cette petite putain ?

Il s'apprêtait à rentrer, mais il s'immobilisa. Quand il s'adressa à elle, ce fut sur un ton glacé :

— Ne me parle jamais sur ce ton, espèce de petite garce. À dater de demain, pour le meilleur ou pour le pire, nous serons apparentés. Tu seras la femme de mon frère et je ne suis pas encore certain de ce que cela signifie pour toi, mais pour moi cela veut dire que je ferai tout mon possible pour te respecter. (Il tira une longue bouffée de sa cigarette avant d'ajouter :) Mais ce sera sûrement une épreuve.

— Tu n'as pas répondu à ma question, riposta-t-elle en colère, tandis que sa moue se changeait en rictus. Pourquoi l'avoir épousée, Brad ?

— Parce que je l'aime. Elle a des qualités remarquables. Elle est même exceptionnelle. Bon Dieu, en quoi est-ce que ça te regarde ? D'ailleurs, je pourrais te retourner la question. Aimes-tu Greg, Pattie ?

— L'épouserais-je, sinon ?

— C'est une question intéressante. Tu pourrais essayer d'y répondre toi-même. Est-ce le nom de famille que tu veux ? Un Fullerton fait-il aussi bien l'affaire qu'un autre ? Teddy venait-il en troisième position ?

Soudain, il se rendit compte qu'il ne pouvait plus la supporter. C'était une enfant gâtée, hargneuse, méchante.

— Tu te comportes comme un salaud, tu le sais ? jeta-t-elle, les paupières mi-closes, avec l'air de vouloir le gifler.

— C'est ce que tu mérites, Pattie. Tu n'es sûrement pas digne de mon frère.

— Tu te trompes. Moi, je vais en faire quelqu'un. Pour l'instant, c'est un rien du tout.

— Pourquoi ne lui fiches-tu pas la paix ? s'écria Brad hors de lui. C'est un garçon bien. Il est heureux comme il est.

L'était-il vraiment ? Serait-il sans cesse ivre s'il avait été satisfait de son sort ?

— Greg a besoin d'être dirigé.

— Dirigé vers quoi ! Une carrière politique dont il ne veut pas ? Pourquoi ne resterais-tu pas chez toi pour élever des enfants, au lieu de lui servir de guide ?

Il avait à peine achevé qu'il vit le visage de Pattie se défaire : elle était devenue livide.

— Ça, ce n'est pas prévu au programme.

— Pourquoi pas ?

Brad la surveillait. Elle avait une expression étrange qu'il ne s'expliquait pas.

— Ton frère n'aura pas d'enfants, Brad. Il a été atteint de syphilis à l'université, et il est stérile maintenant.

Durant un long moment, sous l'effet du choc, Brad garda le silence.

— Ce n'est pas vrai ?

— Si, affirma-t-elle avec un regard malheureux. Il ne m'en a avertie que le mois dernier, quand tout le monde avait appris que nous étions fiancés. Il savait que je ne supporterais pas de rompre à nouveau mes fiançailles. Seigneur, dit-elle avec un rire amer, toute la ville en aurait fait des gorges chaudes. Cette pauvre petite Pattie Atherton ! Rejetée une fois de plus par un Fullerton !

— Ce n'est pas la même chose, objecta Brad en tendant la main vers elle. Je suis navré pour toi, Pattie. Il aurait dû te le dire avant. C'est malhonnête de sa part.

— J'ai trouvé aussi. (À mi-voix, elle ajouta :) Il me le paiera.

— Que veux-tu dire ?

Elle haussa les épaules :

— Je l'ignore encore. Je voulais l'épouser pour te punir. Tu diras sans doute que j'ai voulu me servir de lui. Mais le plus drôle, dans cette affaire, c'est que c'est lui qui s'est servi de moi. Il a obtenu de moi que j'accepte de l'épouser, puis un mois avant le mariage il m'a annoncé qu'il était stérile.

— L'aurais-tu épousé, si tu l'avais su plus tôt ?

— Non. Et je pense qu'il s'en doutait. C'est pourquoi il me l'a caché.

Brad était songeur. Il regardait cette femme qu'il croyait connaître, et se rendait compte qu'il ne la connaissait pas vraiment. Elle aimait manœuvrer les gens, elle était vindicative, et cependant, elle avait des faiblesses, elle aussi, des exigences qui l'incitaient à blesser autrui. Brad était profondément désolé pour son frère. Dans son genre, Pattie serait pire que leur mère.

— Greg a eu tort de te cacher une chose pareille, conclut-il, déçu de découvrir ce côté déplaisant de la personnalité de son frère. Peut-être les choses s'arrangeront-elles, au bout du compte. Vous aurez davantage le loisir de vous dévouer l'un à l'autre.

Elle prit du temps avant de lui répondre par une question :

— Cela aurait-il de l'importance pour toi, Brad, si ta femme ne pouvait avoir d'enfants ?

— Non, si je l'aimais vraiment.

— Mais elle peut en avoir, n'est-ce pas ?

Il hésita, puis conclut qu'il était préférable de le lui dire. De toute façon, elle l'apprendrait vite.

— Séréna est enceinte, Pattie.

À peine eut-il achevé sa phrase qu'il s'aperçut de son erreur : il y avait une méchanceté presque effrayante dans les yeux de la jeune femme.

— Tu n'as pas perdu de temps, dis donc ! C'est la raison pour laquelle tu l'as épousée ?

— Non, ce n'est pas cela, dit-il en croisant son regard.

Après un long silence, elle tourna les talons et s'en fut. Lorsque, un peu plus tard, il remonta à son tour, Brad se trouva nez à nez avec Greg.

— Où est Pattie ?

Il paraissait soupçonneux et, une fois de plus, il était ivre.

— Elle ne doit pas être loin. Nous étions sortis prendre l'air et elle vient juste de rentrer.

— Elle ne peut plus te souffrir, tu sais.

Brad observait son frère. Il constatait à quel point lui aussi il le connaissait mal.

— Elle n'était pas pour moi, Greg. J'aurais rompu dès mon retour, même si je n'avais pas rencontré Séréna, car nous nous serions rendus malheureux. Es-tu heureux, Greg ?

Il aurait voulu lui dire qu'il n'était pas trop tard pour changer d'avis, qu'il serait préférable de ne pas persister dans l'erreur. Mais en avait-il le droit ?

— Mon Dieu, oui, pourquoi pas ! (Mais il n'avait rien d'un homme comblé.) Elle va m'occuper.

Un instant, Greg regarda son frère avec malveillance. Dans ses yeux, Brad lut plus de jalousie qu'il n'en avait vu dans ceux de Pattie.

— Elle a un tempérament de feu au lit, comme tu sais, poursuivit Greg. Ou l'as-tu oublié?

— Je ne l'ai jamais su, protesta Brad en se dérobant.

— Tu parles! Elle me l'a raconté.

— Elle t'a dit ça? Peut-être l'a-t-elle fait pour te rendre jaloux?

Greg haussa les épaules, comme s'il ne s'en souciait guère, mais il était clair qu'il était préoccupé. Toute sa vie, il était passé après ses frères.

— Je m'en moque, lança-t-il. Les vierges, c'est casse-pieds! Je ne les ai jamais appréciées, même au temps où j'étais à l'université.

— Il paraît.

Brad aurait voulu se mordre la langue. Il chercha aussitôt les yeux de son frère.

— Alors, elle te l'a dit, pas vrai? La garce! Pourquoi a-t-il fallu qu'elle aille te le raconter!

— Tu aurais dû lui en parler avant, lui reprocha Brad sur un ton presque paternel.

— Et toi, tu devrais t'occuper de tes bon Dieu d'affaires. Je n'ai pas l'impression que ça se passe non plus comme sur des roulettes, pour toi, Brad, qui es allé épouser cette petite Marie-couche-toi-là d'Italienne. Seigneur! Je t'aurais cru assez malin pour laisser ça où tu l'avais trouvé.

— Arrête, Greg! lança Brad d'un ton brusque.

— Compte là-dessus! Si tu avais fait ce que mère attendait de toi, elle ne serait pas sur mon dos. Tu ferais de la politique, ce qui t'irait à merveille, et moi, je vivrais comme je l'entends. Mais non, il a fallu que le grand frère aille jouer les indépendants et qu'il me laisse en plan. Et moi, qu'est-ce que j'en tire, de tout ça? Un pistolet braqué contre la tempe. Je suis devenu le chéri de ces dames et dois tenir le coup pour réaliser leurs espoirs. Tu t'en es tiré à bon compte, comme d'habitude.

— Tu n'as tout de même pas besoin de leur obéir! Fais-en à ta tête, pour l'amour du ciel.

— Tu vois ça de loin! Et maintenant Pattie veut que j'aille travailler avec son père!

— Mais si tu n'en as pas envie, n'y va pas!

Greg lui jeta un regard sarcastique, puis il eut un sourire découragé.

— Ce sont là des paroles pleines de bravoure, Brad. Le malheur, c'est que je ne suis pas brave.

Il s'en fut d'un pas nonchalant, laissant Brad attristé.

24

Le lendemain matin, Séréna descendit sur la pointe des pieds se faire du thé et préparer une tasse de café pour Brad. En entrant dans la cuisine, elle trouva sa belle-mère, vêtue d'une robe de chambre en satin bleu.

— Bonjour, Séréna, dit cette dernière d'un ton froid.

— Bonjour, madame Fullerton. Avez-vous bien dormi ?

— Assez bien, répondit Margaret en fixant sa belle-fille, mais sans lui retourner la question. J'ai pensé qu'il serait raisonnable de votre part de vous prétendre malade, aujourd'hui, plutôt que d'assister au mariage. Vous avez une parfaite excuse.

Elle faisait, bien entendu, allusion au bébé. Séréna eut l'air choquée. Elle n'avait pas grande envie d'assister à ce mariage, mais elle savait que son absence ferait jaser.

— Je ne sais pas si Brad…

— Bien entendu, la décision vous appartient. Si j'étais vous, néanmoins, je pense que je serais reconnaissante de me voir épargner une situation embarrassante. C'est la journée de Pattie, après tout. Vous pourriez y songer et ne pas lui causer plus de peine que vous ne lui en avez déjà fait.

Séréna fit tous ses efforts pour ne pas pleurer.

— Je vais y réfléchir, dit-elle au bout d'un moment.

— Je vous le conseille.

Sur ces paroles, Margaret Fullerton quitta la cuisine. Les domestiques étaient occupés ailleurs et, seule dans la pièce, Séréna se laissa tomber sur une chaise. Quant elle se fut ressaisie, elle versa une tasse de café pour Brad, prit le thé qu'elle avait préparé, mit les deux tasses sur un plateau, puis monta à pas lents à l'étage, en réfléchissant à ce qu'elle allait faire. Lorsqu'elle arriva à la chambre, sa décision était prise : elle n'irait pas au mariage. Elle poussa un petit soupir et Brad leva les yeux :

— Ça ne va pas, mon amour ?

— Non… J'ai… j'ai une terrible migraine.

— C'est vrai ? s'inquiéta-t-il. Pourquoi ne te recouches-tu pas un peu ? Ce doit être la faute de toutes ces danses, hier soir.

Séréna lui sourit.

— Ce n'est pas cela. Je suis fatiguée, voilà tout.

Elle se recoucha, puis le regarda et lui confia :

— Tu sais, c'est difficile à dire, Brad… Enfin, je crois que je ne devrais pas y aller.

— Tu te sens mal à ce point ? Tu veux que j'appelle un médecin ?

Il était surpris. Au réveil, elle ne lui avait pas paru pâle et elle venait d'avaler son thé très vite, ce qu'elle ne faisait pas lorsqu'elle n'était pas bien, il l'avait remarqué.

— Mais non, dit-elle, en s'asseyant pour l'embrasser. Crois-tu que ton frère me pardonnera ?

— Oui. Si tu veux rester ici, je ne t'obligerai pas à venir.

— Merci.

Quand elle le regarda se préparer, un peu plus tard, elle se sentit le cœur lourd en songeant à la raison qui lui faisait manquer la cérémonie. Margaret Fullerton avait honte d'elle et tenait à l'écarter à tout prix. En dépit de l'amour que lui portait Brad, Séréna était blessée de ne pas être admise par sa famille.

— Ça ira, ma chérie ?

Il avait beaucoup d'allure dans sa jaquette et son pantalon rayé, avec son haut-de-forme gris et ses gants de même teinte. Ce mariage allait être très élégant, Séréna regrettait de ne pas le voir. Teddy frappa à la porte, un instant plus tard. Il portait la même

tenue que Brad et tendit à son frère le brin de muguet
qu'il devait glisser à son revers.

— On va penser que je suis le marié, je ne peux
pas porter ça! protesta Brad avec une grimace.

— Non, voyons, le sien sera plus important.

Le regard étonné de Teddy alla alors de Séréna à
Brad, avant de se poser à nouveau sur le lit.

— Qu'est-ce qui se passe? Vous ne venez pas?

— Je ne me sens pas bien.

— Vous n'étiez pas non plus dans votre état normal, hier soir, et pourtant vous êtes allée au dîner.
Qu'y a-t-il de nouveau, ce matin?

Il était méfiant. On aurait dit qu'il était pourvu
d'antennes lui permettant de capter le plus subtil des
mensonges, surtout ceux qui se rapportaient à sa
mère.

— Je me sens plus mal, dit-elle un peu trop vite, en
s'asseyant dans son lit, les bras croisés.

— Je n'en crois rien, assura-t-il avant de se tourner
vers Brad. Vous vous êtes disputés, tous les deux?

— Tu penses bien que non. Séréna m'a dit qu'elle
ne se sentait pas assez solide pour y aller et je n'ai
pas voulu l'y obliger.

— Et pourquoi pas? insista Teddy, en s'asseyant
près de la jeune femme. Vous n'êtes vraiment pas
bien, Séréna?

— Vraiment, répondit-elle en hochant la tête.

— Je le regrette. Vous allez nous manquer.

À peine avait-il dit ces mots qu'il vit deux grosses
larmes sur ses joues. Elle se sentait de nouveau
exclue. Pourtant elle aurait aimé les accompagner. Si
seulement Mme Fullerton ne lui avait pas présenté
les choses de manière aussi brutale!

— Eh bien, qu'est-ce qui ne va pas? demanda
Teddy en scrutant son visage.

Elle s'efforçait en vain d'arrêter ses larmes.

— Oh! je déteste être enceinte! Je ne fais plus que
pleurer!

Elle rit à travers ses larmes et Brad s'approcha
pour caresser les doux cheveux blonds.

— Tu vas rester bien tranquille, aujourd'hui. Je
reviendrai aussi vite que je le pourrai.

Il sortit de la pièce pour aller voir où en était Greg. Ce dernier, dans un état de grande nervosité, achevait de se préparer dans sa chambre, au fond du couloir. Il disposait de son propre appartement depuis plusieurs années, mais il avait préféré passer sa dernière nuit de célibataire chez ses parents. Il s'était dit qu'ainsi il pourrait boire autant qu'il lui plairait, la veille, sans risquer de dormir trop longtemps le matin de son mariage.

Teddy, l'œil mi-clos, fixait à nouveau son attention sur Séréna.

— Que s'est-il passé, en fait ?

— Rien, répondit-elle, sans le regarder.

— Ne me racontez pas d'histoires, Séréna. Pour-quoi ne voulez-vous pas y aller ?

Cet homme avait le don de la faire parler. Et il savait garder le secret, il l'avait prouvé. Aussi décida-t-elle de lui révéler la vérité.

— Votre mère estime que je ferais mieux de m'abs-tenir. N'en dites rien à Brad, je ne veux pas qu'il le sache.

— Elle vous a dit cela ?

— Elle pense que ce serait peu aimable envers Pat-tie et que, si j'ai un tant soit peu de tact, je n'irai pas, car j'ai déjà fait assez de peine à votre future belle-sœur.

Séréna paraissait si malheureuse que Teddy faillit bondir.

— Quelle salade ! Mon Dieu, Séréna, si vous ne vous défendez pas, ma mère va vous harceler jusqu'à la fin de vos jours. Ne la laissez pas faire !

— Ça n'a pas d'importance. Elle ne veut pas me voir là-bas. Elle a sans doute peur que je ne fasse honte à toute la famille.

— Séréna, dit-il en la regardant avec insistance, hier soir, tout le monde voulait savoir qui vous étiez. On entendait répéter partout que vous étiez une vraie princesse. Ma mère en aura été agacée. Tous ces ragots prétendant que vous ne sortiez de nulle part ou que vous étiez une bonne à tout faire, tous ces com-mérages, personne n'y prête attention. Vous avez tout à fait l'air de ce que vous êtes : une belle jeune femme, une aristocrate. J'ignore ce qui motive les actes de ma mère, si ce n'est que Brad a pris ses propres décisions. Si elle souhaitait avoir Pattie Atherton comme belle-fille, eh bien, elle va être satisfaite! Un de ces jours, ses sentiments à votre égard se modifieront, Séréna, mais vous ne pouvez lui céder sans cesse, en attendant ce jour-là. Ce qu'elle vous a fait, hier, était indigne, immoral. Brad devrait être mis au courant, mais si vous insistez je ne lui en parlerai pas. Et aujourd'hui, elle a trouvé autre chose. Cela dépasse les bornes, bon sang, c'est scandaleux.

L'idée que sa mère pouvait être jalouse traversa un instant l'esprit de Teddy. Peut-être ne supportait-elle pas la pensée de ce que représentait Séréna, ni le fait que Brad l'ait découverte seul, qu'il se la soit attachée et ait l'intention de la garder. Peut-être aurait-elle préféré, s'il fallait le perdre, que ce soit pour une fille qu'elle aurait manœuvrée ou dominée, ainsi qu'elle espérait le faire avec Pattie. Il reprit :

— Ne la laissez pas agir de cette façon avec vous, grands dieux. Ce n'est pas juste!

— Qu'est-ce qui n'est pas juste? intervint Brad qui venait d'apparaître dans l'encadrement de la porte, le visage soudain tendu. On me cache quelque chose et je n'apprécie guère que l'on ait des secrets pour moi dans ma famille. Que se passe-t-il, Séréna?

Séréna baissa les yeux. Brad lui posa la main sur l'épaule.

— Sans pleurer, cette fois. Dis-moi ce qu'il se passe.

Mais elle était incapable de lui parler, rien n'aurait su la convaincre. Ce fut Teddy qui prit la parole :

— Elle ne veut pas te le raconter, Brad, mais j'estime qu'il faut te mettre au courant.

Séréna bondit du lit, les bras tendus comme pour l'arrêter, criant presque :

— Non!

— Je vais pourtant le lui dire, Séréna, insista Teddy d'une voix douce, tandis que la jeune femme éclatait en sanglots.

— Pour l'amour du ciel, de quoi s'agit-il? Que se passe-t-il?

212

Leur ton mélodramatique rendait Brad nerveux. Il venait de voir le maître d'hôtel tentant de remettre Greg d'aplomb, et en était tout secoué. Teddy se leva et lui fit face.

— Mère ne veut pas que Séréna assiste au mariage.

— Mère *quoi*? Tu es fou?

— Pas du tout. Tout à l'heure, dans la cuisine, elle a eu le front de lui dire qu'elle devait bien à Pattie de ne pas être présente à son mariage. Elle lui a suggéré d'invoquer une maladie diplomatique pour rester à la maison.

— C'est vrai? demanda Brad, outré.

La jeune femme acquiesça d'un signe de tête. Il s'approcha alors du lit et elle s'aperçut qu'il tremblait.

— Pourquoi ne me l'as-tu pas confié? s'étonna-t-il.

— Je ne voulais pas que tu sois fâché contre ta mère.

— Ne me tais plus jamais une chose pareille! Si quelqu'un se permet de te parler sur ce ton, je veux le savoir. C'est bien clair?

Brad réfléchit un bon moment, puis il pointa un index vers son frère et ordonna:

— Laisse-nous, Teddy.

Il s'adressa ensuite à sa femme:

— Sors de ce lit. Je me moque pas mal de ce que tu porteras, mais je veux te voir habillée dans dix minutes.

— Non, Brad... Je ne peux pas... Ta...

— Pas un mot! rugit-il. Je suis le témoin principal au mariage de mon frère et tu es ma femme. C'est bien ça? Tu l'as compris? Tu es ma femme, cela signifie que tu vas partout où je vais et que tu es acceptée par les gens qui m'aiment et me reçoivent, mes amis, ma famille ou mes collègues. Si l'on te rejette ou si l'on ne fait pas preuve de courtoisie envers toi, je veux le savoir immédiatement. Et pas par les bons offices de mon frère. Tu m'as suivi, Séréna?

— Oui, murmura-t-elle.

— Bien. Et que ce soit clair pour toi, pour ma mère, Pattie, Greg et pour quiconque semblerait ne pas l'avoir compris. Je vais l'expliquer à ma mère sur-le-champ. Pendant ce temps, enfile ce que tu te proposais de porter à ce mariage grotesque. Ne recommence jamais cela. Ne fais plus jamais semblant d'être malade, ne me cache plus jamais rien. Confie-toi. C'est entendu ?

Elle fit signe que oui. Il s'approcha d'elle, l'attira contre lui et l'embrassa fougueusement.

— Je t'aime tellement. Je refuse que quelqu'un te fasse du mal. Je me suis engagé à t'aimer, à t'honorer et à te protéger aussi longtemps que nous vivrons, permets-moi d'être fidèle à ma promesse, ma chérie. Et n'accepte plus jamais, jamais, de t'entendre dire des choses aussi désobligeantes par ma mère.

Séréna était émue et en même temps choquée par la rancœur qu'il nourrissait à l'égard de sa mère. Il l'observa un moment, puis lui demanda :

— S'est-il produit une scène du même genre, hier, Séréna ? (Il regardait ses yeux, mais elle se contenta de faire non de la tête. Il insista :) Tu en es sûre ?

— Oui, Brad.

Elle ne pouvait lui avouer que Margaret Fullerton lui avait fait signer un papier. Il n'aurait plus jamais adressé la parole à sa mère et elle ne voulait pas porter une telle responsabilité.

Brad gagna la porte à grands pas. Sur le seuil, il se retourna et lui sourit :

— Je vous aime, madame Fullerton.

— Je vous aime, colonel, lui répondit-elle en envoyant un baiser.

Il trouva Margaret dans son boudoir, vêtue d'une superbe robe de soie beige qu'elle avait commandée chez Dior pour le mariage — on avait ses mesures à Paris, aussi n'avait-elle qu'à choisir un modèle sur croquis et un échantillon de tissu. Elle était coiffée d'un chapeau orné de fines plumes du même beige — créé spécialement pour elle — qui descendait bas sur un œil, mais se relevait à l'arrière pour laisser voir une élégante torsade de cheveux blancs.

— Puis-je te parler, mère ?

— Bien sûr, mon chéri, répondit-elle avec un sourire aimable. C'est une journée importante que celle-ci. As-tu déjà vu ton frère ?

— Oui. Je les ai vus tous les deux.

— Je veux parler de Greg. Comment va-t-il?

— Il est dans un état comateux, mère. Les domestiques sont en train de le ranimer. Il a beaucoup bu, hier soir.

— Pattie va le dresser.

Margaret était pleine d'une assurance que Brad ne parvenait pas à partager.

— Peut-être. À propos de Pattie, j'aimerais mettre les choses au point, avec toi.

— Je te demande pardon?

Sa mère semblait scandalisée par le ton qu'il adoptait. Mais il ne fit rien pour atténuer cette impression.

— Tu peux bien me demander pardon, mère. Ou plutôt demander pardon à Séréna. Je tiens à ce que tu me comprennes bien, une fois pour toutes. Séréna est ma femme, que cela te plaise ou non. Il semble que tu lui aies demandé de ne pas se rendre au mariage de Greg. Que tu aies osé entreprendre une démarche pareille me surprend et me blesse. Si tu préférais que nous n'y assistions pas tous les deux, je le comprendrais, mais, si tu entends m'y voir, il est bien évident que j'y emmène Séréna. (Il avait les larmes aux yeux de colère et de déception.) Je l'aime de tout mon cœur, mère. C'est une fille merveilleuse et dans quelques mois, nous aurons un bébé. Je ne peux t'obliger à l'accepter, mais je ne te laisserai pas lui faire du mal. Ne recommence jamais.

Sa mère s'approcha de lui d'un pas hésitant:

— Je regrette, Brad. J'ai... je me suis méprise. Il faut avouer que tout cela a été très pénible pour moi aussi. Je n'ai jamais imaginé que tu épouserais quelqu'un de... différent. J'étais persuadée que tu choisirais une jeune fille d'ici, parmi nos connaissances.

— Eh bien, je ne l'ai pas fait. Il est injuste d'en punir Séréna.

— Dis-moi, demanda sa mère en le regardant avec intérêt. Est-ce qu'elle est allée se plaindre à toi?

— Non. Séréna m'aime beaucoup trop pour se dresser entre toi et moi. Elle s'est confiée à Teddy et c'est lui qui m'a averti.

— Je vois. A-t-elle dit autre chose?

Il lui jeta un regard intrigué :

— Elle aurait eu autre chose à m'avouer ?

Sa mère en avait-elle fait davantage ? Avait-il eu raison de s'inquiéter du bouleversement de Séréna, la veille ?

— Non, pas du tout.

Soulagée, elle constata que la jeune femme n'avait pas tout révélé à son mari. Cela n'aurait d'ailleurs plus rien changé. Le papier était dans son coffre, elle ne le remettrait à personne.

— J'estime qu'il est préférable pour nous de partir aujourd'hui, aussitôt après le mariage. Je vais louer un compartiment dans le train de nuit pour Chicago. Si ce n'est pas possible, nous irons à l'hôtel et nous prendrons le train demain.

— Tu ne peux pas me faire ça ! s'écria-t-elle, furieuse.

— Pourquoi pas ?

— Parce que je veux que tu restes ici. Il y a des années que tu n'as pas passé quelque temps à la maison.

— Tu aurais dû y songer avant de déclarer la guerre à Séréna.

Elle lui jeta un regard furibond, cruel, amer.

— Tu es mon fils. Tu feras ce que je te demanderai.

Brad lui répondit avec le plus grand calme :

— J'ai bien peur que tu ne te trompes. Je suis adulte et j'ai une femme, bientôt un enfant. C'est ma famille. Je ne suis pas un pantin entre tes mains. Mon père l'est peut-être, mon pauvre diable de frère aussi, mais moi, non. Ne l'oublie jamais.

— Comment peux-tu me parler de la sorte ? Comment oses-tu ?

Brad fit un pas vers elle et l'avertit :

— Mère, reste en dehors de ma vie, ou tu le regretteras.

— Brad !

Il se contenta de faire demi-tour et de sortir de la pièce en claquant la porte derrière lui.

25

À onze heures moins dix précises, Séréna fut conduite par son beau-frère Teddy à son banc, dans l'église St. James de Madison Avenue. L'atmosphère y était plus solennelle que joyeuse. De part et d'autre de la grande allée, des femmes aux tenues élégantes, des hommes en habit, des grands chapeaux à fleurs, des couleurs vives. L'orgue jouait en sourdine. Deux imposantes douairières vinrent s'asseoir à côté de Séréna. La jeune femme reconnaissait quelques visages aperçus lors du dîner de la répétition. De temps à autre, elle jetait un coup d'œil en direction de Teddy, comme pour chercher un réconfort auprès de lui. Il s'arrêta une fois près d'elle, lui pressa l'épaule avec douceur et retourna remplir ses devoirs envers leurs invités. Bientôt l'orgue joua plus fort, l'énorme portail fut fermé, puis un silence profond s'établit. Comme par magie, les garçons et les demoiselles d'honneur apparurent en une lente procession de jaquettes et de pantalons rayés, de robes d'organdi et de capelines couleur pêche. L'ensemble était si heureux que Séréna en fut éblouie. Les robes avaient de grandes manches gigot, une encolure montante, la taille étranglée et une jupe ample qui s'achevait en une courte traîne. Chaque demoiselle d'honneur portait un bouquet de minuscules roses de la même couleur et, quand la dernière fut passée, on vit apparaître la petite porteuse de fleurs, vêtue d'une interprétation en miniature de la même robe, avec des manches ballon et sans traîne, pour ne pas entraver sa marche. Elle tenait un panier d'argent plein de pétales de roses et étouffait un petit rire chaque fois qu'elle regardait son frère, dans un costume de velours noir, chargé du coussin de satin où reposaient les alliances. Séréna, les yeux humides d'émotion, sourit aux enfants, puis elle se tourna pour voir qui les suivait. Une héroïne de conte de fées venait d'apparaître dans une robe de dentelle d'une telle splendeur que Séréna était persuadée n'en avoir jamais vu d'aussi belle. Le silence était complet. Puis un murmure parcourut l'assistance, tandis que chacun découvrait Pattie dans la robe à col montant et à manches amples de son arrière-grand-mère. Cette robe avait plus d'un siècle. Pattie la portait avec un collier de splendides diamants, une petite tiare assortie et des boucles d'oreilles de perles et de diamants. Elle était nimbée d'un voile vaporeux qui semblait s'étaler sans fin derrière elle, couvrant sa traîne et la plus grande partie de l'allée, cependant qu'elle s'avançait, majestueuse, au bras de son père. Sa beauté de brune contrastait de façon heureuse avec la douceur du blanc. « C'est la plus belle mariée que j'aie jamais vue », pensa Séréna. Il lui était impossible d'imaginer, ne serait-ce qu'un instant, qu'il s'agissait de la jeune femme vindicative, haineuse, qu'elle avait aperçue sur le balcon, à Rome. Ce ne pouvait pas être la même. Celle-ci avait une allure de déesse, de princesse. Et Séréna, le cœur lourd, songeait que Brad aurait dû occuper la place du fiancé. S'il l'avait épousée, il n'y aurait eu ni colère ni tension avec sa mère. Un sentiment de culpabilité l'envahit à la pensée du bouleversement qu'elle avait apporté dans la vie de B.J. Son regard se porta vers l'autel. Greg se tenait auprès de sa fiancée, raide, et derrière eux, Brad et la première demoiselle d'honneur, une belle fille à la chevelure rousse éclatante sur la robe pêche. Séréna se demanda si Brad regrettait ce qu'il avait perdu en l'épousant. Il aurait pu prendre pour femme cette jeune fille ou l'une de ces jolies Américaines blondes au visage rayonnant, dont il était entouré. Il aurait pu mener l'existence rêvée par sa mère et ne pas diviser sa famille. Au lieu de cela, il était allé chercher une étrangère ; et il s'était exclu de son univers. Mon Dieu, qu'adviendrait-il s'il lui en voulait, un jour, pour cela ?

Elle suivit toute la fin de la cérémonie d'un air grave, puis regarda le cortège sortir à pas lents. Quand tout fut terminé, elle se retrouva dans la file, comme une quelconque invitée, et serra les mains d'une vingtaine de demoiselles et de garçons d'honneur. Soudain, elle se trouva à la hauteur de Teddy qui la prit par le bras.

— Que faites-vous là, petite sotte?

— Je n'en sais rien.

Elle se sentit penaude. Avait-elle commis un impair? Teddy lui passa un bras autour des épaules en souriant.

— Vous n'avez pas besoin de vous plier à ces formalités. Venez vous mettre près de nous.

Séréna savait que leur mère serait folle de rage, si elle se le permettait.

— Je vais plutôt attendre dehors.

Pattie l'aperçut et la dévisagea d'un air furieux.

— C'est mon mariage, Séréna, pas le vôtre. L'aviez-vous oublié?

Séréna rougit jusqu'à la racine des cheveux, bégaya quelque chose et s'éclipsa rapidement. Teddy la rattrapa aussitôt. Il aurait aimé gifler Pattie pour avoir prononcé cette phrase.

— Tu ne pourrais pas te taire, Pattie? Si tu n'y veilles pas, tu finiras par avoir l'air d'une vraie sorcière, même dans cette robe.

Il quitta la file, glissa son bras sous celui de Séréna et fit signe à Brad de les retrouver dehors. Margaret leur lança un regard furibond et Pattie devint toute blanche. Et sans qu'il y ait eu d'éclat, ils se retrouvèrent dans la rue.

— Eh bien, je suis content de vous avoir pour rétablir l'équilibre, lui confia Teddy.

— Hmm?

Séréna n'était pas remise de son émotion et elle avait l'esprit ailleurs.

— L'une de mes belles-sœurs est merveilleuse et l'autre est une véritable peste.

Séréna ne put s'empêcher de rire. Brad s'approchait.

— Il s'est produit un incident, tout à l'heure? demanda-t-il.

Séréna secoua la tête, mais Teddy agita l'index et fronça les sourcils.

— Ne lui mentez pas, bon sang! Notre petite belle-sœur toute neuve s'est simplement montrée telle qu'en elle-même.

— Elle a dit des choses désagréables à Séréna ? insista Brad.

— Bien entendu. N'est-elle pas toujours désagréable quand elle n'est pas en présence de gens qu'elle cherche à impressionner ? Seigneur, je me demande comment Greg la supportera. Il va demeurer ivre le restant de ses jours !

La noce s'engouffra dans six grandes limousines et se dirigea vers le Plaza, où la grande salle de bal avait été réservée. La décoration florale était somptueuse et l'orchestre commença de jouer dès l'arrivée des premiers invités.

Séréna était une fois de plus assise avec des inconnus, à une table écartée, et il lui parut s'écouler un temps interminable avant que Brad ne vienne la chercher. Elle semblait lasse d'avoir fait l'effort de soutenir une conversation polie et un peu oppressée par la présence de la foule qui évoluait autour d'elle.

— Tu vas bien, mon amour ? lui demanda-t-il cependant qu'elle lui souriait. Comment va ma fille ?

— Il va très bien.

Ils rirent tout bas et gagnèrent la piste pour une valse lente. À la table des mariés, Teddy les observait. Ils formaient sans conteste un couple bien assorti, son frère blond, grand et beau garçon, et cette gracieuse jeune femme aux cheveux dorés qu'il tenait dans ses bras. Le sourire qu'ils échangeaient illuminait leurs traits et ils semblaient si heureux qu'on aurait aimé leur voir tenir le rôle des jeunes mariés, à la place de la petite jeune femme brune, tendue, nerveuse, buvant sec, parlant trop fort et de l'homme assis à ses côtés, qu'elle venait d'épouser et dont les yeux étaient perdus dans le vague.

Quelques instants plus tard, Brad et Séréna vinrent le rejoindre. Brad se pencha à l'oreille de son frère pour lui murmurer qu'ils partaient.

— Déjà ?

— Nous prenons le train ce soir, et je voudrais que Séréna se repose un peu. Il faut faire les bagages.

Sa voix se troubla et Teddy se mit à rire. Il était évident que B.J. avait d'autres projets en tête! S'ils avaient été seuls, Teddy l'aurait taquiné.

— Nous te reverrons à San Francisco, petit, reprit Brad. Quand comptes-tu être là-bas?

— Je quitterai New York le 29 août. Je devrais donc arriver à San Francisco le 1er septembre.

— Écris-nous les détails et nous irons te chercher à la gare.

Brad posa le bras sur l'épaule de son frère puis, comme celui-ci se levait pour lui faire face, il le regarda droit dans les yeux:

— Merci pour tout. Pour avoir si bien accueilli Séréna.

— Ça m'a fait plaisir.

Les yeux de Teddy se portèrent vers sa nouvelle sœur.

— Je vous verrai dans l'Ouest, Séréna. À ce moment-là, vous serez comme une baleine.

Tous trois rirent aux éclats, puis elle protesta:

— Sûrement pas.

Elle l'embrassa sur les deux joues, l'entoura de ses bras et lui confia:

— Vous allez me manquer, petit frère.

— Prenez bien soin l'un de l'autre.

Alors qu'ils quittaient le Plaza, main dans la main, Brad retira sa cravate, la fourra avec ses gants dans son haut-de-forme, puis appela un cab au passage, afin de se faire conduire chez ses parents. Séréna était ravie de traverser le parc derrière un cheval, auprès de son mari. C'était une chaude journée ensoleillée, l'été venait de commencer et avant la tombée de la nuit, ils seraient en route pour la nouvelle vie qu'ils allaient mener en Californie.

— Es-tu heureuse, ma chérie?

Il baissa la tête vers sa jeune femme et celle-ci put lire dans ses yeux la joie qu'il avait de se retrouver seul avec elle.

— Comment pourrais-je ne pas être heureuse avec toi?

26

Ils quittèrent le duplex avant le retour de la famille. Brad s'attarda un moment dans le vestibule pour jeter un dernier coup d'œil autour de lui.

— Tu reviendras, lui dit à voix basse Séréna, en se souvenant de ce qu'elle avait éprouvé en quittant Rome.

— Ce n'est pas à cela que je songeais. Je me disais que j'aurais aimé que tu trouves cette maison agréable... J'aurais voulu que ton séjour à New York soit inoubliable... J'aurais souhaité qu'ils se montrent tous généreux envers toi.

Voyant ses yeux tristes, elle lui prit la main et l'embrassa.

— *Non importa*. Cela n'a pas d'importance.

— Si, cela en a. Pour moi.

— Brad, nous avons notre vie. Bientôt nous aurons un bébé. Nous sommes tous les deux. Le reste est secondaire.

— Pour moi, non. Tu mérites que tout le monde ait des égards pour toi.

— Mais tu as sans cesse des attentions pour moi. Je n'ai pas besoin de plus. (Comme le souvenir de Teddy s'imposait à son esprit, elle ajouta, en riant:) Si ce n'est de ton frère.

— Je crois qu'il est tombé amoureux fou de toi, reconnut Brad en souriant à sa femme. Je ne saurais l'en blâmer. Je le suis moi-même.

— Je crois volontiers que vous déraisonnez, tous les deux. J'espère qu'il trouvera une fille gentille, à Stanford. Il a tant à donner.

Le train enchanta Séréna. Il lui parut luxueux, par rapport aux trains européens de l'après-guerre — en Italie comme en France, il n'avait pas encore été possible d'effacer complètement les traces du passage des troupes d'occupation. Des hommes au visage d'ébène, vêtus d'une veste blanche et coiffés d'une casquette rigide, les aidèrent à s'installer dans leur «appartement», un petit compartiment d'une propreté impeccable, avec une banquette et un coin toilette, au sol recouvert d'un épais tapis. La perspective d'y passer trois jours de lune de miel ravissait Séréna.

Ils avaient l'intention de voyager deux jours par le train, jusqu'à Denver, de louer une voiture dans cette ville, de monter à Aspen, puis de revenir à Denver et de poursuivre en train jusqu'à San Francisco. Brad avait suivi les conseils de son frère et le jeune couple était impatient d'arriver. Mais il fallait d'abord qu'ils gagnent Chicago, où ils passeraient la journée du lendemain et prendraient un autre train pour continuer le voyage.

Une demi-heure plus tard le train sortait de la gare et s'élançait à travers New York. Tandis que Séréna regardait la ville disparaître derrière eux, Brad demeurait silencieux.

— Tu ne dis plus rien. Ça ne va pas? s'inquiéta-t-elle.

— Je pensais, voilà tout.

— À quoi?

— À ma mère.

Séréna conserva le silence un moment, puis elle regarda son mari bien en face.

— Peut-être finira-t-elle par m'accepter, avec le temps?

Mais elle n'avait pas oublié les manœuvres de Margaret et elle était persuadée que sa belle-mère ne l'aimerait jamais.

— Ce que je ne parviens pas à comprendre, dit-il, c'est qu'elle soit si injuste.

— Elle ne peut pas s'en empêcher.

— N'y pensons plus, ma chérie. Notre vie commence. Tu vas aimer San Francisco.

Auparavant, elle aima Denver, et elle aima plus encore Aspen. Ils étaient descendus dans le seul hôtel de la ville, un étrange bâtiment de style victorien avec de hauts plafonds et des rideaux de dentelle. Les prairies étaient couvertes de fleurs sauvages et les sommets encore enneigés. Ils faisaient de longues promenades en suivant les ruisseaux, se couchaient dans l'herbe, au soleil, évoquaient leur passé et les espoirs qu'ils nourrissaient pour leurs futurs enfants. Ils séjournèrent deux semaines à Aspen et ne quittèrent la ville qu'à regret.

La dernière étape du voyage, de Denver à San Francisco, ne dura qu'une journée. Le trajet au travers des montagnes Rocheuses leur parut trop court. Au réveil, le lendemain, ils étaient dans la plaine ; des collines se profilaient au loin. Et bientôt, Séréna put apercevoir la baie de San Francisco. La gare était dans un quartier très laid, mais ils trouvèrent vite un taxi qui les emporta vers le centre, situé plus au nord, et leur fit découvrir combien cette ville était jolie. Sur leur droite, la baie, semée de bateaux et cernée de collines, scintillait au soleil. Tout autour d'eux, d'importantes demeures de style victorien et des petits pavillons aux tons pastel, de belles maisons en brique et des villas méditerranéennes aux murs crépis, et de charmants petits jardins anglais, plus récents, dégringolaient les versants abrupts des collines. La cité paraissait avoir butiné le charme d'une myriade de pays et de cultures. En approchant du Presidio, ils virent le pont du Golden Gate enjamber majestueusement le goulet qui sépare San Francisco du comté de Marin.

— Oh ! Brad, que c'est beau !

— N'est-ce pas !

Il avait l'air heureux et se sentait profondément ému. Ils avaient parcouru la moitié de la terre ensemble pour fonder ici un véritable foyer. San Francisco... leur premier-né y verrait le jour, suivi peut-être par d'autres enfants. Il embrassa tendrement sa femme qui contemplait la baie.

— Sois la bienvenue dans notre ville, ma chérie.

Ils arrivaient au terme de leur voyage : le taxi venait de traverser le quartier de Pacific Heights et suivait à présent une route sinueuse, sous les immenses arbres du parc du Presidio, qui devait son nom au fort militaire établi là au temps de la colonisation espagnole. L'influence espagnole se notait encore dans l'architecture. Ils s'arrêtèrent devant le quartier général. La vue sur la baie et le pont était superbe, et certaines des maisons de la base avaient beaucoup d'élégance. Brad sortit en vitesse, mit sa casquette et fit un salut à sa femme. Il avait revêtu son uniforme pour se présenter. Il entra dans le bâtiment principal, non sans avoir glissé sa casquette sous le bras.

Séréna fut très surprise de voir son mari ressortir du bâtiment presque aussitôt, un sourire épanoui aux lèvres et un jeu de clefs à la main. Il donna des instructions au chauffeur qui, aussitôt, entreprit l'ascension d'une colline, à travers bois, jusqu'à un endroit dominant tout le paysage. Quatre grandes et solides maisons de style espagnol se trouvaient là. Brad indiqua la plus éloignée.

— C'est pour nous ? demanda Séréna, ébahie.

— Oui, m'dame !

Séréna était tout impressionnée de voir combien les colonels étaient bien traités, quand Brad lui fit un curieux petit sourire : il ouvrit la porte, la prit dans ses bras et lui fit franchir le seuil.

— Ça te plaît ?

— C'est splendide !

Ils firent le tour de la maison. Quelqu'un avait eu l'amabilité de laisser des draps et des serviettes. Séréna nota qu'il leur faudrait acheter sans tarder du mobilier, mais la maison l'enchanta. Elle comportait une grande cuisine à l'espagnole, dans laquelle on avait posé des carreaux mexicains bleus et blancs et suspendu des poteries assorties pour les plantes vertes. De grandes fenêtres donnaient sur la mer et une porte s'ouvrait sur le jardin. Venait ensuite une salle à manger de belles proportions au plafond voûté, avec une cheminée. La salle de séjour offrait une vue splendide sur la baie ; la cheminée y était plus importante. L'étage se répartissait en un confortable petit bureau lambrissé et trois chambres bien orientées, donnant sur la mer.

Ce serait parfait pour eux et pour le bébé, et Teddy pourrait avoir sa chambre. À peine Séréna l'eut-elle souligné que Brad la regarda comme s'il n'avait jamais été aussi heureux.

— Ce n'est pas ton palazzo, ma chérie, mais c'est joli.

— C'est mieux que joli, lui dit-elle, en souriant. C'est à nous.

Ce le serait, du moins, aussi longtemps que Brad serait affecté là. Séréna savait que cela pouvait durer des années et que la base du Presidio était considérée comme une affectation de choix, dans l'armée américaine.

Ils dormirent sur des lits de camp qui leur avaient été fournis pour une nuit, et dès le lendemain ils descendirent en ville pour faire l'acquisition d'un mobilier de base : un lit double, deux petites tables de nuit à la française, une coiffeuse de style victorien pour Séréna, une commode en bois fruitier, des chaises, des tables, du tissu pour les rideaux, un tapis, une foule d'ustensiles de cuisine. Ils commencèrent alors à vivre une vie de couple...

À la fin du mois d'août, on aurait pu croire qu'ils occupaient la maison depuis des années. Il y régnait une atmosphère chaleureuse, accueillante et reposante qui réjouissait Brad chaque fois qu'il poussait la porte. Dans la salle de séjour, Séréna avait joué avec les bruns rougeâtres pour les meubles et le rose framboise très doux pour les papiers et les tentures. De belles gravures anglaises ornaient les murs, les tables étaient égayées d'une profusion de fleurs et elle avait cousu elle-même les rideaux dans un beau tissu d'ameublement français. Pour la salle à manger, plus conventionnelle, elle avait choisi un ivoire très doux ; cette pièce, pleine d'orchidées, s'ouvrait sur les massifs de fleurs que la jeune femme avait plantés au jardin. Leur chambre à coucher était d'un bleu doux, «comme la baie», avait-elle dit. Celle de Teddy associait des bruns chauds et celle du bébé des jaunes vifs. Elle avait travaillé dur, tout l'été. Et le jour de l'arrivée de Teddy, tout était prêt. Avant de partir à la gare, elle jeta un dernier coup d'œil et s'estima fière de ce qu'elle avait réalisé.

— Tu as oublié quelque chose ? lui demanda Brad de la porte, en la voyant se dandiner.

Elle était enceinte de cinq mois et Brad ne se lassait pas de contempler sa silhouette rebondie, quand elle était couchée près de lui ou au sortir de la douche, le matin, ruisselante d'eau. Elle lui paraissait épanouie et son corps avait conservé toute sa grâce. Il aimait toucher son ventre et sentir le bébé bouger. Lorsqu'elle arriva à sa hauteur, il lui tapota la taille et s'enquit :

— Comment va notre petite amie ?

— Il est très occupé, répondit Séréna en lissant la tunique écossaise qu'elle portait sur une jupe bleu marine. Il m'a donné des coups de pied toute la matinée.

Brad eut l'air soucieux.

— Tu as peut-être trop travaillé pour Teddy.

— Non, voyons. La maison est belle, tu ne trouves pas ?

— Elle est merveilleuse. Tu as fait un sacré travail, ma chérie.

Elle rougit, mais elle était contente. Pour une jeune femme de vingt ans, elle avait parcouru un long chemin. Il arrivait à Brad d'oublier à quel point elle était jeune. Lui avait eu trente-cinq ans, cet été-là.

— Je suis heureuse que Teddy vienne chez nous.

— Moi aussi, dit-il en faisant démarrer leur Ford bleu foncé.

Quand Brad vit Teddy descendre du train, il eut l'impression qu'il venait juste de quitter New York. Les deux frères se serrèrent la main, se donnèrent de grandes claques dans le dos, puis Séréna se précipita dans les bras de Teddy et ils s'étreignirent. En riant, Teddy s'écarta et donna une petite tape sur son ventre rebondi.

— Où avez-vous trouvé ce ballon de plage, Séréna ?

— C'est Brad qui me l'a offert.

Tous trois éclatèrent de rire et Teddy les suivit jusqu'à la voiture. Il ne portait qu'un sac. Le reste de ses effets personnels avait été expédié plusieurs semaines auparavant à Stanford.

— Vous vous plaisez, ici, tous les deux ?

— Nous adorons. Attends plutôt d'avoir vu ce qu'elle a fait de la maison, dit Brad en regardant sa femme avec orgueil, et tu comprendras pourquoi nous l'aimons.

À peine entré, Teddy comprit ce qu'avait voulu dire

227

son frère. Il eut envie de se laisser tomber sur le canapé, d'admirer la baie tout en goûtant le silence paisible qui régnait dans la pièce, et de ne plus jamais repartir.

— Ce que vous avez fait ici est merveilleux, Séréna.

Le compliment fit plaisir à la jeune femme, mais elle se releva d'un bond pour aller lui chercher du thé, des sandwichs et des petits gâteaux.

— Comment va Greg ? demanda Brad, l'air inquiet.

— Il n'a pas beaucoup changé.

— Ce qui veut dire ?

Teddy hésita, puis il haussa les épaules et soupira.

— Pour être honnête, je ne crois pas qu'il s'entende avec Pattie. Il boit encore plus qu'avant.

— Ce n'est pas Dieu possible !

— Ou en tout cas il essaie ! Je crois qu'elle le harcèle sans arrêt. Elle veut toujours quelque chose, une maison plus grande, une vie plus intéressante, un meilleur emploi pour lui...

— Tout ça en trois mois ?

— En moins, si possible. Elle a gémi deux mois durant au sujet de leur lune de miel. Elle estimait qu'il aurait dû l'emmener en Europe. Lui préférait Newport, mais elle considérait que ce n'était pas un endroit pour passer sa lune de miel... Et c'est comme ça tout le temps.

— Il ne faut pas s'étonner qu'il boive, reconnut Brad, consterné. Tu crois qu'il va continuer ?

— Sans doute. Je ne pense pas qu'il envisage une autre solution.

Il n'y avait jamais eu de divorce dans leur famille, mais s'il s'était trouvé dans la situation que décrivait Teddy, Brad y aurait sans doute recouru.

Ce qui lui paraissait le plus curieux, c'était d'apprendre les nouvelles familiales avec autant de retard. Quand il était en Europe, tous lui écrivaient aussi souvent que possible, en particulier sa mère. Depuis qu'il vivait en Californie avec Séréna, leur attitude avait radicalement changé. Greg n'écrivait plus. Peut-être était-il gêné d'avoir épousé Pattie si vite ? ou malheureux ? Brad n'avait reçu qu'une seule fois des nouvelles de son père, et de sa mère pas une ligne. Il l'avait appelée au téléphone à plusieurs reprises, au début, mais elle lui avait répondu d'une voix si glaciale et avait fait des remarques si déplaisantes à propos de Séréna qu'il n'avait pas répété l'expérience. Tout se passait comme si Séréna et lui étaient désormais exclus de la vie qu'il avait connue.

27

Pour son premier trimestre à Stanford, Teddy ne fut pas aussi absorbé par les études qu'il l'avait craint. S'il avait une montagne de cours à lire, il lui restait tout de même du temps pour rendre de fréquentes visites à son frère et à sa belle-sœur, surtout vers la fin de la grossesse de Séréna. Il avait déjà dit à Brad qu'il souhaiterait assister à l'accouchement et son frère lui avait promis de l'appeler dès que le travail aurait commencé. La quatrième semaine de décembre, le jeune homme était à Presidio : c'étaient les vacances scolaires. L'accouchement devait avoir lieu quelques jours plus tard. Brad était parti en manœuvres à San Leandro, pour la journée, et Teddy étudiait à l'étage. Dans la chambre du bébé, Séréna pliait et repliait les petites brassières blanches, vérifiant pour la centième fois au moins, s'il fallait en croire Teddy, que tout était en ordre. Alors qu'elle rangeait les chemises de nuit dans un tiroir, elle sentit comme un claquement en elle, et aussitôt un flot de liquide tiède s'écoula le long de ses jambes. Elle demeura figée un instant, surprise, puis se dirigea à pas lents vers la salle de bains du bébé, afin de chercher de quoi éponger. Elle sentit une douleur inhabituelle au niveau de ses reins et dans le bas de son ventre. Elle comprit qu'il fallait appeler le médecin, mais voulut tout d'abord s'occuper du plancher taché. Son futur accoucheur lui avait recommandé de l'appeler dès les premières contractions ou dès la rupture de la poche des eaux, tout en précisant qu'il se passerait encore plusieurs heures entre ce moment et la naissance du bébé. La pensée que son mari se trouvait à San Leandro ne l'inquiétait pas. On ne l'aurait pas admis en salle de travail, il ferait donc un peu moins de pas dans les couloirs. Teddy pouvait très bien l'emmener à l'hôpital où dès son retour Brad les rejoindrait.

Elle sentit l'excitation la gagner : dans quelques heures, elle tiendrait son bébé dans ses bras. Elle se mit à rire, en s'agenouillant sur le parquet, mais le rire s'étrangla dans sa gorge et elle dut se cramponner à la commode : la contraction était si brutale qu'elle lui coupait presque la respiration. Elle lui parut interminable et, quand enfin elle s'estompa, Séréna avait le front trempé de sueur. Il est grand temps d'appeler l'hôpital, se dit-elle, étonnée de découvrir que la première contraction pût être à ce point douloureuse. Personne ne l'avait avertie que le travail commencerait de façon aussi violente. Le médecin accoucheur avait au contraire prétendu qu'elle s'en rendrait à peine compte, au début. Impossible de se tromper, pourtant, sur la nature de cette contraction, ni sur celle de la suivante, qui la fit se plier, à mi-chemin entre la commode et la salle de bains. Elle sentit alors une pression si vive, si forte qu'elle se mit à quatre pattes. Elle posa une main sur son ventre et gémit de douleur et de peur. De sa chambre, Teddy perçut un son qui lui parut être la plainte d'un animal. Il le mit sur le compte du vent et reprit sa lecture. Une minute plus tard, ou un peu plus peut-être, il l'entendit de nouveau. Il leva la tête, fronça les sourcils, comprit qu'il s'agissait d'un gémissement humain et entendit appeler son nom. Effrayé, il se leva, puis, songeant à Séréna, il se précipita dans le couloir.

— Séréna ? Où êtes-vous ?

Seul un murmure plaintif parvint à ses oreilles. Cela venait de la chambre du bébé. Il courut jusqu'à cette pièce et trouva Séréna à genoux, sur le seuil de la salle de bains.

— Mon Dieu, que s'est-il passé ?

Elle était si pâle et avait l'air de tant souffrir qu'il sentit ses genoux trembler.

— Séréna, vous êtes tombée?

Il lui prit aussitôt le pouls. Tout était normal. Mais il vit ses traits se déformer sous l'effet d'une douleur si intense qu'il en eut mal lui-même et tenta de la prendre dans ses bras quand elle se mit à crier. Mais elle le repoussa, comme si elle avait eu besoin de tout l'air disponible et qu'elle n'eût pas supporté d'être effleurée. Il se passa bien deux minutes avant que son visage se détende et qu'elle puisse s'exprimer.

— Oh! Teddy... ça arrive... Je ne comprends pas... ça vient juste de commencer...

— Quand?

Il s'efforçait de retrouver son sang-froid. S'il avait eu un cours d'obstétrique, il n'avait assisté qu'à un accouchement et se sentait incapable de mettre au monde sa propre nièce ou son propre neveu.

— Quand cela a-t-il débuté, Séréna? Je vais appeler votre médecin.

— Je ne sais pas... il y a quelques minutes... dix... quinze...

— Pourquoi ne m'avez-vous pas appelé?

— Je n'ai pas pu. J'ai perdu les eaux et cela m'a prise avec une violence telle que j'ai été incapable de — sa respiration s'accélérait — parler... oh! mon Dieu... oh! Teddy... — elle s'accrochait à son bras — une autre... contraction... maintenant... ohh...

Elle gémit et il lui tint les mains, tout en l'observant, impuissant à la soulager. D'instinct, il avait jeté un coup d'œil à sa montre lorsque la contraction avait commencé, et constatait avec stupéfaction qu'elle durait plus de trois minutes et demie. Quelques jours auparavant, il avait lu dans son cours sur l'accouchement que les premières contractions duraient de dix à quatre-vingt-dix secondes. Elles ne dépassaient ce temps que très rarement; si elles étaient rapprochées, longues et violentes, le travail se trouvait le plus souvent raccourci de plusieurs heures.

Teddy essuya le front de Séréna avec son mouchoir, au moment où elle entrait dans une période de repos.

— Séréna, restez couchée. Je vais appeler votre accoucheur.

231

— Ne me quittez pas.

— Il le faut.

Il allait demander une ambulance. Il était sûr que le bébé était sur le point de naître, car avant même qu'il ait quitté la pièce une nouvelle contraction s'amorçait. Il s'efforça d'exposer les faits de façon brève. On lui promit une ambulance et le médecin accoucheur lui demanda de rester près de la jeune femme. Teddy avait précisé qu'il était étudiant en première année de médecine, aussi l'accoucheur lui avait-il expliqué comment il devrait pincer le cordon ombilical, le cas échéant ; il avait le sentiment, lui aussi, que le bébé allait arriver en un temps record. Quand Teddy regagna la chambre, il trouva Séréna allongée par terre, qui pleurait. Elle avait l'air si malheureux qu'il eut envie de pleurer avec elle. Pourquoi fallait-il que son premier accouchement posât tant de problèmes ? Où était donc Brad ? Pourquoi diable tout se déroulait-il si vite ?

— Séréna, le docteur arrive, reposez-vous. (Il eut alors une pensée :) Je vais vous mettre au lit.

— Non… protesta-t-elle, terrifiée. Ne me bougez pas !

— Il le faut. Vous serez mieux.

— Non, se défendit-elle, effrayée et en colère à la fois.

— Faites-moi confiance.

La conversation fut alors interrompue par une autre contraction. Sans mot dire, Teddy repoussa le joli édredon jaune et la couverture du divan de la chambre du bébé et, quand la contraction fut terminée, il prit la jeune femme dans ses bras et la déposa doucement sur les draps frais et doux. Son abdomen dressé paraissait énorme, son visage pâle était couvert de sueur et dans ses yeux écarquillés il lisait la peur. Il n'avait encore jamais vu un être aussi vulnérable, et durant un moment il redouta qu'elle ne meure.

— Tout va bien se passer, ma chérie. Je vous aime.

Il avait l'impression qu'il devait le lui dire, une fois dans sa vie, pour l'aider à surmonter cette épreuve. Elle lui sourit alors et lui serra très fort la main, tandis qu'il se mettait à prier pour que l'ambulance arrive vite. Sa prière, pourtant, ne fut pas entendue. Un instant plus tard, il vit l'angoisse envahir le visage de la jeune femme. Elle se mit d'un coup sur son séant, l'attrapa aux épaules et s'accrocha à lui, en s'efforçant de ne pas crier.

— Oh! mon Dieu… oh! Teddy… ça vient…

— Mais non, ça ne vient pas. Allongez-vous. Allez, voilà.

Il l'aida à se recoucher, tandis que la souffrance s'atténuait. Le rythme de sa respiration s'accéléra de nouveau et, avant que sa tête ait pu toucher l'oreiller, elle se releva. Cette fois, lorsqu'elle le saisit, elle ne put refréner un cri.

— Teddy… le bébé.

Elle poussa sur le lit, puis saisit son ventre à deux mains et, en un instant, Teddy ne la regarda plus en étudiant effrayé, mais en homme responsable. Grâce à ses lectures, il savait ce que signifiait ce besoin de pousser. Il n'arriverait rien de bon à Séréna s'il se laissait gagner par sa frayeur, il devait l'aider. Sans dire un mot, il défit avec délicatesse les attaches de la jupe de la jeune femme et la déshabilla. Il se rendit ensuite à la salle de bains, où il trouva des piles de serviettes de toilette bien propres.

— Teddy! lança-t-elle, prise de panique.

— Je suis là, répondit-il, en sortant la tête, un sourire forcé aux lèvres. Tout ira bien.

— Que faites-vous?

— Je me lave les mains, car nous allons avoir un bébé.

Teddy se hâta de brosser énergiquement ses mains, attrapa les serviettes et revint vers le lit. Il disposa avec soin les serviettes sur et sous Séréna, puis il prit deux coussins et lui souleva les jambes, sans entendre la moindre protestation de sa part: elle était trop préoccupée par la succession des contractions et trop heureuse de sa présence. Sous l'effet d'une douleur aiguë, elle parut se soulever une fois encore de ses oreillers. D'instinct, il alla se placer dans son dos et la soutint, tandis qu'elle se mettait à pousser.

— Tout va bien, Séréna, tout va bien…

— Oh! Teddy, le bébé...

— Je sais.

Quand ce fut passé, il la recoucha sur les oreillers, puis retourna devant elle. Alors qu'elle recommençait à pousser, il lança un cri de joie.

— Séréna, je le vois... allez-y... continuez à pousser... c'est ça...

De nouveau, la jeune femme gémit et retomba sur les oreillers, mais pour un instant seulement. Sa respiration était saccadée, rapide. Teddy se pencha pour lui prendre un peu la main, tout en surveillant la progression de l'enfant. Le front apparaissait. Avec des gestes lents, le jeune homme tourna la tête du bébé pour l'aider à sortir, puis essuya le petit visage avec une serviette douce. Comme en signe de protestation, le bébé gargouilla et se mit à crier. Teddy regarda Séréna et tous deux eurent les larmes aux yeux, en l'entendant.

— Ça va?

— C'est magnifique.

Teddy pleurait et riait à la fois. Les poussées continuaient. Il sortit les épaules de l'enfant, l'une après l'autre, puis, quelques secondes plus tard, Séréna poussa un cri qui s'acheva sur une note triomphale: le bébé était dans les mains de son oncle, qui le souleva pour le montrer à la mère.

— C'est une fille, Séréna! Une fille!

— Oh! Teddy!

Séréna était retombée sur ses oreillers, les yeux brillants de larmes; elle tendit la main pour toucher une autre toute petite main. Au même moment, ils entendirent sonner à la porte. Teddy se mit à rire et déposa le bébé sur le lit, à côté de Séréna.

— C'est sûrement le docteur.

— Dites-lui que nous en avons déjà un.

Elle lui sourit et lui prit la main, avant qu'il s'éloigne.

— Teddy... Comment pourrais-je jamais vous remercier? Je serais morte, sans vous.

— Mais non.

— Vous êtes formidable. (Se souvenant des paroles

qu'il avait prononcées plus tôt, elle ajouta :) Je vous aime beaucoup, moi aussi. Ne l'oubliez jamais.

— Comment le pourrais-je ?

Il lui déposa un baiser sur le front, puis s'en fut ouvrir.

C'était bien le médecin accoucheur. L'ambulance arriva juste derrière lui. Le Dr Anderson monta très vite à l'étage, admira le bébé et la mère, félicita Teddy pour la manière dont il avait tenu son rôle au cours de son premier accouchement, pinça le cordon ombilical et demanda aux ambulanciers de placer la mère et l'enfant sur une civière. Le cordon serait coupé à l'hôpital et tous deux seraient examinés avec soin. Il semblait pourtant au médecin que tout s'était déroulé de façon très normale. Il sourit à sa patiente et consulta sa montre.

— Combien de temps a duré le travail, jeune dame ?

— Quelle heure est-il ?

Elle lui sourit. Elle était fatiguée mais ne s'était jamais sentie aussi heureuse.

— Il est exactement 14 h 15.

Il jeta un coup d'œil à Teddy et se fit préciser :

— À quelle heure le bébé est-il venu ?

— À 14 h 03.

— Ça m'a prise à 13 h 30, dit Séréna avec un petit rire.

— Trente-trois minutes pour un premier accouchement ? La prochaine fois, madame, nous vous ferons passer les deux dernières semaines dans le couloir de l'hôpital.

Ils rirent tous les trois et les ambulanciers sortirent avec la mère et la fille. Teddy embrassa un instant la chambre du regard. Il n'oublierait jamais les minutes vécues ici avec Séréna et il était heureux qu'ils les aient vécues seuls.

Quand Brad revint des manœuvres, ce soir-là, il se rendit d'abord à la cuisine. Il y trouva son frère, vautré sur une chaise, qui dévorait un sandwich.

— 'soir, petit. Où est Séréna ?

— Sortie.

— Où cela ?

— Elle dîne avec ta fille.

Il fallut un certain temps à Brad pour comprendre le sens de ces mots. Son cœur se mit à battre à tout rompre.

— Elle a... elle... *aujourd'hui* ?

— Exact, répondit son frère d'un ton détaché. Elle a fait ça. Et toi, tu as une belle petite fille.

— Tu as vu Séréna ? Comment va-t-elle ?

Il était ému et un peu anxieux à la fois.

— Elle va bien. Le bébé aussi.

— Ça a duré longtemps ?

— Trente-trois minutes, dit Teddy en souriant.

— Tu plaisantes ? reprit Brad, stupéfait. Comment as-tu réussi à la conduire à temps à l'hôpital ?

— Je ne l'ai pas conduite.

— Quoi ?

Teddy éclata de rire et serra son frère dans ses bras avec affection. Il semblait plus adulte, Brad avait été frappé par ce changement dès son entrée dans la pièce.

— Brad, j'ai accouché ta femme.

— Comment ? Tu es fou ?

Sur un ton très professionnel, Teddy raconta ce qui s'était passé — Brad se laissa choir sur une chaise. Teddy se demandait s'il était fâché. Peut-être lui déplaisait-il d'apprendre que son frère avait mis au monde le bébé de sa femme.

— Tu imagines ce qui serait arrivé si j'avais été seul avec elle ? avoua enfin Brad. J'aurais été pris de panique !

— C'est ce qui a bien failli m'arriver.

— Merci, Teddy. Je n'oublierai jamais.

Vingt minutes plus tard, Brad était auprès de Séréna. Elle était radieuse, l'œil vif et gaie. Nul n'aurait soupçonné, à la voir si rayonnante, qu'elle avait vécu des moments pénibles quelques heures auparavant.

— Comment vas-tu, ma chérie ? C'était vraiment terrible ?

— Je ne saurais te le dire. (Elle tenta de lui expliquer :) Durant un moment, j'ai cru que je ne le supporterais pas... et puis Teddy... il était tout à côté de moi… et il était si efficace… Brad (ses yeux s'emplirent de larmes de joie et de gratitude), j'aurais pu mourir, sans lui.

— Remercions le ciel qu'il ait été près de toi.

Une infirmière vint aider la jeune mère à passer sur un fauteuil roulant pour qu'ils puissent aller voir ensemble leur bébé. Brad rit en découvrant le petit paquet rose, au visage fripé et aux yeux gonflés.

— Je te l'avais bien dit ! Une fille !

Ils décidèrent de l'appeler Vanessa Théodora. Vanessa, parce qu'ils avaient choisi ce prénom depuis quelque temps, et Théodora, en l'honneur de son oncle, le futur docteur.

Cette nuit-là, Brad appela sa mère pour lui annoncer la nouvelle. Sa voix vibrait d'émotion lorsqu'il demanda la communication, et l'attente lui parut insupportable. Quand enfin Margaret parla, Brad eut l'impression de recevoir une douche froide.

— Cette expérience a dû être très éprouvante pour Teddy, dit-elle.

— Sûrement pas, mère. J'imagine que, s'il veut continuer ses études de médecine, il vaut mieux pour lui ne pas trouver «éprouvantes» des expériences comme celle-là. Il m'a d'ailleurs assuré qu'il n'avait encore jamais rien vu d'aussi beau.

Un silence embarrassé s'établit. Brad luttait contre la déception. Sa mère était parvenue à refroidir son enthousiasme.

— Ta femme va bien ?

— À merveille.

Il sourit. Peut-être ne fallait-il pas perdre tout espoir. Après tout, elle avait demandé des nouvelles de Séréna.

— Le bébé est ravissant. Nous allons t'envoyer des photos dès que possible, poursuivit-il.

— Je n'en vois pas la nécessité, Brad.

La nécessité ? Qu'entendait-elle par là ? Bon sang !

— Je ne crois pas que tu comprennes ce que nous ressentons, ton père et moi.

Brad éclata :

— Ne fais pas intervenir père dans cette affaire. Il

s'agit de la guerre que tu mènes contre Séréna, non de la sienne. Je trouve cette attitude déplorable. C'est le plus beau jour de ma vie et tu t'efforces de nous gâcher notre plaisir.

— Pas le moins du monde. Et je suis très touchée d'entendre un ton si paternel dans ta voix. Mais cela ne change rien au fait que ton mariage avec Séréna est une tragédie, Bradford, que tu le reconnaisses ou non. L'arrivée d'un enfant pour compléter une union déjà désastreuse n'est pas un événement que j'ai envie de célébrer avec toi. Toute cette affaire est une lamentable erreur, et ce bébé en est une autre.

— Cet enfant n'a rien d'une erreur, mère, riposta Brad, bouillant de colère. Il s'agit de ma fille et de ta première petite-fille. Elle fait partie de ma famille mais aussi de la tienne, que tu le veuilles ou non.

Le silence retomba.

— Je ne l'accepte pas et ne l'accepterai jamais, dit-elle.

Il raccrocha, les larmes aux yeux. Mais l'hostilité de sa mère renforça encore son amour pour Séréna et le bébé.

28

Les années à San Francisco s'écoulaient heureuses pour Brad et Séréna. Brad aimait beaucoup ce qu'il faisait au Presidio et Séréna ne s'ennuyait jamais en compagnie de Vanessa. Cette ravissante petite fille blonde semblait réunir les qualités de ses parents. Elle ressemblait beaucoup à Brad, sur le plan physique, tout en ayant le rire facile et la grâce de sa maman.

Teddy venait les voir aussi souvent que possible, pas autant qu'il aurait voulu toutefois, car ses études à Stanford étaient maintenant très prenantes. Mais pendant les vacances scolaires, il se rattrapait. Il passait ses journées avec Vanessa, « sa princesse de conte de fées», lui lisait d'interminables histoires, l'emmenait au zoo ou promener dans les bois. Dès l'âge de trois ans, lorsqu'on l'avertissait de la venue de son oncle, la petite fille allait l'attendre à la porte et regardait passer les voitures jusqu'au moment où elle reconnaissait la sienne. Elle poussait alors des cris de joie :

— Le voilà! Le voilà! Voilà mon oncle Teddy!

Il était le seul membre de sa famille qu'elle connût, en dehors de ses parents. Elle n'avait rencontré Pattie et Greg qu'une fois, lorsque, en route pour l'Orient, ils avaient fait une halte à San Francisco. Pattie avait regardé la petite fille sans aucune tendresse et s'était montrée à plusieurs reprises méchante envers Séréna. Greg n'avait pas paru la voir du tout, car il était dans un état constant de torpeur.

En dehors de cette rencontre, Séréna et Brad n'avaient eu aucun contact avec la famille. Du jour où sa mère avait refusé d'admettre l'existence de Vanessa, Brad avait réduit au minimum leurs relations. Quand Margaret était venue à San Francisco rendre visite à Teddy, elle n'avait pas voulu rencontrer Séréna, et Brad avait refusé de la voir seul. Margaret avait donc quitté la ville sans faire la connaissance de sa petite-fille. C'est en vain que Teddy, affligé par cette querelle familiale, avait supplié leur mère de changer d'attitude.

Peu après le troisième anniversaire de Vanessa, Séréna et Brad lui annoncèrent la venue prochaine d'un petit frère ou d'une petite sœur. Teddy taquinait souvent sa belle-sœur à propos du bébé attendu pour le mois d'août, car il devait achever ses études de médecine en juin.

— Si vous croyez, ma petite dame, que je vais me priver de la cérémonie de remise des diplômes pour aller mettre votre enfant au monde, vous vous trompez lourdement. En outre, le montant de mes honoraires a beaucoup augmenté, depuis la dernière fois.

Séréna était un peu anxieuse, pourtant, à la pensée que ce bébé pourrait venir au monde plus vite encore que le premier. Le médecin accoucheur envisageait cette éventualité et lui avait fait promettre de rester chez elle, à portée du téléphone, durant les deux dernières semaines de juillet et le début du mois d'août.

Teddy allait quitter San Francisco en juillet, car début août il commençait son internat au centre hospitalier Columbia Presbyterian de New York.

La remise du diplôme était un événement pour la famille. Margaret, Greg et Pattie tenaient à y assister. M. Fullerton avait eu une attaque cardiaque ; il était trop malade pour se déplacer.

— Eh bien, docteur, on est ému ? demanda Brad, en contemplant son frère en toque et en toge, au matin du grand jour.

Teddy lui répondit par un grand sourire. Il avait vingt-six ans et Brad trente-huit, mais ils paraissaient presque du même âge, à présent. Brad avait conservé un côté adolescent, tandis que Teddy, à Stanford, avait beaucoup mûri.

— Tu sais, je n'arrive pas à y croire. Je vais, enfin, devenir médecin.

— Je savais depuis quatre ans que tu allais vraiment devenir médecin.

Ils appréciaient de pouvoir se parler seul à seul, sans être gênés par la tension qui régnait au sein du groupe familial, réuni pour la cérémonie. Margaret Fullerton refusait d'adresser la parole à Séréna, ce qui enchantait Pattie. Vanessa paraissait être la seule à ne pas souffrir de l'hostilité ambiante. Teddy la contemplait avec plaisir.

— J'aime beaucoup cette enfant.

— Elle pourrait bien avoir un petit frère, cette fois, dit Brad.

— Tu aimes bien jouer les prophètes, pas vrai ? le plaisanta son frère.

Brad lui signifia alors qu'il voulait lui faire une confidence.

— Si, c'est vrai. Dis donc, j'aimerais te demander une faveur.

— Volontiers. De quoi s'agit-il ?

Brad ne faisait pas souvent appel à lui.

— Je pars dans quelques jours pour une courte mission en Corée. J'aimerais que tu veilles sur mes femmes. Tu sais, depuis la dernière fois, j'ai toujours une crainte : si je m'absente et que j'oublie de l'appeler, Séréna est capable de mettre le bébé au monde en vingt minutes, sur le chemin de l'épicerie !

— Donne-lui une demi-heure. (Teddy eut un sourire furtif, puis son visage se fit grave.) Cette mission sera dangereuse ?

Il éprouvait soudain une curieuse impression. Brad se montrait désinvolte, mais Teddy voyait qu'il était soucieux.

— Je ne pense pas. Depuis quelque temps, nous avons là-bas des conseillers militaires et je dois aller voir comment ils s'en sortent. Nous ne sommes pas encore mêlés aux opérations, nous observons.

— Ça va durer longtemps, Brad ? demanda Teddy, inquiet.

— Je serai absent quelques jours, pas plus.

— Non. Je voulais savoir si nous allions nous contenter longtemps d'observer la situation, là-bas.

— Un certain temps, convint Brad, sur la réserve, avant de se décider à en dire plus. Je préfère être franc avec toi, Teddy. Je pense que nous allons bientôt être impliqués dans une guerre. Une drôle de guerre, je te l'accorde. Il faudra que je fasse un rapport au Pentagone.

— Sois prudent, Brad.

Les deux frères échangèrent un long regard, puis Brad ajouta, avant d'aller rejoindre Séréna pour lui annoncer son départ :

— Ne t'inquiète pas, petit. Ne t'inquiète pas.

Il fut stupéfait de la réaction de sa femme. Au lieu d'accepter, comme à son habitude, ses faits et gestes, elle le supplia de ne pas aller en Corée.

— Pourquoi donc ? Ce n'est que pour quelques jours, et le bébé ne doit naître que dans deux mois.

— Je m'en moque ! lança-t-elle. (Elle se mit alors à pleurer, en répétant :) Je ne veux pas que tu y ailles, je ne veux pas…

— Tu ne penses pas ce que tu dis.

Cette nuit-là, il l'entendit pleurer dans la salle de bains et elle le supplia encore de ne pas partir, au bord de la crise de nerfs.

— Je ne t'ai jamais vue ainsi, Séréna, lui dit-il, ébranlé.

— C'est que je n'ai jamais ressenti une chose pareille.

— Alors, oublie-la. Teddy sera ici et je serai de retour avant que tu ne te sois aperçue de mon absence.

Séréna était pourtant folle d'angoisse. Elle avait un pressentiment qui l'emplissait de terreur.

29

Le matin où Brad partit pour Séoul, Séréna était dans un état de nervosité extrême. Elle sentait de curieuses petites crampes dans le côté gauche et le bébé lui avait donné des coups de pied toute la nuit. Vanessa avait pleuré pendant le petit déjeuner et, au moment où Brad la quitta, Séréna dut lutter contre les larmes. Elle aurait aimé le supplier une dernière fois, mais, entourée d'ordonnances, d'aides, de sergents, d'officiers supérieurs, de Vanessa et de Teddy, elle se dit qu'il était préférable de n'en rien faire : sachant ce qu'elle éprouvait, son mari n'en avait pas moins maintenu sa décision de partir.

Teddy aussi était préoccupé : quelque chose dans ce voyage lui déplaisait. Il savait toutefois, lui aussi, que ce n'était ni le lieu ni l'heure de faire des commentaires.

Séréna embrassa longuement son époux et il la taquina sur son tour de taille. Vêtue d'une large robe de coton bleu et de sandales, ses beaux cheveux blonds tombant sur les épaules, elle ressemblait plus à Alice au pays des merveilles qu'à une future maman. Brad le lui dit. Vanessa salua son papa de la main, lorsqu'elle le vit sur la passerelle, et très vite l'avion décolla. De retour à la maison, Séréna monta Vanessa dans sa chambre pour la sieste et, quand elle redescendit, Teddy nota son expression inquiète et ses traits tirés.

— Vous vous sentez bien?

Elle répondit d'un signe de tête, puis décida de se confier à son beau-frère.

— Je suis très angoissée, Teddy.

Un moment, il fut sur le point de lui avouer qu'il l'était aussi, mais il préféra se taire. Quand le téléphone sonna, le lendemain matin, cependant, Teddy eut une prémonition et bondit pour répondre, presque par réflexe, comme lors de ses gardes. À peine avait-il décroché qu'il eut envie de reposer le combiné, sans entendre ce que le correspondant avait à dire.

— Allô?

— Je suis bien chez Mme Fullerton?

— Oui. Elle dort encore. Puis-je prendre un message?

— Qui est à l'appareil?

Teddy laissa passer un silence, puis il répondit:

— Monsieur... le docteur Fullerton. Je suis le frère du colonel Fullerton.

— Docteur (la voix était grave), j'ai bien peur que nous n'ayons de mauvaises nouvelles.

Teddy retint son souffle. Oh! mon Dieu... non... La voix, impitoyable, poursuivait, tandis que Teddy se sentait pris de nausée: «Votre frère a été tué. Il a été abattu au nord de Séoul, tôt ce matin. Il était en Corée à titre consultatif, il a été victime d'une erreur...

— Une erreur? interrompit Teddy. Une erreur? Il a été tué par erreur?

— Je suis navré. Quelqu'un de chez nous ira voir Mme Fullerton, un peu plus tard.

— Oh! Seigneur!

— Je suis tout à fait navré. Le corps sera rapatrié dans quelques jours. On l'enterrera ici, au Presidio, avec tous les honneurs militaires.»

Teddy raccrocha, se cacha le visage dans les mains et sanglota en songeant à ce grand frère qui lui avait toujours servi d'exemple, à Vanessa, à Séréna. En levant les yeux, il aperçut celle-ci dans l'encadrement de la porte.

— Teddy?

Elle était d'une pâleur extrême, tout son corps semblait tendu. Durant un instant, il ne sut que dire, que faire, comme au début de l'accouchement. Cette fois encore, il réussit à se reprendre, s'avança d'un pas vif, l'entoura de ses bras et lui dit :

— Séréna... Brad... il a été tué.

La jeune femme se raidit, puis Teddy la sentit s'effondrer contre lui.

— Oh non... dit-elle en levant vers Teddy un regard incrédule. Oh non... Teddy... non...

Avec douceur, il la conduisit jusqu'à une chaise et l'aida à s'asseoir, tandis qu'elle le fixait.

— Non ! cria-t-elle.

Elle se couvrit la figure de ses mains et se mit à geindre. À genoux devant elle, les joues baignées de larmes, Teddy la serrait contre lui. Quand elle découvrit son visage, il n'avait encore jamais vu regard aussi morne.

— Je le savais... avant qu'il parte... Je l'avais senti... Il n'a pas voulu m'écouter.

Ses plaintes étaient déchirantes, mais elle se maîtrisa soudain en fixant la porte. Teddy se retourna : Vanessa, en chemise de nuit, les observait :

— Où est mon papa ?

— Il n'est pas là, ma douce.

Séréna s'essuya les joues avec les doigts et tendit les bras à sa fille. Au moment où l'enfant, soucieuse, montait sur ses genoux, la jeune femme fut de nouveau terrassée par une crise de larmes et Teddy ne put retenir les siennes.

— Pourquoi tu pleures, maman ? Et pourquoi oncle Teddy pleure aussi ?

Séréna réfléchit longuement, berçant l'enfant dans ses bras, couvrant ses doux cheveux blonds de baisers. Puis, essayant de maîtriser sa voix brisée par le chagrin, elle lui annonça :

— Nous pleurons, ma chérie, parce que nous venons de recevoir une nouvelle très triste.

L'enfant tournait vers sa mère de grands yeux confiants. Séréna continua :

— Tu es une grande fille, maintenant. Je vais donc te la dire. Ton papa ne reviendra pas de ce voyage, ma chérie.

— Pourquoi ? s'indigna Vanessa.

Séréna s'arma de courage et s'efforça de parler avec calme.

— Parce que le bon Dieu a décidé d'appeler ton papa auprès de lui. Il a besoin de lui.

— Est-ce que papa va devenir un ange ? s'étonna Vanessa.

Séréna sourit à travers ses larmes.

— Je ne crois pas, mais il est au ciel.

— Je pourrai le voir ?

Séréna secoua la tête.

— Non, ma chérie. Mais nous nous souviendrons toujours de lui et nous l'aimerons toujours.

— Mais moi, je veux le voir !

Vanessa fondit en larmes, et Séréna la tint contre elle, en songeant qu'elle éprouvait le même désir... Elles ne le reverraient jamais plus... jamais... Il était parti pour ne plus revenir.

Plus tard dans la matinée, des membres de l'administration militaire lui rendirent visite. Ils lui fournirent des détails qu'elle ne tenait pas à connaître, firent un petit discours pour souligner que Brad était mort au service de la patrie, lui expliquèrent comment allaient se dérouler les obsèques et ajoutèrent qu'elle pourrait demeurer encore trente jours au Présidio. Séréna s'efforçait de les suivre et n'y parvenait pas.

— Trente jours ? répéta-t-elle en tournant vers Teddy un regard vide.

Elle venait de comprendre. Le Presidio était propriété de l'armée et elle-même n'en faisait désormais plus partie. Elle recevrait une maigre pension, un point c'est tout. Son monde de rêve, en pleine forêt au-dessus de la baie, protégé par son mari, s'effondrait. Le vaste monde et la dure réalité l'attendaient. Elle se souvint alors du papier que sa belle-mère lui avait fait signer. Dès le lendemain, Teddy découvrit que son frère était mort intestat. Tout ce qu'il avait retournait à sa famille. Il n'y aurait rien pour Séréna, Vanessa et le bébé à venir.

Séréna était si accablée par ce qui lui arrivait qu'elle demeura éveillée deux nuits de suite, les yeux tournés vers le plafond. Il était parti... Il était mort...

Elle se le répétait encore, et encore, et encore. Elle ouvrit un placard pour voir les vêtements de son mari. Et ses chemises, en bas, dans la buanderie, qui attendaient d'être repassées… Elle voulait les voir aussi, les toucher. Il ne reviendrait plus jamais les porter… À cette pensée, elle se laissa tomber à genoux sur le sol de la buanderie, serrant les chemises contre son cœur, et se mit à sangloter. Teddy la fit remonter à pas lents. Vanessa, toute menue, les traits tirés, s'était cachée dans le placard de Brad. Elle grimpa sur les genoux de Teddy et lui demanda, avec de grands yeux tristes :

— Maintenant, c'est toi qui seras mon papa ?

Ils étaient harassés de chagrin.

Trois jours après le drame, Teddy remarqua un changement total chez Séréna. Elle se déplaçait l'air hébété, incapable de dire un mot, de comprendre quoi que ce soit, de mettre deux idées bout à bout. Soudain, au milieu de la matinée, il l'entendit pousser un cri de douleur. Il courut jusqu'à sa chambre. Elle avait perdu les eaux et la souffrance la pliait en deux. Les choses ne se présentaient pas du tout comme lors de la naissance de Vanessa. La douleur était ininterrompue, d'une violence inouïe, insupportable et, lorsqu'elle arriva à l'hôpital, la jeune femme n'en pouvait plus. Le bébé ne naquit pas au bout d'une demi-heure. Teddy avait confié Vanessa à une voisine et n'avait pas quitté Séréna des yeux, en attendant l'arrivée de l'ambulance et durant le trajet. Son pouls était faible, sa respiration haletante, son regard vide. À l'hôpital, elle tomba en état de choc et une heure plus tard, elle mettait au monde un petit garçon mort-né. Quand Teddy la vit, il fut bouleversé par la douleur qu'il lut dans ses yeux. Elle était si malheureuse qu'elle ne l'entendit même pas prononcer son nom.

— Séréna, dit-il en lui prenant la main, je suis là.

— Brad ?

— Non, c'est Teddy.

Les yeux de Séréna s'emplirent de larmes et elle se détourna. Elle était toujours plongée dans l'hébétude, deux jours plus tard, quand son beau-frère obtint l'autorisation de la ramener chez elle. Le lendemain, le corps de Brad arriva en Amérique, et elle dut aller signer des papiers au quartier général. Teddy crut qu'elle n'y parviendrait jamais. Mais elle le fit. Avec une telle horreur dans les yeux qu'il en était tout retourné.

Et puis il y eut Margaret Fullerton. Séréna avait insisté pour l'appeler. Margaret n'eut pas de larmes, pas de cris d'angoisse ou de désespoir, mais elle laissa exploser sa fureur, sa soif de revanche, accusa Séréna d'être responsable de ce qui s'était produit : s'il ne l'avait pas épousée, il ne serait pas resté dans l'armée et ne serait jamais allé en Corée. D'une voix tremblante de rage, elle lui rappela le contrat qu'elles avaient passé.

— Ne croyez pas que vous ou votre enfant tirerez un sou de moi. J'espère que vous irez toutes les deux en enfer pour ce que vous avez fait à Bradford.

Après ce coup de téléphone, Séréna pleura de longues heures. Teddy se prit alors à éprouver pour sa mère la même aversion que Brad. Il souhaitait protéger Séréna, mais il était impuissant à changer ce qui s'était produit. Brad était mort, il n'avait rien légué à sa femme, et l'eût-il fait que Séréna n'en aurait tiré qu'un faible réconfort. Elle voulait son mari, pas de l'argent.

Quand Margaret Fullerton arriva de New York, elle était accompagnée de Pattie et de Greg. Son mari était encore trop malade pour entreprendre le voyage. Teddy alla les chercher à l'aéroport. Sa mère se tenait très droite, le regard dur. Greg paraissait ailleurs et Pattie, fébrile, ne cessa de jacasser entre l'aéroport et le centre de la ville. Les seules paroles de Margaret furent :

— Je ne verrai pas cette femme.

— Il le faudra bien. Elle a déjà supporté assez de souffrances, pour que tu ne lui en infliges pas de nouvelles.

— Elle a tué mon fils.

— Ton fils a été tué en Corée, au cours d'une mission militaire, bon Dieu, et Séréna vient de perdre un enfant.

— C'est aussi bien. Elle n'aurait pas pu l'élever, de toute façon.

— Tu me fais mal.

— Tu feras bien de l'éviter, Teddy, si tu tiens à rester en bons termes avec moi.

— N'y compte pas.

Teddy déposa les membres de sa famille à l'hôtel et retourna voir Séréna.

À l'enterrement, le lendemain, Margaret se tenait avec Pattie et Greg, tandis que Teddy s'était placé entre Vanessa et Séréna. La petite fille paraissait ne pas comprendre la cérémonie et sa mère s'agrippa à la main de Teddy, pendant que l'on rendait les honneurs militaires. À la fin, on lui remit le drapeau plié. Lentement, Séréna se tourna vers l'endroit où se tenait Margaret, se dirigea vers elle et lui tendit le drapeau. Ses mains tremblaient. Il y eut un instant de flottement. Leurs regards se croisèrent. Puis Margaret Fullerton prit le drapeau des mains de sa belle-fille, sans un mot de remerciement. Elle le donna à Greg, fit demi-tour et s'en fut, les traits masqués par un voile noir.

Sur le chemin du retour, Teddy ne put s'empêcher de poser la question qui le tracassait depuis un moment :

— Pourquoi avez-vous fait ce geste, Séréna ? Vous n'y étiez pas obligée.

— Elle est sa mère.

Les yeux pleins de larmes, elle se tourna vers Teddy, puis soudain posa la tête sur son épaule et se mit à sangloter :

— Oh ! Seigneur ! que vais-je devenir, sans lui ?

Teddy arrêta la voiture, prit Séréna dans ses bras et l'étreignit, tandis que Vanessa les regardait.

30

— Séréna? Teddy arrivait à pas feutrés derrière sa belle-sœur, assise dans le jardin en dépit du brouillard. Elle écoutait mugir les cornes de brume. Au cours de la semaine qui s'était écoulée depuis l'enterrement, elle était devenue l'ombre d'elle-même. Elle donnait la pénible impression de s'abandonner.

— Oui?

— Il faut vous reprendre, Séréna. Il le faut.

— Pourquoi? demanda-t-elle en lui jetant un regard vide.

— Pour moi, pour vous, pour Vanessa... pour Brad.

— Mais pour quelles raisons?

— Parce qu'il le faut, bon sang! Si vous vous laissez aller, qu'adviendra-t-il de votre fille?

— Vous vous chargerez d'elle, n'est-ce pas?

Elle paraissait soudain désespérée.

— Bien sûr. Mais cela ne lui suffirait pas. C'est de vous qu'elle a besoin.

— Vous le ferez, tout de même?

Elle scrutait son visage, cependant que tous deux se souvenaient du papier signé. Elle insista:

— Si je meurs, vous prendrez soin d'elle?

— Vous n'allez pas mourir.

— Je voudrais tant mourir.

Il la secoua:

— Vous n'en avez pas le droit!

Ils entendirent alors une petite voix qui appelait depuis le seuil de la maison:

— Maman, où es-tu?

Vanessa avait fait un cauchemar. Au son de sa voix, Séréna commença de s'arracher à celui qui la hantait. La semaine suivante, Teddy aida la jeune femme à trouver un appartement. Elle emballa tout ce que Brad et elle avaient acquis et emménagea à Pacific Heights. Elle y occuperait un deux-pièces donnant sur la baie, c'était tout ce que sa pension de veuve lui permettait. Elle se rendit compte que si elle voulait nourrir sa fille, il lui faudrait travailler.

— Peut-être vais-je être obligée d'aller vendre mon corps dans les bas-fonds ? lança-t-elle, cynique, à Teddy.

Mais Teddy ne trouva pas cela drôle du tout. Cette réflexion saugrenue donna tout de même une idée à Séréna. Dès le lendemain, elle descendit dans le centre de la ville et fit le tour des grands magasins. À midi, elle était engagée. Elle annonça aussitôt à Teddy :

— J'ai trouvé un emploi !

— Dans quelle branche ?

Il se tourmentait pour elle. Elle avait été si éprouvée. Jusqu'à quel point pourrait-elle résister ?

— Mannequin, pour soixante-quinze dollars par semaine.

— Qui va s'occuper de votre fille ?

— Je trouverai quelqu'un.

Elle avait l'air décidée. Elle avait survécu à la perte de ses parents, à la guerre, à la disparition de Brad. Elle était résolue à s'en sortir. Pour Vanessa.

— Je n'aime pas que vous fassiez cela. Laissez-moi plutôt vous aider.

Elle repoussa son offre : elle s'en sortirait seule. Elle le devait à Brad. Il n'y avait que trois semaines qu'il avait été tué en Corée et, à présent, les États-Unis étaient en guerre dans ce pays.

Séréna adressa soudain à Teddy un regard angoissé.

— Quand regagnez-vous New York ?

— Je n'y vais pas.

— Vous restez ici ?

Elle tressaillait de joie.

— Non, répondit-il en prenant une profonde inspiration, car il appréhendait de lui annoncer la nouvelle. Je me suis engagé dans la marine. Je veux aller en Corée.

— Comment ? hurla-t-elle. Vous ne pouvez pas faire ça ! Pas vous...

Elle sanglotait en s'accrochant à lui, et il referma ses bras sur elle, tandis que des larmes lui montaient aux yeux.

250

— Il le faut. En souvenir de lui.

Pour vous aussi, se disait-il en lui-même. Il lui fallait s'éloigner pour taire les sentiments qu'il éprouvait envers elle, et qu'il craignait à chaque instant de laisser éclater.

— Quand partez-vous ?

— Dans quelques jours. Quelques semaines. Quand on m'appellera.

— Et nous ? demanda-t-elle, terrifiée.

— Vous vous en tirerez. Vous avez trouvé du travail, déjà...

— Oh ! Teddy, ne partez pas.

Elle l'étreignit très fort, mais ils ne dirent plus un mot. Ils demeurèrent ainsi immobiles, accrochés aux dernières fibres de ce qui n'existerait bientôt plus et ne reviendrait jamais. L'enfance de Séréna était morte sous les balles de Mussolini, en même temps que ses parents, et voilà qu'une nouvelle période de sa vie prenait fin. Elle ne serait plus jamais la femme de Brad, ne sentirait plus jamais ses bras l'enserrer. Elle ne pourrait même plus se tourner vers Teddy. Ils avaient vieilli. En trois semaines leur jeunesse s'était enfuie.

DEUXIÈME PARTIE

SÉRÉNA :
LES ANNÉES DE SURVIVANCE

31

À six heures du matin, par un jour brumeux de la fin juillet, Séréna embrassa Teddy pour la dernière fois, sur un quai d'Oakland. Depuis quelques semaines, le temps avait passé très vite et elle ne parvenait pas à croire que l'heure de son départ était arrivée. Au début, elle l'avait supplié de changer d'avis, puis elle avait fini par accepter sa décision. Étant donné l'évolution de la situation en Corée, il était évident qu'il y serait appelé tôt ou tard. Il aurait grade d'officier dans la marine et fonction d'interne, dans un hôpital militaire. Ce n'était pas ce qu'ils avaient projeté, mais, depuis la mort de Brad, y avait-il rien qui se fût réalisé comme prévu?

Tout l'univers de Séréna s'était trouvé bouleversé en moins de deux mois. Elle était veuve, vivait seule avec Vanessa et travaillait. En contemplant Teddy en uniforme, elle se disait que le dernier être humain sur lequel elle savait pouvoir compter allait disparaître. Elle demeura serrée contre lui un moment, les yeux clos pour refouler ses larmes.

— Mon Dieu! Teddy... Je voudrais tant que vous ne partiez pas! (Prenant sur elle, elle lui sourit et lui fit quelques recommandations:) Soyez gentil, mettez des bottes les jours de pluie... Écrivez-moi le dimanche... Ne nous oubliez pas...

— Séréna... comment pouvez-vous! s'indigna-t-il en la serrant très fort.

Quiconque les aurait observés aurait pensé qu'elle disait au revoir à son mari, surtout quand Teddy essuya les larmes sur ses joues, accentua encore son étreinte, puis recula d'un pas pour la dévisager une dernière fois.

— Je reviendrai. Bientôt. Veillez sur vous-même et sur Vanessa pour que je vous retrouve.

Elle acquiesça, muette d'émotion. «Mon Dieu, comme j'aurais aimé rester auprès d'elle», songeait Teddy. Il sentait pourtant qu'il lui fallait partir. Il le devait à son frère, à lui-même. En l'apprenant, sa mère était entrée dans une colère noire. Elle avait menacé de faire jouer ses relations, afin qu'il soit déclaré inapte au service, mais il avait défendu sa décision avec tant de véhémence qu'à la fin elle avait capitulé. Ses mobiles et son raisonnement forçaient le respect. Mais il risquait d'être tué...

Cette idée, Séréna s'efforçait de la chasser, tandis qu'elle tendait une dernière fois les mains pour le toucher. Le lien qui les unissait était exceptionnel depuis le début, et il s'était renforcé lorsque Teddy avait aidé Vanessa à venir au monde. Depuis deux mois, il y avait quelque chose de plus : en Teddy, Séréna retrouvait un peu Brad.

— Séréna...

Il était sur le point de se confier à elle quand la sirène du navire retentit. Elle hurla trois fois de suite. Une sonnerie lui succéda. L'heure était venue. Séréna sentit la panique la gagner alors qu'il l'attirait d'un geste brusque et la serrait contre lui jusqu'à l'étouffer.

— Je reviendrai, soyez-en sûre.

— Je vous aime, lui murmura-t-elle à l'oreille.

Des yeux, il fit signe qu'il avait compris, s'empara de son sac et se dirigea vers la passerelle. Plusieurs minutes s'écoulèrent avant qu'elle ne l'aperçoive de nouveau : il lui faisait des signes d'adieu du haut du pont. Elle ne retenait plus ses larmes. Les sirènes rugirent de nouveau, et les cornes de brume aussi. Le navire leva l'ancre. Séréna eut le sentiment qu'avec lui elle perdait une partie de son être. Quand le brouillard eut tout à fait voilé le bateau, la jeune femme fit demi-tour et marcha, la tête basse, vers sa voiture, en donnant libre cours à son chagrin.

À son retour, Vanessa, qu'une jeune fille avait gardée, voulut savoir quand elle reverrait son oncle.

Séréna dut faire appel à toute son énergie pour expliquer la longue absence de Teddy. Afin de réconforter sa fille, elle énuméra les choses passionnantes qu'elles feraient en l'attendant : elles iraient au zoo, au cirque, visiteraient la roseraie du parc, prendraient le thé au jardin japonais... Elle serrait très fort la petite fille sur son cœur.

— Est-ce qu'il fera comme papa et ne reviendra jamais ? demanda l'enfant en ouvrant de grands yeux tristes.

— Non, voyons ! Ton oncle Teddy reviendra. Je te l'ai déjà dit !

Elle aurait voulu crier à l'enfant de se taire, chasser les pensées horribles qui l'habitaient elle-même. Sa voix tremblait et, comme mille autres fois, elle regretta de ne pouvoir remonter le temps. Si seulement elle pouvait, en fermant les yeux, revenir aux jours qu'elle avait partagés avec Brad, en sachant qu'il la protégerait, qu'il serait là... aux jours dorés qu'ils avaient vécus à Presidio... ou à Paris... aux premiers jours de leur rencontre à Rome. Elle avait écrit à Marcella pour lui annoncer la disparition de son époux. Et la vieille femme avait dicté à l'une des nouvelles employées une réponse attristée, lui offrant sa sympathie et ses prières. Mais elle avait besoin de plus que cela. Elle avait besoin que quelqu'un lui prenne la main pour la rassurer, lui dire qu'elle y arriverait.

Durant les mois qui suivirent, Séréna se demanda parfois si elle survivrait. Elle avait du mal à payer son loyer, réglait ses factures en retard et, plus souvent qu'à leur tour, sa fille et elle prenaient pour tout repas des sandwichs au beurre de cacahuètes ou à la confiture et des œufs. Elle n'avait encore jamais connu une telle pauvreté. Pendant la guerre, les sœurs l'avaient logée et nourrie. À Rome, chez Marcella, elle n'avait manqué de rien. À présent, elle n'avait personne vers qui se tourner, personne pour l'aider, personne à qui emprunter quand il ne lui restait que deux dollars trois jours avant la fin du mois. De temps à autre, le souvenir de l'accord passé avec Margaret Fullerton lui revenait. Si elle n'avait pas cru devoir signer le fameux papier, Vanessa et elle auraient eu de quoi manger à leur faim. Sa fille aurait possédé de jolis vêtements et n'aurait pas eu une unique paire de souliers usés pour se chausser. Un jour, désespérée, elle avait failli faire appel aux Fullerton, mais au fond d'elle-même elle savait que cela n'aurait rien donné. Margaret éprouvait une haine si violente, si irrationnelle à son égard que rien de ce que Séréna aurait pu dire ou faire ne l'aurait touchée.

Seule, la joie de retrouver Vanessa à la fin de chaque journée permettait à Séréna de supporter cette existence. Seules, les lettres de Teddy lui réchauffaient le cœur. Seul, l'argent gagné au magasin les maintenait en vie. Elle pensa, certains jours, mourir d'épuisement ou de désespoir. Six jours par semaine, elle descendait dans le centre-ville afin de remplir son rôle de mannequin, qui consistait à se déplacer d'étage en étage pour présenter la dernière collection, distribuer des échantillons de parfum ou se poster près de l'entrée, vêtue d'un manteau de fourrure.

La deuxième année, elle fut admise au rayon « couture ». Elle fit alors des présentations pour des clientes particulières ou lors de défilés saisonniers. Elle portait les modèles des couturiers de Paris ou de New York et apprenait les trucs du métier : l'art de se coiffer d'une demi-douzaine de façons, de se maquiller à la perfection, de se déplacer, de sourire, de vendre les vêtements en créant autour d'eux une atmosphère un peu magique. Si elle était belle auparavant, ces artifices la rendaient plus attirante. Les clientes la regardaient parfois avec envie, mais plus souvent encore avec une sorte de fascination, comme si elle avait été une œuvre d'art. L'agence chargée de la publicité ne tarda pas à la remarquer et à en faire le premier mannequin du magasin. Sa photographie parut toutes les semaines dans la presse et, à la fin de la seconde année, les clients commencèrent à la reconnaître dans la rue. Des hommes lui proposèrent de sortir avec eux. Des gens qu'elle connaissait à peine l'invitaient à des soirées. Elle refusait toujours. Elle n'avait qu'un désir : rentrer pour jouer avec Vanessa, la petite fille aux cheveux blonds qui ressemblait tant à B.J., chanter avec elle en s'accompagnant sur un modeste piano acheté aux enchères, lui lire des histoires, partager ses rêves. Séréna lui disait qu'elle deviendrait un jour une belle dame, très célèbre.

— Comme toi, maman?

— Non, beaucoup plus jolie que moi, ma petite chérie, répondait Séréna en souriant. Tout le monde se retournera sur toi, tu connaîtras le succès et tu seras très heureuse.

Séréna s'égarait alors, réfléchissant à ses propres rêves. Était-ce ce qu'elle souhaitait pour elle-même? être connue? Devenir mannequin avait été la seule issue possible, mais elle menait une étrange existence qui lui paraissait souvent superficielle et sans intérêt. Elle avait son enfant, un emploi, un appartement, rien de plus. Pas d'homme, pas d'amis, personne à qui parler. Elle passait ses soirées à lire, ou à écrire des lettres qui mettaient des semaines pour atteindre Teddy. De son côté, il envoyait de longues missives mélancoliques, où il lui confiait ses réflexions sur la guerre: un carnage stupide, un conflit dont ils ne sortiraient pas vraiment vainqueurs, dans lequel ils n'auraient pas dû s'engager; il attendait avec impatience le jour où il serait rapatrié ou bien affecté au Japon. Elle relisait maintes et maintes fois ses lettres puis, en contemplant la baie, elle se remémorait son visage, lors de leur première rencontre... son allure, en jaquette, au mariage de Greg... la naissance de Vanessa... la remise des diplômes, à Stanford. Et dans son souvenir, souvent, les traits de son beau-frère et ceux de son mari se confondaient.

Au magasin, elle n'adressait que rarement la parole aux autres employés. La nouvelle s'était répandue qu'elle avait été une princesse italienne, avant d'épouser un militaire de carrière américain, et beaucoup la jugeaient froide et hautaine, tout en redoutant sa beauté. Et personne ne cherchait à devenir son ami. Nul n'avait deviné à quel point elle était solitaire, derrière son apparence toute de froideur. Seul, Teddy savait: ses souffrances et sa solitude, le chagrin encore entier de la mort de son mari transparaissaient dans ses lettres.

«Il est surprenant de voir à quel point tous les gens

259

d'ici se trompent sur mon compte, lui écrivit-elle après Noël. Ils me croient distante et snob. Et je ne fais rien pour les détromper, c'est plus simple, et moins risqué peut-être, que de leur laisser voir combien je souffre. » Elle avait besoin d'une présence, de quelqu'un à qui parler, avec qui partager, rire ou se promener au bord de la mer. Elle ne se hasardait pas à reprendre des activités qu'elle avait eues avec Brad, ou même avec Teddy, de crainte que sa solitude morale ne s'en trouve accentuée. « J'ai l'impression que je ne vais plus changer d'existence, avouait-elle. Je demeurerai seule, ici, avec Vanessa, soir après soir, année après année, dans cet appartement, et je continuerai à me rendre au magasin, où personne ne me comprendra jamais. Cela me fait peur, parfois, Teddy. C'est comme si vous étiez le dernier être sur la terre à m'avoir vraiment connue... »

Il y avait, bien entendu, Marcella, mais les lettres dictées par la vieille femme étaient écrites dans un style si ampoulé qu'elles en perdaient tout intérêt. Il ne restait donc à Séréna que Teddy, et il lui fallut attendre les derniers mois de la guerre pour se rendre compte de ce qui s'était produit. Après deux ans et demi de confessions mutuelles et de soutien moral à distance, Séréna sut pourquoi aucun autre homme n'avait pris place dans sa vie. Elle attendait Teddy.

Le matin où elle entendit annoncer la fin de la guerre, elle se trouvait au magasin. Elle demeura plantée au milieu du salon, les joues inondées de larmes. Une vendeuse lui sourit, et d'autres se mirent à bavarder, tout excitées. La guerre de Corée était terminée ! Séréna aurait aimé crier, hurler de joie, mais elle ne put que murmurer :

— Il va rentrer ! Il va rentrer !

— Votre mari ? lui demanda une vendeuse.

— Non, dit-elle avec un regard bizarre, son frère.

La femme la regardait avec curiosité. Séréna venait de comprendre qu'une question importante allait bientôt trouver réponse : maintenant que s'achevaient les années où ils s'étaient écrit, que représenterait Teddy pour elle ?

32

Teddy revint d'Extrême-Orient le 3 août et, dès qu'il posa le pied sur le sol de San Francisco, il fut dégagé de ses obligations envers la marine. Il avait appris la chirurgie à l'hôpital militaire, et l'avait pratiquée comme peu de ses confrères aux États-Unis : sur le terrain. Il allait maintenant passer une année dans le service d'un grand patron. Mais rien de cela n'occupait son esprit quand il descendit de l'avion. Ses cheveux blonds brillaient sous le soleil, son visage était hâlé et il clignait les yeux en regardant la foule qui attendait leur arrivée. L'atmosphère était bien différente de celle qui régnait le jour où il s'était embarqué à Oakland. Lui-même avait beaucoup changé aussi. Il venait d'avoir trente ans.

Il avait l'impression que tout s'était modifié en lui : ses centres d'intérêt, ses besoins, ses valeurs. Lors du long vol qui le ramenait du Japon, il s'était demandé comment il allait se réadapter. Depuis près de trois ans, il n'avait pas revu sa famille. Les lettres de sa mère s'efforçaient de le tenir au courant de leur vie, mais il se sentait à plusieurs années-lumière de chez lui. Greg lui avait écrit une ou deux fois par an, tout au plus. Leur père était mort l'année précédente, et ses amis, pour la plupart, avaient cessé de correspondre avec lui. À l'exception de Séréna. Elle avait été son principal lien avec la civilisation, et voilà qu'il se retrouvait dans un monde étranger, cherchant des yeux une femme qu'il n'avait pas vue depuis trois ans.

Il se dirigea vers l'endroit où les familles s'étaient rassemblées. Des pancartes dansaient au-dessus des têtes, des bouquets de fleurs s'agitaient dans l'air, des larmes coulaient sur les joues, des mains frémissantes se tendaient vers les maris, les fils, les hommes aimés qui n'étaient pas revenus depuis plusieurs années. Soudain, il la vit, silencieuse, ouvrant de grands yeux ; elle était encore plus belle que dans son souvenir.

Vêtue d'une robe rouge toute droite, qui épousait ses formes, ses blonds cheveux soyeux flottant sur les épaules, elle le regardait bien en face. Sans un mot, sans un geste, se retenant de courir, il s'avança vers elle d'un pas régulier, puis, ainsi qu'ils s'y attendaient tous les deux, il la prit dans ses bras et la serra de toutes ses forces contre lui, tandis que des larmes baignaient leur visage. Il l'embrassa en plein sur la bouche, comme s'il avait voulu annuler les années de solitude et de souffrance. Ils demeurèrent ainsi un long moment dans les bras l'un de l'autre, puis s'écartèrent et se dévisagèrent. Les yeux de Séréna se chargèrent de tristesse. Teddy était revenu, mais Brad ne lui reviendrait jamais. Elle comprit soudain que, pendant trois ans, elle s'était bercée de l'illusion que c'était Brad qui se trouvait en Corée, et non Teddy. Dans leur échange de lettres, elle avait au fond cherché à joindre Brad, autant que Teddy. Et maintenant, la réalité s'imposait à elle : Brad était à jamais perdu. Elle dut faire un effort pour ne pas montrer sa déception.

— Bonjour, Séréna.

Elle lui sourit et tous deux baissèrent la tête pour regarder la petite fille qui se tenait près de Séréna. Trois ans avaient passé ! Qu'elle avait changé ! Vanessa avait presque sept ans.

— Grands dieux, ma princesse !

Teddy s'agenouilla pour prendre la fillette dans ses bras. Une lueur dansait dans ses yeux bleus et son visage s'éclaira d'un sourire tendre.

— Je parie que tu ne te souviens plus de ton oncle Teddy !

— Si, je m'en souviens.

La petite fille pencha la tête sur le côté et, quand elle sourit, Teddy vit qu'elle avait perdu les deux dents de devant. Elle continua :

— Maman m'a montré ta photo tous les soirs. La tienne et celle de papa, mais papa ne reviendra pas à la maison. Maman me l'a dit. Juste toi.

— C'est exact, confirma-t-il, souriant toujours, bien que, comme Séréna, il ait ressenti un pincement au cœur. Tu m'as beaucoup manqué.

Le visage grave, l'enfant l'examinait.

— C'est vrai que tu es docteur ? Tu vas me faire des piqûres, alors ?

Il secoua la tête, la hissa sur ses épaules et la rassura :

— Pas du tout. Que penserais-tu plutôt d'aller manger une glace ?

— Oh oui ! chic ! chic !

Ils se faufilèrent au milieu de la foule pour aller récupérer son sac avant de pouvoir enfin regagner l'appartement, le lieu dont il s'était souvenu nuit et jour, dans la jungle coréenne, en se remémorant le visage de Séréna. À présent que la jeune femme était là, sous ses yeux, il la trouvait changée. Il ne lui en dit rien jusqu'à ce qu'ils aient pris place dans sa salle de séjour pour boire du café, devant la baie.

Il l'examina alors d'un œil critique, un long moment. Il vit la tristesse qui l'habitait encore, sa gravité et, en même temps, une certaine tendresse. Il posa sa tasse et prit sa main dans la sienne.

— Vous avez changé, Séréna.

— Je l'espère bien, répondit-elle en souriant. J'ai vingt-sept ans.

— Cela ne veut rien dire. Certaines personnes ne deviennent jamais adultes.

— Les raisons de changer ne m'ont pas manqué, Teddy, dit-elle en regardant du côté de la pièce voisine, où Vanessa jouait. Vous aussi, d'ailleurs, vous avez changé.

Il hocha la tête, l'air grave, car il lui revenait en mémoire des images qu'il aurait préféré oublier.

— Il m'est arrivé de croire qu'aucun de nous ne survivrait à ce carnage. Et pourtant, certains ont survécu. (Il ne put s'empêcher de poursuivre :) Il vous manque toujours, n'est-ce pas ?

— Oui. Vous m'avez manqué tous les deux.

— Et je suis le seul à être revenu, conclut-il. Peut-être ne réalise-t-on jamais que quelqu'un ne va plus rentrer. Il m'est arrivé de me demander, l'instant d'un éclair, quand je recevais une lettre de vous, pourquoi vous ne me donniez pas de nouvelles de Brad. Puis je me souvenais...

— Il n'était mort que depuis deux mois, quand vous êtes parti, Teddy. Je ne crois pas que nous ayons eu alors le temps de réaliser, vous et moi.

— Je sais, admit-il en la fixant avec insistance. Mais à présent ?

— Je crois que j'ai enfin accepté la vérité, répondit-elle en soupirant, après l'avoir longtemps refusée. Je n'ai fait que deux choses : travailler et prendre soin de Vanessa.

— À vingt-sept ans, c'est une existence bien limitée. (Il lui sourit gentiment avant d'ajouter :) Vous savez, vous êtes devenue tout autre.

Elle parut surprise.

— Vous êtes déçu ?

— Oh ! Séréna... Vous ne vous êtes donc pas regardée dans un miroir, depuis trois ans ?

— Trop ! Je ne fais que ça, avoua-t-elle en riant avec lui.

— Vous êtes encore plus belle que vous ne l'étiez quand je suis parti.

— La guerre aurait-elle affaibli votre vision, lieutenant ?

— Non, princesse. Vous êtes la plus belle femme que j'aie jamais vue. C'est ce que j'ai pensé, le jour même où je vous ai rencontrée, à New York.

Aujourd'hui, il s'agissait d'une beauté différente. De quelque chose d'indéfinissable qui transparaissait sur son visage, dans ses yeux, dans tout son être : la maturité et la douceur, la sagesse et la souffrance, et tout l'amour reporté sur Vanessa. C'était une transformation morale, qui avait ajouté une dimension à sa beauté physique. Teddy la regarda bien en face et lui demanda :

— Séréna, aimeriez-vous faire une carrière de mannequin ?

Cette idée ne l'avait jamais effleuré, quand il était en Corée. Il avait toujours considéré qu'elle faisait ce métier pour payer son loyer. À présent qu'il revoyait son visage, son allure, la façon dont elle se coiffait, se maquillait, se déplaçait, il lui venait à l'esprit qu'elle pourrait devenir un grand mannequin. Séréna haussa les épaules.

— Je ne sais pas, Teddy, je ne le crois pas. Pour quelle raison l'envisagerais-je? Si ce n'est, peut-être, pour payer mon loyer.

— Parce que vous êtes très belle et que vous pourriez gagner beaucoup d'argent, insista-t-il. Étant donné que vous ne voulez rien accepter de moi, il faudrait peut-être y songer. Avez-vous jamais pensé à vous rendre à New York pour y poser?

— Non. La seule pensée de New York me fait frémir, dit-elle, l'air inquiet. Je n'y trouverais probablement pas de travail.

— Vous plaisantez, Séréna.

Il lui prit la main et la conduisit devant un miroir.

— Regardez-vous donc, ma jolie.

Elle parut embarrassée et rougit, quand elle contempla son reflet et celui du bel homme blond qui se tenait derrière elle. Déjà, il ajoutait:

— Ce visage vous vaudrait d'être engagée comme mannequin n'importe où dans le monde, principessa Séréna...

Tandis qu'ils la détaillaient ensemble, il ressentit une impression étrange, comme s'ils se découvraient l'un et l'autre pour la première fois.

— Teddy, non... Allez, venez... protesta-t-elle en s'écartant du miroir, gênée.

Il la fit alors tourner lentement vers lui et l'embrassa. Il fut soudain envahi par le désir qu'il éprouvait pour cette femme aimée en secret depuis sept ans, il avait envie de caresser son beau corps, mais il la sentit se raidir dans ses bras et renonça.

— Séréna... pardonnez-moi... dit-il, tout pâle. Il y a si longtemps... et...

Elle prit son visage entre ses mains et ses yeux s'emplirent de larmes.

— Arrêtez, Teddy. Vous n'avez rien à vous reprocher. Je me doutais que cela arriverait, nous y pensions tous les deux. Depuis trois ans, nous nous sommes tant confiés l'un à l'autre. Je vous aime comme un frère, Teddy. Je me suis trompée en pensant qu'il pourrait y avoir autre chose entre nous. Sans me l'avouer, j'espérais que vous alliez revenir et... le... remplacer. Il n'était pas juste d'attendre une chose pareille de vous. Mes sentiments à votre égard n'ont rien de comparable. C'est drôle, vous lui ressemblez beaucoup, mais vous êtes *vous*. Je vous aime, mais comme une sœur, pas comme une femme ou une maîtresse.

C'étaient là des paroles cruelles, qui le frappèrent avec dureté. Il était pourtant nécessaire qu'elles soient dites. Il y avait trop d'années qu'il se faisait des illusions. Alors qu'elle l'observait de près, il soupira et la regarda avec tendresse.

— Ça ne fait rien, Séréna. Je comprends.

— C'est vrai ? N'allez-vous pas me haïr parce que je me sens incapable de vous donner davantage ?

— Je ne le pourrai jamais. Je vous aime trop. Je vous respecte trop.

— Pour quelles raisons ? demanda-t-elle avec un sourire peiné. Qu'ai-je fait pour le mériter ?

— Vous avez surmonté bien des obstacles — je n'oublie pas que ma mère y est pour beaucoup ! —, vous êtes une merveilleuse maman pour Vanessa, vous êtes une femme étonnante, Séréna.

— Je ne me trouve rien d'étonnant. Je me sens triste. Triste de ce que je ne puis être pour vous.

— Moi aussi. Mais c'est peut-être mieux ainsi. Promettez-moi une chose : le jour où vous tomberez amoureuse, et ce jour viendra, faites en sorte que ce soit d'un homme extraordinaire.

— Teddy ! Quelle drôle de réflexion ! s'exclama-t-elle en riant.

Et l'atmosphère pénible qui régnait entre eux depuis une demi-heure commença de se dissiper.

— Je pense ce que je dis. Vous méritez ce qu'il y a de mieux. Et vous avez besoin d'un homme dans votre vie.

— Mais je n'en ai pas besoin !

— Et pourquoi ?

— Parce que j'ai la chance inouïe d'avoir le meilleur frère que l'on puisse trouver au monde. Vous !

Et, lui entourant la taille d'un bras, elle l'embrassa sur la joue.

33

Teddy s'était proposé pour garder Vanessa toute la journée du lendemain, à la plus grande joie de la petite fille. Après le déjeuner, l'oncle et la nièce, la main dans la main, vinrent rendre visite à Séréna au magasin. Ils la trouvèrent au deuxième étage, dans une magnifique robe de bal en taffetas lilas. «Quelle femme extraordinaire elle est devenue!» songea Teddy. Il ne l'avait jamais vue aussi belle. Même Vanessa en était impressionnée, elle regardait sa mère avec de grands yeux incrédules.

— Bonjour, ma petite chérie. Que tu es jolie! dit Séréna en tendant vers sa fille des bras gantés de chevreau blanc.

Teddy avait habillé l'enfant d'une robe d'organdi bleu, de chaussures de cuir noir et de chaussettes blanches et lui avait noué dans les cheveux un ruban de satin bleu. À peine eut-elle embrassé sa mère, que Vanessa courut montrer sa tenue aux dames du magasin. Elle en était si fière! Surtout parce que c'était son oncle qui l'avait choisie. Séréna regarda Teddy en souriant.

— Bonjour. Comment vous en sortez-vous?

— J'aime beaucoup ça.

— Qu'allez-vous faire, Vanessa et vous, cet après-midi?

— Manger des glaces. J'ai promis de l'emmener au zoo, demain.

— Vous ne souhaitez pas disposer d'un peu de temps pour vous seul?

Elle était troublée. Qu'allaient-elles devenir, quand il serait parti? Peut-être reviendrait-il les voir? Ils en avaient discuté, ce matin-là, au petit déjeuner, mais tout ce qui n'était pas le présent immédiat demeurait confus. Elle ajouta:

— Je serai rentrée à 17 h 30. Je prendrai la relève.

— À vous voir dans cette tenue, je ne puis vous imaginer faisant autre chose qu'aller à l'Opéra.

— Ce ne sera pas tout à fait ça, mon cher ami, dit-elle avec un grand sourire. J'ai une lessive à faire, ce soir. Tout ça n'est que faux-semblant.

— Je m'y serais laissé prendre, lui avoua-t-il, encore impressionné.

Vanessa revint en sautant d'un pied sur l'autre, un sucre d'orge à la main.

— C'est une des vendeuses qui me l'a donné ! Et maintenant, annonça-t-elle tout heureuse en se tournant vers Teddy, on va aller manger des glaces.

— Je sais. Teddy me l'a dit. Bonne promenade, vous deux.

Elle éprouva une curieuse impression en les regardant s'éloigner, main dans la main. Du soulagement. Elle s'était toujours sentie doublement responsable de sa fille. Maintenant que Teddy était là, elle allait pouvoir souffler un peu. S'il lui arrivait quelque chose à elle, Vanessa serait en de bonnes mains.

Ce soir-là, ils dînèrent de spaghetti, puis Teddy coucha Vanessa et lui lut des histoires, tandis que Séréna faisait la vaisselle. La jeune femme portait un pantalon et un pull-over à col roulé noir et elle avait relevé ses cheveux. Elle était bien différente de la créature féerique, en robe de bal lilas, qu'ils avaient admirée dans l'après-midi. Teddy s'en fit la réflexion lorsqu'elle vint annoncer que l'heure était venue d'éteindre la lumière.

— Vous savez, j'étais sérieux hier soir, quand je vous ai demandé ce que vous pensiez de la carrière de mannequin, lui dit-il un peu plus tard, dans la cuisine, tandis qu'il picorait du raisin en la regardant ranger. Vous avez, me semble-t-il, ce qui convient pour devenir une vedette dans ce métier, Séréna. Non que j'y connaisse grand-chose, mais je sens que vous avez une personnalité rare pour ce pays. J'ai acheté quelques journaux aujourd'hui… Attendez…

Sans finir sa phrase, il courut dans sa chambre chercher une pile de magazines qu'il posa sur une chaise et les feuilleta devant la jeune femme.

— Voyez plutôt. Il n'y en a pas une comme vous, là-dedans.

— Mais c'est sans doute comme cela que l'on veut qu'elles soient, lui objecta-t-elle en refusant de le prendre au sérieux. Vous comprenez, Teddy, poursuivit-elle, amusée par la foi qu'il avait en son avenir, dans ce magasin, j'ai la chance d'avoir un travail régulier, et l'on fait beaucoup appel à moi, parce que je sais mettre les vêtements en valeur. Mais nous sommes dans une petite ville. Cela n'a rien à voir avec New York où la concurrence est féroce. Là-bas, on me rirait sans doute au nez.

— Voulez-vous tenter votre chance ?

Séréna haussa les épaules.

— Je ne sais pas. Il faudrait que j'y réfléchisse.

Une lueur d'intérêt s'était toutefois allumée dans ses yeux. Elle considéra un instant Teddy d'un air grave, puis se défendit :

— Je ne veux pas que vous m'offriez un voyage à New York, en tout cas.

— Pourquoi pas ?

— Je ne vis pas de charité.

— Et si ce n'était que la réparation d'une injustice ? dit-il, contrarié. Je reçois de l'argent qui devrait vous revenir, vous savez.

— Qu'entendez-vous par là ?

— Si mon frère avait eu le bon sens de laisser un testament, vous auriez hérité de son argent et vous n'auriez aucun problème. Au lieu de cela, grâce à ma mère, tout se trouve partagé entre ses frères. J'ai reçu la moitié de l'argent de Brad, Séréna, et en toute honnêteté il vous appartient.

— S'il appartenait à quelqu'un ici, ce serait à Vanessa. Si vous faites un jour un testament, peut-être, alors...

Elle ne put achever, mais il acquiesça.

— Je l'ai fait avant de partir en Corée : vous étiez si entêtée que vous ne vouliez rien accepter de moi.

— Je ne suis pas sous votre responsabilité, Teddy.

— Je voudrais bien que vous le soyez, dit-il d'un ton grave. Pourquoi ne me laissez-vous pas vous aider ?

— Parce qu'il faut que je m'occupe de moi-même

et de Vanessa. Personne d'autre ne veillera sur nous jusqu'à la fin de mes jours, Teddy. Vous avez votre vie à mener. Vous ne nous devez rien. Rien du tout. La seule personne sur laquelle j'aie jamais compté, c'était Brad, et il a disparu.

— Vous ne pensez pas qu'un jour quelqu'un prendra sa place auprès de vous ?

Il lui en coûtait de poser cette question, surtout après ce qui s'était passé entre eux, la veille.

— Je l'ignore. Mais je sais qu'en dépit de l'affection que je vous porte et du besoin que je pourrais avoir de votre aide, Teddy, je ne deviendrai jamais dépendante de vous.

— Pourquoi donc ? Brad aurait sans doute été d'accord.

— Il me connaissait mieux que cela. Il savait que j'avais été capable de frotter des parquets dans la maison de mes parents. En outre, j'ai passé un accord avec votre mère.

— Un accord qui ne lui coûte rien, à elle, mais qui vous a contrainte à trois années de dur travail, dit-il avec colère.

— Je ne les regrette pas. Je l'ai fait pour Vanessa.

— Et vous ? N'avez-vous pas droit à davantage ?

— Si je veux plus, je me débrouillerai pour l'avoir.

Il soupira alors :

— Et vous ne pensez pas que vous aurez un jour l'intelligence de m'épouser ?

— Non, répondit-elle avec un gentil sourire. J'ai déjà arraché un Fullerton à sa famille, je ne voudrais pas recommencer avec vous.

Il était impensable que Margaret Fullerton le lui permît jamais. Elle préférerait voir Séréna morte.

— Séréna, ce que ma mère vous a fait me rend malade.

— Ça n'a plus d'importance.

— Si, ça en a. Un jour, peut-être, Vanessa en souffrira.

Séréna tourna vers lui un visage inquiet.

— Si je vais à New York, pensez-vous qu'elle s'attaquera à moi ?

— Que voulez-vous dire ? demanda-t-il, déconcerté.

— Je ne sais pas. Elle peut s'acharner contre moi d'une manière ou d'une autre... faire du tort à ma carrière...

— Je ne la laisserai pas faire.

— Vous avez votre propre vie. Et Dieu seul sait de quelle manière elle s'y prendrait.

— Elle n'est pas aussi puissante que ça.

— Vous en êtes sûr?

— Je le voudrais bien, murmura Teddy.

34

— Vous m'écrirez?

Séréna souriait à travers ses larmes.

— Mieux, je vous appellerai. Je reviendrai d'ailleurs vous voir dès que je pourrai m'échapper.

Séréna acquiesça et Teddy tendit les bras vers Vanessa.

— Veille bien sur ta maman pour moi, princesse.

— Oui, oncle Teddy. Pourquoi on n'a pas le droit de t'accompagner?

Les yeux de Teddy cherchèrent aussitôt ceux de Séréna qui se sentit le cœur lourd. Pour Vanessa, cette séparation marquait de nouveau une rupture avec le passé, à un moment où Teddy venait de reprendre une place importante dans son présent.

Ils échangèrent tous les trois un dernier baiser et quelques instants plus tard il embarquait. Séréna et Vanessa demeurèrent dans l'aérogare jusqu'au décollage, puis elles rentrèrent chez elles, la main dans la main.

Peu après son arrivée à New York, Teddy leur téléphona. Il allait bien, son travail devait commencer bientôt... Au passage, il annonça qu'il avait pris contact avec la femme d'un ami de longue date, employée dans une agence de mannequins, et lui avait remis des photographies de Séréna. Dès qu'il aurait des nouvelles de sa démarche, il le leur ferait savoir. Et quatre jours plus tard il rappelait Séréna. Il était surexcité, riait, bégayait, tandis qu'elle s'efforçait de démêler ses propos.

— Ils vous veulent! Ils vous veulent!

— Qui me veut? demanda-t-elle, incertaine, en fixant le combiné.

— Les gens de l'agence! Là où j'ai déposé vos photos!

— Vous voulez dire qu'ils veulent m'engager?

Elle sentit l'excitation de Teddy la gagner.

— Ils souhaitent vous voir à New York. Ils pensent, pour commencer, vous faire figurer dans une demi-douzaine de reportages.

— Mais c'est insensé!

— Pas du tout. Bon sang, c'est vous qui êtes insensée. Séréna, vous êtes la plus belle femme du monde et vous vous terrez au fond d'un grand magasin. Si vous avez envie d'être mannequin, eh bien, venez à New York et faites vos preuves! Allez-vous venir?

— Je ne sais pas... Il faut que je réfléchisse... l'appartement... Vanessa... lui opposa-t-elle, mais elle riait, et souriait, et la tête lui tournait.

— Nous sommes en août. Nous avons le temps d'inscrire Vanessa dans une école avant la rentrée.

— Mais je ne sais pas si je peux... objecta Séréna, à la fois tentée et inquiète. Je vous avertirai... Je vais réfléchir...

Sous l'effet de la surprise, elle se laissa tomber sur un siège et contempla la baie par la fenêtre. Devenir mannequin à New York... «Passer pro», se disait-elle en souriant... Pourquoi pas? Elle pesait encore le pour et le contre, le lendemain matin, lorsque Teddy l'appela de nouveau.

— Bon. Vous avez eu toute la nuit pour réfléchir. Quand est-ce que vous venez?

— Teddy, ne me bousculez pas.

Elle riait, mais sentait encore une certaine résistance au fond d'elle-même.

— Si je ne vous presse pas, vous ne vous remuerez jamais.

— Pourquoi me mettez-vous ainsi sens dessus dessous? protesta-t-elle d'une voix où perçaient ses craintes.

— Je le fais pour deux raisons. J'aimerais vous voir ici et je pense aussi qu'une grande carrière peut s'ouvrir pour vous.

— Je ne sais que faire, Teddy. Laissez-moi le temps.

— Séréna, où diable voyez-vous des difficultés? (Il comprit d'instinct sa pensée, pourtant, avant qu'elle ne l'ait exprimée. Ce qui l'attachait à San Francisco, ce n'était pas la ville elle-même mais le souvenir de Brad.) Il s'agit de Brad, n'est-ce pas? Vous vous sentez plus proche de lui, là-bas?

— Oui, répondit-elle d'un ton angoissé. J'ai l'impression que si je m'en vais je le quitterai à jamais.

— Séréna, il a disparu. C'est à vous que vous devez songer.

— Je le fais.

— Oh que non! Vous vous accrochez à la ville où vous avez vécu avec lui. Je le comprends. C'est pourtant une mauvaise raison pour renoncer à une carrière. Que croyez-vous qu'il vous conseillerait?

— D'y aller, dit-elle sans hésitation. Mais ce n'est pas si facile à réaliser.

Il n'en tira pas davantage ce jour-là. Et la nuit suivante, elle demeura longtemps éveillée, envisageant tous les aspects de la question. D'un côté elle mourait d'envie de partir, et de l'autre elle avait le cœur brisé à la pensée de quitter San Francisco. Elle était en sécurité, ici, et elle y avait vécu avec lui, mais combien de temps se cramponnerait-elle à un fantôme? Elle n'avait pas connu d'homme depuis trois ans, toute son existence était centrée autour de Vanessa. À New York, elle aurait une chance de recommencer une autre vie. À cinq heures du matin, elle sentit l'excitation la gagner et prendre le dessus. Elle attrapa le téléphone et appela Teddy. Il était huit heures à New York, et il buvait son café du matin.

— Eh bien? dit-il, souriant, quand il eut reconnu sa voix.

Elle ferma les yeux très fort, retint un instant son souffle, puis lança tout d'un trait:

— J'arrive.

35

L'appartement que Teddy lui avait trouvé dans Manhattan était minuscule. Séréna lui avait indiqué les limites de ce qu'elle pouvait payer pour un meublé et il s'était efforcé de les respecter, sans prendre quelque chose de trop misérable. C'était un deux-pièces, au premier étage d'un immeuble sans ascenseur de la 63ᵉ Rue Est, entre Lexington Avenue et la 3ᵉ Avenue. Le quartier était encore assez agréable : l'Elevated, l'une des lignes de tramways surélevées, passait à intervalles réguliers dans la 3ᵉ Avenue, mais Lexington Avenue était moins bruyante et Park Avenue, un bloc plus à l'ouest, tout à fait agréable. L'appartement, orienté plein sud, était bien éclairé, et si la chambre était très petite, la salle de séjour était belle.

Séréna fut enchantée. Le mobilier était simple et sans prétention : des sièges d'osier peints en blanc, un tapis au crochet de couleurs vives, des affiches sur les murs et un ravissant jeté de lit pour Vanessa, dont Séréna apprit plus tard qu'il avait été apporté par Teddy. La cuisine était à peine plus grande qu'un placard, mais elle contenait assez de vaisselle pour préparer les repas pour elles deux. Quand la jeune femme eut terminé le tour du propriétaire, elle se tourna vers Teddy avec un sourire ravi et battit des mains comme un enfant.

— Teddy, c'est merveilleux ! J'aime encore mieux ça que notre appartement de San Francisco.

— La vue n'est pas tout à fait la même, dit-il en jetant un coup d'œil sur les immeubles étroits, serrés les uns contre les autres, qu'il imaginait déjà baignant dans la neige, la boue et la crasse de l'hiver.

Il pivota pour lui faire face et, avec beaucoup de douceur dans le regard, il avoua :

— Séréna, je suis content de vous savoir ici.

Il se rendait compte qu'en acceptant de déménager elle avait mis en lui toute sa confiance. Qu'arriverait-il si elle ne trouvait pas de travail dans cette ville ? s'il s'était trompé ?

— Je suis contente aussi. J'ai des frissons d'angoisse, mais je suis heureuse quand même.

Le simple trajet qui séparait l'aéroport de cette rue l'avait sensibilisée au rythme trépidant de New York et plongée dans un état de grande exaltation. Teddy passa le reste de la soirée à lui expliquer comment se déplacer dans la ville, où trouver quoi, quels quartiers éviter... Plus elle l'écoutait, plus son intérêt croissait.

Quand Séréna se présenta à l'agence Kerr, le lendemain matin, elle fut frappée par l'atmosphère qui y régnait : tout était sérieux, important, pressant, urgent, survolté et l'on n'y plaisantait pas. Derrière des petits bureaux, des femmes vêtues avec élégance et bien maquillées discutaient au téléphone, des piles de dossiers à portée de main et un tableau des demandes sous les yeux. Les téléphones ne cessaient de sonner. Séréna fut immédiatement conduite à l'un des bureaux, devant une femme brune, pleine de charme, vêtue d'un tailleur en laine beige de coupe stricte impeccable et d'une blouse en soie assortie, les cheveux mi-longs coupés à la page, et portant pour tout bijou une grande torsade de perles.

— J'ai vu vos photographies, il y a quelques semaines, dit-elle. Il vous faudra en faire d'autres, pour constituer un «book». Connaissez-vous quelqu'un qui puisse réaliser cela ?

Séréna écarquilla les yeux et fit signe que non. Elle avait mis un sweater bleu ciel, une jupe grise, un simple blazer en cachemire et des trotteurs noirs, achetés à San Francisco. Ses cheveux étaient noués en chignon et ses oreilles s'ornaient d'une simple perle. Elle s'était longuement interrogée sur la manière de s'habiller, puis elle avait opté pour la simplicité : ce qu'elle aurait sur le dos ne leur plairait sans doute pas ; inutile donc de se tourmenter. Elle était allée presque morte de peur à ce rendez-vous et maintenant, en face de cette femme, elle se demandait comment elle était jugée. Ces gens ne feraient sans doute jamais appel à elle, Teddy se faisait des illusions. Et elle, comment avait-elle pu croire qu'elle pourrait être mannequin à New York! La femme au tailleur beige écrivit un nom sur une carte, avant de la lui tendre et de préciser :

— Prenez rendez-vous avec ce photographe, classez les clichés des présentations que vous avez faites, faites-vous couper les cheveux, vernissez vos ongles avec un rouge soutenu et revenez me voir dans une semaine. (Séréna la fixait en se demandant si cela valait la peine, mais son interlocutrice dut lire dans ses pensées, car elle ajouta :) Tout ira bien, vous savez. Au début, tout le monde est inquiet. Les choses ne se passent pas ici comme à San Francisco. Vous êtes de là-bas ?

Elle avait l'air aimable et semblait lui porter un intérêt sincère. Séréna rassembla tout son courage pour ne pas paraître trop mal à l'aise.

— J'y ai vécu sept ans.

— C'est bien long. (Elle tendit l'oreille, comme si elle s'efforçait de détecter un accent, puis demanda :) Et avant cela ?

— Oh! soupira Séréna, embarrassée, c'est une longue histoire. Mon mari et moi nous nous y sommes installés après un séjour à Paris. Avant, nous avions habité Rome, je suis italienne.

— Votre mari était italien, lui aussi ?

— Non, américain.

— Est-ce pour cette raison que vous parlez si bien l'anglais ?

Séréna fit non de la tête. En quelques minutes, cette personne en avait sans doute davantage appris sur elle que quiconque depuis des années.

— J'ai passé la guerre ici. Ma famille m'avait envoyée dans un internat.

La femme semblait réfléchir, tout en regardant la fiche qu'elle allait consacrer à Séréna.

— Comment m'avez-vous dit que vous vous appeliez, déjà ?

— Séréna Fullerton.

L'assistante sourit.

— C'est un nom trop anglais. Ne pourrions-nous

trouver quelque chose d'un peu plus exotique ? Quel était votre nom de jeune fille ?

— Séréna di San Tibaldo.

— Très joli... C'est un peu long, pourtant... (Levant les yeux vers Séréna, elle ajouta, pleine d'espoir:) Aviez-vous un titre ?

C'était une question un peu bizarre, mais dans ce métier on contribuait à vendre de jolis visages en les affublant de noms sortant de l'ordinaire, tels que Tallulah, Zina, Zorra, Phaedra...

— Je... non... je...

Soudain, elle se demanda pourquoi ne pas dire la vérité. Qui se souciait encore de ce titre ? Personne ne s'offusquerait ni n'élèverait d'objections si elle en faisait usage. Toute sa famille avait disparu. Si, aux yeux des gens de cette agence, il pouvait avoir de la valeur, pourquoi ne pas leur permettre d'en tirer parti ? Surtout si cela pouvait les aider, Vanessa et elle.

— Eh bien, oui... Principessa.

— Princesse ?

La femme en beige paraissait stupéfaite.

— Oui. Vous pouvez vérifier. Je vais vous donner ma date et mon lieu de naissance.

— Oh ! dit-elle, enchantée. Cela devrait faire très bien sur votre fiche... Princesse Séréna...

Après avoir noté cette information, elle regarda de nouveau Séréna et lui demanda :

— Tenez-vous bien droite, une minute.

Séréna obéit. La femme lui indiqua l'angle opposé de la pièce et lui dit :

— Voulez-vous aller là-bas et revenir ?

Séréna s'exécuta avec grâce, la tête haute, et, à son retour, ses yeux verts brillaient.

— Bien. Très bien. Pouvez-vous m'attendre un peu ? Je reviens tout de suite.

Elle disparut dans un bureau annexe et quand elle revint, au bout de cinq bonnes minutes, elle était accompagnée d'une autre personne.

— Voici Dorothea Kerr, la directrice de notre agence, annonça-t-elle.

Séréna se leva aussitôt et tendit la main.

— Comment allez-vous ?

La grande femme mince aux cheveux gris tirés en arrière, dont les pommettes saillaient sous les immenses yeux gris, ne répondit pas. Elle détaillait Séréna des pieds à la tête.

— C'est votre couleur naturelle de cheveux ?

— Oui.

Dorothea Kerr se tourna alors vers son assistante.

— J'aimerais la voir dans d'autres vêtements et je crois que nous devrions l'envoyer chez Andy. Inutile de perdre du temps avec les autres. Je veux avoir quelque chose sur elle dans les deux jours. Est-ce possible ?

— Bien sûr, répondit l'autre en prenant des notes.

Cela supposait que tout le monde, y compris Séréna, travaille sans compter son temps, mais puisque Dorothea Kerr voulait « quelque chose sur elle » en deux jours... la femme en beige promit :

— Je vais l'appeler tout de suite.

— Parfait.

Dorothea s'en fut d'un pas rapide. La porte de son bureau se referma presque aussitôt. Séréna sentait la tête lui tourner. Un instant plus tard, en suivant la conversation téléphonique, elle comprit qu'« Andy » n'était autre qu'Andrew Morgan, le plus célèbre photographe de mode de la côte Est. Rendez-vous fut pris pour la fin de la matinée, car, auparavant, il lui fallait passer chez un coiffeur.

— Vous saurez trouver tout ça ?

La femme en beige paraissait pleine de sympathie. Elle tapota la main de Séréna et lui confia :

— Vous savez, vous lui avez beaucoup plu. Elle ne demanderait pas des clichés en deux jours si elle n'avait pas une idée en tête, à votre sujet. Vous êtes contente ?

Séréna avait du mal à la croire. Elle sentit sa main trembler, tandis qu'elle notait l'adresse du coiffeur, mais elle répondit :

— Je pense que oui. Il s'est passé tant de choses durant les cinq dernières minutes que je ne sais pas très bien où j'en suis.

— Eh bien, profitez-en. Tout le monde ne va pas chez Andy Morgan pour ses premiers clichés.

Andy Morgan? *Andy*? Séréna faillit éclater de rire. Il lui était impossible de ne pas être bouleversée par ce qui s'amorçait. C'était fou. Elle jeta alors un coup d'œil sur la pendule et comprit qu'il lui fallait se mettre en route.

— Dois-je m'habiller de façon particulière pour ces photographies?

— Non. Dorothea a dit qu'elle allait tout faire envoyer. Elle a beaucoup apprécié que vous soyez princesse. Je crois qu'elle va lui demander de souligner cet aspect dans ses clichés.

Séréna se troubla. Elle n'aurait peut-être pas dû le leur dire. Mais il était trop tard pour les arrêter, maintenant. La jeune femme lui répéta les adresses, lui souhaita bonne chance, puis se pencha de nouveau sur ses dossiers.

Il était près de 9 heures du soir lorsque Séréna sortit du studio d'Andrew Morgan. Depuis midi, il l'avait photographiée en noir et blanc, en couleurs, naturelle, sophistiquée, en robe du soir, en tenue de tennis, en maillot de bain, dans des fourrures, dans des créations de Balenciaga, Dior ou Givenchy, avec bijoux, sans bijoux, les cheveux relevés en chignon haut ou déployés sur les épaules, avec un maquillage léger, puis accentué, étrange, délirant enfin. Il lui sembla qu'elle avait enfilé plus de vêtements de toutes sortes, pendant les neuf heures passées avec Andrew Morgan, qu'au cours de ses années de présentation de mode à San Francisco. Cet homme était une sorte de lutin aux yeux noirs encadrés de lunettes à monture d'écaille, au visage illuminé d'un merveilleux sourire, et à l'épaisse chevelure argentée. Dans son pull à col roulé noir, son pantalon noir et ses chaussures souples, noires, de danseur moderne, il semblait bondir dans les airs à chaque photo. Séréna était si fascinée par sa personnalité qu'il obtenait d'elle tout ce qu'il souhaitait. Et durant des heures, elle n'avait pas senti la fatigue. Ce n'est que devant la porte de sa maison qu'elle se rendit compte qu'elle était épuisée. Vanessa dormait. Elle avait voulu veiller pour attendre Séréna, mais Teddy lui avait expliqué que l'on faisait des photographies de sa maman, de sa très belle maman, que cela avait beaucoup d'importance pour elles deux. L'enfant avait fini par accepter de se coucher et, après deux histoires et trois berceuses, elle s'était endormie.

Deux jours après, Dorothea Kerr appela Séréna et lui demanda de passer à l'agence dans l'après-midi. La jeune femme avait les genoux tremblants, les mains moites et elle se sentait pleine de reconnaissance envers Teddy qui sacrifiait à sa fille un de ses rares après-midi de liberté. Andy Morgan avait fait des miracles! Chaque cliché était une œuvre d'art. Il avait su saisir en elle ce qu'il y avait de remarquable, de frappant, de princier. Elle avait peine à croire qu'elle fût aussi belle. Ses yeux croisèrent le regard de Dorothea Kerr qui s'appuyait au dossier de son fauteuil en mordillant les branches de ses lunettes.

— Eh bien, Séréna, nous avons ce que nous cherchions, ici. Et vous? À quel point êtes-vous tentée par cette aventure? Un peu, beaucoup? Assez pour vous bagarrer? Voulez-vous simplement du travail ou souhaitez-vous entreprendre une carrière? J'aimerais le savoir, afin que nous ne perdions pas notre temps avec une personne qui ne serait pas motivée.

— Je tiens beaucoup à être engagée par vous, dit Séréna.

— Pour quelles raisons? Vous aimez ce métier? Vous aimez votre image?

— Non, dit Séréna, en la regardant bien en face. J'ai une petite fille.

— C'est la seule raison?

— C'en est une. C'est la seule façon que j'ai de gagner ma vie et c'est agréable. J'aime faire ce travail. (Ses yeux brillaient quand elle avoua:) Pour vous dire toute la vérité, j'ai grande envie de tenter ma chance à New York.

Son enthousiasme était maintenant évident. Dorothea sourit pour la première fois.

— Vous êtes divorcée?

— Veuve. Je touche une petite pension de l'armée.

— La Corée? dit Dorothea, intéressée.

Séréna acquiesça. Dorothea reprit:

— Et vos parents ne vous viennent pas en aide?

— Ils sont morts.

— Et les siens ?

Le visage de Séréna s'assombrit. Son interlocutrice comprit qu'il valait mieux ne pas insister.

— N'en parlons plus. Si vous me dites que vous avez besoin de faire ce métier pour élever votre petite fille, vous êtes sans doute dans le vrai. J'espère que cette enfant a beaucoup d'appétit et qu'elle vous donnera envie d'aller travailler.

Elle accorda de nouveau à Séréna l'un de ses rares sourires puis sa physionomie redevint sévère.

— Parlons un peu de votre titre. J'ai fait faire quelques recherches, Séréna, et j'en conclus qu'il est authentique. Pensez-vous que nous puissions l'utiliser, ou ne le feriez-vous qu'à contrecœur ?

— Un peu. Mais ce n'est pas très important. Je suis venue ici pour me lancer dans une entreprise avec vous. Dans l'espoir de faire une carrière, en effet, et pas simplement pour gagner de l'argent. Si mon titre peut vous aider (sa gorge se serra, à la pensée de ce qu'en aurait dit sa grand-mère), mentionnez-le.

— Cela contribuerait à créer une image de marque. Princesse Séréna. «La princesse». Cela me plaît. Cela me plaît même beaucoup. Et vous ?

— C'est difficile à dire... Je suis Séréna Fullerton depuis si longtemps... D'ailleurs, je n'ai jamais vraiment porté ce titre. Il me semble n'avoir appartenu qu'à ma grand-mère.

— Oui, mais pourquoi pas ? reprit Dorothea. Vous avez une allure princière, Séréna. Vous ne vous en êtes pas encore aperçue ? Attendez d'avoir vu des portraits de vous dans toute la ville, et vous en serez convaincue. Et puis (elle mordilla son crayon et sourit), étant donné que vous êtes une princesse, nous allons demander pour vous un prix royal. Cent dollars de l'heure pour la princesse Séréna. Nous allons créer l'impression que vous n'avez pas besoin d'argent, que ce métier vous amuse. S'ils veulent vous avoir, il leur faudra payer sans discuter.

Séréna en eut le souffle coupé. Cent dollars de l'heure ! Mais allait-elle trouver des engagements à ce prix-là ?

— Très bien, nous allons monter votre «book». Revenez demain, Séréna. Prenez beaucoup de repos, coiffez-vous, faites vos ongles, maquillez-vous à la perfection, habillez-vous de noir, très simple, et soyez ici à 9 h 30. Vous commencez à travailler dès demain. Je vous préviens, nous ne vous emploierons que pour les commandes importantes. Cela veut dire que vous entrez dans le métier par la grande porte. Vous allez y retrouver les vedettes et il faudra être parfaite en tout point. Si vous ne donnez pas le maximum, nous serons ridicules, vous et moi.

— Je vais faire tout mon possible, je vous le promets, dit Séréna avec une ferveur enfantine, cependant que ses yeux verts s'emplissaient d'inquiétude.

— Ne faites pas de promesses. Réussissez, répliqua Dorothea Kerr dont le regard s'était durci. Si vous n'y parvenez pas, princesse ou non, vous serez mise à la porte.

36

C'est un mois plus tard que Margaret Fullerton vit la première annonce publicitaire pour laquelle sa belle-fille avait posé : une pleine page du *New York Times* pour une nouvelle gamme de produits de beauté. Le résultat était remarquable, malgré les délais serrés que l'équipe s'était vu imposer. Le soir où Teddy vint dîner chez elle, comme il le faisait de temps à autre, Margaret ne dit rien de cette affaire jusqu'au moment où le café fut servi dans la bibliothèque. Le journal était là, sur le bureau, ouvert sur la page de la publicité. Elle le prit du bout des doigts, comme s'il avait été empoisonné, puis leva les yeux sur son fils et le fixa longuement. Elle sentait la colère monter en elle.

— Tu ne m'avais pas annoncé qu'elle était dans cette ville. Je suppose que tu le savais ? Pourquoi ne m'en as-tu rien dit ?

Margaret n'ignorait pas que Teddy était très attaché à Séréna et à Vanessa, il avait maintes fois tenté de l'attendrir au sujet de l'enfant. Si Séréna était à New York, il était certainement au courant.

— Je n'ai pas pensé que cela t'intéresserait.

C'était un pieux mensonge, mais il l'énonça sans frémir.

— L'enfant est ici aussi ?

— Oui.

— Elles habitent ici ?

— Oui.

D'un air dédaigneux, elle ajouta :

— Ainsi que je l'avais soupçonné, cette va-nu-pieds est d'une incroyable vulgarité.

Teddy, un instant interdit, se reprit :

— Mon Dieu ! mère, comment peux-tu dire une chose pareille ? C'est une fille splendide, d'une élégance et d'une distinction rares. Tu n'as qu'à regarder cette photo.

— Un mannequin, une fille de petite vertu ! Tout cela n'est qu'artifice, mon cher enfant, et ce métier est le dernier des métiers. « Et cette petite garce ne le fera pas longtemps, ajouta-t-elle en elle-même. Je vais me charger de mettre un terme à ses ambitions… et à son séjour à New York. » Elle faisait en effet partie du conseil d'administration de la société qui lançait les produits de beauté. Mais elle n'en dit rien à son fils, se contentant de lui demander :

— J'imagine que tu l'as revue ?

— Oui, répondit-il, le cœur battant d'indignation. Et j'ai l'intention de les voir, elle et Vanessa, aussi souvent que possible. Cette enfant est ma nièce et Séréna est la veuve de mon frère.

— Ton frère avait un goût détestable en matière de femmes.

— C'est vrai à propos de celle qu'il courtisait avant Séréna.

Un point partout. Pattie avait en effet achevé de détruire Greg, tout à fait alcoolique à présent. Teddy se leva et regarda sa mère d'un air révolté, avant de poursuivre :

— Tu sais, je n'ai pas l'intention de rester davantage ici, si c'est pour t'entendre mettre Séréna en pièces.

— Pourquoi cela? Tu couches avec elle, toi aussi? Tu la partages sans doute avec la moitié de New York, à l'heure qu'il est.

— Bon Dieu! rugit Teddy. Qu'est-ce qu'elle t'a donc fait?

— Tout. Elle a brisé la carrière de mon fils et elle a contribué à le tuer. Ça ne te suffit pas? Ton frère est mort à cause de cette femme, Teddy.

— Il a été tué par la guerre de Corée! Ton désir de vengeance est-il donc si fort que tu ne puisses admettre la vérité? N'as-tu pas assez fait de mal à cette jeune femme? S'il n'y avait eu que toi, elle serait morte de faim, après la disparition de Brad. Elle a élevé seule son enfant pendant près de quatre ans, sans se ménager, et tu as le front de la mépriser! D'ailleurs, bien que cela ne te regarde pas, elle est demeurée fidèle à la mémoire de mon frère.

— Comment le sais-tu? demanda-t-elle les yeux mi-clos, soudain intéressée.

Teddy n'était plus maître de lui.

— Parce que je l'aime depuis des années. Et sais-tu? Elle me repousse. À cause de Brad. Et à cause de toi. Elle ne veut pas s'interposer entre nous. Seigneur! gémit-il en passant une main dans ses cheveux, j'aimerais tant qu'elle veuille de moi!

— Je suis sûre que ce n'est pas impossible à obtenir. En attendant, je te suggère d'ouvrir les yeux, mon garçon. Selon toute vraisemblance, elle te rejette, car elle sait que de nous deux c'est moi la plus forte et qu'elle n'en tirerait aucun profit.

— Tu penses qu'elle a épousé Brad pour des raisons matérielles?

— Sans l'ombre d'un doute. Elle devait d'ailleurs être persuadée que, si besoin était, elle saurait détourner les clauses d'un petit contrat que je lui avais fait signer.

— Pourquoi n'en a-t-elle rien fait, alors?

Il élevait trop la voix. Sa mère prit une expression contrariée.

— Ses avocats lui auront conseillé de ne rien tenter.

— Tu me rends malade.

— Tu le seras plus encore, je te le promets, si tu ne t'abstiens pas de voir cette femme. C'est une fourbe et je ne permettrai pas qu'elle se serve de toi comme elle s'est servie de Brad.

— Tu ne gouvernes pas ma vie.

— Si j'étais toi, je serais plus modeste. Comment penses-tu avoir obtenu ce poste d'assistant auprès de ton chirurgien en vogue?

— Tu es intervenue?

— Que crois-tu?

Il était écœuré. Il prit la décision de démissionner dès le lendemain, mais aussitôt il se rendit compte que ce serait renoncer à la chance de sa vie. Pour la première fois, sa mère le tenait, et il la détestait.

— Tu es une femme méprisable.

— Non, Théodore, je suis une femme puissante et intelligente. Tu admettras que c'est une combinaison intéressante. Dangereuse, aussi. Garde cela en mémoire et tiens tes distances vis-à-vis de cette personne.

Il la fixa un moment, réduit au silence, puis il tourna les talons. Moins d'une minute après, Margaret Fullerton entendit la porte d'entrée claquer.

Le lendemain matin, à l'agence, Séréna perçut le même bruit, alors qu'elle attendait devant le bureau de Dorothea Kerr : une porte claqua, les parois vibrèrent et soudain Dorothea fut devant elle.

— Venez dans mon bureau, jeta-t-elle à Séréna stupéfaite.

— Il s'est passé quelque chose?

— C'est vous qui allez me fournir des explications. À propos de cette page du *New York Times* pour laquelle vous avez posé… L'agence de publicité a reçu un appel de la société mère. On leur a dit que, s'ils vous employaient à nouveau, ils perdraient un client. Alors, comment comprenez-vous cela? Il semble que vous soyez arrivée à New York avec des comptes qui ne sont pas réglés. Pour être franche avec vous, je ne veux pas que vos guerres privées interviennent dans mes affaires. De quoi s'agit-il ?

Séréna demeura un moment abasourdie, puis tout à coup la lumière se fit dans son esprit.

— Oh ! mon Dieu, non... Je suis désolée. Je vais démissionner.

— Vous n'y pensez pas, dit Dorothea, dont l'indignation ne cessait de croître. J'ai dix-huit engagements pour vous dans les deux semaines qui viennent. Cessez de jouer les vierges effarouchées, dites-moi de quoi il s'agit. Et laissez-moi décider ensuite si je vous flanque ou non à la porte. Ici, c'est moi qui prends les décisions, ne l'oubliez pas !

La dureté du ton de Dorothea intimidait Séréna, mais, si elle avait mieux observé les yeux de son aînée, elle y aurait lu de l'inquiétude. Dorothea se rendait compte que Séréna était très naïve et elle éprouvait une irrésistible envie de la protéger. En dépit de sa brusquerie apparente, elle avait adopté cette attitude dès le début. Elle la pressa :

— Je vous en prie, Séréna, racontez-moi tout. Je veux savoir.

— Je ne suis pas certaine de pouvoir en parler avec vous.

Les larmes ruisselaient sur ses joues en longues traînées de mascara noir.

— Vous êtes à faire peur. Tenez, prenez cela.

Dorothea lui tendit une boîte de mouchoirs en papier. Séréna se moucha et reprit son calme, cependant que Dorothea lui versait un verre d'eau, puis elle conta toute son histoire. Elle expliqua comment elle avait perdu sa famille pendant la guerre, sa rencontre avec Brad, leur amour, la rupture des fiançailles avec la débutante de New York, la fureur de la mère de Brad. Elle parla même du contrat que Margaret lui avait fait signer, avant d'évoquer la mort de son mari et la perte du bébé, puis les trois années passées à travailler pour élever Vanessa.

— Voilà, dit-elle en soupirant.

— Il faut que cette femme soit d'une rare cruauté ! s'exclama Dorothea, indignée autant qu'émue.

— Vous avez entendu parler d'elle ?

Séréna paraissait abattue. Il lui semblait impossible de lutter contre Margaret Fullerton. Elle habitait New York depuis cinq semaines et déjà sa belle-mère manifestait son intention de lui barrer la route.

— Je ne la connaissais que de nom, mais maintenant j'aimerais bien me retrouver face à face avec elle.

Séréna eut un petit sourire désenchanté.

— Vous le regretteriez. Attila aurait eu l'air d'une mauviette, à côté d'elle.

— Ne vous y trompez pas, ma fille, cette femme-là vient de trouver à qui parler.

Séréna s'appuya au dossier de sa chaise, épuisée, et dit :

— Il ne me reste qu'à vous quitter et à repartir pour San Francisco.

— Si vous faites une chose pareille (les yeux de Dorothea étaient braqués sur elle), j'engagerai des poursuites contre vous. Vous avez signé un contrat avec cette agence et, que cela vous plaise ou non, je vous en ferai respecter les termes.

Séréna sourit, comprenant qu'il s'agissait là d'une façon de l'aider et de la protéger.

— Vous allez perdre votre clientèle, si je reste.

— Cette femme ne fait tout de même pas partie de toutes les grandes entreprises de New York. D'ailleurs, pour commencer, je vais vérifier quels sont ses rapports avec cette maison de produits de beauté.

— Je ne pense pas...

— Ne pensez pas, ce n'est pas la peine. Allez vous remaquiller, vous avez un rendez-vous dans vingt minutes.

— Madame Kerr, je vous en prie...

— Séréna... (La directrice de l'agence fit le tour de son bureau et, sans dire un mot, prit Séréna dans ses bras, avant de poursuivre :) Vous êtes passée à travers plus d'épreuves que quiconque de ma connaissance. Je ne vais pas vous laisser tomber. Vous avez besoin de quelqu'un pour vous protéger (sa voix n'était plus qu'un murmure), d'une amie, ma petite. Laissez-moi au moins faire cela pour vous.

— Et ça ne nuira pas à votre agence ? demanda Séréna dont les craintes renaissaient.

— Votre départ nous ferait plus de tort, mais ce n'est pas la raison pour laquelle je tiens à ce que vous restiez. Je veux que vous résistiez, parce que c'est la seule manière de lutter contre ces gens-là. Séréna, vous ne vous en tirerez que si vous refusez de battre en retraite. Faites-le pour moi... pour vous... pour votre mari. Croyez-vous qu'il aurait aimé vous voir fuir devant sa mère ?

— Non, il ne l'aurait pas accepté.

— Bien. Nous allons nous battre côte à côte dans cette affaire. Je vais remettre cette bonne femme à sa place, même s'il faut pour cela que j'aille la trouver.

— Oh non !

— Vous voyez une bonne raison pour que je n'y aille pas ?

— Cela va déclencher la guerre ouverte.

— Et dans quelle situation croyez-vous donc être ? Elle a harcelé une maison de produits de beauté et une agence publicitaire pour vous faire renvoyer. J'appelle cela une attaque en règle. Laissez-moi m'en occuper. Faites votre métier, je ferai le mien. Ce n'est pas souvent que je me bats pour quelqu'un qui m'est sympathique, et vous m'êtes très sympathique.

Les deux femmes échangèrent un sourire.

— Je vous aime bien, moi aussi, et je ne sais comment vous remercier.

— Remuez-vous pour aller à ce rendez-vous et oubliez tout cela. Je vais leur faire dire que vous serez en retard.

Elle poussa Séréna hors de son bureau. Sur le pas de la porte, cette dernière se retourna et murmura :

— Merci.

Dix minutes plus tard, Dorothea demandait à être reçue par Margaret Fullerton. Leur rencontre fut brève et sans aménité. Quand Margaret comprit l'objet de la visite, son expression devint glaciale. Dorothea n'en eut cure, elle lui conseilla de ne pas se mêler de la carrière de Séréna, si elle ne voulait pas être appelée à comparaître en justice.

— Dois-je comprendre que vous la représentez?

— Non, mais je suis la directrice de l'agence de mannequins qui l'emploie. Et quand je dis une chose, je m'y tiens.

— Moi aussi, madame Kerr.

— Alors, nous nous comprenons.

— Puis-je suggérer que votre cliente change de nom? Elle n'a plus le droit de porter le nôtre.

— Vous savez bien que si, du point de vue légal. De toute manière, ce n'est pas votre nom qu'elle utilise, mais son titre.

— Très vulgaire de sa part, comme il fallait s'y attendre. Je crois que vous en avez terminé, dit-elle en se levant.

— Pas tout à fait, madame Fullerton, répondit Dorothea de toute sa hauteur d'ancien mannequin vedette. Je tiens à ce que vous sachiez que, à dater d'aujourd'hui, j'ai chargé un avoué de représenter Séréna. Il s'occupera de toutes les tracasseries que vous pourriez susciter, de l'engagement que vous lui avez fait prendre et, si vous lui créez d'autres difficultés, nous mettrons la presse au courant. Vos amis de la bonne société seront enchantés de lire des échos à votre propos dans le *Daily News*.

— Ce sont là des menaces en l'air, sans doute.

Margaret Fullerton était devenue blême. Elle n'avait jamais fait l'objet de pressions et s'était rarement trouvée sur un pied d'égalité avec quelqu'un, avec une femme surtout.

— Je ne tenterais pas le diable, si j'étais vous. Séréna va devenir le mannequin le plus en vogue de cette ville, que vous le vouliez ou non. Il vaut mieux que vous vous habituiez à cette idée.

Parvenue à la porte, elle se retourna, jeta un regard par-dessus son épaule et lança:

— Je pense que vous ne devez pas être fière de tout ce que vous avez déjà fait. Ces choses-là finissent toujours par se savoir. Et j'ai l'impression que vous n'aimeriez pas que certaines histoires se répandent.

— Est-ce une menace? demanda Margaret, les mains tremblantes.

— Eh bien oui, répondit Dorothea, avec un grand sourire, avant de disparaître.

Margaret téléphona à Teddy le soir même et lui ordonna sans détour:

— Je te défends de revoir cette femme.

— Tu ne me défendras rien du tout. Je suis adulte. Que pourrais-tu faire? Exiger mon renvoi? ajouta-t-il, car Séréna lui avait déjà raconté l'histoire.

— Je peux modifier mon testament à tout moment.

— Bonne idée! Je n'ai jamais été intéressé par ton argent. Je suis docteur. Je subviens à mes besoins. En fait, je préférerais me contenter de ce que je gagne.

— Tu devras peut-être en arriver là. Il faut me croire.

— Bonne nuit, mère.

Il lui raccrocha au nez et elle fondit en larmes. Pour la première fois de sa vie, elle sut ce qu'était l'échec.

37

Au cours des mois qui suivirent, Vanessa ne fit qu'entrevoir sa mère. Une étudiante et son oncle Teddy s'occupaient d'elle. Séréna rentrait épuisée, tous les soirs, à sept, huit ou neuf heures, trop lasse pour manger, parler ou sortir. Elle se glissait dans un bain chaud et n'en sortait que pour aller se coucher. Teddy aussi avait un travail considérable à l'hôpital, il passait cinq ou six heures par jour en salle d'opération et se levait tous les matins à quatre heures. Il trouvait cependant le temps d'aider Séréna. Il estimait de son devoir de le faire pour contrebalancer les manœuvres de sa mère. Margaret Fullerton n'avait en réalité jamais fourni matière à poursuites à l'avoué de Dorothea Kerr, mais chaque fois qu'elle le pouvait elle mettait des bâtons dans les roues de

Séréna. Elle avait ainsi fait savoir aux journalistes que Séréna était une simple femme de ménage, originaire de Rome, qui avait pris le nom d'un palazzo dont elle avait frotté les parquets. Elle s'était bien gardée de mentionner que le palazzo avait appartenu aux parents de la jeune femme. Séréna avait jugé inutile de rétablir la vérité. Elle était d'ailleurs trop occupée pour s'en soucier. Elle avait perdu cinq kilos, durant les deux derniers mois, à force de travail et d'inquiétude. Les photographies que l'on prenait d'elle, jour après jour, étaient de plus en plus saisissantes. Elles révélaient un immense talent, et Dorothea Kerr disait elle-même que la princesse était une vraie professionnelle. On la connaissait par son titre d'un bout à l'autre de la ville et personne n'avait jamais soulevé d'objection au sujet du tarif demandé pour elle. Séréna avait déjà mis de côté une jolie somme d'argent et elle était fière d'avoir pu inscrire Vanessa dans une petite école privée de la 95e Rue, où les cours étaient donnés en français. En deux mois, la petite fille était presque devenue bilingue, ce qui renforçait chez sa mère le désir de lui apprendre un jour l'italien. Mais pour le moment, le temps manquait.

— Eh bien, chère et illustre dame, quel effet cela vous fait-il d'être le mannequin le plus demandé de New York ? lui dit Teddy un dimanche, alors qu'ils étaient assis par terre, feuilletant les journaux.

— Je n'en sais rien, avoua Séréna. Je suis trop lasse pour ressentir la moindre chose. Vous en êtes d'ailleurs le grand responsable, Teddy.

— Pas du tout. Cela tient à ce que vous êtes si laide ! (Il se pencha pour l'embrasser sur la joue, puis, avec un regard interrogatif, il ajouta :) Avez-vous un chevalier servant ?

— Je n'en ai pas le temps, répondit-elle d'abord, sur la réserve.

Mais il était son meilleur ami et elle voulait être honnête envers lui, aussi ajouta-t-elle :

— Ça ne me déplairait pas, pourtant. Je crois que je suis enfin prête. Pourquoi ? Vous avez quelqu'un à me proposer ?

— L'un de mes amis, un chirurgien, m'a supplié de vous le présenter.

— Il est gentil ? Vous croyez que je le trouverai sympathique ?

Elle avait vraiment envie de faire la connaissance d'un homme. Il lui avait fallu quatre ans pour se remettre de la disparition de Brad, mais elle venait d'entrer dans une nouvelle phase de son existence. À San Francisco, le souvenir de son mari avait été trop présent ; à New York, tout était différent.

— Il est divorcé, et il est peut-être un peu trop discret pour vous.

Séréna éclata de rire.

— Vous voulez dire que je suis trop tapageuse ?

— Non, dit-il avec un sourire fraternel. Mais vous êtes très attirante. Quelqu'un de plus brillant vous conviendrait sans doute mieux.

— J'ai donc tant changé ?

Cette pensée la laissa un instant interdite. Brad n'était pas « quelqu'un de brillant ». Il était aimant, fort, solide. C'est ce qu'elle recherchait chez un homme, mais il fallait reconnaître qu'elle n'était plus la jeune fille que Brad avait épousée. Elle ne dépendait plus de personne, à présent, même si elle avait encore besoin de l'appui moral de Teddy.

— Pourquoi ne pas organiser un dîner avec votre ami ?

Teddy se rendit compte à quel point elle avait évolué. Six mois plus tôt, elle aurait refusé net. Le dîner, pourtant, n'eut jamais lieu. Les horaires de Séréna le rendirent impossible. L'agence l'employait au maximum. Il arrivait parfois à Vanessa de se plaindre :

— Je ne te vois plus jamais, maman.

La situation ne s'améliora pas. Séréna eut droit au seul jour de Noël, qu'elle passa en compagnie de sa fille et de Teddy. Dès le lendemain matin, elle courait dans la neige, en maillot de bain et en manteau de fourrure, pour Andy Morgan qui lui demandait de bondir jusqu'à ce que sa crinière blonde s'élevât droit au-dessus de sa tête. Deux semaines plus tard, elle partait en reportage à Palm Beach, puis à la Jamaïque et revenait à New York, avant de gagner

Chicago. Elle s'arrangeait pour emmener Vanessa dans ses voyages, ce qui rendait la fréquentation scolaire de l'enfant très irrégulière. Mais Séréna s'efforçait de la faire travailler tous les soirs pour rattraper. Et elle avait l'air si heureuse que tout le monde lui pardonnait d'être si occupée.

L'été suivant, l'agence Kerr demanda pour elle deux cents dollars de l'heure et l'on ne parla plus que de «la princesse». Tous les photographes du pays la réclamaient. Dorothea Kerr suivait sa carrière et contrôlait tout ce qu'elle faisait d'une main de fer, à la grande joie de Séréna. Elles étaient devenues amies, même si elles se voyaient rarement en dehors de l'agence.

— J'espère que vous appréciez cette période, Séréna, lui dit un jour Dorothea, parce que cela ne durera pas toujours. Vous allez recevoir encore pas mal d'argent. Mettez-le de côté, faites-en quelque chose d'intelligent. Aujourd'hui, c'est votre tour, mais demain, celui d'une autre viendra.

Dès le début, Dorothea avait été agréablement surprise par la façon dont Séréna menait sa vie. Elle était lasse des mannequins qui buvaient et se faisaient arrêter, provoquaient des rixes, achetaient autant de voitures de sport qu'elles en cassaient, sortaient avec des play-boys, tentaient de se suicider de la manière la plus retentissante possible et, bien entendu, se manquaient. Séréna, elle, était discrète. Elle travaillait dur et rentrait chez elle retrouver sa petite fille. Elle n'étalait pas sa vie privée. Dorothea, d'ailleurs, soupçonnait que les hommes avaient peu de place dans son existence.

Cet été-là, il y avait un an que Séréna était à New York. Elle était si demandée qu'elle pouvait à peine trouver une minute pour Teddy. Elle avait dû inscrire Vanessa deux mois dans une colonie de vacances. Elle aurait voulu s'accorder une semaine de liberté avant le retour de sa fille. Et, à la mi-août, elle supplia Dorothea d'alléger un peu son emploi du temps :

— Ne pourriez-vous pas repousser mes rendez-vous d'une quinzaine de jours ?

Dorothea consulta la liste des gens qui souhaitaient travailler avec Séréna, puis la montra en souriant à la jeune femme :

— Vous avez beaucoup de chance. Voyez-moi ça !

Séréna poussa un gémissement, en se laissant tomber sur une chaise. Elle portait une jupe de lin blanc, un bain-de-soleil à rayures rouges et blanches, des sandales rouges et, au poignet, une série de bracelets rouges et blancs alternés. Elle était fraîche, blonde, jeune et raffinée, et il était aisé de comprendre pourquoi tous les plus grands photographes des États-Unis se l'arrachaient. Sa réputation avait même franchi l'Atlantique.

— Vous savez, poursuivit Dorothea, je vous envierais, pour un peu. J'aurais aimé connaître le même succès, en mon temps... Il faut reconnaître (elle sourit) que vous êtes soutenue par une agence bien supérieure à tout ce qui existait alors.

Séréna se mit à rire et se recoiffa d'une main.

— S'il vous plaît, Dorothea, ménagez-moi une coupure pour les deux semaines qui viennent. J'en ai besoin. Je ne me suis pas arrêtée de toute l'année.

Teddy avait fui à Newport, quelques jours auparavant, et elle l'enviait d'être au bord de la mer. Il avait proposé de l'emmener au cap Cod, mais depuis le départ de Vanessa elle avait encore plus de travail et n'avait pu s'échapper.

— Je vais voir, dit Dorothea en consultant de nouveau sa liste. Le seul que je ne pourrai sûrement pas déplacer, c'est Vassili Arbos.

— Qui ?

— Vous n'en avez pas entendu parler ?

— J'aurais dû ?

— Les Anglais le tiennent pour l'égal d'Andy Morgan. Il est à moitié anglais, à moitié grec et tout à fait fou. Il réalise des choses extraordinaires.

— Aussi bonnes qu'Andy ?

Après une année passée à New York, Séréna connaissait beaucoup de photographes et Andy Morgan était devenu l'un de ses amis.

— Je ne pourrais l'affirmer. Il est très bon. Son travail est différent. Vous verrez.

— Il est indispensable que je le voie?

— Nous n'avons pas le choix. Il vous a retenue depuis trois mois pour un reportage qu'il doit faire ici. Il ne vient passer que quelques semaines en Amérique, puis il repartira à Londres. On m'a dit qu'il avait une maison ici, une autre à Athènes, un appartement à Paris et une villa dans le sud de la France.

— Il passe son temps à voyager ou il travaille quelquefois?

Le personnage ne semblait pas devoir plaire à Séréna; il lui paraissait capricieux. Elle en avait déjà rencontré quelques-uns dans ce genre, des play-boys qui se cachaient derrière leurs appareils pour mieux séduire des filles. Séréna pouvait se dispenser de ce type de relations.

— Pourquoi ne pas lui donner une chance? En tant que photographe, pas en tant qu'homme. Il a un charme fou, mais Vassili Arbos n'est pas quelqu'un avec qui on se lie. Vous n'y songeriez pas, d'ailleurs.

— On doit me traiter de « glaçon », dans le métier…

— Je ne le pense pas, Séréna. Je crois que la plupart de ces gens savent que vous n'êtes pas facile. Cela simplifie le travail avec vous, j'imagine. Ils n'attendent que des résultats professionnels.

— Eh bien, je vais veiller à ce que M. Arbos le comprenne aussi.

— Avec lui, je dois l'admettre, vous risquez d'avoir plus de mal.

— Ah bon? s'étonna Séréna.

— Vous allez voir. C'est un grand enfant qui a un charme fou.

— Quelle histoire! Je demande à partir en vacances et vous me forcez à travailler avec un play-boy à l'âme d'enfant.

Dorothea prit un air rêveur. Sans le savoir, la jeune femme venait de donner une définition parfaite de Vassili. Séréna poursuivait déjà:

— Soyez gentille, voyez s'il est vraiment impossible de l'annuler. S'il refuse, je travaillerai avec lui, à condition qu'il soit rapide et que je puisse aller au plus vite me reposer.

Le lendemain matin, Dorothea l'informa qu'elle

avait pu déplacer tous les rendez-vous, sauf celui de Vassili Arbos. Ce dernier l'attendait le jour même dans son studio, à deux heures de l'après-midi.

— Il n'a pas dit combien de temps ça lui prendrait?

— Deux jours environ.

— Très bien, dit Séréna avec un soupir.

Elle tiendrait encore deux jours, puis elle partirait. Elle ne pouvait aller rejoindre Teddy à Newport, Margaret Fullerton y était. Mais elle ne le regrettait pas. Elle savait qu'il allait de réception en réception, alors que ce qu'elle souhaitait, c'était de ne même pas avoir à se passer un peigne dans les cheveux.

Elle prit l'adresse du studio d'Arbos, vérifia sa réserve de maquillage, de laque, de miroirs, l'assortiment de brosses, et se munit de quatre paires de chaussures, d'un maillot de bain, de quelques slips, de bas, de trois soutiens-gorge différents et de quelques bijoux simples. Elle ne savait jamais ce dont elle allait avoir besoin pour travailler.

Elle arriva à l'adresse indiquée à 14 h 30 précises et fut accueillie par un assistant, un beau jeune homme, qui parlait anglais avec un accent. Séréna supposa, à juste titre, qu'il était grec.

— Nous avons vu beaucoup de choses de vous, Séréna. Vassili aime infiniment, dit-il en la regardant avec admiration.

— Je vous remercie.

— Voulez-vous un peu de café?

— Oui, volontiers. Faut-il que je commence à me maquiller?

Elle demanda aussi comment elle devait se coiffer, mais le jeune homme secoua la tête.

— Détendez-vous. Nous ne travaillerons pas cet après-midi. Vassili veut simplement faire votre connaissance.

Pour deux cents dollars de l'heure? Il la payait pour bavarder? Séréna parut un peu surprise.

— Quand commencerons-nous?

— Demain. Après-demain. Quand Vassili se sentira prêt.

«Oh! Seigneur!» Séréna voyait déjà ses vacances s'envoler.

— Il procède toujours ainsi?

— Oui, si le client est important et s'il n'a jamais vu le mannequin. Il est capital, pour Vassili, de bien connaître ses mannequins.

— Ah, vraiment?

La voix de Séréna était un peu tendue. Elle n'était pas venue pour jouer avec Vassili. Elle voulait faire son métier, un point c'est tout. Au moment où elle allait poursuivre, elle sentit une présence dans son dos. Elle se retourna et découvrit un homme dont le regard était chargé d'un tel magnétisme qu'elle en eut le souffle coupé. Il l'avait surprise en s'immobilisant si près d'elle. Et tout en lui la surprenait, sa chevelure d'onyx, étincelante, ses yeux d'un noir intense, qui pétillaient d'un rire contenu avec peine, son visage large et anguleux aux hautes pommettes, sa bouche sensuelle et son teint hâlé qui donnait à sa peau des reflets de miel. Il était grand, avec de larges épaules, des hanches étroites et de longues jambes. Il avait plus l'air d'un mannequin que d'un photographe.

— Bonjour, je suis Vassili, dit-il avec un accent subtil, à la fois grec et anglais.

Il lui tendit une main et, durant un instant, elle demeura sous le charme, puis, pour masquer son embarras, elle se mit à rire tout en se reprochant de s'être laissé impressionner par son aspect physique.

— Moi, je suis Séréna.

— Ah! dit-il en levant une main comme pour exiger le silence, la princesse!

Il s'inclina très bas, puis se releva avec un grand sourire. Ses yeux semblaient la caresser et elle se sentait attirée de manière presque irrésistible par sa large poitrine et ses bras puissants. Il reprit:

— Je suis bien content que vous ayez accepté de venir ici pour que nous fassions connaissance.

— Je croyais que nous allions travailler?

— Non! Jamais tout de suite. Pas pour une commande de cette importance. Mes clients comprennent que je doive me familiariser avec mes modèles.

Elle ne pouvait s'empêcher de penser que cela leur coûtait une fortune, mais il était évident qu'il ne s'en souciait guère.

— Quel va être le sujet de notre travail?

— Vous.

Cela allait de soi. Le mot parut néanmoins prendre pour Séréna une résonance particulière, comme si elle avait été là pour elle-même, et non pour aider à la promotion d'une robe, d'une voiture, d'un ensemble en tissu éponge ou d'une nouvelle marque de crèmes glacées. Elle essaya une approche différente, consciente qu'il ne la quittait pas des yeux. Elle avait presque l'impression qu'il la touchait et en était troublée. Durant un instant, elle eut le sentiment que Vassili Arbos allait jouer un rôle important dans sa vie. Elle se contraignit à détacher ses pensées de lui et revint aux questions qu'elle se posait à propos de la séance:

— Comment s'appelle votre client?

Il le lui dit et lui expliqua qu'ils allaient faire des photographies d'elle avec des enfants, avec deux mannequins hommes, puis seule, pour une importante campagne de lancement d'un modèle de voiture.

— Savez-vous conduire?

— Bien sûr.

En général, on ne la payait pas deux cents dollars de l'heure pour lui faire jouer les chauffeurs. Cet homme présentait toutefois les choses de façon si facile, si naturelle, si amicale que l'on était tenté d'accepter n'importe quelle suggestion de sa part. Il la considérait avec intérêt, et elle comprit qu'il étudiait les méplats de son visage. Elle avait l'habitude de se présenter chez un photographe, de se préparer et de se mettre à travailler de façon presque anonyme. Il était pour elle inhabituel, voire inconfortable, de se mettre en train à un rythme aussi lent. Vassili, cependant, ne s'arrêtait pas à «la princesse», création de l'agence Kerr, il cherchait à savoir qui elle était en réalité.

— Avez-vous déjeuné?

Elle sursauta. Depuis un an qu'elle était mannequin à New York, personne ne lui avait jamais demandé si elle était lasse, si elle avait faim ou si elle était malade.

— Je... non... J'étais trop pressée...

— Ne dites pas cela, l'arrêta-t-il en la menaçant du doigt. Ne vous précipitez jamais. Jamais.

Il reposa alors sa tasse de café, prenant délibérément son temps, dit quelques mots en grec à son assistant, prit un pull en shetland vert vif sur une chaise, avant de lui tendre la main :

— Venez!

Sans plus réfléchir, elle prit sa main. Ils allaient passer la porte, lorsqu'elle se souvint de ses objets personnels.

— Attendez... mon sac... je l'oubliais... Où allons-nous?

— Manger quelque chose, répondit-il avec un sourire éblouissant. Ne vous inquiétez pas, princesse. Nous reviendrons.

Elle se sentit un peu sotte d'être aussi nerveuse. Elle était déconcertée par le comportement insolite du photographe. En bas, une Bentley gris argent et un chauffeur les attendaient. Vassili l'y fit monter, puis donna au chauffeur une adresse qui n'évoquait rien pour elle. Lorsqu'ils s'engagèrent sur le pont de Brooklyn, elle commença de s'inquiéter :

— Où allons-nous donc?

— Je vous l'ai dit. Déjeuner.

Il la considéra, l'œil mi-clos :

— D'où sortez-vous, déjà?

Elle hésita un instant :

— De New York... de l'agence Kerr...

— Non, non, dit-il en riant. Je veux savoir où vous êtes née.

— Oh! À Rome, répondit-elle avec un petit rire confus.

— Rome? Vous êtes italienne?

— Oui.

— Alors, le titre est vrai?

Elle fit signe que oui.

— Que je sois pendu! s'écria-t-il en se tournant

vers elle pour lui sourire. Une véritable princesse. *Una vera principessa.*

Il lui tendit la main et la salua comme on le faisait en Italie : « *Piacere.* » Il lui fit alors le baisemain et se mit à raconter, sur un ton amusé :

— Mon arrière-grand-père était un comte anglais, mais ma grand-mère, sa fille, a dérogé à son rang en épousant un homme qui possédait une immense fortune, mais pas le moindre quartier de noblesse. Il gagnait beaucoup d'argent en achetant et en revendant des usines et en faisant du commerce avec l'Extrême-Orient. Leur fils, mon père, était sans doute un peu fou. Lui, il faisait breveter d'extraordinaires accessoires pour les bateaux, puis il s'est lancé dans le commerce maritime avec l'Amérique latine et l'Extrême-Orient. Entre-temps il avait épousé ma mère, Alexandra Nastassos. Ils se sont tués dans un accident de yachting, lorsque j'avais deux ans. Ce qui explique sans doute que je sois un peu désaxé, moi aussi. Ni mère ni père. J'ai été élevé dans la famille de ma mère — mes grands-parents paternels étaient déjà morts tous les deux —, et j'ai grandi à Athènes. Puis j'ai été envoyé en Angleterre. Eton... Cambridge, d'où j'ai été renvoyé, dit-il non sans fierté. Alors je me suis installé à Paris et je me suis marié. Après cela, tout est très ennuyeux, conclut-il avec un sourire étincelant. À présent, parlez-moi de vous.

— Mon Dieu ! En vingt-cinq mots, ou ai-je droit à davantage ?

Elle lui sourit, assez émue par ce qu'il venait de lui apprendre. Le nom des Nastassos aurait retenu l'attention de n'importe qui. C'était celui d'une des plus grandes familles d'armateurs grecs. En y réfléchissant, elle se souvenait même d'avoir entendu un peu parler de Vassili. Il était considéré comme la brebis galeuse de la famille et avait été marié plusieurs fois. La troisième fois, il avait épousé une parente éloignée de la reine d'Angleterre, sa photographie avait fait la première page des journaux de San Francisco.

— À quoi pensez-vous ?

Il la regardait de façon très directe, comme l'aurait fait un enfant.

300

— Il me semble avoir lu quelque chose sur vous, lui dit-elle avec franchise.

— C'est vrai ? fit-il, amusé. Voyons, ce ne pouvait pas être au sujet de mon mariage avec Brigitte, ma première femme, car nous avions tous les deux dix-neuf ans. Peut-être au sujet de la seconde, Anastasia Xanios. À moins que les articles n'aient été consacrés à Margaret. C'était la cousine de la reine.

Il avait pris un ton si solennel qu'elle en rit.

— Combien de fois avez-vous été marié ?

— Quatre, convint-il.

— Alors vous en avez oublié une.

Son sourire s'estompa.

— La dernière, avoua-t-il.

— Qui était-ce ?

— C'était… elle était française. Un mannequin…

Ses grands yeux noirs avaient pris une expression tragique lorsqu'il acheva :

— Elle est morte d'une overdose, en janvier dernier. Elle s'appelait Hélène.

— Oh ! je regrette… (Elle posa une main sur la sienne, avant de lui confier :) Je regrette beaucoup. Moi aussi, j'ai perdu mon mari.

Elle pensait à ce qu'il avait dû éprouver. Elle se souvenait encore de l'intolérable souffrance que lui avait causée la perte de B.J. Et cela datait de plus de quatre ans.

— Comment votre mari est-il mort ? demanda Vassili en la regardant avec douceur.

— En Corée. Il est tombé l'un des premiers. Quelques jours avant que la guerre n'éclate.

— Vous êtes donc passée par là, vous aussi ? C'est étrange. Tout le monde se moque de moi. Il a été marié quatre fois… encore une femme… Chaque fois, pourtant, c'était différent. Chaque fois… chaque fois je tombe amoureux comme s'il s'agissait de la première fois… Et Hélène, ce n'était qu'une enfant. Vingt et un ans.

Séréna ne demanda pas de précisions. Elle supposait que la jeune femme s'était suicidée avec des barbituriques. Il secoua la tête et pressa la main de Séréna, avant de poursuivre :

301

— L'existence est parfois étrange. Je ne la comprends que rarement. D'ailleurs, il faut l'avouer, je n'essaie même plus. Je vis ma vie au jour le jour. J'ai un métier, des amis, je vois les gens avec qui je travaille... Quand je suis derrière mes appareils, j'oublie tout.

— Vous avez bien de la chance, dit Séréna qui savait combien l'immersion dans le travail émoussait le chagrin. Vous n'avez pas d'enfants, Vassili ?

Il haussa les épaules, avec un sourire triste aux lèvres.

— Non. Peut-être n'ai-je pas encore rencontré la femme qui convenait pour cela. Avez-vous des enfants, Séréna ?

— Un. Une petite fille.

— Et comment s'appelle-t-elle ?

— Vanessa.

— Un prénom charmant. Elle est blonde et vous ressemble comme deux gouttes d'eau ?

— Non. Elle est blonde et ressemble trait pour trait à son père.

— Il était beau ?

— Oui.

— N'y pensez plus, petite fille.

Il se pencha pour l'embrasser sur la joue. Elle dut se rappeler à elle-même qu'il n'était pas un ami, mais un photographe avec qui elle allait devoir travailler. Il lui paraissait difficile de croire qu'elle ne le connaissait pas depuis des années. Elle se sentait si bien, auprès de lui. La voiture s'arrêta, un peu plus tard, et ils en descendirent. Ils étaient devant un restaurant de Sheepshead Bay, spécialisé dans les produits de la mer. Si la façade ne payait pas de mine, une fois à l'intérieur, Séréna sentit la bonne odeur des clams cuits à la vapeur et arrosés de beurre fondu, des poissons cuits aux herbes et du pain chaud. Ils firent un merveilleux déjeuner, au calme, et il était près de cinq heures lorsqu'ils ressortirent.

— C'était divin, le remercia-t-elle, rassasiée, contente et détendue.

Vassili lui posa un bras sur les épaules et fit tourbillonner son pull-over en l'air. Elle lui adressa un chaleureux sourire, lorsqu'elle le vit faire un pas de côté en la saluant, cependant que le chauffeur lui ouvrait la portière. Au bout de quelques minutes, bien carrée dans son siège, Séréna se rendit compte qu'ils ne regagnaient pas le centre-ville.

— Est-ce une autre aventure que vous me proposez?

Vassili se contenta de lui sourire et de lui prendre la main. Elle ne se sentait plus pressée par le temps, ni inquiète. Elle n'avait à aller nulle part, si ce n'est chez elle où personne ne l'attendait.

— Où allons-nous? s'enquit-elle.

— À la plage.

— À cette heure-ci?

— Je voudrais voir le coucher du soleil avec vous, Séréna.

Bien que l'idée lui parût curieuse, la jeune femme n'éprouva pas l'envie d'élever des objections. Elle se sentait bien auprès de cet homme, elle était heureuse.

Le chauffeur savait exactement où Vassili voulait aller. Ils traversèrent des banlieues laides, sans intérêt, avant d'arriver à un petit embarcadère auquel était amarré un ferry-boat. Une demi-douzaine de passagers étaient déjà à bord.

— Vassili? De quoi s'agit-il? demanda Séréna qui s'inquiétait de nouveau.

— C'est le ferry pour Fire Island. Êtes-vous déjà allée là-bas?

Elle fit non de la tête.

— Vous allez adorer ça, reprit-il avec une assurance telle qu'elle se calma. Nous n'y resterons guère. Juste le temps d'admirer le coucher du soleil, de faire une promenade sur la plage et nous rentrerons.

Sans savoir pourquoi, elle lui fit confiance. Il lui semblait qu'elle était en sécurité avec lui. Main dans la main, ils montèrent à bord du ferry.

Une demi-heure plus tard, ils débarquaient sur une étroite jetée. De là, il lui fit traverser l'île dans toute sa largeur pour atteindre une plage dont la beauté lui coupa le souffle: sur des kilomètres, une mince bande de sable d'un blanc pur, devant une mer d'huile.

— Ah! Vassili, c'est inimaginable!

— N'est-ce pas? dit-il en souriant. Ça me rappelle toujours la Grèce.

— Vous y venez souvent?

— Non, Séréna, pas souvent. J'avais envie d'y venir avec vous.

Il la fixait de ses yeux noirs. Elle se détourna, car elle n'était pas sûre d'elle-même. Elle ne voulait pas jouer avec lui. Mais il était si ouvert, si attirant... cette attirance irrésistible... Ils se promenèrent un long moment sur la plage, puis s'assirent pour regarder le soleil se coucher et demeurèrent ainsi durant un temps interminable, sembla-t-il à Séréna, chacun perdu dans ses rêves. Il avait posé un bras sur ses épaules. Enfin, il se releva et lui tendit une main pour l'aider à se mettre debout. Elle avait glissé ses sandales dans ses poches et ses cheveux, libérés, dansaient au vent. Il lui effleura le visage d'une main, puis il se pencha vers elle et l'embrassa. Ils revinrent alors sur leurs pas, en suivant la mer, jusqu'à la jetée. Aucun d'eux ne dit mot durant le trajet du retour, sur le ferry, et elle fut tout étonnée de s'apercevoir qu'elle avait dormi, les dernières minutes, la tête sur son épaule. Mais en voiture, ils ne cessèrent de rire et de plaisanter. Et lorsqu'elle se retrouva devant la porte de son immeuble, dans la 63e Rue Est, il lui aurait été difficile d'expliquer ce qui s'était passé durant les huit dernières heures. Dix heures du soir venaient à peine de sonner et elle avait l'impression de revenir d'un voyage féerique en compagnie de cet homme extraordinaire aux yeux noirs.

— À demain, Séréna, dit-il à voix basse, sans essayer de l'embrasser de nouveau.

Elle acquiesça d'un sourire et lui fit un signe de la main, puis elle ouvrit la porte d'entrée et monta, comme dans un rêve, l'escalier qui menait chez elle.

38

S'ils avaient vécu une journée de détente enchanteresse, celle qu'ils consacrèrent à travailler au studio de Vassili fut épuisante. Il la photographia durant des heures dans la voiture, avec les hommes, avec les enfants, seule en gros plan… En le regardant opérer, elle ne pouvait s'empêcher de penser que même Andy Morgan ne mettait pas autant d'ardeur dans ses recherches. Quand le soir tomba, tout le monde était fourbu. Vassili était trempé de sueur, son tee-shirt marine lui collait à la peau. Il s'épongea le visage et les bras, puis s'affala sur une chaise. Le grand sourire qui éclata alors dans ses yeux ne semblait destiné qu'à Séréna. À elle seule. Et elle se sentit une fois encore irrésistiblement portée vers lui. Elle vint s'asseoir à son côté avec un sourire plein de chaleur.

— Vous devez être très content, lui dit-elle d'une voix douce, en approchant son visage du sien.

— Vous pouvez être satisfaite aussi, princesse. Vous avez été remarquable. Vous verrez ça, une fois développé.

— Je suppose que nous avons terminé. (Il y avait du regret dans sa voix. Surprise de le voir secouer la tête en signe de dénégation, elle s'étonna :) Nous n'avons pas fini ? Vous n'avez pourtant pas l'intention de continuer, Vassili, nous avons fait tout ce que l'on pouvait imaginer, aujourd'hui.

— Non, non, répondit-il en s'efforçant de prendre un air indigné, mais ses yeux rieurs le trahissaient. Nous partons en extérieur, demain.

— Où cela ?

— Vous verrez.

Elle vit, en effet. Il avait déniché dans le New Jersey un petit canyon très aride entouré de collines, et c'est là qu'il lui fit conduire la voiture, se coucher sur le capot, faire semblant de changer un pneu ou de vérifier l'huile. S'il veillait à bien connaître les êtres humains qui participaient à ses séances de pose, il s'efforçait aussi de ne rien ignorer des objets. Elle lui en fit la remarque en plaisantant, tandis qu'ils regagnaient ensemble la ville, dans la Bentley.

— Vous savez, princesse, vous êtes assez extraordinaire dans votre genre.

Elle lui lança un regard heureux et rejeta ses blonds cheveux en arrière. Elle mourait d'envie de toucher les siens.

— Vous aussi, dit-elle.

Il la déposa devant sa porte, ce soir-là, mais deux jours plus tard il l'appelait :

— Venez voir ce que nous avons fait.

— C'est Vassili ?

— Bien entendu, princesse. J'ai les négatifs et les tirages.

Il était inhabituel qu'on propose à un mannequin de les voir avant le client, mais Vassili était si excité par le résultat, qu'il souhaitait qu'elle se précipite sans plus attendre au studio. Ce qu'elle fit. Les photographies révélaient un véritable génie : elles étaient dignes d'être primées. Vassili était fou de joie quand il les montra à Séréna ; elle en fut transportée. Elles enchantèrent aussi Dorothea Kerr, le client et tous les participants. Et à la fin de la semaine, Dorothea leur avait trouvé quatre autres engagements.

— Devinez qui vient vous voir ? lança Séréna, moqueuse, quand elle pénétra pour la troisième fois dans le studio. Vous n'êtes pas encore fatigué de mon visage, Vassili ?

Depuis qu'elle avait commencé à travailler avec lui, elle avait renoncé aux quelques jours de vacances après lesquels elle avait tant soupiré. Les moments qu'ils partageaient étaient si enthousiasmants, si fascinants ! Elle était hantée par le souvenir du coucher de soleil qu'ils avaient admiré. Chaque fois qu'ils collaboraient, elle revoyait en pensée ces instants et ceux où elle avait dormi, la tête sur son épaule. Ces images conféraient une douceur particulière à ses traits, sensible sur les photographies, et ce qu'ils accomplissaient ensemble avait une grande beauté plastique.

— Comment allez-vous, aujourd'hui, ma princesse ?

Il se pencha pour l'embrasser sur la joue et lui sourit. Le travail qu'ils avaient à réaliser ce jour-là
n'était pas bien compliqué. Et ils se connaissaient si
bien, à présent, que tout était de plus en plus simple.
Aussi la séance s'acheva-t-elle en quelques heures. Il
enfila un tee-shirt propre et jeta un coup d'œil par-
dessus son épaule en direction de Séréna.

— Voulez-vous qu'on dîne quelque part, princesse ?

Elle n'hésita pas un instant.

— J'aimerais beaucoup.

Cette fois, il l'emmena à Greenwich Village. Ils
mangèrent des spaghetti aux champignons et une
énorme salade, en buvant du vin blanc, puis ils se promenèrent sans but et goûtèrent des crèmes glacées
italiennes.

— Vous ne regrettez jamais l'Italie, Séréna ?

— Plus maintenant, répondit-elle, avant de lui parler de ce qu'elle avait perdu là-bas, ses parents, sa
grand-mère, les palais… Je me sens d'ici, aujourd'hui.

— De New York ? s'étonna-t-il. Vous ne seriez pas
plus heureuse en Europe ?

— J'en doute. Je n'y suis pas allée depuis si longtemps. J'ai passé quelques mois à Paris, avec mon
mari. Tout cela me semble si lointain.

— C'était il y a combien de temps ?

— Huit ans.

— Séréna, accepteriez-vous de travailler avec moi,
à Paris ou à Londres ? J'aimerais faire à nouveau
quelque chose avec vous, mais je ne peux prolonger
mon séjour ici.

Elle réfléchit à sa proposition. Elle trouvait merveilleux de travailler avec lui, merveilleux ce qu'ils
réalisaient ensemble. Il s'établissait entre eux un
contact qu'elle n'avait encore jamais connu avec
d'autres photographes.

— Oui, si je trouve une solution pour ma fille.

— Quel âge a-t-elle ?

— Presque huit ans.

307

— Vous pourriez l'emmener avec vous, dit-il en souriant.

— Peut-être. S'il s'agit de quelques jours seulement. Il faut qu'elle aille à l'école.

— Réfléchissons-y tous les deux, proposa-t-il.

— Vous partez bientôt ? demanda Séréna attristée, alors qu'ils traversaient Washington Square et quittaient le Village.

— Je l'ignore, répondit-il en lui jetant un regard étrange. Je n'ai pas encore pris de décision. J'ai rempli presque tous les contrats qui m'avaient incité à venir ici. (Il haussa les épaules.) Peut-être faudrait-il que je me procure d'autres commandes.

— J'aime beaucoup collaborer avec vous et vous allez me manquer. (Avec une certaine timidité, elle confessa :) Je n'ai jamais eu de relations personnelles avec aucun des autres photographes, avant.

— C'est ce que Dorothea m'avait assuré, dit-il d'un ton amusé. Elle vous a présentée comme une vraie professionnelle, à qui je ne devais pas faire de charme.

— Aha ! Parce que d'habitude vous vous servez de votre charme ?

Elle le taquinait, mais lui ne plaisantait plus lorsqu'il lui répondit :

— Cela m'arrive, Séréna. Je ne suis pas toujours l'homme le plus circonspect dans le choix de mes relations. Est-ce que cela vous ennuie ?

— Je ne le crois pas, avoua-t-elle très vite, sans être bien sûre de l'avoir compris.

— Vous savez, lui confia-t-il en s'arrêtant pour la regarder bien en face, vous êtes une femme si exceptionnelle qu'il m'arrive de ne pas savoir comment vous dire ce que je pense.

— Pourquoi cela ? Pourquoi ne voulez-vous pas me dire ce que vous pensez ?

— Parce que je vous aime. Voilà la raison. Vous êtes la plus jolie femme que j'aie jamais connue.

— Vassili...

Elle baissa les yeux, puis le regarda de nouveau. Il ne la laissa pas poursuivre.

— Ne vous inquiétez pas. Je ne m'attends pas à ce

que vous m'aimiez. J'ai été un peu fou toute ma vie. Il faut payer le prix de cette folie, soupira-t-il avec un petit sourire triste. Cela vous rend tout à fait inapte à vivre avec quelqu'un de bien.

— Ne dites pas cela.

— Accepteriez-vous de partager la vie d'un homme qui a eu quatre femmes ? demanda-t-il en l'obligeant à soutenir son regard.

— Peut-être, répondit-elle d'une voix douce. Si je l'aimais.

Il reprit, à voix basse :

— Et croyez-vous que vous pourriez aimer un tel homme… un jour… s'il vous aimait beaucoup… beaucoup… ?

Elle se sentit acquiescer, comme si elle était étrangère à elle-même, et avant d'avoir su ce qui lui arrivait elle se retrouva dans ses bras. Elle voulait être à lui, lui appartenir, vivre près de lui à jamais. Et quand il l'embrassa, elle sentit que tout son cœur la portait vers lui.

Il la reconduisit jusque devant sa porte et l'embrassa avec autant de passion qu'il l'avait fait un peu plut tôt, mais il se contraignit à ne pas entrer chez elle. Dès le lendemain matin pourtant, il était là de nouveau, chargé de café chaud, de croissants, d'un panier de fruits et d'un grand bouquet de fleurs.

Il lui fit dès lors une cour pressante. Ils passaient ensemble chaque instant de la journée. Il avait fini ses travaux et elle avait enfin obtenu un congé de l'agence. Ils allaient à la plage, dans les parcs, à la campagne. Ils s'étreignaient, s'embrassaient et leurs mains se cherchaient sans cesse. Quand la semaine s'acheva, elle monta enfin chez lui, une très belle suite, donnant sur le parc, à l'hôtel Carlyle. Une fois là, il recommença de l'embrasser, mais cette fois, ni l'un ni l'autre ne purent résister davantage. Ils avaient trop besoin, trop envie l'un de l'autre pour tenter encore d'arrêter le flot qui les portait. Ils se prirent avec une passion que rien n'entravait plus. Au matin, ils savaient qu'ils s'aimaient corps et âmes. Séréna avait le sentiment de lui appartenir pour toujours. Elle était à Vassili, désormais, jusqu'au plus profond d'elle-même.

Mais il devait repartir pour Paris, le lendemain matin, et Teddy et Vanessa rentraient deux jours plus tard. Tout allait-il être brisé? Le regard plongé dans sa tasse de café, Séréna s'absorbait dans ces pensées.

— Ne t'inquiète pas, ma chérie. Je te le promets. Tu viendras me retrouver à Londres.

— Mais, Vassili...

À l'écouter, c'était si simple. Il y avait pourtant Vanessa. Et Teddy. Son frère. Son ami. Il avait toujours été à ses côtés, et la jeune femme ne parvenait pas à imaginer l'existence sans lui. Elle regarda Vassili et sentit la tristesse monter en elle.

— Eh bien, viens avec moi.

— Je ne peux pas... Vanessa...

— Emmène-la. Elle commencera l'année scolaire à Paris ou à Londres. Elle parle français, il n'y aura pas de problèmes. Ce n'est compliqué que si tu le veux bien, ajouta-t-il avec un grand sourire.

— Ce n'est pas tout à fait exact. Je ne peux pas la déraciner, simplement pour courir après un homme.

— C'est vrai, reconnut-il d'un air sérieux, cette fois. Tu peux en revanche l'emmener avec toi si tu décides d'épouser cet homme. Je pense ce que je dis. Je vais t'épouser, tu sais. La seule question qui se pose, c'est à quel moment cela te conviendra le mieux. Je crois que nous avons répondu à toutes les autres interrogations, la nuit dernière. (Séréna se sentit rougir jusqu'à la racine des cheveux. Il l'embrassa avec passion.) Je t'aime, princesse. Je veux t'avoir pour moi tout seul.

Qui était, en fait, Vassili? Séréna se sentait gagnée par la panique. Comment pouvait-elle faire une chose pareille? Dans quoi se lançait-elle? Vassili lisait sans doute dans ses pensées, car il la rassura:

— Cesse de t'inquiéter, ma chérie. Nous allons tout arranger.

Comment y parviendraient-ils, à cinq mille kilomètres l'un de l'autre? Elle se leva et se dirigea à pas lents vers la fenêtre. Son beau corps d'ivoire emplit de nouveau Vassili de désir.

310

— Séréna, murmura-t-il d'une voix à peine audible, vas-tu m'épouser ?

— Je n'en sais rien.

Mais elle avait à présent l'impression de s'être lancée sur un océan et d'avoir perdu le contrôle de son embarcation. Elle voulait cet homme plus qu'aucun autre depuis Brad, elle le voulait avec autant de force que lui la voulait. Il n'y avait place ni pour le calme ni pour la paix, dans cette liaison faite de passion vive et de constant désir. Vassili s'avança vers elle, ses yeux noirs enflammés, et répéta :

— Vas-tu m'épouser, Séréna ?

Ce n'était pas une menace, plutôt une sorte de grondement qui la bouleversa. Il la serrait dans ses bras et elle retint son souffle. Puis, comme hypnotisée, elle hocha lentement la tête et répondit dans un murmure :

— Je vais t'épouser.

Il la prit alors sur le sol de la chambre d'hôtel et elle cria sous l'effet de sa propre jouissance. Il la contemplait maintenant avec un petit sourire victorieux.

— Je pense ce que j'ai dit, ma princesse aimée. Je te veux pour femme. Pensais-tu toi aussi ce que tu disais ?

Elle fit signe que oui.

— Alors répète-le, Séréna, exigea-t-il en la maintenant clouée au sol. (Un instant, elle crut voir une lueur de folie dans ses yeux.) Répète-le. Dis-moi que tu seras ma femme.

— Je serai ta femme.

— Pour quelle raison ? demanda-t-il, tandis que ses traits se détendaient et retrouvaient leur douceur première. Pourquoi, Séréna ? reprit-il dans un tendre murmure.

— Parce que je t'aime.

Il la serra contre lui et l'aima encore et encore, sans cesser de lui répéter combien son amour était profond.

39

Séréna fixait l'avion qui emportait Vassili vers
Paris. Elle avait l'impression d'avoir vécu un rêve et
de ne pas en être encore sortie. Pensait-il vraiment ce
qu'il avait dit? Allait-il l'épouser? Et elle, était-elle
sûre de vouloir accepter aussi vite? Elle le connaissait à peine. À présent qu'il était parti, elle était un
peu moins dominée par l'attrait qu'il exerçait sur
elle. Et il y avait Vanessa... Sa petite fille n'avait pas
encore rencontré Vassili. Le cœur de Séréna se mit à
battre. Elle aurait aimé se précipiter sur le téléphone
et se confier à Dorothea, mais elle n'osait lui avouer
qu'elle n'avait pas su résister au charme de Vassili.

Tandis qu'elle méditait à sa fenêtre, cette nuit-là, le
téléphone sonna. C'était Vassili qui l'appelait de
Paris: elle lui manquait déjà et il voulait savoir comment elle allait. Sa voix était si douce, si envoûtante
qu'elle se sentit de nouveau portée vers lui. Le lendemain matin, l'appartement était plein de fleurs,
quatre paniers de roses blanches pour la princesse,
et à midi un livreur de Bergdorf Goodman lui apportait un carton contenant un splendide vison.

— Oh! mon Dieu!

Elle avait passé le vison sur sa chemise de nuit et
se regardait dans le miroir. Dans deux heures, elle
devait aller chercher Vanessa à la gare Grand Central et, tard dans la nuit, Teddy reviendrait de Newport. Elle ne savait comment elle s'y prendrait pour
lui parler de Vassili. Tout était arrivé si vite, et avec
une telle violence! Elle était toujours songeuse,
quand Vassili l'appela de nouveau. Il voulait qu'elle
vienne passer quelques jours à Londres, chez lui, la
semaine suivante. Cela parut à Séréna un bon moyen
d'évaluer ses sentiments. Elle accepta aussitôt, puis
le remercia chaleureusement pour le manteau, non
sans s'être défendue d'accepter un cadeau aussi
somptueux, mais il insista.

À peine descendue du train, Vanessa se lança dans un compte rendu minutieux de son séjour en colonie de vacances. Elle était enchantée et c'est à regret, les larmes aux yeux, qu'elle quitta ses nouvelles amies. Elle ne cessa de parler jusqu'à l'appartement. Séréna était bien contente de n'avoir qu'à ponctuer de oh! ou de ah! le récit de sa fille. Elle avait posé tendrement son bras sur son épaule, mais son esprit était ailleurs. Elle était agitée de pensées trop contradictoires pour s'intéresser réellement aux histoires de Vanessa.

À onze heures, ce soir-là, quand elle entendit sonner à la porte d'entrée, elle se rendit compte de l'état d'angoisse et de désarroi auquel elle était parvenue. Teddy, grand, blond, bien bronzé, lui tendit aussitôt les bras, mais elle l'accueillit d'un air vague et embarrassé.

— Vous ne semblez pas folle de joie de me revoir, dit-il avec un large sourire.

Elle eut un rire nerveux, avant de l'embrasser.

— Excusez-moi, cher Teddy. Je suis très fatiguée.

Il fronça les sourcils, attristé.

— Je croyais que vous deviez prendre des vacances ?

— Oui, je devais… Je l'ai fait… Je veux dire que j'avais l'intention de partir… Je ne sais plus. L'agence me donne trop de travail, en ce moment.

— C'est ridicule! s'exclama-t-il, ennuyé. Vous m'aviez promis de vous reposer.

— Eh bien, je l'ai fait. En partie.

Comment le lui dire? Elle sentait qu'elle n'y parviendrait pas, du moins pas tout de suite. Elle décida de lui révéler sans plus attendre une partie de ses projets, de peur de n'avoir plus le courage de lui en parler ensuite:

— Je dois d'ailleurs aller à Londres, la semaine prochaine.

— C'est vrai? Ils vous poussent beaucoup, n'est-ce pas?

Elle acquiesça de la tête.

— Pourriez-vous vous installer ici avec Vanessa?

Elle se sentait gênée de lui demander un tel service, mais ne connaissait personne d'aussi digne de confiance pour garder Vanessa.

— Bien sûr. Qu'est-ce que vous allez faire, là-bas?

Séréna s'affaira à ranger des papiers et répondit:

— Je ne sais pas encore.

Le jour du départ, Séréna était d'une nervosité inhabituelle. Elle pleura en disant au revoir à Vanessa. Elle était persuadée que l'avion allait s'écraser, que ce voyage serait un désastre... Pourtant quelque chose la poussait à le faire. Et peu à peu, la nervosité fit place à l'excitation et, bientôt, elle avait presque oublié les êtres chers laissés en Amérique pour ne plus penser qu'à Vassili. À Londres, leurs retrouvailles se firent dans la joie. Il la conduisit à sa petite maison de cocher de Chelsea et l'aima dans une belle chambre blanc et bleu. Leur commande avait été annulée, lui apprit-il. Mais n'importe! La saison londonienne ne faisait que commencer — on était encore au début de septembre — et il avait prévu une multitude de sorties. Séréna n'avait jamais assisté à autant de fêtes en si peu de jours. Il la présentait à toutes ses connaissances, l'emmenait faire de longues promenades romantiques dans les parcs londoniens, des courses à Chelsea ou dans les grands magasins du centre, l'invitait à déjeuner ou à dîner dans des restaurants intimes.

Il était si fier de se montrer en sa compagnie que, dès le second jour, un échotier leur consacra un entrefilet: «Quelle est donc la nouvelle passion de Vassili Arbos? On murmure que cette ravissante Italienne blonde serait une princesse. Elle en a la distinction. Ne forment-ils pas un beau couple?» Le troisième jour, les journaux titrèrent, en très gros caractères: «PRINCESSE SÉRÉNA: LA CINQUIÈME ÉPOUSE DE VASSILI ARBOS?» Ce qui ne laissa pas d'inquiéter la jeune femme, car elle savait que les carnets mondains de Londres étaient souvent repris par la presse new-yorkaise. À la fin de la semaine pourtant, elle s'était habituée à voir sa présence ainsi mentionnée et il lui semblait avoir toujours fait partie de la vie de Vassili. Elle lui apportait du café et des croissants, le matin, et Vassili lui faisait de longs massages, le soir. Il leur arrivait de parler jusqu'à l'aube et elle observait ses amis avec curiosité. Ils paraissaient former un groupe de gens très avertis.

Elle n'aurait pu dire que l'existence de Vassili lui déplaisait. Son studio était énorme et organisé de façon remarquable, sa maison charmante et lui-même faisait preuve de finesse et de génie, de tendresse et d'humour aussi, et de goût. Par bien des côtés, il lui paraissait l'homme idéal. Parfois, elle se disait qu'elle ne le connaissait peut-être pas complètement, tout cela était allé si vite ! L'amour qu'il lui portait n'était pourtant pas feint et leur passion mutuelle paraissait devoir tout balayer. Elle ne pouvait plus imaginer de vivre sans lui et il voulait l'épouser avant Noël. Quand Séréna exprimait ses doutes au sujet d'un mariage aussi hâtif et ses craintes de bouleverser Vanessa, il les écartait d'un geste :

— Je ne peux pas attendre, lui assura-t-il un jour. Je ne vois pas pourquoi il le faudrait. Je tiens à ce que nous vivions ensemble. Que nous passions tout notre temps l'un près de l'autre, à travailler, à nous détendre, à voir des amis. Nous pourrions avoir un bébé, Séréna, j'ai trente-neuf ans. J'ai hâte que tu sois mienne pour toujours.

— Donne-moi le temps d'arranger les choses quand je rentrerai chez moi. Il faut que j'annonce la nouvelle à Vanessa.

— Acceptes-tu toujours de m'épouser ? s'écria-t-il, inquiet.

Elle se pencha pour l'embrasser sur les lèvres.

— Bien sûr. Mais je ne veux pas perturber ma fille en agissant de manière précipitée.

Il ne fallait pas oublier Teddy, à qui elle devrait fournir des explications. Elle se demandait quelle serait sa réaction. Vassili se faisait toujours plus insistant :

— Quand le moment est venu, il ne faut pas le laisser passer.

C'était un raisonnement voisin de celui qu'avait tenu Brad, neuf ans plus tôt, ce qui le rendait plus respectable aux yeux de Séréna.

— Je vais préparer la voie, convint-elle d'un ton très calme.

— Quand ?

— Dès que je serai rentrée.

Lorsqu'elle descendit de l'avion, à l'aéroport d'Idlewild, Teddy l'attendait. Il était étonnamment sérieux et Séréna lut de la tristesse dans ses yeux. Il l'embrassa, puis ils allèrent chercher ses bagages, avant de monter dans la voiture. Il se tourna alors vers elle :

— Pourquoi ne m'avoir pas dit la raison pour laquelle vous vous rendiez là-bas ?

— Teddy, je suis allée faire un reportage qui a été annulé.

— Vous y avez aussi rencontré un homme, n'est-il pas vrai ?

Sans le quitter des yeux, elle fit signe que oui.

— Pourquoi ne m'avez-vous rien dit ?

— Je le regrette, Teddy. Je ne sais pas pourquoi je ne l'ai pas fait. J'ignorais, en réalité, où j'en étais. Mais je comptais vous en parler à mon retour.

— Et alors ?

Il avait l'air blessé dans son amour-propre. Séréna le regarda bien en face.

— Je vais me marier, annonça-t-elle.

— Déjà ? Avec Vassili Arbos ?

— Oui aux deux questions. Je l'aime. Il est brillant, merveilleux avec moi, très doué et un peu fou.

— J'en ai entendu parler, dit-il, avant de la dévisager. Séréna, êtes-vous sûre de ce que vous faites ?

— Oui, affirma-t-elle, non sans un frémissement de crainte.

— Depuis quand le connaissez-vous ?

— Depuis assez longtemps.

— Séréna, faites ce que vous voulez, vivez avec lui, allez à Londres, mais ne l'épousez pas. Pas tout de suite. On m'a raconté des histoires étranges, à propos de cet homme.

— Cette démarche m'étonne de vous, Teddy.

— Ne croyez pas que je sois jaloux. Je vous le dis parce que je vous aime. On m'a assuré... qu'il avait tué sa dernière femme.

Il était pâle et semblait effrayé. Les yeux de Séréna trahissaient la colère qui l'envahissait.

— Comment osez-vous! Elle est morte d'une overdose!

— Et de quel produit? Le savez-vous? dit-il, très calme.

— Comment le saurais-je?

— Avec de l'héroïne.

— Bon. C'était une droguée. Et puis quoi? Ce n'est pas sa faute...

— Oh! mon Dieu, Séréna... je vous en prie, faites preuve de bon sens! Votre bonheur et celui de Vanessa sont en jeu. Pourquoi ne pas vous accorder un peu de temps?

— Je sais ce que je fais. N'avez-vous pas confiance en moi?

— Si, dit-il, à voix basse. Mais je ne suis pas sûr d'avoir confiance en lui.

— Vous vous trompez, Teddy. Cet homme est bon. Je le sens. Il m'aime. Teddy, acheva-t-elle d'une voix douce, tout ira bien.

— Quand allez-vous partir?

— Aussitôt que je le pourrai.

— Et Vanessa?

— Je vais le lui annoncer dès que je serai à la maison. (Elle examina alors d'un regard pénétrant l'homme qui depuis tant d'années était son ami le plus cher.) Vous viendrez nous voir?

— Si vous m'invitez.

— Vous serez toujours le bienvenu. Vous et Vanessa, vous êtes toute ma famille. Je ne veux pas que cela change.

— Cela ne changera pas.

Mais c'est en silence qu'il lui fit traverser la ville. Il s'efforçait de se remettre du choc qu'elle lui avait causé. Pour la première fois depuis longtemps, il avait envie de lui dire qu'il l'aimait. Il aurait voulu l'empêcher de commettre une folie, la protéger.

40

— Pourquoi faut-il que nous allions habiter à
Londres? Vanessa avait pris un ton plaintif pour
s'adresser à sa mère.

— Parce que je vais devenir la femme de Vassili,
ma chérie, et que c'est là qu'il habite.

Séréna avait du mal à justifier ses choix devant
Vanessa. Plus elle accumulait les erreurs, et plus il
lui devenait difficile de s'expliquer. C'était une erreur
de déménager si vite, une erreur que d'abandonner
une carrière prometteuse à New York, une autre que
de renoncer à vivre près de Teddy, une autre encore
de ne pas avoir présenté Vassili à Vanessa.

Vanessa la regarda et lui demanda :

— Et moi, je ne peux pas rester ici toute seule?

Séréna eut l'impression d'avoir été giflée par sa
fille.

— Tu ne veux pas venir avec moi, Vanessa? dit-
elle en refoulant ses larmes.

— Qui s'occupera de mon oncle Teddy?

— Lui-même. Tu sais, il va peut-être se marier un
jour.

— Tu ne l'aimes donc pas?

Vanessa avait l'air plus troublée que jamais et
Séréna se sentait déchirée.

— Bien sûr que si, mais pas de la même manière.
Oh! Vanessa, l'amour est une chose compliquée... Je
t'ai dit que j'avais rencontré un monsieur très gentil.
Il veut que toi et moi, nous allions vivre avec lui, à
Londres. Il a aussi une maison à Athènes, un appar-
tement à Paris et...

Elle sentit qu'elle perdait son temps. Vanessa avait
à peine huit ans, mais elle se rendait compte que sa
mère se trompait. Dorothea Kerr le lui avait dit, de
son côté, sans ménagements.

— En toute franchise, j'estime que vous êtes folle
à lier.

— Je sais, je sais, ça paraît déraisonnable, avait répondu Séréna, lasse d'avoir toujours à se défendre. Dorothea, les circonstances sont tout de même particulières. Je ne sais comment dire. Il m'aime, je l'aime. Il s'est passé quelque chose d'extraordinaire entre nous, quand il était ici.

— Très bien! Il est bon dans un lit. Et alors? Couchez avec lui à Londres, à Paris ou au Congo, mais ne l'épousez pas! Pour l'amour du ciel, songez que cet homme-là a été marié quatre ou cinq fois.

— Quatre, corrigea Séréna, l'air grave.

— Et avez-vous réfléchi aux conséquences sur votre carrière? Vous n'allez pas toujours rester au sommet, ma petite. Une autre prendra votre place.

— C'est certain. En attendant, je pourrai travailler à Londres.

Rien ne l'avait fait changer d'avis. Mais quand elle quitta New York, trois semaines plus tard, elle était épuisée moralement.

Teddy les conduisit, elle et sa fille, à l'aéroport et tous trois versèrent des torrents de larmes. Teddy pleurait encore en silence lorsqu'il embrassa Vanessa, et la petite fille s'accrochait à lui comme s'il avait été son dernier ami sur la terre. Séréna avait le sentiment de détruire la famille qu'elle chérissait. Quand elle fut dans les bras de Teddy, elle ne put que lui murmurer un «Je vous aime tant» angoissé.

Le vol fut agité et Vanessa était malade. Quand elles arrivèrent à Londres, Séréna avait presque envie de faire demi-tour. Dès qu'elle aperçut Vassili, pourtant, elle retrouva le sourire: il tenait au moins cinquante ballons gonflés à l'hélium, d'une main, et une énorme poupée, de l'autre.

— C'est lui? demanda Vanessa, avec intérêt.

— Oui. Il s'appelle Vassili.

— Je sais, dit Vanessa, en jetant un coup d'œil supérieur à sa mère.

Vassili s'approchait d'elles à pas lents, en levant ses ballons. Les voyageurs avaient le sourire.

— Bonjour, petite fille. Voulez-vous un ballon? J'ai aussi cette poupée.

La poupée, habillée à la mode d'autrefois, portait

une élégante robe de satin bleu, une petite cape en fourrure blanche et un grand chapeau assorti. On aurait dit une petite fille d'il y a cent ans.

Vassili la tendit à Vanessa, en disant :

— Bonjour, Vanessa. Je m'appelle Vassili.

— Je le sais.

— Je suis content que tu sois venue à Londres.

— Je ne voulais pas venir, avoua-t-elle. J'ai beaucoup pleuré, en quittant New York.

— Je comprends très bien ça, dit-il à voix basse. Quand j'étais petit, j'habitais à Londres et puis il m'a fallu aller à Athènes et ça m'a rendu très triste.

Séréna se souvint qu'il avait deux ans, à la mort de ses parents. Il ne pouvait donc avoir conservé de souvenirs de cette époque, mais aux yeux d'un enfant, l'histoire était très vraisemblable. Elle entendit Vassili demander :

— Te sens-tu mieux, maintenant ?

La petite fille regarda les ballons et fit signe que oui.

— Et si nous allions chez moi ? proposa-t-il en lui tendant la main.

Vanessa prit la main de Vassili et, pour la première fois, celui-ci regarda Séréna dans les yeux :

— Bienvenue dans mon pays, ma chérie.

Séréna se sentit tout attendrie. Elle aurait voulu le remercier de s'y être si bien pris avec Vanessa, mais se contenta de lui communiquer du regard ce qu'elle éprouvait.

Vassili avait tout mis en ordre pour les recevoir. Une maison de poupée attendait Vanessa dans la chambre d'amis, des poupées étaient posées sur le lit. Et le mobilier était à la taille de la petite fille. Toute la maison était pleine d'énormes bouquets de fleurs. Quand Séréna s'assit enfin sur le lit de leur chambre, avec un soupir, elle aperçut du champagne dans un seau en argent.

— Oh ! Vassili... J'ai cru que je ne survivrais pas.

Elle frémit en pensant aux semaines qui venaient de s'écouler. Durant plusieurs heures, dans l'avion, elle n'avait pu songer qu'à Teddy, si affligé de les voir partir, à ses efforts pour la convaincre de ne pas se marier tout de suite. Elle avait aussi pleuré en quittant Dorothea Kerr et elle éprouvait déjà une pointe de nostalgie pour l'existence qu'elle avait menée à New York. Sa nouvelle vie allait pourtant être bien plus riche, elle le sentait...

— Ce fut très dur?

— D'une certaine façon, oui. Mais je me répétais sans cesse que j'allais pouvoir vivre avec toi. (Elle lui sourit avec tendresse avant d'ajouter:) J'ai eu bien du mal à persuader les gens que nous n'étions pas fous. Il ne reste donc plus personne pour croire à l'amour?

— Et toi, Séréna, crois-tu à l'amour? répondit-il en lui tendant une coupe de champagne.

— Je ne serais pas ici si je n'y croyais pas, Vassili.

— Tant mieux. Parce que moi je t'aime de tout mon cœur, de tout mon être. (Il leva son verre et porta un toast d'une voix douce:) À la femme que j'aime... À ma princesse...

Il passa son bras sous le sien et ils burent la première gorgée ensemble. Une lueur dansait dans ses yeux et il lui demanda:

— À quand la noce?

— Quand tu voudras.

— Demain, proposa-t-il en plaisantant.

— Tu veux bien nous donner un peu de temps pour nous habituer?

— Deux semaines?

Elle acquiesça.

— À dans deux semaines, madame Arbos. Jusque-là, tu demeures ma princesse.

Il prit son visage entre ses mains pour l'embrasser et, quelques instants plus tard, leurs corps se soudaient sur l'immense lit. Teddy, Dorothea et New York étaient bien loin.

41

Le mariage fut une jolie cérémonie, très joyeuse. Il eut lieu dans la maison d'un des amis de Vassili à Chelsea, en présence d'une trentaine de personnes. Les journalistes n'avaient pas été admis. Séréna, dans tout l'éclat de sa beauté, portait une longue robe de soie beige et de minuscules orchidées du même ton dans les cheveux.

Un pasteur était venu les unir. Les trois mariages de Vassili cassés par divorce avaient été civils, aussi le ministre du culte avait-il accepté de célébrer celui-ci, après un entretien avec les futurs époux. Vanessa s'était placée près de sa mère et lui serrait très fort la main. Elle avait commencé à s'habituer à Vassili, mais il demeurait un étranger car elle ne le voyait pas souvent. Il passait la majeure partie de ses journées au studio et sortait avec sa mère tous les soirs.

Cette vie trépidante fatiguait d'ailleurs Séréna. Elle s'efforçait de s'y adapter sans vraiment y parvenir. Les quinze derniers jours n'avaient été que réceptions, bals, concerts, premières de théâtre... Ils se couchaient rarement avant le lever du soleil. Séréna ne parvenait pas à comprendre comment Vassili pouvait résister à ce rythme. Elle-même avait des cernes sous les yeux. Elle se sentait épuisée et espérait pouvoir se reposer durant la semaine de leur lune de miel, dans la maison de Saint-Tropez. Vanessa se plaignait déjà à ce sujet : elle ne voulait pas rester avec la bonne. Mais Vassili tenait à être seul avec sa femme. Après de longues discussions avec la petite fille, ils partirent tous les deux, le lendemain de la noce. Au moment où l'avion décollait, Séréna s'appuya contre le dossier de son fauteuil et poussa un profond soupir.

— Tu es fatiguée ? demanda Vassili, surpris.

Elle éclata de rire.

— Tu plaisantes? Je suis prête à m'effondrer. Je ne sais pas comment tu tiens.

— C'est facile, expliqua-t-il avec un sourire d'enfant, tout en tirant un petit flacon de sa poche. Je prends des blanches.

— Des blanches? Tu prends des pilules?

— Elles me permettent d'être en forme jour et nuit. Tu en veux une?

— Non, merci. Arrivée à Saint-Tropez, je dormirai un peu.

Mais elle était choquée. Elle se souvenait de ce que lui avait dit Teddy au sujet de la dernière femme de Vassili.

— Ne sois pas inquiète, ma chérie, dit-il en se penchant sur elle pour l'embrasser. Elles me permettent de vivre au rythme qui me convient.

— Ce n'est pas dangereux?

— Non, répondit-il, amusé. Elles ne me font aucun mal. Et si j'en prends trop, j'avale autre chose pour compenser. Ne t'inquiète pas.

Séréna était de plus en plus étonnée. Elle ne s'était pas rendu compte, auparavant, qu'il prenait des pilules. Comme elle le connaissait peu! Et pourtant, elle avait l'impression qu'ils avaient toujours vécu ensemble.

Il se leva et se dirigea vers l'avant de l'avion. Quelques instants plus tard, il revint avec une demi-bouteille de vin et lui demanda:

— Es-tu aussi contre cela?

— Je n'ai rien dit contre l'autre produit. J'ai été étonnée, voilà tout. Tu ne m'en avais pas parlé.

— Parce que je dois tout te dire?

— Tu ne me dois rien du tout, Vassili, répondit-elle, piquée, en refusant le vin.

Déjà, il la regardait avec plus de gentillesse.

— Si. Il y a quelque chose que je te dois.

— Et quoi donc? demanda-t-elle, toujours froissée.

— T'embrasser.

Et il s'exécuta. Elle lui sourit et, en peu de temps, la tension disparut entre eux.

Leur séjour à Saint-Tropez fut véritablement une lune de miel. Ils se promenèrent nus le long de leur plage privée, nagèrent dans une Méditerranée clémente, roulèrent en Maserati, reçurent quelques visites et passèrent de longues heures seuls. Ils faisaient la grasse matinée, s'aimaient longtemps la nuit et n'eurent qu'une fois les honneurs de la presse. Un journal régional mentionna leur passage au bar du Carlton en ces termes : « Vassili Arbos et sa jeune épouse, à Cannes, pendant leur lune de miel... Elle était princesse et mannequin, la voilà sa reine... » Vassili lut l'article à sa femme, le lendemain, au petit déjeuner.

— Comment ont-ils su que tu étais ma reine ? dit-il tout heureux.

— Quelqu'un a dû nous espionner.

— Sais-tu ce que j'aimerais faire, la semaine prochaine ?

— Quoi donc, mon amour ?

Elle sourit à son mari. Les relations qu'elle avait avec lui étaient bien différentes de celles qu'elle avait eues avec Brad, mais elle avait près de dix ans de plus. Elle se sentait très femme auprès de Vassili, et très fière d'être son épouse.

— J'aimerais aller passer quelques jours à Athènes. (Le visage de Séréna s'assombrit, tandis qu'il poursuivait :) Cela ne te fait pas plaisir ?

— Il faudrait que je retourne voir Vanessa.

— Elle est très bien avec Marianne.

— Ce n'est pas la même chose. C'est une vie nouvelle pour elle, elle a besoin de sa mère. J'ai déjà eu beaucoup de mal à lui faire accepter mon absence pour cette semaine.

— Alors, pourquoi ne pas remonter la prendre à Londres ?

— Et l'école ?

Séréna soupira. Que tout était compliqué ! Il était parfois bien difficile de suivre Vassili : il faisait ce qu'il voulait, quand il le voulait et n'était pas habitué à prendre en compte toutes les contingences qui faisaient partie de l'existence de Séréna.

— Elle ne peut pas manquer un peu ?

C'était sans doute une solution plus simple que de

discuter avec Vassili ou de tenter de lui faire comprendre la situation.

— Si, peut-être.

— Très bien. Je vais appeler mon frère et lui annoncer notre arrivée.

— Tu as un frère ?

Il ne lui avait jamais dit que ses parents avaient eu d'autres enfants.

— Bien entendu. Andreas n'a que trois ans de plus que moi, mais il est beaucoup plus sérieux, dit-il sur un ton amusé. Il a quatre enfants et une grosse femme. Il vit à Athènes et dirige l'une de nos affaires. J'ai toujours préféré me rapprocher des Anglais de la famille. Andreas est grec dans l'âme.

— Je suis impatiente de faire sa connaissance.

— Je suis certain que c'est réciproque.

Elle ajouta volontiers foi à ses paroles lorsqu'ils descendirent tous les trois de l'avion, la semaine suivante, à l'aéroport d'Athènes. Andreas les attendait avec un gros bouquet de roses pour Séréna, une poupée et une boîte de chocolats pour Vanessa. Ses filles avaient organisé pour celle-ci une petite fête de bienvenue. La plus jeune avait quinze ans et l'aînée vingt et un, mais elles étaient ravies de faire la connaissance de la belle-fille de Vassili ; il n'avait encore jamais eu dans sa vie de femme avec des enfants. Et elles étaient curieuses de connaître sa nouvelle épouse aux cheveux blonds. Elle leur parut belle, gracieuse, et plut beaucoup aussi à Andreas. Séréna apprécia tout de suite son beau-frère : il semblait bon, généreux, posé et beaucoup plus raisonnable que Vassili, même si ce dernier lui reprochait une certaine raideur. Il n'était pas compassé, pourtant. C'était un homme solide, avec un sens aigu des responsabilités, tandis que Vassili était d'une nature fantasque. Andreas trouvait sa nièce charmante et il se plaisait à l'escorter à travers la ville aux heures où ses enfants étaient en classe et où Vassili et Séréna disparaissaient de leur côté pour de longues promenades autour d'Athènes. Vanessa était heureuse auprès d'Andreas. Elle s'entendait mieux avec lui qu'avec son beau-père, qui lui paraissait bizarre et qui avait le tort de la priver trop souvent de sa mère. Andreas lui rappelait un peu Teddy. Quand elle l'eut battu pour la quatrième fois de suite aux dames, elle tomba tout à fait sous son charme.

Ils demeurèrent à Athènes un peu plus d'une semaine, puis il fallut rentrer à Londres. Vanessa en éprouva une grande tristesse. Elle aurait voulu continuer à jouer avec Andreas jusqu'à la fin des temps, mais Séréna et Vassili devaient retourner travailler : lui avait plusieurs commandes à Londres et elle un rendez-vous dans une agence, pour présenter son «book». Pendant plusieurs semaines, toute la famille fut très occupée, Vassili et Séréna par leur métier et Vanessa par l'école. Chacun avait repris une existence normale, semblait-il. Jusqu'à ce soir où Séréna attendit pendant de longues heures que Vassili revienne du studio. Ils étaient invités à un dîner habillé et il avait promis de rentrer tôt. Séréna, folle d'angoisse, arpentait la pièce dans une éblouissante robe en lamé or qu'elle venait de recevoir de Paris. Ses coups de téléphone au studio demeuraient sans réponse. Elle ne savait que faire, qui appeler, où chercher. Ils avaient déjà plus de deux heures de retard quand Vassili apparut enfin, sale, échevelé, de grands cernes sous les yeux, la démarche chancelante, la chemise tachée, la braguette ouverte.

— Vassili ! hurla-t-elle horrifiée. Que t'est-il arrivé ? Tu vas bien ? Tu t'es fait attaquer ?

— Ce n'est rien. Je vais très bien. Je serai prêt dans un instant.

Très inquiète, Séréna le suivit au second étage. Il se retourna et elle se rendit compte alors qu'il oscillait sur place.

— Pourquoi me suis-tu, nom de Dieu ?

— Tu as bu ?

Il renversa la tête en arrière et se mit à rire.

— J'ai bu ? J'ai bu ? répéta-t-il comme une litanie. Tu es folle !

— Vassili, nous ne pouvons nous rendre à ce dîner… tu n'es pas en état d'y aller. Moi, je n'irai pas.

En approchant, elle vit un éclair de folie dans son regard. Sa bouche répétait les mots après elle, sans émettre de son. Cet homme inconnu lui inspira de l'effroi.

— Qu'est-ce qui se passe ? Tu as honte de moi ?

Il avançait, l'air menaçant. Elle recula, épouvantée.

— Tu crois que je vais te cogner ? reprit-il. Tu parles ! Tu n'es qu'une merde sous mon pied !

Elle fut si scandalisée par ce qu'il venait de dire qu'elle fit demi-tour et quitta la pièce. Il la trouva dans la chambre de Vanessa, à qui elle expliquait pourquoi ils avaient renoncé à sortir.

— Vassili ne se sent pas bien, achevait-elle d'une voix douce.

— Pas bien ? rugit-il de la porte. Si, il se sent bien. Ta mère est une menteuse, Vanessa.

La mère et l'enfant, choquées, le regardaient s'avancer. S'il marchait de nouveau droit, il avait toujours une lueur de folie dans les yeux. Séréna se dirigea à grands pas vers lui et le poussa doucement dehors, en disant :

— Viens, s'il te plaît, on remonte.

— Pourquoi donc ? Je veux parler à Vanessa. Alors, ma chérie, comment s'est passée ta journée ?

Vanessa, les yeux écarquillés, ne lui répondit pas. Vassili se tourna vers Séréna et lui jeta au visage :

— Qu'as-tu fait ? Tu lui as dit que j'étais ivre ?

— Ce n'est pas le cas ? dit-elle, les yeux pleins de colère.

— Non, abrutie, je ne le suis pas !

— Vassili ! s'écria Séréna. Sors de la chambre de Vanessa !

— Pourquoi ? Tu es jalouse ?

— Vassili ! gronda-t-elle.

Il fit demi-tour et se rendit à la cuisine, où il fouilla dans le réfrigérateur, avant de regagner leur chambre.

— Tu veux baiser ? jeta-t-il par-dessus son épaule, tout en avalant une assiettée de salade de pommes de terre. Il ne semblait pas attendre de réponse à sa question. Séréna avait envie de l'écharper.

— Qu'est-ce qui ne tourne pas rond, chez toi ? Tu as pris d'autres pilules ?

— Non. Et toi ? Tu en as pris ?

Il était donc impossible de tirer de lui une phrase cohérente. Quelques minutes plus tard, Séréna s'enferma dans la chambre de Vanessa et se coucha près de l'enfant.

Le lendemain, il dormit presque jusqu'à midi et quand il descendit il était honteux et malade.

— Séréna... je te demande pardon.

— Tu peux le faire, dit-elle, glaciale. Tu dois aussi des excuses à Vanessa. Qu'est-ce qui t'a pris, hier soir ?

— Je ne sais plus, avoua-t-il, la tête basse. J'avais bu quelques verres. J'ai sans doute mal réagi. Cela ne se reproduira plus.

Cela se répéta, pourtant. De manière presque identique, la semaine suivante, et deux fois la semaine d'après. Le jour de l'anniversaire de Vanessa, il était dans un état plus lamentable encore et, deux jours après, il disparut toute la nuit. On aurait dit qu'il était pris de folie, depuis un mois. Séréna ne parvenait pas à s'expliquer son trouble. C'était un homme tout à fait différent de celui dont elle s'était éprise. Dans ses crises, il devenait coléreux, méchant, obscène. Et ses périodes de lucidité étaient de plus en plus brèves. Il passait parfois la nuit dans son studio et lui répondait par des cris, dès qu'elle essayait de discuter avec lui. Elle était sur les nerfs, d'autant plus que chaque fois elle devait donner des explications à Vanessa, la rassurer, la calmer. Elle avait des nausées, des étourdissements, des migraines et des insomnies qu'elle attribuait à la fatigue nerveuse. Deux jours avant Noël, toutefois, elle se décida à consulter son médecin.

— Madame Arbos, lui dit le médecin d'un ton aimable, je ne crois pas que vos nerfs en soient la cause.

— Non ?

— Je pense que vous êtes enceinte.

— Oh ! mon Dieu !

Ce soir-là, elle s'assit devant le feu qui brûlait dans la cheminée. Elle fixait les flammes, l'air malheureux. Vassili était là, mais elle ne voulait pas lui parler de l'enfant qu'elle attendait. À Londres, on pratiquait, dans certains cas, l'interruption de grossesse et elle se demandait si elle n'y aurait pas recours.

— Tu es fatiguée? lui demanda-t-il après avoir essayé à plusieurs reprises d'engager la conversation avec elle.

— Oui, reconnut-elle sans le regarder.

Il vint alors s'asseoir près d'elle et lui effleura le bras.

— Séréna, cela a été pénible, n'est-ce pas?

Elle tourna vers lui de grands yeux tristes et hocha la tête.

— Oui, c'est vrai. On aurait dit que tu n'étais pas toi-même.

— Je ne le suis pas. Mais je vais changer ça. Je te le promets. Je vais rester ici avec Vanessa et toi jusqu'à Noël, puis j'irai quelque part pour me rétablir. Je te le jure.

— Vassili... commença Séréna, l'air égaré. Que t'est-il arrivé? Je ne comprends pas.

— Tu n'as pas besoin de comprendre. C'est une chose qui ne doit pas faire partie de ta vie. Je vais arranger cela et je serai de nouveau l'homme que tu as rencontré à New York.

Il lui déposa un tendre baiser dans le cou et elle préféra le croire. Il s'était tant éloigné d'elle, elle avait si peur.

— Tu as prévu quelque chose de spécial, pour Noël?

Elle hocha la tête. Il ne s'était même pas aperçu à quel point sa santé s'était altérée.

— Pourquoi ne resterions-nous pas ici, tout simplement? dit-elle.

— Mais Vanessa?

— J'ai préparé quelque chose pour elle.

— Et pour nous? Tu ne veux pas que nous sortions?

Elle secoua la tête, indifférente, silencieuse, pitoyable.

— Séréna chérie... s'il te plaît... tout ira bien.

Elle tourna enfin les yeux vers lui, plus déroutée que jamais. Il savait être si aimant, si doux, si compréhensif. Comment pouvait-il se transformer en monstre?

— Pourquoi n'allons-nous pas nous coucher? proposa-t-il. Tu as l'air épuisée.

— Je le suis.

Une fois qu'il la crut endormie, pourtant, il se rendit à la salle de bains. Il sembla à Séréna qu'il y demeurait des heures. Quand enfin il en sortit, elle se leva à son tour. À peine fut-elle entrée dans la pièce qu'un cri lui échappa. Sur le lavabo, à côté d'une boulette de coton, elle vit une seringue, une allumette et une cuiller.

— Oh! mon Dieu!

Elle se souvint de ce que Teddy lui avait appris au sujet de la dernière femme de Vassili... L'héroïne... Elle le sentit soudain derrière elle, elle pouvait presque l'entendre respirer. Et quand elle se retourna, elle le vit appuyé au mur, chancelant, les paupières tombantes. Une teinte cireuse avait envahi son visage. Épouvantée, elle gémit et s'écarta, tandis qu'il faisait un mouvement vers elle et marmottait, en l'accusant de fourrer son nez partout. Terrorisée, elle s'enfuit en courant.

42

Le matin de Noël, Séréna était assise en face de Vassili, à la table du petit déjeuner. Pâle, les mains tremblantes, elle reposa sa tasse. Ils étaient seuls dans la pièce dont les portes étaient fermées. Vassili était blême et évitait son regard.

— Je tiens à ce que tu saches que je retournerai aux États-Unis demain. Je partirais ce soir, si cela ne devait pas bouleverser Vanessa. Ne m'approche pas jusqu'à mon départ, c'est tout ce que je te demande.

— Je comprends très bien, dit-il en baissant la tête.

Elle aurait aimé le battre pour ce qu'il avait fait,

pour la manière dont il se comportait. Elle ne parvenait même plus à réfléchir à ses problèmes à elle. Il faudrait qu'elle trouve une solution pour interrompre cette grossesse, une fois à New York. Elle ne voulait plus rester en Angleterre.

Elle se leva de table et soudain, alors qu'elle se dirigeait vers la porte, toute la pièce se mit à tourner. Un instant plus tard, quand elle reprit connaissance, elle était allongée sur le plancher. Vassili, agenouillé près d'elle, criait à la bonne d'apporter un linge humide pour lui mettre sur le front.

— Séréna!... Séréna!... Oh! Séréna!

Il pleurait et Séréna sentait aussi les larmes lui monter aux yeux. Elle aurait voulu tendre les bras et le serrer contre elle, mais elle savait qu'elle ne devait pas faire cela. Il fallait qu'elle résiste, qu'elle soit forte. Partir, le quitter, quitter Londres...

— Oh! ma chérie, que t'est-il arrivé? Je vais appeler un médecin.

— Non, dit-elle d'une voix encore faible, tandis qu'elle voyait de nouveau la pièce tourner. Je n'ai rien. Je vais me relever.

Quand elle se mit debout, elle avait l'air plus mal en point que lui.

— Tu es malade? s'enquit-il, désespéré à la pensée que c'était lui qui l'avait mise dans cet état.

— Non, ce n'est rien.

— Il n'est tout de même pas normal de s'évanouir ainsi.

Elle lui jeta un regard malheureux, au moment où elle atteignait la porte, et dit:

— Ce qui se passe ici n'est pas normal non plus. Tu n'y avais peut-être pas songé?

— Je t'ai dit, la nuit dernière, que j'allais arrêter. Après-demain, j'irai passer quelques jours dans une clinique, et puis je serai de nouveau moi-même.

— Pour combien de temps? cria-t-elle. Combien de fois cela s'est-il produit dans ta vie? C'est de cette façon que ta femme est morte? Vous en étiez arrivés aux piqûres, tous les deux, et elle a pris une dose trop forte?

Sa voix tremblait et des larmes coulaient sur ses joues.

Il répondit dans un murmure angoissé, fermant les yeux comme si ce souvenir lui avait été insupportable.

— Oui, Séréna... oui... oui ! J'ai tenté de la sauver, mais il était trop tard.

— Tu me rends malade. C'est cela que tu attendais de moi ? Que je devienne ta compagne de drogue ?

Elle tremblait de la tête aux pieds, en lui lançant ces phrases. Ni l'un ni l'autre n'avaient vu Vanessa qui descendait l'escalier.

— Eh bien, ne compte pas sur moi. Tu m'entends ? Et je ne resterai pas mariée avec toi plus longtemps. Je retourne à New York et dès que j'y aurai mis le pied, je me ferai avorter et...

Aussitôt, il fut sur elle.

— Qu'as-tu dit ?

Les yeux écarquillés, il l'avait prise aux épaules.

— Rien, voyons... rien du tout !

Elle claqua la porte de la salle à manger et courut vers l'escalier, où elle trouva Vanessa assise, pleurant en silence. Vassili se précipita derrière elle et tous trois versèrent des larmes. C'était une scène pénible. Vassili les suppliait de lui pardonner ce qu'il leur avait fait à toutes deux. Séréna avait saisi sa fille dans ses bras et la serrait très fort contre elle, mais la petite hurlait à son beau-père qu'elle le détestait, qu'il était en train de tuer sa maman. Vassili parvint enfin à les faire remonter dans leur chambre. Et il ne fut plus question du bébé jusqu'à ce que Séréna et lui soient de nouveau seuls.

— C'est vrai ? Tu es enceinte ?

Elle hocha la tête et se détourna. Il s'approcha d'elle à pas comptés et lui posa les mains sur les épaules.

— Je veux... non... je te supplie de garder mon enfant. Séréna... je t'en prie... accorde-moi une chance... Je serai remis sur pied dans quelques jours. Tout sera comme avant. Je ne sais pas ce qui m'est arrivé. Il m'a peut-être été difficile de réapprendre à vivre avec quelqu'un, de faire des efforts pour être accepté par Vanessa. J'ai perdu la raison, durant un moment. Mais je vais m'arrêter. Je te le jure. Je t'en supplie… Ne tue pas mon enfant.

Il était en larmes. Séréna ne résista pas plus long-temps : elle se tourna vers son mari, lui ouvrit les bras et l'étreignit.

— Comment as-tu pu, Vassili ? Comment as-tu pu ?

— Cela ne se reproduira plus. Si tu veux, je vais entrer en clinique dès ce soir. Je n'attendrai pas de fêter Noël. J'y vais tout de suite.

— C'est cela. Fais-le sans plus attendre.

Il avertit lui-même son médecin et, dans l'heure qui suivit, ils se disaient au revoir dans le hall d'entrée de la clinique. Il promit de l'appeler le soir. Sitôt de retour chez elle, elle se mit au lit, éreintée, vidée. Elle venait à peine de s'endormir lorsque Teddy appela pour leur souhaiter un joyeux Noël. Il était tout heu-reux de leur parler, mais au bout de quelques minutes, la voix de Séréna lui parut si étrange qu'il demanda si tout allait bien. Et lorsqu'il eut Vanessa au bout du fil, l'enfant éclata en sanglots, incapable de dire un mot. Séréna la renvoya presque aussitôt dans sa chambre. Teddy soumit alors sa belle-sœur à un véritable interrogatoire.

— Allez-vous me dire ce qui vous arrive ou dois-je venir juger sur place ?

Séréna était trop malheureuse pour tenter de don-ner le change à Teddy. Bien qu'il fût très humiliant pour elle de reconnaître ses erreurs, elle lui raconta ce qui se passait.

— Mon Dieu ! Il faut vous sortir de là ! Vite !

— Ce ne serait pas honnête. Il vient d'entrer en clinique pour une cure de désintoxication. Il vaut peut-être mieux lui donner une chance. Il dit qu'il sera redevenu lui-même, quand il sortira.

— Cela ne veut pas dire grand-chose.

— C'est méchant comme réflexion.

— Cet homme-là est dangereux. Corrompu. Ren-dez-vous-en compte, bon sang. Vous avez commis une erreur épouvantable et vous ne pouvez en faire sup-porter les conséquences à Vanessa, ni à vous-même, plus longtemps.

— Et s'il est guéri à son retour?

Et elle attendait un enfant de lui! Elle se remit à pleurer:

— Oh! Teddy... je ne sais plus que faire.

— Rentrez, dit-il avec une fermeté dont il n'avait jamais usé auparavant. Prenez l'avion demain, et revenez à New York. Vous habiterez chez moi.

— Je ne peux pas partir maintenant. Vassili est mon mari, ce ne serait pas bien.

— Alors, envoyez-moi Vanessa jusqu'à ce que vous soyez certaine de son rétablissement.

— Et je passerai Noël sans elle?

— Oh! pour l'amour du ciel, Séréna, qu'est-ce qui vous prend?

— Je suis malheureuse, j'ai peur et je n'arrive pas à me décider.

— Je m'en aperçois.

Il ignorait pourtant une chose.

— J'attends un enfant.

— Quel pétrin! Écoutez, reposez-vous un peu. Je vous rappellerai demain.

Le lendemain, tout New York savait que Vassili Arbos suivait une cure de désintoxication dans une clinique privée des environs de Londres. Un employé avait averti la presse la veille au soir; dans la nuit, les télex de l'Associated Press avaient diffusé la nouvelle d'un bout à l'autre des États-Unis et, au matin, les quotidiens américains consacraient à l'événement un entrefilet particulièrement acerbe. À la fois indignée et ravie de triompher, Margaret Fullerton appela aussitôt Teddy.

— Comme s'il n'avait pas suffi à cette fille de brandir notre nom dans tout New York! Il a fallu qu'elle épouse un misérable drogué de Londres. Mon Dieu, Teddy, où s'arrêtera donc cette femme? Tu es toujours resté en relation avec elle?

— Je lui ai téléphoné hier soir.

— Je ne te comprends pas.

— Bon sang, c'est ma belle-sœur. Elle est dans une mauvaise passe.

Cette fois, pourtant, il avait du mal à défendre Séréna.

Elle avait fait un très mauvais choix.

— Elle n'a que ce qu'elle mérite. Dois-je te répéter qu'elle n'est plus ta belle-sœur? Elle est mariée à cet individu.

— Pourquoi m'avais-tu appelé, mère?

— Je voulais savoir si tu avais pris connaissance de l'article. Il faut reconnaître que les faits, comme d'habitude, m'ont donné raison.

— Si tu veux dire que tu ne t'es pas trompée en portant un jugement négatif sur Vassili Arbos, je suis tout à fait d'accord avec toi. Quant à Séréna, n'en parlons plus. Tu n'as rien dit de sensé à son propos depuis des années.

Il raccrocha et appela de nouveau sa belle-sœur. C'était le début de l'après-midi, à Londres. Elle paraissait en meilleure forme. Elle lui expliqua qu'elle était parvenue à raisonner Vanessa et que Vassili semblait bien supporter la cure.

— Alors vous ne rentrez pas? demanda Teddy d'une voix angoissée.

— Pas encore.

— Tenez-moi au courant, au moins. Si je n'ai pas de nouvelles de vous, je rappellerai dans quelques jours.

Après cette communication, Séréna retourna dans la chambre de Vanessa et l'enfant se lança de nouveau dans une longue diatribe au sujet de Vassili.

— Je le déteste. Tu aurais dû épouser Teddy, ou Andreas.

— Je regrette que tu aies cette opinion, Vanessa.

Les yeux de Séréna se mouillaient de larmes. Elle se sentait écartelée. Vanessa lui jeta un regard inquisiteur.

— Tu vas vraiment avoir un bébé?

— Oui. Cela te tracasse tant?

— On ne pourrait pas s'en aller d'ici et l'emmener avec nous aux États-Unis?

— Ce bébé appartient aussi à Vassili, répondit Séréna d'une voix douce.

— Il faut qu'il soit à lui aussi? Il ne peut pas être rien qu'à nous?

Séréna hocha la tête lentement.

— Non, ce n'est pas possible, dit-elle.

43

À son retour de clinique, huit jours plus tard, Vassili expliqua à sa femme qu'il avait essayé l'héroïne dix ans plus tôt, par curiosité, et qu'en quelques semaines il s'y était accoutumé. Andreas était venu d'Athènes pour le faire entrer en clinique. Durant les cinq années suivantes, il s'y était remis à plusieurs reprises, puis il n'y avait plus touché jusqu'au moment où il avait rencontré sa dernière femme. Peu après leur mariage, il avait découvert que son épouse utilisait de la drogue et elle l'avait invité à en prendre avec elle, «pour ne pas se sentir seule». Cette lamentable association d'intoxiqués s'était achevée par la mort de la jeune femme. Il avait pris peur et n'avait recommencé que depuis peu. Cette fois, il en était sûr, serait la dernière. Mais Séréna se sentit découragée en apprenant qu'il avait subi déjà autant de cures.

— Pourquoi ne m'en as-tu rien dit?

Elle le regardait avec tristesse, estimant qu'il avait trompé sa confiance.

— Peut-on annoncer une chose pareille: «J'ai été un drogué»? On aurait l'air de quoi?

— T'imagines-tu ce que j'ai pu ressentir quand j'ai compris que tu l'étais, Vassili? dit-elle, tandis que ses yeux trahissaient les souffrances endurées. Comment pouvais-tu penser que je ne l'apprendrais jamais?

— Je ne croyais pas que je m'y remettrais.

Elle ferma les yeux et reposa la tête sur son oreiller.

— Séréna, non... Ma chérie, ne t'inquiète pas.

— Comment le pourrais-je? Comment savoir si tu ne recommenceras pas?

Il leva une main et promit, sur un ton solennel :

— Je te le jure.

Durant les cinq mois qui suivirent, il tint parole. Il se conduisit de manière exemplaire, tendre, affectueux, plein de prévenances pour Séréna et Vanessa, comme pour effacer ce qu'il leur avait fait endurer et apaiser les craintes de sa femme. Il se réjouissait de la venue prochaine du bébé, il en parlait à tout le monde, amis, clients ou mannequins, et à son frère bien sûr à qui il l'avait annoncé en premier. Andreas leur avait fait livrer le plus gros ours en peluche que Séréna eût jamais vu et Vanessa avait reçu par la même occasion une poupée vêtue en mariée du début du siècle.

Vassili se montrait de nouveau l'homme charmant que Séréna avait connu quand ils s'étaient rencontrés. Ils faisaient de longues promenades, main dans la main, et passaient la plupart de leurs soirées chez eux. Il l'emmena deux fois à Paris et Andreas les invita tous trois à Athènes pour les vacances de Pâques. Ce fut un séjour de rêve. Séréna avait l'impression de n'avoir jamais été aussi heureuse. Le bébé était attendu pour le 1er août et, dès le début du mois de juin, elle commença de lui aménager sa chambre. Elle acheta de jolies petites couvertures matelassées et quelques tableaux anciens, à l'aquarelle ou à l'huile, représentant des héros de la littérature enfantine. Et elle avait l'intention de peindre un paysage féerique sur l'un des murs. Vanessa, elle, avait offert des poupées et des animaux en peluche, ravie de pouvoir bientôt jouer avec un poupon vivant. Elle était impatiente de voir arriver le bébé. À la fin du mois, Andreas et sa famille l'invitèrent à faire une croisière dans les îles grecques, mais la petite fille refusa. Elle préférait rester près de sa mère. Et puis elle avait un peu peur de voyager seule. Elle ne voulut pas non plus quitter Séréna pour aller retrouver Teddy qui lui offrait un séjour aux États-Unis. « Quand le bébé sera là », répondait-elle à tous, et Séréna ne pouvait s'empêcher de rire en entendant Vassili refuser les invitations de la même manière.

Malgré les débuts difficiles, la jeune femme avait eu une grossesse sans histoires. La seule chose qui l'inquiétait, à présent, c'était que ce bébé n'arrivât aussi vite que Vanessa, car elle se rendait compte que, à la différence de Teddy, Vassili perdrait la tête. La perspective de l'accouchement le rendait déjà nerveux. Chaque fois qu'elle bougeait dans son lit, il sursautait et ses yeux noirs trahissaient son inquiétude, avant qu'il ne demande :

— C'est pour maintenant ? C'est pour maintenant ?

— Mais non, voyons, rendors-toi, lui disait Séréna en souriant.

Elle songeait à leur bébé et à l'avenir. Leur existence était paisible et la drogue paraissait un lointain cauchemar. Mais un jour de la première semaine de juillet, Vassili ne rentra pas de la nuit. Au début, Séréna craignit qu'il n'ait été victime d'un accident de voiture, puis au bout de quelques heures, elle se demanda si tout ne recommençait pas. L'appréhension et la colère revinrent. À cinq heures du matin, elle l'entendit monter les marches extérieures. À pas de loup, les pieds nus, elle quitta la chambre et s'engagea dans l'escalier. Il lui semblait que le bébé sautait en elle. Elle redoutait ce qu'elle allait voir, mais elle avait besoin de savoir. Toutes ses terreurs anciennes renaissaient.

Elle était parvenue à la moitié de l'escalier, quand les yeux de Vassili, immobile dans l'entrée, croisèrent les siens. Pour lui donner le change, il lui fit un large sourire. Mais Séréna remarqua aussitôt qu'il était dans un état de grande excitation, nerveux, tressautant, tandis qu'il se précipitait vers elle.

— Alors, ma chérie, comment va le bébé ? s'enquit-il, comme s'il n'y avait rien d'extraordinaire à rentrer à cinq heures du matin.

Sa voix était rauque, exactement comme lorsqu'il s'était drogué, avant Noël. Il avait recommencé ! Séréna le fixait, sans répondre, mais il grimpa les marches quatre à quatre jusqu'à sa hauteur et voulut l'embrasser. Elle recula, horrifiée.

— Où étais-tu? murmura-t-elle, tout en sachant que la question n'avait pas de sens.

Il ne s'agissait pas de savoir où il était allé, mais ce qu'il avait fait. Sans attendre la réponse, elle tourna les talons et regagna sa chambre aussi vite qu'elle le put. Elle était si tendue et ressentait tant de contractions, après cette longue nuit de veille, qu'elle se demandait si elle n'allait pas accoucher.

— Ne sois donc pas si gourde! lui cria-t-il au moment où elle atteignait leur chambre.

Furieuse, elle se tourna vers lui:

— Tais-toi, sinon tu vas réveiller Vanessa.

— Qu'elle aille au diable, cette petite garce!

Séréna s'avança vers lui la main levée, pour le gifler. Mais il lui saisit le poignet et la repoussa violemment contre le mur. Elle fit un faux pas et tomba. Elle poussa un cri, de surprise plus que de douleur. Il s'était penché sur elle et, quand elle leva vers lui des yeux pleins de larmes, elle reconnut le regard inquiet et fou du drogué. Elle sentit la rage monter en elle.

— Tu me rends malade!

Elle se remit debout en tremblant et leva de nouveau le bras pour le battre, mais cette fois il fut plus rapide encore. Il la frappa au visage d'un revers de main et le coup la fit tournoyer. Elle s'abattit sur le sol comme une masse. Aussitôt, Vanessa arriva en courant.

— Retourne dans ta chambre! ordonna Séréna.

Mais Vassili avait déjà attrapé l'enfant et la poussa contre sa mère.

— Et voilà! Deux pleurnicheuses réunies. (Il se détourna et lança par-dessus son épaule:) Ah, vous faites bien la paire, idiotes que vous êtes!

Séréna murmura à l'enfant de regagner sa chambre. Vanessa, épouvantée, ne voulait pas.

— Il va te faire du mal.

— Non.

— Si, assura Vanessa qui s'accrochait à sa mère en sanglotant.

— Ma chérie, s'il te plaît.

Elle se releva avec précaution et reconduisit l'enfant dans sa chambre. Il s'écoula une demi-heure avant qu'elle n'aille retrouver son mari. Il était assis sur une chaise, la tête basse. Une cigarette lui brûlait les doigts.

— Comment? dit-il, comme pour lui répondre, en levant la tête et en s'efforçant de la fixer. Je t'ai bien entendue.

— Je n'ai encore rien dit (elle referma doucement la porte derrière elle) mais j'allais t'annoncer, espèce de sale type, que lorsque tu serais revenu à toi, demain matin, j'irais voir un avocat et je retournerais aux États-Unis.

— Et ça prouvera quoi? Qui entretiendra tes enfants?

— Moi.

Il y avait quelque chose de si pervers en lui, lorsqu'il se droguait, que Séréna se mit à le détester. Tous les espoirs et tous les rêves qu'elle avait nourris se trouvaient anéantis. Elle n'avait plus qu'un désir, s'en aller. Elle voulut ressortir, mais en dépit de son air somnolent il se leva d'un bond et se précipita vers elle.

Il lui saisit le bras, la tira vers lui et la jeta sur le lit.

— Couche-toi!

— Je ne veux pas dormir ici, dit-elle en se relevant. (Elle tremblait et tenta de s'écarter de lui.) Je ne veux pas rester près de toi.

— Pourquoi? Je te dégoûte? demanda-t-il, une lueur de méchanceté dans le regard.

— Lâche-moi. Tu me fais mal au bras.

— Je te ferai mal ailleurs, si tu ne te tiens pas tranquille.

— Qu'est-ce que tu veux dire? s'indigna-t-elle. Tu espères peut-être que je vais supporter cela et rester avec toi? Eh bien, non, maudit. Tu peux aller au diable. Je partirai d'ici demain matin.

— Tu crois cela? dit-il en faisant un pas vers elle. Tu crois cela?

Elle se mit à grelotter, incapable de se contrôler tandis qu'il la dominait de toute sa taille et, vaincue par le trop grand effort qu'elle avait fourni, elle se rallongea sur le lit et sanglota. Elle pleura plus d'une heure, avant de s'endormir enfin. Il ne l'avait plus approchée. Quand elle s'éveilla, il était onze heures et il ronflait près d'elle. Elle sortit de la chambre sur la pointe des pieds pour aller chercher Vanessa, mais Marianne l'avait emmenée. Séréna se promena autour de la maison, réfléchissant à ce qu'elle allait faire. Elle savait qu'elle devait partir pour Vanessa, pour le bébé, pour elle-même aussi, avant que la situation ne se détériore davantage, et pourtant, elle était gagnée par la panique. Vassili avait peut-être raison. Qui leur viendrait en aide? Où pourrait-elle aller? Elle ne pouvait attendre de Teddy qu'il contribue à l'entretien de son bébé, et en dehors de lui elle n'avait pas d'amis. Elle se sentait prise au piège. Découragée, elle s'était assise sur les marches et luttait contre les larmes quand elle sentit une main lui effleurer l'épaule. Elle se dressa en poussant un petit cri. Vassili la regardait, les traits décomposés, hagard. Cette fois, les ravages de la drogue étaient apparents au bout de quelques heures!

— Tu vas bien?

Son visage blafard avait une expression effrayée. Elle fit signe que oui et lui jeta un regard abattu, en retenant avec peine ses larmes. Il baissa la voix:

— Je t'ai fait mal?

— Non. Mais tu as terrifié Vanessa.

Séréna avait l'impression que sa propre existence n'avait plus d'importance, que seuls comptaient encore le bébé à naître et Vanessa. Elle ne voulait pas qu'il fît du mal à ses enfants. Elle était parvenue à cet âge de la vie où elle aurait besoin que quelqu'un l'épaulât, et au lieu de cela elle vivait un cauchemar.

— Que vas-tu faire?

— Je ne sais pas. Je peux m'en sortir tout seul. Je n'en ai pris que quelques fois.

— Quelques fois? répéta-t-elle, choquée.

Elle était surprise de tant de franchise. À Athènes, au printemps, un jour où elle avait fait allusion à la question devant Andreas, ce dernier lui avait assuré que Vassili ne disait jamais la vérité, quand il se droguait. Que fallait-il entendre par «quelques fois»? Elle le regarda avec désespoir.

— Pourquoi maintenant?

— Comment veux-tu que je le sache?

— Tu vas retourner en clinique? demanda-t-elle, l'air implorant, en sentant son ventre se contracter.

— Je n'ai pas besoin d'y aller.

— Comment le sais-tu?

— Je le sais, bon Dieu! Pourquoi ne montes-tu pas te reposer?

Elle remarqua alors qu'il portait le jeans et la chemise de la veille et qu'il avait mis ses chaussures sans socquettes.

— Tu sors?

— Je vais chercher de la pellicule.

— C'est vrai? Où donc?

— Cela ne te regarde pas. Pourquoi ne vas-tu pas t'allonger?

— Parce que je viens de me lever.

— Et alors? On ne t'a pas dit de te reposer? Le bébé, tu t'en moques?

Cinq minutes plus tard, il quitta la maison et ne revint qu'après minuit. Elle avait passé une grande partie de la journée à marcher de long en large, en se posant des questions. En dépit des menaces qu'elle avait proférées au cours de la nuit, elle ne prit pas contact avec un homme de loi. Elle finit par s'emporter contre Vanessa, fondit en larmes et ressentit de telles contractions qu'elle faillit appeler un médecin. Quand Vassili rentra enfin, elle se rendit compte qu'il avait de nouveau pris de la drogue.

— Combien de temps cela va-t-il continuer? lui demanda-t-elle d'une voix presque hystérique, tandis qu'il hochait la tête, en faisant semblant de l'écouter.

— Aussi longtemps que j'en aurai envie, si tu veux le savoir.

— À ma connaissance, je suis ta femme et j'attends ton enfant. Cela me regarde donc.

Il lui adressa un sourire railleur:

— Vous parlez d'une idiote de bonne femme!

Elle en fut retournée.

— Pourquoi ne te fais-tu pas admettre, en tant qu'héroïnomane, dans un service d'État?

Peut-être l'habituerait-on, de cette manière, à en

prendre une dose viable, sans qu'ils aient à connaître des périodes dramatiques?

— Pourquoi? Et perdre toutes mes commandes? Tu parles d'un résultat!

— Parce que tu estimes que tu peux travailler dans cet état-là?

Ils savaient tous deux qu'il en était capable. Chaque fois qu'il s'offrait une virée, ses assistants le couvraient.

— Mêle-toi de ce qui te regarde, pauvre gourde.

Cette fois, elle se contenta de lui tourner le dos et de rester couchée, en se demandant pourquoi elle ne l'avait pas quitté ce matin-là. C'était comme si elle était incapable de bouger, incapable d'agir. Elle se berçait de l'illusion que si elle restait près de lui assez longtemps, il se reprendrait. Il n'en faisait rien, pourtant. Plus les jours passaient et plus la situation devenait effrayante. Au bout d'une semaine, il en était arrivé à lui promettre chaque jour qu'il irait demander une assistance médicale, avant de sortir et de se procurer de la drogue. Il allait toujours réclamer de l'aide le lendemain, et elle parlait toujours d'appeler un homme de loi et de repartir pour les États-Unis. C'était un cercle vicieux de menaces, de promesses et de peur. Mais elle savait qu'elle ne pouvait plus aller nulle part, maintenant, si ce n'est à l'hôtel. On ne lui aurait pas vendu un billet d'avion, sa grossesse était trop avancée. Elle s'enlisait. Et Vanessa s'en rendait compte. La petite fille était dans un état de stupeur voisin de celui de sa mère et elle avait presque aussi mauvaise mine.

Quelques jours avant la date prévue pour l'accouchement, Teddy l'appela depuis Long Island.

— Comment vous sentez-vous? Et comment va-t-il?

— De mal en pis. Oh! Teddy... gémit-elle en pleurant.

— Voulez-vous que je vienne?

— Non, il en ferait une maladie et les choses pourraient tourner plus mal encore.

— Si vous avez besoin de moi, je viendrai.

— Je vous avertirai.

Elle se rendit compte à quel point elle s'était éloignée de son beau-frère, comme de tous ceux qu'elle avait connus, d'ailleurs. Elle était sans cesse inquiète, tourmentée et mal en point, mais n'osait rien en dire à son médecin ; elle aurait été trop honteuse d'avouer à quelqu'un d'autre que Teddy ce qu'elle avait subi.

Son beau-frère la rappela un peu plus tard dans la journée. Il n'y tenait plus. Il viendrait la rejoindre le surlendemain. Aussitôt, Séréna se précipita dans la chambre de Vanessa pour lui apprendre la nouvelle. La petite fille était près de la fenêtre, regardant d'un air triste au-dehors.

— Tu vas bien, ma chérie ? demanda Séréna, inquiète de voir combien les événements du dernier mois avaient marqué l'enfant.

— Je vais bien, maman. Et le bébé ?

— Le bébé va bien. Je suis davantage inquiète à ton sujet.

— C'est vrai ? dit Vanessa, tandis que son petit visage s'éclairait. Moi aussi, je m'inquiète tout le temps pour toi.

— Tu n'as pas à te tourmenter. Tout va bien se passer. Je suppose que Vassili finira par se remettre. En attendant, ton oncle Teddy arrive après-demain.

— C'est vrai ? dit l'enfant, toute joyeuse. Pour quoi faire ?

— Je lui ai raconté ce qui se passait ici et il a proposé de venir te tenir compagnie, au moment de la naissance du bébé.

Vanessa hocha lentement la tête, puis elle fixa sa mère d'un regard douloureux et troublé. Elle l'avait vue giflée, bousculée, négligée, puis inquiète, terrifiée, abandonnée. C'étaient des scènes auxquelles aucun enfant n'aurait dû assister. Séréna espérait que sa fille n'en resterait pas marquée.

— Maman, pourquoi fait-il cela ? Pourquoi devient-il comme cela ?

— Je l'ignore, ma chérie. Je ne comprends pas non plus pourquoi.

— Il nous déteste ?

— Non, répondit Séréna en soupirant. Je crois que c'est lui qui ne se supporte pas.

— Il a dit qu'il avait peur du bébé.

Séréna la regarda. Elle avait entendu tant de choses...

— Peut-être a-t-il peur de m'aider à élever ce bébé ?

— Et toi, tu as peur ?

— Non, je t'aime de tout mon cœur et je suis sûre que nous allons aimer ce bébé.

— Moi, je l'aime déjà beaucoup.

La petite fille avait un air très fier et Séréna s'émerveilla à la pensée qu'elle n'en était pas venue à rejeter le futur bébé. L'enfant poursuivit :

— Ce sera mon bébé à moi aussi, maman. Je serai une gentille sœur pour lui, ajouta Vanessa en posant un baiser sur la joue de sa mère. Tu crois qu'il va venir bientôt ?

— Je ne sais pas. Sans doute. Peut-être attendra-t-il Teddy ?

Elle le souhaitait très fort, mais craignait qu'il n'en soit pas ainsi. Elle avait eu beaucoup de contractions ces derniers temps et elle sentait que le bébé était descendu. Vanessa sourit, tandis que sa mère la serrait contre elle. Puis, Séréna s'en fut à l'étage pour appeler Andreas et le mettre au courant de ce qui se passait avec Vassili.

— Pauvre petite, comment peut-il vous faire une chose pareille, en un tel moment ?

— Vous pourriez peut-être venir pour tenter de le convaincre de retourner en clinique, Andreas ? Je n'ai plus aucune influence sur lui.

— Je vais essayer. Je ne pourrai pas avant quelques jours, car Alecca n'est pas bien, je ne peux la quitter.

Sa femme était malade depuis plusieurs mois, Séréna le savait, et tout le monde commençait à comprendre qu'il s'agissait d'un cancer.

— Bien sûr. J'avais pensé que vous pourriez peser sur ses décisions, voilà tout.

— Je vais faire de mon mieux. J'essaierai d'être là à la fin de la semaine, Séréna. Veillez sur vous-même et sur la petite Vanessa. Le bébé n'est plus loin ?

— Non. C'est pour bientôt. Je vous préviendrai.

— Je vais tâcher d'être auprès de vous avant la naissance.

Cette nuit-là, elle se sentit plus calme qu'elle ne l'avait été depuis des semaines, car elle savait que Teddy et Andreas allaient venir, que Vanessa serait sous bonne garde et qu'avec un peu de chance Vassili serait hors circuit pour quelques jours. Il ne lui restait qu'à ne pas mettre le bébé au monde avant leur arrivée. Elle ressassa ces pensées toute la nuit, car Vassili une fois encore ne rentra pas. Elle s'assoupissait, à l'aube, lorsqu'elle sentit quelque chose d'humide et de chaud sur ses jambes. Elle s'efforça de s'endormir, comme si elle refusait de comprendre ce qui arrivait. Et soudain, elle se réveilla en sursaut. Elle avait l'impression que tout son ventre était pris dans un étau géant.

— Mon Dieu... murmura-t-elle.

Elle se leva aussi vite qu'elle le put, mais eut beaucoup de peine à se déplacer jusqu'à la salle de bains. Et là, elle ressentit une autre contraction et s'imposa une respiration superficielle pour pouvoir mieux la supporter. Elle se redressa, se débarrassa de sa chemise de nuit, attrapa une robe de coton sur un porte-manteau, glissa ses pieds dans des sandales et s'empara de son sac à main. Elle riait en elle-même, aussi excitée qu'il y a neuf ans. Que Vassili aille au diable ! Elle le quitterait dès qu'elle aurait le bébé. Il ne lui restait plus qu'à réveiller Vanessa pour aller à l'hôpital : c'était le jour de sortie de la bonne et elle ne pouvait laisser sa fille seule.

Elle descendit l'escalier avec précaution et pénétra dans la chambre de l'enfant. Elle secoua doucement l'épaule de la petite fille, se baissa pour l'embrasser et lui caresser les cheveux, mais elle dut se mettre à haleter. Quand Vanessa s'éveilla, la contraction était passée.

— Viens, ma chérie. Il est temps de partir.

— Pour aller où ?

— À l'hôpital, pour le bébé.

— À cette heure-ci ? dit Vanessa, stupéfaite, car

elle voyait par la fenêtre qu'il faisait toujours noir, dehors.

Séréna regrettait qu'aucun de ses deux oncles ne soit arrivé. Peut-être donnerait-on à l'enfant un lit dans une autre partie de l'hôpital.

— Viens vite, ma chérie, lève-toi. Saute dans tes vêtements. Emporte ta chemise de nuit et un livre.

Elle reprit une respiration courte, après qu'une douleur subite lui eut coupé le souffle.

— Oh! maman! s'écria Vanessa en voyant le visage de sa mère se décomposer. Maman, tu vas bien? Maman!

— Chut... ma chérie. Je vais bien, assura Séréna, tout en grimaçant un sourire. Sois une grande fille. Appelle un taxi... dépêche-toi.

Vanessa courut en bas dans sa chemise de nuit, un jeans, un tee-shirt et des sous-vêtements à la main. Elle s'habilla en attendant la réponse de la compagnie de taxis. Elle expliqua alors qu'il s'agissait d'une urgence, que sa maman allait avoir un bébé. Le taxi fut devant la porte moins de cinq minutes plus tard et Vanessa aida sa mère à y monter. Elle se sentait très adulte et moins effrayée qu'au moment où elle avait vu, pour la première fois, le résultat d'une contraction. Elle tressaillit tout de même en s'apercevant que sa mère en avait une autre.

— Elles te font très mal?

— Non. Elles sont fortes pour aider le bébé à sortir.

Vanessa hocha la tête, mais garda l'air soucieux. Quand elles furent arrivées, elle prit l'argent dans le sac de sa mère et paya le chauffeur. Celui-ci leur sourit et souhaita bonne chance à Séréna. Deux infirmières sortirent avec une chaise roulante pour accueillir la jeune femme. Cette dernière adressa un pâle sourire et un signe d'adieu à Vanessa, tandis qu'on l'entraînait, puis la fillette alla s'asseoir dans un coin de la salle d'attente, en supposant que le bébé serait né quelques minutes plus tard.

Au bout d'une heure environ, on ne lui avait toujours rien annoncé. Elle alla interroger les infirmières, mais toutes la repoussèrent. Au début de l'après-midi, elle fut prise de panique. Où était sa mère? Que s'était-il passé? Pourquoi le bébé n'était-il pas là?

— Ces choses-là prennent du temps, lui répondit une infirmière.

À quatre heures de l'après-midi, l'équipe changea. Les nouvelles infirmières se montrèrent plus aimables. Elles s'étonnèrent que Vanessa soit toute seule dans la salle d'attente et l'une d'elles lui demanda si elle avait mangé. Elle ne s'était plainte à personne durant quatorze longues heures, mais quand on lui offrit un sandwich, elle éclata en sanglots.

— Où est ma maman? Qu'est-ce qui s'est passé? Pourquoi n'a-t-elle pas eu son bébé? Elle va mourir?

Les infirmières lui sourirent gentiment, lui assurant que sa maman ne mourrait pas, mais elle ne les crut pas. Et dès qu'elles eurent tourné les talons, elle s'engagea dans le couloir, à la recherche de Séréna. Elle vit soudain, sur sa gauche, une porte en verre fumé, portant la mention «Salle de travail». Elle savait ce que cela signifiait, sa mère le lui avait expliqué. Elle se glissa dans la pièce et ce qu'elle y vit la fit sursauter: Séréna était couchée sur une table blanche, les jambes attachées à ce qui lui parut être des planches, les pieds en l'air, les mains fixées, le visage déformé, ses cheveux blonds entremêlés, la bouche ouverte.

— Maman!

Vanessa s'approcha en pleurant, car il n'y avait personne d'autre dans la pièce.

— Maman! répéta-t-elle en libérant les mains de sa mère.

Il fallut un moment à Séréna avant qu'elle ne reconnaisse sa fille.

— Oh! ma chérie... ma chérie...

De ses mains libres, elle toucha les longs cheveux de Vanessa, puis soudain elle lui agrippa une épaule. L'enfant faillit crier de douleur. Séréna, qui l'avait senti, retira sa main sans avoir pu étouffer un gémissement.

— Qu'est-ce qui ne va pas... Oh! maman, qu'est-ce qui ne va pas?

348

— Le bébé... s'est mis... à l'envers...

Il lui vint soudain une idée :

— Vanessa... demande-leur mon sac... J'ai de l'argent... appelle Teddy. Tu connais... son numéro ?

Vanessa fit signe que oui. Sa mère poursuivit :

— Dis-lui... dis-lui... que le bébé se présente par le siège... le siège. Tu as compris ? (Vanessa hocha la tête.) Ils ont tenté de le tourner, mais ils n'ont pas réussi. Ils vont recommencer dans quelques heures... Allez, va... dis-lui bien de venir aujourd'hui. Dépêche-toi !

Vanessa eut du mal à persuader les infirmières de la laisser toucher au sac à main de sa mère. Il lui fallut expliquer qu'elle n'avait pas de quoi s'acheter quelque chose à manger. Et dès qu'elle eut le sac, la petite fille se rendit sur la pointe des pieds jusqu'à une cabine téléphonique, dans le hall d'entrée, puis elle glissa des pièces dans l'appareil et demanda à l'opératrice d'appeler Teddy en PCV. S'il était sept heures du soir à Londres, il n'était qu'une heure de l'après-midi à New York, elle le savait. Il se trouverait à son cabinet.

— Le docteur Fullerton ? répéta son assistante, surprise. Oui... De la part de sa nièce ? Je vais le chercher.

Bien sûr, Teddy accepta l'appel et, dès qu'il fut au bout du fil, Vanessa lui raconta en criant presque ce qu'elle avait vu et ce que sa mère lui avait dit.

— Elle est attachée partout, oncle Teddy, et nous sommes arrivées ici à cinq heures du matin. Elle m'a dit de te dire... elle a dit que le bébé est un piège et qu'ils ont essayé de le retourner, mais ils n'y arrivent pas. Et...

Elle se mit à sangloter et Teddy s'efforça de la calmer.

— Ne pleure pas, ma chérie, ne pleure pas. Raconte-moi bien ce qu'elle t'a dit.

— Ils vont essayer à nouveau dans quelques heures. Elle veut que tu viennes tout de suite. Elle a dit : « Dépêche-toi ! »

À l'autre bout du fil, il faillit paniquer. Une présentation par le siège, à cinq mille kilomètres de dis-

tance! Même s'il sautait dans le prochain avion, il lui
faudrait de douze à dix-huit heures avant d'être près
d'elle. Pourquoi ne pratiquaient-ils pas une césarienne tout de suite? Attendre pouvait mettre la vie
de Séréna et celle du bébé en danger.

— Tout ira bien, ma chérie, dit-il à Vanessa,
essayant de s'en persuader lui-même. Connais-tu le
nom de son médecin?

Il aurait pu l'appeler, mais Vanessa l'ignorait.

— Et celui de l'hôpital?

Elle le lui donna aussitôt.

— Tu vas venir, oncle Teddy?

— Je vais prendre le prochain avion, ma chérie, et
avec un peu de chance je serai chez vous demain
matin, à l'aube. Peut-être le bébé sera-t-il là avant.
Sais-tu où est Vassili?

— Non! Je ne veux pas qu'il vienne. Il est fou.

— Je sais. Je sais. Je me le demandais, c'est tout.
Et son frère?

— Maman a dit qu'il ne pouvait venir qu'à la fin
de la semaine. Sa femme est malade.

— Bon, ma petite chérie. Monte bien la garde jusqu'à ce que j'arrive. Tu crois que tu vas tenir le coup?
Ça va être encore une longue nuit peut-être, mais je
vais venir et ce sera très vite fini.

Déjà, il griffonnait des instructions pour son assistante. Pas question de retourner chez lui, il achèterait
ce dont il aurait besoin à Londres. Il n'allait emporter
que sa sacoche de médecin.

— Je suis très fier de toi, Vanessa, ma chérie. Tu
t'en tires comme une grande fille.

— Mais ma maman…

— Elle va s'en sortir aussi. Je te le promets. Il est
quelquefois un peu difficile de mettre un bébé au
monde. Mais quand ce sera fini et qu'elle verra le
bébé, elle ne regrettera rien. Je te le jure.

Il était en réalité très inquiet et aussitôt qu'il eut
raccroché, il appela l'hôpital, pendant que sa secrétaire se renseignait sur les vols pour Londres. Il obtint
une sage-femme, mais ne put parler à un interne.
Mme Arbos allait bien, il s'agissait en effet d'une présentation par le siège, mais personne n'avait encore

350

estimé qu'une césarienne fût nécessaire. Ils attendaient le lendemain matin, au moins, pour prendre une telle décision. Et non, ils n'étaient pas parvenus à retourner l'enfant, mais sans doute y réussiraient-ils lors de tentatives ultérieures.

À 14 h 30, Teddy arriva à l'aéroport d'Idlewild. Le départ était prévu à 16 heures. Il appela de nouveau l'hôpital, mais rien n'avait changé. Son avion atteindrait la capitale anglaise à 2 heures du matin, heure de New York, soit 8 heures du matin là-bas. Teddy calcula qu'il ne serait pas à l'hôpital avant 9 heures, 9 h 30, et encore, avec de la chance. Aussi, une fois à bord, expliqua-t-il au steward qui il était : il se rendait à Londres pour pratiquer une intervention obstétricale sur une patiente très importante et il aurait besoin d'une escorte de police ou d'une ambulance pour le conduire en un minimum de temps de l'aéroport à l'hôpital. Le steward transmit le message au commandant de bord, qui établit une liaison radio à ce sujet avec Londres. À l'arrivée, Teddy passa la douane à toute vitesse, avant d'être conduit par une porte secondaire à l'ambulance qui l'attendait. Toutes sirènes hurlantes, ils s'engagèrent sur la route de Londres. Par chance, le vol était arrivé avec une demi-heure d'avance. Et il était 7 h 55 quand Teddy descendit de l'ambulance et remercia le chauffeur en lui donnant un énorme pourboire. Il monta les escaliers de la maternité quatre à quatre, sa sacoche à la main, traversa la grande salle d'attente, peu accueillante, où il aperçut Vanessa, endormie dans un fauteuil, et courut jusqu'au bureau de la surveillante. L'infirmière parut tomber des nues lorsqu'il lui expliqua pourquoi il était là.

— Vous venez d'Amérique ? Pour Mme Arbos ?

Elle se précipita chez l'infirmière-chef qui alerta le médecin de service. L'accoucheur de Mme Arbos n'était pas à l'hôpital pour le moment, mais bien entendu, si le docteur Fullerton avait la qualification requise et si une césarienne se révélait nécessaire, il pourrait assister le chirurgien anglais. Teddy leur présenta aussitôt ses papiers, se lava les mains et demanda à voir Séréna. Suivi d'une véritable escorte, il pénétra dans la pièce où Vanessa avait trouvé sa mère, treize heures auparavant. Séréna était à demi inconsciente, trempée de sueur, respirant à peine. Teddy regarda son visage, prit son pouls, puis écouta le cœur du bébé. La jeune femme ne parut même pas le reconnaître.

Les pulsations du cœur du bébé étaient difficilement audibles, les battements de celui de Séréna étaient faibles, irréguliers, et sa tension était si basse qu'il se demanda s'il pourrait la sauver. Sans perdre de temps, il donna une succession d'ordres rapides, afin qu'on la préparât pour une intervention. Il aurait voulu les tuer tous pour n'avoir pas pris cette initiative vingt-quatre heures plus tôt. Au moment où il détachait les jambes de Séréna et les allongeait sur le chariot où les infirmières l'avaient installée pour la rouler vers la salle d'opération, la jeune femme s'agita et ouvrit les yeux.

— C'est... Teddy... ?

— Oui, c'est Teddy, Séréna. Tout ira bien. Vanessa m'a appelé et nous allons pratiquer une césarienne.

Elle fit signe qu'elle avait compris. Au moment où ils entraient en salle d'opération, un jeune docteur apparut, un peu troublé par ces procédés inhabituels. Mais sans plus attendre, on administra un anesthésique à Séréna. Après s'être brossé les mains avec soin et s'être mis en tenue, Teddy commença l'intervention. L'anesthésiste et deux infirmières surveillaient de près le cœur. Teddy travaillait contre la montre. Très vite, il dégagea l'enfant, une belle petite fille bien formée, mais qui ne cria pas. Teddy comprit qu'il était sur le point de perdre la mère et l'enfant. Il donna de brèves instructions aux infirmières et poursuivit l'intervention sur Séréna. Il fallait la sauver. Un pédiatre avait été appelé en renfort pour aider les infirmières et le jeune docteur à réanimer le bébé. Il leur sembla qu'une éternité s'écoulait avant qu'ils n'entendent le premier cri, mais soudain la pièce s'emplit des vagissements du nouveau-né, et presque aussitôt l'anesthésiste vit la pression sanguine de Séréna s'élever lentement. Enfin, les pulsations de son cœur redevinrent normales. Teddy aurait voulu bondir, hurler de joie, mais il avait encore à faire. Quand tout fut terminé, il contempla la femme endormie qu'il aimait depuis tant d'années et, cédant à une impulsion qui n'avait rien de professionnel, il se pencha sur elle et l'embrassa sur la joue.

Toute l'équipe le félicita pour la rapidité et la maîtrise dont il avait fait preuve, puis il sortit à leur suite. Il lui restait à voir Vanessa. La pauvre enfant venait de vivre une dure épreuve, de son côté. Quand Teddy s'arrêta près d'elle, elle dormait toujours. Il s'assit et, comme si elle avait senti sa présence, elle ouvrit les yeux, fronça les sourcils et lui jeta un regard étonné. Il lui sourit :

— Bonjour, ma chérie. Tu as une belle petite sœur.

— C'est vrai ? dit la fillette en se redressant, encore étourdie. Comment le sais-tu ? Tu l'as vue ?

— Oui, je l'ai vue. Je l'ai aidée à venir au monde.

— Tu as fait ça ? (Elle lui jeta les bras autour du cou.) Oh ! oncle Teddy, tu es merveilleux ! Et maman ? demanda-t-elle enfin, l'air angoissé.

— Elle dort encore, répondit-il, avant d'expliquer ce qu'était une naissance par césarienne.

— Je crois que je n'aurai jamais de bébé, lui confia Vanessa. Elle était toute seule dans la pièce, ils l'avaient attachée partout et j'ai bien cru... qu'elle allait... mourir...

Teddy lui passa un bras autour des épaules.

— Elle n'est pas morte. Elle va bien. Et le bébé est très mignon. Tu veux le voir ?

— Ils me le permettent ?

— S'ils refusent, je leur dirai que tu es mon assistante.

Vanessa eut un petit rire. Teddy échangea quelques mots à voix basse avec l'infirmière-chef, puis on les conduisit, Vanessa et lui, jusqu'à la grande salle vitrée dans laquelle il y avait deux douzaines de bébés au moins. Une infirmière prit dans ses bras « Arbos fille » pour que Vanessa puisse l'admirer.

— Elle est tout à fait comme maman ! s'écria Vanessa stupéfaite. Sauf qu'elle a des cheveux noirs.

C'était en effet le portrait de Séréna en miniature. Teddy en avait été frappé au moment de la délivrance. Vanessa reprit :

— Elle est très jolie, n'est-ce pas, oncle Teddy ?

— Oui, très jolie.

44

Andreas arriva, comme promis, à la fin de la semaine. Il trouva Vassili dans un état d'hébétude : il ne s'était pas lavé depuis huit jours et traînait dans un vieux peignoir de bain crasseux, les cheveux collés, les yeux creux et cernés, le visage jaunâtre. Andreas aurait voulu qu'il fît un peu de toilette avant de partir pour la clinique où il allait entreprendre une nouvelle cure de désintoxication, mais Vassili dodelinait de la tête, incapable de faire trois pas. Sur la table, à côté de lui, il y avait une seringue. Il fallut l'aide du chauffeur pour l'emmener jusqu'à la voiture qui devait le conduire. Vassili n'avait même pas rendu visite à sa femme, qui se remettait peu à peu.

Andreas put enfin aller voir Séréna. Sans détour, il lui déclara :

— Il est en mauvais état, cette fois. Mais il devrait être rétabli rapidement.

La jeune femme soupira. Elle avait tourné et retourné dans sa tête, toute la matinée, ce qu'elle allait faire à propos de Vassili.

— Andreas, je crois que je vais divorcer.

— Et retourner aux États-Unis ? demanda Andreas, abattu, car il les aimait beaucoup, elle et sa fille.

— Je crois que oui. Je n'ai plus de raisons de rester ici. Je peux retourner travailler à New York.

Elle avait été si vite enceinte qu'elle ne s'était jamais imposée en tant que mannequin, à Londres. Or, il allait lui falloir élever deux filles.

— Vous n'y êtes pas obligée, Séréna. S'il se désintoxique, ne lui accorderez-vous pas une dernière chance ?

— Pourquoi les choses changeraient-elles, cette fois ? À l'en croire, cela dure depuis dix ans.

— À présent qu'il vous a, vous et le bébé, les choses seront peut-être différentes.

— Il nous a depuis un an, Vanessa et moi, et cela n'a rien changé du tout.

— Oui, mais il aura son bébé, maintenant. Le sien.

Andreas sourit en demandant :

— Comment allez-vous l'appeler ?

— Charlotte. Charlotte Andréa.

Ému jusqu'aux larmes, il se pencha sur Séréna pour l'embrasser.

— Vous êtes une bien belle jeune femme. Je ne devrais pas vous laisser gaspiller votre temps auprès de mon frère... Je serais si malheureux pourtant de le voir vous perdre, vous et son enfant... Mais faites ce qui vous semble le mieux. Et si vous partez, indiquez-moi où je pourrai vous joindre, Séréna. Un jour, j'irai à New York rendre visite à la petite fille qui portera mon nom.

Quand Séréna lui demanda des nouvelles de sa femme, il évita son regard. Il ne voulait pas songer à ce qui allait inéluctablement arriver. Il déposa un baiser sur la joue de sa belle-sœur et la laissa à ses pensées.

La veille de sa sortie de l'hôpital, Séréna faisait quelques pas dans le couloir, au bras de l'infirmière, lorsqu'elle vit soudain Vassili venir à sa rencontre. Il était vêtu de façon soignée et paraissait normal, si ce n'est qu'il avait l'air effrayé ; durant un instant, en le regardant approcher, elle se demanda même s'il n'allait pas tourner les talons. Elle s'immobilisa et pesa davantage sur le bras de l'infirmière. Elle aurait souhaité pouvoir courir, disparaître, mais elle en était incapable et il continua de marcher sans se presser vers elle, jusqu'à être tout près.

— Bonjour, Séréna.

— Bonjour.

Elle sentit ses genoux fléchir. Une part d'elle-même était heureuse de le voir, tandis que l'autre désirait qu'il disparaisse pour toujours.

— Tu vas bien?

Elle fit signe que oui et l'infirmière ne savait pas quelle attitude adopter, tant elle les sentait gênés. Vassili reprit :

— Et le bébé?

— Elle va bien, elle aussi. Tu ne l'as pas vue?

— Pas encore. Je voulais te voir d'abord. Je suis juste... je... hum... commença-t-il en jetant un regard en direction de l'infirmière, je suis juste revenu aujourd'hui.

Séréna remarqua alors sa pâleur. La cure de désintoxication en elle-même était toujours brève, mais il fallait longtemps avant que son visage reprenne un aspect normal. Cette fois, en outre, il avait le teint jaune à cause d'une hépatite sérique — le médecin avait expliqué à la jeune femme que cette forme de la maladie n'était pas contagieuse. Elle regrettait qu'il soit venu. Elle aurait préféré ne pas le revoir.

— Pourrais-je te parler un peu?

Elle fit un geste en direction de sa chambre et l'infirmière l'y reconduisit, sans hâte. Séréna s'allongea, épuisée. Vassili la regarda avec un air étrange, puis il baissa la tête et elle s'aperçut qu'il luttait contre une envie de pleurer.

— Je ne sais que te dire, Séréna.

— Je n'ai pas l'impression qu'il nous reste grand-chose à nous dire, Vassili.

— Qu'entends-tu par là?

— Que peut-on encore se dire, après ce que nous avons vécu? Je regrette? Bonne chance? Adieu?

— On pourrait essayer de nouveau, proposa-t-il d'une voix basse et triste.

— Le pourrait-on? Pour quelles raisons?

— Parce que je t'aime.

— Tu le croyais aussi, avant, objecta-t-elle en lui jetant un regard accusateur. Si tu avais été là, en pleine possession de tes moyens, je n'aurais peut-être pas failli mourir en mettant cette enfant au monde. Sais-tu que nous aurions pu perdre notre petite fille? Que j'ai failli mourir? Si Vanessa ne s'était pas lancée à ma recherche et n'avait pas appelé Teddy, nous ne serions plus ici, toutes les deux.

— Oui, je le sais, reconnut-il, tandis que les larmes lui venaient aux yeux. Par Andreas.

— Aurais-tu pu vivre avec cette pensée?

— Je n'arrive pas à trouver d'excuse à ce que j'ai fait et je comprendrais que tu ne me le pardonnes pas non plus. Mais j'ai changé. J'ai été si près de tout perdre : toi, le bébé, moi-même. Si nous essayions encore de vivre ensemble, je sais que cette fois tout sera différent.

Il s'approcha du lit, tendit une main pour prendre celle de sa femme, y déposa un baiser tendre, puis reprit :

— Je t'aime. Je ne peux rien t'offrir de plus. Je ferai n'importe quoi pour te garder. Je te supplierai... je ramperai devant toi... Séréna, ne sais-tu donc pas à quel point je t'aime?

Les yeux de la jeune femme étaient mouillés de larmes. Elle baissa la tête. Il tendit les bras pour la prendre contre lui, tout en l'implorant :

— Oh! ma chérie, je t'en conjure...

— Va-t'en... ne me touche pas.

Il lui souleva le visage pour rencontrer son regard.

— M'aimes-tu encore?

Elle fit non de la tête, mais ses yeux la démentirent.

— Qu'ai-je fait, mon Dieu! cria-t-il, désespéré. Pourquoi ai-je fait cela?

Il la serra contre lui et le bruit des sanglots de Séréna résonna dans la chambre silencieuse. Il la supplia de lui accorder une autre chance, mais elle était trop bouleversée pour répondre. Quand elle se reprit enfin, elle lui demanda s'il ne voulait pas voir le bébé.

— J'en meurs d'envie, assura-t-il.

L'une des questions qu'il voulait lui poser lui revint en mémoire :

— N'est-ce pas demain que tu rentres à la maison?

— Je sors de l'hôpital, répondit Séréna en évitant ses yeux. J'ignore encore, cependant, si je vais m'installer à la maison ou à l'hôtel.

Elle avait songé à prendre une chambre au Connaught, l'hôtel où résidait Teddy. Ce dernier ne repartirait que dans quelques jours.

— Je vois.

Vassili lui offrit le bras, qu'elle prit non sans hésitation, puis, à petits pas, elle le conduisit jusqu'à la nursery. Une infirmière sourit en reconnaissant la jeune femme, puis elle considéra avec intérêt l'homme qui l'accompagnait. Elle souleva sa petite fille pour qu'il puisse l'admirer. Vassili était fasciné par l'enfant qui avait le visage de Séréna et ses cheveux à lui. Ses yeux s'embuèrent et, sans dire un mot, il enlaça sa femme.

— Elle est si jolie, et si petite, remarqua-t-il, après un moment.

— Elle me paraît grande, à moi, protesta gentiment Séréna. Cinquante-trois centimètres et trois kilos huit cents! C'est un beau bébé!

— C'est vrai? dit-il en souriant avec orgueil à sa femme. Elle est si parfaite!

— Attends de la prendre dans tes bras.

— Elle pleure beaucoup?

Séréna fit signe que non, puis durant quelques minutes elle lui parla du comportement du bébé. Quand il l'eut raccompagnée à sa chambre, ils se regardèrent.

— Séréna... Ne peut-on recommencer? Je ne veux pas te perdre. Pas maintenant... jamais.

Tremblante, elle ferma les yeux, puis les rouvrit. Elle l'aimait toujours et pour le bébé il lui semblait qu'elle devait tenter, une fois encore, de reprendre la vie commune. Elle savait pourtant que s'il se droguait de nouveau, il allait la détruire. Qu'elle ne devait pas accepter. Mais elle céda...

— Très bien, nous allons essayer une dernière fois, dit-elle dans un murmure. Mais si tu recommences, ce sera fini entre nous. C'est bien compris?

— J'ai compris.

Il se rapprocha d'elle pour l'embrasser et dans son baiser il mit tous les regrets qu'il éprouvait de lui avoir causé autant de souffrances. Il promit de venir la chercher le lendemain, pour la ramener chez eux,

et lorsqu'il quitta la pièce, elle tendit la main en soupirant vers le téléphone. Il fallait appeler Teddy et lui
expliquer ce revirement.

45

Quand la jeune femme revint de l'hôpital avec le
bébé, la maison paraissait complètement transformée. Bien sûr, le décor était le même — des blancs et
des chromés, et d'immenses pastels — mais Vassili
s'était donné beaucoup de mal pour le rendre plus
accueillant. Il y avait des fleurs partout pour Séréna,
des montagnes de cadeaux pour le bébé, des poupées, des jouets, des bonbons pour Vanessa. Il avait
acheté tout ce qui lui passait par la tête, jusqu'à un
merveilleux bracelet de diamants pour sa femme. Il
était béat d'admiration devant sa fille, envoûté
par cette petite créature, et se sentait plus épris de
Séréna que jamais. Il passait un maximum de
temps auprès d'elles et attendait avec impatience le
moment où sa femme pourrait sortir un peu. Au bout
de deux semaines, on l'autorisa à faire de courtes
promenades, et huit jours plus tard, un dimanche,
Vanessa, Vassili et Séréna poussèrent le landau dans
un parc des environs de Londres. On était au début
de septembre, l'arrière-saison était belle et Vanessa
était retournée à l'école ; elle allait avoir neuf ans.
— Tu es heureuse, ma chérie ? demanda Vassili à
sa femme, en la regardant avec fierté, son appareil
autour du cou. Il avait déjà pris des centaines de photographies du bébé.
— Oui, très.
On sentait pourtant une certaine retenue, à présent, chez Séréna, comme si elle avait perdu une partie de sa capacité au bonheur. Cela rendait Vassili
très nerveux, parfois. Il redoutait toujours qu'elle ne
le quittât.
Quand ils eurent regagné la maison, ils s'occupè-

rent ensemble du bébé. Vassili n'avait pas retravaillé depuis son séjour en clinique. Il souhaitait, disait-il, passer le plus de temps possible auprès de sa femme et de son bébé. Séréna commençait à se demander si ses absences constantes n'allaient pas affecter sa carrière. Quelques jours plus tard, il lui annonça qu'il partait pour affaires à Paris. Il était de très bonne humeur en la quittant, et lui promit de l'appeler, mais ne le fit pas. Elle essaya en vain de le joindre au numéro qu'il lui avait laissé. Et de nouveau ce fut le doute, l'angoisse et bientôt, lorsqu'il rentra une semaine plus tard, la certitude. Le cœur lui manqua. Il avait perdu la bataille. Tout en lui trahissait l'usage de l'héroïne. Elle le dévisagea mais ne dit mot. Elle monta à l'étage, fit ses valises, avertit Teddy et réserva deux places sur l'un des prochains vols. Elle regroupait ses bagages, lorsque Vassili entra dans leur chambre.

— Que fais-tu ?

— Je te quitte, Vassili. À l'hôpital, je t'ai dit sans équivoque que si tu te droguais à nouveau, je m'en irais. Tu te drogues, je m'en vais. Tout est fini.

Elle était lasse, si lasse. Et un peu inquiète de ce qu'il allait dire ou faire. Il était si imprévisible, dans ces cas-là.

— Je ne me drogue pas, tu es folle.

Le seul fait de l'entendre mentir la mit en colère.

— Non, c'est toi qui es fou, et je pars tant qu'il en est encore temps. Rien ne compte pour toi, si ce n'est cette saleté que tu t'injectes. Je ne comprends pas pourquoi tu le fais. Tu as toutes les raisons de ne pas te comporter de la sorte, mais, puisque rien ne t'arrête, moi, je m'en vais. Adieu !

— Et tu penses que tu peux emmener mon bébé ?

— Oui. Essaie un peu de m'en empêcher et je ferai imprimer par tous les journaux du monde que tu es un drogué !

À son regard haineux, il comprit qu'elle tiendrait parole.

— Du chantage, Séréna ?

— C'est cela. Et ne crois pas que je ne passerai pas aux actes. Ta carrière sera fichue.

— Tu crois qu'elle compte pour moi? Tu es folle. Tu penses que je tiens à quelques saletés de photos pour une publicité ou un journal?

— Pas vraiment, sans doute, sinon tu ne te droguerais pas. Sans parler du bébé ou de moi. J'imagine que nous n'avons pas pesé lourd pour toi.

Il la dévisagea un moment avec une curieuse intensité, puis il reconnut:

— Je ne crois pas, en effet.

Il disparut de nouveau ce soir-là, et quand elle quitta la maison, le lendemain matin, avec ses deux filles, quelques valises et les bagages à main contenant les objets du bébé, il n'était pas revenu. Douze heures plus tard, elles atterrissaient à New York, treize mois après en être parties. Pour la première fois, quitter un lieu où elle avait vécu n'avait pas été pénible pour Séréna. Elle se déplaçait comme dans un mauvais rêve, le bébé contre elle et Vanessa à la main. Un instant, elle éprouva à nouveau ce qu'elle avait ressenti en arrivant dans ce pays avec les sœurs et les autres enfants de son convoi de guerre. Les larmes lui baignèrent les joues et des sanglots la secouaient quand elle aperçut Teddy.

Il les conduisit en voiture au meublé qu'il avait loué pour un mois. Séréna examina la triste petite salle de séjour, en berçant le bébé dans ses bras. Il n'y avait qu'une chambre à coucher, mais cela importait peu. Elle n'avait qu'un désir: vivre à cinq mille kilomètres de Vassili. Il ne lui restait presque plus d'argent, mais elle avait apporté le bracelet de diamants qu'il lui avait offert, un mois auparavant. Elle allait le vendre et espérait en tirer assez pour subsister jusqu'à ce que sa carrière de mannequin reprenne. Elle avait déjà prié Teddy d'appeler Dorothea.

— Eh bien, quel effet cela vous fait-il d'être de retour? lui demanda Teddy. Il souriait, mais ses yeux demeuraient soucieux, car Séréna semblait épuisée et Vanessa n'était guère en meilleure forme.

— Je crois que je n'ai pas encore vraiment atterri! répondit-elle tout en continuant à étudier les lieux.

Les murs étaient blancs et nus, et le mobilier, moderne, d'inspiration danoise.

— Ce n'est pas le Ritz, s'excusa-t-il avec un sourire.

Et, pour la première fois, elle rit.

— Teddy, mon cher ami, cela m'est tout à fait égal. C'est un toit au-dessus de nos têtes et nous ne sommes plus à Londres.

Vanessa sourit aussi et Teddy tendit les bras vers le bébé.

— Comment va ma petite amie?

— Elle a toujours faim, dit Séréna.

— En ce cas, elle ne ressemble pas à sa mère, car celle-ci paraît ne jamais manger.

Séréna avait perdu beaucoup de poids.

— C'est aussi bien, si je veux être mannequin. Que vous a dit Dorothea, à ce propos?

— Qu'elle vous attendait avec impatience, comme tous les photographes de New York.

— Eh bien, voilà de bonnes nouvelles! se réjouit Séréna.

Elle commençait à sortir de son engourdissement, à comprendre ce qui lui arrivait. Elle était parvenue à échapper à Vassili. Elle avait craint parfois de n'y jamais réussir et de demeurer prise au piège pour toujours. Tout était fini, maintenant, et Vassili le savait. Elle espérait ne plus le revoir. Jamais.

— Pensez-vous qu'il vous suivra jusqu'ici? demanda Teddy, une fois Vanessa couchée.

— Ce serait inutile. Je ne le verrais pas.

— Et le bébé?

— Je ne crois pas qu'il s'en soucie. Il ne s'intéresse qu'à lui-même et à la drogue.

— N'en soyez pas si certaine. Selon vous, il était fou de sa fille.

— Pas assez pour renoncer à l'héroïne.

— Je ne le comprends pas.

— Moi non plus. Il m'arrive de me demander si je redeviendrai jamais moi-même.

— Si, avec le temps.

Séréna soupira et ferma les yeux, avant de lui faire face de nouveau.

— Je ne sais pas, Teddy. Vous avez sans doute raison, mais j'ai vécu un tel cauchemar… Vous savez… je crois que l'héroïne le rend fou.

Mais elle ne voulait plus en parler. Et ils discutèrent de l'avenir, de l'école de Vanessa. La pauvre enfant avait été si ébranlée, au cours des dernières semaines! Séréna avait envie de la garder un peu à la maison et de la laisser se réhabituer à la vie dans ce pays. Pour l'instant, Vanessa ne souhaitait qu'une chose, s'occuper du bébé. Elle était folle de sa petite sœur qu'elle appelait Charlie, et aimait assister sa mère dans tous les soins qu'il fallait lui donner.

— C'est une petite fille formidable!

Teddy avait dit cela avec tant de fierté que Séréna ne put s'empêcher de rire.

Il la laissa alors s'installer. Quand elle eut nourri le bébé, la jeune femme s'effondra sur son lit. Elle dormit d'un profond sommeil, sans rêves, et au matin, elle se sentait un peu moins épuisée.

Quelques jours plus tard, elle se rendait à l'agence Kerr. Dorothea l'accueillit le poing sur la hanche.

— Je vous l'avais prédit, pas vrai? s'écria-t-elle avec un grand sourire. Je suis tout de même très heureuse de vous savoir de retour.

— Pas autant que moi.

Elles prirent ensemble une tasse de café et Dorothea évoqua la situation dans le monde de la mode, à New York : depuis l'été, un nouveau mannequin était devenu la coqueluche des photographes, une Allemande qui avait un peu le type de Séréna. « La princesse » avait néanmoins encore sa place.

— Vous leur avez manqué, cela ne fait aucun doute.

Tout en parlant, Dorothea remarquait que le visage de Séréna avait pris, depuis la naissance de son bébé, une expression nouvelle, intéressante ; il y avait plus de sagesse et de gravité dans son regard. Elle voulut savoir :

— Et avec Vassili ? Tout est fini ?

— Tout.

— Vous voulez me dire pourquoi ?

Séréna secoua la tête, puis tapota la main de sa vieille amie avant de répondre :

— Non. Et vous ne tenez pas à le savoir, j'en suis

sûre. Maintenant que je suis là, je ne veux ni m'en souvenir, ni en parler. La seule chose positive que j'aie faite, l'année dernière, c'est Charlotte, et elle est ici avec moi.

La semaine n'était pas écoulée que Vassili commençait à appeler l'agence. Dorothea crut devenir folle. Il téléphonait dix fois par jour, pour savoir où était Séréna, comment il pouvait la joindre... La jeune femme avait laissé des instructions sévères pour qu'on ne lui réponde pas. Mais un jour l'un des mannequins répondit par hasard au téléphone et chercha dans le fichier le numéro et l'adresse de Séréna.

Le lendemain, Vassili se présentait à son appartement, au moment où elle s'apprêtait à sortir, son «book» à la main.

— Séréna...

En l'entendant prononcer son nom, elle eut un haut-le-corps. À ses yeux, elle vit qu'il était drogué et qu'il n'avait plus toute sa raison. Elle recula à pas lents dans l'appartement. Les deux enfants étaient dans la salle de séjour, avec la bonne. Elle aurait voulu lui claquer la porte au nez, mais il la bouscula en maugréant. Il devait voir son bébé, elle ne pouvait pas lui faire une chose pareille... Et comme il se penchait sur Charlotte, toute l'horreur des mois passés revint à la mémoire de Séréna.

— Comment as-tu fait pour me retrouver ? s'enquit-elle d'un ton sec.

— Il le fallait. Tu es ma femme.

La bonne les observait l'un après l'autre, effrayée. Vanessa prit le bébé dans ses bras pour le protéger. Elle sentait sa mère gagnée par la colère et Vassili par la folie. Il demanda :

— Pourquoi ne rentres-tu pas ?

— Je ne reviendrai jamais et je ne veux pas en parler ici.

Elle jeta un coup d'œil inquiet aux enfants. Vanessa avait assisté à trop de scènes de ce genre, dans le passé.

— Alors, entrons là, proposa-t-il en montrant la chambre.

Séréna l'y suivit en quelques enjambées rageuses.

— Je veux que tu rentres à la maison, ordonna-t-il, en se tournant pour lui faire face.

— Non! Comprends-tu? Non! Je ne retournerai jamais vivre avec toi, Vassili. À présent, sors de ma maison et de ma vie.

— Je ne le ferai pas! hurla-t-il. Tu m'as pris mon bébé et tu es ma femme. Tu dois revenir à la maison, si je te l'ordonne.

— Je ne dois rien du tout. Tu n'es qu'un drogué et tu as failli nous détruire, mes enfants et moi...

— Non, je ne l'ai pas fait, je ne l'ai pas fait... Je t'aime... je t'aime... je t'aime...

Tout en parlant, il avança sur elle, la prit à la gorge et se mit à serrer. Elle suffoquait, son visage était violacé, mais il continuait à crier: «Je t'aime... je t'aime... je t'aime...»

Dans la pièce voisine, Vanessa entendait ses cris. Mais elle n'entendait plus sa mère. Terrifiée, elle se précipita dans la chambre, le bébé dans ses bras. Elle découvrit Vassili agenouillé, sanglotant, les mains toujours serrées autour du cou de Séréna, dont la tête était inclinée selon un angle bizarre et dont les yeux demeuraient ouverts, tandis que les photographies de son «book» étaient éparpillées sur le sol.

— Qu'est-ce que tu as fait à ma maman? hurla-t-elle.

— Je l'ai tuée, répondit-il d'une voix sourde. Parce que je l'aimais.

Il éclata alors en sanglots et se laissa tomber de tout son long auprès de Séréna.

46

Durant deux semaines, l'affaire fit la une des journaux. La disparition de Séréna Fullerton Arbos causa une grande émotion. Son passé, la mort de ses parents, son mariage avec Brad puis avec Vassili furent retracés en long et en large dans la presse. L'accoutumance de Vassili à l'héroïne et ses séjours en clinique pour désintoxication furent étalés sur la place publique, cependant que ses divers mariages étaient racontés par le menu, une fois de plus. Quelques journalistes évoquèrent l'éventualité d'une action juridique pour régler la garde des enfants : on se demandait où et auprès de qui allaient vivre les petites filles. Verrait-on éclater une guerre *Fullerton contre Arbos* ? Un juge du tribunal d'instance avait convoqué un conseil de famille, à la fin du mois d'octobre, pour désigner un tuteur. Teddy souhaitait adopter les deux enfants de Séréna, au grand désespoir de sa mère.

— Je ne le permettrai pas, lui dit-elle. Dieu seul sait ce que de telles enfants vont devenir, avec la mère qu'elles ont eue. Surtout le bébé, avec ses antécédents de meurtre et de drogue.

— Et pour Vanessa, répliqua Teddy, tu n'aurais pas des qualificatifs plus désagréables ?

Il était furieux contre sa mère. Même au milieu de toute cette horreur, elle était incapable du moindre élan à l'égard de son unique petite-fille ! Greg était trop ivre, la plupart du temps, pour s'intéresser à quoi que ce soit. Seule Pattie faisait montre d'une grande compassion, d'une émotion inhabituelle. Elle était outrée de ce qu'elle lisait dans la presse et déplorait de voir l'unique enfant de Brad mêlée à cette horrible histoire. Au début, Teddy fut touché de l'attitude de sa belle-sœur. Quelques jours avant la convocation du conseil, elle lui demanda s'il savait le nom du juge.

— Pour quelle raison ?

— Peut-être daddy le connaît-il ?

— Quel intérêt ?

— Cela pourrait rendre les choses un peu plus agréables.

— Mais pour qui ?

— Pour Vanessa, bien sûr. Il se révélerait sans doute plus aimable et simplifierait la procédure.

Teddy ne voyait pas très bien où elle voulait en venir, mais il lui fournit le renseignement en se disant qu'elle le trouverait ailleurs si elle le cherchait. Il avait trop de soucis au sujet de Vanessa pour s'arrêter à de telles considérations. Les enfants vivaient chez lui, depuis la mort de leur mère, et Vassili avait été enfermé à l'hôpital Bellevue, en attendant d'être entendu par le bureau de l'immigration. Andreas remuait ciel et terre pour obtenir une extradition. Il s'était engagé à faire hospitaliser son frère à Athènes, s'ils le laissaient sortir des États-Unis. Il était terrifié par la perspective d'un procès pour meurtre.

Vanessa était demeurée plongée dans une sorte de stupeur, depuis qu'elle avait vu sa mère assassinée. La jeune fille qui la gardait ce matin-là avait déclaré que l'enfant s'était mise à hurler et ne s'était arrêtée qu'à l'arrivée des policiers. Elle avait tenu Charlie serrée contre elle, jusqu'au moment où Teddy était venu la lui prendre des bras. Il avait emmené les deux petites filles chez lui, appelé un confrère pour Vanessa et engagé une infirmière pour le bébé. Le médecin était revenu plusieurs fois voir Vanessa. Elle semblait avoir gommé de sa mémoire tout ce qui s'était passé. Elle vivait chaque journée nouvelle comme un petit robot et, lorsque Teddy essayait de la prendre dans ses bras, elle le repoussait. La seule personne dont elle souhaitait la présence et l'amour était la petite Charlotte. Elle ne mentionnait jamais le nom de sa mère et le médecin avait conseillé à Teddy de ne pas lui en parler. À un certain moment de sa vie, tout lui reviendrait. Il ne fallait rien brusquer.

Teddy ne l'emmena donc pas à l'enterrement. La cérémonie fut d'ailleurs presque insoutenable pour lui. La seule femme qu'il avait aimée était morte. Il aurait voulu pouvoir l'effleurer une fois encore... la voir traverser une pièce, pleine de beauté et de grâce.

Il était toujours en état de choc lorsqu'il pénétra dans la salle d'audience, où avait été convoqué le conseil de famille. Il s'efforça d'ordonner ses pensées, tandis que le juge exposait l'affaire d'un ton monotone. L'avoué de Teddy déposa la requête de son client qui s'offrait à prendre en charge les deux fillettes. Andreas Arbos fit obstacle à ce projet. Il expliqua calmement au juge que des dispositions avaient été prises à Athènes pour interner Vassili. Les fonctionnaires de l'immigration et le bureau du procureur avaient accepté, le matin même, cette solution. La cadette de Séréna n'ayant plus de famille aux États-Unis, il lui semblait impératif de l'emmener à Athènes, auprès de ses cousines, de ses tantes et de ses oncles qui sauraient l'aimer. Le juge prêta une grande attention à ce discours et, tandis que Teddy se préparait à s'opposer à toute séparation des petites filles, il vit avec surprise un avoué présenter une autre requête au juge, au nom de Mme Gregory Fullerton qui souhaitait devenir la tutrice de sa nièce.

Là encore, le juge parut impressionné par les arguments avancés et Teddy cherchait comment il pourrait l'empêcher de triompher. Pourquoi, au nom du ciel, Pattie réclamait-elle Vanessa ? Parce qu'il s'agissait de l'enfant de Brad et que la jeune femme ne pouvait avoir d'enfant ? Aimait-elle encore son frère, après tant d'années ? N'était-ce pas plutôt une ultime vengeance contre Séréna ? Lui voler sa fille, à présent qu'elle était morte, de la même manière que Séréna lui avait «volé» Brad, à Rome ? Greg était un alcoolique et Pattie n'avait pas le moindre instinct maternel. Teddy se pencha pour murmurer quelques remarques à l'oreille de son avoué qui formula une objection. Le juge l'examina, mais une demi-heure plus tard il annonçait sa décision : Charlotte Andréa Arbos serait remise à la garde de son oncle paternel, étant donné que Teddy n'était pas apparenté au bébé ; et Vanessa Théodora Fullerton serait confiée à sa tante et à son oncle paternels, Patricia et Gregory Fullerton, étant donné que Théodore Fullerton, célibataire, lui offrirait des conditions de vie moins stables.

Pattie eut un sourire victorieux, tandis que l'on faisait entrer Vanessa, le bébé dans ses bras, et que le juge expliquait à l'enfant ce qu'il avait arrêté.

— Vous lui donnez Charlie ? demanda Vanessa, atterrée, en fixant Andreas. Vous ne pouvez pas. Elle est à moi.

Le juge insista, pourtant, et comme elle refusait d'obéir, un huissier lui prit le bébé et le tendit à Andreas. Ce dernier, les larmes aux yeux, voulut parler à la petite fille, mais Vanessa ne l'entendait plus. Elle s'assit par terre et commença à se balancer d'arrière en avant. Teddy se précipita en faisant signe à Andreas de se retirer, puis il tendit une main et caressa l'enfant qu'il aimait tant.

— Vanessa, dit-il d'une voix ferme, ma chérie, tout ira bien. Je suis là.

— On peut rentrer à la maison, maintenant? dit-elle enfin en le regardant dans les yeux.

— Tu vas accompagner ta tante Pattie, ma chérie. Elle veut que tu ailles vivre avec elle.

— Pas chez toi?

— C'est ce que le juge a décidé, pour que ta tante et ton oncle soient une nouvelle maman et un nouveau papa, pour toi.

— Mais c'est toi que je veux, oncle Teddy.

— Je t'aime beaucoup aussi, ma chérie. D'ailleurs, j'irai te voir. Tu seras très heureuse chez eux.

Il ne pouvait l'imaginer que malheureuse, auprès de Greg et de Pattie qui lui étaient presque inconnus, mais pour le moment il fallait se plier aux décisions de la cour. La question de la garde de Charlotte était définitivement réglée, il le savait. Ce qu'avait dit le juge était vrai: il n'avait pas de lien avec elle, si ce n'est l'amour qu'il avait éprouvé pour sa mère. Mais pour ce qui était de Vanessa, la situation était différente. L'enfant et lui avaient l'un pour l'autre une affection qui s'était renforcée tout au long des neuf années d'existence de la petite fille. Il décida de faire appel.

— Ai-je une chance d'obtenir gain de cause? demanda-t-il à son avoué, en voyant le regard désespéré de Vanessa.

— On peut essayer, répondit l'avoué. On peut toujours essayer.

Teddy sortit du tribunal, l'air grave.

47

Quand Teddy rendit visite pour la première fois à Vanessa, dans l'appartement de Pattie et de Greg, il eut le cœur serré. Elle était assise dans sa chambre, devant la fenêtre, et ne paraissait pas entendre ce qu'il lui disait. Elle ne réagit qu'au moment où il la prit par l'épaule et la secoua, en prononçant son nom. Elle tourna alors vers lui de grands yeux vides.

Il voulut démontrer à son frère ce qu'avait de déraisonnable la prise en charge de Vanessa par Pattie, mais il était devenu presque impossible de discuter avec Greg, qui buvait de plus en plus.

— Pour l'amour du ciel, mon vieux, comment as-tu pu laisser ta femme faire une chose pareille ? Pattie et toi n'êtes que des étrangers pour cette petite fille. Elle a besoin de quelqu'un qui la rassure. Elle a tout perdu : son père, sa mère, son foyer, sa sœur. Elle est en état de choc, bon Dieu ! avec un pauvre regard éteint. Ta femme ne la connaît même pas et, qui pis est, elle détestait sa mère. Pourquoi diable veux-tu t'encombrer d'une fille de neuf ans ?

— Moi, je ne veux rien du tout, dit Greg, embarrassé. C'est Pattie ! Elle a toujours voulu avoir un enfant. (Il sortit une bouteille de bourbon de son bureau, sous le regard horrifié de Teddy.) Tu sais que je ne peux pas en avoir. Je le lui avais dit avant qu'on se marie, et elle avait prétendu alors que cela n'avait pas d'importance pour elle. (Il leva des yeux tristes vers Teddy.) Cela en avait, pourtant. Je m'en suis toujours douté... Tu sais, je crois qu'elle ne m'a jamais aimé. Elle m'a épousé pour rendre à Brad la monnaie de sa pièce. Je ne pense pourtant pas qu'il s'en soit soucié le moins du monde. Il était fou de Séréna. Jolie fille, d'ailleurs. J'ai l'impression que mère a eu tort de lui faire la guerre. Mais il est trop tard pour y changer quoi que ce soit, maintenant.

— Non, il n'est pas trop tard. Fais donc preuve de

grandeur d'âme. Laisse-moi Vanessa... elle a besoin de moi.

Greg haussa les épaules.

— Non, Teddy. Pattie a décidé qu'elle voulait cette petite. Tu la connais. Par certains côtés, elle est pire que mère. Je n'y peux rien.

— Si, bon sang, tu peux quelque chose. Tu n'as qu'à refuser de garder l'enfant. Pattie n'aime pas Vanessa. Moi, si.

— C'est vrai? s'étonna Greg. Les enfants, je ne les aime pas tellement, pour ma part.

Teddy n'en était pas surpris. Greg n'aimait personne et ne s'acceptait même pas lui-même.

— Je ne vois vraiment pas pourquoi tu la veux, si ce n'est peut-être... parce que tu aimais sa mère. C'est ça? (Comme Teddy ne répondait pas, il reprit :) Quel mal y aurait-il à cela? J'ai eu pas mal de petites amies en mon temps.

Teddy eut un choc. Son frère n'avait que trente-neuf ans et il s'exprimait déjà comme un vieillard usé. Et le pire, c'est qu'il en avait l'allure. Greg se carra dans son fauteuil et demanda, avec un sourire déplaisant :

— As-tu jamais couché avec Séréna, Teddy?

— Non, bien que cela ne te regarde pas. Je ne suis pas venu ici pour parler de Séréna mais de Vanessa, et pour que tu me dises pourquoi diable ta femme en a demandé la garde.

— Elle veut l'adopter.

— Mais c'est fou! Elle ne l'aime pas!

— Et alors? Quelle importance? Crois-tu que notre mère nous ait aimés? Tu parles!

— Greg, dit Teddy en arrêtant le bras de son frère avant qu'il ait pu se servir un autre verre, dis au juge que tu n'en veux pas. Je t'en prie. La petite est malheureuse chez toi. Je regrette de le dire de façon si brutale, mais il suffit de la regarder pour le savoir. Elle est en train de dépérir. Elle ne te voit jamais, elle est indifférente à Pattie... Tu ne peux pas la garder comme une prisonnière...

Les yeux de Teddy s'embuèrent. Son frère libéra son bras pour se verser un autre verre.

— Eh bien, on lui achètera des jouets !

— Des jouets ! s'exclama Teddy en se levant d'un bond. Des jouets ! Cette petite fille n'a plus ni père ni mère, elle a sans doute vu sa sœur pour la dernière fois, et tu veux compenser cela par des jouets ! N'as-tu pas la moindre idée des besoins d'un enfant ?

Greg prit un air contrarié.

— Elle ne manquera de rien, Teddy. Maintenant, s'il te plaît, ne m'en parle plus. Tu pourras venir la voir quand tu voudras. Si tu as tellement envie d'avoir des enfants, marie-toi, et si tu n'es pas content, fais réviser le jugement. Ils savaient bien ce qu'ils faisaient, pourtant, en accordant l'autre enfant aux Grecs et en nous donnant celle-ci. Tu n'as pas de femme, Teddy. La petite a besoin d'un foyer où il y ait un homme et une femme. Un célibataire n'est pas capable d'élever un enfant.

— Et pourquoi donc ? Quand la femme meurt, dans un couple, que fait le mari ? Abandonne-t-il ses enfants ?

— Elle n'a jamais été ta femme.

— La question n'est pas là.

— Eh bien si, affirma Greg en se tournant vers lui. Je crois même que c'est là le nœud du problème. Tu as toujours été amoureux de cette Italienne sexy que Brad avait épousée. Tu détestais Pattie, et maintenant tu veux encore venir tout chambouler dans ma vie.

Teddy parut stupéfait.

— Ai-je jamais chamboulé ta vie ?

— Tu plaisantes ? lança Greg, avec un reniflement de mépris, tandis qu'il avalait d'un trait la fin de son verre de bourbon. Dis plutôt quand tu ne l'as pas fait ? Père trouvait formidable tout ce que tu entreprenais. Tu étais le petit dernier et Brad le génie. Chaque fois que j'essayais d'attirer l'attention de nos parents, tu t'avançais avec ton air innocent. J'en ai jusque-là de toi, depuis des années, et voilà que tu essaies de me créer des ennuis avec ma femme. Elle n'a pas cessé de me harceler depuis que nous sommes mariés, et si maintenant elle a envie de cette enfant, elle l'aura. Tu peux être certain que je ne vais pas me ranger à tes côtés et l'obliger à te laisser Vanessa. Elle me rend fou, alors, oublie ça.

Teddy regarda encore un instant son frère, en se demandant à quel stade de la cirrhose il en était, puis, sans un mot de plus, il tourna les talons et sortit. Il se rendit chez sa mère, mais n'obtint pas de meilleurs résultats auprès d'elle.

— Voilà une idée ridicule! Cette petite fille ne fait pas partie de notre famille. Elle n'en a jamais fait partie. Il n'appartient ni à toi ni à Greg et à Pattie de l'élever. Ils devraient l'envoyer en Grèce. Ces gens-là n'ont qu'à la prendre.

— Mon Dieu, tu ne changeras donc jamais?

Il était découragé de rencontrer autant d'incompréhension auprès des siens. Il voulait Vanessa parce qu'il l'aimait et qu'elle représentait pour lui un prolongement de Séréna. Et c'était pour cette raison que sa mère la détestait. Le fait qu'elle était la fille de Brad incitait en revanche Pattie à souhaiter se l'approprier.

— Ils vont la détruire. Tu t'en rends compte, n'est-ce pas?

— Ce n'est ni mon problème ni le tien.

— Bien sûr que si. C'est ta petite-fille et c'est ma nièce.

— C'est la fille d'une traînée, lança-t-elle sur un ton haineux.

— Le diable t'emporte!

Les yeux de Teddy s'emplirent de larmes et, bouleversé par la violence des émotions qui l'habitaient, il se détourna de sa mère.

— En as-tu terminé avec cette histoire, à présent? demanda-t-elle. Je te suggérerai de sortir et de ne revenir ici qu'une fois ton bon sens retrouvé. Ta passion incontrôlée pour cette femme t'est montée à la tête, me semble-t-il. Bon après-midi, Teddy.

Il s'en fut sans ajouter un mot et la porte se referma doucement derrière lui.

48

La première audition en appel dura un temps interminable. Elle commença au cours de la semaine qui suivit Noël et se poursuivit quinze jours durant. L'avoué de Teddy et lui-même fournirent toutes les preuves qu'ils avaient pu réunir. Pattie et Greg firent défiler leurs amis qui, tous, témoignèrent de l'affection portée par le couple à Brad et de son désir d'élever l'enfant. Pattie et Greg prétendirent que, s'ils n'avaient jamais pu voir l'enfant auparavant, la responsabilité en incombait à Séréna. Teddy, lui, s'efforça de convaincre le juge qu'il saurait offrir un foyer à la petite fille. Il se proposait d'acheter un appartement plus grand, de n'exercer que quatre jours par semaine, d'engager une gouvernante et une nurse. Il fit venir des gens qui l'avaient vu en compagnie de Vanessa, au fil des années. En vain, sembla-t-il. Le dernier jour, le juge demanda qu'on lui amène l'enfant. Elle était trop jeune pour être consultée, mais il souhaitait lui poser quelques questions. Vêtue d'une petite jupe grise plissée et d'un corsage blanc, de mocassins bien cirés et de socquettes blanches, ses blonds cheveux nattés, elle fut amenée par une gardienne et prit place à la barre des témoins.

Margaret Fullerton, qui assistait aussi à l'instruction, ne s'était déclarée en faveur d'aucun de ses fils. Elle se contentait d'observer et de surveiller Greg du coin de l'œil. Par miracle, il était demeuré sobre tout au long des séances et Margaret avait fait remarquer à Teddy que, si son frère avait été alcoolique, il aurait été incapable de se dominer ainsi. Mais elle savait aussi bien que lui que dix minutes après avoir quitté le tribunal il se mettrait à boire. Quand Teddy avait fait suggérer par son avoué que M. Gregory Fullerton avait un penchant pour l'alcool, Pattie l'avait nié sous serment. Et le médecin de famille s'était montré si évasif, en s'abritant derrière le secret professionnel, que l'accusation avait reproché à **Teddy** de faire preuve de légèreté.

Vanessa s'assit comme elle le faisait toujours à présent, les deux pieds sur le sol, les bras pendants, le regard fixe. Teddy avait l'impression que plus les mois passaient et plus elle se refermait sur elle-même. Cette enfant, autrefois si pleine de vie, qui avait hérité le charme de sa mère, ne montrait plus qu'indifférence à tout.

Le juge l'observa un moment, avant de commencer. Il ne voulait pas que l'un ou l'autre des avoués lui posât des questions. Les deux parties devraient se satisfaire des réponses obtenues. La petite fille ne sembla pas entendre le juge quand il s'adressa à elle. Elle ne tourna la tête que lorsqu'il l'appela par son prénom.

— Vanessa ? Sais-tu pourquoi tu es là ?

— Parce que mon oncle Teddy voudrait que j'aille vivre chez lui.

Elle jeta un coup d'œil à Teddy. Elle se montrait plus effrayée que contente. L'interrogatoire l'inquiétait.

— Aimes-tu bien ton oncle Teddy, ma petite ?

Elle hocha la tête et sourit, cette fois.

— Il vient toujours m'aider et nous jouons bien ensemble.

— Tu me dis qu'il vient à ton aide. Que veux-tu dire par là ?

— Quand il m'arrive quelque chose de mal (elle paraissait s'animer). Comme le jour où... (elle se troubla, l'air ailleurs) ma maman était malade... il est venu nous chercher... Je ne m'en souviens pas...

Elle faisait allusion à la naissance de Charlotte. Avait-elle chassé le souvenir de sa mémoire ou avait-elle peur de raconter l'histoire ? Elle avait repris son air absent et fixait ses mains sans les voir.

— Ça ne fait rien, ma petite. Crois-tu que tu aimerais vivre auprès de ton oncle Teddy ?

Elle fit signe que oui et le chercha des yeux, mais ses traits ne trahissaient que de l'indifférence.

— Es-tu heureuse chez ta tante et ton oncle, à l'heure actuelle ?

Elle inclina de nouveau la tête.

— Ils te traitent bien ?

Elle le regarda d'un air triste.

— Ils m'achètent beaucoup de poupées.

— C'est gentil. Tu t'entends bien avec ta tante, Mme Fullerton ?

Vanessa ne répondit pas tout de suite, puis elle haussa les épaules :

— Oui.

Le juge se sentit apitoyé. Elle semblait si abattue, si solitaire.

— Regrettes-tu beaucoup ta maman et ta sœur ?

Il avait prononcé la phrase avec une grande gentillesse dans la voix, mais Vanessa manifesta de la surprise.

— Je n'ai pas de sœur.

— Bien sûr que si. Tu en avais une... je veux dire...

— Je n'ai jamais eu de sœur. Mon papa est mort à la guerre, quand j'avais trois ans et demi. Je n'avais pas de frère ni de sœur, quand il est mort.

Elle avait débité cela comme si elle récitait une leçon.

Le juge persistait, les sourcils froncés. Vanessa secoua sa petite tête et affirma :

— Ma maman ne s'est pas remariée.

Le juge parut ennuyé. Teddy murmura quelque chose à son avoué, qui fit un signe au magistrat, mais celui-ci n'en tint pas compte.

— Vanessa, ta maman s'est remariée avec un homme du nom de...

Avant qu'il ait pu continuer, l'avoué de Teddy s'approcha en toute hâte du banc du magistrat. Il demanda avec insistance au juge de ne pas poursuivre. Ce dernier haussa les sourcils, puis fit signe à Teddy de venir les rejoindre. Ils échangèrent quelques propos à voix basse et chacun regagna sa place.

— Vanessa, reprit le juge, tout en surveillant le visage de l'enfant, j'aimerais te poser quelques questions au sujet de ta maman. Quel souvenir en as-tu gardé ?

— Elle était très belle, dit Vanessa, d'un ton rêveur. J'étais très heureuse avec elle.

— Où habitiez-vous ?

— À New York.

— As-tu vécu ailleurs, avec elle ?

Vanessa réfléchit, commença par faire non de la tête, puis se souvint :

— À San Francisco, avant la mort de mon papa.

— Je vois.

C'est l'avoué de Pattie et Greg, maintenant, qui tentait d'attirer l'attention du juge, mais ce dernier lui fit signe de ne pas intervenir et il poursuivit :

— Tu n'as jamais vécu ailleurs ? (Elle fit non de la tête.) Tu n'es jamais allée à Londres, Vanessa ?

— Non.

— Ta maman s'est-elle remariée ?

Vanessa, mal à l'aise, se tortilla sur sa chaise. Elle faisait peine à voir. L'assistance était au comble de l'émotion. La petite fille joua avec l'une de ses nattes et sa voix se cassa.

— Non.

— N'a-t-elle pas eu d'autres enfants ?

Ses yeux se voilèrent de nouveau.

— Non.

— Comment ta maman est-elle morte, Vanessa ?

Toute la salle retint son souffle, mais Vanessa continuait à regarder dans le vide, devant elle. Quand elle parla, ce fut d'une voix ténue.

— Je ne m'en souviens pas. Je crois qu'elle a été malade. Elle était dans un hôpital... je ne m'en souviens plus... mon oncle Teddy est venu... et puis elle est morte. Elle était malade... c'est ce qu'ils m'ont dit... acheva-t-elle en sanglotant.

Le juge paraissait accablé. Il tendit la main et lui caressa les cheveux.

— Je n'ai plus qu'une question à te poser, Vanessa.

Tout en pleurant, elle releva la tête vers lui.

— Est-ce que tu m'as bien dit la vérité ? (Elle hocha la tête et renifla.) Tu me le jures ?

— Oui.

— Je te remercie.

Le juge fit signe à la gardienne de l'emmener. Teddy mourait d'envie de les suivre. La porte se referma derrière elles et un brouhaha s'établit aussitôt dans la salle. Le magistrat tapa sur la table avec son marteau et rugit, en s'adressant aux avoués.

— Pourquoi personne ne m'a-t-il prévenu que cette enfant était aussi perturbée ?

Pattie fut rappelée à la barre des témoins et soutint qu'elle ne s'en était pas rendu compte, qu'elle n'avait pas osé évoquer le meurtre de sa mère devant Vanessa auparavant. Quelque chose, dans sa façon de parler, avertit Teddy qu'elle mentait. Elle savait que Vanessa avait été gravement traumatisée mais ne s'en était pas souciée. Teddy affirma qu'il n'avait jamais pu passer beaucoup de temps avec l'enfant mais qu'à diverses reprises il avait constaté la dégradation de son état. La séance fut ajournée en attendant un supplément d'information. Un psychiatre allait être désigné pour examiner Vanessa, avant que soit prise une décision définitive. La presse s'empara de l'histoire et des manchettes furent consacrées à la petite-fille des Fullerton devenue, semblait-il, schizophrène depuis le meurtre de sa mère, le mannequin vedette de renommée internationale.

Il fallut une semaine au psychiatre pour établir ses conclusions. L'enfant, selon lui, était en état de choc grave. Elle souffrait de dépression et d'amnésie partielle. Elle savait qui elle était et conservait les souvenirs de sa vie jusqu'au moment où sa mère avait épousé Vassili Arbos. En fait, elle avait rejeté de sa mémoire les dix-huit derniers mois. Elle se remémorait, de façon vague, une grave maladie de sa mère. Il s'agissait, ainsi que Teddy l'avait compris, de l'hospitalisation de Séréna à Londres, mais Vanessa ne revoyait ni le lieu, ni la raison de la « maladie », c'est-à-dire l'accouchement. Outre le souvenir de Vassili, elle avait perdu celui de la petite Charlotte tant aimée.

Elle n'était pas folle, soutenait le psychiatre. En réalité, par certains côtés, ce qu'elle avait fait était plutôt bon pour son équilibre. Elle s'était coupée de la partie de sa vie qui avait été trop pénible et l'avait enfouie en elle. Cela s'était peut-être produit aussitôt après la mort de sa mère ou bien à l'instant où le bébé lui avait été enlevé pour être confié à Andreas

Arbos. Elle se remettrait, il s'en disait convaincu, mais il ignorait si elle se rappellerait jamais ce qui s'était produit. Si elle le faisait, cela pourrait survenir à n'importe quel moment, dans un mois, dans un an, au terme de sa vie. Si elle ne le faisait pas, la souffrance éprouvée et non acceptée la hanterait. Il recommandait un traitement psychiatrique à terme. Il souhaitait que l'enfant ne soit pas bousculée, que la manière dont sa mère était morte ne lui soit pas racontée. Il espérait que le jour où elle se sentirait à nouveau en sécurité, les choses enfouies reviendraient d'elles-mêmes à la surface, qu'elle pourrait alors faire face à la vérité. Il vaudrait mieux qu'elle y fît face, ajoutait-il avec tristesse. Un jour. Sinon, sa personnalité resterait menacée.

Le juge demanda au psychiatre s'il estimait qu'elle avait besoin d'une seconde mère ou s'il pensait qu'elle pouvait s'en passer.

— Absolument pas! s'exclama le docteur. Si elle n'a pas de rapports avec une femme, cette enfant ne sortira jamais de sa coquille. Elle a besoin de l'amour d'une mère.

Une demi-heure plus tard, le juge annonçait sa décision : la tutelle était accordée à Greg et à Pattie. En sortant du tribunal, Greg paraissait soulagé et Pattie exultait. Elle n'accorda pas un regard à Teddy, tandis qu'elle poussait Vanessa devant elle. Teddy n'osa même pas tendre une main pour faire une petite caresse à l'enfant. Tandis qu'il descendait à pas lents l'escalier, sa mère le rejoignit.

— Je regrette pour toi, Teddy, lui dit-elle d'une voix troublée.

Il se tourna vers elle et lui jeta un regard irrité.

— Non, ce n'est pas vrai. Tu aurais pu m'aider et tu ne l'as pas fait. Tu l'as abandonnée à ces deux-là, conclut-il avec un geste en direction de la limousine qui démarrait et emportait Vanessa.

— Ils ne lui feront pas plus de mal que sa mère ne lui en a déjà fait. D'ailleurs, tu la verras bien assez souvent.

Il passa la soirée chez lui, dans le noir, à contempler la neige qui tombait depuis la fin de l'après-midi. Il avait l'intention, pour une fois, de se comporter comme son frère Greg. Il avait sorti une bouteille de whisky, en arrivant chez lui, avec l'intention de la boire avant le matin. Il en avait déjà bu la moitié lorsqu'il entendit sonner à la porte. Il ne répondit pas. Il ne voulait voir personne et, comme il n'y avait pas de lumière chez lui, nul ne pouvait deviner qu'il était là. On sonnait depuis dix minutes environ lorsqu'il entendit quelqu'un taper du poing sur la porte et finalement une voix étouffée appeler «oncle Teddy». Alarmé, il posa son verre, courut ouvrir et découvrit Vanessa, chargée d'un sac en papier et d'une vieille poupée qu'il lui avait donnée des années auparavant.

— Que fais-tu là ?

— Je me suis sauvée.

Il ne savait pas s'il devait rire ou pleurer. Ils étaient tous les deux dans le couloir, la seule pièce éclairée. Gêné, il alluma toutes les lumières de l'appartement et proposa :

— Entre donc, nous allons en parler.

— Je n'y retournerai pas.

— Pourquoi donc ?

— Il s'est encore soûlé et elle me déteste.

— Vanessa, dit-il avec un soupir las, tout en regrettant d'avoir avalé autant de whisky avant son arrivée, si elle ne t'aimait pas, elle ne se serait pas autant battue pour que tu ailles vivre avec elle.

— Elle aime plus ses robes ou ses souliers, ou ses amis ! Tout ce qu'elle fait, c'est de m'acheter des nouveaux habits ou des poupées.

Teddy savait qu'elle avait tout à fait raison, mais il ne pouvait se permettre de le reconnaître. Vanessa ajoutait :

— D'ailleurs, moi, je les déteste.

— Il ne faut pas.

Elle allait devoir vivre encore très, très longtemps avec eux. Le jugement était prononcé.

— Je ne veux pas y retourner, répéta-t-elle avec un air indigné.

— Vanessa, il le faut pourtant!

— Je ne veux pas!

— Viens ici. Parlons un peu plus de tout ça.

Il se sentait les jambes flageolantes et éprouva un certain soulagement à pouvoir s'asseoir près d'elle. Vanessa persistait:

— Je n'y retournerai pas!

— Veux-tu bien être raisonnable, s'il te plaît? Nous ne pouvons rien faire. Tu n'as pas le droit de vivre chez moi. Le juge a décidé qu'ils seraient tes tuteurs.

— Je me sauverai encore et ils m'enverront en pension.

— Ils ne feraient pas ça, dit-il avec un sourire attristé.

— Si, ils le feront. Elle me l'a dit.

— Doux Jésus!

C'était pour cela qu'ils la lui avaient arrachée? Pour la mettre en pension? Il se reprit:

— Écoute, Vanessa, personne ne t'enverra nulle part. Mais tu ne peux pas rester ici.

— Rien que cette nuit?

Elle ouvrait des yeux si grands et si malheureux qu'il fondit. Il lui tendit les bras avec un sourire.

— Oh! ma petite princesse, pourquoi nous est-il arrivé tout cela?

Quand elle leva son petit visage vers le sien, elle avait les larmes aux yeux et il fut frappé, une fois encore, par sa ressemblance avec Brad.

— Pourquoi est-ce que ma maman est morte, oncle Teddy? C'est pas juste!

— C'est vrai, reconnut-il, la gorge serrée.

— Oh! s'il te plaît, dit-elle en s'accrochant à lui, ne me force pas à te quitter. Juste pour cette nuit.

Il soupira, soudain tout à fait dégrisé, puis il hocha la tête.

— D'accord, juste pour cette nuit.

Il n'eut pourtant pas le temps d'avertir Greg et Pattie. Le téléphone sonna au moment où il se levait. Pattie hurlait dans le combiné:

— Elle est chez toi?

— Vanessa? demanda-t-il, très calme. Oui.

— Bon Dieu, Teddy, ramène-la ici ! Le juge nous a accordé la garde. Elle est à nous, à présent.

— Je vous la ramènerai demain matin.

— Je la veux tout de suite !

— Elle voudrait passer la nuit ici.

— Ne te soucie pas de ce qu'elle veut. Elle est à nous maintenant, elle fera ce que je lui dirai. Je viens la chercher.

— Je ne ferais pas ça, si j'étais toi, dit-il d'une voix douce mais décidée. Je te l'ai promis, je te la ramènerai demain matin. Elle peut bien dormir ici.

— Non, elle ne le peut pas. Tu as entendu le juge. Ce n'est pas convenable, parce que tu es célibataire. Elle n'est pas autorisée à passer la nuit chez toi. Je veux qu'elle rentre tout de suite.

— Eh bien, elle ne le fera pas. Je te l'amènerai demain.

Au matin, les policiers arrivèrent au moment où il préparait le petit déjeuner pour Vanessa. On sonna à la porte et un policier lui demanda s'il était Théodore Fullerton. Quand il eut répondu par l'affirmative, il s'entendit annoncer qu'il était en état d'arrestation. On lui passa les menottes et on l'emmena sous les yeux horrifiés de Vanessa. Un autre policier ferma le gaz et demanda gentiment à la petite fille de prendre ses affaires. Durant un instant, elle regarda autour d'elle, effrayée… Il y avait quelque chose à propos des uniformes… de la police… ils la terrifiaient… Elle attrapa sa poupée et se précipita vers la porte, à la recherche de Teddy. Quand elle arriva en bas, suivie d'un policier, la voiture emportant Teddy au commissariat avait disparu. Vanessa fut raccompagnée chez Greg et Pattie et remise à cette dernière avec un mot aimable et un sourire.

Pendant ce temps, Teddy était accusé de kidnapping. Pattie avait porté plainte contre lui dans le courant de la nuit. Sa caution était fixée à quinze mille dollars et l'audition par le juge qui s'était occupé de l'affaire remise au lendemain.

Le matin suivant, Teddy, épuisé et non rasé, fut conduit au tribunal. Les menottes lui furent enlevées. Le juge le foudroya du regard, en attendant que la salle soit évacuée. Il avait insisté pour que les reporters soient mis à la porte, car les manchettes du matin étaient très tendancieuses : UN CHIRURGIEN DE LA HAUTE SOCIÉTÉ KIDNAPPE SA NIÈCE ! Étant donné son intérêt passionné pour Vanessa, on insinuait, dans les colonnes, qu'elle était peut-être sa fille et non celle de Brad !

— Eh bien, docteur Fullerton, je ne peux pas dire que je sois enchanté de vous voir de nouveau ici. Qu'avez-vous à dire pour votre défense ? À titre d'information, sans qu'il en soit fait mention au procès-verbal.

— Je ne l'ai pas enlevée. Elle est arrivée seule à ma porte.

— Vous lui aviez demandé de venir ?

— Bien sûr que non.

— Vous a-t-elle donné une raison ?

— Oui, dit-il en décidant de recourir à la franchise puisqu'il n'avait plus rien à perdre. Elle déteste mon frère et ma belle-sœur.

— Elle n'a rien dit de pareil, ici.

— Demandez-le-lui.

— Lui avez-vous fait la leçon ?

— Mais non, protesta Teddy. Ma belle-sœur la menace déjà de la mettre en pension. Voilà à quel point elle y est attachée ! J'estime, si j'ose dire, que votre choix n'a pas été très heureux.

Le juge ne parut guère apprécier les commentaires de Teddy.

— Il s'agit d'une enfant très perturbée, vous le savez bien, docteur. Elle a besoin de grandir dans un foyer normal, avec une mère et un père. Quelle que soit l'affection que vous lui portiez, vous êtes seul.

Teddy poussa un soupir.

— Ma belle-sœur n'a pas du tout la fibre maternelle. Elle éprouvait de la haine pour la mère de Vanessa. Mon frère, le père de Vanessa, avait été fiancé à elle, mais il avait rompu pour épouser la future mère de l'enfant. Je crois que c'est pour cela que Pattie — Mme Fullerton — détestait Séréna. Et je crois aussi que tout ce qu'elle veut, aujourd'hui, c'est «prendre possession» de l'enfant à tout prix.

Elle n'aime pas Vanessa, monsieur le juge. Elle ne la connaît même pas.

— Et votre frère Gregory? Est-il attaché à l'enfant?

Le juge avait pris un ton mélancolique. Cette affaire était l'une des plus délicates qu'il ait eu à examiner depuis des années. Il ne paraissait pas y avoir de solution juste pour Vanessa.

— À mon avis, mon frère en est au dernier stade de l'alcoolisme, soupira Teddy. Ce n'est pas un spectacle pour Vanessa. Pour personne, d'ailleurs.

Le juge secoua la tête et se carra dans son fauteuil, en poussant un soupir.

— On a donc porté plainte contre vous pour enlèvement d'enfant et il semble que je doive reconsidérer à nouveau l'affaire de la tutelle de votre nièce. Je vais prendre une résolution très inhabituelle, docteur. Je vais vous envoyer passer trente jours en prison pour le prétendu enlèvement de votre nièce après mon verdict. Vous pourrez demander à être jugé, si vous le désirez, mais je ne vous accuserai pas de kidnapping. Je ne retiendrai contre vous que le délit d'outrage à magistrat. Il n'est pas exigé de caution pour ce type de délit, mais vous resterez trente jours en prison. Je serai ainsi certain que vous ne tenterez pas de l'enlever.

Il lança un regard de défi à Teddy qui l'écoutait, consterné, avant de conclure:

— Pendant ce temps, je vais demander un complément d'enquête sur cette affaire. Je rendrai un nouveau verdict au sujet de la tutelle dans trente jours exactement. Nous serons (il jeta un coup d'œil sur un calendrier) le 4 mars.

Il fit signe à l'huissier et Teddy fut emmené, sans plus de cérémonie.

49

Le 4 mars à 9 heures du matin, Teddy fut conduit dans la même salle d'audience, rasé de frais et vêtu avec soin, mais pesant près de six kilos de moins. Son frère, sa belle-sœur et Vanessa s'y trouvaient déjà. Dès qu'il aperçut la petite fille, son cœur bondit dans sa poitrine et il lui sourit. Durant son incarcération, il n'avait pu la voir et le temps lui avait paru interminable. Les yeux de la fillette s'éclairèrent aussi et elle lui sembla en meilleure forme. Peut-être allait-elle s'habituer à vivre chez eux, après tout.

L'huissier réclama le silence et demanda à l'assistance de se lever. Le juge entra et les observa en fronçant les sourcils. Il les informa que l'enquête menée au sujet de la tutelle de Vanessa avait été la plus minutieuse de sa carrière. Il voulait donner les meilleures chances d'équilibre à l'enfant. Cette affaire soulevait certains problèmes très particuliers — il chercha les yeux des adultes, sachant qu'ils le comprendraient —, qui rendaient difficile le choix du foyer où elle devait grandir. Il espérait qu'ils demeureraient en relation, car il était persuadé que Vanessa avait besoin de tous.

Il s'éclaircit alors la gorge, fouilla dans ses dossiers et regarda tour à tour Margaret Fullerton et son plus jeune fils.

— Docteur Fullerton, je tiens à vous dire que j'ai eu une longue conversation avec madame votre mère. (Teddy jeta un regard soupçonneux à sa mère, mais ne lut rien dans ses yeux.) Il semble que votre dévouement à l'égard de l'enfant ait été constant depuis sa naissance. Vous êtes demeuré proche de sa mère, après la mort de votre frère, et cette jeune femme ainsi que Vanessa avaient pris l'habitude de beaucoup compter sur vous. J'ai compris aussi que M. et Mme Gregory Fullerton n'avaient eu aucun contact avec Vanessa et ses parents. (Teddy regarda sa mère avec stupéfaction. Avait-elle dit tout cela ?

Pour quelle raison? Pourquoi lui venait-elle soudain en aide?) J'estime donc que si Vanessa habitait chez vous, en dépit du fait que vous n'êtes pas marié, cela lui donnerait un sentiment de continuité qui lui est fort nécessaire, selon le psychiatre. Voilà pourquoi, docteur Fullerton. je vous accorde, en définitive, la tutelle de l'enfant.

Vanessa eut un hoquet de surprise et courut vers lui. Il lui ouvrit les bras et la serra contre lui en pleurant. Le juge les contempla, plus ému qu'il ne voulait le paraître. Quand Teddy se tourna vers sa mère, il la vit s'essuyer les yeux et se sentit plein de gratitude. Elle avait enfin fait un geste! Pattie arpentait la salle avec l'air de vouloir les tuer tous, mais Greg, lui, s'arrêta à la hauteur de Teddy pour lui serrer la main et leur souhaiter à tous deux bonne chance.

Margaret Fullerton regardait son fils en songeant à ce qui l'avait attendrie à l'égard de Vanessa. La petite fille était perdue sans lui. Il était temps de laisser les souvenirs s'estomper. «Je vieillis peut-être», se dit-elle en souriant.

Dans la salle d'audience, Teddy tenait toujours Vanessa contre lui. Tous deux se mirent à rire et sortirent, main dans la main, en arborant un air radieux. Ce fut un grand moment pour les photographes.

La fillette descendit quatre à quatre le grand escalier du tribunal, en serrant si fort la main de Teddy qu'il sentit ses doigts s'engourdir. Il héla un taxi qui les conduisit tout droit à son appartement. En tournant la clé dans la serrure, Teddy eut l'impression de l'avoir quitté depuis un an. Il demeura un instant sur le seuil, les yeux baissés vers sa nièce bien-aimée, se demandant s'il n'allait pas le lui faire franchir dans ses bras, car après tout ils commençaient une vie nouvelle. Ils préférèrent l'enjamber du même pas, en se tenant toujours par la main et, quand ils furent de l'autre côté, ils échangèrent une poignée de main cérémonieuse, puis elle se hissa sur la pointe des pieds et l'embrassa sur la joue.

— Sois la bienvenue dans ma maison, princesse.
— Je t'aime beaucoup, oncle Teddy.
— Ma chérie, je t'aime beaucoup, moi aussi, dit-il

en la pressant fort contre sa poitrine. J'espère que tu seras heureuse, ici.

— Je serai heureuse, oncle Teddy.

Elle se laissa tomber sur un canapé en éclatant de rire, lança son chapeau en l'air et envoya promener ses chaussures à travers la pièce.

Elle regarda Teddy avec un grand sourire et, pour la première fois depuis des mois, elle avait l'air d'une petite fille de neuf ans comme les autres.

TROISIÈME PARTIE

VANESSA ET CHARLIE

50

— Vanessa ? Vanessa ? Es-tu là ?

Teddy entra chez lui d'un pas tranquille, posa son chapeau sur la table de l'entrée, enleva son manteau et jeta un coup d'œil dans le cabinet de travail. Vanessa ne s'y trouvait pas. Elle était certainement dans la chambre noire. Elle y passait la majeure partie de son temps depuis quatre ans. Il avait dû lui abandonner la chambre d'amis, lorsqu'elle avait découvert la photographie, au cours de sa première année d'études à Vassar, mais elle était si douée qu'il l'avait fait avec plaisir.

Cela faisait maintenant treize ans qu'elle vivait avec lui. Ils avaient évolué ensemble et, s'il leur était arrivé de se disputer, ils menaient tout de même une existence agréable et avaient acquis un immense respect l'un pour l'autre. La mère de Teddy était morte quand Vanessa avait douze ans, mais la jeune fille n'avait guère regretté sa grand-mère, qui jusqu'à son dernier jour avait refusé de l'accepter. L'immense fortune de Margaret Fullerton avait été partagée de façon équitable entre ses deux fils. Deux ans après, Greg mourait de cirrhose et Pattie alla vivre à Londres, où elle épousa «quelqu'un de très important». Teddy savait, par ouï-dire, qu'elle était heureuse. Après avoir perdu la tutelle de Vanessa, elle s'était tout à fait désintéressée de l'enfant. Tout au long de ces années, Teddy et Vanessa étaient donc demeurés seuls. Il ne s'était jamais marié, se dévouant tout entier à ses responsabilités de «père» célibataire. Il avait connu des heures de noir désespoir et des moments de bonheur intense. À vingt-trois ans, Vanessa était aussi charmante que sa mère l'avait été, mais elle avait surtout hérité de sa forme d'esprit. En grandissant, sa ressemblance physique avec Brad s'était accentuée. Outre son corps tout en longueur, sa blondeur et un abord sympathique, elle avait un sens de l'humour très voisin de celui de son père, ses yeux gris-bleu et son rire. Son énergie et sa hardiesse, elle les tenait en revanche de sa mère. Elle avait étudié les beaux-arts à Vassar et s'était montrée une brillante élève. Au printemps dernier, elle avait reçu son diplôme — un moment que Teddy n'oublierait jamais. Depuis, elle ne s'intéressait plus qu'à ce qu'elle voyait dans son objectif.

Teddy frappa un coup léger à la porte de la chambre noire :

— Oui ? Qui va là ?

— Le grand méchant loup.

— N'entre pas. Je développe.

— Auras-tu bientôt fini ?

— Dans quelques minutes. Pourquoi ?

— Veux-tu dîner dehors ?

— Tu devrais plutôt aller jouer avec les enfants de ton âge !

Elle le taquinait toujours sur le fait qu'il devrait penser à se marier.

— Mêlez-vous de ce qui vous regarde, mademoiselle-la-fine-mouche.

— Tu pourrais être gentil avec moi. Je viens juste de vendre une autre photo à *Esquire*.

Cela faisait cinq mois qu'elle exerçait comme photographe indépendante et, à présent, elle gagnait assez bien sa vie.

— Tu fais ton chemin. Vas-tu sortir de là un jour ?

— Non, jamais ! cria-t-elle.

— Et pour le dîner ?

— Ça me paraît une bonne idée. Où m'invites-tu ?

— Chez P.J. Clarke, ça t'irait ?

— Formidable. Je suis en jeans et je ne me change pas.

— Comme toujours, quoi ?

Elle vivait en jeans, laissait ses beaux cheveux blonds libres sur ses épaules et complétait sa tenue avec des gilets et des vestes des surplus de l'armée.

Elle voulait être aussi décontractée que possible pour pouvoir prendre des photos n'importe où. Suivre la mode ne l'intéressait pas.

— Je vais m'habiller.

Il gagna sa chambre et défit sa cravate. Il menait une double vie depuis des années. Celle d'un chirurgien renommé, qui s'habillait de costumes croisés à rayures, de chemises blanches et de cravates noires, et celle de compagnon de jeux de Vanessa. Une existence faite de patins à glace, de promenades à dos de poney, de visites au zoo, de journée des parents en colonie de vacances, de matches de hockey et d'arrêts chez les pâtissiers-glaciers. Une existence vécue en blue-jeans et en sweat-shirts, qui s'accompagnait de joues roses et de cheveux au vent. Vanessa l'avait maintenu dans un tel état de jeunesse physique et mentale qu'il paraissait plus proche de la trentaine que de ses quarante-cinq ans. Elle se souvenait dans les moindres détails du jour béni où il avait été nommé son tuteur, mais les horreurs de son passé ne lui étaient toujours pas revenues à l'esprit.

Au fil des années, Teddy avait consulté plusieurs psychiatres. Ils avaient tous fini par le convaincre de ne plus se tourmenter outre mesure. Il était ennuyeux qu'aucun souvenir ne soit remonté à la surface, mais il était possible, à présent, qu'elle ne se rappelât jamais plus rien. Elle avait l'air heureuse, équilibrée, il y avait peu de raisons de voir resurgir le passé. Ils lui avaient dit qu'il pourrait, s'il le jugeait utile, tout lui révéler, une fois qu'elle serait parvenue à l'âge adulte, mais Teddy avait préféré n'en rien faire. L'évocation du meurtre de sa mère par son second mari lui semblait un fardeau trop lourd à porter. On ne pouvait craindre qu'une chose : qu'une partie de ses souvenirs rejaillisse sous l'effet d'une émotion violente. Petite, elle avait eu de fréquents cauchemars, mais cela faisait longtemps qu'elle n'en avait plus, et Teddy avait fini par ne plus les redouter. Comme bien des jeunes gens de sa génération, Vanessa était heureuse de vivre, insouciante, avec un meilleur caractère que beaucoup. Il l'aimait autant que si elle avait été sa propre fille.

Il revint à la porte de la chambre noire, vingt minutes plus tard, vêtu de jeans, d'une veste en cachemire marron foncé et d'un pull-over à col roulé beige.

— Vas-tu sortir de là, madame Cartier-Bresson ?

La porte s'ouvrit aussitôt et elle se dressa devant lui dans toute sa beauté, un grand sourire aux lèvres.

— Je viens de développer des photos qui me semblent plutôt réussies.

— Sur quel thème ?

— Des enfants que j'ai pris dans le parc, l'autre jour. Tu veux les voir ?

Il la suivit dans la chambre noire. Elle alluma et il examina les tirages. Elle avait raison. Ils étaient de qualité.

— Tu vas les vendre ?

— Je ne sais pas encore, dit-elle. Il y a une galerie, dans le bas de Manhattan, qui m'a demandé de lui déposer quelque chose. Je me demandais si je n'allais pas leur proposer d'exposer ça.

— Elles sont très belles, ma chérie. Tu as fait du bon travail depuis plusieurs semaines.

— C'est grâce à mon oncle qui me donne d'excellents appareils.

Il lui avait offert un Leica pour Noël et un Nikon à sa sortie du collège. Elle avait reçu son tout premier appareil pour son dix-huitième anniversaire, ce qui l'avait décidée à choisir ce métier.

Ils sortirent de l'appartement bras dessus, bras dessous, puis montèrent dans un taxi pour se rendre chez P.J. Clarke. Teddy aimait aller dans des endroits amusants avec elle, même s'il avait un peu mauvaise conscience à ce propos. Elle n'avait pas eu beaucoup d'amies, dans les petites classes. C'était une enfant plutôt solitaire. À Vassar, elle était devenue un peu plus sociable, mais elle n'était jamais si heureuse que seule avec son appareil. Aucun homme n'avait encore pris de place importante dans sa vie. Elle semblait les éviter. Si l'un d'eux lui touchait la main ou le bras, elle s'écartait en tremblant. Teddy en était affligé. Ainsi que le premier psychiatre consulté à son propos l'avait déclaré au juge bien des années auparavant, toutes les scènes affreuses auxquelles elle avait assisté l'avaient traumatisée.

Ils s'aimaient tant et se sentaient si bien ensemble que ni l'un ni l'autre ne recherchaient la compagnie d'une tierce personne. Teddy ne s'était jamais remis de l'amour qu'il avait porté à Séréna et, durant des années, il s'était abrité derrière son rôle de père pour ne pas chercher à connaître d'autres femmes. Quant à Vanessa, elle préférait se cacher derrière son appareil, tout regarder et se persuader que personne ne la voyait.

— C'est du gaspillage, ma petite, lui dit-il en souriant, au moment où il réglait l'addition.

— Quoi donc ?

— Que tu sois toujours pendue à mes basques. Je n'arriverai jamais à me débarrasser de toi, si ça continue. Tu n'as donc aucune envie de te marier ?

— Non ! Ça, jamais ! Ce n'est pas pour moi.

Le lendemain matin, ils partageaient, dans le calme, des œufs brouillés et du bacon. Ils préparaient le petit déjeuner à tour de rôle. Le jour de Vanessa, ils mangeaient des œufs brouillés, mais quand Teddy s'en chargeait c'était du pain perdu. Ils lisaient le journal par rubriques et s'en passaient les pages au fur et à mesure. À les voir, le matin, on les aurait pris pour les protagonistes d'un ballet. Tous leurs gestes étaient synchronisés et ils n'échangeaient pas une parole avant d'avoir bu une seconde tasse de café.

Ce matin-là, pourtant, quand il lui tendit sa tasse pour qu'elle le resserve, elle n'en fit rien. Elle fixait le journal avec un regard absent.

— Ça ne va pas ?

Elle fit signe que non, mais ne répondit pas. Il se leva et passa derrière elle. Ce qu'il vit lui donna un choc. Il s'agissait d'une photographie de Vassili Arbos. Elle était en train de lire l'article, mais ses yeux remontaient sans cesse à la photographie. Les commentaires étaient brefs : Vassili était mort d'une overdose, à l'âge de cinquante-quatre ans. On indiquait qu'il avait passé cinq ans dans un hôpital psychiatrique, après avoir commis un meurtre, et qu'il avait été marié cinq fois. Les noms de ses épouses n'étaient pas précisés, pas même celui de Séréna. Teddy brûlait d'envie de parler à sa nièce, mais il savait qu'il était préférable de laisser arriver ce qui devait arriver.

Soudain, elle leva la tête et le regarda avec un sourire troublé.

— Je m'excuse. C'est curieux. C'est simplement que... Je ne me l'explique pas... J'ai l'impression d'avoir rencontré cet homme et je me demande où. (Teddy ne fit aucun commentaire.) En tout cas, il a été marié cinq fois. Peut-être hypnotisait-il les femmes. En regardant cette photo, j'ai eu l'impression d'entrer en transe.

Teddy en eut un frisson. Elle lui versa sa seconde tasse de café, puis reprit sa lecture, mais il vit, au bout de quelques minutes, qu'elle était revenue à la photographie de Vassili. Il n'était pas fait mention de la victime du meurtre. Teddy en fut soulagé, car le choc aurait été trop brutal.

Quand il partit travailler, Vanessa semblait dans son état normal. Il emporta le journal, par mesure de précaution. La pensée que toute l'affaire pourrait lui revenir alors qu'elle était seule le tourmentait. Après s'être efforcé, durant vingt minutes, de se concentrer sur le cas d'un de ses malades, il ne résista plus. Il appela le cabinet du dernier psychiatre qu'il avait vu pour Vanessa, huit ans auparavant. Il apprit que le spécialiste avait pris sa retraite et qu'une femme l'avait remplacé. Teddy lui exposa le cas et elle se rendit au fichier. Elle revint à l'appareil au bout d'un moment, tout en parcourant le dossier.

— Quelle est votre opinion ? Croyez-vous préférable de lui parler tout de suite ? demanda-t-il, très nerveux.

Son interlocutrice lui répondit d'un ton si calme qu'il en fut contrarié.

— Pourquoi ne pas la laisser progresser à son rythme ? Elle se souviendra de ce qu'elle pourra accepter. C'est là toute l'histoire de ces sortes de régressions. L'esprit se protège de cette manière. Aussi longtemps qu'elle ne pourra faire face à la réalité, elle ne se souviendra de rien. Quand elle en sera capable, si ce jour vient, la lumière se fera en elle. Petit à petit, peut-être.

— Le processus peut être long, semble-t-il.

Déprimant aussi, songea-t-il.

— Ce n'est pas forcé. Tout peut être liquidé en une journée. Cela peut prendre aussi des semaines, des mois ou même des années.

— Merveilleux. Et moi, pendant ce temps-là, je me contente de la regarder ruminer ?

— C'est cela, docteur. Vous m'avez posé une question. Je vous réponds.

— Merci.

Elle lui dit son nom, Linda Evans, et ajouta :

— Vous savez, il vaut peut-être mieux vous en avertir, elle pourrait avoir des cauchemars. Ce serait assez normal.

— Qu'est-ce que je ferais ?

— Allez près d'elle. Parlez-lui si elle veut vous écouter. Les choses lui reviendront sans doute plus vite de cette manière.

Elle réfléchit un instant, puis proposa :

— Si vous avez encore besoin de moi, n'hésitez pas à me rappeler ! Je laisserai un message pour que vous puissiez me joindre. Il s'agit là d'un cas particulier et je me ferai un plaisir d'aller voir la jeune fille, quelle que soit l'heure.

— Je vous remercie. J'apprécie votre proposition.

C'était la première parole aimable de sa part. Il se mit alors à rire et proposa :

— Si vous avez besoin de guérir votre spleen, je serai enchanté de m'occuper de vous aussi.

Elle rit, amusée de sa mauvaise plaisanterie. Les médecins en échangeaient volontiers entre eux, mais il avait une voix agréable et elle éprouvait un intérêt sincère pour sa nièce.

Ils raccrochèrent et Teddy retourna à ses occupations, pas très réconforté, à vrai dire. Quand il rentra, ce soir-là, Vanessa était de nouveau dans la chambre noire et semblait de bonne humeur. La femme de ménage leur avait préparé du bœuf braisé, aussi dînèrent-ils chez eux. Ils parlèrent de leurs travaux, puis elle retourna un instant à ses photos et il alla se coucher de bonne heure. Il se réveilla en sursaut, à deux heures et demie du matin. Il comprit aussitôt que c'était Vanessa qui l'avait réveillé. Il l'entendait pousser des cris aigus, au loin. Il sauta à bas de son lit et courut à sa chambre. Il l'y trouva assise, les yeux ouverts, qui murmurait des paroles confuses. Il passa près d'elle l'heure suivante. Elle continua à marmotter, à gémir et à pleurer doucement un moment, mais elle ne s'éveilla jamais et ne cria plus. Teddy rappela le docteur Evans le lendemain matin. Elle lui conseilla d'attendre la suite, mais la même scène se reproduisit la nuit suivante, puis durant des semaines. Aucun souvenir précis ne fit surface. Dans la journée, Vanessa était gaie, très occupée et paraissait inchangée, mais la nuit elle se lamentait et pleurait. Au bout de trois semaines, Teddy demanda un rendez-vous au Dr Evans.

Il passa quinze minutes dans la salle d'attente, puis l'assistante vint le chercher. Il s'attendait à rencontrer une petite boulotte, avec un air sérieux et des lunettes, mais la brune qui l'accueillit était bien faite, souriante, avec de grands yeux verts et des cheveux tirés en chignon, comme ceux d'une danseuse. Elle portait une blouse en soie et un pantalon. Elle avait l'air détendu et intelligent. En pénétrant dans son cabinet, Teddy fut surpris et perdit de son assurance.

— Quelque chose ne va pas, docteur ?

Il jeta un bref regard sur le diplôme accroché au mur, vit qu'elle était allée à l'université Harvard et calcula qu'elle avait trente-neuf ans. Elle ne les paraissait pas.

— Non... Je... excusez-moi. Je ne m'attendais pas du tout à vous trouver comme cela.

— Vous attendiez qui, alors ?

— Quelqu'un... disons... de très différent. Mon Dieu, je pensais que vous seriez laide à faire peur et que vous auriez moins d'un mètre de haut.

— Avec une barbe, peut-être ? Comme Freud ? C'est cela ? (Elle se mit à rire, rougit un peu et convint :) Vous n'êtes pas non plus comme je l'imaginais.

— Ah ? s'étonna-t-il, amusé.

— Non. Je vous voyais le genre très conservateur.

Un complet rayé, des lunettes à monture d'écaille et (elle fixa ses abondants cheveux blonds) chauve.

— Eh bien, merci. À vrai dire, je porte souvent des costumes rayés, mais comme j'ai pris l'après-midi pour venir vous voir, j'ai choisi une tenue plus décontractée.

Elle se carra dans un confortable fauteuil en cuir noir, le regarda droit dans les yeux et demanda :

— Racontez-moi ce qui arrive à votre nièce. En détail.

Il s'exécuta et, quand il eut terminé son récit, elle lui dit avec gentillesse :

— Vous souvenez-vous ? Je vous avais averti que cela prendrait peut-être des mois ou des années. Au moment du choc initial, elle aurait pu être ébranlée au point de se souvenir de toute l'histoire, mais il semble plutôt qu'il s'agisse d'une lente filtration jusqu'à son subconscient. Cette remontée peut prendre très longtemps. Tout peut aussi bien s'enfouir de nouveau en elle. À moins peut-être qu'un autre événement provoque chez elle un choc aussi intense.

— J'ai été stupéfait de voir à quel point elle avait été frappée. Elle a contemplé cette photographie pendant près d'une demi-heure.

— Elle doit avoir connu quelques expériences éprouvantes auprès de cet homme.

— Vous ne croyez pas que nous devrions tout lui dire et en finir une bonne fois ?

— Non, ce n'est pas mon avis.

— Pensez-vous que je devrais vous l'envoyer ?

Linda Evans réfléchit un instant.

— Sous quel prétexte ? Pourquoi le lui suggéreriez-vous ? Vous savez bien qu'elle n'a encore aucune idée de ce qui lui arrive. Si elle en devient un jour consciente et réclame une analyse, très bien, mais si vous le lui proposez, vous la mettrez sur la défensive. J'estime qu'il vaut mieux la laisser tranquille pour le moment.

Teddy accepta sa décision. Une semaine plus tard, ils avaient un nouvel entretien et, en peu de temps, il devint un visiteur assidu. Au bout d'un mois ou deux, les cauchemars de Vanessa s'espacèrent, mais Teddy en était venu à apprécier la conversation de Linda Evans. Ils semblaient avoir beaucoup d'opinions et d'intérêts en commun. Teddy lui suggéra donc de passer l'heure du déjeuner au restaurant, plutôt que dans son cabinet. De là, il ne restait plus qu'un pas à franchir pour l'inviter à dîner. En temps normal, elle se faisait une règle de ne pas sortir avec ses clients, mais Teddy n'en était pas vraiment un. Il était l'oncle d'une patiente qu'elle n'avait d'ailleurs jamais rencontrée. De plus, c'était un collègue. Elle était surprise de constater à quel point elle s'entendait bien avec lui. Teddy se demandait parfois, de son côté, si en évoquant le passé de Vanessa devant Linda il n'était pas en train de chasser les fantômes du sien. Pour la première fois, il parvenait à parler de Séréna sans un pincement au cœur. Il lui vint à l'esprit qu'il était tombé amoureux de Linda. Ils dînèrent bientôt deux ou trois soirs par semaine ensemble et se rendirent à quelques spectacles d'opéra ou de théâtre. Il l'emmena même à un match de hockey en compagnie de Vanessa et fut rassuré de voir les deux femmes s'entendre aussi bien.

Au printemps, Teddy et Linda se rencontraient presque tous les soirs. Linda venait de façon régulière à l'appartement et Vanessa la taquinait en lui disant qu'elle allait devoir prendre son tour dans la préparation du petit déjeuner. La jeune fille savait qu'elle aurait bientôt besoin d'un appartement : elle souhaitait ouvrir un studio et habiter tout près. En outre, Teddy était fou de Linda Evans, c'était manifeste, et peut-être un jour…

— Pourquoi diable ne lui demandes-tu pas de t'épouser, Teddy ?

— Tu n'es pas folle ? grogna-t-il en avalant l'un des petits déjeuners qu'elle avait préparés. Je trouve que tes œufs ne sont pas réussis du tout ce matin.

Cette idée de mariage lui était venue, même s'il n'osait en parler.

— Eh bien ça, c'est le bouquet ! dit-elle en frappant sur la table et en se levant d'un bond. Moi, je vais habiter ailleurs.

— Tu n'y penses pas ?

Soudain, il lut dans ses yeux une expression triste et tendre.

— Mais si, j'y pense, oncle Teddy.

Teddy en fut bouleversé.

— Pourquoi donc? À cause de Linda? Je croyais que tu l'aimais bien.

— Mais oui, gros bêta. Seulement, je suis grande à présent, et j'aimerais avoir un studio, enfin... un endroit à moi toute seule.

— Tu as commencé à chercher?

— Non. J'ai pensé que je m'y mettrais durant les semaines qui viennent.

— Déjà?

Il pâlit et se réfugia derrière son journal, mais quand il partit pour son cabinet il était encore secoué. Il appela Linda, une demi-heure plus tard.

— Vanessa veut déménager.

On aurait dit que sa femme lui avait annoncé son intention de divorcer. Linda sourit, mais quand elle lui parla, ce fut d'une voix apaisante.

— Que lui as-tu dit?

— Rien, en fait. J'étais tout ému. Elle est si jeune, et puis... Qu'arrivera-t-il si elle recommence à avoir des cauchemars, si tout revient?

— Elle t'appellera. Il est possible que ça n'arrive jamais. Tu m'as dit toi-même qu'elle s'était calmée.

Il se plaignit à voix basse:

— Tu sais, j'ai l'impression d'être un parfait imbécile, mais j'en ai été tout bouleversé.

Il souriait de nouveau, car la voix de Linda le réconfortait.

— Tu n'es pas le premier. Tous les parents vivent cela. C'est dur pour un père de voir grandir sa fille et pénible, pour une mère, de laisser ses enfants quitter le nid. Comme tu as joué les deux rôles dans la vie de Vanessa, tu es deux fois plus touché.

— Dois-je te l'avouer? Je te trouve merveilleuse. Si on déjeunait ensemble, aujourd'hui?

Elle consulta son agenda.

— Ce serait parfait. (Elle ajouta:) Veux-tu venir chez moi?

— Ce serait une très bonne idée, docteur Evans. Une consultation ?

— Bien entendu.

Ils rirent tous les deux puis raccrochèrent. À midi, ils se retrouvèrent chez elle et s'aimèrent jusqu'à deux heures passées.

— Tu sais, lui avoua Teddy en l'admirant d'un air pensif, tandis qu'il laissait errer un index autour de ses seins, je croyais que pour moi, tout ça, c'était fini.

— Pour quelles raisons ?

— Oh ! je ne sais pas... soupira-t-il. Il y a si long-temps que je n'ai pas aimé, Linda. J'étais si amou-reux de la mère de Vanessa que je n'ai jamais voulu d'autre femme dans ma vie.

— Sa mort a dû te traumatiser.

— J'aurais voulu tuer ce salaud. Je ne compren-drai jamais comment il a pu se comporter de la sorte... ni qu'on l'ait laissé sortir du pays.

— Il faut qu'il ait eu des relations haut placées.

— Il en avait. Sa famille a beaucoup d'influence. En tout cas, j'ai reporté toute mon affection sur Vanessa. Il ne restait plus grand-chose pour une autre femme. Je pense que j'étais insensibilisé.

Il sourit à la jolie femme couchée près de lui et elle le caressa avec tendresse.

— On peut dire que tu as perdu cette insensibilité-là.

Plus les projets de Vanessa se précisaient et plus ils passaient de temps ensemble. La jeune fille emména-gea enfin dans l'appartement et le studio de ses rêves, le 1er mai, et Linda prolongea le week-end sui-vant en demeurant quatre jours chez Teddy. Puis ce fut lui qui s'installa chez elle presque toute la semaine suivante, et Linda chez Teddy... Jusqu'à la fin juillet, ils firent ainsi des allées et venues entre leurs deux appartements. En août, tous trois parti-rent en week-end au cap Cod. Teddy profita de l'oc-casion pour dire à Vanessa, d'un air penaud :

— J'ai quelque chose à t'annoncer, ma petite chérie.

Linda l'observait et sentait la tendresse se mêler en elle à l'amusement. Par certains côtés, il restait très timide. C'était d'ailleurs l'une des raisons pour lesquelles elle était tombée amoureuse de lui.

— De quoi s'agit-il?

— Je... euh... Linda et moi... nous allons nous marier.

— Eh bien, il était temps! À quand le mariage?

— Nous n'avons pas encore fixé la date. Nous pensions en septembre.

— Vous m'accordez le droit de faire les photos?

— Bien sûr.

Vanessa, rayonnante, lui jeta les bras autour du cou.

— Je suis contente pour toi, oncle Teddy.

Elle le serra très fort et Linda se sentit émue en les observant. Vanessa tendit alors un bras pour l'attirer et les deux femmes s'embrassèrent chaleureusement.

— Est-ce que je vais être tante ou bien... au fond, que serai-je pour vos enfants? Leur cousine? Tiens, j'aurais cru avoir droit à un titre plus sympathique que celui-là. (Ses yeux se voilèrent. Elle avait été sur le point de prononcer le mot «sœur», mais quelque chose l'en avait empêchée.) Pourrai-je quand même être leur tante?

— Bien sur, dit Linda, en riant. Tu vas un peu vite en besogne, pourtant. Il ne s'agit pas là d'un mariage forcé.

— Oh! mais je peux arranger ça, proposa Teddy avec le sourire, avant de passer un bras autour des épaules des deux femmes et de les entraîner le long de la plage.

51

Le mariage fut très réussi. Ils donnèrent une réception à l'hôtel Carlyle à la mi-septembre. Ils avaient invité une centaine de personnes et Vanessa prit toutes les photographies de la noce. À Noël, alors qu'ils avaient pris place devant la cheminée, après le dîner, Linda tendit la main pour toucher celle de son mari, puis elle se tourna vers Vanessa.

— J'ai quelque chose à partager avec toi, Vanessa. Nous allons avoir un bébé.

— C'est vrai?

Vanessa parut surprise. Il se passa un moment avant que la nouvelle ait l'air de lui faire plaisir. On voyait qu'elle avait l'impression d'entendre un écho et Teddy l'observait avec une certaine nervosité, car il redoutait qu'elle n'ait de la peine. Un instant plus tard, pourtant, un éclair dansait dans ses yeux et tous ses traits s'illuminèrent.

— Oh! Linda!

Elle se releva et embrassa la jeune femme, avant d'étreindre Teddy et de battre des mains.

Le lendemain, Vanessa acheta un ours en peluche, puis durant les cinq mois qui suivirent elle accumula pandas, girafes, hochets, courtepointes faites à la main, chemises de nuit en dentelle ancienne et bonnets. Elle tricota même une paire de chaussons. Linda et Teddy étaient touchés par ses cadeaux, mais de temps à autre Linda regardait la jeune fille avec inquiétude. Une curieuse tension semblait habiter Vanessa, depuis peu. On aurait dit qu'elle était malheureuse, au fond d'elle-même, et plus la naissance du bébé approchait, plus cette impression se précisait.

— As-tu remarqué comme Vanessa a changé, depuis peu? Elle maigrit et semble nerveuse.

— Je crois qu'elle l'est.

— Elle a un problème?

L'angoisse de Teddy n'était pas feinte. Après tout, Vanessa était, en un certain sens, sa fille aînée, et Linda le comprenait fort bien. Elle était d'ailleurs préoccupée, quand elle lui répondit :

— Pour tout t'avouer, je n'en sais rien. Je pense que notre futur bébé a réveillé en elle des impressions anciennes. Qu'elle en soit ou non consciente, tout cela a pour elle un je ne sais quoi de *déjà vu*. (Elle poussa un soupir, puis ajouta:) Je crois que le dernier garçon dont elle a fait la connaissance a également contribué à la bouleverser.

— Tiens ? De qui s'agit-il ? demanda Teddy, surpris.

— Elle ne t'en a pas parlé ?

Teddy soupira :

— Elle ne me parle presque jamais de ses amis. Quand elle le fait enfin, ils sont en général rayés de ses listes.

Vanessa avait vingt-quatre ans à présent, et Teddy savait qu'elle n'avait toujours pas eu de rapports physiques avec un homme.

— Qui est-ce ?

— Un agent qui représente des photographes. Elle l'a rencontré à une soirée et il a manifesté l'intention de se charger de ses intérêts. Elle avait également songé à les lui confier, mais quand il lui a donné rendez-vous elle est devenue nerveuse.

— Elle y est allée ?

— Oui. J'ai cru comprendre qu'ils étaient sortis trois ou quatre fois. Elle l'a trouvé sympathique. Il apprécie ce qu'elle fait et elle m'a confié qu'il lui avait suggéré quelques bonnes idées de diffusion. Tout se passait très bien...

Teddy parut abattu.

— Ne prends pas cela trop à cœur.

— Je ne peux pas m'en empêcher, dit-il en regardant sa femme. Si je m'y étais mieux pris, si je lui avais fourni un meilleur modèle, elle n'aurait peut-être pas eu peur des hommes.

— Teddy, sois raisonnable. Elle a vu un homme tuer sa mère. Pouvais-tu changer les choses ?

— Je sais, je sais... soupira-t-il. Pourtant, je ne cesse de me demander... Linda, tu es certaine que je n'aurais pas dû lui parler ?

— Oui. Ne crois pas qu'en lui rappelant tout cela, tu pouvais modifier le cours des événements. Elle aurait dû vivre avec le même cauchemar, conscient cette fois. Si elle doit faire un jour confiance aux hommes, il faut que cela vienne d'elle-même. C'est encore possible, tu sais. Elle est jeune...

— Que se passe-t-il donc, avec ce garçon-là ? insista Teddy à qui le raisonnement de Linda remontait le moral.

— Rien du tout, pour le moment. Elle a cessé de

sortir avec lui. Elle prétend que, si elle accepte ses services, il est préférable que leurs relations restent sur un plan professionnel.

— On croirait l'entendre, dit-il en se penchant pour l'embrasser. Tu crois qu'elle le reverra ?

— Peut-être.

— Il s'appelle comment ?

— John Henry.

— Tu l'as vu ?

— Non. Mais Vanessa est une fille intelligente. Si elle dit que ce garçon est exceptionnel, tu peux être sûr qu'il l'est. Elle est certainement très exigeante avec les hommes, et si elle l'apprécie tellement, par ailleurs, je pense qu'il a toutes les chances de la séduire.

— Nous verrons bien comment ça tournera.

— Oui, c'est cela. Tu n'as pas à avoir d'inquiétudes, Teddy. Tout ira bien pour elle.

— Je l'espère, dit-il en s'allongeant.

Bientôt Linda n'alla plus à son cabinet. Elle appréciait de pouvoir jouir d'un peu de temps à elle, pour les derniers jours.

— Je dois avouer que je suis impatiente de voir arriver le bébé. Voilà quinze ans que je ne me suis pas arrêtée de travailler et cela me donne plutôt mauvaise conscience.

— Tes clients attendront, répondit Vanessa.

— J'imagine que oui, soupira Linda, mais je m'inquiète à leur sujet.

— Tu es de la même race que Teddy. Avant de te rencontrer, il faisait une dépression nerveuse dès qu'il s'arrêtait quinze jours. Ce doit être une particularité des médecins. Ils sont obsédés.

Linda sourit.

— Nous aimons penser que nous sommes consciencieux.

— Eh bien, je dois reconnaître que je vous admire. Je n'ai pas ce problème-là. J'ai passé toute la semaine dernière à ne rien faire et cela m'a beaucoup plu.

— Ah ? s'étonna Linda. Avec quelqu'un en particulier ? Ou bien est-ce une question indiscrète ?

Une lueur d'amusement dansa dans les yeux de Vanessa, quand elle répondit :

— J'ai revu John Henry. J'ai décidé de ne pas avoir recours à ses services en tant qu'agent.

Linda savait que c'était là un grand progrès pour Vanessa. Elle avait redouté que la jeune fille ne choisisse l'autre solution,

— Voilà une décision intéressante, dit-elle sans s'engager.

Vanessa sourit :

— Tu parles comme une psy.

— Tu trouves ? Je m'en excuse. Je voulais m'adresser à toi comme une tante.

— À vrai dire, je ne sais pas. J'y ai beaucoup réfléchi. D'une certaine manière, je crois que nous sommes déjà trop liés pour avoir des relations commerciales sérieuses. Ce qu'il y a de plus curieux, c'est que je me sens attirée par lui.

— Cela te cause un grand choc ?

— À moi, oui. La plupart du temps, Linda, dit-elle en haussant les épaules, je n'ai pas envie de coucher avec les hommes, même s'ils me sont sympathiques. Je ne peux… je ne peux tout simplement pas.

— Quand ce sera le bon, les choses changeront.

— Comment le sais-tu ? Il m'arrive quelquefois de penser que je suis étrange, voilà tout. Ce n'est pas que je n'aime pas les hommes, mais… (elle cherchait ses mots)… c'est comme s'il y avait un mur entre eux et moi, que je ne peux franchir.

Linda ne savait que trop combien elle disait vrai. Elle espérait cependant que Vanessa trouverait un jour une porte ou qu'elle aurait le courage de passer par-dessus ce mur.

— Il n'existe pas de mur si haut que nous ne puissions en entreprendre l'escalade, ma jolie. Certains murs demandent plus d'efforts que d'autres. Je crois que tout dépend de l'envie que l'on a de savoir ce qu'il y a de l'autre côté.

— Je n'en sais rien, dit Vanessa qui ne paraissait pas convaincue. Les choses ne se présentent pas tout à fait ainsi… On dirait plutôt que je ne sais par où commencer, ni que faire… C'est bizarre, dit-elle, avec un léger soupir. J'ai l'impression que John le comprend.

— Quel âge a-t-il ?

— Vingt-sept ans. Il paraît plus vieux que son âge. Il a été marié quatre ans. Il s'est marié quand il était encore au collège. Des amours enfantines... Elle attendait un enfant, alors il l'a épousée quand il avait dix-huit ans. Et puis... c'est une histoire triste... leur enfant était anormal. C'était très pénible à vivre, s'il faut l'en croire. Ils se sont relayés à l'hôpital, durant la première année, puis ils l'ont pris chez eux, jusqu'à ce qu'il... meure. Une fois l'enfant disparu, ils se sont séparés et tout a été dit. Cela s'est passé il y a cinq ans, et je crois qu'il en est resté très marqué.

Linda, bien que troublée, se contenta de noter :

— C'est très compréhensible, ainsi que leur divorce. De nombreux couples ne résistent pas à des tragédies comme celle-là.

— Je sais, reprit-elle, je l'aime beaucoup, tout de même. Je me sens bien près de lui.

— Cela te surprend ?

— Oui, soupira Vanessa. Tous les autres me bousculent. Ils sont à la recherche d'une aventure et veulent vous mettre dans leur lit au bout d'une soirée. J'ai essayé de faire comprendre à John ce que j'éprouvais et il l'a admis. Il m'a dit qu'après la mort de son petit garçon et la rupture avec sa femme, il n'avait pu coucher avec personne pendant deux ans. Il n'en avait pas envie. Il pensait qu'il y avait quelque chose qui n'allait pas, chez lui, mais ce n'était pas ça. C'était comme s'il était devenu insensible...

— C'est très commun.

— Il m'a demandé s'il m'était arrivé quelque chose qui expliquerait ce que je ressens (elle haussa les épaules et sourit), mais je lui ai dit que j'étais sans doute bizarre de naissance.

— Tu as dû avoir un choc terrible quand ta mère est morte et que s'est posé le problème de la tutelle. On ne sait jamais le retentissement que peut avoir ce genre de chose.

— Oui, dit Vanessa, l'air méditatif. Il y a des gens qui bégaient. Moi, je suis frigide.

Elle avait un regard triste lorsqu'elle leva les yeux vers Linda. Celle-ci protesta :

— Ce n'est pas dit. En fait, très sérieusement, j'en doute. Tu n'as jamais fait l'amour, Vanessa, tu ne peux pas encore savoir ce que tu es.

— En réalité, je ne suis rien du tout.

— Accorde-toi un peu de temps. John m'a l'air d'un gentil garçon. Peut-être en viendra-t-il à compter pour toi ?

— C'est possible, soupira-t-elle. Si je le lui permets.

Elle n'était donc pas tout à fait ignorante de ses problèmes. Elle envisageait peut-être même de se rendre chez un psychiatre, ce qui faisait plaisir à Linda. Allait-elle se débarrasser de tout ce qu'elle étouffait en elle ? Peut-être le temps en était-il venu.

52

— Un garçon ! Hourrah ! Ah ! Teddy ! c'est fantastique ! Comment ça s'est passé, pour Linda ? C'était très pénible ?

Vanessa s'était toujours montrée nerveuse, quand il était question d'accouchement. Elle disait volontiers qu'elle n'aurait jamais d'enfants. Le moment venu, elle en adopterait. C'était un sujet sur lequel John Henry et elle étaient d'accord. Il ne pouvait s'imaginer survivant à la souffrance que lui causerait la naissance d'un autre enfant anormal. Et l'angoisse que lui coûteraient les neuf mois d'attente le terrifiait. Pourtant, de même que Vanessa, il souhaitait élever des enfants.

Teddy répondit d'une voix pleine de gaieté :

— Non. Elle s'en est très bien tirée. Je crois que je n'ai jamais vu de femme qui s'en soit aussi bien sortie. Et elle était belle ! (Sa voix monta d'un degré.) Attends d'avoir vu le bébé !

— Je me réjouis d'avance. Comment l'avez-vous appelé ?

— Bradford, en souvenir de ton père. C'est Linda
qui l'a proposé. Nous l'appellerons Brad, je suppose.

— Je le verrai demain matin, à la première heure.

— Très bien. Pourquoi n'amènes-tu pas ton ami,
John Henry ? Peut-être cela lui ferait-il plaisir de voir
le bébé, à lui aussi.

Teddy était curieux de le connaître et il mourait
d'envie de montrer son enfant. Vanessa le comprit et
répondit avec un petit rire :

— Je lui demanderai s'il est libre. (Elle savait qu'il
se déroberait. Il lui avait dit qu'il préférait voir le
bébé à la maison, pas à l'hôpital.) Je viendrai sans
doute seule, Teddy. Je ne veux partager le bébé avec
personne, pas même avec toi !

Teddy éclata de rire. Mais le lendemain matin,
quand il la vit sortir de l'ascenseur, à l'étage de la
maternité, il fut frappé par sa pâleur. Elle lui parut
complètement désorientée. Il s'avança vers elle avec
un sourire, mais s'arrêta. Il aurait voulu avertir
Linda, il n'avait pas le temps. Vanessa fut bientôt à
son côté, les yeux écarquillés. Elle paraissait effrayée.

— Tu vas bien, ma petite chérie ?

— Oui. On dirait pourtant que j'ai la migraine. J'ai
travaillé très tard dans la chambre noire, hier soir.
Ce doit être cela. Où est donc mon neveu ? Je meurs
d'envie de le voir.

— Chez sa mère, répondit Teddy en souriant à son
tour.

Il était encore inquiet, cependant, à l'instant où il
s'effaça pour la laisser entrer dans la chambre.
Linda, assise dans son lit, venait de nourrir le bébé.
Vanessa s'immobilisa et prit plusieurs photogra-
phies, puis posa son appareil et s'approcha du lit.
Elle regarda Linda d'un air grave, puis fixa le bébé.
Elle ne pouvait en détacher ses yeux. Elle demeurait
là, décomposée, les mains tremblantes.

— Veux-tu le prendre dans tes bras ?

La voix de Linda lui parut très lointaine. Elle fit
signe que oui, tendit les bras et Linda lui passa le
bébé. Vanessa s'assit au fond de sa chaise, l'enfant
serré contre elle. Il venait de boire et dormait à pré-

sent, comblé. La jeune fille ne dit rien durant un long moment. Elle contemplait le bébé, tandis que Teddy et Linda échangeaient des sourires. Lorsque Linda se retourna vers elle, elle la vit en larmes, les traits déformés par la souffrance. Teddy en fut retourné. Avant qu'il ait pu intervenir, Vanessa s'était mise à parler à voix basse :

— Elle est si jolie... elle te ressemble tout à fait, maman... Comment allons-nous l'appeler ? Charlotte... Charlie. Je t'appellerai Charlie.

Elle leva les yeux vers Linda sans la reconnaître. Elle entreprit de bercer le bébé en chantonnant à voix basse. L'instinct maternel incitait Linda à reprendre le bébé, mais elle se retint, sachant qu'il était important de le laisser à Vanessa.

— N'est-elle pas mignonne, Vanessa ? Elle te plaît ?

La voix de Linda n'était qu'un murmure dans la pièce silencieuse.

— Je l'aime beaucoup, dit Vanessa. Elle est à moi, n'est-ce pas, maman ? Elle n'a pas besoin d'être à lui ? Elle est à nous. Lui, il ne le mérite pas.

— Pourquoi ?

— Il est si méchant avec toi, et puis... et puis... la drogue qu'il prend... et des fois, il ne rentre pas... Oncle Teddy a dit que tu aurais pu mourir. Mais tu n'es pas morte... (Elle semblait tout à la fois souffrante et soulagée.) Tu n'es pas morte, parce que mon oncle Teddy est venu et a sorti le bébé. Pourquoi est-ce qu'ils t'ont fait ça ? Pourquoi ?

Elle grimaçait au souvenir de sa mère immobilisée sur le lit de travail. D'instinct, Linda comprit.

— Pour que je puisse mettre le bébé au monde. Voilà tout.

— Mais ils t'ont presque laissée mourir... et il n'était pas là...

— Où était-il ?

— Je n'en sais rien. J'espère qu'il est parti pour de bon. Je le déteste.

— Il te déteste aussi ?

— Je ne sais pas... Ça m'est égal... dit Vanessa en pleurant.

411

Elle berçait toujours le bébé. Soudain, elle en eut assez et le tendit à Linda.

— Tiens, je crois qu'elle te veut.

Linda hocha la tête, prit son fils endormi, le remit à Teddy et indiqua la porte d'un mouvement du menton. Teddy sortit aussitôt et revint un instant plus tard, seul, pour assister au déroulement du drame. Linda reprenait :

— Il te déteste, Vanessa ?

— Je ne sais pas... je ne sais pas... (Elle se leva d'un bond, se dirigea vers la fenêtre et regarda au-dehors, sans rien voir, avant de se retourner de nouveau vers Linda :) Il te déteste, toi... toi... il te bat... Oh ! maman... il faut qu'on s'en aille d'ici... qu'on retourne à New York, chez mon oncle Teddy. (Ses traits s'assombrirent et elle fixa un point dans l'espace, avec une expression horrifiée :) Retourner chez l'oncle Teddy... retourner à New York... oh non... oh non... (Elle jetait des regards affolés de Linda à Teddy, qui se demandait si elle n'allait pas sombrer dans la folie.) Oh non... oh non... (Elle gémit enfin :) Il l'a tuée ! Cet homme-là, il l'a tuée ! (En sanglotant, elle se jeta dans les bras de Linda.) Il t'a tuée... il t'a tuée... il t'a tuée... (Elle leva alors les yeux, comme si elle découvrait Linda pour la première fois.) Cet homme, dit-elle dans un murmure, en reprenant conscience, celui que j'avais vu dans le journal... il a tué ma mère. Les policiers sont venus, ils l'ont emmené... et moi... moi, je tenais un bébé. (Elle ferma alors les yeux et frissonna.) Charlie. Elle s'appelle Charlie... la petite fille que maman a eue à Londres... Et ils me l'ont enlevée, au tribunal, avant de m'envoyer vivre chez Greg et Pattie. (Elle se tourna vers Teddy, ouvrit les yeux et lui tendit les bras :) Et puis je suis allée vivre chez toi... mais je n'ai jamais su... je ne me suis plus souvenue de rien. Et là, quand j'ai vu ce bébé... j'ai cru. Je ne sais pas ce que j'ai cru...

Linda vint à son secours :

— Tu as cru que c'était Charlie.

La jeune fille regarda alors Linda :

— Tout s'est passé comme cela ?

Linda jeta un coup d'œil à Teddy.

— Tout est vrai. Tu l'as enfoui au fond de toi, tout de suite après, et cela a mis des années à revenir.

Vanessa parut effrayée.

— Y a-t-il autre chose ? Est-il arrivé autre chose ?

— Non, rien. Tu t'es souvenue de tout. C'est fini, à présent, Vanessa. Comment te sens-tu ?

La jeune fille demeura sans expression, durant un instant.

— Effrayée... vidée... triste.

Deux grosses larmes roulèrent sur ses joues.

— Je regrette ma mère, avoua-t-elle. (Elle frissonnait des pieds à la tête.) Quand je suis rentrée dans la chambre, elle était... elle était couchée là... les yeux ouverts... il avait les mains autour de son cou et je savais qu'elle était morte... je le savais...

Teddy la prit dans ses bras.

— Ma petite... ma pauvre petite...

— Pourquoi ? Pourquoi a-t-il fait cela ?

— Parce qu'il était fou. Peut-être aussi parce qu'il était sous l'influence de la drogue, je l'ignore. Je crois qu'il l'aimait, mais il était très perturbé. Elle l'avait quitté et il croyait qu'il ne pouvait vivre sans elle.

— Alors, il l'a tuée, dit-elle d'une voix pleine d'amertume. Qu'est devenue Charlie ? On la lui a donnée ?

— Non. On a enfermé Vassili dans une clinique psychiatrique. Pendant un certain temps, du moins. Ta sœur a été remise à son oncle Andreas. C'était un brave homme, je crois. Il était aussi éprouvé que moi, à l'époque, et il avait demandé la garde de Charlotte. Il t'aimait beaucoup aussi... Tu ne te souviens pas de lui ?

Elle fit non de la tête.

— Et toi, tu es resté en relation avec lui ?

— Non, dit Teddy en soupirant. Le juge nous avait demandé de ne pas le faire. Il disait que Charlotte et toi deviez mener des vies séparées. Je ne sais pas ce qu'en a pensé Arbos, mais j'étais inquiet pour toi, car tu avais tout enfoui au plus profond de ton être. Je ne voulais pas que quelqu'un survienne et te cause un choc, des années après.

413

Elle hocha la tête pour lui dire qu'elle comprenait et reprit d'une voix douce :

— Elle doit avoir presque seize ans, maintenant. Je me demande de quoi elle a l'air. Quand elle était bébé, elle ressemblait tout à fait à maman.

Une idée vint à l'esprit de Teddy, mais il estima qu'il était trop tôt pour l'exprimer. Peut-être, dans quelque temps, lorsque Vanessa aurait surmonté le choc, pourraient-ils tous se rendre en Grèce et chercher à rencontrer Andreas Arbos ? Il sourit à sa femme, elle s'était bien tirée de la situation.

— Pardonne-moi, Linda, j'ai tout gâché, dit Vanessa. J'étais venue admirer ton bébé et partager ton bonheur. Au lieu de cela, j'ai eu une crise de folie.

Linda tendit les bras et l'étreignit avec une tendresse toute maternelle.

— Ce n'était pas de la folie. C'était une réaction très saine, au contraire. Tu t'es enfin tournée vers le passé et tu as ouvert une porte qui était demeurée fermée depuis des années. Et si tu es parvenue à le faire, c'est que tu étais prête. Il t'a fallu seize ans pour en arriver là. Cela n'a pas été facile, nous en sommes tous conscients.

Vanessa était incapable de parler, elle pleurait. Linda échangea avec Teddy un regard d'intelligence.

— Je vais t'emmener chez moi à présent, ma petite chérie, pour que tu puisses te reposer. Tu veux bien venir ? dit-il en la détachant des bras de Linda.

— J'aimerais beaucoup, mais ne veux-tu pas rester ici avec Linda ?

— Je reviendrai plus tard.

— J'ai besoin de dormir un peu, dit Linda. Détendez-vous tous les deux, aujourd'hui, Brad et moi serons à la maison dans très peu de jours. Nous aurons alors beaucoup de temps pour être avec vous.

Elle embrassa de nouveau Vanessa et insista sur le fait qu'il lui fallait laisser tous ses souvenirs remonter en elle, pleurer quand elle serait triste, se laisser toucher par le chagrin, la souffrance, les absences. Ainsi, tout serait fini, pour de bon. Elle ajouta enfin avec douceur :

— Je crois que ton ami John pourrait t'éclairer là-dessus.

Vanessa parut choquée :

— Comment pourrais-je le lui dire ? Il croira que je suis folle.

— Non. Essaie. À en juger d'après ce que tu m'as dit de lui, tu ne devrais pas être déçue.

— Tu me vois lui annoncer qu'au bout de seize ans je me souviens que ma mère a été assassinée ? Cela me paraît idiot.

Elle avait adopté un ton d'une ironie amère, mais Linda fut ferme.

— Eh bien, ce n'est pas idiot. Il faut que tu le comprennes. Tu n'es pas responsable de la mort de ta mère, Vanessa. Tu ne pouvais l'empêcher. Cela ne veut pas dire que c'est de ta faute ou de la sienne. C'est arrivé, voilà tout. Ton beau-père était sans doute fou, à ce moment-là. Tu n'aurais pas pu l'arrêter.

— Il était fou bien avant cela ! (Vanessa se souvenait maintenant clairement de lui, et elle le détestait encore. Elle se tourna vers Teddy :) Est-ce que ma mère t'aimait ?

C'était une question directe et pénible pour lui. Séréna l'avait aimé, il le savait, mais elle n'avait jamais partagé la passion qu'il lui portait.

— Oui, dit-il, j'étais quelqu'un sur qui elle savait pouvoir compter. J'étais comme un frère, pour elle, ou un ami très cher.

Il fixait sa femme. C'était la première fois qu'il parlait de cela devant elle et il tenait à ce qu'elle le sût. Il lut la tendresse et l'amour sur le visage qu'elle levait vers lui.

— Pourquoi ne t'a-t-on pas laissé garder Charlie ?

Cette question la tourmentait depuis un moment.

— Parce qu'elle ne m'était pas apparentée, alors que tu l'étais. Son oncle paternel la réclamait, il en avait le droit.

— L'aurais-tu prise chez toi ?

— Oui. J'en avais exprimé le désir.

La discussion s'arrêta là et, un instant plus tard, ils partirent ensemble. Arrivée chez Teddy, la jeune fille s'étendit sur un canapé et, durant une heure, ils évo-

quèrent sa mère, la première fois où Teddy l'avait
rencontrée, la naissance de Charlotte à Londres, Vassili et les circonstances dans lesquelles Séréna était
tombée amoureuse de lui. Vanessa ferma les yeux et
s'endormit. Teddy resta près d'elle, non sans appeler
plusieurs fois Linda. Il était inquiet, mais sa femme
le rassura. Quand Vanessa s'éveilla, quatre heures
plus tard, elle allait mieux. Mais une sorte d'aura de
tristesse émanait d'elle, comme si elle s'affligeait
enfin de la mort de sa mère.

À cinq heures de l'après-midi, elle décida de regagner son appartement. Elle avait rendez-vous avec
John Henry et ne voulait pas le manquer.

— Je ne vais pas être d'une compagnie très agréable,
ce soir. Je préfère tout de même ne pas reporter le rendez-vous. Merci, oncle Teddy, dit-elle avec émotion.
Merci pour tout... pour toutes ces années...

53

Linda et le bébé sortirent trois jours plus tard de
l'hôpital. Quand Vanessa vint les voir chez eux, elle
était beaucoup mieux. Elle parut encore éprouvée
lorsqu'elle prit Brad dans ses bras, mais, cette fois,
les pénibles souvenirs ne revinrent pas la hanter. Si
elle souffrait profondément de la perte de Charlie,
comme si cela s'était passé la semaine précédente,
elle savait que le petit garçon était un tout autre
bébé. Elle lui adressa des paroles tendres et rit quand
elle crut le voir sourire. Elle l'aima tout de suite, ce
qui enchanta Teddy et Linda.

Au cours de l'été, elle parut bien se remettre du
choc subi, mais Linda se rendait compte que la souffrance n'était pas émoussée en elle. Un jour du mois
d'août, elle osa enfin lui demander :

— Qu'est devenu John ?

— Il n'a pas changé. Nous nous voyons toujours,
répondit Vanessa d'un air vague.

— Ah! vos relations se sont refroidies?

Il était venu voir le bébé deux fois, avec Vanessa. Linda et Teddy l'avaient trouvé sympathique. Il semblait que la jeune fille l'eût jugé avec lucidité: il était beau, intelligent, affectueux, aimable et montrait une grande maturité d'esprit. Il avait refusé de prendre le bébé, mais s'était penché sur son berceau. Il était plus à l'aise dans la pièce voisine, à s'entretenir avec Teddy et Linda. Vanessa, quant à elle, venait souvent rendre visite au bébé.

— Je n'en sais rien. Peut-être sommes-nous destinés à demeurer des amis, tout simplement.

— Une raison spéciale à cela? insista Linda.

— Oui, en dépit de ce que tu m'avais dit, j'ai toujours l'impression d'être frigide. Je n'ai pas du tout envie d'avoir des rapports avec un homme.

— Je crois qu'il est encore trop tôt pour en juger, Vanessa.

— J'ai presque vingt-cinq ans!

Son ton était exaspéré, mais c'était contre elle-même qu'elle était en colère. Toutes les deux le savaient.

— Tu m'as bien dit qu'il s'était écoulé deux années entre la mort du bébé de John et celui où il avait eu de nouveau envie d'une femme?

— Mais pour moi cela a pris combien de temps? Seize ans?

Elle était lasse de ses problèmes, d'avoir à vivre avec eux, de tenter de les surmonter, de les oublier. Depuis deux mois, elle ne pensait qu'à cela.

— Tu sais seulement depuis deux mois. Tu es injuste envers toi-même, Vanessa.

— Peut-être.

Mais un mois plus tard, elle cessa complètement de voir John Henry. Elle ne pouvait entretenir des relations avec lui, soutenait-elle, aussi longtemps qu'elle n'aurait pas retrouvé une certaine sérénité. Il se montra très compréhensif. Si elle préférait la solitude, il respecterait ses désirs. Il lui demandait cependant de ne pas couper tout à fait les ponts et de lui faire savoir de temps à autre comment elle se sentait. Lorsqu'il quitta son appartement, il s'arrêta sur le pas de la porte, le regard triste.

— Je tiens à ce que tu saches deux choses, Vanessa. L'une, c'est que je t'aime, et l'autre, c'est que tu n'es pas folle. Tu as vécu une expérience affreuse et il te faudra sans doute du temps pour t'en remettre. Mais, si tu veux encore de moi, je serai là. Lorsque tu seras sûre de toi, appelle-moi.

Les yeux de Vanessa s'emplirent de larmes et elle se détourna, alors qu'il fermait la porte. Après son départ, elle se sentit plus seule que jamais. Elle savait qu'elle le voulait de tout son être, mais chaque fois qu'elle s'imaginait faisant l'amour avec lui, elle revoyait Vassili penché sur le corps de sa mère.

— N'est-ce pas anormal ? demanda-t-elle enfin à Linda, qui la recevait un jour dans son bureau.

On était à la fin de septembre et Linda avait recommencé à travailler à plein temps.

— Mais non.

— Comment vais-je surmonter cela ?

— Avec le temps et grâce à ton intelligence. Il faut que tu te répètes encore et toujours que John n'est pas Vassili, et que ce n'est pas parce que Vassili a fait une chose que John va faire la même chose. Vassili ne représente pas tous les hommes. Et tu n'es pas ta mère. Je crois même que tu es très différente d'elle. Il faut que tu te le répètes jusqu'à en être persuadée.

Linda sourit avec tendresse à Vanessa. La jeune fille venait de passer des mois difficiles, c'était visible. Les efforts accomplis pour surmonter ses problèmes la mûrissaient, cependant.

— Tu sais, reprit Vanessa. J'ai pensé partir en voyage.

— C'est une très bonne idée. Où irais-tu ?

— En Grèce, répondit Vanessa après l'avoir fixée un bon moment. Tu sais, depuis la naissance de ton bébé, je meurs d'envie de retrouver Charlie.

— Je le comprends.

— C'est peut-être un peu ridicule de ma part. Je sais qu'elle n'est plus un bébé, mais c'est ma sœur. Ma mère et mon père sont morts et, en dehors de Teddy, elle est la seule personne qui me rattache au passé. J'aimerais la retrouver. Pourtant cela me fait très peur aussi. Peut-être n'aurai-je pas le courage de la rencontrer, après tout. Peut-être me contenterai-je d'aller en Europe et de voir du pays.

— Cela te fera sans doute du bien. Des nouvelles de John ? ajouta Linda, d'une voix hésitante.

— Je lui ai demandé de ne pas m'appeler et il respecte mes désirs.

— Toi, tu pourrais l'appeler.

— Je ne me sens pas prête. Je ne le serai peut-être jamais, acheva-t-elle avec un petit haussement d'épaules résigné.

— J'en doute. Peut-être n'est-il pas l'homme qu'il te faut.

— Ce n'est pas cela. S'il entrait quelqu'un dans ma vie, je voudrais que ce soit lui, dit la jeune fille très bas. Il est le genre d'homme avec qui je pourrais passer le reste de mes jours. Nous avons beaucoup en commun. Je n'ai jamais... jamais pu parler à quelqu'un de la manière dont je lui parle.

— C'est ce que j'ai ressenti à propos de Teddy. C'est très important. Peut-être quand tu seras rentrée d'Europe...

— Peut-être.

Elle réfléchit encore un peu à son projet de voyage, puis fit les démarches nécessaires. Elle partirait le premier octobre. La veille de son départ, elle appela John.

— J'ai l'intention d'aller en Grèce, mais je ne sais pas encore ce que j'y ferai. J'ai décidé de commencer par une sorte de pèlerinage, en l'honneur de ma mère. Je me sentirai peut-être libérée, par la suite...

— Cela me paraît une excellente initiative.

Il était heureux de l'entendre et aurait aimé la voir, mais il savait qu'elle n'accepterait pas.

— Par où commences-tu ?

— Par Venise. Elle y a vécu quelque temps chez sa grand-mère. Tout le monde dit que c'est une très belle ville.

— C'est vrai.

— Après cela, j'irai à Rome. Je veux connaître le palazzo, faire le tour des endroits dont parlait mon père, selon Teddy. Et puis… je verrai. Peut-être la Grèce.

— Vanessa, vas-y, la pressa-t-il.

— En Grèce ?

— Oui. C'est là que tu trouveras le morceau de puzzle qui te manque. Tu t'es consacrée à Charlotte et on te l'a enlevée. Il faut que tu ailles là-bas pour la trouver et pour te retrouver. Je sens que tu ne seras heureuse que quand tu l'auras fait.

— Il est possible que tu aies raison… John…

Elle aurait voulu lui dire qu'elle l'aimait, mais elle avait si peu à lui offrir. C'était un homme qui méritait beaucoup mieux. Elle se décida tout de même :

— Je t'aime.

— Moi aussi, je t'aime. Promets-moi que tu iras à Athènes.

— Très bien, je te le promets.

Elle raccrocha aussitôt. Et le lendemain matin, elle s'envolait pour Paris, où elle changea d'avion, afin de gagner Venise. Son pèlerinage commençait.

54

Vanessa passa deux jours à Venise et adora cette ville, la plus belle qu'elle eût jamais vue. Elle marcha durant des heures, se perdit dans le dédale des ruelles tortueuses, se laissa glisser en gondole sur les canaux, admira le Lido, les grands palais… Elle aurait voulu savoir où avait vécu sa mère quand elle était enfant, mais se consola en trouvant du charme à tous les palais. Elle était enchantée de son séjour et aurait souhaité que John fût près d'elle.

Elle se rendit ensuite à Rome et resta confondue en découvrant le palazzo Tibaldo qui lui parut immense. Les Japonais y avaient installé leur ambassade. Vanessa aurait aimé pouvoir se promener dans le parc. Elle se souvenait avoir entendu sa mère lui parler de Marcella, morte bien des années auparavant.

Durant le reste de son séjour, elle fit le tour des places, la piazza Navona, la piazza di Spagna, s'assit sur les marches de l'escalier d'Espagne avec les touristes, jeta une pièce dans la fontaine de Trevi, s'arrêta dans un café de la via Veneto et but un peu de vin. Au bout de quatre jours, elle commençait à se demander pourquoi elle était là. Les deux premières étapes de son pèlerinage s'achevaient, elle avait vu beaucoup de belles choses et pris une multitude de photographies, mais ce n'était pas dans ce but qu'elle était venue. Le cinquième jour, alors qu'elle était encore couchée, ressassant les conversations qu'elle avait eues avec Linda, la promesse faite à John lui revint en mémoire. Il lui fallait parcourir une dernière étape. Elle appela la réception et réserva une place sur le prochain vol pour Athènes.

Une heure après avoir quitté Rome, elle atterrissait à l'aéroport Hellenikon, près d'Athènes. Elle redoutait tant ce qu'elle allait trouver dans cette ville, les sentiments qu'elle allait y éprouver, qu'elle ne savait plus très bien où elle en était. Quand elle arriva à l'hôtel, au cœur de la ville, elle était folle d'angoisse et c'est les jambes molles qu'elle gagna sa chambre. Puis, comme si elle ne pouvait attendre plus longtemps, elle redescendit à la réception et demanda qu'on veuille bien lui chercher le numéro de téléphone et l'adresse d'Andreas Arbos dans l'annuaire, dont elle ne pouvait lire les caractères. L'un des employés lui fournit aussitôt ces renseignements. Andreas Arbos vivait dans une rue tranquille d'un quartier résidentiel voisin. Vanessa n'avait pas l'intention de l'appeler tout de suite. Elle regagna sa chambre, mais dix minutes plus tard, n'y tenant plus, elle sortit. Elle héla un taxi, expliqua en anglais au chauffeur qu'elle voulait visiter un peu Athènes et lui donna une avance confortable en drachmes. Au bout d'une heure, ils s'arrêtèrent devant un café et partagèrent une carafe de vin.

Il faisait beau, les bâtiments, tout blancs, tranchaient sur le ciel d'un bleu intense. Vanessa fixait sans le voir son verre de vin. Elle souhaitait n'avoir jamais entrepris ce voyage. De retour dans sa chambre, elle sut pourtant que le temps était venu d'appeler Andreas.

Une voix de femme lui répondit, et Vanessa sentit son cœur battre à tout rompre. La femme ne parlant pas anglais, Vanessa réclama Andreas. Un instant plus tard, un homme venait à l'appareil.

— Andreas Arbos? répéta Vanessa, très nerveuse.

Il lui répondit en grec, puis en anglais:

— Oui, lui-même. Qui est à l'appareil?

Elle était terrifiée, à présent, et n'avait plus envie de le lui dire. Qu'arriverait-il s'il raccrochait? Sa sœur était peut-être morte? Elle se contraignit à chasser ces pensées de son esprit et poursuivit:

— Je viens des États-Unis et j'aimerais vous rencontrer.

Sa curiosité parut éveillée.

— Qui êtes-vous donc?

Il avait une voix rieuse. Peut-être pensait-il qu'il s'agissait d'une plaisanterie? Elle se rendit compte combien il était absurde de lui demander de la recevoir, si elle ne lui donnait pas son nom.

— Je suis... Vanessa Fullerton. Vous ne vous souvenez peut-être pas de moi, mais ma mère avait épousé votre frère...

— Vanessa? dit-il d'une voix douce. Vous êtes ici? À Athènes?

Il paraissait surpris et elle se demanda s'il était contrarié. Peut-être ne voulait-il pas la voir dans les parages. Dieu seul savait ce qu'ils avaient pu dire à Charlotte... Il reprenait, pourtant:

— Où êtes-vous descendue?

Elle lui donna le nom de l'hôtel.

— On m'a dit à la réception que c'était près de chez vous.

— C'est vrai. Je suis étonné de vous entendre. Pourquoi êtes-vous venue? demanda-t-il en manifestant un intérêt qui paraissait sincère.

— Je... je ne sais pas vraiment, monsieur Arbos. J'ai eu l'impression qu'il le fallait. C'est une longue histoire. Je... peut-être que... nous...

— Voulez-vous que nous nous rencontrions?

— Oui, bien sûr, si cela ne vous dérange pas.

— Mais pas le moins du monde ! Je serai à votre hôtel dans une demi-heure. Cela vous convient-il ?

— Oui, merci. Ce serait parfait.

Elle n'avait aucune idée de ce qui allait se passer, à présent. Il allait sans doute venir seul, sans Charlotte. Du moins, elle le verrait et obtiendrait peut-être quelques réponses de lui. L'ennui, c'est qu'elle ne savait pas très bien quelles questions lui poser.

Elle attendit, émue, dans sa chambre. Elle s'était peignée, lavée, avait passé un pantalon gris et un pull-over en cachemire, des mocassins marron de chez Gucci et, comme toujours, elle portait un appareil photo en bandoulière, qu'elle garda quand elle descendit. Elle s'immobilisa dans un coin du hall, pour observer les gens qui entraient.

Elle demeura là une dizaine de minutes, en se demandant s'il n'était pas déjà arrivé, puis elle le vit entrer. Elle n'en avait gardé, lui semblait-il, aucun souvenir, et pourtant elle sut tout de suite que l'homme aux épaules carrées, très élégant, qui portait un costume bleu sombre, sans doute fait à Londres ou à Paris, était Andreas Arbos. Il avait des traits finement ciselés et des cheveux poivre et sel. Vanessa nota l'expression vive et intelligente de ses yeux tandis qu'il examinait les lieux, et aussi ses rides marquées. Il se renseigna à la réception puis vint vers elle. Elle fut surprise par le magnétisme de son regard. Par certains côtés, cet homme mûr semblait très jeune. Il avait cinquante-huit ans, mais les portait bien : il avait su demeurer en forme et avait plutôt l'air d'en avoir dix de moins. Il ralentit, comme s'il avait redouté de l'approcher, mais ses yeux noirs lui sourirent avec douceur.

— Vanessa ? Je suis Andreas.

Sa voix éveilla en elle un écho lointain. Elle lut quelque chose dans ses yeux qui lui inspira confiance.

— Bonjour, dit-elle en souriant, tandis qu'il l'examinait.

Elle n'avait pas beaucoup changé, en seize ans.

— Vous ne vous souvenez pas du tout de moi ? demanda-t-il.

Elle fit signe que non.

— J'ai quelques problèmes de ce côté-là, avoua-t-elle.

— Ah? fit-il, soucieux, tout en indiquant le bar. Voulez-vous que nous entrions là? Nous trouverons peut-être un coin tranquille.

Vanessa acquiesça et lui emboîta le pas. Il lui jeta un coup d'œil de côté et sourit, en admirant ses beaux cheveux. Ils s'installèrent à une table et il la regarda d'un air grave.

— Vous êtes devenue une femme ravissante, Vanessa. Je savais bien que vous le deviendriez. Voulez-vous me dire pourquoi vous êtes venue ici?

Elle soupira.

— Je ne le sais pas réellement. Je me suis dit qu'il le fallait.

Il n'avait toujours pas dit un mot à propos de Charlotte. Il se contentait de hocher la tête. Elle se sentit soudain poussée à lui confier comment elle avait enfoui tout le passé en elle et ne s'en était souvenue qu'au moment de la naissance du bébé de Teddy. Il lui fallut faire un effort pour ne pas pleurer, durant son récit, et il lui parut absurde de se confier à cet étranger. Après tout, il était le frère de l'homme qui avait tué sa mère. Elle ne parvenait pas à le haïr cependant, et quand elle se tut, elle s'aperçut qu'il lui avait pris la main. Il la relâcha alors et regarda la jeune fille au fond des yeux.

— Vous aviez tout à fait oublié Charlotte?

— Tout à fait, admit Vanessa. Cela m'est revenu d'un seul coup.

— Cela a dû être terrible pour vous.

— Et elle, elle sait que j'existe?

Il sourit.

— Oui. Elle sait tout de vous. Tout ce que j'ai pu lui en dire, ajouta-t-il dans un murmure. Votre oncle ne souhaitait pas qu'il y ait de relations entre vous, et le tribunal américain était du même avis. Bien entendu... dit-il, troublé, je l'ai compris... C'était si pénible... Vanessa, mon frère était un homme très étrange et très malade.

Vanessa ne dit rien. Une partie d'elle-même ne voulait pas en entendre parler, mais l'autre le souhaitait. C'était l'une des raisons qui l'avaient incitée à venir. Andreas reprenait :

— Il n'était pas méchant, au fond, mais il se trompait dans les buts qu'il se fixait, dans le choix de ses idées. On aurait dit que dans sa jeunesse il avait pris un mauvais virage. Nous ne nous sommes jamais bien entendus. Il avait toujours des ennuis... les femmes... la drogue... des choses épouvantables. La femme qu'il avait épousée avant votre mère s'est suicidée... Et puis, bien sûr, il y eut cette tragédie, aux États-Unis.

— Charlotte le sait-elle ?

— Que son père a tué sa mère ? dit-il de façon si directe que Vanessa en fut choquée. Oui, elle le sait. Elle n'ignore ni ses qualités ni ses défauts. Je lui ai dit aussi tout ce que je savais de votre mère. Je tenais à ce qu'elle sache tout, elle en avait le droit. Je pense qu'elle l'accepte. C'est affreux et cela lui fait mal, mais elle ne les a jamais connus. Pour elle, ce ne sont que les héros d'une tragédie...

— Votre femme lui a servi de mère ?

— Ma femme est morte lorsque Charlotte avait deux ans. La petite n'en a pas conservé le souvenir. Ce sont mes filles, qui ont été comme des grandes sœurs pour elle, et moi-même qui nous en sommes occupés. Et vous, Vanessa ? Votre oncle s'est-il marié quand vous étiez encore très jeune ?

— Non, mon oncle ne s'est marié que l'année dernière. Nous sommes restés tous les deux seuls, durant toute mon adolescence.

— La présence d'une mère vous a-t-elle manqué ?

Elle haussa les épaules.

— Je ne le crois pas. Teddy a été comme un père et une mère pour moi. J'ai regretté ma mère, mais c'était autre chose.

— Je crois que Charlotte a toujours été très curieuse, à votre égard. Enfant, elle parlait souvent de sa sœur d'Amérique. Elle vous associait à ses jeux. Une fois même, elle vous a écrit une lettre. Je l'ai encore, quelque part. Il m'arrivait de me demander si vous reviendriez jamais ici.

— Parce que je suis déjà venue ?

425

— Oui. À plusieurs reprises, avec Vassili et votre mère. Nous jouions aux dames, vous et moi...

Elle ferma les paupières et les souvenirs lui revinrent peu à peu. Elle les revoyait, sa femme, ses enfants et lui-même...

— Je vous revois...

— Vous étiez une merveilleuse petite fille... Je me souviens de vous juste après la naissance de Charlotte, quand je suis allé à Londres... Vous êtes passée par bien des épreuves. Votre mère n'aurait jamais dû épouser Vassili. Et vous? Vous n'êtes pas encore mariée? reprit-il avec une lueur chaleureuse dans le regard.

— Non.

— Une belle fille comme vous? Quel gaspillage! s'écria-t-il en la menaçant du doigt.

Elle rit, puis voulut savoir:

— Est-ce que ma sœur me ressemble?

— Pas vraiment. Vous avez un petit air de famille. C'est surtout dans la démarche, la silhouette. Pas dans les traits, les yeux ou les cheveux... Voulez-vous la voir, Vanessa?

Elle se montra franche envers lui.

— Je n'en sais rien. Je n'en suis pas sûre. Je voudrais bien, mais... que se passera-t-il, alors? Quelles conséquences cela aura-t-il pour nous deux?

— Peut-être aucune. Vous vous rencontrerez comme deux étrangères et vous le demeurerez. Ou vous serez des sœurs l'une pour l'autre. Ou bien encore vous deviendrez amies avec le temps. Il est difficile de le savoir. (Il hésita un instant, puis ajouta:) Vanessa, il faut que vous le sachiez, elle ressemble beaucoup à votre mère. Si vous avez gardé le moindre souvenir de cette dernière, vous éprouverez peut-être un choc en la voyant.

Vanessa se sentit alors animée d'un curieux sentiment: pourquoi cette jeune fille qu'elle ne connaissait pas ressemblait-elle tant à sa mère? Lisant l'émotion sur son visage, Andreas lui prit la main pour la rassurer.

— Vous allez avoir le temps de réfléchir. Charlotte est absente pour deux semaines. Elle est partie en croisière avec des amis, elle devrait être à l'école pourtant... c'est une longue histoire et elle m'a persuadé de la laisser partir. Mes enfants prétendent que je la gâte trop, mais elle est très gentille.

— Quand revient-elle ?

— Dans deux semaines. Elle est partie hier soir.

Vanessa se sentit gagnée par le dépit. Si elle n'avait pas traîné à Rome, elle serait arrivée la veille à Athènes et tout serait réglé. Elle serait déjà en route pour les États-Unis.

— Je pense que je vais aller me promener quelque part. Je reviendrai...

— N'aimeriez-vous pas rester ici, à Athènes ? demanda-t-il, d'un ton courtois. Vous pourriez vous installer chez moi, si le séjour à l'hôtel vous pose un problème.

Elle lui sourit en retour et secoua la tête.

— C'est très aimable à vous, mais il ne s'agit pas de cela. Je me demande ce que je peux faire ici, pendant deux semaines. Je crois que je vais aller à Paris.

— Pourquoi ne pas attendre ici ? proposa-t-il. Je ferai de mon mieux pour vous distraire.

— Non, je vous remercie. En toute sincérité, je ne voudrais pas m'imposer à vous...

— Pourquoi pas ? Vous avez attendu ce moment seize ans. Vous ne me permettez pas de le partager avec vous ? Ne puis-je vous aider à surmonter vos craintes, à supporter l'attente ? Vous servir d'interlocuteur ?

— Vous avez sans doute mieux à faire.

— Non, rien, lui dit-il en lui jetant un étrange regard. Ce que vous avez l'intention de faire compte plus que tout ce dont je m'occupais avant votre arrivée. En outre, il ne se passe pas grand-chose, au mois d'octobre, à Athènes... Il ne se passe pas grand-chose dans cette ville durant l'année. Et à New York, que faites-vous donc, Vanessa ? Votre oncle est chirurgien, si j'ai bien compris.

— C'est cela. Et sa femme est psychiatre. Moi, j'ai choisi une profession moins respectable. Je suis photographe.

— C'est vrai ? Vous êtes bonne ?

— Cela m'arrive.

— Nous ferons des photos ensemble. J'aime beaucoup cela, moi aussi.

Ils parlèrent d'une exposition qui avait été présentée à New York puis à Athènes, et le temps passa comme s'ils avaient été de vieux amis. À dix heures du soir, ils se rappelèrent qu'ils n'avaient pas dîné. Andreas l'emmena dans un restaurant voisin. Quand il la raccompagna à son hôtel, à une heure du matin, elle était épuisée, heureuse et bien moins crispée qu'à l'arrivée. Elle voulut le lui expliquer, mais il la prit dans ses bras et l'embrassa sur les deux joues.

— N'en parlons plus, Vanessa. C'est moi qui vous remercie. Je vous reverrai demain. Nous irons faire des photos sur l'Acropole, si cela vous amuse.

Quand elle s'éveilla, le lendemain matin, une femme de chambre lui apporta un énorme bouquet de fleurs. Une carte disait simplement : BIENVENUE. QUE VOTRE SÉJOUR SOIT AGRÉABLE. ANDREAS. Elle en fut très touchée et le lui dit, quand il vint la chercher. Il conduisait une grosse Mercedes argentée. Sur le siège arrière, il avait posé un panier rempli de spécialités grecques et de quoi pique-niquer, pour le cas où ils ne rentreraient pas déjeuner. Elle lui jeta un regard étonné.

— Oui ?

— Pourquoi êtes-vous si gentil avec moi, Andreas ?

— D'une part, vous êtes une très jolie jeune fille. Ensuite, je tiens à vous, Vanessa. Je me suis attaché à vous quand vous n'étiez encore qu'une enfant, j'ai toujours eu une affection particulière pour vous.

— Vous ne me connaissez plus, maintenant.

— Je vous connais, ma toute petite. Je savais ce qui se passait en vous alors, et je sais ce qui vous est arrivé depuis.

— Comment pouvez-vous deviner ce qui s'est passé ?

— Je le vois dans vos yeux.

— Et que voyez-vous ?

Elle avait parlé à voix basse. Il ralentit et se gara sur le bas-côté de la route.

— Je me rends compte à quel point vous avez été

blessée, Vanessa. Je vois ce que Vassili a pu vous faire quand vous étiez enfant. On dirait que quelque chose en vous a été détruit. Je sais aussi que vous avez peur des hommes.

Elle faillit nier, puis acquiesça.

— C'est donc si visible ?

— Non, dit-il en lui souriant. Je suis un homme d'une grande expérience.

— Soyez sérieux.

Elle se mit à rire et il rit à son tour.

— Mais je le suis... Êtes-vous toujours vierge, Vanessa ?

— Je... non...

Elle rougit jusqu'à la racine des cheveux et se détourna.

— Ne me mentez pas.

— Je ne le suis plus. (Après un moment de silence, elle corrigea, à voix basse :) Si, je le suis.

— Aimez-vous quelqu'un ?

— Peut-être. Je ne sais pas. Je ne me suis pas décidée.

Il redémarra. Et tandis qu'ils se promenaient sur les collines d'Athènes, elle lui parla de ses rapports avec les hommes, de la peur qui l'étreignait quand ils l'approchaient de trop près, des distances qu'elle maintenait entre eux et elle, surtout depuis que lui étaient revenus en mémoire le meurtre, le visage de Vassili et la panique qu'elle avait éprouvée alors.

— Un jour, Vanessa, vous oublierez tout cela. Ou plutôt non. Cela ne vous hantera plus. Ce qui compte, surtout, c'est que vous cessiez d'avoir peur.

— Comment ?

— Grâce au temps. Le temps guérit les douleurs. J'ai beaucoup souffert quand ma femme est morte.

— Ce n'est pas la même chose.

— Non, c'est vrai, reconnut-il en lui jetant un coup d'œil.

— Et Charlie ?... Charlotte... Est-elle un peu comme moi ?

Andreas se mit à rire.

— Non, ma toute petite. Il faut dire qu'elle n'a aucun souvenir. Elle est jeune et belle. Tous les garçons en sont amoureux et tous les garçons l'intéressent. Elle est taquine et coquette. Un petit monstre. Un beau jour, pour cette enfant-là, un homme perdra la tête.

Vanessa se sentit un peu envieuse, en l'écoutant. Andreas comprit ce qu'elle ressentait.

— Il est beaucoup plus difficile d'occuper votre place. Charlotte n'a jamais compris qu'une seule chose : c'est qu'elle était tendrement aimée. Elle est le fruit d'une union malheureuse entre deux personnes que leurs trajectoires ont portées à la rencontre l'une de l'autre, à travers l'espace, et qui se sont télescopées, avant d'être précipitées vers la terre, comme des météores. En se heurtant, elles ont explosé en une pluie d'étoiles filantes. Charlotte est l'une de ces étoiles et les météores dont elle est issue ont disparu des cieux.

— Vous êtes bien poète…

— C'était poétique durant un temps, Vanessa. Ils se sont beaucoup aimés.

— Vous savez bien ce qui leur est arrivé par la suite.

— Non, Vanessa ! Il faut cesser de considérer la fin. Il faut vous tourner vers ce qui s'est passé au début, quand les choses avaient un sens. Si vous ne regardez que la traînée de poussière qui suit une voiture sur une route de terre, vous ne percevrez jamais la beauté de la machine. Tout est beau, pour un temps. Certaines choses ont un sens dans l'espace d'une vie, ce qu'elles deviennent ensuite n'a pas toujours d'importance. Dans le cas de votre mère, elles ont tourné au tragique mais Vassili et elle ont laissé un enfant, et cette jeune fille réjouit le cœur de tous ceux qui la connaissent, surtout le mien. Vous aussi, vous êtes le fruit de l'amour de votre mère pour votre père. Quand il est mort, toute cette beauté n'a pu être oubliée, grâce à votre existence. Il faut que vous appreniez à capter le moment, Vanessa, le moment seulement… ne tentez pas d'embrasser toute une vie.

Elle méditait sur ce qu'il venait de lui dire, tandis qu'ils montaient à l'Acropole. Durant le reste de la journée, ils évitèrent les questions difficiles. Ils firent des dizaines de photographies, pique-niquèrent dans les collines, rirent à l'évocation d'histoires ou de souvenirs amusants, comparèrent les mérites de leurs appareils respectifs, se photographièrent l'un l'autre. Bref, ils s'amusèrent beaucoup. Et quand il la déposa à l'hôtel, elle regretta de le voir partir.

— On dîne ensemble ou vous êtes trop fatiguée? demanda-t-il.

Elle aurait voulu repousser son invitation, mais elle n'en eut pas le courage. Il lui semblait égoïste de l'accaparer à ce point, mais elle se plaisait en sa compagnie. Ils se retrouvèrent à l'heure du dîner, ce soir-là, le lendemain et le surlendemain. Le cinquième jour, ils allèrent danser, mais quand il la raccompagna, il était plus silencieux que d'habitude.

— Ça ne va pas, Andreas? s'inquiéta-t-elle en voyant les rides s'accentuer sous ses yeux.

— Je crains que vous ne m'ayez épuisé, répondit-il en souriant. Je suis un vieil homme, vous savez.

— Ce n'est pas vrai.

— Moi, je sens que c'est vrai. Et quand je me regarde dans un miroir...

Il fit la grimace. Elle l'invita à entrer à l'hôtel pour prendre quelque chose et, en dépit de sa lassitude, il accepta. Ils s'assirent devant une tasse de café. Vanessa se sentait envahie par une curieuse nostalgie. Il lui semblait que les jours passés en Grèce étaient les plus heureux de sa vie.

— Que pensiez-vous, à l'instant?

Elle le fixa un long moment, et les mots lui échappèrent:

— Que je vous aimais.

Il la regarda comme si elle avait su pénétrer au fond de lui-même et lui toucher le cœur. Il parut étonné, attendri, ému.

— Ce qu'il y a de mieux, dans cette histoire, c'est que moi aussi je vous aime.

— C'est étrange, remarqua-t-elle tandis qu'il prenait sa main, je suis venue voir ma sœur et, au cours des derniers jours, elle m'est sortie de la mémoire, la plupart du temps. Je ne pense plus qu'à vous, ajouta-t-elle avec embarras.

— Je suis tombé amoureux de vous dès que vous êtes arrivée ici, ma chérie, mais je me suis dit que ce n'était pas bien... Une belle jeune fille et un vieil homme...

— Taisez-vous. Vous n'êtes pas vieux!

Il la regarda d'un air bizarre.

— Je le serai bientôt.

— Cela compte-t-il? dit-elle tout bas. (Elle sentait son souffle sur son visage, tant il était proche d'elle.) Cela ne compte pas pour moi, Andreas, pas du tout.

— Il le faudrait peut-être, répondit-il, très bas lui aussi.

— Et les météores? N'ont-ils pas le droit de briller eux aussi, avant de quitter l'espace et de n'être plus jamais visibles?

— Est-ce cela que vous souhaitez avoir? Un instant au lieu de toute une vie? Ma chérie, vous méritez mieux.

— Vous m'avez dit que je me trompais. Vous m'avez conseillé de capter l'instant et non toute la vie.

— Ah! dit-il en lui souriant avec tendresse, vous voyez bien que je dis des sottises...

Pourtant, elle lut tant d'amour dans son regard qu'elle se rapprocha de lui. Un instant plus tard, elle était dans ses bras et il l'embrassait comme il n'avait plus embrassé de femme depuis longtemps.

— Je vous aime, Vanessa... oh! ma chérie...

Il la serra contre lui. Il avait envie de l'emmener chez lui. Il déposa un peu d'argent sur la table, se leva avec un charmant sourire et lui tendit la main. Elle le suivit hors de l'hôtel et monta dans sa voiture. Il la fit entrer dans sa grande demeure, la tenant toujours par la main; il la conduisit jusqu'à sa chambre, ferma la porte, puis l'entraîna dans un petit bureau contigu où il venait souvent s'asseoir devant le feu, à l'arrière-saison. Il jeta une allumette enflammée dans la cheminée et bientôt, ils eurent une bonne flambée. Il s'assit près d'elle et l'embrassa, puis, à genoux devant elle, il prit son visage entre ses mains. Il en suivit les contours du bout des doigts, enfouit ses mains dans sa chevelure, avant d'effleurer son cou, ses seins, sa taille. Il la caressa et la pressa contre lui, jusqu'au moment où le feu tomba. Il la regarda alors avec douceur.

— Veux-tu venir avec moi, Vanessa?

Il avait dit cela d'une voix si tendre qu'elle aurait été au bout du monde en sa compagnie. Elle le suivit en silence dans sa chambre, le laissa la déshabiller et l'allonger à ses côtés sur le lit. Là encore, il promena longtemps ses mains sur les courbes gracieuses de son corps, émerveillé de sa beauté. Il la prit enfin doucement, puis de façon plus pressante, et quand elle cria de douleur, il la serra contre lui, la caressa, et la caressa encore, puis il l'aima avec passion. Un peu plus tard, dans la nuit, ils s'aimèrent de nouveau.

Lorsqu'elle s'éveilla près de lui, le lendemain matin, elle semblait enfin en paix avec elle-même, non tant parce qu'elle avait fait l'amour avec Andreas que parce qu'elle lui avait donné son cœur et sa confiance, ouvrant ainsi enfin la porte demeurée si longtemps secrète, au fond d'elle-même.

55

Les jours suivants passèrent trop vite pour Andreas et Vanessa. Ils ne se quittaient plus. Ils se promenèrent longuement à travers Athènes, flânèrent au marché aux puces et dans les petites rues commerçantes, firent des excursions en voiture et même une sortie à bord de son yacht. Elle quitta l'hôtel, le lendemain du jour où ils devinrent amants, et s'installa dans une jolie chambre d'amis donnant sur le couloir où s'ouvrait sa chambre à lui. Elle passait la nuit près de lui et au matin ils couraient comme deux enfants dans la chambre d'amis et chiffonnaient en riant les draps pour donner aux domestiques l'impression qu'elle y avait dormi. Il semblait à Vanessa qu'elle avait oublié le reste de sa vie. Teddy, Linda et leur bébé n'étaient plus qu'un rêve lointain et quand il lui arrivait de songer à John Henry, elle repoussait ce souvenir.

À une ou deux reprises, Andreas lui parut fatigué le matin. Elle avait d'ailleurs remarqué la présence de grandes quantités de pilules dans sa chambre. Mais elle jugea qu'il était indiscret de l'interroger à ce sujet.

La dernière nuit qu'ils passèrent en tête à tête, ils allèrent dîner dans un petit restaurant, rentrèrent de bonne heure et s'aimèrent, puis Andreas tomba dans un profond sommeil. Vanessa ne parvenait pas à s'endormir. L'idée du lendemain la préoccupait. Qu'allait-elle penser de cette jeune fille, qui était tout à la fois pour elle une parfaite étrangère et sa plus proche parente ? Et comment Charlotte l'accueillerait-elle ? À en croire Andreas, Charlie avait été gâtée, trop gâtée, et le milieu des armateurs grecs dans lequel elle vivait avait dû encourager encore cette tendance. Les deux jeunes filles allaient-elles pouvoir s'entendre ? Allaient-elles être deux sœurs ou deux étrangères ?

C'est à tout cela que Vanessa songeait les yeux fixés sur l'émeraude qu'Andreas lui avait offerte. Il avait d'abord voulu lui faire cadeau de deux bracelets de diamants. Mais elle avait refusé avec la plus grande énergie. Il lui avait alors acheté d'excellents objectifs pour son appareil photo. Puis, deux jours plus tard, il était apparu avec une très belle émeraude montée sur un anneau d'or.

— Je ne peux la garder, Andreas, c'est beaucoup trop coûteux !

Ses scrupules amusèrent Andreas.

— Quel plaisir de rencontrer une femme qui réclame des émeraudes plus petites !

Et Vanessa s'était laissé convaincre. C'était, d'une certaine manière, une bague de fiançailles. Elle symbolisait l'amour qu'elle portait à cet homme et tout ce qu'il avait fait pour elle. S'il lui avait demandé de l'épouser, elle aurait accepté, mais il n'était jamais question du futur entre eux.

Le lendemain matin, Vanessa se leva de bonne heure, bien qu'elle eût peu dormi, et elle était déjà habillée lorsque Andreas sortit de sa chambre. Elle avait envisagé de ne pas aller au port pour ne pas causer à Charlotte d'émotion brutale. Mais Andreas tenait à ce qu'elle l'accompagnât. Charlotte, avait-il assuré, ne serait pas bouleversée par une surprise de cette sorte. En regardant le paysage défiler, Vanessa sentait une foule d'émotions se bousculer en elle. Quand il eut arrêté la voiture, Andreas se pencha vers elle et l'embrassa, puis il lui sourit :

— Tu te sens bien, ma chérie ?

— Oui, merci. Je ne me suis jamais sentie mieux. J'ai très peur, pourtant, avoua-t-elle.

— De quoi ? Qu'elle te rejette ?

— Peut-être. Je l'ignore. Je l'ai tant aimée, bébé, et maintenant, c'est une étrangère que je vais rencontrer. Si elle n'allait pas s'intéresser à moi ?

— Elle l'a toujours fait. Dans ses histoires, elle me parlait de toi. Tu étais toujours la grande sœur qu'elle aimait.

— Et si elle allait ne pas pouvoir supporter la vraie ?

— Comment serait-ce possible, alors que je t'aime tant ?

— Oh ! Andreas, quelle sorte de vie avais-je donc, avant de te rencontrer !

Il lui montra un magnifique yacht, à la coque noire, qui portait d'énormes mâts. Dix-huit personnes pouvaient vivre à bord et il était manœuvré par un équipage de douze hommes.

— Qu'est-ce que je fais ? J'attends ici ?

Son envie de fuir était si visible qu'Andreas lui sourit.

— Pourquoi pas ? Je vais monter à bord et lui parler, puis nous viendrons te retrouver.

— Que vas-tu lui dire ?

— Que tu es là. Que tu es venue de New York pour la voir et que tu ignorais où elle vivait jusqu'à présent.

Andreas se dirigea vers la passerelle et disparut à l'intérieur du bateau. Vanessa eut l'impression qu'il s'était écoulé des heures quand il réapparut au bout de vingt minutes. Après avoir salué ses amis, il prit Charlotte à part et lui parla.

— Elle est venue ? Elle est *ici* ?

— Mais oui, en personne, dit-il en souriant de son enthousiasme.

— Où cela ?

— Charlotte, ma chérie... commença-t-il, inquiet, en se demandant si Vanessa n'avait pas eu raison. Elle est dehors.

— Sur le quai ? Là, en bas ?

Charlotte se dressa de toute sa hauteur et une cascade de cheveux noirs se répandit sur ses épaules. Elle montrait le quai du doigt avec toute l'incrédulité et l'exaltation de ses seize ans. Andreas fit signe que oui, tandis qu'un sourire s'épanouissait sur son visage. La jeune fille prit son élan, franchit la passerelle et regarda autour d'elle, tout excitée. C'est alors qu'elle aperçut sa sœur, debout, calme et blonde, auprès de la voiture de son oncle. Elle ressemblait tant à ce qu'elle avait imaginé que l'adolescente en fut stupéfaite. C'était comme si elle l'avait toujours connue. Vanessa se raidit soudain. Elle avait vu Charlotte descendre du bateau, et c'était sa mère qu'elle revoyait. Elle laissa échapper un petit cri angoissé et demeura un moment clouée sur place, puis, sans plus réfléchir, elle s'arracha à cet endroit et se mit à courir à la rencontre de sa jeune sœur. Elle s'arrêta pile devant elle. Les larmes leur montèrent aux yeux en même temps. Vanessa ouvrit les bras et Charlotte s'y précipita.

— Oh ! mon bébé... Oh ! ma Charlie... répétait Vanessa.

— Tu es revenue, dit Charlotte, en anglais, tout en la dévisageant, ravie. Tu es revenue.

— Oui, ma chérie, oui, murmurait Vanessa, cependant qu'un sourire chassait les larmes de ses yeux.

56

Durant les semaines suivantes, Andreas et les deux sœurs furent inséparables. Vanessa allait partout avec Charlie, sauf quand celle-ci était à l'école. Ces heures-là, elle les partageait avec Andreas. Ils se retrouvaient aussi la nuit, quand Charlotte était couchée. Vanessa n'avait jamais connu un tel bonheur. Elle avait trouvé tout ce qu'elle avait désiré : un homme à aimer et une sœur qu'elle adorait, et tous les souvenirs heureux lui revenaient, tandis qu'elle chassait les autres de son esprit.

Un matin — cela faisait huit jours que Charlotte était revenue — Andreas ne parut pas au petit déjeuner. Vanessa s'en inquiéta.

— Qu'en penses-tu ? Il ne lui est rien arrivé ?

Vanessa regardait sa sœur, les sourcils froncés, anxieuse. Il lui avait paru bien au début de la nuit pourtant, mais elle ne voulait pas y faire allusion devant Charlie car ils s'efforçaient de tenir leur liaison secrète. Charlotte parut troublée à son tour.

— C'est peut-être l'un de ses mauvais jours. Si c'est le cas, nous appellerons son médecin après le petit déjeuner.

— Un de ses mauvais jours ? répéta Vanessa déroutée.

— Il en a, quelquefois. Il allait bien, quand je n'étais pas là ?

— Il me semble que oui. Il est malade ?

Vanessa sentit l'angoisse lui étreindre le cœur. Charlotte ne répondit pas tout de suite. Lorsqu'elle reprit la parole, ses grands yeux verts étaient brillants de larmes, mais sa voix était calme :

— Il ne t'a rien dit ?

Vanessa hocha la tête.

— Il a un cancer.

Un instant, Vanessa eut l'impression que toute la

pièce tournoyait autour d'elle et elle se rattrapa à la table, puis elle fixa sa sœur.

— C'est vrai?

Charlotte fit signe que oui et poursuivit:

— Il est malade depuis deux ans. Il me l'a annoncé tout de suite, parce qu'il savait qu'il n'y aurait plus personne après lui pour se charger de moi. Il voulait que je grandisse vite... J'aurais pu aller vivre chez l'un de ses enfants, mais... ce n'aurait pas été la même chose. Et il avait raison.

— Oh! mon Dieu!

Vanessa fit le tour de la table et posa un bras autour des épaules de sa sœur. Elle la berça un peu contre elle et dit:

— Mon pauvre petit! Ne peut-on rien faire pour lui?

— Ils ont déjà fait beaucoup pour lui. Ils ont même accompli des miracles. Nous avons failli le perdre, l'année dernière... (Son anglais était précis, mais avec un accent que Vanessa aimait beaucoup.) Et il s'est remis. Un peu avant que je parte, il n'allait pas très bien et il m'a promis que, s'il se sentait mal, il m'appellerait sur le bateau... C'est le foie et l'estomac qui sont touchés.

Vanessa songea aux repas qu'ils avaient partagés et se souvint avoir noté qu'il mangeait peu. Elle avait cru qu'il s'agissait d'une coquetterie de sa part, pour garder la ligne. À présent, elle était en proie à une grande tristesse. L'homme qu'elle aimait allait mourir. Durant un instant, elle sentit le désespoir la gagner, à l'idée des nouvelles souffrances qu'elle allait endurer. Mais elle crut entendre la voix d'Andreas lui disant qu'il fallait saisir le moment qui passe... Et maintenant, elle devait songer à Charlotte. La mort d'Andreas serait cruelle pour elle aussi. Les deux sœurs restèrent longtemps assises côte à côte, puis Vanessa jeta un coup d'œil à sa montre, en voyant le chauffeur s'avancer dans le couloir.

— Tu vas être en retard.

— Veux-tu monter le voir? Ne crois pas un mot de ce qu'il te dira. S'il a l'air malade, demande que l'on appelle son médecin.

438

— Je te le promets.

Vanessa monta en hâte jusqu'à la porte de la chambre d'Andreas. Elle frappa un coup léger et entra lorsqu'il répondit. Elle le trouva couché, très pâle, mais s'efforçant de prendre un air gai.

— Andreas…

Elle ne savait comment s'exprimer. Elle voyait qu'il souhaitait lui donner le change, mais elle était incapable de lui répondre sur le même ton.

— Je m'excuse, j'ai trop dormi. Tu as dû m'épuiser hier soir.

Il se redressa avec un pauvre sourire. Du jour au lendemain, ses traits s'étaient altérés. Charlotte avait averti Vanessa de l'aspect qu'il prenait, lors de ses « mauvais jours ». Le médecin lui avait confié, un mois auparavant, que les bons jours allaient bientôt prendre fin.

— Mon chéri…

Sa voix tremblait, lorsqu'elle s'assit. Il lui sourit. Elle était devenue une femme, en un mois. Elle n'avait plus rien de la jeune fille effrayée arrivée à Athènes. Elle tenta de poursuivre : « Je… » Si Charlotte était au courant, il n'y avait pas de raison qu'elle-même demeurât dans l'ignorance. Elle leva vers lui ses grands yeux gris et lui prit la main.

— Pourquoi ne m'as-tu pas dit…

Elle avait des larmes dans les yeux et il parut surpris.

— Dit quoi ?

— J'ai eu une conversation à ton propos avec Charlie, ce matin…

La voix lui manqua, mais il comprit aussitôt et inclina la tête.

— Je vois… Alors, tu sais… Je ne voulais pas qu'on t'en parle.

— Pourquoi ?

— Je voulais te renvoyer chez toi pendant que je me sentirais encore bien, et tu n'aurais emporté que d'heureux souvenirs…

— Mais ils n'auraient pas correspondu à la réalité ?

— La réalité est double, pour nous. Elle est tout ce que nous avons partagé, l'amour, la joie… Vanessa, dit-il en la regardant avec tendresse, si j'étais plus jeune et (il cherchait ses mots) si les choses étaient différentes pour moi, à présent, je te demanderais de m'épouser.

— J'accepterais, tu sais.

— J'en suis heureux. Ce que je souhaite que tu emportes d'ici est peut-être préférable au souvenir d'un mariage. C'est une meilleure connaissance de toi-même, le fait de savoir combien tu as été aimée. Je ne veux pas que tu t'enchaînes au passé, mais que tu marches vers l'avenir.

— Comment pourrais-je te quitter? Si tu es malade, je veux être près de toi.

— Non, ma chérie, je ne le permettrai pas. Ce que nous avons vécu, c'est le bref moment dont je t'ai parlé. Peut-être reviendra-t-il encore. Peut-être irai-je mieux demain. Mais si je parais me rétablir, il sera temps pour toi de partir. Et quand tu t'en iras… (il hésita un instant, sous l'effet de la souffrance) j'aimerais que tu emmènes Charlotte.

Vanessa était abasourdie :

— Tu ne veux pas qu'elle reste près de toi?

— Non, dit-il d'une voix claire. Je tiens à ce que les deux personnes que j'aime le plus s'en aillent vers de nouvelles existences. Tu m'as été chère, ma toute petite, durant les années où je conservais le souvenir de toi enfant. Ce sera à ton tour de te souvenir de moi toute ta vie… Mes enfants seront près de moi, Vanessa. Je ne serai pas seul. Et bientôt, ajouta-t-il à voix basse, il sera temps pour moi de partir.

Elle baissa la tête et se mit à pleurer. Quand enfin elle put lever les yeux vers lui, elle lui dit :

— Andreas, je ne peux renoncer à tout ce que nous avons eu.

— Tu n'y renonces pas. Tu vas l'emporter. N'est-ce pas?

— Tu as changé toute ma vie.

— Tu as aussi bouleversé la mienne. N'est-ce pas suffisant? Veux-tu vraiment davantage? Es-tu si avide?

Ses yeux la taquinaient. Elle sourit à travers ses larmes.

— Oui, je suis avide.

— Eh bien, tu n'en as pas le droit. Il faut que tu remplisses une tâche importante pour moi. Depuis deux ans, je souffrais à la pensée de ce qu'allait devenir Charlotte. Je me disais qu'elle irait vivre auprès de mes enfants. Mais elle a besoin d'autre chose. C'est une enfant très particulière. Elle a besoin de quelqu'un qui l'aime comme je l'ai aimée... J'aime vous voir ensemble. Tu es gentille envers elle. Acceptes-tu de la prendre avec toi ?

— Oui. Mais tu ne préfères vraiment pas la garder ?

— Non, je tiens au contraire à la tenir à l'écart de tout cela. Je sais comment cela se passe. Ce sera angoissant. Et puis, après, je ne veux pas qu'elle revienne pour assister à mon enterrement.

— Cesse de régenter la vie de tout le monde !

— Pas de tout le monde, dit-il, en lui souriant de nouveau tendrement. La tienne seulement. Parce que je t'aime.

— C'est vraiment ce que tu souhaites ? Que j'emmène Charlie aux États-Unis ? Ne s'y sentira-t-elle pas perdue ?

— Pas avec toi. Inscris-la dans une bonne école. Elle va disposer d'un revenu considérable. À la mort de son père, elle a hérité une fortune.

— Moi, je mène une vie très simple. Crois-tu que cela lui suffira ? Elle est habituée à tout autre chose.

— Je crois qu'elle aimera ce genre d'existence. Je veillerai à ce que vous ne manquiez de rien, toutes les deux.

— Je ne te laisserai pas faire. J'ai assez d'argent pour vivre. Je sais qu'un jour j'hériterai de Teddy. Je gagne assez bien ma vie, avec mes photographies. Mais... (elle parut embarrassée) ça manquera peut-être d'un peu de fantaisie.

— Elle n'a pas besoin de fantaisie. Elle a besoin de toi. Vanessa, s'il te plaît... prends-la.

Vanessa le regarda bien en face.

— Je vais d'abord lui demander son avis. Cela me paraît plus juste.

Quand Charlotte rentra de l'école, dans l'après-midi, Vanessa lui posa la question. La jeune fille parut choquée.

— Il veut que je parte ?

— Je le crois. Mais je ne t'emmènerai pas, si tu ne le veux pas. Tu pourras rester à Athènes près de lui, si tu préfères.

— Non, dit Charlotte qui connaissait Andreas mieux que Vanessa. Il m'enverrait à Paris ou ailleurs. Il ne veut pas que je sois là, à la fin. Je viendrai avec toi.

Vanessa se contenta de prendre sa sœur dans ses bras et de la serrer contre elle. Tout l'instinct maternel dont elle se croyait privée se réveillait en elle, pour cette adolescente qui ressemblait tant à sa mère. Elle avait l'impression de rendre un amour qu'on lui avait manifesté longtemps auparavant. Les deux sœurs avaient bouclé la boucle.

Elles annoncèrent le soir même à Andreas que Charlotte avait accepté. Le secrétaire allait chercher une école où l'inscrire, à New York. Andreas penchait pour une institution catholique. Charlotte, elle, aurait préféré quelque chose d'«américain», mais elle était maintenant si enchantée d'aller vivre aux États-Unis, qu'elle n'éleva pas la moindre protestation au sujet de sa future école.

Trois jours avant la date de leur départ, Vanessa appela Teddy et Linda pour leur annoncer la venue de Charlotte. Elle leur avait écrit de longues lettres, leur disant combien elle était heureuse à Athènes.

— Viendrez-vous nous chercher à l'aéroport ?

Vanessa leur semblait fatiguée. Elle les avait mis au courant de la maladie d'Andreas et ils comprenaient comme cela devait être dur pour elle. Pas tout à fait, tout de même, car ils ne savaient pas qu'elle l'aimait.

— Bien entendu, nous irons vous accueillir, promit Teddy, enchanté. Nous viendrons avec le bébé. Veux-tu que je prévienne John Henry ?

— Non, merci, répondit-elle très vite.

— Pardonne-moi.

— Ce n'est rien. Je l'appellerai dès mon retour.

— Il nous a téléphoné une ou deux fois pour demander de tes nouvelles. Je crois qu'il est inquiet.

— J'imagine.

Elle ne lui avait adressé que deux cartes postales, au début du voyage, mais rien d'Athènes.

Teddy pensa que tout était fini entre eux et le dit à Linda, après avoir raccroché.

— Je crains qu'elle ne soit toujours pas prête.

— Peut-être que non.

À Athènes, les préparatifs se poursuivaient. Enfin, les deux sœurs firent leurs valises. La veille du départ, Vanessa alla s'asseoir au chevet de Charlotte et lui parla un peu de sa vie à New York, de Teddy, de Linda et de leur bébé.

— Et tu n'as pas de petit ami ?

Vanessa fit non de la tête. Charlotte, déçue, insista :

— Pourquoi ?

— Je n'en ai pas, c'est tout. J'ai des amis.

Elle songea alors à John Henry, et un léger frisson la parcourut. C'était à lui, au fond, qu'elle devait d'être venue à Athènes. Elle ajouta :

— Je sors aussi avec un gentil garçon.

— Comment s'appelle-t-il ?

— John Henry.

— Je vais le trouver sympathique ? Il est beau ?

Vanessa lui sourit.

— Il n'est pas mal, je crois. Je pense qu'il te plaira.

— Moi, je vais me trouver un petit ami.

Elle avait dit cela d'un ton si décidé que Vanessa sourit en se levant.

— Eh bien, en attendant, commence par dormir un peu.

Elles avaient très peu reparlé d'Andreas. Charlotte paraissait avoir accepté la situation. Il est vrai qu'Andreas l'y avait bien préparée.

— Bonne nuit. (Au moment où Vanessa atteignait la porte, Charlotte ajouta :) Tu vas rejoindre Andreas ?

Était-elle au courant ? Vanessa en demeurait saisie.

— Pourquoi ?

— Je me le demandais. Il est amoureux de toi, tu sais.

Vanessa se sentit alors obligée d'avouer :

— Moi aussi, je l'aime. Infiniment.

— Très bien, dit Charlotte, absolument pas troublée. Alors, nous l'aimerons toutes les deux.

Vanessa ferma la porte de sa chambre doucement et s'en fut rejoindre Andreas. Ils passèrent la nuit dans son lit, enlacés, et il finit par s'endormir dans ses bras. Elle sut à cet instant qu'elle porterait son souvenir en elle jusqu'à la fin de ses jours.

57

La séparation fut rapide et courageuse, mais aussi brutale et pénible. Charlotte serra les dents, se blottit dans les bras d'Andreas, puis recula un instant pour le regarder.

— Je t'aime beaucoup, Andreas.

— Je t'aime beaucoup aussi, dit-il. Au revoir.

Il accorda un peu plus de temps à Vanessa. Il la pressa contre lui pour sentir sa chaleur.

— Fais bon usage de ce que tu as appris, ma chérie. Je te fais don de deux choses, de mon cœur et du courage.

Il le dit si bas que nul, sauf elle, ne put l'entendre, puis il recula d'un pas et lui glissa un petit paquet dans la main, en lui intimant, du regard, l'ordre de le conserver. Soudain, Vanessa et Charlotte se précipitèrent vers l'avion, les larmes aux yeux, et Andreas disparut. Elles montèrent à bord en se soutenant l'une l'autre et ne retrouvèrent la parole qu'après le décollage. Charlotte était préoccupée, et Vanessa la regardait. Elle était splendide avec son teint ivoire, ses yeux verts et ses cheveux de satin noir.

Vanessa n'ouvrit que plus tard le petit paquet d'Andreas : une fine chaîne d'or ornée d'un très beau solitaire qu'elle attacha immédiatement autour de son cou. C'était leur météore. Ses yeux s'emplirent à nouveau de larmes.

Elles descendirent de l'avion à Londres où il leur fallait prendre un autre vol pour New York et elles

s'aperçurent qu'elles avaient deux heures de batte-
ment.

— Veux-tu manger quelque chose ? demanda
Vanessa à sa sœur, après l'enregistrement de leurs
bagages.

Charlotte s'était remise de ses émotions et elle était
tout excitée maintenant. Pendant la plus grande partie du voyage, elle avait papoté avec trois Anglais de
son âge, deux garçons et une fille. Vanessa était heureuse de la voir si vivante et si confiante, pleine de
joie de vivre. Elles se dirigèrent vers la cafétéria, bras
dessus, bras dessous, et s'attablèrent. Charlotte com-
manda un hamburger et Vanessa du thé.

— Tu ne manges rien ? Tu ne te sens pas bien ?

— Je ne sais pas ce que j'ai, répondit-elle, l'air
tendu. J'ai peur que ce ne soit cet aéroport.

Les souvenirs se pressaient dans sa mémoire. Elle se
revoyait là... avec sa mère et Vassili, en route pour
Athènes... le jour où elles avaient quitté Londres pour
New York... et même la scène terrible, à l'hôpital, lorsqu'elle avait dû appeler Teddy au secours de sa mère.

— À quoi penses-tu ? demanda Charlotte, inquiète.
Vanessa eut un pâle sourire.

— Au jour de ta naissance...

— Andreas m'a dit que maman avait failli mourir.

— C'est vrai, répondit sa sœur d'un ton grave.
Notre oncle Teddy est venu d'Amérique pour te
mettre au monde.

— Où était donc mon père ?
Vanessa se montra réservée.

— Je n'en sais rien. Il avait disparu. Son comportement à l'égard de ma mère... de notre mère, était
épouvantable, à cette époque-là.

— Il m'a fait peur, à moi aussi, plus tard. Andreas
ne lui a plus permis de me rendre visite.

Elle avait cinq ans, quand son père était sorti de
clinique, et quatorze lorsqu'il était mort. Mais elle ne
l'avait pas vu plus de cinq ou six fois tout au long de
ces années.

— Quelle était ta vie, Vanessa, quand tu étais petite ?
Charlotte leva vers elle ses grands yeux verts.
Vanessa lui sourit.

445

— Certains jours, tout était merveilleux... et d'autres non.

— Te souviens-tu de ton père?

Charlotte était curieuse de tout, à présent. Elle s'était beaucoup attachée à sa sœur.

— Pas vraiment. J'ai vu des photographies de lui, c'est tout. Le seul homme dont je me souvienne dans mon enfance, c'est mon oncle Teddy.

Mais maintenant, elle se souvenait aussi de Vassili. Très clairement même. Et si elle se le rappelait encore comme un personnage horrible, il ne symbolisait plus pour elle tous les hommes. En y réfléchissant, elle regarda Charlotte, puis, prise d'une inspiration, elle jeta un coup d'œil à sa montre.

— Tu es pressée? demanda Charlotte qui souhaitait prendre un milk-shake.

— Commande ce que tu voudras. J'aimerais passer un coup de fil.

— À qui?

— À un ami de New York, répondit Vanessa en riant.

— Pourquoi pas de là-bas?

— Parce que je souhaite que cet ami vienne m'attendre à l'aéroport, mademoiselle-la-curieuse.

Elle sourit à sa sœur, puis gagna une cabine téléphonique, à la porte du restaurant, tandis que Charlotte commandait son milk-shake et une part de tarte.

Le téléphone sonna deux fois, John Henry décrocha et répondit d'une voix un peu tendue, tout d'abord. Vanessa lui annonça sa prochaine arrivée, en compagnie de sa sœur Charlotte. Après un silence embarrassé, elle ajouta:

— J'aimerais te voir, John...

— À l'aéroport?

— Oui.

— J'y serai.

Lorsque les deux sœurs, lasses mais impatientes, passèrent la douane, Vanessa leva les yeux vers une plate-forme vitrée qui dominait la salle où elles se trouvaient et montra à Charlotte l'endroit où s'était rassemblée sa nouvelle famille.

— Les voilà, ma chérie, ils nous attendent.

Linda, Teddy et le bébé se tenaient auprès de John Henry, qui arborait un air grave, les yeux fixés sur Vanessa. Elle lui paraissait transformée, plus élégante et plus adulte aussi. Alors qu'elle se penchait vers un douanier, il vit le diamant offert par Andreas briller sur sa gorge.

— Tu es prête ?

Vanessa regardait sa sœur avec un tendre sourire.

— Oui, souffla Charlotte.

Main dans la main, elles se dirigèrent vers leur nouvelle vie. Vanessa sentit que Teddy retenait son souffle. En découvrant Charlotte, il avait le sentiment que Séréna était revenue à la vie. Ému, il dévisagea la jeune fille, puis se précipita vers elle, la prit dans ses bras et l'étreignit très fort, cependant que surgissait dans sa mémoire l'image de la salle d'audience où il l'avait aperçue pour la dernière fois.

Linda, leur bébé sur les bras, ne le quittait pas des yeux. Vanessa se dirigea à pas lents vers John Henry qui la regardait en silence. Les mots, entre eux, étaient inutiles. Elle était allée à Athènes, elle avait renoué avec son passé, retrouvé sa sœur et elle était revenue. Elle sentit ses bras trembler, un instant, tandis qu'il l'embrassait, mais quand il examina son visage souriant, il comprit que tout allait bien. John pressa doucement la main de Vanessa et Teddy glissa un bras autour de la taille de Linda. Charlotte se mit entre les deux couples, un grand sourire aux lèvres.

— Bienvenue dans notre pays, lança John Henry par-dessus son épaule.

— Bienvenue chez toi, murmura Teddy.

Composition réalisée par INTERLIGNE

IMPRIMÉ EN FRANCE PAR BRODARD ET TAUPIN
La Flèche (Sarthe).
N° d'imprimeur : 5774 – Dépôt légal Édit. 9345-02/2001
LIBRAIRIE GÉNÉRALE FRANÇAISE - 43, quai de Grenelle - 75015 Paris.
ISBN : 2 - 253 - 14190 - 9   ◈ 31/4190/0